# 梦见

周振天创作艺术论

汪守德 著

作家出版社

周振天，国家一级编剧，原海军政治部电视艺术中心主任、原海军政治部文工团艺术指导。1988年被授予海军上校军衔，1993年被授予海军大校军衔，现为军队专业技术二级。

1994年，长篇电视剧《潮起潮落》获第十四届"飞天奖"优秀编剧奖，周振天在南京颁奖会上。

1996 年，周振天在北海舰队拍摄《驱逐舰舰长》现场，后面是 051 型驱逐舰官兵站坡仪式。

1993 年，周振天在北海舰队 051 驱逐舰采访，与水兵们合影，后面是 130 口径双管前主炮。

1997 年，在北海舰队拍摄电视剧《驱逐舰舰长》，周振天代表摄制组向协助拍摄的驱逐舰官兵赠送纪念照片。

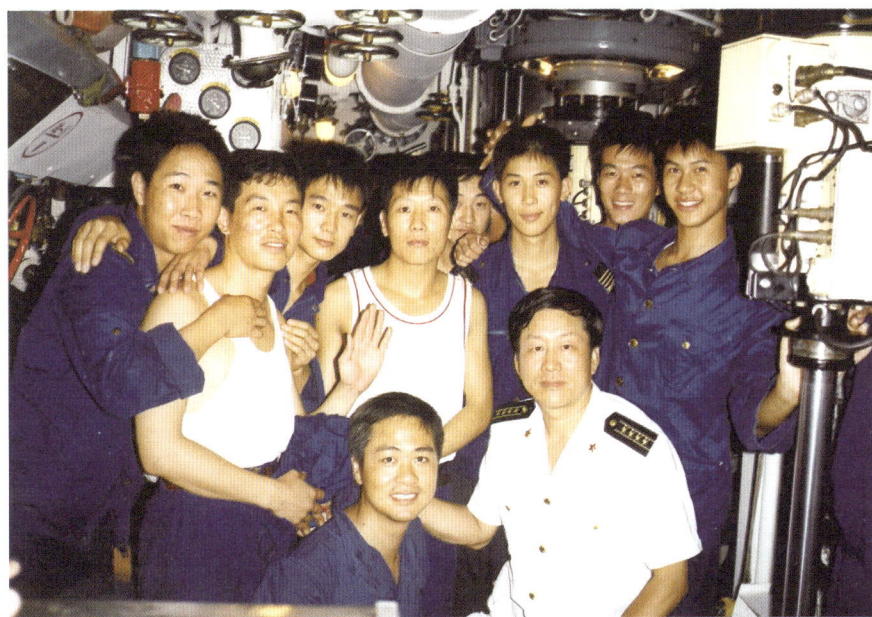

1998 年，周振天在南海潜艇部队体验生活，与潜艇官兵合影。

1998 年，周振天到南海潜艇部队体验生活，图为在潜艇指挥舱从潜望镜瞭望海面。

1983 年，周振天在西沙中建岛海军部队采访。左后是官兵营房兼对敌瞭望塔，右后是面对北部湾的碉堡。

1981 年，周振天在东海舰队潜艇支队 276 艇代职副政委，身后为潜艇塔楼。

1997 年，周振天在东海舰队航空兵机场参观、采访，身后为歼击机 7 型战斗机。

1997 年，周振天在北海舰队 053 型护卫舰上采访，与官兵合影。

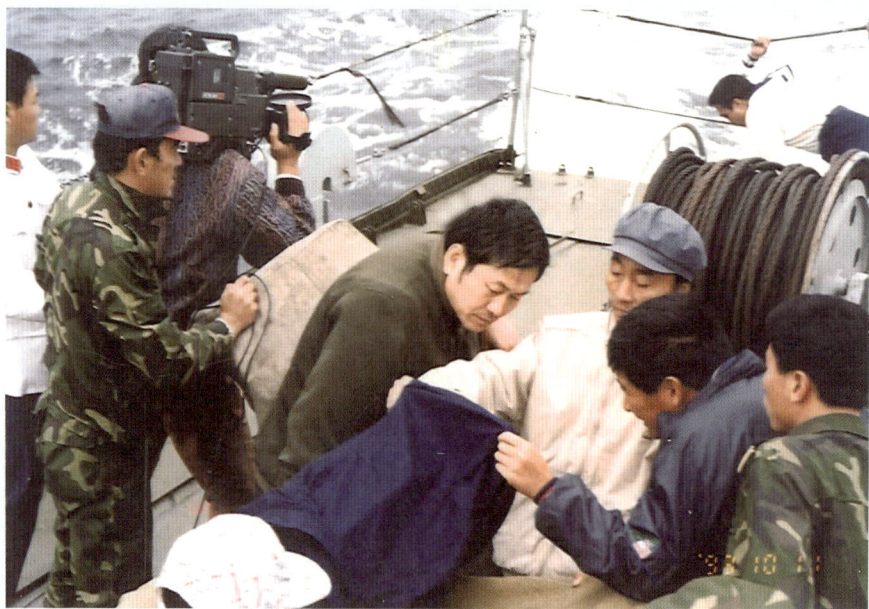

1993 年，周振天在拍摄电视剧《潮起潮落》现场。右二为导演金韬，右三为主摄像钟文明，右四为周振天。

1999 年，周振天在南海舰队拍摄《波涛汹涌》现场，远处是配合拍摄的 039 型潜艇。

1999 年，周振天在南海舰队潜艇部队参观采访，身后为 039 常规潜艇。

1986 年，周振天（后排着海军军装者）为创作电视剧《李大钊》到李大钊长子李葆华家采访。前排左二为李葆华，左三为李葆华夫人，左四为李大钊外孙女贾凯林，左一为导演王宝华，后面的条幅为李大钊先生真迹。

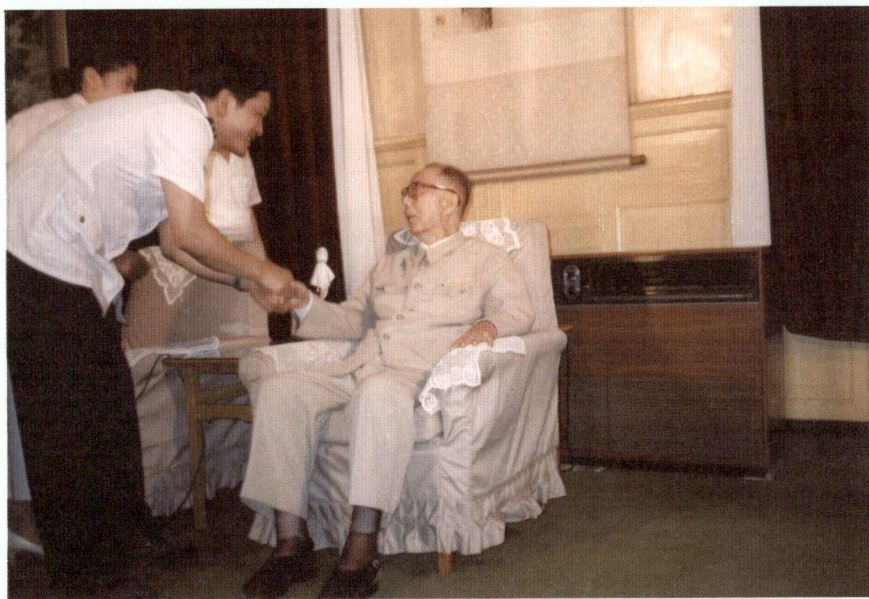

1992 年，海政电视艺术中心拍摄专题片《壮士行》，总编导周振天和摄制组采访聂荣臻元帅。

1989年，海政电视艺术中心专题片《血沃中原》摄制组采访徐向前元帅。前排为徐向前元帅，后排左一为徐向前办公室秘书郭春福，左二为制片主任邱英三，左三为李瑞英，左四为编导王鹏举，左五为监制周振天，左六为海政电视艺术中心主任蔡福兴。

1996年，筹备拍摄专题片《北上先锋》期间，总编导周振天和海政电视艺术中心政委郭宪忠采访时任中央政治局常委、中央军委副主席刘华清上将。

1982年，周振天参加中国戏剧家协会在安庆举办的全国青年编剧培训班，聆听曹禺先生授课。前排左起万方、宗福先、曹禺先生、李云龙、周振天，后排左一姚远。

1991年，筹备拍摄专题片《壮士行》时，总编导周振天采访《壮士行》策划、中国文联主席周巍峙。

1998 年，海政电视艺术中心拍摄长篇电视剧《少奇同志》，作为本片制作人，周振天拜访刘少奇夫人王光美同志。

1990 年，在拍摄专题片《国魂》期间，总编导周振天陪同抗日烈士马本斋家属到烈士陵园祭拜马本斋。左四为马本斋烈士之子马国超将军，左五为马国超将军夫人，左三为马本斋长孙马龙，左二为周振天，左一为民政部撰稿刘耕荒，右一为总政治部文化部干事马兴文。

1996 年，拍摄专题片《香港沧桑》期间，总编导周振天在香港采访世界著名华人华侨领袖、社会活动家陈香梅女士。

1996 年，总编导周振天与专题片《香港沧桑》摄制组在北京钓鱼台国宾馆采访英国前首相撒切尔夫人。

1991 年，周振天随电视剧《李大钊》剧组赴前苏联拍摄，在列宁格勒参观"阿芙乐尔"号巡洋舰。

1995 年，周振天在广州黄埔军校旧址参观、采访。

# 目录

# 序 一

## 李 准

　　《梦见》，我很喜欢这个书名，相信它会吸引读者探究一位成功的军旅剧作家的梦想是如何实现的。

　　周振天发表的第一部作品是长篇小说《斗争在继续》，是在1976年粉碎"四人帮"之后，正值而立之年。1978年，他从天津调入海军政治部话剧团，从此走上专业创作道路，他编剧的电影故事片《猎字99号》也在全国放映。论起步不算早，但他积累厚、起点高，又赶上了好时机，乘着思想解放的大潮，强烈的创作欲望和优秀的创造才能一起迸发，多向笔耕，四处开花，佳作迭出，叫好又叫座，作为一道独特的风景线，几十年来一直在吸引着文坛各方的共同关注，称之为"周振天现象"。

　　在我看来，"周振天现象"中至少有以下几点特别值得关注、总结和研究：

　　一、从空间维度上看，他是一个多专多能的全能型作家。在创作门类上，他写文学作品，也写舞台剧；能写故事片电影，也写电视剧；能编导电视专题片，又能策划电视综艺节目。在文学中，他写报告文学，也写小说。在小说中，他写长篇，也写中篇、写短篇。在戏剧中，他写话剧，也写音乐剧。在电视剧中，他写单本剧，也写中篇，更写长篇，包括像《潮起潮落》《神医喜来乐》《玉碎》《小站风云》《护国大将军》这样具有史诗气概的巨制。进而言之，他在每个门类中都有优秀作品问世，都有独特的竞争力。在创作题材和内容上，有近代历史题材，有现代革命历史题材，包括以革命领袖为主人公的重大革命历史题材；更有当代现实题材。当代现实题材中，以军旅题材为主；军旅题材中，又以海军题材为主。在审美范式上，他正剧（按：对应优美）写得好，尝试了正剧的多样性，但喜剧（按：对应诙谐幽默）和悲剧（按：对应崇高）写得同样精彩。喜剧如《水兵俱乐部》是轻喜剧，写得那样青春、阳光，令人身心欢快；《神医喜来乐》是外轻内重，喜来乐与王天和较量的结局留下了一个意味深长的回声——"终有一天，人们将要笑着与自己的历史告别"（马克思语）。悲剧如话剧《姑娘跟我走》主人公少年犯苏春卉对母亲的那番责问令观众痛彻心扉；长篇小说《玉碎》主人公赵如圭毁玉殉国的结局揭示了一个更加深刻的道理——"最深刻的悲剧是历史的必然要求与这种要求在当时历史条件下不能实现之间的冲突"（恩格斯语）。还有电影《老少爷们上法场》，则是悲剧故事的喜感表达，片尾老少爷们上法场那场戏是热闹底下掩盖着彻骨的悲痛，滑稽的背后挺立着为国牺牲的崇高！环顾当代中国文坛，能像周振天这样同时在六大门类、各种题材、多样审美范式都作出这样多的创造与贡献者是不多见的。

二、从时间维度上看，周振天喜欢迎接新的挑战，他是一位能持续地不断进行新创造的长青树式的作家、编剧。在漫长的四十五年中，他的创作从不间断、从不停步，每部新作都倾情投入，每年都有新创作，文艺发展的每个阶段，军队建设和国家跨越的重大节点，他都有佳作奉献，给观众带来新的惊喜。如今他虽已是古稀之年，为纪念建党一百周年，他又创作出两部电影剧本，一个是以李大钊为主人公的《火种》，一个是以黄旭华为主人公的《极度深潜》，可见他的创造力还在旺盛期！著名世界文明史学家汤因比曾告诫："再没有比成功更大的失败了！"周振天的创作实践恰恰证明了，他从不满足于自己的成功和已有的成绩，他总是要挑战自己，不断追求新的高度。比如话剧，1985 年创作的《天边有群男子汉》，写守岛官兵的情感冲突引起强烈反响，应该是那个时期优秀军旅话剧的代表作之一；到 2015年的《危机公关》，在对人性的深度叩问上超越了前者；到 2020 年他执笔创作的话剧《深海》，又在当代英模形象塑造上实现了新的突破。又如电影，1985年的《蓝鲸紧急出动》，受到很高赞誉；1989年的《老少爷们上法场》，在文化发掘的深度上迈出一大步；2021年的《火种》，在用"双时空叠加复调"结构塑造李大钊形象上又作出了新的探索。再如电视剧，1993年的《潮起潮落》，是他的第一部长篇代表作，也是那一年军旅题材电视剧的一个标高；但到2005年的《水兵俱乐部》，则在喜剧内容和样式上作出新的探索；到2015年的《舰在亚丁湾》，更实现了剧作与现实同步创作，并在强军梦的格局上作出新的艺术呈现；乃至到2019年的《上将洪学智》，在军队将领形象塑造上，作出了新的探索。其他题材长篇电视剧，如2001年的《神医喜来乐》，2005年的《金手指》，2007年的《张伯苓》，2009年的《洪湖赤卫队》《孟来财传奇》，2010年的《护国大将军》，2011年的《小站风云》《我的青春在延安》，2013年的《我的故乡晋察冀》，2014年的《闯天下》，2018年的《楼外楼》，等等，或着眼于历史文化的新发掘，或着重于历史与现实连接的新探索，或致力审美范式的新尝试，至少都在某一个方面为长篇电视剧创作开拓了新天地，攀登了新高度。而且，这些作品大多在中央电视台一套或电视剧频道黄金时段播出，其作用和影响之大可想而知。文学和电视专题片创作方面也是如此，不再一一举例。前进当然是波浪式的，但周振天的创作总趋势是一直向前向上。有人说，要了解四十多年来我国海军题材影视创作的发展轨迹，首先要看周振天的作品；要考察当代中国文坛有多少作家持续地在文学、戏剧、电影、电视剧和电视专题片创作中自由穿行，在每个领域都能不断作出新探索，周振天更是一个具有代表性的人物。周振天最大的成功，就是他不满足于已有的成功，不断地在向前探索。

三、从精神文化维度上看，周振天格外看重维护民族尊严和强化军人国家使命意识这两个相辅相成的价值判断的尺度。分开来看，这两个尺度在许多作家作品里都可以看到，但比较之下，周振天做得更自觉更到位，不仅把它贯彻到在六大门类的各种创作中，而且把它贯彻于四十多年创作的全过程。这是由他的人生经历、文化积累、信仰追求和艺术理想所共同导致的。这种自觉的坚持，给他创作的总体格调、风范带来几个显著的标识：

其一，他懂得人的生命尊严是世间最可宝贵的东西，在个体生命感觉的描写上放得开手脚，对物质欲望极度膨化的社会里灵魂的安顿有深切的剖析，华彩的桥段俯拾即是。同时他更懂得，个体生命尊严的实现必须以民族尊严的维护和国家的富强为基础为靠山。在他的所有作品中，历史背景和时代环境的描写都是清楚的具体的坚实的，那些重大历史事件、标志性时代风云的交代都经得起与史实的比照，每个人物活动于其中的舞台都是清晰的可信的；上自领袖人物，下至底层百姓，个人命运的描写总是与民族、国家命运的描写相互交织、相辅相成。这就从根本上与那些故意将历史背景和时代环境模糊化，孤立地去描写个人情感与命运的杯水风波式、一地鸡毛式"欲望化写作"划清了界限。

其二，周振天知道对历史的认识是一个不断发现的过程，"一切历史都是当代史"。在历史题材的创作中，他在努力占有相关史料的基础上，敢于跳出过时的观念窠臼，致力于对历史细节的新发现和对历史精神的再开掘。在大是大非上，他反对历史虚无主义，反对把中国历史写成一笔糊涂账，更反对用西方的某种"时髦"理论来消解、颠覆中国近现代史的基本评价。由于他清醒地坚持以是否有利于维护民族尊严和推动国家走向独立富强作为最高标准，旗帜鲜明地激情讴歌一切为民族解放、国家独立而献身的英雄，包括把带头喊出"中国不亡有我在"的《张伯苓》写得如此有光彩，在剧中狠狠地鞭挞那些卖国求荣的汉奸和开历史倒车的丑类，以出色的创作实践有力地阻击了诸如"历史无是非""告别革命论"等错误论调在文艺领域的侵蚀。

其三，他深信经济是基础，发展市场经济是建设现代化强国的必由之路。在他的历史和现实题材作品中，对那些凭诚实劳动去开拓市场的能者都有精彩的描写。但他又坚信，政治是经济的集中表现，市场之上还有道德。他对所谓"市场原教旨主义""市场经济无道德"的主张一直保持着警惕并且在作品中加以生动呈现和清醒批判。特别是在现实军旅题材创作中，他自觉地以军人的国家使命意识、强军梦、强国梦为最高衡量标准，在三十多年前的作品里他就对把商品交换原则引进军营生活给予最辛辣的批判。"有人拿肉体换一瓶香水，有人拿良心换一官半职，还有人拿信念换一套房子，你更大方，拿国家的荣誉、军队的尊严换了一只打火机！交换！交换！把人的心都换凉了！""你可以欠任何人的债，但不能欠烈士的，不能欠祖国的！"（话剧《天边有群男子汉》）"我们海军战士的耻辱是什么？那就是我们的海洋领土让外国人的军舰游来荡去，祖国的岛屿上还插着外国的旗子！你们说，要洗刷这些耻辱，我们的军舰应当开向哪里？"（话剧《海军世家》）这才是当代中国的军人魂，这才是我们时代的最强音！这样的台词足以让人们热血奔涌，令一切苟且者汗颜。

其四，他很明了文艺作品的中心是写人，人物形象刻画的人性深度是作品水平的重要表征。他笃信"人是社会关系的总和"，人性是在后天的社会实践中不断生成、变化和发展的，认同人性的衡量也离不开维护民族尊严和军人国家使命意识这个最高尺度，自觉地坚持把人物形象放在历史的具体的社会关系和社会实践中去描写他们人性的生成和变化，写他们各自不同的主体选择与结果，尤其凸显他们在个人欲望、选择与维护民族尊严、国家富强的需求发生交叉乃至碰撞时的不同表现，从而揭示人性变化的深刻与丰富性。这是一种真实可信的人性深度，是经得起生活逻辑与艺术逻辑推敲的。诸如《天边有群男子汉》中的韩朝阳，《潮起潮落》中的鲁明宽与简小荷，《神医喜来乐》中的喜来乐与王天和，《小站风云》中的刘德胜与李占魁，《闯天下》中的赵沧海，《楼外楼》中的李春贤和秋水，《护国大将军》中的蔡锷、肖剑秋和肖紫霞，《我的故乡晋察冀》中的耿三七，《玉碎》中的赵如圭，《孟来财传奇》中的孟来财等，他在人性描写上各有各的丰富与深刻，为新时期文艺的人物画廊增添了新的光彩。周振天并不反对写人性的扭曲，如小说《涅槃变》中的任冬、电影《老少爷们上法场》中的金螃蟹、话剧《危机公关》中的许达年和楚万里的形象，都在扭曲中写出了人性深度，但他不是把人性先天化抽象化，而是写典型环境中的典型人物，犀利而又可信。

四、创作需要灵感，缺少灵感的作品是平庸的。真正的灵感都是长期积累，妙手偶得的。周振天的作品叫好又叫座，不断给读者和观众带来新的惊喜，艺术思维上的一个奥秘就是他的灵感活跃。这些灵感，不是向壁虚构的纸花，不是胡编乱造的热闹，而是长期积累、多方储备与他那出色的艺术悟性不断碰撞而产生的火花。用他自己的话说，就是从生活中找灵感，从阅读名著中找灵感，从各种文化知识储备中找灵感。比如他执笔创作的话剧《深海》和电影《极限深潜》写主人公黄旭华与核潜艇官兵在深潜中的生命体验，不但精彩传神，而且让人身临其境、惊心动魄。这是因为当年他曾在东海舰队 276 潜艇代职过副政委，参加深潜时亲身感受了艇壳变形，船体受几个大气压咔咔作响令人恐怖的情景。虽然时过三十多年，但生活积累一碰上核潜艇题材就撞击出火花。《上将洪学智》中洪学智作为"三反分子"下放农场劳改时洗澡的那场戏，洪学智身上的多处枪伤、刀疤一下子就把知青们对他的敌意变成了肃然起敬，全剧的气氛也由压抑顿时转为高昂，令人叫绝，这是周振天在剧本创作过程中基于对洪学智在几次重大逆境中的坚忍人格的发现而作出的合理虚构。又如，在《玉碎》的创作中，他受霍去病墓、李渊墓前浑然天成、威风凛凛的镇墓兽形象的启发，灵光一现地想到玉雕"望天吼"，并将其设置为全剧的核心道具，很好地照亮了主题，衬托了人物。在《金手指》的创作中，他借鉴大仲马名著《基督山伯爵》的复仇叙事样式又加以创新，巧妙设计出了两个断指人物，真假王爷和一个金手指的中国式近代传奇叙事，不仅有力地增强了故事的悬念和看点，也扩展了全剧的历史文化内容。再如，创作《神医喜来乐》一连串让人击节的精彩桥段灵感，来自长期学习、领会中医中药文化；创作《闯天下》那些动人情节的灵感，来自对杂技文化和江湖文化的深入了解；创作《楼外楼》中许多妙趣横生篇章的灵感，来自长期对饮食文化和名士文化的苦读，乃至把一部《楼外楼》拍成了半部民国文坛史……凡此种种，有哪一件是轻易得来的？在时代提供的广阔舞台上，是勤奋、智慧和创造精神成就了周振天。他的成功绝不是侥幸。

五、说到底，与哲学方式、宗教一样，艺术创作也是人们把握世界的一种方式。中外历史上的大作家都是大思想家，都用艺术的方式对世界包括历史和自己所处的时代作出了独立的思想发现。周振天就是一个有独立思想品格的作家，他在影视剧和文学创作中一直致力于能对中国的历史与现实作出某些独立的思想发现。特别是在许多作家不敢碰的某些痛点、难点和敏感点问题上，他能够写出自己独立思想发现，用艺术的方式作出指向分明的考问，诸如：属我国南沙领土的一些岛屿上为什么至今插着外国的旗子，这是不是我国海军战士的耻辱？在商品交换原则到处泛滥、金钱的占有成为社会地位重要支撑的条件下，我们的军营建设、军魂铸造面临着怎样的挑战？在大力弘扬民族优秀文化的同时，如何进一步审视、补足民族文化中的缺失？对于那些靠"滴血的第一桶金"成为暴发户继而又当上"商业成功人士"的大老板们，应不应该有救赎的原罪考问？要不要给历史一个迟到的公正？所有这些发现，这些考问，都穿透了历史与现实，具有一种通向未来的思想的力量。在1991年中央电视台播出时产生轰动效应的电视专题片《国魂》中，作为总编导的周振天专门抓拍了一组实拍镜头：在渣滓洞恐怖的刑讯室，参观的男青年表情麻木；雨花台陈列馆，两个女青年面对烈士遗像莫名其妙地发笑；武昌城头，一群孩子在辛亥革命重要文物——两门大炮上又骑又踩。直面现实的痛点——许多青少年对革命历史的冷漠和遗忘！至少在我看到的专题片中，第一次有人这样做。这是创作者的发现，又是创作者思想的勇气。接着，周振天在解说词中特别提出"应当用近代史中最震撼人心的事实"来教育、启发青少年一代，又将观众思绪引向未来。另外，在《梦见》这本书的最后一章看出，周振天对于当前我国文艺创作尤其是军旅题材创作的成绩与问题、文化消费方式的发展的趋势、传统文化的传承与创新性转化，怎样借鉴国外代表性作品、如何更深刻地发掘战争与人性的内涵，等等，都有自己独立的思考与见解。对周振天来说，不仅生活之树常青，思想之树也应该是常青的。我相信，凭着对艺术的敬畏、纵横的才情和这种独立而又前瞻的思想力量，周振天在今后的创作中还会走得更远，飞得更高。

伴随着创作前进的脚步，周振天的作品不断获得奖项和荣誉。他还展现了很好的艺术生产的组织和管理能力，1988年被任命为海军政治部电视艺术中心主任，一干就是十七年，那正是该中心从初创到成为全军同类中心的排头兵的全盛时期。因年龄到点卸任中心主任后，他又担任了好几部大型电视剧的文学总监、艺术顾问，在组织深入生活和剧本创意方面发挥了重要的作用。由于他的突出贡献，他1998年获中国文联评选的首批全国"百佳艺术工作者"称号，2002年当选中国电视艺术家协会副主席，获"中国电视金鹰二十年突出贡献奖"，2008年被评选为中国视协"纪念中国电视剧艺术诞生五十周年"优秀编剧，2009年被评选为"飞天奖"突出贡献编剧，2012年被选为中国广播电视协会电视剧编剧工作委员会常务副会长。但在我看来，周振天的主要身份还是作家。正如巴金老所说："作家靠作品吃饭。"周振天在当代中国文坛的地位，主要是由他的作品所奠定的。"作品是艺术家的立身之本"，创作是周振天的第一生命。

评论周振天作品的文章已有相当数量，他的许多作品也开过专门的研讨会，但一直以来，还没有看到一部从整体上系统研究周振天创作的专著，很是让人遗憾。因此，当看到汪守德的这部三十多万字的书稿《梦见——周振天创作艺术论》时，我感到由衷地惊喜。

汪守德写研究周振天创作的专著，有三个优势：其一，他长期从事文艺评论，而且是文学、戏剧、电影和电视艺术评论都写，是个打通了多种评论界限的全能型评论家，正好与周振天横跨各门类的创作相对位。其二，他一直关注周振天的创作活动，写过一些评论周振天作品的文章，还多次参加周振天作品的研讨会，早就有作专门研究的储备。其三，他曾任总政艺术局局长，比一般评论家对周振天有更多方面的了解，可以更好地探讨周振天作品的创作动因和思想艺术追求。果然，这三个优势在书稿中得到了应有的发挥。

在激动中，我用整整两天多的时间把这本书稿认真读了一遍，总体印象这是一部诚心之作、良心之作，有开拓性的专著、很见功力的专著——

诚心之作：倾情投入，在"新冠"疫情肆虐的情况下，闭门谢客，用连续一年多的时间专门从事这本书的写作，实现了写作时间和空间的集中，使出了十八般武艺攻关，这在浮躁之风遍布文坛的环境中很是难能可贵。

良心之作：体大虑周，按照历史与逻辑结合的要求，开篇前言高度概括，总共十二章的内容除了对周振天几乎所有作品的研究，还书写了与他艺术创作相关的各个环节，每一部分都写得很扎实很用心，使读者能从中完整地了解周振天四十多年创作的路径、特点、成就和多方面的经验。作为周振天的老战友，汪守德在高度评价周振天创作贡献的同时，还专门指出电视剧《牧云的男人》叙事节奏不够匀称、个别台词失之冗长，《闯天下》剧本中有些好戏在拍戏时被略掉而造成的遗憾，这从另一方面体现了汪守德敢于直言的品格。

开拓性是多方面的。比如，百分之八十以上篇幅是作品研究，是干货，其他内容也紧紧围绕与创作的关系来写，没有在一些艺术家评传中常见的东拉西扯的与创作无关的东西；大部分作品尤其是长篇作品的分析，都有怎样深入生活的专门书写，还有对创作动因和创意过程的探究，这在体例上是个创新；几乎对每部作品的评点，都要专门谈到作品演出、放映、播出的社会反响与评价，包括专家的评价，电视专题片《国魂》《壮士行》《北上先锋》三个专节后面还都专门附上了当时发表的一些专家评论文章，这也是艺术家创作研究专著写作的一种开拓，给读者提供了更多的参照系。另外，全书最后一章即第十二章《镜鉴——作为创作者的艺术观》，专门对周振天基本文艺观念和他对当前文艺热点的看法进行梳理与评点，也有新鲜感，可以帮助读者从周振天的艺术理想层面去更深入地鉴赏他的作品。

本书写作的出色功力主要表现在作品研究上：文学、戏剧、电影、电视剧、电视专题片的评点都很内行很专业。每部作品的分析都认真、扎实，情理互融、生动流畅，没有某些艺术家评传的故弄玄虚、难以卒读的毛病。对所有作品的研究都离不开思想内容、艺术呈现、人物形象塑造这三个方面，但不同作品选择不同的视角和分析重点，比如，《危机公关》是"1. 对百姓欢乐与疾苦保持应有的敏感和锐度，2. 一个商场成功者的原罪，3. 受害者对加害者的灵魂救赎"；《老少爷们上法场》是"悲剧故事的喜感表达"；《潮起潮落》是"1. 军事题材电视剧进入长篇时代的标志，2. 人民海军成长历程的史诗性叙事，3. 通俗外在形式与严肃艺术追求的结合"；《楼外楼》是"1. 融自然景观与人文景观于一体，2. 以珍视瑰宝的心态描写历史文化典故，3. 带有传奇色彩的年代正剧，4. 写出中华民族文化的强大生命力"；《玉碎》是"1. 书写中华民族危难时刻的心灵史，2. 一个夹缝中救生存的人物及其智慧，3. 温润如玉与望天吼"。如此种种，各有精彩和令人折服之处。篇幅所限，人物台词中的惊辟警句，夹叙夹议中的华彩桥段，就不再一一举例论证了。

可能是个人偏好的缘故，读完书稿我感到有一点不太满足：在周振天创作几个大的阶段的划分上，在各门类创作的共同特征的剖析上，理论的概括和提炼还有加工的空间，这也为今后再评周振天预留了话题。

祝贺《梦见》出版发行。

预祝周振天和汪守德的梦中之笔不断地再生新花。

# 序 二

仲呈祥

　　老友汪守德从原解放军总政艺术局局长岗位上退休后，对原海军政治部电视艺术中心主任、著名军旅作家周振天的全部艺术创作作品进行了系统的深入研究，撰写出《梦见——周振天创作艺术论》，约我作序，却之不恭，遵命将先睹为快的心得体会"从实招来"，权且充序。

　　守德乃北京大学中文系文学专业毕业，又长期在总政从事军旅文艺组织管理工作，是一位专家型的领导。而他研究的对象振天兄，又是我的挚友。如此友上加友，才令我对这本专著有了几分评说的底气和勇气。

　　我与振天兄同庚，而痴长守德数岁。于振天的创作，我是熟悉的。于守德的评论，我也是常学的。我从新时期以来，即长期从事文学和影视艺术评论，曾多次呼吁要加强作家艺术家作品论，尤其是要加强对有代表性的成就突出的作家艺术家作品论。因为一部文艺史，主体应是作家艺术家的作品史。但我自己仅是个"口头评论派"，并未付诸实践。几年前曾组织中国传媒大学的博士生，对中国电视剧制作中心的几位有代表性的成就突出的导演王扶林、蔡晓晴、张绍林、潘小扬等进行过专题研究，分别为这些导演出版了"作品论"。令人欣喜的是现在又喜读守德的这本新著，感佩至极，为他，亦为振天兄，更为新时代的影视艺术评论事业。

　　鲁迅曾有言：倘要知人论事，当考其全人。守德这本新著，可谓"守"住了这条大"德"。他是认真"考"了振天兄的全部人生轨迹——从"青少时光的文化之旅",到"蔚蓝色的从军行",再到话剧、电影、电视剧、电视专题片、文学、小品各个领域的多方位创作实践;他逐一细细研读了振天的全部作品,甚至包括他担任文学总监和监制的轶事;他还延引穿透到振天的艺术观念里深入探究,进而从实践与理论的结合上把作家艺术家及其作品说深说透,使全书增添了"评传"的人文色彩和人性深度。

正因为守德对振天其人知之全而深,因此,他对其作品的评点,如对话剧《天边有群男子汉》《深海》《危机公关》;电视剧《潮起潮落》《神医喜来乐》《小站风云》《张伯苓》《我的故乡晋察冀》《楼外楼》;电视专题片《国魂》《香港沧桑》等,便颇多精彩亮点,很能启人心智。也许,求"全"是这部专著的特色和优势;而"全"也往往易带给读者重点不够突出的印象,阅过初稿,我的这个担心亦都化解。在我看来,振天的创作在中国新时期新时代影视艺术创作史上之所以占有一席独特位置、发挥了重要作用,是他不忘初心,牢记使命,锲而不舍、心无旁骛地践行一位人民的军旅作家的天职使然。周振天几十年来一直坚持现实主义创作精神,立足中国的现实生活,深入开掘提炼中华民族历史和优秀文化的资源与营养,通过影视剧艺术来表现大时代,反映近代以来中国人民精神世界的持守与演变。作为一位资深编剧,他作品很重要的一个特点,就是他已经把他的抽象思维化解、消融到他的形象思维当中了,靠人物命运和人物之间的情感纠葛,自然而然地把他所要展现的历史、文化带了出来。他的《潮起潮落》,在以长篇电视剧为解放军各兵种发展历史谱写史诗画卷上做出示范,引领出全军各兵种一系列的抒写荧屏形象历史的精品力作;他的《神医喜来乐》,堪称屏坛长篇喜剧的标志性代表作;他的《深海》,无愧是新时代为时代楷模树碑立传、传神写貌的优秀作品……所有这些,似有进一步进行历史分析和美学评价的更广阔空间。这,恐怕是由于我对这部专著"爱之深、求之苛"吧。

# 前 言

## 一

在我国当代电视剧艺术的发展进程中，周振天的名字是一个响亮的存在。在涉足影视创作近四十年的时间里，周振天是创作了四十多部剧作的高产作家，平均每年一部，其数量不可谓不多，堪称整个电视剧编剧队伍中一棵激情四射的长青树。其创作不仅数量多，质量也总保持在一流水平，其中有二十多部电视剧和五部专题纪录片，在中央电视台黄金时段播出，其质量不可谓不高。他的这些脍炙人口、广受欢迎和好评的优秀作品，为当代中国电视艺术的发展做出了突出的贡献。他也成为新时期以来，活跃在荧屏上的最资深、成就最突出的金牌编剧之一。他因此多次获得中宣部"五个一工程奖"，全国电视剧"飞天奖""金鹰奖"，全军电视剧"金星奖"等各种国家级、全军性的顶级奖项。

其实，周振天还是位多面手，是个全能型的创作者。不仅在电视剧方面，而且在其他文艺领域，如小说、报告文学、电影、话剧、音乐剧、大型综合晚会等，他都有着较为广泛的涉猎。每每对这类文艺形式的问津与涉足，周振天都被赋予重任并寄予厚望，因此，他都凭借自身深厚的文学艺术功底，施展过人的创作才华，激发不竭的创作热情，苦心孤诣，殚精竭虑，攒力以求，使出手的作品尽可能地达到超越性的思想艺术质量与水准。在他的身后铺开的，大体皆为可圈可点、有口皆碑的佳作和名作，成为一个时期人们观赏与关注的热点，也成为国家与军队精神产品生产的有效艺术积累。可以说，周振天创作的作品门类广、数量多、质量高、分量重、影响大，同代人里能够与之比肩的文艺家是不多见的。

一个人之所以成为卓有成就、众所瞩目的艺术家，一定是为多种因素所决定的。其自身具有的特殊人生经历，成长发展中恰逢的有利机遇，时代与社会提供的特定环境和氛围，个人具备的出众才华、宽阔胸襟和超拔眼光，以及在创造过程中所秉持的艺术立场，所体现出的价值追求等，每一样似乎都是不可缺少、具有决定意义的。作为早已享誉全国的著名艺术家的周振天，自然也不例外，甚至还有更多影响和决定其走向成功、创造辉煌的诸多因素。其大半生由不断攀登、不断超越所奉献的艺术成果，所蹚出的艺术道路，构成了丰富多样、异彩纷呈、精湛幽深的艺术世界，值得以浓重的笔墨加以探究和书写。

于是就有了这样一本试图以较系统的方式，探讨周振天艺术创作全貌的书籍。为了写好这本书，笔者尽可能全地阅读与观看了他的文学、戏剧、电影、电视剧、电视专题片、晚会等在网上网下能够搜集到的几乎全部作品。原来因为同在部队文艺部门和单位工作，与周振天交集往来甚多，而且观赏过他的不少作品，写过他若干作品的评论，本以为对他很熟悉、很了解的我，竟十分吃惊地发现，过去对他的印象和认知真的很局限、很片面，堪称只是冰山一角，水线以下的体积与重量则更为庞大。同时也惊诧地意识到，要想从更深处认识一个人，特别是一位卓有建树的艺术家，下功夫写一本书竟然是最好的途径。


二


我们知道，周振天首先是一位军旅作家。生于湖北长于天津的他，从 1978 年起就成为一名人民海军，成为军队实力派的创作者。从军几十年来，他总抓住一切机会下部队，去海岛，登舰艇，体验基层生活的光荣与艰苦。他也喜欢穿一身纯白或藏蓝的海军服，参加军内外的各种会议，身份的确认与象征表明他有发自内心的军人情结，他深深地以此为荣。而胸前佩戴的标明他渐高至专业技术二级的资历章，以及在 2002 年至 2012 年间，连续两届任来自军队的中国电视艺术家协会副主席，充分反映他在文艺领域为国家、为军队所做出的杰出贡献。

作为海军政治部电视艺术中心的第一任业务主官，周振天在军队各级领导的热情关心和指导下，在相关部门的大力支持与帮助下，以高度的政治自觉和充沛的艺术激情，积极带领电视艺术中心的同志，开动脑筋，克服困难，一部接一部地策划和创造作品，好作品也一部接一部地不断诞生。因此，海政电视艺术中心成为一个思维活跃、意志坚定、风格独特、生产力旺盛的单位，成为一个名闻遐迩、令人赞佩、响当当的品牌。周振天所带领的这支队伍的创作历史，以及他自身所进行的创作历史，归结起来就是一部海政电视艺术中心完整、清晰、辉煌的发展史。

作为海军题材影视剧创作的领军人物和一线创作者，周振天十分关注海军建设和生活的重大任务、重大问题、重大时刻和重大事件，而且这一切都通过其精深的思考、精心的构思和精彩的呈现，在他与他所带领的创作集体的作品中，得到生动、丰富、艺术的展示。其笔下的海军题材作品，既具有历史感，更具有现代感；既立足于当代的中国，也放眼于外部世界；既具有宏阔的视野，也具有微观的透视。无论是话剧《天边有群男子汉》，电影《蓝鲸紧急出动》《天涯并不遥远》《敬礼，我的教官》，音乐剧《赤道雨》，还是电视剧《潮起潮落》《蓝色国门》《波涛汹涌》《驱逐舰舰长》《水兵俱乐部》《舰在亚丁湾》等，都通过这一系列反映海军当下生活，体现探索创新精神，具有很高思想艺术质量的作品，让广大军内外观众了解了随着国家的改革开放，我人民海军建设发展的历程，从中看到的是中国海军的不断进步与强大，看到的是一代又一代的海军军人如何忠心耿耿守卫着海防，看到的是海军军人坚忍的精神和博大的情怀，看到的是具有当代性、典型性、审美化的海军官兵形象。周振天还在作品中以超前的思维，反映和揭示了关于海洋安全、海洋资源、海洋经济利益等重大而急迫的问题，令人十分警醒。当下人们普遍关注的南海主权问题，三十多年前周振天就已经在作品中敏锐地涉及和思考到了。他在作品中表达的观念当时看来非常具有预见性，今日观之仍旧新意盎然。毫不夸张地说，他一个人的海军题材的各类文艺作品，就如当代我国海军军人形象的百科全书和人物画廊。

周振天是第一个利用长篇电视剧形式，把军事题材搬上电视荧屏的艺术家。他带领的团队创作的以海军生活为题材的《潮起潮落》的推出，在全军乃至全国都产生了重大影响，更是带动了一大批军事题材电视剧的问世。正是由于部队拥有一批与周振天一样热爱军队、才华横溢、激情高涨的创作者，才使军队的文艺创作始终显示出极为繁荣兴盛、备受瞩目的局面。他们积极投身军事题材的创作，创作拍摄了一大批脍炙人口、广为流传的优秀军事题材作品。这些作品包含着中国梦、强军梦的主题和内容，洋溢着爱国主义和英雄主义的牺牲奉献精神，显示出令人赞叹的极高思想质量和艺术品质。在比较长的历史时期里，全军的电视艺术工作者致力于探索我国军事题材影视剧的努力方向，推出众多高质量的军事题材电视剧创作，从而在全国电视剧生产中始终居于很重要的地位，以至于在中央电视台形成"三分天下有其一"的局面，成为弘扬主旋律电视剧创作的主力军，给这一类型的创作带来了持续而浩荡的新风。军事题材电视剧也成为人民军队向社会展示官兵精神风貌、建设发展成就的一个重要的窗口，同时也对凝聚广大官兵的战斗意志，激发战斗精神，增强部队战斗力，起到了无可替代的教育与感染作用。

在过去的四十多年里，军旅作家是中国电视剧创作当中一个非常活跃的群体，周振天是其中最具有代表性的一位。他的作品取材广泛，内容丰富，风格多样。作为一位身在军旅的优秀编剧，周振天从不是把军营当作一个与世隔绝的地方来写，也不是把社会生活仅仅作为军营生活的陪衬，他作品里的军营是社会的一部分，与社会是相联相通的，即使是以军营生活为主的作品，其思维的触角和情感的藤蔓也伸展向社会生活的方方面面，以使作品获得最大的覆盖面和信息量。这也表明了他的创作为什么不只在军队获得广泛的认可，而且因其富含的社会意义使之受到大众的欢迎。同时，不管他写的是当代军人，还是伟人和名人，抑或是虚构的历史人物，都渗透着他对笔下题材的历史沉思和现实观照，蕴含着他探索和表现民族的实践追求、意志品格和精神魂魄的自觉意识。其作品的主人公也始终处在战争与历史的风雨与烟尘之中，并且同国家和民族的命运紧密结合，使这些历史时段的人们的精神轨迹和心灵历史，都能在他的近代史、现代史、当代史的作品系列中找到清晰、精湛而厚重的描绘。比如电视剧《李大钊》《张伯苓》《神医喜来乐》《护国大将军》《玉碎》《小站风云》《楼外楼》《我的故乡晋察冀》《洪湖赤卫队》《上将洪学智》等，都比较突出地反映了这一点。在这些剧中人物身上，在他们为国家和民族命运奋斗献身的过程中，都体现出了一种伟大的生命追求，一种崇高的人生境界。"时代镜像，民族良心"，"经典风范，大家气派"，这两句话可以作为对周振天剧作思想艺术特征与整体风格的一种概括。

## 三

综观周振天的艺术创作特点，四十多年来长盛不衰，从不断档，如在我国电视剧和电视艺术发展的各个阶段，他都能推出在题材开拓和艺术探索上极富创新、引人瞩目、备受称赞的作品。他既能唱响时代主旋律，又能使作品好看耐看；既与时俱进，立足现实，激情拥抱现实，又能深情回望历史，自觉打通历史、现实与未来的内在联系；作品既有良好的社会效益而不断获奖，又有相当好的经济效益而给再创作注入更大的动力。周振天把坚持真善美作为自己创作的使命。他所做的全部努力，就是用自己的敏锐眼光和独特的艺术表达，把中华民族的生活内涵、精神品质和人性之美充分挖掘和展示出来。以民族的优良传统、动人故事和美的方式，对观众进行美的培育与熏陶。在此过程中，周振天所体现出来的不是固步自封、墨守成规，而是不断地否定自我、追求创新，想方设法给观众奉献攀登上和占领思想与艺术新的制高点的作品，从而给观众以耳目一新的巨大吸引和审美感受。

我们可以从多个方面来分析和观察周振天之所以在艺术上取得丰硕成果的重要因素。

对深入生活这一重要性的重视与践行，是周振天数十年一以贯之的坚守。生活是艺术的唯一源泉，这句创作上的老生常谈仍然是掷地有声的箴言，在周振天身上反映得尤为充分，理解上也显示得特别深刻。他始终把深入部队、深入生活视为创作的最重要的前提，总是自觉地、及时地、真正地深扎到海军部队生活、社会火热生活或相关创作题材涉及的生活中去。他对深入生活的态度，不是走马观花浅尝辄止，不是走走形式做做样子，而是将其当作创作取得成功的最重要、最有效、最关键的途径。他对生活的深入，往往是进行拉网式的采访，以此来体验生活，搜集素材；了解历史，认识时代；提炼主题，发现人物。这是他创作每部作品前必做的功课，反映出"深"和"广"的显著特点。他用一双发现的眼睛和两只倾听的耳朵，去进行全身心的观察、捕捉和感受，了解和发现生活中蕴藏着的大量而宝贵的真相、细节、趣味和意涵，感受作品所要展现的时代精神与人物生活场景。因此，反映在他的作品中的一切，是接地气的、可靠可信的、有根有绊的、有血有肉的，带着生活的虹霓和露珠、色彩和气味、伤痛和芳香。因此，他的作品不是停留于一知半解、一鳞半爪，不是凭空想象、闭门造车的产物，不是靠侃靠编生造出来的东西。由于长期深入部队，深入生活，沉淀积累了大量的生活素材，在日积月累中，不仅使他对相关题材的了解，几乎达到了专家的程度；而且更成就了他提炼素材、编织故事的能力，使他的作品中总是有那么真实精彩的故事和令人信服的人物。因此，他进入创造的过程时，既有丰富生活和充裕材料支撑，又都是在将其吃透消化之后的挥洒，心里有数有底而敢于落笔、善于运斤。正如周振天所感慨的，生活的丰厚积累是我创作成功的根本保证，如果没有亲身的体会与感悟，写起剧本来心里就没底，笔触就发飘，又何来与众不同的灵感与思路呢？扎根生活，扎根人民，以作品立身，是周振天所深谙的创作真谛。

体现在周振天的艺术创作之中的，是其丰厚的文化底蕴和坚实的编剧功底，这来源于他勤奋刻苦的好学精神、博采众长的谦逊态度和坚持不懈的艺术追求。文化底蕴和编剧功底不是仅凭聪明才智就能获得的，更需要日积月累、博观约取地兼收并蓄才能夯实打牢。在周振天的人生与从艺之路上，他始终把自己当作一名手不释卷、废寝忘食的学习者，绝不因才华过人或功成名就，而自命清高、睥睨他人和固步自封。他有着极为谦虚的姿态和开阔的视野，始终如青年人一般抱持永不餍足、如饥似渴地汲取一切有益思想艺术营养的姿态。他不仅广泛阅读和观摩各种文艺学术方面的经典名著，使之转化为自己的思想武器；还以极大的兴趣和精力，时刻关注和了解国内外各种新的文艺思潮、创作动向和各类佳作，并进行认真的研读、解剖和揣摩，以从中获得有利于自身创作的启发和借鉴。如在电视剧的创作上，周振天就是学习借鉴了 19 世纪俄罗斯文学的成功经验，《潮起潮落》就是一个典型的例子。其所结构起的戏剧故事，所注入的美学观和历史观，所把握的历史发展趋势，显然都是从 19 世纪俄国文学中获得了启发，使中国军旅长篇电视剧的风格与面貌，具有了更大的历史容量和更高的美学品味。此外，周振天还是一位善于留心于时代的艺术家，甚至对一些流行的、时尚的话语，也给予及时的关注和了解，并将其有选择地融入他的作品之中，这就使其作品时常显示出青春态和当下性。文化底蕴的日益丰盈和强有力的支撑，是周振天的创作始终保持前沿特征、保持高质量的重要因由。

周振天始终有着清醒的文化自觉和使命担当。无论他的何种体裁的作品，都是堂堂正正、恢弘壮阔、沉雄大气之作，充盈着昂扬奋发的时代精神，显示出积极向上的艺术格调。他始终把自己对历史进程的理解，对民族命运的思考，对人生人性的开掘，有机地熔铸在自己的创作之中。在他的作品中，家庭和个人的命运从来都不是孤立存在的，而是与民族的兴衰和国家的存亡紧紧联系在一起的。如《玉碎》《张伯苓》《小站风云》《神医喜来乐》《护国大将军》《闯天下》等莫不如此。从而艺术性、形象化、以小见大地传导出自强不息、厚德载物，贫贱不能移、威武不能屈的民族精神、爱国情怀和高尚品德。在当下，这是一种颇为稀缺的精神品格，也是一种难能可贵的艺术守望，值得为之嘉许和激赏。周振天有一种极为难得的艺术家的情怀，不管是军旅题材还是历史题材作品，也不管是反映家国天下还是英雄主义情操，他在作品中都对民族兴衰存亡这一重大主题抱有一种深沉的忧患，一种强烈的责任，一种能熔断金属、穿透苍茫的剀切之心，这就是为什么他的那么多作品，能够给观众留下深刻印象的重要原因之一。

　　周振天又是一位善于和勤于思考的创作者，有着对历史和现实的深刻而敏锐的洞察力，作品中往往体现出一种可贵的思辨力量，这些都是作为一个编剧不可缺少的素质和智慧。我们时常可以看到周振天总是从国家或军队整个文艺形势的角度，进行整体性的宏观考察和艺术思考，来确立和表明自己的立场，抒发经过深思熟虑所获得的独到见解，对种种文艺弊端和不良现象进行尖锐的批评和抨击，充分体现出他作为一位军人艺术家的见识与胆魄。他的发声既是有现实针对性的、慷慨激昂的，又是掏心掏肺的、讲究策略的，反映出的是他的真知灼见和深切的思考。同时，周振天对自己所承担的每一部作品，都进行创作的定位和深度的剖析，力图通过卓有成效的思考，尽量在作品中融入更厚重深沉的思想容量与情感分量。每一部作品的创作过程，显然都既是艺术创造的过程，也是思考的过程，最终推出的作品总给人味之不尽的印象与感受。没有真正有思考的创作，就很难有真正好的作品。一部作品所谓的思想艺术价值，往往存在于精深的思考之中。周振天的创作不是只追求作品本身的自足，不是满足于能够向委托方交差，而是往往将其放在创作的全局或整体上，来做成色的考量、角度的审视和价值的判断，最大程度地向所可能达到的高点去推手中的作品，使之成为一时之冠，不二之选。我们从周振天的每一个作品中，都可以很清晰地看到他注入作品的思考的火花和亮光，其所呈现出的思考的脉络和线索，又是基于怎样的出发点、着眼点、立足点，都是居于一种怎样的思想艺术高度，出手的作品又是怎样达到其最为理想的境界的。

作为一位出色的编剧，周振天十分讲究叙事的策略，这是其作品常常具有很高艺术性和吸引力的重要原因。历史题材也好，现实题材也好，军事题材也好，地方题材也好，他都善于结构、精于撰写，几乎每一部作品最终均达上乘，反映出他在创作上的充分自信和高超能力。这要归因于他是一个具有大胸怀和大格局的艺术家，其作品常常都含蕴和表达宏大的时代主题，但又都是以小见大，从小切口来展示大视野，以小人物来折射大历史，让观众透过一个个小的窗口，窥见激荡翻滚的时代风云，真可谓运用之妙，存乎一心。他深得编剧的个中三昧，而且将其运用得炉火纯青，其表现即是他的每一部剧作，在精心策划叙事角度的基础上，苦心构思尖锐激烈的矛盾冲突和人物间的对手戏，巧妙设置一波三折、跌宕起伏、引人入胜的故事和细节，让观众在荡气回肠的起承转合之中，看到的是时代的肌理和民族的悲欢，思考的是历史的脉络和今天的走向。周振天从不是给人物、给历史贴简单的概念标签，也不是进行苍白无力的高台教化，而是以充沛的激情和饱满的张力，甚至人间的烟火和世俗的情怀，来传达历史的真实和感人的力量，让作品具有更强的艺术气质，更浓郁的生活意味和文化气息，从而大大地提高了作品的思想内蕴和观赏效果，凸显了作为一个剧作家值得总结的高超的编剧技艺和杰出的创造智慧。

对性格各异的人物形象的成功刻画，是周振天在其创作过程中所竭力追求的。无论是话剧《天边有群男子汉》中的那群兵，电影《蓝鲸紧急出动》中的潜艇艇长武仲毅，《老少爷们上法场》中的人物群像，电视剧《潮起潮落》中的鲁明宽和简小荷，《驱逐舰舰长》中的高迈与严同山，还是电视剧《张伯苓》中的张伯苓，《玉碎》中的赵如圭，《护国大将军》中的蔡锷和小凤仙，《洪湖赤卫队》中的韩英，《我的故乡晋察冀》中的耿三七，《神医喜来乐》中的喜来乐，《闯天下》中的赵沧海，《楼外楼》中的洪家宝和李春贤，音乐剧《赤道雨》中的肖可悦和潘天雨等，都是一个个性格独特、形象鲜明、有血有肉、富有创意的典型人物。他们或是实有原型人物的再创造，或是根据可能进行的艺术虚构，不管是名字响彻历史的英雄人物，还是看似承载生活之轻的普通人，都是中国精神和民族性格的具体展示者，都彰显和充满了人情味和人性美的崇高，更体现了以爱国主义为核心的价值观。在人物形象塑造上，周振天在其个性化追求上做出了可喜的追求与探索，又赋予其鲜明的历史、地域、文化、行业等信息与特色，并以扎实的人物性格逻辑，清晰的人物精神脉络，起伏跌宕的人物命运，显示出创作者骨子里浓郁的文学情愫和卓越的艺术追求，反映出作品独有的文化价值、审美价值和认识价值。周振天所塑造的这一系列人物，来自历史的或当代的生活，又以他们在历史与当代典型环境中的生活与表现，成为艺术中的典型人物，从而给观众留下了极为深刻的印象和启示。

周振天是一个有艺术梦想追求的创作者。特别是在现在相对浮躁的社会和文化环境中，他始终坚持现实主义创作道路，在其作品中洋溢着对信仰和人民的忠诚，对部队的热爱，对事业的执着，对艺术的执着追求，对观众的尊重的精神。他坚守自己的文化自觉和文化立场，艺术理想和艺术良知，坚持以人民为中心的创作导向，在编剧过程中坚持不做资本的附庸，显示出很强的主导意识。尤其在"小鲜肉"、"娘炮"、脂粉气之风流行的情况下，他从不跟风，不去找所谓的卖点，始终坚持自己的创作原则："坚持走自己的路，写不掉价的电视剧，写不让后人耻笑的电视剧，让观众看着有嚼头、有回味，经得起历史检验的作品。"当电视屏幕上充斥着各种家族恶斗剧，宫斗剧、抗日雷剧、神剧以及玄幻剧等偏离了现实主义道路的电视剧的时候，他写文章大声疾呼电视剧不能被资本"绑架"。"无论带有时尚桂冠的物欲横流和无限放大的私欲机心在屏幕上怎样宠爱有加；无论在利益驱动下那些肆意膨化的低俗、庸俗的展现怎样大行其道、怎样覆盖和蚕食艺术道德良知，作为编剧，还是不能丢掉那个念想：我们这一代究竟想给后代子孙们描绘怎样的一个历史景观和未来世界？给那些精神、文化、知识都嗷嗷待哺的孩子们营造出怎样的一方道德环境和精神天地？"这是一种强烈的社会责任意识和艺术道德良知，正是我们现在需要呼吁的和倡导的，是当前电视剧领域所应秉持的创作态度。从他的思考中，可以更精确、更深刻地理解他的创作取向，可以看到他所具有的可贵精神境界和艺术追求。

周振天在创作上不仅题材广泛，而且对自己课以最严格的要求，以实现对自我创作上的不断超越。他总给自己的作品设定需要经过努力才能达到的标高，而这又是建立在其开阔的视野、深厚的积累、大胆的创新、艰苦的探索、不懈的追求，以及对自己的眼光、水准和能力有着充分自信的基础之上的。他的作品既有正面强攻的宏大叙事，也有回环曲折的历史传奇，大多气势磅礴，引人入胜，震撼心扉。即便是主旋律的作品，也都具有丰富的生活质感，体现出一种强烈的家国情怀，体现出对人生和民族命运的思考，同时也充满细致入微的情感刻画，细腻温润的心灵描写，能始终与观众心脉相通，与时代同频共振，丝毫不会给人空洞虚无的感觉。他的每一部作品都力求出新，而从不重复自己，更不因袭他人，呈现给观众的作品总是给人别开生面、令人眼睛一亮的创新之感。从而既显示出坚实的文化功力，又反映出当下性与观赏功能，与时代、与生活、与观众没有距离感，真正堪称雅俗共赏之作，为人民群众和观众所喜闻乐见。

一个人的人品与作品是息息相关的，为人与为文的一致性，作品的风格与人格的一致性，清晰地反映在周振天的作品当中。他的为人很热情，素质很全面，积累深厚，思想深邃，反映到他笔下的作品和人物，因此是深厚的、精湛的、热情的和有温度的，具有强烈的艺术感染力。他的叙事风格和策略既是民族化的、中国式的，又是开放性的、兼收并蓄和博采众长的，这跟周振天所具有的文化修养，对艺术的理解、对艺术的坚守紧密关联。这是中国的艺术创作所应走的道路，也是为中国老百姓所喜闻乐见的。在漫长的几十年间，他的创作风格不仅是一以贯之的，始终坚持自己最初选定的艺术主张和艺术立场；而且他的这种风格又是逐渐强化和丰富的，越来越向上提升。尤其是在今天这样一个复杂多元的世情之下，能够保持坚定的艺术信仰，保持这种纯正的为文之风和为人之风，是非常难能可贵的，有创作范式的意义和价值。

综上所述，周振天是一位很有创作成就的，思想艺术上很成熟的出类拔萃的艺术家。他的创作成果是丰饶的、多彩的、精深的，对于我们的国家和军队的文化艺术事业来说，都是一笔宝贵的精神财富，值得下功夫去研究、去发现、去阐释，并将其发扬光大，传之久远。相信宝刀不老的周振天，在未来的创造生涯中，还会写出更多的好作品。

# 第一章

# 青少时光的文化之旅

要研究周振天的文艺创作，我们首先有必要深入到其过去，即他的青少年时代，他的军旅人生，了解其曾经拥有怎样的岁月，然后再依次进入他作品的阵列，一窥其精心构筑起的繁花千树、琳琅满目的艺术景观。或许只有这样，我们才能更好地走近和认识佳作频出，一直葆有创作激情的周振天，以及他丰赡精湛、丰富多彩的艺术世界。否则我们的言说就成了无源之水。

## 第一节　少年读书郎

1946 年 4 月，周振天出生于湖北新州。在其两岁时的 1948 年，随父母迁至天津，在天津这个大码头度过了属于他少年和青年时代的三十年时光，也在这里开始了他早期的知识学习和文化积累。周振天的父母都是天津市公安部门的干部，他们除了担负和完成繁忙重要的本职工作之外，还十分喜爱阅读文艺书籍，而且还尝试写过小说，由此可见，他们都是有追求、有情怀、有修养的人。父母作为身边的榜样，对周振天来说无疑有着耳濡目染、潜移默化的影响，使其从小就对图书、对文学产生了浓厚的兴趣。尤其是严格而慈爱的母亲，她经常从公安局的图书馆借各种类型的书籍带回家来，给处在求知阶段的周振天和姐姐、几个兄弟们阅读。每当母亲拿回书来时，姐弟们都争先恐后、如饥似渴地抢着看。周振天为了能够抢先一步得到母亲拿回来的图书，常常在母亲快要下班的时候，跑到路口去等下班回来的母亲，急不可待地从母亲的包里获取新借来的书籍，就是为了先睹为快。那个时候周振天能读到的书，大多都是母亲感兴趣的，也是她认为对孩子们成长进步有益的书。其中就有苏联的文学作品《钢铁是怎样炼成的》和《卓雅与舒拉的故事》等。对于一个少年而言，有些书中讲的故事和道理未免有些太深奥了，常常看得似懂非懂，但周振天还是坚持着把它们一字一句地读下来。有一本名叫《狼》的苏联红军剿匪小说，长达四十多万字，周振天虽然不完全明白其就里，却仍然按章按节、从头至尾地看得津津有味、畅快淋漓，如醉如痴、不亦乐乎。但凡爱读书的少年人，在那种慧根待开的懵懂岁月，有几个能把其钟爱的，却体现着人类深奥思想、复杂情感的书籍，全都看个明明白白，并且彻底地吃透消化呢？然而少年周振天仍然乐此不疲，这种囫囵吞枣式的阅读，并不是没有意义的，既快乐和滋养了他的少年之心，也影响和塑造了他日后的价值取向与气质。

在周振天的少年时代，接受知识的渠道同今天相比，完全不可同日而语。不要说没有现如今早已司空见惯、遍及时空的电视、网络和手机微信等，一台体积很小、收台有限的矿石收音机，在周振天和兄弟们眼里，已算是高档的奢侈品了。周振天经常守在这台收音机旁，兴致勃勃地收听各种广播，专注地聆听来自空中的声音。他特别是对其中各种引人入胜的说书、讲故事的栏目感兴趣，时常被那些曲折动人、趣味横生的故事给深深地吸引着。同许许多多的少年一样，小人书也是周振天的最爱。每到夜色降临的晚上，就有出租小人书的小贩，推着摆满各种小人书的车子出现在天津的街头。租书人摇着清脆悦耳的铃铛沿着街道走过来，吸引着孩子们。只要一听见这摇铃声响起来，周振天就和他的兄弟振理、振勇一溜烟似的跑到街上，将前一天租的小人书还上，再从车子上挑选和租借没看过的小人书。看书、还书、选书、租书的过程，是他们兄弟最开心的时刻。他们租来的小人书种类繁多，内容丰富，图文并茂，正适合他们阅读和观看。诸如《岳母刺字》《花木兰》《牛郎织女》《司马光砸缸》《董永卖身葬父》

《哪吒闹海》《三侠五义》《窦尔敦》《包公故事》《刘胡兰》《董存瑞》《鸡毛信》等。每当租来新的小人书，他和兄弟们你争我夺地交换着观看，有的一本小人书能反复看上好多遍，直到把其中的人物、情节和故事等内容记得滚瓜烂熟。在学龄前的周振天的心里，这些小人书不仅播下了爱国主义、英雄主义，以及忠孝、仁义、诚实、荣誉等思想文化的种子，也让他记住了那一个个故事，这或许也具有了某种对于"剧"的启蒙意义。

周振天还有一些近在身边的故事讲述者，这就是他的奶奶、父亲，两位姑姑。奶奶是湖北人，年轻时在武汉的法租界有钱人家当过用人，皈依了基督教，小时候的周振天经常陪着奶奶到天津基督教堂做礼拜。周振天回忆说，教堂里的风琴声给自己留下很深的印象，但令他最难忘的是每每结束礼拜仪式时，教堂会给孩子们发放糖果零食，那是最开心的时刻，但与此同时，也鼓励大人孩子们向募捐箱里投放钞票。那时在公安局工作的父母都拿着微薄工资，养家糊口勉勉强强，周振天和兄弟们口袋里分文没有是常态，他回忆说，因为自己领了糖果却又不能像其他有钱人家孩子一样捐钱，心里一直有羞愧与歉疚。

因为爸爸妈妈上班很忙，周振天是奶奶一手带大的，他依稀还记得自己一两岁时，常常是含着奶奶的乳头入睡的。奶奶也常常给他讲在汉口常见街上横行霸道、趾高气扬的西洋人、东洋人。他记得小时候会像许许多多孩子一样在夜里哭闹，奶奶用地道的湖北腔吓唬他，说日本人来了，跑反了！跑反了！那个时候，对大人和孩子来说，最可怕的记忆就是日本人来了。当年，抗日战争爆发后，在汉口码头干活养家糊口的父亲报名参加了国民革命军，很快就随着部队开赴云南祥云机场，经常开着卡车为在缅甸的远征军运送弹药物资。也正是在祥云，父亲认识了周振天的母亲，并且在母亲的叔叔引导下参加了共产党的地下工作。父亲每每向他们兄弟谈起日本军队的暴行时，总是恨得咬牙切齿。父亲喜欢吹笛子，闲暇时把兄弟几个拢在一起听他吹笛子。有一天，父亲吹了一首凄婉的曲子，周振天问父亲这是什么歌，父亲说叫《苏武牧羊》，又讲了苏武不辱汉朝国君使命，坚持气节，宁可在北海（就是贝加尔湖）放羊十九年的故事。周振天回忆，1988年他跟随《李大钊》剧组乘火车前往莫斯科拍摄，路过贝加尔湖时，他脑子里一下子闪出父亲讲的苏武北海牧羊的故事……幼年、少年接受的熏陶，是真的足以影响人一生的，这就是人们常说的底色吧。

　　周振天读小学、中学的地方，就在天津和平区五大道一带，曾有长辈指着路边的建筑，告诉他这是英租界，这是法租界，这是日租界，这里是德租界……那时的他弄不明白，为什么中国的地盘儿会曾经有九国的租界？洋人为什么有特权在天津建立中国政府完全不能管辖的独立王国？特别是坐落在鞍山道上的血液研究所，原来就是日军驻天津的司令部，那时，日本人将所有非法抓来的所谓抗日分子都关在这里，严刑拷打，百般折磨，打死以后就装进麻袋往海河里一扔。周振天在少年时代接收了很多这样的信息，就不免激发了他心里进行超越年龄的思考：旧中国为什么会这样屈辱？这种思考在他后来成长的岁月里，一直在心头萦绕。后来他通过读书与学习，逐渐了解和认识了中国那一段百年屈辱史，明白了为什么孙中山要搞辛亥革命；共产党人为什么要推翻三座大山，建立新中国；为什么那个时代会出现那么多的前仆后继、慷慨就义的烈士。后来他的好几部作品都涉及帝国主义国家在旧中国殖民的内容。

　　除了贪婪地读各种书籍之外，兴趣广泛的周振天还把眼睛瞄向外面的世界。他跟小伙伴们转遍了天津的各个好玩的去处，下河摸鱼，郊外捉蜻蜓，爬树摘枣子，还有逛闹灯节的娘娘宫，做礼拜的西开教堂，繁华热闹的劝业场等，历史博物馆、自然博物馆等都曾是他经常转悠、流连忘返的地方。他特别喜欢看电影，当年天津唯一的"儿童电影院"就在周振天家附近，这得天独厚的条件，给他看电影带来了很大的地利之便，他因此也成了电影院的"常客"。那时候的电影票价非常便宜，一张票只需要花五分钱。他像着了迷似的爱看电影，只要电影院一有新的影片上映，他一定要去看，可以说是场场不落。星期天不上学的时候，他一天能连看两三场，似乎只有这样才能尽兴。

在周振天看过的这些电影中，既有国产的，也有国外的，大多是战争题材和革命题材，像中国电影《钢铁战士》《白毛女》《赵一曼》《战斗里的成长》《扑不灭的火焰》、苏联电影《夏伯阳》《普通一兵》等。这些情节紧张、曲折和精彩，洋溢着爱国主义和革命英雄主义精神的影片，一次次地让他深陷电影的剧情之中，不仅给少年周振天留下了极其深刻的印象，也强烈地感染、激动着他的内心，给他注入了一种难以抑制的写作欲望。因为看电影，他也曾让家里虚惊一场。一天晚上已经十一点多了，母亲还不见周振天回家，她想一定又是去看电影了，于是急忙去儿童电影院寻找。当赶到电影院一看，电影早已散场，电影院也已熄灯锁门了。此时的周振天应在何处，似乎没有第二种可能，在母亲的再再坚持下，服务人员开锁打开场灯，果然发现周振天正靠在座椅上呼呼大睡，对人去场空、灯熄门关竟浑然不觉。周振天对电影的痴迷由此可见一斑。他说自己小时候很调皮，可没少让家里操心。一次邻院男孩抢了姐姐的毛线手套就跑，姐姐吓得哇哇大哭，周振天追不上，捡起石头就扔过去，男孩头破血流。害得爸爸妈妈赶紧拎着一篮鸡蛋上门道歉，拿钱上医院。为此，自己被绑在椅子上一个星期，除了吃饭睡觉上厕所。家里就是这个规矩，孩子打架惹了祸，甭管双方谁先动的手，父母都先要向人家赔不是，随之而来的就是各种惩罚。虽然家教甚严，但回忆起自己童年、少年生活，周振天仍然兴致盎然。

他家附近不仅有儿童影院，正对门还有天津最大的一家建筑公司，这家公司有一座不大不小的剧场，每到周末都会请京剧团体在剧场演出。一听见敲锣打鼓的声音响起来，周振天就和邻居小伙伴们一起，翻墙、溜后门，千方百计混进剧场蹭戏看。混进来的他们自然是没有座位可坐的，剧场管理人员不把他们轰出去就算客气的了。于是他们就趴在舞台边，或跪在地板上，仰着脖儿向着台上看热闹。那时他根本闹不清台上演的是什么，唱的又是什么，分不清什么是生旦净末丑，更不懂什么叫四功五法，只看到文臣武将又唱又打，花旦丑角又舞又跳，锣鼓板子敲敲打打，胡琴唢呐曲调热闹，但也看得沉迷其中，不亦乐乎。据周振天后来回忆，他当时在台上看到的都是一些京剧名作，如《秦香莲》《女起解》《大保国》《大闹天宫》《三岔口》《挑滑车》《打龙袍》《打渔杀家》《金玉奴》等，虽然搞不清故事来龙去脉，但这并不影响他看大戏的好兴致。他回忆小时候看大戏的经历说，那的确是一种刻骨铭心的文化熏染。

## 第二节　最初的艺术与人生之旅

从某种意义上讲，周振天从少年时代起就是个有写作梦想的人。因此，他渴望有机会读到更多的书籍，或者亲身参与到艺术实践活动中来。在他上小学五六年级的时候，他报名进了天津市和平区的图书馆当义务服务员。每天放学之后，他不回家而是直接去图书馆帮忙。图书馆丰富的藏书令他眼界大开，兴奋不已。他的任务就是把读者还回来的凌乱无序的书籍，按照书脊上的编号分门别类地插入书架原来的位置上。这免不了要跑来跑去，爬上爬下，虽然有点辛苦，但手脚麻利、浑身是劲的他，不仅不觉得累，反而乐在其中，干劲十足。作为对他的酬劳奖励，图书馆管理员允许他每次可以多带几本书回家阅读，这使他有机会读到了大量中外文艺名著。本来《安徒生童话》《格林童话》等书籍属于他这个年纪的适龄作品，但他居然不知轻重地更以极大的兴趣阅读了不少大人看的书，像托尔斯泰、契诃夫、雨果等创作的俄罗斯文学和欧洲文学作品，《烈火金钢》《敌后武工队》《太阳照在桑干河上》等中国现代小说，鲁迅的小说与杂文等许多中国现当代作家的作品，也都在他的涉猎范围之内。周振天说那时看书的确是半懂不懂、囫囵吞枣，只是后来开始写东西之后才感觉到少年时读的书真没有白读。

时间到了1960年，这一年周振天十四岁了。他不想再按部就班、安分守己地上学了，他竟然瞒着家里人"斗胆"去考天津人民艺术剧院的儿童剧团。本来只是想去碰碰运气，没想到在海量的考生中，他居然真的被录取了，这样的结果令可能只是想尝试一把，有些始料不及的他感到"蒙圈"。不过凭着今天依然一副身材高大、面容英俊、文艺范儿十足的样貌，当年虽然注定青葱生涩，但必定有出众引人之处，被看中和录取似乎不足为奇。但录取之后并非就是坦途，如何做通不同意他进文艺单位的父母的工作，是一件很有难度的事情。然而周振天知道如何攻破父母并非坚如磐石、一成不变的内心堡垒，在经过一番不依不饶、晓之以理、动之以情的哭闹缠磨之后，他终于如愿以偿了。于是就有了为时三年的话剧演员的学习、训练和演出生涯。天生爱学习钻研、勤奋刻苦的周振天，积极认真地完成作为一名话剧学员所必须完成的科目。俄罗斯戏剧理论家斯坦尼斯拉夫斯基的厚厚一本《演员的自我修养》是必须读的，他和同学们大都是连懂带不懂地生啃了下来。周振天说其实真正领悟斯坦尼戏剧学说，还是自己创作话剧之后的事了。当天津人艺老演员们演出《钗头凤》《雷雨》《日出》《玩偶之家》《野火春风斗古城》等话剧名作时，周振天便同儿童剧团的同学们一起几乎天天泡在剧场侧幕条后或乐池里一遍又一遍地观看。在天津人艺的学习、训练与演出实践，以及对那些话剧名作的悉心观摩，使他颇有心得，受益良多，为他后来从事话剧等门类的艺术创作，铺垫下了很好的底子。

周振天感慨，自己艺术之梦命运多舛，时至 1963 年，因国家经济形势困难所致，国营体制单位和人员面临着大裁减。天津人民艺术剧院的儿童剧团被取消编制，周振天被分配到天津乐团学习圆号吹奏。十七岁的他因为年龄还小，被乐团送到天津音乐学院附中借读，于是他又开始了为时两年多的音乐学院附中的学习生活。周振天后来回忆说：尽管学习音乐时间不长，但是音乐学院附中正规的音乐专业培训，使得自己的艺术储存库里的音乐素质得到丰富与强化。那时每周都有听经典交响乐的课程，并有老师仔细精到的剖析讲解。德沃夏克深切思乡的《自新大陆》，老柴尽情挥洒壮怀激情的《第一钢琴协奏曲》等都扎扎实实地嵌入自己脑海里。与此同时，交响乐里主旋律与副主旋律的交相呼应与谋篇布局，以及旋律与节奏的微妙搭配，等等，这些都从潜意识里给自己在以后的文学戏剧创作，储备了某种有益的启示。但是，在追求艺术梦想的道路上，周振天一再遭遇坎坷和曲折。在同音乐打交道两年多之后，天津乐团又因为受当年音乐界极力强调民族化的思潮的影响，开始进行人事精简，周振天又面临着重新选择职业的问题。"居无定所，漂泊接着漂泊。"周振天这样嘲弄自己。父亲对他说：既然如此，就别再做艺术梦了。在万般无奈之下，周振天只得很不情愿地去考公安局的岗位，并被录取了。在经过一段时间的训练之后，他被分配到市公安局六处下属的一座专门安置劳改刑满人员的郊区农场做管教。

那一年，周振天才十八岁。领导觉得他涉世未深、太年轻，不适合到队里同那些背景复杂的劳改刑满人员直接打交道，而安排他到档案室去整理刑满人员的档案。这一善意的决定，对之后终生从事艺术创作的周振天而言，如同将其引入了一个贮存丰厚的意外矿藏。那些档案堆积如山，有的一个人的档案摞起来就有半人高。起初，周振天觉得这是一件枯燥无比的差事，而且一天半天地翻下来就会弄得满手都是灰尘。但当他认真仔细阅读那些档案时，才发现自己是在接触和进入另外一个世界。他看到每个人的档案封面上都有"前科"一栏。所谓前科就是标明这些刑满人员因为什么罪行被判刑的。其中的罪名有"历史反革命""日伪特务""强奸""盗窃""抢劫""偷税漏税"等等，可谓五花八门。有一个档案封面注明此人的前科为"架网特情"，周振天闹不懂这是一种什么罪行，就去请教老同志，被告知这是为两方或多方效力的间谍。也就是说，这种人在旧社会一边跟日本人周旋，为日本人效力，挣日本人的钱，一边又搞日本人情报给国民党特务机关。又有一次，周振天看到一本档案封面的"前科"一栏写着"龙阳"，这使他如坠五里雾中，完全不知道这又是一种什么罪行，老同志告诉他所谓"龙阳"就是"同性恋"。在上世纪五六十年代，同性恋也是一种犯罪。后来他才了解到，龙阳是我国战国时期魏国一位臣子的姓名，因其与当时的魏王有同性恋的关系，后世的人们便将同性恋称为"龙阳之好"。这个典故也成为彼时判定同性恋"犯罪"的一个比较"雅"的"前科"罪名。档案中的材料就更丰富、更详细了，谁过去给谁当过特务，又是怎样被捕的，怎样进行审讯的，等等，所有一问一答的笔录在档案中都记录得非常清楚。诈骗犯的笔录更是"精彩"，怎么挑选目标？怎么设局下套？怎么诱人上钩？记录得一清二楚。有的档案绳子断了，有的页码撕缺了，周振天都怀着极大的兴趣，以极为认真的态度，一边重新装订和粘合，一边仔细阅读其中的笔录、犯罪事实、坦白书、证词等等。正是在整理这些浩繁档案的过程中，周振天透过纸质的材料，仿佛见识到了旧中国的五行八作，三教九流，触摸到了旧社会的脉搏，也比较细致地了解了新中国成立前和建国初期各种各样的犯罪现象、犯罪手段，以及犯罪心理等。从这些原始档案的记载里，可以清晰地看到，有的人因为利欲熏心走上歧途，有的人因为贪念而行不轨，有的人因为一时糊涂铤而走险，有人因性变态而屡教不改。也有的人仅仅因为某种微小过错被罚，因不服以极端态度申请翻案而锒铛入狱，实则是冤枉。凡此种种，不一而足。在后来的一次访谈中，周振天坦承正是那一次整理档案的工作，给他打开了一扇认识和观察社会与人生的特殊窗户，使其有机会了解到一般人难以窥见的社会背面的光怪陆离与驳杂阴暗，了解到人性的扭曲与莫测，了解到当时司法制度还存在着的某些不完善之处。周振天说：自己的同龄人大都是在书本和课堂了解旧社会的破败与黑暗的，而自己则是从一本本详实、细密的罪犯档案里看到新中国成立之前老百姓是在怎样的社会环境里生存的。这就好比二维景象与三维景象的不同，这个独特的经历对他后来形成稳定的世界观、认识论乃至价值评判而言，是一座坚实的坐标。两年之后，周振天被领导派到管教队当队长。他开始一个一个地与自己在档案上已经了解的那些人，面对面、近距离打起了交道。原来那些形形色色、五花八门的人物，也由平面到立体，由单一到丰富，进一步真实具体地深化了他对这那些人的认识。他在那里一干就是十年，由于印象太过深刻，至今周振天仍然可以讲出几十个记忆犹新的各色人物。周振天回忆说正是那段经历与积累，让他日后创作历史剧、年代剧时心里有了底气。

## 第三节　时代风云中的起步与坎坷

"文革"开始以后，公安局被军队接管，成立了毛泽东思想文艺宣传队。因为有在儿童剧团和乐团的工作经历，周振天被调到军管会宣传队当队长。宣传队任务先是宣传毛主席的最新指示，后来又学演革命样板戏。周振天在宣传队是多面手，既演话剧、吹圆号，也写歌词、诗朗诵，创作短剧和相声，还兼作曲，继而又搞样板戏演出，一直没有熄灭的艺术之梦使他乐此不疲。周振天后来回忆道：在那一时期，提倡"文艺为政治服务"，所谓创作经典的"三突出"（所有的人物中突出正面人物，正面人物中突出英雄人物，英雄人物中突出主要英雄人物）原则，"三突出"原则创作还有一个规则，只写主人公的英雄壮举，不能写主人公的七情六欲、情感经历，更不能写主人公的缺点与错误等。对这一套创作模式的学习，以及对这样的创作理论创作出来的作品的观看，耳濡目染，潜移默化，给周振天后来进入专业创作的思维留下不小的影响，他花了很大气力才从这样的创作套路中挣脱出来。当时宣传队很重要的一项任务，就是到公安局所属的十几个劳改农场、工厂去巡回演出，慰问公安干警和看守武装警察。

令周振天没有想到的是，正是到各地监狱、劳改农场演出的机会，竟然成了他阅读世界名著的饕餮之旅。那时候，社会上、学校里以及机关所有的图书馆都被封禁，所有中外文学名著都被当作"封资修"毒草付之一炬。如果谁被发现还在读"文革"前出版的那些中外书籍，就很可能被批评或是写检查。各个监狱和劳改农场的图书馆虽然被封存了，但还没有被收缴、被销毁。这对渴望看到好书的周振天而言，无疑是一个天赐良机。每到一个巡回演出的农场或工厂，他就与那儿的领导沟通，然后钻进封闭的图书馆去淘书，尽力搜罗其中的各类名著。他淘得的书籍一天两天当然是阅读不完的，就与当地的领导商量能不能带走看，看完后再还回来。那些领导们表现得都很通达，说这些东西反正早晚也要送造纸厂的，能拿走就拿走吧。这让周振天大喜过望，就这样，他陆续淘回来一批中外名著。如《红楼梦》

《东周列国志》《聊斋志异》《二十年目睹之怪现状》《啼笑因缘》《笑面人》《九三年》《罪与罚》《被侮辱与被损害的》《白痴》《福尔摩斯探案集》《红与黑》《包法利夫人》《悲惨世界》《欧·亨利短篇小说集》《伏尔泰诗集》《罗亭》《马克·吐温小说集》等，林林总总，足有上百本之多。他用这些书籍与书友们组成了一个"地下"的图书交换圈子，彼此心照不宣地进行相互间的借阅。他所拥有的那些书籍后来因为唐山大地震波及天津，散落很多，至今他仅珍藏着延安时期出版的范文澜第一版《中国通史》、1948 年出版的《巴黎圣母院》等少数几本名著。周振天曾经回忆说，那时候才二十多岁，本来年轻人就有强烈的阅读需求，再加上又是违反规定的偷偷阅读，因此有一种偷尝禁果的强烈愿望与冲动。所以那个时候能有"地下"的读书机会格外地珍惜，一本书常常是反复地看，仔细地读，每一部书都留下了很深的印象。由于有了这个交换圈子，他还读到了更多的鲁、郭、茅，巴、老、曹等中国现代名家作品，读到了更多的托尔斯泰、契诃夫、陀思妥耶夫斯基、雨果、福楼拜、狄更斯、巴尔扎克、杰克·伦敦、欧·亨利等俄苏文学和欧美文学大咖的书。如雨果的《巴黎圣母院》，周振天读了好多遍，对雨果很是崇拜，算是铁粉了。他认为雨果编织故事的天才能力、塑造人物的非凡功力，对黑暗社会、对人性的深刻剖析与犀利批判，对自己都是有深刻影响的。还有曹禺先生的剧本，周振天也是一读再读，因为《雷雨》《日出》都是取材于天津的事，周振天还专门跑到"陈白露"住的天津惠中饭店逛了两次，感受那里的气氛。周振天说贪婪而又广泛的读书，对他日后各门类的创作起着很关键的潜移默化作用。写两幕话剧《危机公关》时，《雷雨》的剧情结构是对自己有启发的。在后来多部作品创作中，自己在"立主脑"的前提下，敢于放开胆子大开大合，谋篇布局虚构编织故事，尽情展开想象力的翅膀等，与过去的大量阅读获得丰富的启示都是密不可分的。"古人学问无遗力，少壮工夫老始成。纸上得来终觉浅，绝知此事要躬行。"对陆游的这首诗，周振天深有感触。读书和看档案等，极大地丰富了他的生活认知与艺术储存。

但真正令他刻骨铭心的人生体验还是他亲身经历的命运波折与坎坷。正当周振天乐此不疲地在文艺宣传队排演节目的过程中，"文革"期间的各种运动也在波谲云诡、此起彼伏地开展着。解放前，父亲属于中共华北城工部体系，在天津国民党宪兵队搞地下工作，解放后被分配到天津市公安局工作。但在"文革"的所谓"清理阶级队伍"运动中，被莫名其妙地扣上"历史反革命"帽子。正在排演节目的周振天接到军代表的通知，说今后再填表时在你的"出身"一栏不能再填写"革命干部"了，要改填"历史反革命"，但可以加括弧，即"按人民内部矛盾处理"。这对周振天来说无异于晴天霹雳。原本从小就因"革命干部"家庭出身而具有的自豪感顿时无影无踪了。他一直记得，小时候常见父亲晚上睡觉时，就把手枪放在枕头底下。他趁父亲转身的工夫，忙伸手到枕头下面摸一下手枪，尽管隔着皮套，也有极大的满足感和自豪感。父亲的政治身份被突然改变，自卑沮丧、前途无望之感，在很长一段时间里控制了他的情绪。不久，父亲就被下放到天津郊区一个叫泥窝的村子劳动，接受贫下中农教育。母亲也由公安局下放到棉纺厂当挡车工。全家原来住在公安局的宿舍院，也被强行搬迁到别的地方。受到父亲的所谓历史问题的影响，在地毯厂当保卫科长的大哥周振璧一向正直厚道，却遭到"造反派"的批斗欺辱，患上了精神分裂症。在内蒙古担任地质勘探队领导的二哥周振玲，也受到了政治上的牵连。几乎与此同时，身为歌舞团舞蹈演员的周振天的恋人冀朴，由于父亲因所谓历史问题非正常死亡，也遭到了种种歧视。这种糟心屈辱的日子，使乐观昂扬、追求写作梦想的他有了度日如年的感受。多年后周振天在回忆"文革"遭遇时解嘲道，我们两个人的家庭那时都有了"政治问题"，倒也索性放下了所有对政治进步的追求和期待，不去想那么多了。但恋爱结婚过日子，我们总还有权利的吧？老话说，君子无刑不发，大概就是这一系列的蹉跎与坎坷，激发了周振天改变命运的倔强。他一直没有放弃自己的艺术之梦。

也就是从那之后，周振天开始了第一部长篇小说的写作。在此之前，想必是以往所受到的文化熏陶，更加之周振天所天赋的创作才能，使他从少年时期开始，就萌生了当作家的梦想，就有了发表作品的欲望，一开始他试着写一些所想所得的打油诗、小文章，并勇敢地也是惴惴不安地寄给报社。可能是他的文笔还很稚嫩，或没有熟人可以作为登堂入室的门径，寄出的稿件不是被退回，就是如泥牛入海。但这挡不住他拥抱文艺的强烈渴望。作为一个初学乍练的新手，当时压根就不知道写出来后能不能出版，反正就是憋着劲儿要写。即使作品发表不了，他也从来没有灰心丧气，也没有悲观失望，而是持之以恒，笔耕不止，体现了对于自己梦想执着无悔的坚持与坚守。万万没想到，他结婚四年后，唐山大地震波及天津，偏巧他家后街就叫唐山道。他与妻子摔下二楼，都受伤进了医院，还算是幸运，都保住了性命。否极泰来，也正是那一年，命运之神终于眷顾到周振天头上，多年笔耕终于在文学之路结出了第一颗果子。1976 年，他的第一部长篇小说《斗争在继续》，在河北文艺出版社张瑞安编辑精心扶持下出版了。处女作的出版，对于周振天来说无疑是一件值得庆贺和纪念的大事，意味着他一生的创作道路从此拉开帷幕。当他从邮局拿到自己还散发着油墨香气的作品时，他感到自己的手在颤抖，心在狂跳，那种陡然间涌起的巨大欣喜与激动简直无法形容。他回忆说那时自己就感受到原来梦是可以看得见的呀！可以肯定的是，他于少年与青年时光所得到的文化熏陶和生活积累，他所具有的创作才能和远大志向，特别是家境变故所导致的精神苦闷与内心彷徨，都成了催化他写作的动力与能量。从某种意义上讲，《斗争在继续》的出版是周振天新的命运的起点和拐点，使他从此走上了终生从事文艺创作的宽阔道路。而且他曾经历和拥有的那一切，都将托举、支持着他飞得更高更远。

# 第二章

## 蔚蓝色的从军行

周振天从小不仅有文艺梦，也有当兵的梦，对部队生活非常向往，但他苦于一直没有机会。尤其是在"文革"中遭遇家境的陡然变故，薄薄的表格上"出身"一栏的改变，令周振天更是彻骨地感受到了政治斗争对个人命运的残酷掌控，也感受到了人情世态的冷暖，以及人生道路的无常。他的从军梦从此便杳如黄鹤了。他曾深切地感慨道，要不是后来粉碎了"四人帮"和党的十一届三中全会的召开，在运动中遭到冲击的他与妻子的双方家庭，怎么可能彻底平反？他这个背负上"历史反革命"出身包袱的人，又怎么可能参军？

### 第一节　迈入军旅

1978年，周振天被幸运地特招参军进入地处北京复兴路的海军政治部话剧团。既然能被特招，必然有其特别之处或特殊缘由，尤其是在那样一个后门之风并不时兴的年代，是要靠自己的真才实学的。前文提到，周振天创作了第一部长篇小说《斗争在继续》，虽然在他自己后来看来，这部作品还显得十分幼稚，但却被八一电影制片厂执导过《脚印》《五更寒》《英雄虎胆》《哥俩好》《野火春风斗古城》等著名影片的导演严寄洲和文学编辑部桑坪主任看上了。桑坪主任希望并鼓励周振天将其这部描写公安机关破获间谍案题材的小说，改编成电影文学剧本，并且派了八一厂编剧黎阳共同编剧。这就有了后来在全国放映，并产生了广泛影响的电影《猎字九十九》。在电影《白毛女》中饰演过喜儿的著名演员田华，就是这部影片的主演之一。

正是因为《猎字九十九》的上映，时任海军政治部话剧团团长的王洪武注意到了周振天。也许这位慧眼识珠的王团长，认为周振天的潜质以及作品的特质，同部队文艺团体的要求很契合，因此设法将他特招进海政话剧团担任创作员。此举，使周振天的从军与从事文艺创作的双重梦想，奇迹般地得以实现了。海政话剧团，全称为中国人民解放军海军政治部话剧团。其前身为1953年组建的海军政治部文工团话剧队，1959年年底扩建后，被正式命名为海军政治部话剧团。海政话剧团以演出本团创作的反映海军生活的剧目为主。在上世纪五六十年代，曾创作演出过《出海》《海防线上》《海上长城》《甲午海战》《赤道战鼓》《夜海战歌》《海空雄鹰》等剧目。这些剧目显示了海政话剧团题材选择的独特、演出场面的宏伟、剧作风格的色彩浓郁等鲜明风格和特色，有的剧目上演后在全国产生过较大的影响。其中如《海防线上》，在1964年荣获总政治部授予的优秀话剧创作奖，并被多家戏剧团体植移为京剧、越剧上演。《甲午海战》，塑造了以北洋水师"致远"舰管带邓世昌为代表的爱国英雄形象，在全国各地巡回演出长达九个月之久，连续演出三百六十多场。《赤道战鼓》，是中国第一部描写非洲人民生活的话剧，1965年2月在北京首演后，同年即被总政治部授予优秀剧本奖，并先后被沪剧、评剧、川剧、江西采茶戏等多个剧种移植上演。海政话剧团也因此形成了自己独特的艺术风貌，成为受到全军乃至全国同行与观众十分关注与喜爱的话剧艺术团体。在天津人艺儿童剧团时，周振天曾经观看过海政话剧团演出的情景诗朗诵《难忘的航行》，那时他对海政话剧团极其崇拜，万万没想到十八年后他居然恍如梦境地踏进这所全国著名的军队剧团，怀着一颗忐忑之心开始了军旅创作之旅。他更没料到又过了十年，他又被任命为这个闻名遐迩的军队剧团的业务一把手。周振天于1988年被授予海军上校军衔，1993年被授予海军大校军衔。周振天感慨，命运这东西真是不可捉摸。

## 第二节 代职 276 号潜艇

被特招进入海政话剧团担任创作员之后，三十二岁的周振天旋即被组织派到部队代职锻炼，他先是被派往南海舰队驱逐舰支队 161 舰上体验了四个月的生活，不久又到北海舰队扫雷舰体验生活两个月，后又为创作潜艇题材的作品被任命为东海舰队某支队 276 潜艇代职副政委。

下部队当兵锻炼、体验生活，是全军为加强文艺工作者思想政治素质、作风纪律观念、部队生活积累等所采取的通行做法。从战争年代到和平建设时期，每年都有众多的部队文艺工作者，深入到部队中去演出、慰问、采风。特别是担负各种文艺门类创作任务的人员，更需要到部队基层去，同官兵们打成一片，以了解部队的战斗任务和日常生活，熟悉官兵的思想感情和语言特征，从而发现和提炼可供创作的题材与素材，有利于其更好地开展军队的文艺创作。能够长时间地扎根基层、融入官兵，是尤其被提倡的。从某种意义上讲，创作成果的多少，作品质量的高低，与创作者进入生活的深浅是成正比的。这对三十二岁才迈入军旅的"新兵"来说，要写好海军题材的作品，显然更是一堂长期的必修课。

周振天在潜艇部队一待就是四个多月的时间。他和水兵们一起值班、睡觉、出海。海洋、码头、潜艇及部队的一切，对于他来说一定都是非常新鲜的，他也一定是瞪大眼睛观察，用心感受这一切的。有一天，在部队接到了出海的任务。在出发之前，他看到了令他备感意外又极受震撼的一幕：一些战友将自己的贵重物品收拾整齐后，寄存在留守值班人员那里，有的战友还给家人留下了遗书。这一幕令周振天在内心里受到强烈震动，他领会到了这其中包含的意蕴深刻的军旅特质。在随潜艇出海前，他虽然没有写遗书，但还是给家里打了一通电话。后来他发现每次出海执行重要任务，水兵们几乎都是如此，默默地把手表、钢笔、存折、信件等物品留在值班室，显然他们都是做好了最坏打算的。水兵们深知潜艇执行任务的特点与性质，都是秘密为突发的情况和未来战争做准备的。潜艇一旦出海，在茫茫大海中，不知道潜航到哪个地方，不知道会遇到什么样的海况。世界各国曾经多次发生过潜艇严重事故，好端端的潜艇说沉就沉没了。如果潜艇不幸出事，它就会裹挟着几十名本是气息盈盈、血肉鲜活的艇员，瞬间闷窒到海底，几乎没有生还可能。潜艇兵在私下里自嘲说，潜艇就是一个漂浮在大海里的铁棺材。如果回不来，那就算是光荣了。如果平安回来，水兵们再把寄存的物品取回，把写好的遗书撕掉。周振天后来深情地回忆道，这种艰苦而高危的职业，至今仍有许多官兵在干，在坚守。这其中只有一个理由，那就是保卫国家安全的需要，也是为未来可能发生的战争做准备。潜艇出海很重要的一个任务就是在公海某些关键航道潜伏下来，记录下过往的每一艘舰船的声纹，尤其是潜在敌对国的舰船。掌握了每一艘过往舰船的声纹，就为未来海战中迅速识别敌、我、友舰船做了扎实的功课。

周振天对随艇出海的经历是刻骨铭心的。有一次，276潜艇奉命出海。作为代职副政委，他随潜艇向着浩瀚的太平洋远航，要在水下连续巡航十多天。一般人并不了解潜艇，那是个狭小的、由钢铁与管路构成的世界，非常适合中等身材的水兵生活和操作。他这个身高一米七九的个头，想必一定时时感到空间的局促。按照他的身份和角色，被安排住在了潜艇的第七舱，这是常规潜艇的最后一舱，也就是后鱼雷的发射舱。在潜艇这个空间逼仄的世界，一潜入水下就没了白天与黑夜之分，永远都是没有界限的夜晚。潜艇里的生活头两天还算是新鲜，住长了就知道不好受了，尽管带足了淡水和罐头等生活必需品，但处于潜航状态的舱室里，没有海面上和陆地上的明亮阳光和新鲜空气，无论有什么异味出现，水兵们都必须无处躲藏地"享受"，好在出海几天后，大家的嗅觉就都麻木了。不过还有不期而遇的危险存在，复杂的海况和不可知的敌情，随时可能会遇到和出现，这不能不让官兵们时常把一颗心提到嗓子眼儿。根据未来作战的需要，潜艇经常要潜到水下十几米甚至上百米的深处。潜艇下降到几十米深的时候，每下潜十米深度，就是一个大气压，三十米就是三个大气压，以此类推。因为受几个大气压的挤压，艇壳会受压变形，发出"咔咔咔"的恐怖响声，有些部位还会渗油滴水甚至变形，那种感觉非常令人揪心。也许潜艇的官兵们见多了，已习以为常了，出于对自己战位的自豪与热爱，他们把潜艇自豪地称为"我们的蓝鲸"。周振天后来创作的电影《蓝鲸紧急出动》的片名就源自这里。虽然"老潜艇"们习以为常，但对周振天而言，那潜艇在深水下"咔咔"作响的声音，还有那渗油、漏水的嘀嗒声，还有舱门变形，都使他感到心惊肉跳。航行水下的头两天，他还能凭借从岸上带来的直觉，来推断外面世界白天与夜晚的交替变化。三天过后，他的时间感觉便渐渐迟钝了，麻木了，生活的程序中再也没有了昼夜的概念。只剩下值更、吃饭、睡觉，再值更、吃饭、睡觉，如此单调而规律的循环往复。如果要猜想此刻潜艇上面的海洋是什么时辰，只能去看二十四小时刻度的航海钟，这种高精度航海钟，可以通过指示时刻、时间间隔来告诉你。在这个世界上最狭窄的战位环境中，周振天对生死、时空、人与人之间的关系，甚至审美都有了全新的体验和领悟。

周振天才到潜艇部队的时候，部队给他发了一套苏式的制服，就是扎成一道一道竖条的蓝棉袄，穿起来很舒服。那些老潜艇兵每天在潜艇岗位上爬来爬去，棉制服到处都是油渍，磨破的地方甚至还露出了棉絮。周振天穿着这一身崭新的制服站在队列里觉得很别扭，因为人家的衣服又破又油腻，自己的衣服却很新，一看就是个新兵蛋子。这让他很不自在。于是周振天就有意识地在出进潜艇过程中使劲儿地蹭，让自己的衣服尽可能多蹭上油渍，挂出点棉絮。他觉得只有这样才显得同大家混为一体。不过周振天第一次出海还是闹出了笑话。潜艇出海后为了隐蔽，尽量不开火做饭，正餐常常是吃肉罐头、酸菜罐头。那罐头都是特制的，牛肉罐头尤其好吃。老水兵叮嘱一顿吃不完的全部倒进垃圾袋。周振天觉得这么好吃的牛肉罐头剩下一半就倒掉，太可惜了，于是就"财迷"地留了下来，下一顿继续吃。结果闹了肚子，军医赶紧拿来药片吃下，总算无大碍。原来潜艇里很潮湿，又不与外面通风，食物里的菌群繁殖很快，一顿饭的工夫就会变质。

因为是副政委，大家不好意思再说什么，但他觉得水兵心里一定在嘲笑自己。周振天后来谈道：

潜艇兵工作在世界上最狭窄的环境里，人睡在舱里头，三个、四个铺位下相叠，就像沙丁鱼罐头似的。但在这逼仄的空间里，却有最亲密的人与人关系。如今城市里，大家都为争房子，争楼道、绿地空间，可以打得头碰血流，甚至兄弟反目、父子成仇的都有。但是你到了潜艇，那真是患难与共、风雨同舟。我有一个很深的印象，那时候我值完班就很困、很累，便躺在床上睡觉。我在半梦半醒的状态下，即使后背很凉，因为太困而懒得把毯子往后背披一下。在模糊之中我感到有个人顺手把毯子往我腰上一搭，直到现在我也不知道他是谁。这已经变成水兵们的一种习惯，他们知道只要敞着肚子和露着后腰睡觉，肯定会受风，次数多了必得关节炎。就这么一个动作，能让你记一辈子，这些东西恐怕你不下部队，你不到潜艇舱里去，你永远感受不到。

潜艇在水下航行时，每个水兵都各守战位，各司其职，大多都很紧张、很繁忙。而作为来代职的潜艇副政委，周振天有很多时间来同官兵们聊天，全面而有深度地了解潜艇官兵战斗生活的特点、规律和细节，这也正是他作为一名创作者来到潜艇代职的目的和意义之所在。在同潜艇官兵日复一日的接触与交流中，他逐渐熟悉了他们的工作规律、性格特点和脾气爱好，以及他们中一些人的家庭情况。与他聊得最为投机，聊得最多的是潜艇艇长孙荫生。这是个既纯朴热情又很精明强干的中年军官，孙艇长很清楚周振天来潜艇深入生活的目的，因此尽可能地利用自己的休息时间，在潜艇二舱艇长室对面的狭小会议厅里，向周振天讲述各种其所渴望知道的一切。如关于历史、战争、战例，关于海洋、海军、潜艇，关于人生、家庭、情感等，两个人面对面、心碰心，海阔天空地聊了许多在陆地上很少能够聊到的话题。海战是两人必然涉及的话题。有一次，他们聊到了第二次世界大战期间，在太平洋上发生的海战，孙艇长竟然能一口气将被日军击沉的美国潜艇名称，及其失事时间都一一说了出来。这给周振天留下了极深的印象，他感到作为潜艇的一艇之长，的确是肩负着极其重大的使命责任，不仅要知己，还要知彼；既要了解现实，也要熟知海战军事史。在研究外军的成功战例的同时，更要深谙他人潜艇失事的特点规律。这不是为掉书袋，显示知识的渊博，潜艇是国之重器，水下长城，关乎家国安危。重任在肩、重剑在手的潜艇艇长，在带领全体艇员努力完成任务的时候，必须高度关注和充分意识到一切可能对潜艇构成威胁的因素，并且设法加以避免和消除。从这个意义上讲，艇长的能力素质、业务水平和责任心，在很大程度上决定着一条潜艇的安危存亡，也决定着在关键时刻能否断然出手，战而胜之。

周振天除了自己主要住的七舱外，他也到潜艇的其他舱室住一住，目的是与水兵们同甘共苦地战斗和生活在一起，以更多地了解和熟悉他们。一舱是全艇最大的舱室，也是前鱼雷发射舱，六条颀长的备用鱼雷并排悬挂在舱室的中间，水兵们的铺位则井然有序地挂在鱼雷雷体的旁边，真可谓是与雷共眠。在这个位置上睡觉，确实可以极大地满足人的好奇心，也需要有足够强的冒险心态。就是因为这个原因，周振天在一舱住了好几天，专门和鱼雷班的战士们朝夕相处，感受和体验那种紧张刺激的生活氛围。入睡时，他明显地感觉旁边的硕大鱼雷在吸收身体的热量，躺了个把小时就浑身冰凉打抖。还是鱼雷长递过来一张毛毯救了急。

在海上的那些日日夜夜里，周振天抓住一切机会与官兵接触，他谦逊平和，水兵们真实自然，使他们相处得非常亲切投缘。他不仅将艇领导和各部门官兵的姓名还有诸多见闻整整齐齐地记在一个笔记本上保存至今，而且水兵们的形象也深深地刻印在周振天的心里。有几位很有个性特征的官兵，成为他后来编剧的电影《蓝鲸紧急出动》中的人物原型。更重要的是，在潜艇代职的经历，使周振天获得了许多海上军旅生活最真切、最宝贵的感受，积淀下了对海军部队深深的、浓浓的情愫，也促使他实现了从老百姓向一个真正军人的跨越。

　　大约在一年之后，另外一支部队的一艘潜艇在执行任务时，被一艘违章行驶的外轮撞沉了。打捞这艘沉没潜艇的那天，已经完成276艇代职任务回到单位的周振天，也申请赶到了现场。当亲眼目睹沉在海底十数天的潜艇被打捞浮出水面时，周振天的心一下子抽紧了。因为这是一艘常规潜艇，同他曾经工作战斗过的潜艇外形是一样的，属于同一个型号，区别只在于艇体上的舷号。那一刻，他自然联想起了一年前随276艇在太平洋水下的远航，想起在潜艇里战斗生活的日日夜夜和那些情同手足的潜艇官兵们，他不禁泪水盈眶。据知情人讲，事故的发生非常突然，那时这艘失事的潜艇正在一定的深度正常行驶，不料这艘肇事的外轮在大雾中猛然斜插过来，其船艏由于力量巨大而直接刺破潜艇的二舱，潜艇的二舱和一舱顿时涌进大量海水。大多数水兵死里逃生，然而二舱和一舱有几位艇员却没能逃出。失事潜艇浮起不久，遇难艇员的遗体被从舱室里抬出。周振天屏着呼吸望着那些已经僵硬了的年轻躯体，泪水淌了下来。他耳畔像是突然响起276艇孙荫生艇长背念美国失事潜艇时的声音，越发理解了这位艇长当时说那些话的内在情感和独特感受，从而更深刻地理解了作为一名真正的军人，从他穿上军装、走上岗位那一刻起，就应当懂得自己的双足，已经立在生与死的临界线上了。周振天还进而认识到，人常说军人要讲牺牲奉献，一般人听起来好像是套话，可对军人，特别是对日夜战斗工作在第一线，担负着急难险重任务的军人来讲，却是个十分具体而又真切的现实。尽管周振天在此后数十年的军旅生涯中，从没有上过枪林弹雨、血肉横飞的战场，但在他的许多作品中，都写到了军人的牺牲，而且落笔之际或转为舞台与影视形象时，并不让人觉得空泛，甚至非常地感动与震撼人心，应当归因于他对军人为国捐躯的壮烈和庄严的理解。

## 第三节　与西沙中建岛官兵面对面

周振天作为海政话剧团的创作员，乃至作为后来的海政电视中心主任，他必须承担各种各样的创作任务。这就需要他按照要求，到海军执行重大任务的部队去，到海军所属的相关部队去，到那些最具典型意义、最有代表性的部队去体验生活，从而较为全面深刻地了解海军官兵的战斗特点、艰苦生活和精神魂魄。

他很多次地随舰艇出海，感受和体验我海军当时最先进的战舰。这其中的经历也使他终生难忘。几千吨的驱逐舰在海上航行时，他扶栏远眺，游目骋怀，风平浪静的大海给他无限浪漫美好的想象。倘若遇上大风大浪，在波涛汹涌的大洋上，偌大的战舰就像一小片树叶在波峰浪谷间起伏。左右摇摆剧烈时，战舰两舷像在海里舀水。此时的周振天只得待在舱里，看战友们驾舰，听海水咆哮。人处在这种疯狂摇摆的处境中，大都是会晕船的。晕船呕吐，那简直给人一种万念俱灰的绝望之感。为了应付晕船者的呕吐，水兵舱中间会摆放个桶，突然一个颠簸袭来，这个桶可能被几个人同时去抢。有的水兵晕得实在受不了，甚至产生了要跳海的冲动，战友们只得把他牢牢地绑在炮塔或舱柱上。周振天也晕船，那滋味也是十分难受，只有靠吃安眠药才能睡觉。他将这种惊心动魄的出海之行，似乎是自豪而又轻松地描述为自己"跟大自然打过交道"。周振天用这样一段话来概括这种经历，他说："在跟惊涛骇浪的大海打过交道之后，对人在大自然中的渺小有了一种切肤的感受，对生活、对人生都有了某种别样的体会。人的心胸如何才能像大海一样宽阔？人的真实经历决定人的精神境界，你有了在大洋上航行的经历了之后，你的内心就一定会变得宽阔的。"

1982年5月，周振天随文工团登上了位于西沙群岛最南端的中建岛。这个海拔仅两米多，面积一点二平方公里，距离西沙主岛永兴岛一百七十八公里的小岛，被中国渔民称为螺岛或半路峙。之所以叫它中建岛，是为纪念1946年中国政府派往接收西沙群岛的"中建号"军舰而命名的。周振天与战友们到达中建岛的时候，虽说还只是晚春季节，但天气的炎热早已超过了北京的三伏天，正午时分的地表温度竟达七十度左右。守岛的战士们为了形象地告诉周振天中建岛的炎热是个什么概念，便拿出了一枚生鸡蛋摊到阳光下的一块铁板上，只听"嗞啦"一声响，蛋汁在几分钟里竟烙成了一张薄饼。然而炎热的气候并不是守岛官兵的最大威胁，更为严峻的是中建岛孤悬于远离陆地的海上，那时我们与对我南部疆土存有觊觎之心的某国正处于剑拔弩张之势，距对方只有几个小时海路的中建岛，每时每刻都有可能遭到突然袭击。由于当时我海军与空军的装备相对比较落后，不具备对来犯之敌形成及时与快速打击的能力。即便是从西沙主岛永兴岛迅速派出增援部队，船只也得大半天才能赶到。所以当周振天等人一登上中建岛，一位老兵就一迭连声地埋怨道："哎呀，你们可不能在这儿过夜，万一人家乘着黑夜围上了岛，我们'光荣'了不算啥，你是从北京海军总部来的作家，如果出个什么差错，我们可担不起这个责任哪！"还有一位战士悄悄地对周振天说："在这儿一打起仗来，准死没跑，你回到北京哪一天早上只要听电台广播说这儿打仗了，你就为我们脱帽吧。"尽管这些话都是以玩笑的口吻说出，但清楚地反映出这些守卫中建岛的官兵，深知他们随时面临的就是生与死的考验。

周振天一行在岛上住了好几个夜晚，虽然他理性判断敌军冒险偷袭中建岛的可能性不大，但他仍然感到紧张，多少次想象假若一旦遇到敌方真的来偷袭，会是一番怎样的景象，他又该怎么迅速地做出反应，该怎样同战友们一起同敌进行战斗。岛上的生活至今令周振天记忆犹新，他曾深情地回忆道："出人意料的是，即使面对战争死神的威胁，中建岛官兵们却有着与众不同的生活情趣，仅是种菜一事，就令人感慨万千。由于距大陆遥远且天气酷热，岛上很难吃到新鲜的蔬菜，即使从大陆运过去，过不了一天也要全部腐烂。于是，他们就决心自己种菜。全岛均是珊瑚沙覆盖，官兵们便利用回大陆探亲、出差的机会，一包一袋地带回泥土，铺在珊瑚沙上，再种上各种能在高温下成长的青菜。菜苗刚刚露出几片嫩叶，就被烈日晒蔫，他们就用木板搭成凉棚，或是用巨大的贝壳遮阳，不料突如其来的海上风浪，一夜间就将战士们精心建成的菜园毁得荡然无存。官兵们含着痛惜的泪水再一次撒下菜籽，再一次眼巴巴地望着青苗破土、长叶。谁知又会有遍布沙滩的寄生蟹蜂拥而至，它们啃的啃，钳的钳，将菜园又是洗劫一空。官兵们叫骂一通后，又一次播下种子。待菜苗一露出土皮儿，大家就二十四小时轮流值班，不错眼珠地盯着菜园看，直到菜园变成一片希望的葱绿。不论是早晨跑步还是下岗的路上，人们每天都要光顾小菜园两三趟，怎么看也看不够，好像种出那些菜不是为了吃，而是专门为了观赏似的。青菜终于长成了，为了确定什么时候吃这一畦菜，岛上的党支部专门召开会议进行专题研究。大概是于心不忍，竟然迟迟没舍得下手。终于在收割青菜的那天，小岛仿佛过节一般，官兵们个个喜笑颜开，兴奋异常。而当炒得油亮油亮的青菜端上饭桌上，手里捏着筷子的战士们都望着出了神，老半天没有人动一下筷子。在大陆种菜是农家最普通、最平常的事情，当农民把菜籽撒在畦里时，他们想的不过就是吃菜或是卖菜，而在中建岛种菜，则体现为守岛官兵向恶劣的环境挑战的一个壮举。"

　　周振天透过这件事情，还做了进一步的深思。他感到种菜的初衷当然是为了吃菜，但岛上的官兵们在经历了无数次的磨难之后，使种菜这一行动确确实实表达出了某种耐人寻味的东西，即面对艰苦环境和死亡威胁，执着追求生存的丰富内蕴。他认为守岛官兵们从这片绿色的蔬菜上，一定是看到了自身巨大的勇气和韧性、不屈的精神和意志。也许官兵们未必曾理性地认识到这一点，或用清晰的言词表达出来，但他们在收获蔬菜时的异常欢悦的表情，已经清楚地说明官兵们把这来之不易的收获，当作一次非同小可的胜利。而岛上的这片青菜也让周振天感到十分惭愧。那天他们登上中建岛时，当时的青菜尚没到收获时节，但为了盛情款待这些远道而来的客人，官兵们从菜地里拔起还没来得及伸展开叶片的青芽来炒。当一碟油亮油亮的炒青菜芽端上桌后，并不知晓其中原委的他们这些岛外来客，风卷残云般三口两口就将其咀嚼下肚。当他们事后了解到这一切时，周振天便在内心里产生了强烈的负疚感，后悔不该稀里糊涂贪吃了那碟岛上的绿色珍宝。

　　好多年过去了，中建岛之行仍使周振天难以忘怀，尤其是岛上那畦青菜更是给他留下不可磨灭的印象。军营生活的艰苦卓绝，当代军人的牺牲奉献，是周振天以他的亲身经历感受到的。在后来的创作中，他陆续写了几部反映军旅和战争生活的剧本，也多次写到了军人面临生死时的奋争和忍耐，从中都能够寻找到他从生活中获得的那份收获和感动。如他的话剧《天边有群男子汉》和电视剧《蓝色国门》中的人物，特别是在长篇电视连续剧《潮起潮落》中，主人公鲁明宽面对苦难时的沉稳、坦然，周桐死里逃生后的自嘲、乐观，简辽被炸断腿后安慰母亲的达观、微笑等等，都不是他凭空杜撰出来的。那种坦然、那种乐观、那种微笑，是他在276潜艇里、在中建岛上见过的。这就是军旅生活给他的馈赠，也是他本身所具有的家国情怀同身处险境的官兵们的高尚品质和无畏精神融合在了一起，使他的作品显现出源自一线军旅真实生活动人心魄的魅力。

第三章

# 戏剧——在深刻矛盾中表现生活的现象与内涵

## 第一节　在新思潮的启迪下

心怀梦想且志存高远的周振天，在他进入军队的文艺团体之后，一边积极地到部队生活中去，铆足劲儿地给自己补课充电；一边迎着改革开放所涌起的思想解放的大潮，努力开阔自身的思想视野，进一步提升自己的创作水平。

在这一时期，国家和地方的出版社陆续出版了大量古今中外文学名著，不少作品在"文革"以前和"文革"当中都是不可能出版的，这使周振天得以读到了比原先更多的古典和现代名著。与此同时，中国和国外的许多哲学、历史、文艺理论等书籍，也不断地被出版，大有春河解冻、繁花乱眼之感。酷爱读书、求知心切的周振天，一旦有中意打眼的图书出现，便毫不犹豫地购之囤之读之，这使他的思想、理论和艺术境界得到了大大的提升和拓展。在这个阶段，国内的文学艺术界，尤其是文学、戏剧、电影、美术等门类，涌现了许多在题材上、思想上和艺术上敢于大胆突破禁区，颇具探索精神的作品。这些体现出强烈反思精神和批判意识的作品，在社会上引起了极大的反响和共鸣，也令周振天深受触动、启发和鼓舞。尤其是正值芳华之年的他，有机会多次参加了部队主管部门和中国戏剧家协会举办的创作班，有幸先后亲耳聆听了曹禺、陈荒煤、钟惦棐、胡可、徐怀中等文艺和理论大家讲授的文学、戏剧、电影创作和理论课程，再回头阅读他们的著作，感受认识人性、人生、社会进入另外一个维度，使他的创作意识、理念不知不觉地归位到艺术创作的原本意义上，对他打下文学创作、编剧艺术和戏剧理论的好底子，起到了非常重要的作用。如1982年在安徽省安庆市，曹禺先生给全国青年戏剧编剧讲课，周振天有幸参加了。曹禺先生在谈到戏剧人物动作时，强调说戏剧人物的动作不一定就是人物行动，戏剧人物最重要的是挖人物内心的东西，有时候不动可能是更强烈的行为。比如屋子着火，所有人往外跑，只有一个人不跑，他就等着把自己烧死，那么这个人的内心行动就是最强烈的。曹禺先生特别谈到《雷雨》，他说我是先想好了最后一幕才再设计前面戏的，就是要让四凤和周冲的死揭示那就是个毁灭年轻人的时代！那些天，曹禺先生的几次讲课使周振天深感受益良多。

同样重要的是，周振天进入海政话剧团的时候，也正是军队的各个文艺团体走出"文革"停滞不前的状态的时候。随着思想解放的开始和整个大形势的发展变化，军队的话剧艺术创作得以复苏且渐渐呈现井喷局面，相继推出一大批产生了广泛社会影响的剧作。被话剧界称为占据中国话剧"半壁江山"的军旅戏剧，从建国后至"文革"前，从"文革"后至新世纪，推出的剧目数量多，题材开掘深，艺术质量高，始终不愧对这份崇高的赞誉。跻身于总政、前线、战友、战士、前进、空政等众多一流优秀军队话剧团行列的海政话剧团，也有十分令人瞩目的表现，在这一时期尤以周振天的艺术贡献最为突出。能够做出突出的贡献并不是平白无故的，而是首先有很深层的思想认识上的原因。进入海军部队使周振天真正成为一名军人，他以一名创作者的身份深入生活，便以军队作家的感情和视角来观察生活，观察海军官兵。在他无数次地同官兵打过交道的过程中，努力地走近他原本不熟悉的部队生活，走近那些素不相识的军人们。他不仅因此积累了可供构思与创作的大量素材，在思想上也受到了震动和净化，促使他思索这些生活本身的丰富蕴含，更使他对自己的军人身份、海军身份，越来越具有强烈的认同感和责任感。他从原先关注的社会角度转而思考军人这种特定角色的不同："军人也有家，也有父老妻儿，他们为什么能够出生入死，牺牲奉献？不真正深入了解他们的生活，你就体会不到'奉献''崇高'这些词汇到底意味着什么。就说南沙吧，为了守卫国家的主权，海军陆战队一个班、一个排孤悬海上，面对惊涛骇浪和复杂的周边环境，日夜守卫在弹丸般的礁盘上。如果我们军旅作家不写他们就是失职！"这是一番何等掷地有声的内心表达！充分意识到自己肩上责任的周振天，从那个时候起，就决心要当一名真正称职的军旅作家，要以自己毕生的精力来写军人，以满腔的热情来讴歌他们。

在周振天的艺术创作历程中，戏剧是其运用的重要的艺术形式，创作出数量并不算很多，却有很高质量的剧作。在四十多年的创作生涯里，虽然他一直关注戏剧创作，但他重要的戏剧创作活动主要是在20世纪八九十年代与本世纪的近几年中。在20世纪70年代末至80年代中期，周振天的一个主要任务就是话剧创作，他以很高的热情和过人的才华，接连奉献出了多部剧作。他的这些作品大多都反映了海军题材，如《为了祖国》，以辛辣的手法，有力地揭露了"文革"中"四人帮"对海归舰船专家知识分子的迫害，又通过生动塑造主人公的鲜明形象，热情地歌颂了我国的科技工作者对事业的追求和对国家的忠诚。《海军世家》是以几代海军军人渴望建设中国强大海军的追求为脉络，反映了他们面对历史的屈辱与现实的落后，以及复杂的人生与情感经历，完成怎样的精神坚守与蜕变。周振天参与编剧的《远岛之光》以修建南海龙凤岛战略机场为背景，表现了工程总指挥武国均和突击队队长欧阳剑，与承包运输砂石的海通建筑公司运输部经理即武国均之女、欧阳剑之妻武海儿之间的思想、情感、性格的剧烈冲突，反映了当时五彩缤纷的社会现实，体现了当代军人的伟大精神品格。《耕海播情》表现的是改革开放之后，参军入伍的士兵带着复杂的社会问题进入军营，僵化的政治思想工作如何与之完全不适应的现实，剧作对此均作了真实的揭示和思考性表现。周振天创作的《天边有群男子汉》讲述的是远离祖国大陆的一群男子汉的故事，无论是对题材的开拓与呈现，还是现实矛盾揭示的尖锐与深刻，以及艺术表现上的精湛与精彩，都堪称是这一时期周振天最具代表性的话剧作品，也是军旅话剧史乃至中国话剧史上的一部佳作。而由中国儿童艺术剧院演出的六场话剧《姑娘，跟我走》，则是周振天根据在天津公安局工作时积累的生活创作的，剧作涉及青少年犯罪题材，思考与探索对这一问题应如何正视，并采取入情入理入心的方式加以解决。从以上所有这些剧作，可以清晰地窥见周振天对军队和社会生活敏感的捕捉能力，对话剧选题独到的审视眼光，对事物本质应有的思考深度，以及完成每一部佳作的构剧匠心。

## 第二节 话剧《为了祖国》：
## 知识分子精神人格的探寻

1979 年由海政话剧团演出的话剧《为了祖国》，是周振天到海政后第二年写的作品，也是他的第一部话剧。剧作带有那个时代典型的特征，旨在着力塑造一个为科学、为社会主义祖国、为四个现代化，生命不息、奋斗不止的爱国科学家陆国江的艺术形象。这是一个"活着就要干下去"的人物，他把个人的理想与事业同祖国的命运紧密联系在一起，不怨不公正待遇，不怕遭遇险风恶浪，始终以科学与爱国作为自己生命力量的源泉。作品达到的深度或许在于，在陆国江这个海归主人公的心里，伤痕不可谓不少，即在"文革"中他被强加以所谓的海外关系这一在当时被视为"反动的社会关系"的罪名，因而被打成里通外国的特务，整天挨批受整，甚至还被戴上了手铐。但是陆国江并没有仅仅停留于抚伤感怀，而是进行痛苦而深入的思索，更在思索中积极地行动。他清醒地认识到，"文革"中"四人帮"的出现绝不是偶然的，他们是和没有科学、没有社会主义民主的愚昧和落后联系在一起的。为此，他深情地向祖国倾诉：我爱你，爱你的每一块山石，每一滴海水……，但我也恨你那可耻的落后，恨顽固的封建残余！正因为如此，陆国江把专题研究论文写作，参加国际学术会议，建设强大的人民海军，看作是针锋相对的特殊斗争方式。剧作对人物精神世界的揭示与刻画是精准而深刻的，即只有从历史的必然性上认识四个现代化，认识自身的使命责任的人，才能在那种压抑的年代里，自觉、顽强、执着地前行。陆国江的精神品格有一个相当鲜明的特点：胸怀宽阔，乐观向上，积极进取。当他看到我们的现状同世界的发展速度存在差距时，不是徒自感叹惆怅，而是加倍工作，努力攀登世界科技高峰。在妻子一度处于矛盾、忧虑和迷茫之中的时候，他激励她顾大局朝前看，生活和工作下去。特别是他身陷囹圄时还写出了论文的补充材料，所反映出的是何等坚忍而又蓬勃的风骨与心志！如果不是把个人的命运同祖国的未来融为一体，这一切都是难以想象的。

评论家张煜在《人民戏剧》杂志1980年第2期发表一篇题为《拳拳爱国心　耿耿造舰志——话剧〈为了祖国〉中科学家陆国江的形象》的评论文章称："准确地把握角色的内心世界，在两种思想感情的对立并且色彩和程度大幅度急骤变化中传递人物的内心信息，这是陆国江的扮演者陶浩同志舞台形象塑造的重要特点，会见海外来客，陆国江觉察到可能是离散的儿子，极想弄清真相，一旦发现对方充当策反阴谋的引水员，又愤怒谢客，后来了解到失散在海外的儿子不是特务，根本与阴谋无关，准备相认，但想到因此会受诬陷而失去仅存的一点工作权利，不得不走了回来；儿子再次来访，他谆谆启发他的爱国主义觉悟，频频暗示双方的特殊关系，同时又向妻子和女儿掩盖真相。扮演者从容不迫地在感情的大海中回旋，时时突出角色惊人的自制能力，恰如其分地把思索的冷静和感情的奔腾结合在一起，充分地揭示出了角色的情感和思想的深度。如果全剧进一步刻画和强化陆国江在斗争中的前进，不仅敢于斗争，而且善于根据斗争形势的需要不断变换斗争方式，那么这个形象就一定能够更为丰满和深刻，在现实中批判和战斗的意义也就更大了。时代和人民多么需要陆国江这样抚平伤痕、独立思考、积极行动，为实现四个现代化冲锋陷阵的爱国科学家啊！"此论可谓切中肯綮。话剧《为了祖国》参加了建国三十周年全国优秀剧目展演活动并获奖。因为剧作表现的是当时颇受关注的归国华侨知识分子的命运问题，演出实况录像在中央电视台播出后，观众的反映非常强烈。

【注：编剧：周振天；导演：魏良炎；设计：方卜；主要演员：陶浩、谢兰、李晓路、赵敏芬、王同乐、周祖同、陈静。海政话剧团演出。】

## 第三节　话剧《海军世家》：海军历史与现实的深刻透视

《海军世家》则已表现出周振天对于海军生活的深刻思考和出色的构剧能力。所谓"海军世家"，从剧作的题材与主题延伸而言，并不仅仅是指新中国某基地司令员陆海涛与其子、年轻的护卫舰长罗玳这对血缘意义上的人物，同时也上溯至国民党海军起义的老舰长，乃至清朝北洋水师提督丁汝昌，在中国的海军官兵身上所体现出的历史与精神的传承。剧作表现出了令人赞叹的娴熟的构剧技巧，历史感和时代感的融合，事业线与情感线的交织，使之既饱含了厚重的主题，又形成了强烈的戏剧性冲突，使剧作因为其具有的张力既在思想上发人深思，又在艺术呈现上给人以冲击。

戏剧的主要矛盾集中在起着承上起下作用的陆海涛身上。剧作一开始，以戏中戏排演舞剧《提督之死》的方式，表现北洋水师提督丁汝昌因在甲午海战中战败，被属下劝降而饮恨仰药自尽，刻意地营造出了悲壮的氛围，看出其用意的主人公陆海涛评价其"一方面它让我们重温历史的耻辱，深刻领会建立强大海军的意义；另一方面树立了丁汝昌这位民族英雄的形象，可以鼓舞广大官兵为海军献身的士气"。剧作又以闪回的手法再现了身为某基地司令员的陆海涛的姓名，所包含的由"陆"而"海"的经过与寓意。往日场景中的他由陆军改为海军因"白天晃，晚上晃，出海晃，靠了码头还是晃，俺晕船、俺吐，俺受不了这日子"，因此闹着要回陆军，被老舰长命人拿绳子把他绑了扔到海里去。剧作感人至深地揭示了老舰长这一代海军的内心：我也是庄稼人的后代，可我毕竟成了中国巡洋舰的舰长，可我的军舰却沉在了长江口，说是为了保卫南京，堵塞航道，但南京还是陷落了，我还没有向敌人打过一炮呢！这因为我是农民的儿子吗？不，那是因为国民党的腐败无能，所以我才起义投向共产党，如果共产党是有希望的，他的海军就会有希望，中国人真正走向海洋就有希望。二十年后咱们中国的海军必定会超过英国、美国，会有许多艘航空母舰；印度洋、大西洋都会有我们的舰队。这种有意味的回溯，揭示出海军的精神传承怎样影响和注定陆海涛对自己的改变，把名字也由大城改成了海涛，并且铁了心地要当中国的纳尔逊和乌沙科夫。

　　剧作又通过人物之口，揭示了陆海涛作为一名老海军丰富而复杂的精神世界："都说我爱海，离不开海，其实，我恨海，恨极了，它夺走了我许多许多战友的生命，它让我无数次地陷入困境和绝望之中，它不让我有片刻的宁静和稳定，每次远航我都急切地盼着回到陆地上来，每次在寒冷的海风中浪涛颠簸中入睡，我都要梦见故乡坚实的土地和温暖的窑洞。可是一旦到了陆地上，我又渴望到风浪中去颠簸，到大海去航行。在东海、南海，我们打过多少次胜仗，流过血可没皱过眉头，战友牺牲了可炮口仍然对着敌人。我生出这个愿望，死后把骨灰撒在大海之中，大概在弹片穿透我的胸部时就有这个想法。说起来真是有趣，很小很小的一块钢铁，扎在左心壁的肉上，它竟格外开恩地让我活到今天，但我有预感，这迟早会要我的命，我迟早会死在它手中的。如果是那样，我也希望活着的人们说一句：这个老海军，他是牺牲在海上的！"这就是一位有着光荣战斗历史的老海军掷地有声的真情袒露，也是戏剧极为燃情的地方。罗玳作为新中国最年轻的一代舰长，对前辈军人既有传承认同的一面，又有意图超越和有待提升的一面。其对父亲陆海涛的态度，不排除他认为父亲的落伍，但他的稚嫩、毛躁与意气用事，表明他是个成长转变中的人物。虽然他自信满满地对陆海涛说："如果有仗打，我们不会比你们差。"但对现实又有诸多的不满："没有战争就用不上咱们，就把咱们放在这犄角旮旯里；人家就只管我们叫大兵，就要来拆我们的礼堂；人家就把乱七八糟的人送上舰艇来当兵；人家就跑到咱们家门口来做生意……"与沉稳老辣的父亲相比，显然还需要经过更多的修炼与打磨，在他的身上体现了人物所具有的个性特征和现代特征。对于这个人物，剧作将最后的场景放在地处海边的海军医院，以侧写的方式交代了他勇敢地参加了南沙之战，表明他既自豪地"打赢了一个大仗"，也因为脸部在战斗中负伤毁容而感到沮丧，但这标志着人物经历战火之后的成长与成熟。

情感戏是《海军世家》写得较为出色感人、引人入胜的方面。陆海涛与家乡青梅竹马的宋羊儿的初恋，因为宋羊儿舅舅在朝鲜战场被俘去台而致政审上的巨大障碍只得忍痛放弃，而与陆海涛成婚的妻子又因为陆海涛在"文革"中蒙冤决然弃他而去，这些都给陆海涛在心灵上留下了严重伤痕。剧作对这种情感关系的设置，既是特定时代人们对于婚姻关系被动或主动选择的真实写照，也使剧作带上了较为浓重的抒情色彩。陆海涛与宋羊儿的爱而不能结合，这无疑是对人间美好情感的一种无情戕害，使观众产生了莫大的遗憾之情。而剧作含蓄地表现陆海涛于蒙难且离异之中与丧夫的宋羊儿的旧情复燃，是剧作对于人物本已有之的感情的一种表达、补偿或张扬。同时也给后来两人非婚生女陆牛儿的出场做了铺垫，给罗玳等人后来表达亲情的情节预设了契机。虽然罗玳一再做父亲的工作，试图让陆海涛与妻子复合，但陆海涛则终究无法容忍危难之中的背叛，坚决地拒绝这种已无感情基础的破镜重圆。陆海涛最后魂归故土，在老叔爷的主持下完成悲壮的葬礼，则又折射出剧作所欲传达的人物无可移易的的价值根性，与由陆地的黄土文化迈向海洋的蓝色文化，构成了相反相成的戏剧表达，也是别有另一番深意的。罗玳与妻子许爵美的情感关系，是剧作表现的另一重点和看点。随着剧情的展开，罗玳在军营之外接触到了社会乃至外来投资者，这类可能产生思想碰撞的机会，使两人的冲突越来越激烈，军人因现实的处境而时时受到心灵上的刺激，这使剧作具有了贴近当时现实的鲜明时代特征，为思想内容赋予了应有的新意。罗玳之妻许爵美不同于一般的军嫂，在改革开放的大背景下，她显示出独立自我、精明强干的性格特征，她依靠自己的魅力与诚意吸引往日的追求者、海外华人叶宝澄投资办厂，其间又保持了应持的分寸与距离，是一个具有新质的女性形象。她爱自己的丈夫罗玳，但又不满丈夫的小心眼儿以及出于醋意而表现出的鲁莽较劲的举动。如罗玳带领水兵跳"迪斯科"，搅了许爵美组织的舞会，于是许爵美与罗玳产生了某种内心与行为上的隔阂与龃龉。但在许爵美的服装厂新车间落成的典礼上，罗玳满含歉意与诚心的致敬化解了两人之间的危机。两人之间的矛盾与转圜，是剧作推进剧情、吸人眼球的重要手段，也把这一代人与父辈爱情与婚姻的不同之处，富于对照与反差意味地展示了出来。实际上，占据罗玳内心的不只是对妻子的爱，更是作为一名海军军官的责任，这是这个人物真正的精神核心，正如他响亮地喊出的："我们海军战士的耻辱是什么？那就是我们祖国的海洋领土让外国人的军舰游来荡去，祖国的岛屿还插着外国的旗子！你们说，要洗刷这些耻辱，我们的军舰应当开向哪里？"在当时，他的目标就是南沙，因此他勇敢地参加了南沙之战。可以说，剧作完成了对这个人物现代性的展示，即他是一个有血性的、有缺陷的军人，也是一个敢爱敢恨、富有担当和牺牲精神的军人，他与妻子一起共同演绎了时代乐章。

话剧《海军世家》是当时对中国海军历史屈辱、现实状况和未来使命的深度开掘、概括和思考，反映出身为海军军人内心的纠结与灼热，传达出海军几代人精神的传承和光大。剧作初步显示出周振天优秀的戏剧结构能力。人物的台词写作富于性格化和穿透力，是作者文学与戏剧功力的一次展示。舞台呈现中主表演区的叙事与多次使用的另一表演区的闪回场景，将历史与现实有机地勾连起来，再现出来，使剧作的有机性与完整性得到了很好的解决和展现。而舞蹈队与乐队的恰当运用与烘托，突出与强化了海军生活的特色与氛围，同时也使剧作的情绪与内蕴得到有益的推进与升华。因此可以说，《海军世家》在周振天的戏剧创作中是一部重要之作。

【注：编剧：周振天；导演：鲍国安；舞台设计：吴仁德；作曲：陈黔；主要演员：郭宪忠、刘通生、姜若瑾、李晓璐、姚刚等。海政话剧团演出。】

# 第四节　话剧《姑娘跟我走》：
## 少年心灵世界的展示与救赎

　　在这一阶段，周振天还创作了一台少年犯罪、灵魂救赎题材的话剧《姑娘跟我走》，剧作于 1979 年上演。是十月惊雷迎来了祖国的春天，但在"文革"的十年动乱中，社会的无序和家庭教育的缺失，使一些青少年遭受了许多凄风苦雨的摧残，在他们的心灵上留下了很深的伤痕，有的人甚至沦为盗窃集团的成员。其中的主人公苏春卉就具有很强的典型性，母亲仪芳因喊错一句口号被关八年，父亲苏强三次下放干校劳动，不仅不关心她，还非打即骂，使之"肉被打木了，心被打死了"。缺少关爱的孤苦日子，形成了苏春卉任性、叛逆、暴戾的性格，在盗窃集团里以偷人钱包为业，直至偷了外国记者心爱的戒指和水晶心，父亲价值百万元的设计书和图纸等。更令人担忧的是她对社会与人生抱持悲观绝望、抵触抗拒的态度。希望她回归正常却又束手无策的父母，对其恨铁不成钢的时候，她怀着无尽的怨恨对父母说："妈？有本事生我，没本事养我。还有你，你们扔下我一个人，我过的是什么日子，你们知道吗？饭锅破了，我连嚼了三天的生米粒，生米！三九天，刮着西北风，我发烧四十一度，你们谁管过我！夏天，大雨泡湿了裤子，我就在这个桌子上，睡了整整一个星期。白天，听人家骂我是反革命狗崽子，我抬不起头。晚上，连老鼠都要来欺负我，咬我的被角，拽我的头发。你是妈妈，可你给了我什么？"怎样才能把误入歧途的失足孩子引回正路，使之真正成为"苏醒于春天的美丽花卉"，显然是严肃而重大的问题。

　　剧作着力塑造了退休老干部贺一民这个艺术形象，她虽然双目失明但却有一颗温暖明亮的心，用无尽的关切循序渐进地走进苏春卉的内心，对这个迷途的女孩发出无限深情的召唤。由于社会的歧视、世俗的非难以及种种习惯势力的障碍，挽救失足落水的青少年仍然困难重重。在苏春卉的行为产生反复时，她深情地说："不能指望打一针，吃片药，就把'病'治好了。""就是再困难，咱们也要一个个把他们引回正道上来。""要让她感到大家的温暖，劲儿使到了，连石头也会焐热乎的。"她以苏春卉小时候嗓子好鼓励她唱歌，充满了对孩子的理解与深情。在法庭宣判春卉免于刑事处分时，她又拉着春卉的手："姑娘，跟我走！"还送春卉书包让她去上学，当此事出现阻力，春卉企图自杀时，她又说："奶奶把你从法庭领回来，是要一个有抱负有出息的人，不是要一个没志向没骨气的鬼呀！"并以司徒老师砍伤自己胳膊的例子来进一步启发她。悔悟了的春卉终于制止了雷弟的继续犯罪，并将物品归还给失主。这一过程知人知心，体贴入微，耐心细腻，如春风化雨，使一颗枯死的心灵逢春绽放。然而教育不是万能的，作为盗窃集团首犯的金大宝，流氓成性、杀人灭口，已成为罪大恶极、民愤极大的罪犯，剧作对这个人物的思想根源进行了挖掘。正如其本人在法庭宣布死刑时对他妈妈林圃兰说的："我直到被捕以前，一直以为你和爸爸最爱我，我什么要求你们都能答应，我做了什么坏事你们都能替我隐瞒。今天，死到临头，回想起我从懂事以来走过的道路，就是你们一步一步把我引进了鬼门关呀！我不会忘记上小学的头一天，你就对我说，别忘了告诉同学，你爸爸是工业局的局长，这样别人就不敢欺负你；你不会忘记吧，我第一次偷了东西，拿了客人的钱包，你没打我没骂我，只是说：要花钱就张嘴，家里的钱够你花的；客人来访你编瞎话，把人家骗了出去；你不会忘记吧，初中二年级我不愿上学，你和爸爸走后门让我到黑龙江当小兵，一年后珍宝岛打了仗，你们又赶忙走后门把我复员回来；你不会忘记吧，我杀了人，是你和爸爸托付了公安局的郝局长，保我过了关。"对于这样一个无可救赎的人物，贺一民也表达了她的看法："人民的法庭，不得不处决一个党和人民用心血养大的孩子，这难道都是他的责任吗？这样的悲剧再也不能重演了！十年的浩劫啊，社会道德的败坏，精神生活的枯竭，使孩子们丧失了理想和信仰，这罪恶的十年已经过去了，但是青少年犯罪依然大量存在，还有成千上万的孩子正沿着金大宝的这条死路走着，面对这严重的现实，我们能够无动于衷，坐视不管吗？挽救这些孩子，把他们从罪恶的道路上拉回来，是我们整个社会的责任啊！不然的话，他们犯罪，我们同样是罪人！"这番话可谓振聋发聩，是从关怀下一代出发，道出了对于祖国未来的担忧，向整个社会发出的真诚呼吁。

《姑娘，跟我走》虽是一部青少年题材的剧作，但它直面了当时紧迫的社会现实，涉及了重大的思想主题，因此具有强烈的反思色彩和厚重的思想分量，足以引起人们对这一问题的思考与重视。从话剧艺术上看，立意切中当下，剧情紧张激烈，人物形象鲜明，台词生动精炼，显示出很强的戏剧张力和穿透力，已经反映出周振天在构剧方面所呈现出的娴熟技巧和驾驭能力。这部戏以其独有的开阔思想和艺术魅力，不仅警醒和告诫年轻观众，要树立正确的理想信念，即使面对生活的风雨和困难，也要走一条积极向上、阳光正确的人生之路；而且给成年人以更大的启示，即在关怀下一代的过程中，正确教育的观念和方法是不可缺失的，即使是对那些可能受到过伤害，有过失足经历的孩子们，也应不抛弃不放弃，给予他们更多的爱，使他们共同成为建设"四个现代化"的有用人才。从这个意义上讲，这部剧作是有着很强的现实意义和长久价值的。

【注：编剧：周振天、王洪波、丁暄；导演：李丁、董骥良；主演：徐小慧、倪美玲、邹赫威、乔林、于孜健、丛亚峰。中国儿童艺术剧院演出。】

## 第五节　话剧《天边有群男子汉》：
### 军营生活矛盾的尖锐揭示

### 1. 直面生活的勇气与深度

九场话剧《天边有群男子汉》可视为周振天的话剧代表作，其文学剧本发表于《剧本》月刊 1985 年第 8 期，同年由海政话剧团在京公演。公演的节目单上，在"作者的话"中周振天这样写道："荒凉狭小的南海孤岛和复杂、多层次的当代军人心理，伤痕累累、汗污斑斑肌肤下滚动的美和在庄严的名义下进行的‘交换’丑行，两代人对历史的痛苦反思和对今天人生准则的分野……这一切的一切都堆在了你的面前。我们从军营，从舰艇，从小岛归来，期望心中回旋不已的激荡思绪给您带来天涯海角人的信息。如果剧中怨尤的爱，怜悯的恨使你领略到一种崭新的意境，那就是我们最大的欣慰了。”

显然，这部话剧的生活与灵感，就来自两年多以前周振天的中建岛之行，其中饱含了他对岛上官兵深厚的感情，对剧作获得成功和观众理解的希冀。这是一部怎样的戏呢？剧作表现的是远离大陆的南海上一个海岛——火岛上的六名守岛军人，即巡逻队长韩朝阳，副队长倪健、孟国军，宋新华等三名战士，他们为了祖国的安全，甘愿抛却故园和亲人，在天边的荒岛上吃苦受累，甚至不惜献出青春和生命的故事，生动而深情地再现了海岛上的军人们种种独特的生活场景和生命情态。这里仿佛是在天边，是四周汪洋的弹丸之地，金色的太阳很大、很亮、很热，但没有树木，没有女性，只有六个当兵的。我国是个幅员辽阔的国家，人口有十多亿之众，但谁又会于某时某刻想到在那远离大陆、像针尖般大小的珊瑚礁上还有这样六个士兵呢？他们微不足道，不为人所知，然而他们为了祖国的安全，为了人民的幸福，日复一日地守卫在这里。他们在想些什么，做些什么？他们对自身的使命有什么理解，对社会有什么看法？他们对人生有什么追求，对美好的爱情有什么憧憬？甚至在他们之间有什么样的碰撞和谅解，又怎样面对自己的生，面对自己的死？这一系列的问号倘若一旦进入观众的视野，想必一定都是观众所关心的和急于想了解的。

剧作将很多笔墨用于对韩朝阳这一主要人物的塑造上，进行了血肉丰满、特征鲜明的形象刻画。他与水警区司令员的女儿、身为军医的妻子杜荣在人生观上存在着很大的分歧，也因此在两个人之间形成了尖锐的矛盾的冲突。她认为韩朝阳是一个战斗英雄，完全有理由、有条件离开火岛，但他坚决不肯离开；杜荣又以韩朝阳是驻岛干部这一条件向上级要了房子，他因自己上岛不是为了房子而在两人之间“竖起了一堵墙”；韩朝阳到陆地上休探亲假，听说可能有战斗便当即返岛，终致夫妻俩失和离婚。剧作在揭示其为什么一定要固执地留在岛上，而且绝不允许掺杂任何丝毫利己目的的心理因素时，借他向杜荣倾吐内心时说出了自己的秘密：在他上次荣膺英雄称号的战斗中，一开始他因为胆怯而没有能及时送上弹药，班长因此壮烈牺牲了。他觉得自己犯下了大错，欠了债，才狂怒地不顾一切地扑向了敌人。他说："在祖国需要我挺身而出的时候，我曾退却过……你可以欠任何人的债，但不能欠烈士的，不能欠祖国的！不能！我只盼着在下一次战斗中洗刷那一切，洗刷得干干净净。"剧作对这个人物行为根据和形象特征的开掘是有深度的，表明韩朝阳是一位勇士，但勇士并非天生就是不怕死的人，战胜对死亡的恐惧，需要有一种信念在心中滋生，也标志着一个军人的成长。他在岛上的日夜坚守，或许就是等待一个时机，一个能把自己欠债的耻辱洗刷干净的时机。他最后的牺牲，未尝不是人物一种令人心痛的涅槃。剧作触及了军人面对死亡时的心理状态，探索了生命的价值，在军事题材的戏剧创作中，应该说是具有突破性意义的。

剧作更以强烈的对比手法，展示了当时越来越繁华的都市与洪荒海岛的不同人生追求和思考。正如孟国军向韩朝阳描绘的陆地上的情景："马路上真热闹呀！一年多没上来，什么什么都认不出来了，路摊上卖啥的都有，好东西都冒出来了。渔民花钱真叫冲，大把大把地扔呀。整个街上花花绿绿的，女孩子穿的那怪里怪气衣服，我都睁不开眼……"但他们用这样一首歌谣来抒发自己的内心情感："这里没有树木，这里没有姑娘。我们依偎着大海，向星星诉说着衷肠。或许我血染沙滩，或许我凯旋返航。忘不了啊，我那可爱的人儿！忘不了啊，我那可爱的故乡！"尽管如此，他们仍然忠于职守，当外军战斗机向火岛飞来时，他们将写有"这是中华人民共和国领土"的字牌向对方展示，并使高射机枪、对空瞭望哨、电报通信就位。当遇到漂泊在海上的敌国难民船时，便积极地展开施救，表现出中国军人的宽广胸怀和人道主义精神。当敌人乘着黑夜从海上偷袭时，"他们的枪口不停地喷射出无情的火光"。剧作以充沛的激情、诗意的手法和动人的情节，叙述了这样一个远岛的故事，刻画了天边这群男子汉的动人形象，颂扬了我军守岛官兵热爱祖国的耿耿忠心和牺牲奉献精神，有着激荡人心的思想与艺术力量。

剧中的官兵虽然远离俗世尘寰，但他们并非超然物外，仍然为复杂的社会关系所制约。韩朝阳对巡逻队副队长倪健，说过这样一段激愤的台词："有人拿肉体换一瓶香水，有人拿良心换一官半职，还有人拿信念换一套房子，你更大方，拿国家的荣誉、军队的尊严换一只打火机！交换！交换！把人的心都换凉了！"他的这番话都是有所指的：换香水的是战士宋新华的女朋友，换房子的是韩朝阳的妻子，换打火机的正是岛上巡逻队副队长倪健。而最令人震惊的一次"交换"，发生在戏的结尾处，即海军某基地后勤部杜秉魁部长在任水警区司令员时，来火岛检查工作后回去吹嘘岛上伙食如何好，致使后勤部门卡了本应供给岛上的罐头。当时岛上申请装备红外夜视仪，事隔几个月之后，他"不知道把报告放到哪去了"。现在为了把自己女儿杜荣从水警区调回基地，竟在发给火岛红外夜视仪时，扣下了一个重要部件，并提出水警区"拿杜荣的调令来交换！"。结果导致岛上的战士未能及时发现夜袭的敌人，韩朝阳和女民兵叶小芳牺牲，其他好几个人也受了伤。为此，现任水警区司令员夏征勃然大怒："我要上军事法庭控告你！打电报叫他来！"可见剧作以极大勇气和胆识，触及了军队中存在的官僚主义问题，无情地鞭挞了以权谋私者的丑恶灵魂，及其给部队建设带来的严重危害。幕终时，剧作别具深意地设置让这个"幕后的人物"上场而并未上场，显然在虚拟但逼真的氛围中，传递出对军营不正之风的强烈谴责与审判的意味。剧作中的女知青叶小芳是一个很美好、很动人的女性人物，是剧作中"民"的形象代表。她用小船给火岛上的官兵们带来了海鲜和淡水，也带来了女性的欢笑和气息。她爱找韩朝阳借书和聊天，直率地对杜荣夸赞韩朝阳："有男子汉的气魄——深沉时，像夜里的海；激火时，又像白天的潮。"司令员夏征听到涉及韩朝阳与叶小芳的流言后，命令韩朝阳通知叶小芳，不准许她再上岛。但在一场猛烈台风袭来之时，部队的供应船多日无法停靠火岛，岛上断了食品和淡水，连火柴也只剩下最后一根的情况下，是她驾着小船给岛上送来了所需的一切。叶小芳的热心肠及其所为，是有着巨大的情感动因的，她是在南海落户的北京知青，其丈夫就是这个岛上的民兵英雄，丈夫陈礁牺牲后埋葬在这里，她并没有离开这里而与其灵魂相伴。就在大家议论离婚后的韩朝阳该不该和叶小芳喜结连理的这个夜晚，叶小芳却在海上中了偷袭者的黑枪。中弹后她烧着了自己的小船，用火光向岛上的战士报警。临终时她还在高声呼喊："当兵的！"从这个女性形象身上，剧作让观众感受到的是人物的温度和人性的美好。

话剧《天边有群男子汉》的诞生，受到了各方面的广泛好评。其在军队戏剧创作中的地位如何呢？随着思想解放和改革开放的深入，军旅戏剧在题材选择和内容描写上都有了新的拓展。如果说在建国后的十七年间涌现的南京军区前线话剧团创作演出的《霓虹灯下的哨兵》，敢于描写军队中的落后人物，进入新时期之后，总政治部话剧团创作演出的《天边有一簇圣火》，隐约地写到了部队生活中存在的"走后门"的不正之风，将其作为人物成长的一个重要背景来表现的话，《天边有群男子汉》则是以勇敢的姿态和求实的精神，把这种现象公开化了，并进行了具有思想与艺术深度的揭示和表现。

【注：编剧：周振天；导演：雷羽；主演：刘通生、邱惠琴、安小良等。海政话剧团演出。】

### 2. 对生活的观察与表现的思考

周振天在《写在〈天边有群男子汉〉发表后》一文中，对这部剧的创作心路做了很深入的剖析和袒露。从他的行文中，我们可以清楚地看到，生活的触动、深度的思考和艺术的追求，是这部话剧取得成功的根本原因。如果是一个生活积累稀薄、思想平庸、谨小慎微的创作者，要想推出激荡人心的好作品是不可想象的。

在西沙琛航岛上，曾有一位老兵问周振天："猜猜，我多大？"周振天瞅瞅这个兵的模样，不假思索地回答："二十八。"老兵苦苦一笑："二十二！每次说对象，人家都说我瞒岁数，死活不信。岛上人就是显老嘛！"在中建岛上，周振天听到了这样一个故事，一位荣获过战功的军官相中一位可心的女友，告别时女友叮嘱他，说等他的回信。可是他一回岛就赶上大风暴潮，鸿雁隔断整整四十天，姑娘以为他反悔了，一气之下，另应了他人。这样的细节，周振天可以讲出很多。这些生活加深了周振天对在艰苦奋斗中的当代军人的尊敬与爱，也激发了他发自心底的创作冲动。但他深深地意识到，只表现他们如何悲苦和艰难，便是贬低了他们的真正价值。他尊崇这些时刻准备为国捐躯的男子汉，但流于俗套、一般化的赞美与同情，便是亵渎了他们对祖国、对人民的爱之深，对不良风气恨之切的崇高情感。他看到的那一个个活生生、有追求、有欲望、有欢乐，也有苦闷的水兵，都是一些有着鲜明的时代特征和个性特征的军人形象，如果硬把他们再统统纳入旧有的、习见的人物模式中，服从于某种固有的创作观念和套路，那就是对他们真实形象及其应有内含的歪曲与背叛。

于是周振天打定主意，以毋庸置疑的创作态度，真实地写这些远岛上的官兵。哪怕可能落下"丑化""歪曲"的罪名，写出来的作品可能被"冷冻"甚至"枪毙"，他也要真实地写他们，写这些普通的军人，写他们悲壮的命运。须知，这是在上世纪80年代前期，军事题材作品的创作，大多还固守在英雄叙事的阵地上，热衷于或停留于写理想化的乃至神化的英雄。而周振天要写一群与普通人无甚异样的战斗英雄，写一个普通人的悲剧，充分反映出他作为创作者所具备的勇气和胆识。

当然周振天也有过困惑与费解之处，即："我们所宣传的英雄为什么常常是白玉无瑕，神般的圣洁，让人敬而远之，可赞而不可学？"他所接触过的官兵，并不是每一个人都是为保卫边疆才上岛的。倒是他们在离岛时，几乎每个人都恋恋不舍，都意识到了自己的责任和价值。海岛上的官兵，没有一个不思恋家乡和亲人，特别是思念心中的姑娘。他们的水兵帽里的垫帽纸，几乎都是女歌星、女影星的头像。但一旦面临战斗，需要冲锋陷阵的时候，他们便把一切都置于脑后了。这就是我们的官兵，体现在话剧《天边有群男子汉》中的主人公韩朝阳就是如此。他在战场上或许曾经胆怯过，婚姻可能并不美满，曾被人误认为和别的女人"相好"，也有忏悔，有懊恼，有动摇，但他仍是一位了不起的英雄。周振天按照生活逻辑和艺术逻辑，塑造了一群可爱的水兵，让他们按照各自的性格去笑，去哭，去叹息，去呐喊……剧作甚至写到了血淋淋的死。这也是需要有勇气的，因为曾几何时，在人们的观念上存在着这样一种可笑的误区，说是青年人看多了黑暗和牺牲就会失去勇气和信心。于是居然发生了在舞台和银幕上因为要不要死人，或死多少人的争执。更有小说可以写死，而话剧和电影这类形象艺术则不能见血等荒唐说法。若如此，怎么理解电影《董存瑞》中的董存瑞、《英雄儿女》中的王成的牺牲？一个脆弱到见不得流血牺牲的民族，还能是一个精神上、心理上强大的民族吗？更何况当时在中国的西南边境，自卫还击作战仍未结束，天天有人流血，有人牺牲。而且南海前哨也时时都有可能发生擦枪走火的意外。无论从现实生活的角度，还是从艺术创作的规律看，对于流血牺牲都不能视而不见地回避。

这部戏最具分量的还在于周振天写了基层官兵对官僚主义的愤恨。在当时的社会条件下，军队受到某种不良风气的浸染，已不再是一片"净土"。对于要不要反映这种现实，不喜欢揭疮疤的心理还是很有市场的，时不时还会有人跳出来"对号入座"，理由是军队有特殊性。然而周振天完全不认同这种逻辑，他认为工厂搞官僚主义是要赔钱的，战场上搞官僚主义是要死人的，有良知的作者不能漠然处之。周振天还更加深刻地认识到这样一个现实，即鲁迅讲过的，中国是一个历史悠久的瞒和骗的大泽。十一届三中全会以来，这种"大泽"才被填实了许多，但"中泽""小泽"仍比比皆是。今日之话剧，一条腿已陷入到这"泽"里很深了。于是乎被疏远，于是乎有危机！当他提起笔写这个戏时，便命令自己跳出这种"泽"，扎扎实实走回真实的大地上去。只有这样，才不负此刻还守卫在西沙前沿的那些官兵们，才不负花钱坐到剧场里的观众，才不负殷切盼望话剧走出谷底的同仁和前辈。

因此，周振天选择了直面现实。周振天以这样一段话，来描绘他之所以做出这种选择的心理体验和情感基础：一夜，我独自漫步在中建岛平坦、松软的沙滩上。潮水涌来，发出轻缓、甜柔的叹息。脚下的珊瑚沙砾，升腾着日照的余热。我索性躺在沙上，望着水洗了似的晶莹星空，聆听潮浪奏着幻乐般的声响，整个身心像是融化在那浪声、星空之中。没有污染，没有市场的喧嚣，也没有名利场上的各种扭曲的情态……霎时，我有了一种感觉到全部自己的感觉，许多远离记忆的美好、纯诚的东西复归了。一种升华的喜悦，一种从没体验过的美感油然而生。随之他达于一种颇具哲理与审美的层面："哦！游心于淡，合气于漠。我竟隐隐感受到先哲说的天人合一的境界了。""古朴的、粗犷的、独特的、近似洪荒时代的美，水兵们就生活在这样的环境中。他期待剧中的角色也生活在这般的情境中，更期待观众们能从这部作品中领略到这一切。"他更想起他听过文艺理论家钟惦棐所讲的："美学，是美的力学。美不表现力，而流于琐屑，流于茶余饭后，流于遁世，虽名曰美，实际恰恰是丑。"

由此出发，在周振天的眼中，西沙军人的美，是强有力的！是男子汉的！在那被烈日炙烤成紫黑色的皮肤上，在被尖锐礁盘划出的伤痕间，在那脸上一道道与青春不相称的丑陋皱纹里，你都能感到美的张力，美的跃动。艰难中乐观的美，对美好生活的渴求和对死亡蔑视的美，为祖国献身的崇高美，人与人情感融融的美，身体被弹片击穿、淌着殷殷鲜血的"残酷"美……这一切淌入他心中，融入他的血液、神经、四肢，于是，他自然地要以这样的美奉献给读者、观众，来唱一首当代军人的赞歌。对于剧作在舞台上的呈现，周振天也是有他的思考的，与实际生活相比，舞台上不会有潮水，也不能有沙滩，更不能有炎炎烈日、荡荡南风。但他希望这部写实性很强的剧作，能够遵循和体现中国古典美学"离形得似"的原理。

周振天还进一步思考到，时代的新潮流要求我们重新思考原有的思维模式和表现方法，移动我们原先审视世界的固定观察点。因而，他认为戏剧创作必须摆脱束缚其生命力的单一模式，完成从封闭走向开放，从一条故事线、一个主题向多信息、多含义的转变。而与之心灵和追求相通的海政话剧团的雷羽导演，在排演此剧时，大胆地摆脱了自然形态和生活的束缚，在借鉴了某些传统导演手法的同时，竭力追求象外之意，较深刻、准确地把握了原剧本所揭示的生活本质。剧中有令人瞩目的主人公，有贯穿首尾的心理线和命运线，在此基础上，将其他人物、其他线索，与主人公、与主线融合成一个松散的总体。多条线索，多种命运，多种社会生活面，时而相聚，时而离散，展现了现实生活的统一性、多义性和复杂性。在这出戏里，周振天还刻意地搞了一些"毛边"。所谓"毛边"的比喻，就是当时街上的青年人喜欢穿的那种裤脚带毛边的牛仔裤。从戏剧创作而言，就是看似零碎、独特的生活细节，而这种细节又可能是出人意料的，耐人寻味的。

在周振天的思考中，他认为传统戏剧太精巧、太干净，失去了某种本应具有的魅力。而"毛边"的提取与运用，无疑有助于增强戏剧的生活质感，能给观众带来抵近感和亲切感。如剧中"官兵划火柴""深夜给上海姑娘回信""洗澡"等细节，就是这部戏特有的"毛边"。剧作在公演过程中，演员和观众乃至周振天自己，都深深感受到了"毛边"的魅力，领略到它所产生的穿透力。周振天还认为，舞台上发生了什么固然重要，但给了观众什么样的启示和联想更重要。无论导演怎样处理，但愿有一点能满足他的原意：不必着力于叙述故事、传达情节、表现外部事件，而应着力于刻画人物复杂的感情世界和情绪世界，更需注重抒发情感、传达哲理、表现意境、叙说涵义。如果有观众评价他的作品，在"你这出戏写得不错"和"你这出戏让我想了许多许多"这两者之间，他更看重和欣赏后者。原因在于剧作所处于、所产生的时代，人的情感被物质异化了，人的关系渗入了商品交换的原则，种种社会现象的出现使人痛心，也使人思索。

正是在哲理思考的层次上，周振天把自己对这个问题的感受和反思，赋予了剧中的人物和事件。如有的社会上的女孩子拿自己的处女之躯，换一瓶法国香水或是一部手机、一个洋包包；有的军官在战场上拿战士的生命，作私利交换的筹码等，表明商品交换在人与人关系中的行为，甚至在公权力领城也都通行无阻。由于通信的便捷而造成了空间距离的极大缩短，人心的距离却越来越远，周振天不免思之心寒。这种现象从社会发展的大尺度上看是一种进步，还是迈向现代化过程中必走的曲径，抑或是人们在疏远、冷漠到极点后，还会来一次复归？周振天在内心里、在认识上，都感到了某种一时难以排遣的矛盾与困惑。"人心本如明镜水，缘因名利生浑波。灭苦消忧皆有路，真心常在望母胎。"诗作所描绘的返回母胎般的纯净，或许只是周振天关于人生思考时的一种梦想。在其对社会人生的透视中，在剧本创作获得的升华中，我们都可以看出他对人们感情关系纯诚、真挚的追求，对不被金钱和物质异化的人性的追求。这种追求对于周振天来说，又是永远执着的。他所希望的是，如果读者和观众能从这部作品中理解到以上的种种思考和追求，他便感到极大的欣慰了。可见周振天在其创作的真正初始阶段，就具有了思想与艺术的高起点，而在后来的创作历程中，始终保持并逐渐迈上了新的高度。

## 第六节　音乐剧《赤道雨》：
### 一次华丽辉煌的艺术之旅

### 1. 海军题材浪漫艺术形式的选择

2004 年 10 月的海军礼堂，反映海军题材的大型原创音乐剧《赤道雨》于国庆期间隆重地上演了。这是海军政治部文工团和海军政治部电视艺术中心联合创作演出，历时四年时间打造的一部音乐剧佳作。这是海军文艺单位创作的第一部音乐剧，也是唯一的一部大型音乐剧，人们至今对《赤道雨》的上演仍记忆犹新。

音乐剧这种舞台表演形式，在军队文艺舞台出现得并不多，为什么海军要选择它来进行新的创作呢？我们通过此剧的创作演出过程，或许可以窥见其背后的奥秘。首先是音乐剧为 20 世纪出现的一门新兴的、相对年轻的综合舞台艺术，它集歌、舞、剧为一体，又广泛地采用了高科技的舞美技术，不断追求视觉效果和听觉效果的完美结合，非常适合发展变化中观众的观赏与审美需求。并且在百年来的商业表演实践中，摸索和总结出了一套成功的市场运作手段，陆续推出了一系列有口皆碑的优秀剧目，使这一舞台艺术表演形式突破观众年龄、阶层、地域等的局限，不仅风靡世界，而且广受观众的喜爱。一些著名的音乐剧作品，如《西区故事》《西贡小姐》《悲惨世界》《猫》《歌剧魅影》《奥克拉荷马》《音乐之声》《Q 大道》等，就是其中的代表性剧作。随着改革开放的深入和经济社会的健康快速发展，我国的人民群众对文化娱乐也呈现多元变化的需求。从 20 世纪 80 年代起，音乐剧这种新的艺术样式传入我国，并很快就以视听兼备、雅俗共赏的特质，吸引了一批固定的并且正在不断扩大的受众人群。中国的第一部音乐剧是中央歌剧院创作的《我们现在的年轻人》，部队的文艺团体如总政歌剧团、南京军区话剧团、广州军区歌舞团等，尝试进行过音乐剧的创作，也有较高质量的剧目问世。音乐剧的最大特点，是结合了歌唱、对白、表演、舞蹈等多种表演形式，把剧作的主题意蕴、人物情感和美学指向，以充满青春朝气和生机活力的表演形式，轻松活泼地表现出来。这显然是音乐剧吸引人的最大优长。

其次是国门的逐渐打开，同世界的交往日渐增多，中国海军舰艇编队出访外国，在向世界庄严亮相，展示我海军威武之师、文明之师的精神风貌的同时，也强烈地感召和唤起了无数海外侨胞的爱国之心与思乡之情。当舰艇编队出访拉美四国，到达美国军港城市圣迭戈时，中国军舰的到来成了当地华侨的盛大节日。他们蜂拥而至，把登上战舰参观视为弥补思乡情感的赏心乐事，甚至坐飞机从遥远的美国东部专程赶来参观中国舰艇编队的华人也络绎不绝。有位老华侨一上舰艇就跪下亲吻甲板，老泪纵横地说：终于又踏上国土了……广大华侨盼望祖国强大的心愿以及浓烈的爱国情怀，令舰艇官兵感慨万千，也使艺术家们深受触动。周振天就是依照这个老华侨的感人细节，先是写出了一个戏剧小品《回家》。这个小品就是《赤道雨》的最初胚芽。为了写好这部音乐剧，周振天还趁出访之际到美国圣迭戈等地的华人圈子里进行过深入采访。合作编剧冯柏铭则也跟随出访欧洲四国的中国海军舰艇编队漂洋过海，经历与体验舰队远航的惊涛骇浪。是海军的现实生活、海洋的宽阔胸怀、军种的特有情调，给创作者们提供了坚实的生活根基，激发了他们充沛的创作热情和艺术想象力。

再就是海军的文艺团体拥有强大的创作演出阵容，不只是海政文工团和海政电视艺术中心，以非凡的实力和突出的成绩享誉军内外，更有海政电视中心主任、著名剧作家周振天，海政文工团艺术指导、国家一级作曲付林，著名歌唱家宋祖英、吕继宏、储智博、霍勇等具有一流知名度的表演艺术家，为广大观众所熟知和喜爱。而且，强强联合已经成为一种时尚和通行的做法，开门搞创作使其胸怀宽广地邀请总政歌剧团著名剧作家冯柏铭、北京军区文工团著名作曲家刘彤、中央戏剧学院副院长兼导演系主任廖向红、著名舞美设计黄海威一起加盟。内外兼具的顶尖主创队伍，不只保证和满足了推出一部音乐剧特定的艺术和技术要求与构成，也使《赤道雨》创排首先确保其具有基本的成色，进而在突破音乐剧的创作难度后，于气势恢宏和精彩绝伦上达到预想的效果。海军之下两个团体的通力合作，一次华丽的音乐剧之旅，因此拉开了辉煌的帷幕。

作为一部新创作的军事题材的音乐剧，需要考虑的问题是，既要体现这类题材特定的严肃思想性和规律性要求，又要适应大众的现代审美趣味，满足时尚的商业化需求，使之看起来是一部真正意义上的，又具有中国特色的音乐剧作品。从小品《回家》到音乐剧《赤道雨》，其间的道路是艰难而漫长的。因为音乐剧的创作毕竟比较复杂，它需一般戏剧文本所必须具备的精彩的人物和故事，生动的情节和精美的歌词，同时还要有设计得体、适当的主人公咏叹、二重唱、三重唱、五重唱以及歌舞场面等等，而且这种演唱和歌舞并不是简单的堆砌与拼凑，而应是塑造人物的有机构成和剧情的自然延伸，乃至包括全部舞台的完美配合，这一切都需要在剧本的创作阶段即进行缜密的考虑和匠心的预设。这首先对剧作家的功力、经验和想象力都是一个严峻的考验。

## 2. 精湛的结构与充沛的诗情

在各级领导亲自指导和全力支持下，《赤道雨》的剧情大纲第一稿于2000年的春天问世了，从那时候起，便开始了漫长的四年、前后共二十多稿的写作和加工修改的历程。进入排练后，依旧边改边演，边演边改，费尽心机、不厌其烦进行着斟酌、增删和润色。作为编剧的周振天和冯柏铭，他们一致认定海军是非常浪漫的军种。舰斩波涛、桅指苍穹，多么具有诗意，更不用说蓝天大海的壮丽，给人以无边的遐想。海风可以歌唱，海浪能够起舞，海鸥与飘带齐飞，涟漪和旗语辉映……这一切同其他军种的题材相比又是多么地不同，这些不都是音乐剧所需要和可以呈现的元素吗？一部独具特色的音乐剧不应该就此呼之欲出吗？经过与导演、作曲、舞美、演员的共同切磋与精心打造，编剧在《赤道雨》剧本中的构想与设计，都得到了清晰灵动的呈现和思想意蕴的进一步升华。且以舞台特有的视听形式，为剧作增添了许多令人赏心悦目的诗情画意和动人心魄的似水柔情。

《赤道雨》的情节结构，显示了两位剧作家的智慧和巧思，他们借海军舰艇环球出访的这个平台，构筑起了一个既通俗又浪漫的爱情故事。他们通过虚构和塑造当代海军舰长潘天雨的形象，并通过他与恋人、旅美华人肖可悦之间曲折跌宕的生死恋情，巧妙地选取和设计了三个春天里，舰队的三次出访航行。将人民海军的精神风貌，将跨洋越海走向世界的国威、军威，将当代青年对爱情、事业、人生价值的追求，将海外华人对祖国的眷恋等丰富的精神内涵等，都包含在让人牵肠挂肚的人物命运的改变，引人入胜的悲欢离合的剧情中。

随着大幕的徐徐拉开，可以渐次进入这三个场景和情景不同的春天。改革开放后的一个春天里，我海军出访编队驾驶着自行设计制造的某新型导弹驱逐舰出访美国。在热烈的欢迎仪式上，舰长潘天雨在人群中意外地见到了旅美初恋情人，如今是某海外著名杂志主编的肖可悦。由于在"文革"的十年浩劫中，我海军著名的舰艇设计师、肖可悦的母亲姚曼如被迫害致死，激愤之中的肖可悦，不得不与热恋中的对象，挚爱海军事业的青年军人潘天雨分手，而离开故土远赴美国，照料身心遭受重创的外公姚汉唐。此次在异国他乡，两人偶然相逢，可谓百感交集。

第二个春天，在南非的某港口，再次出访的潘天雨，经过一番苦苦等待后，终于见到了匆匆赶来的肖可悦。正当两人倾诉离情别绪时，意想不到的事情发生了，肖可悦所在杂志社最新一期杂志上，竟然刊登了攻击、污蔑我出访海军舰艇编队的文章。肖可悦被愤怒的华人华侨团团围住。潘天雨质问肖可悦这是为什么，却得不到令人满意的答复，又听不进肖可悦的解释，一怒之下便愤然离去。当晚，传来了肖可悦乘坐的班机意外坠入大洋，机上乘客全部罹难的消息。此时，肖可悦的信却送到了潘天雨手中，说明杂志中的文章原来是别有用心的反华分子，趁肖可悦不在编辑部的情况下恶意所为。读罢来信，满心悔恨的潘天雨不禁悲从中来，仰天长叹："你走了！"

时在第三个春天，受命率舰环球航行的潘天雨在出访途中，意外获得一本新出版的杂志，而杂志的发行人竟然是肖可悦。原来肖可悦因为当时弄丢了机票而没有登上那架发生空难的飞机。惊喜之下，潘天雨打通了肖可悦外公家的电话，试图与其讲和，然而却被肖可悦生硬地拒绝了。挂断电话后，肖可悦的外公姚汉唐递给肖可悦一封潘天雨战友写来的信，信中讲述了潘天雨在得知空难事件后无限痛苦的情感。看完这封信后，肖可悦激动地原谅了潘天雨，当即决定和外公一起回国，并前往迎接我环球航行编队。码头上，两个经历磨难的恋人再次相遇了。这一次，他们决定不再分开，一起回到祖国母亲温暖的怀抱。

在后来总结《赤道雨》成功的原因时，周振天感慨地谈道："首先是生活现实的赐予。海军成立五十多年了，组成舰艇编队远渡重洋出访则在改革开放的90年代末期，特别是其后的环球出访航行，更堪称自郑和下西洋以来的中国航海史上的壮举。正是因为有了这样的壮举，我们才有可能涉及这样一个崭新的，具有强烈时代感的军事题材。也正因为这个时代具备了种种方便条件，我们才有可能到圣迭戈华人圈子做深入的采访，也才能够跟随军舰亲身体验出访的全过程。"

至于取《赤道雨》为剧名有何意蕴和象征意义，周振天曾做出如下阐释，他说赤道两侧五至十度间日照强烈，终年高温。由于热空气不断上升，形成了"赤道低压带"，又称为"赤道无风带"，此地终年炎热无比。非洲刚果河流域和几内亚湾、南美的亚马孙河流域和亚洲的印度尼西亚群岛都属于典型的赤道气候。对于长时间航行在海上的人来说，遭遇赤道雨是非常难得的。因为过赤道跨洋越海出访各国，也是中国海军从浅蓝走向深蓝、走向大洋，国家强盛的标志。近现代史上，外国军舰曾横行于中国的领海，如今作为和平与文明使者的中国海军出访并停驻在这些国家的军港，其本身便是极具象征意味的历史时刻。在这样的过程中，我们的军舰航行往往需要几个月的时间，特别在通过赤道的时候，水兵们把能遇到赤道雨看作是十分幸运的事情。因为它总是来去匆匆，变幻莫测，淋到赤道雨，就如同沐得甘霖，当然是一种莫大的幸运。在这部名之为《赤道雨》的音乐剧中，赤道雨这三个字不仅象征着当代人对爱情、对人生、对命运的复杂心态和感触，也寓意着经历了百年磨难的中华民族，终于走上了伟大复兴和辉煌崛起的新征途。一直以来，军旅题材的文艺创作，因其所承载的政治意义和主题的重大严肃，乃至军营生活自身的单调枯燥，往往自觉地远离轻松与娱乐，呈现出严格甚至不乏沉重的正剧面貌。而音乐剧《赤道雨》则探索将军事题材的庄重严肃，同音乐剧轻松欢快的大众化表演风格相结合，是创作者所刻意进行的一种颇富创意、令人惊奇的艺术选择。《赤道雨》的出现，恰恰为通过变换多种角度和风格，来拓宽军旅题材的舞台表现形式，提供了一种新的可能。它不仅使剧本以一种更潜在的方式秉承了军事题材固有的精神特质，而且力求更加贴近当下青年观众欣赏口味，真正进入文化消费市场，做到立意新、开掘深、结构漂亮、线条绚丽，而且为军旅题材走向大众和市场，打开了一个通道。

### 3. 集体智慧与刻意创新的结晶

《赤道雨》的成功显然是集体智慧和刻意创新的结晶。首先是剧情结构。《赤道雨》虽然以中国海军舰艇编队环球出访为题材，但定位却是一部抒发爱国情怀的浪漫情感剧。从表现手法上看，全剧并没有正面描写航行中的惊涛骇浪，而是以海军舰艇编队三个春天里的三次环球出访作为主体框架，精心构筑起了一个跌宕起伏的爱情故事，在优美抒情的旋律中，酣畅地演绎了男女主人公之间的重逢、误解、离别和团聚，生动曲折地展现了军人感情世界的另一面。尤其在第二幕当潘天雨得知航班失事的消息，以为永远失去了所爱肖可悦时，那一刻心灵的忏悔与煎熬，以痛彻肺腑的激越旋律表现了出来：

> 是我亵渎了真诚？是我摧残了信任？我该怎样面对，每一个如血的黄昏？我该怎样面对，每一个坦荡的黎明？

经过漫长的期待之后，两人奇迹般相逢于迎接中国军舰的美国码头时，剧作则极有层次地展示了他们兴奋、犹疑、试探和欣喜的心理过程，曲调欢快的重唱表达出了埋藏在彼此情感深处的忠贞。女主人公肖可悦更是集中体现了剧作的爱情主旋律，特别是当误解消除，云开雾散时，她唱出了全剧最华彩、最动人的咏叹调。曲折萦回的音乐语言，委婉细腻的心理描绘，引领观众随之进入剧作的特定情境，沉浸于浓烈而悠长的情绪之中。

周振天在谈及这部剧的重要情节时说：

> 女主人公肖可悦因母亲在"文革"中被迫害致死带着怨恨去国出走，投奔在美国的外公姚汉唐。而姚汉唐曾经作为国民党的舰长与解放初期的我海军有过交锋，一直对大陆怀有很深的偏见。但是在接触了我海军出访编队之后，他深感中国已经发生了翻天覆地的变化，在经历了一番情感波折

后，爷孙俩一位叶落归根，一位将自己主办的杂志搬回国内，与恋人潘天雨相聚。这样的剧情设计如果放在十几年前，观众一定会认为是作者的刻意安排。但在"海归"们纷纷回国创业，甚至国民党主席连战也率团参访大陆的今天，谁还会质疑这种大团圆结局的可信性呢？现实生活不但给了我们创作的灵感，还给了我们创作的自信。我作为《赤道雨》的剧作者，发自内心地庆幸自己能够生活在这个日新月异的土地上，生活在这个将百年来向往繁荣富强、向往安定和谐的民族愿望，终于开始实现的伟大时代里。

作为《赤道雨》的总导演，廖向红是我国最早研究音乐剧的艺术家之一，她率领导演组要为此剧打造真正属于音乐剧的现代品位。在以多种手段成功刻画剧中主人公的鲜明形象的同时，她围绕海军舰艇编队三次出访地夏威夷、南非、美国本土的剧情设置，在有限的舞台上将全剧演绎得如行云流水，一气呵成。其中将一个个表现海军生活情趣和场景的歌舞，如《擦擦擦》《旗语》《赤道雨》等舞段，有机地镶嵌在剧情之中，把海军金戈铁马威武之师的现代形象，表现得既帅气逼人又生动有趣。此外，她还调动多种艺术手段，将华人迎接军舰的舞狮、非洲民风的鼓舞、夏威夷的草裙舞、反映纽约白领的现代舞、舰艇招待会华美的交谊舞、年轻海军战士朝气蓬勃的海魂舞等形式依次融入情节，使剧作展示了多元的文化色彩和缤纷的民族风情，呈现了丰富而绚丽的舞台景观。

刘彤和付林作为《赤道雨》的作曲，在音乐创作上进行了突破性探索，特别是在民族唱法的通俗化和时尚化上，更是进行了大胆的尝试。刘彤认为，剧本表现的是海军舰艇编队的环球航行，宋祖英饰演的肖可悦的身份是旅美华人，都不适宜用纯民族的东西来表现。而海外华人舞狮的场面、老华侨姚汉唐出场的段落，又一定需要民族音乐的参与。因此二者的融合又是必需的，这是这部音乐剧要求最高，也是必须处理好的地方。具体到主要演员的唱法，既有肖可悦的纯民歌唱法，也有潘天雨的民歌偏美声的唱法，更有肖可悦外公姚汉唐的纯美声唱法，在剧中要达到三人声区、音线的谐和，显然是颇费斟酌和才思的。通过刘彤和付林的艰苦努力，以及几位演唱者的默契配合，最终使剧作不仅显示出了全新的音乐风格，取得了相当悦耳动听的音乐效果，其中《一生无悔》《后会有期》《你走了》《赤道雨》以及男女主角的重唱《你还好吗》等唱段还非常地感人，令人印象深刻。曾担纲歌剧《图兰朵》舞美设计的黄海威，其设计构想和做法则显得更为"另类"。他运用中国大写意的手法，将一组高七米、宽十米的组合框架置于舞台之上，让它们时而是军舰，时而又是楼厦，并配合间或出现的电子大屏幕和丰富多变的灯光，使得整个舞台看起来完整而又壮观，给观众带来了极为强烈的视觉震撼。

可见《赤道雨》的编导们，紧紧抓住和凸显海军题材的独特性，不仅从剧情上精心设计了飞机失事、漂流瓶传情等浪漫情节，这种属于蔚蓝深邃的海洋赋予的独特浪漫气质，与音乐剧本身应具的风格不谋而合；而且更着力挖掘了环球出访这一先天具有的远方与娱乐的题材因素，配合声、光、电等视听元素的运用，给剧作提供了跨文化展示民俗风情的场景与空间，使之成为一次次富有意味的文化之旅，成为中国海军在新时期书写出的世纪传奇。时任中国儿童艺术剧院院长、著名戏剧理论家欧阳逸冰对《赤道雨》的创作给予高度的评价："《赤道雨》的文学剧本做到了可贵的几点：第一，它追踪着时代的步伐，把握住这个民族的历史进程在特定时期的心理情绪，创作的时间和故事发生的时间是同步的，这一般是很难做到的；第二，体现了民族心理与剧作家的关系，当今世界，异国的军舰到另一个国家港口去，是悉常惯见的事情，但对于我们这样一个曾经有海无防，饱受列强欺辱的国家，能有今天却是不容易的，编剧非常热诚地表现了对国家命运、对自己民族的自信和自豪感，表现了昂扬向上的民族情绪这样一种独特的心理活动；第三，作者没有仅仅停留在我海军到外国出访这样一个盛事的喜悦氛围里，而是努力探寻历史背景在现实的天平上到底有多大的分量？其中有两个重要人物的设置，一个出场的，一个没有出场的，就是女主人公的外公和母亲，这两个人物可以追溯到中国海军的命运，使得《赤道雨》虽然表现的是大背景下的儿女情长，但它所说的是一个民族的过去，具有深厚的历史感。"

《赤道雨》的上演，一举打破了此前中国音乐剧坛相对沉寂的局面。正如同人们预期的那样，《赤道雨》的演出受到观众的热烈欢迎，而且场场爆满。当大屏幕展现强大的海军舰艇编队远航场景的时候，当巨大钢架切换舞台时空的时候，当表演区雨帘倾泻而下的时候，当男女主人公的咏叹调深情唱响的时候，场内气氛异常活跃，掌声频起。并以文本美、音乐美、演员美、舞台和灯光美，得到了军内外专家的一致首肯。不仅获得了全国年度十大演出盛事的殊荣，还于圣诞节前后成功地举行了商演，改变了以往人们所持有的对军旅戏剧"得奖不卖座，赔本赚吆喝"的成见。

### 4. 开拓中国原创音乐剧的创新之路

有关方面的戏剧专家对《赤道雨》给予了充分肯定，认为剧作抒发了我国改革开放和强大起来之后，人民海军走向世界的强烈民族自豪感、自信心，揭示了血浓于水的民族凝聚力和文化感召力。剧作很昂扬、很大气、很亮丽，很深情、很好看、很动人，是中国音乐剧创作的重要收获，拓展了中国原创音乐剧的新路。

其可贵之处在于：第一，它追踪时代的步伐，把握住了我们民族的历史进程和在特定时期的心理情绪，创作的时间和故事的发生在时间上是同步的，这在创作上是很难做到的；第二，体现了民族心理与剧作家的关系，一国的军舰到另一国去访问，在当今世界可能已司空见惯，但对于我国来说能有今天则是非常不容易的，编剧在其中注入了非常热诚的对于国家命运的思考，对于民族未来的自信；第三，作者没有停留在我国的舰艇编队出访海外的喜悦氛围里，而是努力探求故事发生的更为深厚遥远的历史背景，以及它在现实的天平上所具有的思想和情感分量。也就是剧作是站在现实的维度，又回视民族曾经的历史，使之在大众化、时尚性的色彩中，包蕴进了深沉厚重的历史感，因而使剧作达到了令人可喜的厚度。作为部队的剧作家，能把这种独特的历史使命和个人内心洋溢的民族情感结合起来，完成如此精彩的艺术创造，是殊应予以肯定的。

剧作中老外公这个人物的设置，暗含了百年国耻的意味，沟通了历史、现在、未来三个时空，使整个戏看起来很厚实，能触发观众的很多联想。因此可以说《赤道雨》的题材和主题都非常好，具有独一无二的优势。舞台效果非常漂亮、非常大方，突出了海军固有的蓝色、白色这两种干净、纯粹、青春的色调。在全剧的整个流程中，没有哪一个场景给人灰暗的感觉，即使是主人公在心里"狂风怒号"的时候，观众看到的依然是一种透明的蓝色。这反映了主创人员的用心所在，使整台演出看起来比较协调，使文学剧本奠定的风格和舞台呈现的风格比较一致，没有剥离和硬加进去的感觉。主要演员和主要唱段都非常不错，一般乐团很难做到。尤其是女主角的大段唱，虽然是民歌唱法，但颇有点西洋歌剧咏叹调的感觉。全剧关键性的几个点，男女主人公也都很好地完成了，尤其中间狂风暴雨那一段，可以说完成得非常好，使这部原创剧目达到了很高的品质。

从某种意义上讲，评价《赤道雨》不能就这个戏谈这个戏，也不能单纯放在军事题材戏剧的创作体系里观照，而应该放在中国原创音乐剧的起源、进程和探索这样一个范畴里去考察。从这样的定位出发来审视这部戏的价值，即可看出它对中国音乐剧所做的贡献是巨大的。又因为军事题材创作的局限比较大，音乐剧对中国来说又很陌生，从军事题材与音乐剧的结合上寻找突破口，这是非常不容易的。从军事题材应当具有的开放性来看，《赤道雨》不光可以面向部队，提振军心士气，也可以走出军营融入社会，让军事生活和时代生活实现交叉，用剧作挖掘和体现的军人的社会价值和社会意义，产生广泛的影响，反过来又在促使社会大众对军人的认同、理解和融汇上发挥作用。因此《赤道雨》的成功，在军事题材戏剧创作上来说又是非常富于重要意义的。

【注：编剧：周振天、冯柏铭；导演：廖向红；作曲：付林、刘彤；主演：宋祖英、吕继宏。海政歌舞团和电视艺术中心联合演出。】

## 第七节　话剧《危机公关》：直击心灵的剧作

### 1.对百姓的欢乐与疾苦保持应有的敏感和锐度

2015年周振天应老朋友刘国超之邀，与国家话剧院青年才俊导演韩杰联手，为北京残疾人联合会创作、排演了话剧《危机公关》，并于2015年12月公演。

当时因主要是为北京残联系统观众演出，很多话剧界同行与北京话剧爱好者们并没有机会看到这部剧。但受邀审看《危机公关》的著名艺术理论家、著名作家观看了《危机公关》后，都给予充分肯定。时任中国文艺评论家协会名誉主席李准说："这部剧超越了对个人品质的剖析，并以起伏跌宕、扣人心弦的剧情提示人们：近似残酷战场的经济活动很可能会把人们心中最卑劣的、最魔鬼的欲望催化出来，如果法律与道德缺位，必然是欲望不断扭曲，无所不用其极。《危机公共》就是在警示人们：在商品交换，获取财富的同时不要迷失人的本性。"时任中国文艺评论家协会主席的仲呈祥说："《危机公关》主题立意很深，剧情和立意都超越了残疾人话题。是一部深切关注人生、关注民生、关注社会的话剧，是一部'写人民、为人民、表现人民、服务人民'的好作品。"《中国文化报》副总编辑、著名戏剧评论家徐世丕说："《危机公关》可以看作是一次当代人灵魂深度叩击与价值观剖白的精神拷问。在人们因忘却理想与崇高、醉心于蝇营狗苟敛财逐富的冷酷现实下，这样一个深掘两代人心灵撞击与两个家庭矛盾纠葛交织的社会悲剧，直击当代社会发展进程中原罪救赎的情感透视心路历程，确实是一首真诚与虚假、正义与邪恶较量角力的震撼悲歌！"著名作家王树增说："《危机公关》是一部真正回归话剧魅力并具有深厚艺术功力和深刻现实主义风格的作品。如此高质量的当代题材的话剧作品已经多年没见，令人振奋！"有专家在观剧后也做了评论："这是一部紧贴社会生活现实，又回归话剧艺术传统的力作。编导对众所关切忧虑道德良知缺失现象，以道德审判和灵魂拷问的方式，极具思辨性与震撼力地表现了出来。其所反映的是原罪与救赎间的挣扎，是失范与良知间的纠结。其戏剧张力与艺术魅力极为强烈，其现代性与警世性亦不言而喻。"

时隔五年之后的 2020 年 12 月初，该剧复排后又在北京公演。八场演出场场爆满，业内专家和观众反应热烈。《危机公关》的推出是周振天在阔别话剧多年之后，又一次重拾这种他本已驾轻就熟的艺术形式。其实无论是话剧、电影、电视剧，其本质可能都是一样的，那就是编剧所设置的主题、人物、情节等等，没有什么根本性的不同，差异只在作品的长度、空间、表现方法等有着巨大的分野。对周振天来说，这都是他所擅长的，区别仅在于创作时需要根据艺术形式的不同转换必要的思维，以适应和利于某种形式的最终呈现。比之于电视剧越来越庞大的体量，话剧的内容要浓缩精炼，不必用漫长的时间去码字，而相对更为集中精粹地提炼与表达某一个他所清晰感知、深刻思考和意欲解剖的社会问题。但这并不意味着话剧思想和艺术含量和价值的轻和小。

对于为什么要创作《危机公关》这样一部话剧作品，周振天说："我感觉当代现实题材的戏剧作品，对老百姓的欢乐与疾苦缺少了过往话剧的敏感和锐度。"用《文化报》原主编徐世丕先生的话说，近年来戏剧舞台艺术被一片无聊的狂欢，低俗浅薄，闭目塞听式的虚假喜剧与借花献佛，顾左右而言他的外国戏剧放马奔驰盲目陶醉的氛围所包围。人们或许记得曾有那么一段时间，以三聚氰胺事件为代表的一系列的公共食品安全问题，成为全社会最关注的重大焦点。发展了的中国社会经济生活，怎么食品问题越来越严重，而且无法解决？人们对此不仅议论纷纷，而且痛心疾首。对社会问题始终抱有巨大责任感和强烈关注度的周振天，很显然这也在其视野之内。他说："在三聚氰胺事件之后，我就一直想写一部关于食品安全的戏，写一部能够深刻揭示加害者与被害者内心复杂情感的作品。我们屡屡听媒体报道食品安全问题，听多了读者和受众似乎都麻木了。那些加害者内心的煎熬是怎样的？他们可能发了财，但是天网恢恢啊，因果规律谁也不能逃避。他们内心能不能有真正忏悔和得到救赎？这个念头一直在我心里思考，翻滚，这种不吐不快的焦虑感我很想释放出来，但是一时找不到机会，也觉得机会不成熟。"

　　作为编剧，周振天的思考是敏锐的，也是很深的，他需要考虑用怎样的方式来发声。他希望这部剧不仅仅停留在残疾人个人命运叙述上，他想用曲折的剧情提示人们：近似残酷战场的经济活动很可能会把人们心中最卑劣的、最魔鬼的欲望催化出来，如果法律与道德缺位，必然是欲望不断扭曲，无所不用其极。在商品交换，获取财富的同时我们不要迷失人的本性。他认为当代题材的话剧就是要有痛感，要折射出中国当下真实的大时代、大背景，通过剧作能够以比较强烈的痛感来刺激到观众的神经，引起大家反思。

### 2. 一个商战成功者的原罪

　　话剧《危机公关》以楚万里既是讲述者，又是剧作重要人物的独特结构方式，给观众讲述了这样一个犯有原罪和灵魂救赎的故事。进口葡萄酒经销商许达年是一位令人羡慕的商业成功人士，他在职场打拼二十年，拥有身家几十亿，且娶了高门之女为妻，而今儿女双全，可谓一路高歌，人生圆满。不料这天早上起来，志得意满的他正要去法国谈收购葡萄酒庄的生意，却被气急败坏的妻子乔慧桢强行留下。原来是被他们寄予厚望的儿子，某名牌大学的研究生许庆恺，爱上了出身贫寒的女同学戴明明，在遭到母亲乔慧桢强烈反对之后，竟然偷走家中的户口本，要到戴明明的家乡去结婚。许达年被妻子逼迫赶往这个叫昌运的西部小城寻找儿子，等他到了目的地时突然发现，这里居然就是他二十多年前走街串巷贩卖散装白酒的地方。尘封多年的记忆闸门被瞬间打开，那些他不愿回首的往事便扑面而来：那一年，他贩卖的白酒是工业酒精勾兑成的毒酒，三位年轻人在欢庆自己高考得中的时候，因为喝了这毒酒而瞎了眼睛。然而许达年却侥幸脱案，从此躲避到沿海地区的长海市做生意，收获了今日的成功和幸福。尽管他不愿直面过往的罪孽，但良知和愧悔也一直在咬噬他的灵魂，而且出于救赎的意愿，致富后的他尽力为残疾人行若干善举。他本以为那桩糟心的往事会跟随自己逐渐老去的岁月烟消云散，却没想到儿子许庆恺热恋的女同学，竟然就是当年喝毒酒喝瞎双眼的盲人戴望远的女儿。这让他无可躲避地要面对那几位盲人，面对罪责和良心的审判……

更令许达年想不到的是他竟然遇到了当年那桩案件的知情人，获晓了自己侥幸脱案的原委，他的这个秘密被一个总在他面前献殷勤的年轻人楚万里窥探到了。这是个精明能干、心高气傲的家伙，不动声色协助许达年因愧疚给昌运市汇去巨额投资，还凭借八面玲珑的手段和若即若离的引诱，获得了许达年妻子乔慧桢的倚重，成为公司高层管理人员。与此同时，他还俘获了许达年心地单纯的女儿乔庆蕊的芳心。在许达年的默许和乔庆蕊的帮助下，真心相爱的许庆恺和戴明明，终于要走进结婚殿堂了。然而就在这欢乐喜庆的气氛里，一起葡萄酒年份造假事件也愈演愈烈，一场危机公关迫在眉睫。一面是戴望远与乔慧桢的据理力争，一面是楚万里面对许达年的威胁敲诈。内外交困的许达年如何面对重重危机和灵魂的煎熬，一连串极其尖锐的问题，无情地摆在戏剧主人公和观众的面前。

剧作塑造的几个主要人物许达年、戴望远、乔慧桢、楚万里等，都有非常典型的性格特征和一定美学意义。许达年是个吃过苦、受过累，从底层做起的吃苦耐劳型企业家。他有头脑有眼光，聪明勤奋，坚毅沉着，商场上胸有成竹，社交场合收放自如，一直热衷于残疾人慈善事业，是世人眼中德高望重、能回报社会的良心企业家。但他的成功却有着滴血原罪，二十多年前的假酒制造案，使戴望远、呼彩虹、董明亮等三个年轻人因此失明，虽然他得以侥幸逃脱，但这段不能见光的往事并没有随时间的流逝翻过去，使之经受着良心的拷问与折磨，也于冥冥之中影响了他如今的生活。当戴望远等三个盲人当着许达年的面，回忆当年因为高考狂喜喝了假酒导致失明的往事时，也许是生活过去太久的缘故，伤痛早已忘却而乐观地调侃着彼此，脸上竟洋溢着乐观的自信。相反，逃脱惩罚却心怀鬼胎的许达年，则胆战心惊如坐针毡。在道义面前，究竟谁是幸运的，谁又是不幸的？似乎具有巨大的反讽意味。尽管许达年拥有骄人的成就，地位、事业、财富和看上去美满的家庭，表面光鲜的生活背后是其婚姻有着无法弥补的裂痕，家庭生活如缺氧般窒息，儿女的情感取向也饱受各种钳制和压迫。而且为了掩盖早年的罪行，他甚至要降低身段与魔鬼做交易。危机几乎无处不在，全方位的挑战与现实的秩序。即使他作为一位纵横商海应对无数危机的富豪，也不只是左支右绌，还很可能身陷灭顶之灾。这是一场真正的危机，审判早就在那里等着他，道德与企业的双重危机公关，一起将其拉入不得不面对的，经受审判与谴责的境地，他越是公关挣扎，越是无力自拔。表明了真正的危机在人心，这也许正是剧作的力量所在。"正义可能会迟到，但一定会到来。"这是一句为人们所熟知的且震耳欲聋的判断句式。对于许达年来说，这是一份迟来的审判，但正义的到来并不是自然而然的，甚至是很艰难的，需要付出巨大的代价，而且带有一定的偶然性和戏剧性。我们通过剧情可以看清这一点，如果不是许达年儿子许庆恺那一场跨越阶层的爱情，不是自己的怨妇妻子近乎歇斯底里的占有欲，不是那个为攫取私利而不择手段的楚万里的出现，不是为了寻找"迟来正义"而进行不懈的人肉搜索的乔庆蕊们，不是在面对儿女幸福时仍存的那一丝心底的良知，不是受害者戴望远海一般宽阔的善良等，许达年的愧疚与自责自省是很难到来的。

剧作通过许达年这个人物所表达的就是负罪的灵魂如何救赎。面对楚万里这个魔鬼步步相逼的许达年，内心受着沉重的煎熬：

> 是悲剧，只能是悲剧——我终于把这残酷的一切都告诉
> 了女儿——真是羞愧万分啊！在女儿还是个孩子的时候，我

曾经把她抱在怀里给她讲过童话故事，可在她长大之后，我竟然用这张曾经给讲过童话故事的嘴，说出了一个最残酷的事实——她自己深爱的父亲竟然曾经如此卑鄙；她深爱的母亲也因为对父亲的失望，而被楚万里玷污……

剧中许达年对受害盲人戴望远的惊人一跪，是对所犯下罪孽的忏悔，也是祈求灵魂得以解脱。虽然原本的伤害已无可挽回，原谅本身也并不能构成真正的救赎，但毕竟有了这样一种姿态，他内心的震撼与自责是真心的，并试图用其可能的方式，来进行某种形式的补救，进而在可能造成新的罪孽的时候，他放弃了与魔鬼的交易，在灵魂遭受更大的危机时，没有滑向更深的深渊，而走上了自救和被施救的路途。道德良知的审判始终在那里等着他，只有彻底地坦承自己的过失与罪孽，让自己显露在蓝天下，才可能是真正的解脱。剧作正是从这个角度，画出了一条这类人发生、发展、结局的轨迹，从其原罪到赎罪，都有极为深刻的现实依据与指向，无论从观剧角度的艺术欣赏，还是确有此经历者的角度，想必都能引起强烈的拷问与震撼，也能达到其创作的警世的目的。

戴望远这个艺术形象，是剧作以极大的同情与热情来赞美的人物。他与同伴呼彩虹、董明亮在高考后因喝工业酒精勾兑假酒而致盲，三个人的名字起得都与眼睛的视力、色彩有关，望远、彩虹、明亮，但眼前却是一片黑暗。不过，他们却没有沉沦堕落、怨天尤人和怀恨社会，一直保持天性中的乐观与善良。虽然戴望远有条件、有理由拿某些东西去交换与获得更富裕的生活，但他不去这么做。他是一个特立独行的人，在各种灾难的折磨打击下，经历内心挣扎摇摆，他选择的是一种守良知、讲道德、不苟且的生活，从容不迫过着宠辱不惊的人生，而且还过得甘之如饴、有滋有味，有知心的朋友，有体贴的爱人，有出息的女儿，有高雅音乐，有庭前闲花，有暖水淡茶，还有那颗无忧无惧、知足平静的心。然而正直善良就是他的武器，他保持了那份至为可贵的天良。

正如妻子邵鹃数落他的：

> 你们怎么还笑得出来啊？！老戴，你自己说说你这些年都换了多少工作啦？！本来在文化公司当个会计，风吹不着雨淋不着、多体面的活儿啊，可你倒好，上来就说人家发票是假的，让人家给开了吧？街道上好不容易又给你介绍到果汁店，俩月不到你又提意见说店里的果汁不是鲜榨的、以次充好；去超市才一个礼拜啊，您老人家又揭发人家缺斤短两……你说你哪个营生超过半年了，好不容易在兴泰肉联厂安稳下来三年，你这又要烧包是吧？！你上网揭发人家，也不想想，咱家日子以后怎么过？！

戴望远却回应道：

> 当然往好了过。那腊肠是吃的东西，里头掺进死猪肉，人吃了会出大问题的！我跟厂长已经反映几回了，可他就是一条道走到黑，坑人的事不能不管，就得给他上网曝光！

当郝副市长登门求证却偶遇当年脱案的假酒贩，那桩许达年百般公关遮掩的罪行，终于有了大白于天下的可能，他远坐在西南地区的家里，竟然也等来了早已不抱希望的正义。当他去了许达年的宏达公司，他嗅觉的"特异功能"进一步得到发挥，比最老牌品酒师还要厉害，成了葡萄酒业的传奇鉴酒能人。当楚万里等偷偷在红酒年份造假之后，他毫不犹豫给以揭露。他的眼睛的盲与内心的亮，与正常人的眼睛的亮与内心的盲，形成了鲜明的对比，这是有着巨大的意味的。

楚万里这个人物同样具有很强的典型性，是剧作的一种成功塑造，其如同某些西方经典戏剧中的人物，我们似曾在不少剧作中见过这类人物的形象。他名牌大学毕业，本是个精明能干、有潜质的青年，但并不顺利的就业之路，以及频遭挫折的经历，激活了他内心深处的不良素质。因此，他把优越的能力，变成心怀叵测、投机钻营、逢迎讨好，时刻寻找向上爬的机遇。可以用心机深沉，有耐性，能隐忍，知道放长线钓大鱼，来形容这个"道貌岸然"的"衣冠禽兽"。他仰仗姐夫郝副市长的权势进入许达年的宏达集团公司任公关部经理，凭自身的精明与才干一步步把揽公司大权，心里觊觎许达年的小女儿乔庆蕊，又趁虚而入引诱了许达年的妻子、女主人乔慧桢，更时刻紧盯许达年不为人知的往事，发现有可乘之机便立刻加以利用。他告诉许达年：

> 我现在跟庆蕊已经是恋人的关系了。你们必须同意她做我的妻子……在我正式进入这个家庭之前，你必须同意给我宏达集团百分之三十的股份，任命我为宏达酒业集团执行董事。我就是鬼，我就是要敲开你的门。敲门，不停地敲门，把你敲得失魂落魄、胆战心惊，把你敲得显出原形，你永远也别想再得到安宁——当鬼怎么了？！正义都为你沉默了二十年，法官都不上门找你，我这个魔鬼要是再不来敲门，那也太便宜了你了吧？许达年，我就做一个游荡在你家房顶上的鬼，让我这个魔鬼来审判你！

希图作为敲诈的资本大获其利，他像一个专门设置和适时出现的魔鬼，来折磨和惩罚有罪者许达年。不仅在许达年的妻女的问题上凌辱了许达年，而且在葡萄酒年份造假危机公关中，他和许达年的矛盾冲突达到了顶峰，几乎要置其于死地。对许达年而言，楚万里这个人物的存在与出现，以及他所采取的行动，未尝不显示出某种恶有恶报的意味，或许反映出剧作未曾言明的某种深意。

许达年之妻乔慧桢这个人物也很具典型性，表面上看她是一个身份地位突出的成功者，她出身良好，凭借父母关系帮忙许达年疏通商场做生意，辅助许达年成为成功企业家，又生了一对儿女，并培养他们上了大学或读了研究生。这一切都使她越发地心高气傲、个性要强、行为霸道，成为家庭生活氛围中的毒药。无论是反对儿子许庆恺爱上戴望远女儿戴明明，极力要拆散年轻人的恋爱，招致母子失和；还是因为出身远高于丈夫而优越感强，专横跋扈，对丈夫颐指气使，使夫妻失睦，都是为其特定原生家庭与性格所决定的。虽然贵为丈夫企业的高层管理者，在情感方面却越来越处于孤单寂寞的空白状态，因而被楚万里窥破之后趁虚而入。这未必是其想要的生活现状，在面对危机四伏的婚姻状态时，她既心有悔恨歉疚，又欲盖弥彰地进行危机公关，从而导致企业和家庭遭受双重打击，她似乎也在承受一种难以逃避的宿命。

毫无疑问，剧作非常善于结构人物关系，也善于给人物进行社会的与剧作的性格定位，使之具有了经典戏剧的品质。剧情的铺陈与推进也是为生活、情节和艺术逻辑的规定，使之看起来非常经得起斟酌与推敲，这都决定于作为编剧的周振天，对于生活的长期观察、严肃思考和精湛构剧，因此它看起来同生活本身一样真实，又作为精彩艺术那样直击人们的灵魂。虽然在剧作中人物的关系、剧情的走向显得颇为巧合，而这恰恰应当归功于剧作家提炼和概括的能力和技巧，将从生活中获得的东西，上升到艺术的和理性的高度，在高度集中的剧作中，以最大的信息量支撑起戏剧，让观众感受到这是一部饱满、丰盈、厚重的作品，让人感觉到这部具有经典面貌和永恒意义的作品，透过几个人物的关系的建立与演进，看到可能是在灰暗的氛围中不曾泯灭的，人间才会有的，虽然令人痛惜却给人希望的光芒。

### 3. 受害者对加害者的灵魂救赎

周振天认为，话剧《危机公关》有几个关键词：当代、残疾人、危机、救赎、正义。其中，"当代"是指剧作通过两个生活境况有着巨大差异的家庭，构建起了人物关系和矛盾冲突，核心意旨直指当下社会热点，涉及善恶观念、诚信良知、行为底线、灵魂救赎等诸多精神领域的话题，以引发观众的联想与思考。其意在阐明这样一个主题：罪恶一旦为之，就会彻底夺走内心的安宁，惩罚迟早要来敲门——任何功利主义的"公关"都不能给罪恶带来真正意义上的救赎。

从"残疾人"的角度来进入这个题材，应该说选材是准确的，食品安全存在巨大隐患，不仅能致残，甚至能致命，其中的逻辑不言自明。剧作如此表现，能在观众的心里产生更大的震撼。周振天认为，对待残疾人的态度和待遇，是一个国家、一个民族整体文明发展水平的标志。他家族亲戚里就有残疾人，亲眼目睹并感受到残疾人的艰辛和不容易。这部剧的前史是80年代初期，在"八十年代的新一辈"的歌声中，某边远省份几位刚刚高中毕业，本都各怀着美好人生梦想的年轻人，意外喝了工业酒精勾兑的毒酒造成终身双目失明。看不见所身处的这个五光十色、精彩斑斓的世界，双目失明无疑是一个人极悲惨的遭遇；而相对于自降生起眼前就是一片黑暗的人，后天失明的人则更加悲惨。而这毒酒的肇事者正是当年的许达年，这就为数十年后的再度相遇和灵魂冲突埋下了伏笔。剧中主要人物残疾人戴望远，是周振天的精心之作，"残疾人角色的设计不能突兀、概念，同时又要巧妙地体现人物性格的闪光点。孝悌忠信、礼义廉耻是我们中华传统文化的核心，这部戏就是呼唤人们的良知和正义"。周振天在他对生活的采访中，既了解了残疾人的不易，也获悉许多残疾人身残志不残。特别是在当下的改革时代，法制越来越健全、对残疾人的关怀也越来越周全。从本质意义上说，失明人并不一定孤独，他们中间的许多人经过方方面面的"借力"，重新找到勇敢生活下去的支点。剧作通过对三位残疾人的塑造以及对其家庭生活的刻画，展示了当代中国残疾人自强不息、乐观进取的精神风貌。所以一位记者在看了这部剧后给周振天发来短信说："三个残疾人形象温暖明亮不苦情。"这让周振天感到很欣慰。这其实既反映了周振天对丑陋现象的无情针砭，也反映了他对于生活积极向上的乐观态度，这也是一个艺术家最可宝贵的品质和情怀。剧作在人性的拷问中升华出一种灿烂，也即是说艺术最根本的目的就是把人类的生命状态呈现出一种感性的直观形式。正如该剧艺术总监刘国超所说的剧作的主旨和故事脉络清晰，而它的真正精微处，不在故事，而在内涵；不在形态，而在主旨；不在话语，而在深度。剧作表现了许达年内心深处的挣扎及其人性向善的一面，这是非常可贵的，当他被逼迫到绝境时，他没有逃避而是选择了勇敢面对，在道德良知的拷问中他重新找回了自己。"反映现实生活，并能够引发今天和明天人们的思考"，这正是《危机公关》向人们传递的思想。

"危机"又是什么？在话剧《危机公关》中，危机显然不是一般意义上为了逃脱假酒伤人事件而引发的法律危机、声誉危机，更是家庭危机、伦理危机、良知危机。在故事层面，《危机公关》以两个家庭为主要结构，避免了一般化和类型化，回避了概念式的宏大叙事带来的声嘶力竭，通过建立家庭成员之间的关系和矛盾，来揭示该剧深刻的主题。所以"危机"究竟是什么、怎么处理危机，以及背后丰富的社会内涵，将极大地激发《危机公关》演出的现实意义。

从某种意义上讲，救赎不仅在剧作中，而是在每一个人的心中，具有相当普遍的意义。"正义"应该是剧作也是人生的呼唤与追求，作为受害者的戴望远，虽然眼睛看不见，但他乐观、积极、正义，使人感到他虽然在这个社会中受伤害，却没有被这个社会污染。这种来自生活底层的人物，对生活保持的那份乐观，人性中具有的那份善良，可能更是社会需要关注和重视的，犹如大浪卷过之后，留在沙滩上的是真正闪光的金子。可以说剧作对这个人物充满了同情和赞美之情。

有论者认为，《危机公关》是超越了残疾人题材，关注人生和民生，关注社会的非常有意义的一部戏，是写人民、为人民、表现人民、服务于人民的作品，是有力度、有温度、有审美、有理想的好戏。也有论者评价道，这是一部紧贴社会现实，着力针砭时弊，又回归话剧艺术传统的力作。编导将众所关切忧虑的食品安全问题乃至道德良知缺失现象，以道德审判和灵魂拷问的方式，极具思辨性与震撼力地表现了出来。其所反映的是原罪与救赎的挣扎，利益与良心的纠结，正直与阴暗的较量，纯良与猥琐的比照，美好与邪恶的抗争。其戏剧张力与艺术魅力极为强烈，其现代性与警世性亦不言而喻。

各大媒体和专家对《危机公关》的再次成功演出也给予高度评价。《艺术报》以《一部不该被淹没的现实主义话剧力作》为标题对

《危机公关》做了重点报道："恰逢第二十九个国际残疾人日，《危机公关》在北京宋庆龄青少年科技文化交流中心未来剧场连演八场，场场爆满，观众反响强烈。很多观众在观演之后纷纷在留言簿上留言。中国话剧协会主席蔺永钧翻阅着这些留言感慨道，寒冷的冬夜，偏僻的剧场，但剧场观众爆满，他们在留言簿上认真地写下'这个戏真的好看，剧本编得好，演员演得棒极了'等等，留言都很朴实，但这是对我们话剧工作者最高的奖赏。"

话剧《危机公关》于 2015 年年底在京首演，并获得了中国戏剧文学学会举办的"戏剧中国"2019 年度作品征集推选活动话剧类上佳剧本的第一名。评选专家认可剧作的主旨：该剧通过两个生活境况有着巨大差异的家庭构建起人物关系和矛盾冲突，核心旨意直指当下社会热点，涉及诚信良知、商业道德、灵魂救赎等话题，深入浅出地阐述了"罪恶一旦为之，就会彻底夺走内心的安宁，惩罚迟早要来敲门——任何逃避法律和良知的'公关'都不能给罪恶带来真正意义上的救赎"的主题。剧中塑造了戴望远这位误喝假酒而致盲的残疾人形象，虽然他失去了光明，但内心深处却有着一双寻找光明的眼睛，生动地展示了当代中国残疾人自强不息、乐观进取、矢志不移秉持社会公义、道德良知的道德风貌。而剧中戴望远的女儿戴明明、当年生产假酒的酒厂董事长许达年的儿子许庆恺等年轻一代在追求个人爱情与幸福的过程中，嫉恶如仇，维护法制，也是该剧的显著亮点。

著名戏剧理论家欧阳逸冰看过戏后感觉非常震撼，甚至感慨："为什么这么晚才看到这部戏，这是 2020 年话剧舞台的一个惊人的收获。"在他看来这部戏的创意、主题思想都是当今时代需要的，那就是回答了"我们的良知在哪里？我们的灵魂在何处安放？"。这部剧给人们一个非常严肃的警醒，但又是一个很温馨的启示与引导。中国社会科学院文学所研究员刘平谈道：《危机公关》是一部来源于生活、高于生活、具有艺术感染力的作品。它直面现实，以一桩假酒案为叙述线索，阐述了社会存在的信仰危机、道德观念错乱造成的对人的伤害、对人性的戕害的生活悲剧。整部剧结构严谨，环环相扣，步步深入，像推理剧又像悬疑剧，却又直面现实，很接地气。让观众入戏以后还忍不住跳出来思考更多社会现实和人生哲理。""这部戏质量非常高，无论是思想的深刻性还是戏剧的艺术性，都达到了很高的程度。"

剧作家、表演艺术家李龙吟说："非常高兴地看到《危机公关》向卑鄙者的灵魂开刀了，所以这个意义太重大了，最后的结尾看似平和，可是暗藏杀机，这样的结尾很有力量。"著名表演艺术家李法曾表示："看这部戏我流泪了。尤其是剧中的那句台词很震撼，'正义会迟到，但不会缺席'，希望这部剧千万不要停下来，要让更多的人看到。"中国艺术研究院话剧研究所所长宋宝珍感慨道："这部剧有着超越一般行业剧的艺术特质。这部剧创作并首演于2015年，五年后，这样一部具有人气和艺术魅力的剧依然吸引着大家，这就说明它不是应景之戏，它不是一个针对某一个局部、现象创作的戏，而是真正的心血之作、艺术之作。中国话剧协会主席蔺永钧指出："这部剧人物关系的设置、编织既老到又干净利索，非常重视一般戏剧创作中最容易被忽视又最具戏剧性的一种矛盾冲突——人的自我冲突，这部戏恰恰浓墨重彩地写足了自我冲突，这是这部剧具有高品位戏剧性的重要原因。"

编剧周振天则表示："我不想只就残疾人写残疾人，我还是想把残疾人放在一个庞大的、充满朝气、正能量的，同时也充满各种扭曲现象的场景中，用光明驱散黑暗，用美善战胜丑恶。"

【注：《危机公关》编剧：周振天；导演：韩杰；主演：白玉、郭丰周、隋存毅、张姝、苏丽、吴绮嘉等。主办单位：北京市残疾人联合会，创作承办：北京综艺博览文化交流有限公司。】

## 第八节　话剧《深海》：为"誓言无声"者礼赞

### 1. 回归原本初心的话剧艺术创作

从某种意义上讲，作为执笔编剧，周振天在2020年又推出了受到广泛好评的话剧《深海》，这是从另外一种角度直击人们灵魂的剧作。剧作的主人公是 2014 感动中国十大人物黄旭华。颁奖词是这样来评价黄旭华的："共和国面临惊涛骇浪，你埋下头，甘心做沉默的砥柱，一穷二白的年代，你挺起胸，成为国家的最宝贵的财富。你的人生，正如深海中的核潜艇，无声，却有无穷的力量。"给他的获奖名片是这样四个字："誓言无声"。

黄旭华是一个什么样的人呢？他是中国第一代核动力潜艇研制创始人之一，被誉为"中国核潜艇之父"。1958 年，我国批准核潜艇工程立项。那时候，我国与苏联的关系正处在蜜月期，依靠其提供部分技术资料的支持来发展此项工程，是当初考虑的重要因素之一。然而从 1959 年起，两国关系变差，苏方中断了若干重要项目的援助，其中就包括核潜艇。毛泽东获此消息后以他战略家的气概指出："核潜艇—— 一万年也要搞出来。"毕业于上海交大造船系，并有过仿制苏式常规潜艇经历的黄旭华，被选中参加研制核潜艇的重任。核潜艇是什么呢？是集核电站、导弹发射场和海底城市于一体的尖端工程。白手起家的中国核潜艇研制工作，竟然是从一个核潜艇玩具模型一步一步开始的。为了参加研制核潜艇，黄旭华虽新婚不久，却毅然告别妻子来到试验基地。后来他把家安在了小岛上，让妻子也随他一同来到了海岛。核潜艇的研制任务是艰巨而复杂的，艇上需用千万台设备，上百公里长的电缆、管道，黄旭华要经常频繁地联络全国二十四个省市的两千多家科研单位。那时没有计算机，他和他的同事们就用算盘和计算尺演算工程所涉及的成千上万个数据。1964 年，黄旭华带领团队终于研制出我国第一艘核潜艇，使中国成为世界上第五个拥有核潜艇的国家。1988 年，核潜艇按设计极限在南海做深潜试验，黄旭华随艇下潜三百米，是世界上核潜艇总设计师亲自下水做深潜试验的第一人。黄旭华曾先后多次获得国家科学技术进步特等奖、全国科学大会奖等，为国防事业、为我国核潜艇事业的发展做出了重要贡献。在黄旭华参加核潜艇研制的三十多年中，始终坚守保密的原则，他的八个兄弟姐妹都不知道他是在搞核潜艇，父亲临终时也不知儿子是干什么的，母亲从六十三岁一直盼到九十三岁，才见到儿子一面。

　　周振天应广东话剧院杨春荣院长和导演黄定山之邀，承担了这个题材话剧执笔创作任务，这是他又一次以潜艇为题材的创作。他说："落笔之际，我首先一个发心：黄旭华没有辜负国家和时代，作为编剧绝不能辜负这个题材！尤其是在美国无所不用其极地打压华为，千方百计阻挠中国崛起的当下。这个题材天然地就是今天全体中国人同呼吸、共命运，不屈不挠，为实现中国梦而努力奋斗的新时代精神的活生生的体现！这是写这个剧本的压力，也是动力！"可见，周振天在进入这个题材时，不仅仅要写一个先进典型人物，更看重的是它的当下意义。历史的观照和现实的视野，是其创作的双重思考和着眼点。从主人公黄旭华的经历看，周振天显然重在对其精神的深刻理解上："三十年没有回家，对丧父不能送一程的自责，不能尽孝老母亲并被家人误解的苦楚，我作为已经伺候父母养老送终的儿子，我能找到感觉。还有'老大哥'苏联突然背信弃义，造成黄旭华一时的崩溃与绝望，还有'文革'期间他宠辱不惊、九死不悔的信仰坚守，作为普通人，我当然不能跟黄旭华相比，但也经历过的那个困难年代，那个特定的时代氛围，我也是感受过的。所以写这个剧过程中一直有一种冲动。"

　　在此前提下，周振天所考虑的是如何通过话剧的形式，进行独到的、满意的艺术表现，他说："我们下决心让这个剧一定要跳出新闻报道的思路，不能只满足于对黄旭华以老套路的事迹罗列与直白歌颂。更不能面对主人公遭遇的历史、命运痛点，给观众端上一杯不痛不痒、不咸不淡的温吞水！在面临影视、网络剧越来越激烈竞争和越来越低俗化、碎片化自媒体挤压的现状，话剧艺术还是要回归原本的初心。我们还是要紧紧盯住人民关注的时代话题，保持开掘生活的敏感，提升剧作哲思的锐度。因为这是话剧艺术存在的价值和理由！这部剧，我们就是想要努力找到黄旭华个人命运与共和国草创年月，以及坎坷历史发生强烈磨砺的命运感。还有那个独特时代中国优秀知识分子的一以贯之的情感逻辑与深厚的文化脉络。还有主人公能够始终坚持信仰的令人信服的原因，如地下党战友的牺牲等。不但要完成主人公与他经历的几个时代的核潜艇的宏大叙事，更要揭示主人公的漫漫五十年起伏跌宕的心灵路径。"

因此，作为执笔编剧的周振天与合作者陈萱要对人物进行更为深入的开掘，即在新闻报道中，黄旭华与世隔绝三十多年的磨难与困顿，母子亲情不得不割舍的撕裂，常常是一笔带过。他们下决心决不能轻易放过，必须深切地挖掘。还有夫妻的情感戏，虽然真人真事，有敏感的难处，但也必须基于生活真实给以合理的大胆虚构！在人伦情感上要让观众，特别是青年观众能够信服，不产生疑义，与他们能够"同频共振"！

经过导演黄定山和舞美设计周丹林、灯光设计胡耀辉、作曲杜鸣等艺术家的精彩舞台呈现后，2020年6月14日晚，大型话剧《深海》在广州友谊剧院隆重首演。可以说这是一部编剧、导演、表演、舞美、灯光、作曲都很出色的剧作。其艺术魅力表现得尤为突出，各种要素统一构成了整部戏剧的完整性和流畅性，显示出剧作的整体艺术品质和风貌的精心与上乘。《深海》公演后，引起业界和各个媒体的高度关注。中央电视台新闻频道、文艺频道、《文艺报》、《艺术报》等报刊以及各个门户网站都给予重点报道。《解放军报》以《英雄叙事的文化使命》，《光明日报》以《把英雄人物转换为生动鲜活的戏剧表达》为题对《深海》做了深入的探究与评论。原中国文联副主席、著名文艺评论家仲呈祥在《人民日报》发表《此生属于祖国，此生无怨无悔》为题的剧评，指出："把真名真姓且健在的伟大科学家搬上舞台，为之立传，在仅两小时左右的作品里，真实凝练地展现其精神风貌、智慧才华和人格魅力，谈何容易？《深海》迎难而上，取得了令人瞩目的成绩，其经验颇具借鉴意义。执笔编剧周振天曾长期在潜艇上挂职过副政委，有着丰厚的生活积累、情感积累和思想积累，因此笔触能伸进'核潜艇之父'的心灵深处，抓住了人物的核心要素。"

2020年10月31日、11月1日，《深海》作为上海国际艺术节"艺起前行"优秀新创舞台作品上海展演剧目，为上海的观众献上精彩演出。因疫情只能售票75%的情况下，两场演出票全部售罄。在上海举办的专家研讨会上,原上海戏剧学院院长荣广润教授说:"《深海》不仅精彩呈现了大国重器的恢宏叙事,更书写了深邃的人生感悟。"原上海戏剧学院党委书记戴平教授说:"《深海》是英雄主义的颂歌,也流淌着爱的暖流。"上海市文化发展基金会监事长郦国义说:"《深海》形式当中见精彩,从平凡中开掘出伟大的灵魂。"原中国评论家协会副主席毛时安夸赞《深海》:"把新闻报道的感动成功地转化为艺术的感动。"上海市戏剧家协会主席杨绍林说:"《深海》敢于碰硬,触及新中国经历的重大时代冲突。"上海市重大文艺创作领导小组副组长、中国上海国际艺术节组委会副秘书长吴孝明指出:"《深海》编剧、导演、演员、舞台美术几个维度创作都是成功的!"

### 2. 具有经典价值的艺术呈现话剧

《深海》通过讲述黄旭华隐姓埋名三十载,带领我国核潜艇研发团队,呕心沥血研发核潜艇,打造国之重器的故事,其典型特征就是无怨无悔,默默奉献,揭示黄旭华个人命运与共和国草创年月、坎坷历史发生强烈磨砺的命运感,和中国优秀知识分子一以贯之的情感逻辑与深厚的文化脉络。剧作的笔墨不仅仅着力于建造核潜艇的客观过程,而是围绕这个过程,展开黄旭华人生中的重要生活片段,展示其如何承载重负,忍受情感上的孤独,完成自己的人生使命,从中铺开母子、夫妻、父女等情感线,以至对事业、对国之重器的情感,展现出一颗拳拳爱国之心。

剧作科学思维与艺术思维的齐头并进,是这部剧的制胜之处。戏的精彩之处,对于这部典型人物的戏,采用了多重切割的方式,通过一次深潜三百米这一行动,不断回视主人公从接受核潜艇的研制任务,到出色完成任务之后,乃至回乡探母的整个过程,打破了过去常见的线性叙事过程,又使其间经历的整个过程实现了有机衔接,从而完成了对人物的塑造。不能不说剧作的这种结构是颇具匠心而运用自如的。

《深海》不仅是物质空间的概念,还是在心理空间层面拓展,是内心世界不断的深入。剧作有四场戏是比较打动人心、耐人寻味的,一场是黄旭华在动乱年代受到不公正的待遇，"造反派"方涛和向梅对黄旭华的审问，当他们一再追问："有个问题我一直想不明白。共产党可是要革地主命的，那你就交代交代，一个工商地主的儿子为什么要参加共产党？为什么？"黄旭华则铿锵有力地答道："十五岁的时候，日本军队的飞机轰炸我的家乡，我的发小龙仔就死在我的面前。从那个时候起，我就发誓要为改变祖国积贫积弱的现状干些事情……还有鸦片战争的耻辱、甲午战争的惨败、八国联军对北京的占领、南京大屠杀，这些国耻都刻在我心里了……"这场戏的设置，既真实地反映了黄旭华在那个年代遭受的无端的质疑，同时又揭示了黄旭华参加革命的思想动机，应该是达到双重艺术效果的。当"造反派"怀疑黄旭华的"忠诚"时："呵呵，黄旭华，你忠心耿耿的样子让我很感动，但是你的出身，还有你现在的处境，你怎么让我们相信你是发自内心的？我不明白，你这份忠诚从何而来呢？"黄旭华不由得回想起往事，喃喃着："从何而来，从何而来……1949 年，在'反内战、反饥饿'大游行中，我和穆汉祥同志肩并肩、手挽手，唱着《国际歌》，面对着国民党荷枪实弹的军警马队……穆汉祥同志被捕后，在南京雨花台遇难牺牲……""从那时起，那些面目全非，身上穿透弹孔的烈士们就深深印在我的心底。就是从那时起，我觉得我的身上有了他们的灵魂、他们的生命。我必须多干工作，干好工作，必须把中国的核潜艇早一天地造出来，我才好对他们有个交代……这就是我此时此刻的心里话。"

再一场戏是黄旭华被"造反派"罚去猪场喂猪，即使是遭到这种贬谪，黄旭华也没有放下真正的研究，而是秘密地进行研究工作，当核潜艇放大样组装遇到难题，要他去一趟时，这绝对是个反讽，一个高科技的总设计师却被放逐到此处养猪，其讽刺意味极其强烈。这在当年应该是个常见的场景。而当"造反派"求到头上时，黄旭华有些迫不及待，而陈主任则希望借此惩罚一下"造反派"："中国核潜艇的事，日后是一定要写进历史的，总工程师一边养猪，一边给你们的无知堵窟窿？真是荒唐！荒唐！"这是有着巨大的人生意味的。剧作一再表现黄如华不计前嫌，按捺不住地要去解决问题，都反映出作为一位总设计师的心之所系，而不为个人遭际的坦荡胸怀。这场戏用夸张的、荒诞的手法来表现，既是对那一年代真实的再现，也是这部戏多样手法的艺术呈现。剧作的如此表现，反映出作者在面对一个英雄人物题材的时候，没有回避历史的暗影，而以生活、思想和情感的锐度，使剧作具有了其应有的锋芒和力量。

又一场戏是当妻子李世英得知丈夫黄旭华要随潜艇下潜三百米这一极限深度，所具有的必然反应，这是这部戏最为人所称道之处。从人物个性特征来分析，黄旭华一辈子从事一项如此热爱的工作，能够舍弃所有不能舍弃的东西，心甘情愿，默默无闻，但同时他又是一个温文尔雅的人，是一个有根深蒂固的家庭观念的人。而妻子李世英这个人为人非常低调，她非常爱自己的丈夫，眼神充满坚定和对黄老的崇拜，但她又是一位勇敢、善良又明事理的女性。在黄旭华临行的前夜，黄旭华坐在桌子上写着什么，留言、遗书，或其他什么？因为这其中有巨大的危险，黄旭华深知其中的分量，因此竭力想瞒着妻子，妻子则对丈夫的行动有所察觉，因而替丈夫深深地担忧。她不无恼怒地说道："我就是不明白，我们相濡以沫几十年，你为什么不跟我把话说明白？我不是不知道你的工作会有万一！我从上海跟你到这里来的那一天起，我心里就有万一的思想准备。我看过资料，美国'长尾鲨号'核潜艇就在深潜三百米时爆炸沉没的……我早就想好了，无论走到哪一步，我都跟你一同承担万一的到来。无论是慢慢到来，还是突然降临……但是你不应该剥夺我跟你一同承担的权利！我李世英的生命跟你是连在一起的啊！"内心受到触动的黄旭华激动地搂住妻子："世英，对不起……来，我就郑重其事地跟你报告一次：世英，我今天要跟随核潜艇深潜三百米。这是极限深度。有一定的危险，我们都得有以防万一的准备。如果真的……有万一……这个家就拜托你了，妈妈也拜托你代我孝敬送终……嗨，这只是以防万一，说到底我还是有信心完成任务的。"这都是很正常的情感或心理活动，情感表达的主动方是妻子，她的恼怒与激动甚至是怨言，饱含的是深深的爱与牵挂，黄旭华的欲言又止或不敢吐露真情，既是他选择下潜的举动所意味的可能结果，又有对家庭、对妻子的巨大责任，两个人的内心的情感活动都是非常真实细腻的，是两人日常情感在特定情景下的最高冲突，这场戏的表现非常有层次，丈夫对使命责任的坚持，妻子情感的最为真挚的表达，形成了感人至深的戏剧力量，这一场离别的戏，写得不同凡响，自然而有深度，使戏剧也具有了某种经典性的意味。

发表剧本里还有一场戏，是"文革"期间伤害过黄旭华的"造反派"向梅，所表达的真诚的忏悔、赔罪与道歉："不怕你笑话，'四人帮'刚刚倒台的时候，我和方涛都被组织上隔离审查，我一时想不开跳了楼……真是蠢得很……如今已是古稀之年了，不想把这些话带进棺材里去。"这是曾经疯狂的那类人，在时过境迁、回归正常之后，良心的拷问与发现。而黄旭华的一番话"那时你们才二十五岁吧，年轻人嘛，不能全怪你们。再说，已经是五十年前的事了"，似乎是那么不计前嫌、云淡风轻的饶恕，充分地体现了主人公胸怀的宽广与大度，从另一侧面反映了黄旭华的高尚人格与境界。同时剧作的如此呈现，或许也实现了人物行为轨迹的完成，以及某种社会性的和解与包容，使作品的内蕴得到了进一步的提升。这场戏由于全剧时长制约，并没有在舞台上呈现，周振天觉得是一个遗憾。

可以说，剧作将黄旭华个人的历史命运与中国社会历史发展相结合，使这部剧具有了重要的年代感和艺术价值。在这三十年里，他奉献国家和心系国家，不仅个人与妻女也遭到了冲击，而且三十年的漫长岁月中不能回家，不能对父母尽孝，引起家人的误解。忍辱负重，艰难前行，不坠青云之志，是他的典型性格特征。当然，随着国家情形的改变，黄旭华的心境也发生着这样那样的变化。但是不管大时代的背景怎样改变、个人命运经历怎样的坎坷，黄旭华都始终坚持信仰，坚持自己的努力方向，代表了中国知识分子九死未悔、奉献于国的精神。剧作题材的独特性、非凡性和真实性，给戏剧提供了一个很好的契机，但如何实现对主人公的人生历程和精神世界的认知，如何完成对于生活线索的捕捉与把握，并且将人物命运和情感，心路历程与理想、时代紧紧相连，与普通人情感沟通，都显现出创作的巧思和智慧。在《深海》的艺术表现中，周振天虚构的道具"银梳子"的运用别具意蕴。银梳子是其临行时母亲送给他以防万一作盘资的，这无疑是寄托了深深的母爱的。黄旭华不离身地带着它，与其三十年不能回家形成了强烈的呼应。睹物思人，又暌隔一方，不是有着巨大的悖谬之处存在于他的生活中吗？更有甚者，梳子不仅仅是用来梳理头发的工具，还有可以梳理人生，与选择人生具有密切相连的象征。母子最后见面的时候，黄旭华从怀中拿出银色的梳子，儿子对母亲所赠之物的珍惜，以及对母亲数十年不能尽孝的歉疚，一切的一切，都在这一瞬间清晰地表达了出来，所谓大情感与小道具就在剧情的推进中扭结在了一起。

剧名"深海"也是大有深意的，由《深海》延伸出来的"深潜"，除了表面的解读，也有其丰富的内心世界与人生经历，也是一代一代人的传承。既是潜艇的深海，即潜艇要纵横的海洋世界，是主人公施展的广阔天地，然而它充满了无穷的风险，如果说万里长城是陆上的历史遗迹的话，黄旭华带领团队筑就的就是深海中的"长城"，因此，他是当代的英雄，是国家安全的捍卫者，是真正的了不起的人物；同时也是人心和命运的深海，即黄旭华在其为国奋斗的路上并非一帆风顺，明流暗涌，疾风巨浪，磨难挫折一路相伴，然而正是艰难困苦，玉汝于成，使之成就了一番伟业，其形象的意义更加丰富深邃。主人公的形象从过去的历史走向今天的舞台，使我们看到的是民族中最杰出的代表人物，所能给我们的巨大的启示与激励。因此，我们从话剧《深海》看到的不仅仅是话剧艺术，更是受到剧中主人公的业绩和精神对观众心灵的强烈触动。

同年11月20日至21日，《深海》首次进京演出。在专家研讨会上，中国话剧协会主席蔺永钧赞扬："《深海》用人物的内心世界揭示主题的高度和深度，这出戏值得充分的肯定。"中国艺术研究院话剧研究所所长宋宝珍指出："以深潜三百米作为经线，以黄旭华一生为科研默默做贡献的伟大业绩为纬线，经纬交织，写出黄旭华一生的惊天伟力。"《人民日报》（海外版）原副总编刘玉琴说："《深海》编、导、演、音、舞美都让人印象深刻，自然、熨帖、流畅，一切围绕剧情、人物、背景进行设计，互相融洽。"她后又撰文写道："编剧周振天对相关知识的把握，以及人生况味和国家实力的感悟，在塑造人物、编织情节所带有的特殊视角和浓郁情怀，完成了一次从生活真实到艺术真实的有机概括与重构……所追求的'真'，所抒写的'情'，相互托举，相映生辉。作品跳出事件表层叙述，圆满完成真人真事转换成鲜活生动形象的艺术创造。黄旭华的誓言和科学精神，在人物和情节中自然生长起来，为当下的舞台树起了血肉丰满的新中国第一代优秀知识分子形象的可贵示范。"中央戏剧学院戏文系教授、博士生导师张先指出："这部戏对黄旭华心理的揭示和开掘非常扎实，导演的处理，演员的呈现，台词的描述都非常好。"《中国文化报》副总编辑赵忱说："无论专家还是普通观众、无论大人还是孩子，前来看《深海》的人都会沉浸其中，这就是这部戏的成功。"《文艺报》新闻部主任徐健指出："《深海》对人物的探索非常深刻，主要体现在对科学精神追求的探索；在情感挖掘上的探索；在知识分子精神谱写和形象塑造上的表现以及人物与当下时代精神和时代诉求相结合四个方面。"

《剧本》月刊在 2021 年 1 月号上全文刊登了《深海》剧本，并且配发了周振天的创作心得文章《努力把新闻给予的感动转化为艺术的感动》。

【注：编剧：周振天（执笔）、陈萱；导演：黄定山；舞美设计：周丹林；灯光设计：胡耀辉；作曲：杜鸣；主演：鞠月斌、杨春荣。广东省话剧院演出。】

## 第九节　戏剧小品片段——捕捉与破解新生活的"密码"

在几十年的创作生涯中，周振天不仅以主要的精力投入于戏剧、电影、电视剧、专题片、文学的创作，还多次奉命参加了军委政治工作部宣传局组织的大型文艺晚会，如"纪念长征胜利八十周年"、历年春节"军委领导向在京离退休老干部拜年文艺晚会"的策划，还有以策划、总撰稿身份参加海军政治部文艺团体的大型晚会，如《新中国海军成立七十周年文艺晚会》等。他也曾受邀参加中央电视台1994年和2006年的春节联欢晚会主创工作。在完成春晚总体策划工作之余，他还为1994年春晚撰写了由高秀敏、赵士林主演的喜剧小品《密码》，为2008年春晚改编撰写了由孙涛、黄晓娟、金玉婷主演的戏剧小品《军嫂上岛》。

当然，周振天创作的戏剧小品最多的还是海军题材的，如《开胃》《乡情》《南沙金蛋》《二月的玫瑰》等。这些小品无一不是来自对海军基层部队生活的长期体验、独特发现和精彩呈现，生动描绘了舰艇、海岛和岸上等各种海军生活的鲜明特点，充分反映了他们战斗和工作环境的艰苦，以及在他们身上所表现出的英雄主义和革命乐观主义的精神，青年官兵的爱心和战友之情的真挚，在看似枯燥单调生活中所饱含的情趣，从而表达了赞美与讴歌海军官兵牺牲奉献的强烈激情。这些立意新颖、构思精巧，而又妙语连珠、形式活泼的小品节目，在各个主题性晚会中一经演出便为观众所津津乐道，既产生了很强的喜剧性的效果，是观众不容错过的看点，也成为每台晚会中的重要思想与艺术的支撑。

戏剧小品这种短小精悍、幽默风趣、雅俗共赏的艺术形式，让人们在笑声中受到启发、得到教益，多年来常盛不衰，成为人普遍欢迎的艺术品种。周振天说：虽然叫小品，但我仍然当做正经八百的作品来构思，来撰写。其实写戏剧小品就是戏剧编剧要经历的必修课，无论多么宏大叙事的戏剧，都是靠一个又一个精彩桥段累积、贯穿起来的。有时候，一个戏剧小品就像一颗种子，到了机缘和合之时，就衍生成一出大体量的作品。音乐剧《赤道雨》就是戏剧小品《回家》引发而成，长篇电视剧《水兵俱乐部》的创作成功，也是得益于海军电视艺术中心多年搞戏剧小品。

# 第四章

# 电影——银幕上的正剧与悲剧

　　周振天除了以多部作品显示其在话剧方面的才能，并取得突出的艺术成就外，电影方面的创作也成就斐然。这就是陆续推出为当时的观众所熟悉的《猎字99号》《天涯并不遥远》《蓝鲸紧急出动》《敬礼，我的教官》《老少爷们上法场》《火种》等影片。这些影片的创作，反映了周振天对电影表现艺术的颖悟和追求，对电影题材选择的独到和讲究。从影片所产生的社会影响上看，较之被称作小众艺术的话剧还可能更胜一筹。

## 第一节 《猎字99号》：蜚声国内的反特题材影片

　　《猎字99号》是周振天编剧的第一部电影。如前文所述，影片是他根据自己的长篇小说《斗争在继续》改编的。这部他自认为还比较稚嫩的长篇小说，改编成电影文学剧本后，在八一电影制片厂导演严寄洲精心执导下，成了一部很有观众号召力的反特故事片。这部拍摄于 1978 年 5 月的影片，由田华、里坡、陈惠良、张力维、傅泰增等出演，后来因表演喜剧小品而蜚声全国的陈佩斯，在影片中出演了一个年轻特务杨其昌的角色。

　　其实影片的情节还是非常扣人心弦的，讲述的是海洲市的 817 工厂这家军工厂，其所担负的一项重要军工产品"猎字99号"的心脏分机图纸，被人偷偷拍了照片，公安部门在介入后展开了侦查。根据破译的一份发往国外特务机关的密码电报，公安部门判断出发电报的特务代号为 AC。侦查科长赵群在侦查时发现，偷拍图纸的人所戴的手套，是工厂仓库保管员王长生的。正当他们在做进一步的追查时，仓库却忽然起火。赵群在火后现场发现了一个医务室用的小针盒，由此断定火是由这个针盒内装着的黄磷燃烧引起的。这时有人反映，王长生和医务室的大夫吴士秋关系密切。紧接着的是王长生喝了在医务室加热的牛奶后昏倒在地，许多人因此对吴士秋产生了怀疑。这正是潜藏的特务所要达到的目的。正在此时，侦查员发现送牛奶人班德彪与一个刚从海外回国"探亲"的杨其昌接头。之后，班德彪又接受 AC 的命令，要杀死吴士秋，但其正在作案时被捕获。经过审问，班德彪供出与 AC 的联络标记是一组"003738"号码，并供出杨其昌是来"取货"的特务。公安人员在厂传达室的一辆标有"003738"号码的自行车把手里，发现了一张纸条，上写着特务交接"货物"的时间及地点暗语。正当 817 工厂的行政科长孙玉根与杨其昌交接"货物"时，被我公安人员一举逮捕，原来孙玉根就是那个潜伏多年的 AC 特务。

这是一部悬疑感很强的反特片或曰谍战片，反映了那个时代对敌斗争的特点。影片构剧非常完整，镜头转换简洁流畅，人物表演质朴自然。电影的表现手法既是传统的，又是极为讲究的，情节的展开与反转既扣人心弦，又合情合理，特务 AC 的最后现形与落网，为观众所期待又出乎人们的意料。作品主题的表达、价值观的体现，以及戏剧性的设置，都契合那个时代人们头脑里的敌情观念与对敌斗争的策略，契合观众的思想维度、情感指向与审美定势，在当时引起电影观众的极大观赏兴趣是非常自然的。需要提及的是，影片《猎字99号》与同年出品的其他几部反特题材的影片《黑三角》《斗鲨》《东港谍影》等一起，在进入新时期后，再次带动中国反特片、破案片掀起新的热潮。在其后的六七年时间里，中国影坛又陆续诞生了《保密局的枪声》《405谋杀案》《R4之谜》《神女峰的迷雾》《蓝色档案》《与魔鬼打交道的人》《雾都茫茫》《蛇案》《智截玉香笼》《林中迷案》《白雾街凶杀案》《梅山奇案》等一批此种类型的影片，满足了观众对此类题材影片的观赏需求。因此可以说，《猎字 99 号》的出现有领一时风气之先的意义和作用。

【注：编剧：周振天、黎阳；导演：严寄洲；主演：高保成、田华、陈佩斯、林默予、洪学敏等。八一电影制片厂摄制。】

## 第二节 《天涯并不遥远》：守岛士兵的赞美诗

从某种角度上讲，《猎字 99 号》虽然涉及军事生活内容，但它还不是一部军事题材作品，或许可以称之为公安题材或准军事题材。而周振天在其后编剧的《天涯并不遥远》（1984 年）、《蓝鲸紧急出动》（1985 年）、《敬礼，我的教官》（1987 年）等三部电影，则是纯粹意义上的军事题材，而且清一色地都是海军题材作品。这几部电影同话剧《天边有群男子汉》一样，显示出一种共同的特征，即都是周振天在不断地深入部队生活的基础上，从获得的生活感受和积累中，概括、寻找与提炼出的选题。包括他的话剧和电影的创作在内，形成了他这一阶段创作能量的持续喷发。把创作的方向和着力点深扎和体现在海军题材方面，既是他作为海政话剧团创作员职责之所系，也是他具有的生活优势之所在。对于周振天来说，他要通过自己高质量的创作，把这份责任和这种优势体现出来，把积蓄在内心的饱满情感抒发出来，把自己的创造激情释放出来。周振天也因为他这类题材的独到开掘，以及这些作品的成功创作，逐渐为军内外同行乃至广大观众所熟知，从而成为一名有影响、口碑好的著名编剧。

《天涯并不遥远》（原名《孤岛日记》）是周振天与海军另一位作家黄传会合作编剧的影片。这部电影的主人公是有原型的，就是被海军授予"热爱海岛的模范战士"，北海舰队航空兵士官蔡德咏。他长期在海岛上维护靶标、看管靶场、警戒靶区。曾三次被评为优秀共产党员，两次被评为学雷锋先进战士。1981 年被海军党委授予热爱海岛的模范战士称号。获解放军二级英模奖章。1984 年任海军航空兵站副参谋长。次年获全国边陲优秀儿女银质奖章。是第六届全国人大代表。为创作这部电影，他们在冬天穿着大皮裤子，蹚过齐腰深的漂满冰凌的浅海，登上了影片原型中的那个靶标岛，在那里体验生活，与守岛战士近距离地接触一周的时间。这样一个孤零零的小岛，条件是相当艰苦而寂寞的。岛上有储备的大白菜、萝卜，但没有肉吃，他们只能和岛上的战士一起到滩涂岩石上去挖海蛎子解馋；岛上没有生姜，海蛎子吃下去因为寒性太重几天都拉肚子。战士过意不去，说：岛上有散养的羊，打一只给你们吃肉。周振天忙摇头说绝对不可以。他们知道那是场站养的羊，是官兵们过年过节加餐吃肉的主要来源。虽然吃了一周的素，但实地的生活体验还是让他们收获颇丰，一个人孤身守岛的感受能够深刻地体会到了，但要使之成为一部理想的剧作，依然要发挥艺术的想象力，进行必要的虚构和加工，在超越生活原型的基础上进行艺术发挥。

电影以倒叙的方式，讲述了一个看似平凡却很动人的故事。影片首先呈现给观众的镜头是，一双粗壮有力的大手点燃了夜光靶，靶的火光映红了天际。主人公陆晓光在熊熊火焰的映照下，双眼炯炯放光，神情坚定自信，听着接踵而至的飞机的轰鸣声，望着观察所外被飞机轰炸得硝烟弥漫的靶岛，他在兴奋和激动之中，陷入了对于往事的回忆：一艘破浪疾驰的登陆艇上，影片的主人公陆晓光正站在甲板上，他此刻既紧张又兴奋，入伍一年多的他要上靶标岛接班了。他兴致勃勃地欣赏着大海的风光，聆听着老灯塔女儿摇橹时唱出的美妙渔歌，被周围的一切深深地吸引了。由于老靶标兵王年要去海军军校上学，这个面积只有一点八平方公里的小岛上只剩下陆晓光一个人，日夜陪伴他的只有一条叫做方方的狗，陆晓光已经养成有什么心里话就跟方方念叨的习惯。只有一个兵的岛上战位重要但却很孤寂的生活就这样开始了。开始的一切对于他来说都是很新鲜的，他作为一个战士，起初的生活节奏仍然是明快的：起床、出操、修靶标、布置和建设周围的环境、与基地定时用步话机联系等等，兴致勃勃地履职尽责。就这样日复一日，月复一月，随着时光的更替与流逝，他的工作熟练了，皮肤却晒黑了，情绪也日渐低落，孤独与寂寞向他袭来，让他到了几乎不能忍受的地步。尤其是在狂风四起、惊涛拍岸的黑夜，陆晓光更是感受到了孤岛上的荒凉和冷落，品尝到了孤独和恐惧的滋味。他渴望见到人，能够和人说话，他受岩石造型的启发，在石壁上画上了许多人、车辆和街道，以此来寻找寄托宣泄感情。好在有每周往返给守灯塔的志愿军老兵父亲送给养的渔家女的歌声，给他一丝心灵的慰藉。当几位飞行员上岛时他兴奋异常，竭尽所能招待客人，有文工团慰问部队路过小岛时给他唱一支歌，更是令他乐不可支。但这种时刻总是转瞬即逝，很快又陷入长久的孤单之中。女友的来信中表达的冷漠情绪，也使他感受到心中难以排遣的郁闷。有天夜里，在他冒雨抢修反射斗的时候，唯一的伙伴狗儿方方不幸被风浪卷走，这使他十分地自责而伤心。就在他痛苦无助之时，已毕业提干的王年划船上岛来看望他，并把方方救了回来。此时的陆晓光既激动又委屈，向他诉说分别后的种种境遇，王年将心比心地对他进行开导，使陆晓光渐渐走出了心里的阴影。正是这样一个兵，在远在天涯的孤岛上，担负着给战斗机群的演练投弹指示靶标的重要作用，当那个外号为"拿破仑"的强击机飞行员投下哑弹的时候，他奉命勇敢地潜入水下，成为一个不惧生死的排弹英雄。

电影《天涯并不遥远》以实有的守岛士兵为原型，调动一切可能的表现手段，展开合乎情理的想象与叙事，以写实性、散文式的笔墨，深情地赞美了战士特殊的军旅人生和不可忽视的贡献。影片注重海岛与海洋自然环境的再现，注重主人公孤独情境和氛围的营造，注重人物心理与情绪的刻画。影片通过众口描绘的"三个蚊子一盘菜，四个老鼠一麻袋"，形象地揭示出小岛的艰苦条件。但影片以海上的日出、拍岸的浪花、荒凉的岛屿，特别是简陋的哨所、俯冲的机群、闪光的炸点，来构成这样一个北京籍的战士，孤守天涯、忠于职责的背景，观众从其质朴、生动而又丰富的外在形体和内心活动中，领会到的是一个兵形象的高大与情感的炽热。当影片将这个兵的生活与形象，以电影的形式描绘出来时，就理应走进了观众的关注与关切之中。它旨在告诉生活在和平之中的人们，在这样一个不知名的海岛上，有这样一个年轻的同样不知名的士兵，有着怎样的平凡而又非凡的军旅人生，从而产生较为强烈的情感撞击与思想震撼，并引起人们长久的回味与深思。影片的寓意或许在于，这个岛与这个兵虽然在遥远的天涯，但应该为广大观众心之所系、所念、所爱。

【注：编剧：黄传会、周振天；导演：汪孟渊、江阵葵；主演：郑星、杜源、莫元季等。八一电影制片厂 1984 年摄制。】

## 第三节 《蓝鲸紧急出动》：再现惊心动魄的水下航迹

《蓝鲸紧急出动》无疑可以视为周振天到 276 潜艇代职四个月的显著成果。这部由周振天编剧，华克导演，朱时茂等主演的影片，是我国的电影故事片中，唯一一部以潜艇生活为题材的作品。

影片采取以潜艇生活为主，岸上生活为辅的两条线索交替进行的叙事策略，讲述了海军潜艇官兵保家卫国、牺牲奉献的战斗经历和情感故事。我海军某潜艇支队 980 艇正在海洋上进行常规军事演习时，突然接到司令部的命令，要其在我国向太平洋海域发射运载火箭的前夕，秘密远航到赤道一带进行敌情和气象侦察。恰在此时，水手长于泽亮的妻子朱玉萍来队探亲，在两人未能见面的情况下，潜艇就奉命紧急出动了，全艇官兵肩负着重大使命向浩瀚的大洋深处驶去。当潜艇刚刚潜入水下，突然警报铃声大作，水兵们一跃而起，艇长武仲毅在扩音器里发出命令："右舷 45 度敌舰一艘，向我发动攻击，一级战斗部署！"这是武仲毅以实战的观念和要求训练自己的水兵，检验官兵们的快速反应能力，他赞扬了大家在命令下达之后雷厉风行的表现。潜艇进入公海时遭遇了大鲨鱼对艇体的敲击，于泽亮主动要求出舱侦察，手持匕首机警、沉稳地杀死了这条公然作祟的海中巨兽。因军医卢沛不慎将棉纱及纸屑丢入海中，使 980 艇暴露目标遭到敌猎潜艇及直升机的攻击。在武仲毅沉着果断的指挥下，先是沉至海底实施隐藏躲避，继而临危不惧勇猛地迎着猎潜艇开去，在对方的肚皮底下与其同速航行，从而巧妙地摆脱了敌舰的监视。由于用于通信的长波天线被炸断，又是于泽亮与水兵陶五福一起主动出舱，冒着十级风浪修复了天线，恢复了与司令部的联系。但陶五福却不幸英勇牺牲，于泽亮则身负重伤。980艇终于按指定时间抵达了零点海区，圆满地完成了侦察任务，保证了火箭的成功发射。他们凯旋之日，在驻地举行了升旗仪式，深情地祭奠为国防建设献身的战友。

《蓝鲸紧急出动》叙述了一次我军潜艇紧急出动，担负重要任务的全过程。使观众从影片的环环相扣、起伏跌宕的故事情节中，了解了潜艇官兵战斗生活的艰苦与危险，以及他们面对各种困局与危局，敢于为国奉献牺牲的精神。影片中"蓝鲸"紧急出动的整个航行与战斗的过程，既是真实生活的再现，又是高度艺术化的过程。这得益于作者对潜艇生活的熟悉，尤其是那些潜艇上的生活细节，都是作者悉心观察所得。如果不是作者长时间地沉浸其中，那些富于生活质感的人和事就无从获知，要想写好、拍好这部影片则是不可能的。因此也可以说，正是有了周振天那一次潜艇的代职经历，才有了这部影片的诞生。影片塑造的人物都是有血有肉的，给人的印象非常深刻，艇长武仲毅对所担负重任的理解，自身所具备的勇毅果决的素质，对全艇官兵性格的了解与体恤，体现出了那个时代作为一名潜艇指挥员应有的独特风采。新任政委周群从对情况的不熟悉，对水兵的一些误解，到逐渐转变为喜爱这群水兵，进而与之融为一体，既体现了这个人物有迹可循的思想认知转变，也在性格上与武仲毅形成了较为鲜明的对比，同时也反映了影片对于人物形象差异性塑造的刻意与用心。水手长于泽亮的形象分量和笔墨分配仅次于武仲毅，他成熟老练，经验丰富，勇敢担当，在关键时刻敢于冲锋向前，是潜艇官兵中优秀的代表，也是我军战斗精神最有光彩的体现。农村来的机电兵陶五福是一个有性格特点与精神亮点的士兵形象。部队发的罐头他从舍不得吃，积攒起来准备回家探亲时给家中的母亲。充分地反映出他作为一个好儿男孝敬老人的美好品质。关键时刻他能挺身而出牺牲自己，又完美地诠释了作为一个中国好士兵的典型特征。影片有一个细节，很是让人揪心，当战友们在给他整理遗物时，掀开床板看见满满的一堆罐头，这些罐头本是他打算要带回老家孝敬亲娘的。如今却是白发人要送黑发人了……周振天说，剧本写到这里，他流泪了。

由此可见，影片的情感分量是相当重的，其通过对往事的闪回，交代艇长武仲毅是娶战友的遗孀为妻，并收养了战友的女儿，以此见证其战友情深，此为刻画这个人物不可或缺的重要一笔。水手长于泽亮家属来队探亲却与丈夫失之交臂，她只得在军营守望与苦等丈夫出海归来。这些都使军人在情感的付出与牺牲等方面，给人以很强的沉重感，也使影片产生了极强的艺术张力。

值得一提的是，影片不只竭力表现潜艇兵的阳刚之气和战斗精神，其抒情性也是很强的，联欢会上女歌唱家演唱的水兵之歌《亲人啊，我们又相见》，成为影片的主旋律的烘托，产生了撼动人心的艺术魅力：

> 港湾静静哟，汽笛回荡，战舰去远航。亲爱的人儿再见，再见，哪怕走到天涯，哪怕暴风阻挡，我的战舰哟，也要乘着浪花返故乡，返故乡。哪怕血染碧涛，哪怕海底长眠，我的心儿哟，也要乘着海鸥返故乡，返故乡。啊，亲人我们又相见，永别，不是水兵的语言。

吟唱或旋律伴随着的既是中秋节的联欢，也是潜艇航行中的聆听；既是战友牺牲的壮烈，也是于泽亮儿子诞生的欣喜和战舰返航的豪迈，给人以无穷回味之感。

不过当潜艇胜利返航之时，影片却没有给一个于泽亮与妻子重逢的镜头，不能不说是一个小小的遗憾。

影片上映后，时任国防部长的张爱萍上将观看了《蓝鲸紧急出动》，给予了高度评价，并亲笔写下题词赠与剧组："出师告捷军威振，远征归来，胜利归来。列阵大洋誉满载，扬波蹈海开新纪，初试雄才，大展雄才，永固国疆壮胸怀。张爱萍——祝《蓝鲸紧急出动》

首映成功。"

时至今日，仍有网友在网上翻看《蓝鲸紧急出动》，并且写下这样一些留言："关于潜艇生活的国产影片好像就这一部。从故事情节到镜头运用，该片都堪称精品，和现今的无数浮躁的'军旅'影视剧相比，虽然那时的军人服装简朴，装备陈旧，但是那种勃勃生气，是如今某些小生无论如何也无法相比的。""影片的精彩之处就是对和平时期潜艇的那种战时气氛的完美呈现。它借助于 1980 年中国海军那次大气磅礴的远航和 1983 年那次骑鲸蹈海射神箭两次重大行动，让 980 艇完美地执行了一次堪称实战的任务，觉得精彩过瘾。""那个年代能讲出这么一个故事，细节准确生动，足见编剧的用功和导演的功力。现在很多大制作电影与其对比，不觉得汗颜吗？"斯言可谓中肯精当，当代的观众之眼，检阅的是这部电影的艺术质量，及其不朽的生命力。

【注：编剧：周振天；导演：华克；主演：朱时茂、郝知本、赵福余、葛建军、龙丽玲等。长春电影制片厂 1985 年摄制。】

## 第四节 《敬礼，我的教官》：
## 蓝色背景下青春成长的航程

《敬礼，我的教官》是一部校园题材的军旅青春励志片，影片以海军舰艇学院老教官东方辅瑞的视角，讲述了冯武子、章章、蒋干、姬雄等一批学员在其带领下，登上郑和舰实习成长的故事。正如影片的画外音所说：

> 海军军官，这四个字意味着什么？他绝不只是一身雪白的军装，也绝不只是一个漂亮的职业符号。当你不必使用语言就可以统一部属意志和行动的时候；当你能在十级风浪里从容驾驶军舰的时候；当你能够在敌人的炮火下镇定敏捷地指挥作战并赢得胜利的时候；当你一旦要告别军舰就会心如

刀绞、眷恋难离的时候，你就可以对自己宣称：我是一名标准的海军军官。

这显然是老教官为主人公们设定的一个海军军官应有的标高。但无论是身为舰队司令员章振南儿子的章章，还是将妈妈称作姐姐、背着私生子沉重包袱的姬雄，也无论是因内心障碍一再拒绝市委书记女儿蕾华追求的冯武子，还是由于妹妹开小店而与社会混子较量的蒋干，他们都共同经历了想逃避、出差错、认识有误区等过程。影片非常生动细腻地描绘了东方辅瑞对以这四位为代表的青年学员的严格教育和耐心启发，他仔细观察和分析每个人的特点，对他们进行性格素养方面的塑造，如他愤然地训斥笔直立正的姬雄：

你真是给我们舰艇学院丢脸！丢脸！我带了三十多年的学生，还没有见过一个像你这样的。我不恨淘气捅破天的，不恨耍心眼玩花活的，就恨没志气的窝囊废！身高一米七五，体重一百三十九斤，智商中上，四肢健全，心肝肾运转正常，你究竟比别人缺少什么！？

这番话对学员心灵的震撼几乎是涅槃式的，使之产生强烈的自省与警醒。同时他也十分关心他们的情感世界，走进他们的内心深处，使他与学员之间既是师生关系，也如父子关系，譬如东方辅瑞对章章说的，"你父亲已授权给我了，我既可以当你的教官，也可以当你的老子"。可以说，影片以循序渐进的叙事策略，很好地诠释了东方辅瑞那高度的责任感、高超的教育技巧和博大深沉的爱，讴歌了他将毕生心血奉献给了培养一代代海军官兵的教育事业。恰如郑和舰舰长杨波概括的："您的学生里，当舰长的不要说了，军级干部，兵团司令也出了好几个。我若是您，可是要得意一辈子呢。"这样一批朝气蓬勃的青年学员，就是在军校与部队生活的锤炼与陶冶中，在老教官的严慈兼备的教育下，青春的人生发生了奇迹般的改变，在救援遇难的外国货轮时，表现出了过硬的素质和勇敢的精神。

影片的可取之处在于，其生活背景以校园和战舰为主，也向社会生活面辐射，从而避免了军事生活可能的单一与刻板，且有效地扩展了作品的思想与情感容量，在更为生动感人的情节中，在充满戏剧性的矛盾冲突中，使人物性格在捶打碰撞中成长进步的轨迹更为清晰，更具时代性意义，也增强了影片的青春气息和观赏价值。因此，影片虽然属于校园题材的励志之作，就其散发的生活气息，对青春人物的精湛刻画，跌宕起伏而又流畅自如的叙事，以及颇为讲究的画面拍摄而言，仍堪称是上世纪 80 年代出现的一部军事题材的电影艺术佳作。

【注：编剧：周振天；导演：钱学格；领衔主演：李炎。北京电影学院青年电影制片厂 1987 年摄制。】

## 第五节 《老少爷们上法场》：悲剧故事的喜感表达

上世纪 80 年代中期，虽然周振天已接连推出了几部电影作品，但多年后总结自己的电影创作时，他感到自己在电影艺术上取得更为突出成就的影片，还是当数 1987 年创作的由金韬导演的《老少爷们上法场》。他认为这部电影才是自己真正开窍，进入艺术创作另外一个维度的作品，相比起来，这部片子的历史和文化含量的确比较深厚。周振天这样谈论他创作这部影片的思想历程：

> 80 年代初，中国知识文化界掀起的文化反思热潮对自己也有比较大的触动与启示。现在看来，尽管那时的文化反思带有妄自菲薄，过于仰视西方文化的弊病，但对于一个创作者来说，深刻认识本土文化与历史传承的林林总总与利弊，对自己写好中国故事，精准刻画中国人的形象，既有高屋建瓴的启示，也具有夯实地基的指导意义的。到了上世纪 80 年代中期，在创作电影剧本《老少爷们上法场》时，突然

觉得创作思路豁然开朗，笔触自然而然地伸向真实的人性，情节构思与人物塑造也都水到渠成地接上了地气。也就是从那儿开始，我的创作总算走出了失焦、纠结状态。

　　如果说从电影的类型上讲，上述几部作品可以称之为正剧的话，那么这部影片则是以喜感的手法写的悲剧。以此为新的起点创作，周振天开始以更加自觉意识注重增强作品的历史和文化"含量"，使他的艺术道路也越来越宽阔。

　　所谓历史和文化含量，应当就是周振天在写《老少爷们上法场》的时候，就开始思考大到天津发生的许多事情，与当时中国大的命运，以及我们这个民族性格，存在着怎样的内在关系；小到天津人怎么跟八国租界里的洋人打交道，怎么跟封建官僚和清朝遗老遗少打交道，等等，这其中都是有极为丰富的内涵的。即便是改革开放几十年，经济社会发展取得了巨大的进步的今天，我们的每个城市也都要寻找属于自己的历史定位和精神烙印，尤其是像天津这样一个历史与现代，东方文化与西方文化既发生剧烈碰撞也产生融合的城市。在周振天看来，编剧应该有一种文化自觉，要给自己寻找一个文化标志。这个文化标志既象征着一个城市，也象征着整个中国，能折射出属于我们民族的整体记忆。或许在周振天看来，任何一部历史题材的文艺创作，都不单单局限在表现某个历史事件，而是要从历史的事件中，清晰地透视我们民族的过去、现在与未来。

　　周振天写《老少爷们上法场》的有利因素在于，他在天津市公安局下属农场做管教整理档案时，掌握了大量的素材，对过去的社会状态和监狱的生活，有着实际的印象与了解。好巧不巧的是他在天津古籍出版社出版的"天津风土丛书之一"《沽水旧闻》上，看到这样一篇很短的记载，说的是清朝同治年间，天津发生了严重的教案，老百姓不仅你一拳我一脚把洋教士打死了，还放火烧了教堂望海楼，事后却又找不到谁是杀人放火者。英国和法国把军舰开到大沽口开炮轰炸城区，扬言一天不杀真正的凶手，就天天开炮。清政府扛不住坚船利炮，命令天津道台审理这个案子，只要一审案子，英国和法国的领事就坐在大堂上，清政府官员不敢得罪洋人，只能赶紧抓来一群没钱没势的老百姓顶罪。当给囚犯动刑时，只要一喊冤，洋人就抗议说这个犯人是假的，你们没有把真凶抓出来。于是大沽口的英法军舰就继续开炮。当时是由于天津市民对洋人传教士飞扬跋扈愤愤不平，久而久之一个火星子就点燃了干柴烈火，属于聚众闹事，谁放的第一把火？谁杀的传教士？的确是无从查起。时任直隶总督的曾国藩想了个办法，如果天津市民有谁愿意甘心情愿顶罪，就给两百两银子作为补偿。这在当时可是个天文数字呀，居然就有十几个天津市民为这两百两银子，甘愿充当杀死洋人教士的罪犯，被砍了头。这才终于平息了英法两国的愤怒，撤走大沽口的军舰。

周振天感到这篇"旧闻"构成了他创作此片的冲动和条件。但他对此有着很理性、很深刻的思考，在他看来，天津老百姓杀死了法国传教士，在那个黑暗封闭的时代，中国人的确有盲目排外的情绪，同时也的确有一些洋教士欺凌中国人，一些信教的教民也仗着洋人的势力欺负邻里、作奸犯科。这个事件本身所表明的，是欺压和不屈、征服和反抗的斗争，是当时的中国不知不觉进入了东西方文化的碰撞交融的时代。如果还是单一地写帝国主义如何烧杀抢掠，或写老百姓如何义愤填膺反对洋教等，似乎又陷入过去的老套路了，很难写出新意来。周振天一方面从整体上思考天津历史上发生的那么多事情，以及同当时的中国大命运以及我们这个民族性格有怎样的内在关系；一方面在叙述策略上进行琢磨，怎样在不妨碍作品立意深刻和风格凝重的前提下，在电影艺术上以某种喜感的方式加以表现。

于是周振天结构了以下的剧情：清同治九年，天津发生了洋人被杀、教堂被焚、要犯被劫走案件。洋人兴师问罪，朝廷恐惧，派钦差去津门查办。经再三周旋与洋人领事商定，10月19日前必须处死十六名人犯，但凶手没有着落。钦差与天津道台合谋用三百两纹银收买一条人命的价格，招募情愿顶罪受死之人。守备张大辫子中饱私囊，将这差事以二百两纹银收买一条人命的价格交给了外甥金螃蟹。金螃蟹又以一百两纹银收买一条人命的价格将此差事交给了天津卫有名的混混二狼子。此计果然奏效，这中间有邂逅张用卖身钱葬了父亲，落了个孝子美名；有烧望海楼扇面而被定死罪的赛道子老先生；有用身家性命换取一张更改出身文书的强举人；有只求一死，痴想得道升天的李八疯子；最后，心狠手辣的金螃蟹连二狼子也没放过，略施小计，把他算一个人犯送入了死牢。狱卒给二狼子带来一张纸条，说出了原价是三百两一条人命的真相，大伙听后气愤之极，都嚷嚷上当受骗，不再顶罪当死囚了。何道台为安抚这帮"犯人"，亲临大牢，凭三寸不烂之舌忽悠众人。由于赛道子在牢房突然暴亡，洋人要的十六名钦犯就少了一名。就在这节骨眼上，仗势欺人，敛财有术的金螃蟹遭到强举人的情人妓女艳秋的设计暗算，灌醉后也被绑送大堂。十五名犯人一口咬定金螃蟹是杀洋人、烧教堂的主犯，金螃蟹有口难辩，终于也被列入处斩的人犯之列。10月19日，十六名人犯身着戏装，除了垂头耷脑的金螃蟹之外，众钦犯谈笑自若，面无惧色，在官兵押解下缓缓走上刑场。百姓感激众好汉甘愿赴死，换得英国、法国军舰不再炮轰大沽口，齐声喊好助威，纷纷敬酒壮行。这些老少爷们受宠若惊，个个趾高气扬，昂首阔步，脚镣声声，好不悲壮，在一片喧嚣声中走上法场。

这部作品反映了周振天对"哀其不幸，恨其不争"国民性的思考。他在回顾影片的创作时，谈到对故事、人物、桥段的设置与包装，在昏暗沉重的氛围中力争做到有趣和喜感。这看起来在逻辑上有些相悖，但却是其多年来创作坚持的一个基本点，即一部作品首先要让观众爱看，他们才能真正接近和走进作品，因此作品的叙事策略格外重要。周振天认为，所谓叙事策略包括多种方式，其中就有根据当时的实际可能，进行必要的想象性虚构。在《老少爷们上法场》中，就设计了各个人物出于种种原因走向刑场的情节，如李幼斌扮演的强举人，这个人物和桥段都是周振天虚构的。清朝有一条法律，唱戏的属于下九流，其后代不能科考，强举人父亲原本是做生意的，下海当了戏子，所以到了强举人这一代虽饱读诗书却不能科考。为了儿子将来能够参加科考，光宗耀祖，他说我不要钱，只要把我的出身恢复到商贾，就心甘情愿去死，于是跟官府达成了协议。其他如邋遢张、二狼子、金螃蟹、李八疯子等人，也都是从题材出发虚构和抽象的人物，堪称那个时代底层人物的形象概括和典型缩影。这些人物相信了道台的忽悠，觉得自己是为大清朝分忧，是为皇上分忧。在上法场之前，找到英雄好汉、义士壮举的感觉。所以提出不能被五花大绑地上法场。于是他们一个个就装扮成历史上著名的英雄好汉，有的扮演张飞，有的扮演关云长，有的扮演窦尔敦……敲锣打鼓热热闹闹地走上了法场。周振天以这样的方式来写天津望海楼教案，历史与文化的深刻性，乃至影片所应具有的趣味性、观赏性都兼顾到了。

影片显然是以充满喜感的方式讲述了一个悲剧性的故事。特别是当十六个"人犯"最后走向法场的一段长镜头，堪称是别具匠心、不可多得，令人悲喜交加、百味俱并的经典场面。当"人犯"们从他们的苦难的背景中，逐渐显现并慨然走向生命终点的时候，观众原本应该为他们不幸的命运结局而悲伤，事实上这也正是那个时代我们民族经历、承受的苦难。然而未曾料到的是影片却是反向设计、悲剧喜唱，通过对当事者瞬间欢乐狂放情绪的极尽渲染，引导观众旁观一场歌舞相伴的死亡盛宴。这与开始时的荒诞、阴暗、冰冷的真实时代氛围营造，对或霸蛮，或黑暗，或丑陋的外部强敌与内部封建势力双重压迫的呈现，以如此出人意料的陡然转折与释放，在一种不得不直面的悲愤中，表现出民族的个体面对强敌与生死时扭曲的性格，但又不能不承认，这也的确是大难临头时迸发出的大义。这种卑微的、弱小的反抗者，无一例外地成了被宰割者，而且他们的死又是如此地具有"看头"，真让人欲笑无声，欲哭无泪，内心里受到极度的震撼。这是一种悲愤交加的无奈，还是民族固有的某种文化积淀使然？皆发人深思。影片正是在这种奇特的、喜剧性的、轰轰烈烈的氛围中收束剧情，反倒留给观众进行更深层的历史思考与审美判断的余味。

【注：编剧：周振天；导演：金韬；主演：李幼斌、郝岩、李大强、刘岩、刘廷尧等。长春电影制片厂 1989 年摄制。】

## 第六节 《火种》：追求历史叙事的"带入感"

时隔三十三年之后，周振天又推出了电影文学剧本《火种》。这是讲述革命先驱李大钊事迹的影片，就时间节点而言，这无疑是为纪念建党百年而进行的创作。李大钊的事迹众所周知，如何在今天另辟蹊径写出新意来，周振天是有清醒认识的：

> 如果我们仍然按照以前的创作套路，创作拍摄李大钊烈士题材的电影，日后进入院线播映效果和票房收入肯定是不会乐观的。要想赢得观众尤其是青年观众，我们这部讴歌革命先烈的电影首先要做到有"带入感"，情节与人物形象必须与当代青年观众认知形成"同频率"。这就要求从文本创作就大胆创新，精心构思，千方百计贴近青年观众，让这个题材不仅达到讴歌李大钊同志丰功伟绩的目的，也具有强情节，快节奏，扣人心弦，悬念迭起，感人肺腑的观赏优势。

其所谓的"带入感"就是叙事切入角度必须要出新奇巧，讲述李大钊同志故事应该尽可能选择情节紧张、危机重重的时刻为切入点，根据史实进一步强化剧情的紧张与悬念，使影片产生很强的吸引力。而"同频率"就是与当代年轻人内心情感形成同情与同频效应，这是吸引青年观众的重要因素。因此在影片的艺术结构上，以"带入感"和"同频率"作为吸引广大青年观众的手段，坚决摆脱以往塑造领袖人物机械地照搬史实的创作套路和说教重于感染的窠臼，而采用"双时空叠加复调"的结构为叙述策略，既使影片显得别具匠心，独树一帜，也使叙述主体产生应有的陌生感，进而引发当代电影观众的观影兴趣。

从影片所呈现的实际状况看，所谓"双时空叠加复调"结构，一是以1951年北京市公安局侦查员杨永轩、单弱男等的追捕行动为线索，表现他们锲而不舍、不惧危险地侦查、抓捕当年杀害李大钊的凶手；一是以当年北洋政府京师警察厅侦缉处吴郁闻、雷横成等的罪恶行径为脉络，反映他们当年如何煞费苦心地监视、跟踪、抓捕和杀害李大钊的经过。这两种时空相互交叉又井然有序地展开，不仅在结构形态和叙事方式上是颇为罕见的，形成了可作探案片观的较强的情节悬念；而且显示出了某种历史追问的强劲动势。即虽然历史翻过了一页，但仍必须将身负罪责的当年凶手绳之以法，不使之逍遥法外。应该说，这种结构方式是独到的和高级的，使一部表现革命先驱伟大经历的影片，借助这样一个引人入胜的叙事外壳，在扣人心弦的剧情演进中变得生动起来，甚至是现代起来。

如果说构剧体现了周振天的匠心与才能的话，影片的根本目的还在于其灵魂，即生动地讲好李大钊的故事，这是作品的真正旨归。影片在悬念迭起的破案情节的推进与穿插中，对于主要人物的叙事因此获得了极大的自由度。吴郁闻惶惶然间对当年跟踪、刺探、追捕李大钊的回忆，我公安侦查员对李大钊事迹的回溯，让李大钊作为马克思主义传播者、中国共产党创始人的形象，渐渐丰满地立在了观众面前。1917年10月，俄国响起世界革命的先声，他在演讲中慷慨陈词：人道的钟声响了，自由的曙光现了，试看将来的环球，必是赤旗的世界。严重损害中国利益的"巴黎和会"消息传来，他全力支持北京大中学生的爱国行动。他与陈独秀不但是"五四运动"领导者，而且是冲在第一线的英勇斗士；他竭力研究和传播马克思主义，进而南陈北李相约建党，为中国共产党的建立做出了历史性贡献。李大钊被捕后，张作霖参谋长杨宇霆亲自出面劝降，并以主政东北四省为诱惑劝李大钊归顺张作霖。李大钊嗤之以鼻，慨然以对：我料定，你们东北军在关外，要么给日本人当奴才，要么死在日本人手里。不要以为你们奉系占领了北京、天津就搞定天下，当心哪一天东北四省被日本人夺走，你们奉系有家回不得，死无葬身之地！李大钊果然是洞若观火，高瞻远瞩，李大钊牺牲的转年，张作霖就被日本关东军炸死在皇姑屯。李大钊牺牲的第四年，也就是1931年，日本关东军发动了"九一八"事变，东北全境落入日本人之手。

在法庭上，李大钊更是以其振聋发聩的自辩慷慨陈词：

> 一种学说，一种主义，如果它是真理，即使是没有我李大钊鼓吹和宣扬，它也会不胫而走，无翅而飞的。这就是我说的马克思主义！禁止先进的思想是绝对不可能的，因为先进的思想有超越一切的力量，监狱、苦刑、苦痛、穷困，乃至死亡，它都能够自由地去超越它们，谁要禁止它，它的力量便随着你的禁止越发强大，你怎样禁止它、抑制它、灭绝它、摧残它，它便怎样地生存、发展、传播、滋荣。这是因为代表真理的思想性质本来如此。相反，禁止人们研究先进学说，就是犯了使人愚昧的罪恶，禁止人们信仰先进主义的，便是犯了扼杀思想自由的罪恶。我可以明白地告诉你们，应当站在这个被告席的不是我们！

李大钊毅然决然地走到漫长阴暗走廊的尽头，走进 1927 年 4 月 28 日的阳光之下，走向不远处高台上面目狰狞的绞刑架，留给中华民族一个大义凛然、视死如归的身影。或许由此，影片完成了它的使命，使这样一个应当永远铭记的革命历史人物，这样一个伟大的开拓者，再度走入当代人的视野与心田，并且对其葆有无上的景仰与珍重。

同样值得深思的是，影片表现了吴郁闻等双手沾满烈士鲜血的杀人恶魔，在新中国惶惶不可终日的可卑处境。尽管他们老奸巨滑，改名换姓，深居简出，但终于没有逃出人民的天罗地网。其间，影片设置的两个桥段颇为耐人寻味，一是冯玉祥赠给李大钊用作护身的勃朗宁手枪，因李大钊被捕落入吴郁闻之手。面对公安机关的围猎，儿孙满堂的吴郁闻走又走不开，又不甘心受绑缚刑场之辱，于绝望之中试图用李大钊的那把手枪自杀，这一道具的贯穿似轻却重，所体现出的人物命运感如草蛇灰线，隐现于影片之中，是构思颇为巧妙和富有深长意味的。二是吴郁闻被抓捕后，论其罪行应当立刻处以极刑，因其身患晚期癌症而缓期执行，而签字批准的则是时任北京市委副书记的李大钊儿子李葆华。当这个恶贯满盈的家伙在看到李葆华签名时，如同被雷击了一样，忍不住感激涕零，跪在地上号啕大哭，坦白交代还没有暴露的同伙。剧本里这一情境并无过多渲染，却充分反映出共产党人的胸怀和境界，也令人信服地看到中国共产党人对敌人彻底的征服，使作品更平添了发人深省的思想与艺术力量。

【注：编剧：周振天；导演：陈剑飞；主演：富大龙、姜武、周开开、杜旭东、王雨甜等。海南广播电影电视传媒集团有限公司、海南格壹影业有限公司、海南省文化投资管理有限公司、三亚传媒影视集团有限公司、北京尚朋高科技影视娱乐有限公司出品。】

# 第五章

# 海军题材电视剧——与生活同频共振

在中国实行百万大裁军的 1985 年，海政话剧团这个光荣的艺术团体也在裁撤之列，从此成为了历史。时过不久，1987 年之后的两三年间，各总部、各军区、海军、空军、二炮等全军各大单位，为适应电视剧这一新的艺术样式蓬勃发展的形势需要，相继成立了各自的电视艺术中心，开始从事电视剧的创作生产。1988 年 6 月，周振天因在创作上取得的显著成就，被调往刚刚成立的海政电视艺术中心，并被任命为中心主任，授予海军上校军衔。从此开始了他三十多年的以电视剧为主的艺术创作生涯。

1958 年 5 月 1 日，作为中央电视台的前身北京电视台开始试播，6 月 15 日，播出了我国第一部电视剧《一口菜饼子》，这一年是我国电视台建立和电视剧生产的元年。但部队的电视剧则起步较晚，直到 1981 年，才有原武汉军区胜利话剧团拍摄的短篇电视剧《背琴人》问世，这可以算作是军队系统拍摄的第一部电视剧。此举如一只报春的燕，宣告了军队电视剧创作生产蓬勃生机的到来。编剧、导演、表演和制作实力都很雄厚的军队文艺单位，陆续推出了电视剧作品，军队电视剧创作生产从此开始走上了一条从无到有、从弱到强的发展道路。

## 第一节 《喊海》：透视人心的真挚与虚假

三集《喊海》是周振天较早的电视剧作品。围绕轮机长尤丰为救两名儿童而英勇献身展开叙事，通过透视相关联的人物在对待烈士抚恤金问题上的态度，来刻画不同的艺术形象，进行道德与境界的褒贬。尤丰与尤翠两小无猜的纯真情感，因是姑舅所生这种近亲关系不能结婚，但在人物之间依然存在着观念与现实的纠葛与冲突。尤翠的身上保持了心地的善良与美好，不愿因为自己与尤丰的五年的恋情而去领取抚恤金，并且要拿出自己的手镯来还清尤丰的欠款。尤丰事实上的未婚妻李燕，由于其内心的猜忌而生徘徊去意，在信中"写了我不能跟他去山沟，写了一刀切两断，各走各的路"，使得她此时处于极度的犹豫、迟疑与愧疚之中。李燕之父李秉谦则是一个见利忘义者，全然不顾女儿的感受，竟以企图伪造结婚证的卑劣方式分得烈士的抚恤金。尤翠之兄尤虎更是赤裸裸地以尤丰与尤翠关系"掰"了为借口，也来分一份尤丰的抚恤金还账。

剧作旨在描绘生活的真实，赞美英雄的举动，反映人们怀念的深切，揭示出人性的善良与弱点。尤丰关键时刻的挺身而出，体现的是我军为人民服务的根本宗旨。点点渔火中传来呼唤尤丰的名字，是以"喊海"的当地风俗"把人的魂儿召唤回来"，这是点题之笔，也表达了渔民们对英雄的怀念与祭奠之情。面对抚恤金的尤翠说出这一番真诚质朴、感人至深，又见出人物内心世界和精神品格的话："俺跟不成丰哥，心里苦，总还有个念头，搅进钱，俺心里边一块干净地方也没有了。"而尤虎这个简直无耻之尤的人物，竟然以极为恶毒的语言斥责尤翠的选择。同样鬼迷心窍的李秉谦在其梦中，"面前错乱地闪过女儿惊慌的脸，结婚证书，厚厚的人民币，亮铮铮的手铐……"。这组蒙太奇式的镜头，反映出的是这个人物内心的欲望和焦虑。应该说，剧作的这种呈现使人物形成了较为强烈的反差，也把随英雄之死所折射出人物心灵的高尚与丑陋，人情的真挚与虚假，颇具意味地展现了出来。

从某种意义上讲，这部短篇电视剧可能取材于某个生活原型，并且还原了应有的真实。但从观剧的感受上说，人物形象存在着一定的塑造之失，即比较囿于自然与写实，而非真正性格化、艺术化的刻画。而且人物关系的演绎和对话的设计，也略显生硬和不够圆融，使这部本应十分感人的作品似乎未能达到更为理想的艺术高度，因之也就缺乏更强的艺术魅力。周振天在审视自己的创作历程时曾经说过：

> 在上世纪70年代末到80年代初那一阶段，尽管不少文艺理论书籍已经出版，自己也忙着恶补。罗丹的《艺术哲学》，别林斯基、狄德罗、王朝闻等文论集等都是在那个时期阅读的，但是一提笔写东西，两种创作理念仍然在脑子里打乱仗，纠缠不清。一是中外名著启示给我的，一种就是"文革"时期政治概念化。现在回想起来，上世纪80年代前几年写的海军题材作品，如话剧《新的航程》，电视剧《喊海》，在人物塑造、情感冲突、内蕴设计等方面，都有不同程度的失焦。除了当时的创作技巧还需要提升之外，更重要的还是创作当代军事题材作品的总体理念比较含混，对构思剧情、人物塑造的把握还远没有进入自由王国的轨道。

我以为他的这种自我评价不是自谦，而是对自身创作客观、准确的分析。有了这样的自我意识与觉醒，才可能有后来的引人瞩目的长足进步。

【注：编剧：周振天；导演：姜鲁。四川省电视艺术中心拍摄。】


## 第二节 《蓝色国门》：真实与崇高兼具的审美基调

四集电视剧《蓝色国门》，是周振天在军事题材领域一次受到更广泛关注的电视剧创作。就其题材选择而言，或可将其与话剧《天边有群男子汉》、电影《天涯并不遥远》等并称为反映海军生活的"远岛系列"。不过他的这些不同艺术形式的作品，各有不同的生活开拓，不同的立意表达，也因此有了不同的思想艺术价值呈现。

《蓝色国门》给观众留下极为深刻的印象，首先是其真实与崇高兼具的审美基调。海军某部连长方磊在剧中作为礁长,奉命率领五名战士,来到祖国南沙的赤阳礁驻守。官兵们的全部活动天地极为狭窄,他们站立的地方在涨潮时仅为一块被海水淹没的礁盘,面对的则又是有海空力量掩护,侵占着我领海和岛屿的异国军人。剧作正是从这一生活实际出发,集中表现守礁官兵经受的严峻考验,努力从中发掘出生活的诗意和美来。又进而注重从这种平淡无味的日常生活中,开掘和表现守礁官兵忠于职守的无愧担当,坚韧不拔的顽强意志。剧作穿插以简洁的闪回镜头,生动地勾画出六个不同类型人物的心理特征。特别是对临换防时官兵心态的刻画,如方磊把国旗珍藏入怀,林汉龙刻鱼,张玉春等人"把足迹留在南沙"等礁上独有生活细节的描绘,尤其是外号"财迷"的贾五六写抒情诗:

> 屋顶遮不住南沙的月,
> 门窗挡不住赤道的风,
> 高脚屋,我们的高脚屋,
> 我与你一起熬过长夜的孤独,
> 我与你一起吃过海水的苦涩,
> 告别了亲人告别了大陆,
> 我们跨过这豪迈的一步。
> 只是为了啊,为了这一块蓝色的国土!
> 只是为了啊,洗刷蓝色国门上的耻辱!
> 高脚屋,高脚屋,
> 你和我一起谱写对祖国的赤诚,
> 你和我共同撑起民族的威武。

更是将全剧崇高明朗的格调,升华到了一定的高度。

《蓝色国门》值得肯定之处还在于,始终把那个十分狭小、几乎是与世隔绝的南沙礁盘"高脚屋",与整个祖国,与新时期的社会发展紧密联系在一起,因而虽然偏于天涯却弥漫着鲜明而强烈的时代气息。剧作不是孤立地、单纯地去表现和讴歌守礁官兵的非凡业绩和英雄精神，而是注重表现守卫"蓝色国门"的前方卫士与祖国后方的广大人民、建设者们之间千丝万缕的联系。既让观众看到前后方生活在某种程度上的对比与反差，更揭示了前后方生活主调与目标的一致性。司令员看望慰问守礁官兵那场戏，礁长爱人文佳不愿做人流想做妈妈的情节，以及后方的中学生为守礁官兵自发捐款等情节，把军队与人民共同关心祖国四化建设、关心祖国前途未来的责任与热情，守礁官兵同陆上亲人心心相连的情意，都表现得淋漓尽致。剧作还以一定篇幅表现守礁官兵，在面对来自空中的入侵者时，满腔怒火地模拟对空射击，强烈地表达了对侵略者的痛恨和对祖国的挚爱。

更为值得关注的是，剧作表现守礁官兵冒着生命危险，在远离大陆的高脚屋里，坚守蓝色国门的深厚思想背景和深远历史意义。在过往很多年里，在人们的习惯思维中，陆地领土意识是极为明确和强烈的，对"海洋领土"这个概念则是比较淡薄和陌生的。随着国际战略格局和经济科技趋势的发展变化，人们越来越意识到，辽阔的南海不仅拥有极为丰富的自然资源，而且对我国当前和未来的经济建设具有无法估量的重大价值，因而必须高度重视和切实加强对包括南海在内的我国海洋领土的保卫。剧作通过礁长的画外音对此做了精辟的阐释：

南沙是太平洋和印度洋海上交通的战略要道，南沙距海南省数百海里，这海上防御纵深对我们国家的安全是至关重要的。失去了南沙就意味着我国海上防御纵深缩短数百海里，必然给我国在南海的经济和军事活动带来严重后果。我们的赤阳礁只有几平方米，但守住这块礁滩，就是守住了一片海域，守住了一片资源。高脚屋的存在就是向世界宣告我们国家在南海的主权。当然一旦发生战斗，高脚屋是经不住炮火轰击的。既然到了这儿，就有时刻为国捐躯的准备，在这儿，我常想起国歌中的那句词：用我们的血肉筑成我们新的长城……，话又说回来了，谁胆敢袭击我们的高脚屋，谁就是向中国的主权，向中国人民宣战。谁都不能忽视，我们头顶上飘着中华人民共和国的国旗。

这就是这些海军守礁军人对于自身不畏艰苦危险，日夜担负守卫国门行动与价值所具有的清醒认识和充足底气。电视剧《蓝色国门》在 1989 年问世，可以说是恰逢其时，对这一重大问题的敏锐感知、精准捕捉和生动表现，可谓极富时代性。剧作不同于一般军事题材常见的保卫祖国、献身边防的题材创作模式，而是选择了现代社会和思想基础的新生活和新视角，以达到发人深省、令人耳目一新的新境界。海军官兵无疑是此刻站在最前哨，最让人瞩目的角色，军人作为国门守卫者的使命和行为的意义，在这里得到进一步的凸显和张扬。从这个意义上讲，《蓝色国门》对这个题材的楔入和开掘，是从海洋领土观念这一背景来展示海军官兵生活，其形式是丰富的、动人的，其内蕴既是直接的、深刻的，在电视剧这一艺术形式中的开创性意义，也是毋庸置疑的。

【注：编剧：周振天，陈洁；导演：王丁；主演：储智博、靳大中、王峰等。】


## 第三节 《热血》：单一事件向血性高度的升华

电视单本剧《热血》表现的是海军大连舰艇学院三百五十名学员，为抢救大连重型机械厂伤员无偿献血的感人事件。这一事件被评为 1990 年"大连市精神文明建设十大新闻事件"之一，一年之后，这个当地家喻户晓的动人故事，就被海军政治部电视剧中心以纪实报告电视剧的形式搬上荧屏。

这部由周振天编剧的作品，如果就献血写献血，便不免陷入仅仅是具体事件的铺排、罗列与呈现之中了；而由献血这一行动递进至军人热血的层面，乃至于升华到血性的高度，这就使剧作的思想寓意得到了大大的拓展。剧作突出塑造的康先农、高放、古小青、陈树春等一组海军军人形象，尽管他们生活经历和文化心理不尽相同，但在军校这个大熔炉中，他们接受的是惨痛的历史教训、我军的优良的光荣传统、铁一样的严明纪律、钢铁般的坚强意志，特别是"全心全意为人民服务"这一人民军队根本宗旨的教育，因而当大连重型机械厂厂房倒塌，由于医院血浆紧缺而致受伤群众生命危在旦夕之际，当地市长第一个想到的："找部队，向解放军求援！"虽然"他们只有十八岁、十九岁，但他们像当年的红军老八路一样，在人民需要的时刻，毫不犹豫地冲了上去，用他们的热血再一次表达了人民军队对人民的忠诚！"。正像献血的学员对记者说的："自从穿上军装那天起，我们就有了这种准备。为了人民，为了国家，不要说献血，生命我们也心甘情愿！"他们用自己的青春的热血，塑造出了和平年代血脉偾张、无私奉献的军人形象。

即便是一部长度有限、内容局促的单本剧，《热血》仍然是可圈可点的。剧作在叙事过程中，采用纪实、虚构与想象相结合，时间字幕、电视资料和旁白结合的方式，清晰地交代事件的时序和脉络，叙述时空有分有合，剧情节奏有张有弛，既保持了剧作应有的新闻性特征，在其偶然性和突发性的行动中，揭示所包含的必然性和本质性的内核；又在时间性的标示催促中，造成了极为强烈的紧迫感和戏剧张力，紧紧地吸引了人们的观赏注意力。同时剧作注意通过一系列细节，来形成剧情的顿挫与起伏，挖掘人物的内心世界，如身体不适的古小青不顾医护的劝阻，喝下老大娘递来的红糖水，输出一袋还带着体温的血浆；如寻找 Rh 阳性血型，血色素偏低的康先农勇敢地站出来，使"孕妇安丽顺利地产下了婴儿"。剧作对康先农形象的刻画是成功的，反映出他献血前后的内心矛盾，既没有拔高人物的精神境界，又使他的无私奉献行为更显出一种意志力量和牺牲精神。剧作还十分注意画面的艺术效果，在构图造型上也是颇为着力的，如在婴儿诞生之前，以"在风平浪静的海岸上，远远的鲜红的太阳跳了出来，一声婴儿的啼哭惊破了这宁静的海面"为先导，这就渲染了生命降临的美感与诗意，彰显了战士献血的意义与价值。

献血结束之后的人物内心描写，如强降雨之后的淅沥，形成了令人咀嚼的长久余味，正如高放对战友所说的那番话：

> 过去我为爸爸是将军而自豪，为身上的军装而自豪，其实那都不是真正属于自己的自豪！昨晚上你们都找到了属于自己的自豪，可我没有，要知道，一个人要打心里有点自豪感，不容易，不容易啊！

这既是人民军人的颂歌，也是人类崇高的自我牺牲精神的颂歌，这正是剧作感人肺腑的内在源泉。

可见，剧作超越了献血这一事件的本体，极力地深化了内涵与外延，使之成为一部优秀之作。

【注：编剧：周振天；导演：戚健、王健；主演：赵福余、金铁峰、梁洁等。海政电视艺术中心拍摄。】


## 第四节 《不惑之年》：穿越时光的感悟与慨叹

六集电视剧《不惑之年》是由周振天担任编剧的一部耐人寻味的作品。剧作通过发生在年过七旬的小学语文女教师慕容霜洁与她的几位已届四十岁的学生孙继业、梅乾坤、刘光复、佘贞贞、蓝玉、常笑等人之间的故事，以细致的笔触塑造了一批各具性格的中年人形象，所进行的是一次颇具现代意味的人生透视。

剧作的主人公们是与共和国一起成长的一代人，虽然饱尝了不可回避的"文革"忧患，但如今他们各自成就了自己的一番事业，有的是海军的支队长，有的是报社的总编和高级记者，有的是高级工程师，有的下到遥远的乡下成了山村教师，也有的远嫁海外成了考古学者。随着时间的推移、年龄的增长和阅历的丰富，他们都在各自的领域拼搏奋斗着，无一例外地遇到事业、情感、子女等方面的种种坎坷。正如剧作一开始以"主要角色的近况闪回与黑白照片交相更替"伴随的慕容霜洁的画外音所表达的：

> 一晃三十年过去了，如今这些孩子们都已是不惑之年，他们的笑声歌声仿佛还在我的耳畔回响。当老师的最思念的莫过于自己的学生，特别是到了我这一把子年纪，真想知道他们是怎样步入社会，怎样步入青年和中年的？可是在这一张张脸上我却很难找到他们过去的影子，是不是因为生活的磨难和那执着的责任感，使他们过早地抖落掉身上的轻松和脸上的笑容？

然而她的学生们却仍然眷恋在慕容霜洁老师身边度过的美好时光，以及从老师那里聆听到的关于人生信仰和价值观念的教诲。因此每当在工作和生活中遇到困难和挫折时，又总要回到老师身边去求助。虽然他们早已长大成人独立生活和工作，虽然老师现在不幸身患绝症，但她依然像慈祥的妈妈一样，为学生们排忧解难，成为帮助他们走出误区的引导者。剧作从这批已是中年人的命运中，揭示出的是这些受过理想主义和集体主义教育，具有强烈社会责任感和使命感的学生们，在告别学校和老师走上社会后，在几十年的风风雨雨中，承受和经历了很多的困惑与苦恼、挫折与磨难，获得和蕴含了丰富的人生体验与感悟。在饱经忧患和沧桑之后，他们既对曾经走过的道路在重新审视中产生怀疑，又都保持着那代人特有的价值观和生活态度，依旧洋溢着痴心不改的奋斗与进取精神。剧作以自然流畅的叙事，来一一呈现老师与学生的现实与过往，反映每位学生今天的处境与现状，可能都不是大开大合的，没有显示出特殊的戏剧技巧和矛盾冲突，但师生间所具有的内在情感却是非常亲切和动人的。

剧作是深情而又沉重的，如梅乾坤形象的成功塑造使这部剧显示出某种沉甸甸的分量。十年动乱将他从繁华都市发配到偏远山村，他在那间破烂不堪的小土屋中，年复一年尽心竭力地教着村中的孩子。他无法真正融入这块土地，始终是个漂泊在此的外乡人，在内心的郁闷和痛苦中唱起"让我们荡起双桨"，抒发着对逝去年代的眷恋。甚至在对纯真童年的回首中，发出"人为什么要长大"的疑问，表现出对"一加一不等于二"的复杂社会的不能适应。因此他即便是有痴情的桐进爱着他，但他迟迟不愿意结婚。剧作对这个人物行为与情感的描写，揭示的是那一代人对曾经的一切既无法否认又不能肯定的复杂心态。

另一让人备感唏嘘的是慕容霜洁与儿子小磊的关系。这个有着北大荒经历的儿子，在心里对母亲怀有深深的怨恨，这个颇为实用主义的人见从事企业经营的刘光复身上有利可图，便以母亲与其的师生关系来达到非法倒卖石油的目的。作为一个成功教育工作者的慕容霜洁，在自己的儿子这里却显得如此地无奈与无力，与其时常在互不理解的争执中不欢而散。而她与儿子的和解是在儿子得知她身患绝症时才达成的，两者之间不是在是非判断的认知层面实现真正的沟通，而是人情伦理的力量在其中发挥了作用。因此在感到某种表面温情的同时，也只得对此付于一声叹息，这事实上也体现了作者现实主义的态度。

然而，剧终之时慕容霜洁的旁白，勾勒出的是她真切、博大、丰饶的内心世界，如一首悠远、深沉、动听的乐曲，长久地萦绕在观众的耳畔：

> 我知道此生此世我难得再去看他们了。但在这些学生身上有我的生命，我的寄托。到了这个时候我才感悟到一个人只要为别人做了什么，只要他把自己的情感投入到更多人身上，他就不是一个简单的生命存在，我所知道的也只是他们漫长生活中的一些片段，但就是这些片段就可以当作我一生劳作的丰厚报答，带着这样一份沉甸甸的财富走入那个世界，我是不会感到孤独和寂寞的，我知道身后有许多温暖的目光在伴随着我。

【注：编剧：周振天；导演：王同乐；演员：王兰、邱英三、郑天庸、张安安等。】

## 第五节 《潮起潮落》：借助潮头写人生

### 1.军事题材电视剧进入长篇时代的标志之作

如果说《喊海》《蓝色国门》《热血》《不惑之年》，都还是短章精制的话，那么周振天与崔京生合作编剧的，1993年推出的二十集《潮起潮落》则是一部长篇巨制，是周振天的电视剧的代表作，堪称具有里程碑意义的作品，标志着中国的军事题材电视剧进入了长篇时代。

从短篇进入长篇，这是再自然不过的发展与递进，观众的观赏需求，是实现这一转变的原动力和推动力。从短篇向长篇电视剧的跨越，对一直从事话剧和电影编剧的周振天来说，无论是在体量、容量、分量上，前者与后者都是不同的，这种转变和跨越都是巨大的挑战。周振天也曾坦言："我们编剧当然要靠天资和灵感，还要掌握生活素材和相关学识，但同样重要的是想象和虚构能力，必须有虚构的胆魄、虚构的联想力。话剧和电影大概都在两个小时左右。而长篇电视剧则是漫长的，动辄二三十集、四五十集，甚至更长，不虚构怎么撑得下去？而且你的虚构还得符合逻辑，让观众信服，绝不是简单的堆砌和叠加，是一步步地往前推进，经过中间的几个设定的小高潮，直到最后的大结局。如若没有虚构能力和创造意识，一个长篇是很难撑下来的。"

从某种意义上讲，《潮起潮落》就是一部挑战和体现周振天与其伙伴出色虚构能力的作品。

周振天调动了他们的生活积累，并以其巨大的创作激情、高远的艺术追求，与合作者用了一年左右的时间，写成了这样一部长篇电视剧文学剧本。在谈及军旅题材电视剧创作时，他认为在恪守表现军人崇高形象的同时，必须自觉借鉴中外名著的一些叙事模式和表现手法，由此开启军旅题材电视剧创作的新境界，使其完全区别于过往那些宣传教化色彩浓重的作品。作为我国第一部长篇军旅题材电视剧，周振天与崔京生反复研究，决定将家国同构的叙事结构运用于这部长篇电视剧的创作中，即以家庭命运为基本情节结构与线索，通过剧中人物跌宕起伏的命运展示，折射出新中国海军的历史发展和时代变迁。与此同时，在叙事策略上，这部电视剧自觉实现主流意识形态话语和大众文化话语间的融合与共谋，因此具有了前所未有的范式和品质，也从而为整个军事题材电视剧创作，寻找到了一个全新的叙事模式，在叙述视角上发生了根本转换。

在剧本写作过程中剧名一直没有敲定，当周振天到成都开会期间，他向中央电视台影视部主任张华山汇报了这个作品，张华山脱口而出：这样的故事和人物、性格应该叫"潮起潮落"呀。于是剧名就敲定了。剧本写出来之后，周振天思考谁来当这部剧的导演呢？他第一想到的就是金韬。这位军人出身的长春电影制片厂的导演，对军队有着深厚的感情。几年前在与周振天合作创作拍摄电影《老少爷们上法场》时，就赢得了相当大的成功与相当好的口碑。当周振天热情邀请金韬前来执导《潮起潮落》剧时，他便欣然从命。在看完《潮起潮落》文学剧本后，金韬对其给予了真诚而激动的评价，说它是一个委婉、悲怆、凄楚、悠远、深沉的故事，是对生活的艺术反映，是真正的严肃文学，而不是凭"神侃"就能搞出来的东西。他表示要用中国式的叙事策略，通过吸收传统戏曲的美学元素和表现手法，运用现代影视的语言和呈现技巧，尽量讲一个是中国人的和中国式的故事。最后拿出来的作品，不仅品位要高，还要有高雅的观赏性，这是艺术的最终目的。

## 2. 人民海军成长历程的史诗性叙事

《潮起潮落》于是由文学剧本转化为了视听形象，一个百转千回、扣人心弦的故事便在观众面前徐徐展开。说的是四十年前中国北方的某个小渔村,渔霸房叔翰抢亲而使青梅竹马的恋人鲁明宽与简小荷被迫分离,天各一方。被国民党海军抓兵上舰的鲁明宽随地下党员关山起义,成为新中国海军的一员。鲁明宽为寻找失散的简小荷而迟迟未娶,与只身带着孩子流落他乡的简小荷,虽相互思念苦苦追寻,却总是一次次地失之交臂,后来则意外地等来了简小荷已是房家儿媳,这个令他伤心不已的消息。在一次激烈的海战中,政委关山不幸牺牲,死里逃生的鲁明宽在战友周桐、朱碧云夫妇的撮合下,与关山的遗孀唐月英组成家庭。误以为鲁明宽也已牺牲的简小荷,带着与鲁明宽的私生子简辽,踏上去往南方的茫茫路途,在车站与回乡探亲的鲁明宽一家错过。后来周桐夫妇调动到南方工作,救了其女儿周湄的简小荷成了周家的保姆,想不到却在周家与前来度假的鲁明宽一家相逢,因此有了百感交集的一幕。“文革”动乱中,鲁妻唐月英与被解职还乡的鲁明宽划清界线。在周桐的帮助下,简小娥的儿子简辽参了军。在一次扫雷战斗中,简辽英勇作战受伤致残,官复原职的鲁明宽前来探望,父子相见却不能相认,对此,简小荷却有口难言。改革开放以后,房叔翰从台湾回大陆探亲,道出事情真相,饱经半世沧桑的鲁明宽与简小荷,在悲喜交集中共同举起饱含人生辛酸苦辣的酒杯。可见,剧作集情节性与抒情性于一体,熔平民生活和史诗品格于一炉,以一对恋人半个世纪的生死苦恋为线索,在当代风云变幻的社会历史中,描述了三个人民海军军官及其家庭间的坎坷磨难、命运沉浮,表现了海军官兵九死未悔的崇高志向和不朽业绩,讴歌了大海的儿女们对爱情的忠贞与忘我。

从剧作的思想艺术价值而言,《潮起潮落》的时间跨度之大,生活内含之丰富,在当时的影视作品中是少见的。这部气势宏伟的的鸿篇巨制,或以正面叙事,或从侧面描写,反映了人民海军从诞生到成长发展的各个重要阶段,涉及了建国前后直至新时期的历次重大历史事件,并且将普通人的命运变迁寓于时代激荡变幻的风云之中,它以苦难、抗争、崛起为人物的命运轨迹与脉络,来概括和描绘主人公鲁明宽、周桐、简小荷、简辽等两代人的坎坷经历及其性格发展历史,从而热情地讴歌他们忘我地献身于海军建设事业，赞美他们在人民海军发展壮大进程中所表现出的忠诚与执着的可贵品格。在人物形象的塑造上，剧作显示了独特的美学追求，即男性人物大体是以内敛坚忍为特点，女性多以柔情含蓄为表征。男主人公的阳刚之美与女主人公的阴柔之美的相互衬映，折射出的是新中国人民海军军人的崭新风貌，以及他们独具的性格美与灵魂美。坎坷和磨难愈是频仍深重，愈能反映人物境界的非凡和人性的高贵，愈能显现人物性格的本色与光彩。剧中的女性人物摆脱了当时颇为流行的轻薄脂粉气，摆脱了搔首弄姿、炫耀服饰等弊端，或直接投身于人民海军的现代化事业，如陈瑾扮演的核潜艇女工程技术人员朱碧云由于长期受到核辐射而牺牲，还有赵奎娥扮演的简小荷自己看似平凡的工作默默地支持着两代海军军人，其所具有的胸襟与情怀，充分地反映出中国女性自尊自强的时代特征和重情重义的内心深度。

也就是说，《潮起潮落》是以情感线带动事业线，以主要笔墨和篇幅写有情人难成眷属，并把它作为整部剧的一个大"扣子"，层层解"扣"的过程就是展开故事和描写人物的过程。简小荷在"苦守寒窑"中表现了对于爱的执着，几乎可以称之为一个圣女形象；鲁明宽从寻妻到让妻，周桐从雇保姆到要娶保姆，两位男主人公不仅职务、地位在提升，精神世界更在升华，成为并不多见的正面军人形象；唐月英这个人物也写得很有光彩，她曾以一度价值取向的迷失让观众反感，但在其地位由尊变卑后，又以身上某种自强的品格而赢得观众的同情与尊重。剧作对人物群像的成功塑造，在当时是相当揪心和入心的，给观众带来了极为强烈的情感冲击和审美享受。

作为我国第一部反映海军生活的长篇电视巨作，不仅故事讲得跌宕与周圆，人物刻画得生动与独特，制作上也相当刻意与精到。其所进行的大投入和大制作，所反映的骨肉情、生死恋和军民情，所运用的独特而具表现力的细节等，都让观众大饱眼福，大呼过瘾。如在整个拍摄过程中，舰艇、飞机等道具，港湾、军营等场所，演习、作战等行动，都是实景拍摄，而不是用模型代替，充分发挥了海军部队的特有优势，使剧作给人身临其境与货真价实之感。对于剧作抒情性的强化，也是创作者刻意追求的。它的画面感、镜头感，成为剧作质量的有机组成部分，无论大海、沙滩、日出、日落，还是军舰、飞机，都拍得非常美，非常有意境。白眼鱼、羊骨头拐子和龙王庙渔歌的贯穿使用，起到了加强时代生活的气息，沟通历史与现实的联系，宣泄人物情感的重要作用。在潮涨潮落的画面中反复出现的铁锚，及其被海草覆盖而又锈迹斑驳的造型，铁爪牢牢抓住海底巍然不动的形象，都包含了极为丰富的生活意蕴，既给人历史的沧桑感，又象征了人格的坚韧感。这些方面共同构成了剧作整体上出色的艺术品质，而不是仅仅意味着它在长度上占据了"第一"的位置。

### 3. 通俗外在形式与严肃艺术追求的结合

《潮起潮落》的播出受到了广泛的赞誉。著名话剧《槐树庄》和《战斗里成长》的编剧、老戏剧家胡可对《潮起潮落》大加赞赏，他称这是一部以爱情为主线的电视剧，却并不着眼于所谓的情爱。作者们通过人物的爱情经历来写他们的人生态度，来写他们在各种境遇面前激起的情感波澜，如简小荷得知鲁明宽牺牲的噩耗，作为妻子得不到安慰反而遭到盘查时的心情；如鲁明宽同简小荷蓦然相逢时通过和孩子的问答吐露心曲的场面；如简小荷偷偷回来看望母亲却不敢暴露身份，母女间遥遥相望那种难言的深情；如简小荷得知儿子重伤时经受的打击；如唐月英向简小荷谈"做女人的难处"时，那场不无矜持而实际乞求的谈话；如鲁明宽发现儿子有违法行为时父子间的那场争吵；以及鲁冬生的肆意发泄，给简辽造成的伤害和引发的那场思想交锋，都是表现得十分精彩的。从这些场景中，可以看出编导者从生活中提炼戏剧性场面和用对话刻画人物性格的扎实功底。《潮起潮落》正是靠了艺术的这种魅力，取得了观众的认可和好评。

全国政协原副主席、海军副司令、原"重庆舰"舰长邓兆祥，赞誉《潮起潮落》的编导者们尊重历史，艺术作风严谨，立意高远、恢宏。人民海军自诞生以来各个历史阶段的历史重大事件，在剧中从不同的角度都有比较真实的反映，把海军的发展经历艺术化地展现在广大观众面前。作为一名海军老战士，看罢《潮起潮落》后，使他感触颇深，思绪万千，认为它不但是一部情节动人曲折的电视剧，还是一部观照历史，认知社会，内蕴深刻的艺术作品。这样一部电视剧，不仅能使部队的年轻官兵对人民海军发展的过程有所认识，而且对改革开放中的青年一代深入了解过去，正确观察今天，勇敢把握未来，也具有重要的启迪意义。

《潮起潮落》的成功创作非常具有启示性的意义。在一段时间里，人们在谈论军事题材作品时总认为其有枯燥单调之嫌。这显然是一种不加深究、未及细研的误解。所谓"军事题材"只是为言说方便而划定的题材领域，其本身非但不"枯燥单调"，而且它的生动丰富、深刻博大是没有边界的，有着极为广阔的天地。事实上，古今中外的军事题材作品在名著中占据着十分显著的地位和比重，因此，它不应该被局限在"行业文艺"的范畴之内，而应当以此为切入点，全方位地反映社会和透视人生，其关键之点或许在于能否和如何进行"武戏文唱"。文艺评论家仲呈祥认为，《潮起潮落》不仅在我国军事题材的长篇电视剧创作上具有突破意义，而且对整个有中国特色的社会主义电视文化建设，都具有值得珍视的普遍意义。此可谓：福荫所及，不独军界。文艺评论家范咏戈建议军队的电视艺术家们重视这方面的追求，像当前我国荧屏已形成的京味、粤味、沪味、川味特色一样，尽快形成我们的"军味"电视文化。《潮起潮落》可以看作是一个新的起点。

《潮起潮落》的意义还在于它绝不只是在长度上有所突破。有论者认为，该剧又是军事题材作品中第一部以通俗剧方式创作的作品。在当时，长篇连续剧通俗化已成为一个很明显的趋势。虽然长篇通俗剧在地方上已不罕见，但军事题材有其自身的特殊性要求，必须探索如何把这种形式引进来，使之找到同社会能够交融，并产生更大感染力和影响力的方式和契合点。由于《潮起潮落》对长篇电视剧创作生产现状的关注，对这一形式的特点规律的分析，对如何保持部队题材特点的思考，对适应社会大众需求的观察，是有充分的研究和考虑的，因而在此基础上对通俗剧类型的把握和运用，能够做得比较准确、成功。所谓通俗剧就是要努力按观众的接受心理、审美需求和美感特点来进行创作，既要能吸引人、感动人和教育人，又要有较强的故事性、情感性和通俗性，《潮起潮落》在这两个方面都是具备的。它所表现的虽然是军事题材和军人生活，但仍然是包括部队生活在内的社会生活的矛盾，是真善美与假恶丑的斗争，是与人们通常的审美标准相通的。只不过是从故事的表现形态上来讲，故事情节更为曲折，人物命运更为坎坷，思想寓意更为深邃，因此可能更加引人入胜。同样重要的是，军事题材的电视剧必须具有非常积极的价值评判标准，而《潮起潮落》正是以大跨度的历史展示，表现和概括了我人民海军和知识分子对国家的责任感、历史感与奉献精神，这是其具有重要价值的地方。一般的通俗剧不大触及重大而深刻的问题，而《潮》剧则在保持通俗剧外在特征的前提下，大胆触及、正视和强化现实生活中的矛盾，在揭示和表现矛盾中把握住了时代的本质和主流，达到了尽可能能达到的思想深度。如其中既勇敢反映了建国以来"左"的错误给我们国家和军队建设造成的干扰和破坏，使人民受到的巨大伤害；同时也使观众懂得了不从"左"的束缚下解放出来，我们的国家、军队和人民，就不可能有兴旺的今天和光辉的未来这样一个道理。由此观之，剧作是在通俗表象之下的严肃之作。之所以做出这种抉择，无疑是为周振天本身的创作初衷与思想水平所决定的。

我们还可以注意到，《潮起潮落》在通俗好看的外在形式中，把握住了剧作高尚的格调和恰当的尺度，反映了创作者严肃的艺术追求，即在精心编织的错综复杂的故事情节中，着力挖掘人物丰富的精神世界，着力抒写人物之间的情感纠葛。文艺评论家丁临一认为，《潮起潮落》中主人公的情感交织，不只展现在人物奉献事业的崇高人格里，也展示在当代人人情人性的冲突中，而这些内容的描绘，不是媚俗的、迎合的，而是直通人心、拷人灵魂的，催人泪下、发人深思的，达到了应有的高质量和高品位。不管是为人生而艺术，还是为生活而艺术，《潮起潮落》的编导者和演员们把剧作的创作成功和拍摄视作军事题材电视剧走向成熟的一个标志，通俗而不庸俗、高雅而不高深，艺术与平民文化结合，以非公式化、非概念化的认识去看待历史和现实意义，并积极主动地将历史意义和现实意义渗透进二十集的诸多场景中，使《潮起潮落》在审美品位上和艺术价值上，都达到了较高的观赏性。《潮起潮落》之所以悠远而不冗长、丰富而不庞杂、跨跃而不紊乱、集中而不封闭，在于其高超的表现手法。文艺评论家钟艺兵认为，表现历史深刻性与电视剧艺术表现手法的通俗化是矛盾的统一体，有一种看法认为长篇电视连续剧要追求通俗化，而通俗化只能供人消遣，不可能负载深刻的内容，深刻就会失去观众。《潮起潮落》用事实说明这种看法是片面的，只有深刻的内容，没有通俗的形式，就不可能吸引观众。只有通俗化的形式，缺少深刻的内容，作品必然失之浮浅。《潮起潮落》把对海军发展史的深刻思考，融于一对情人的悲欢离合、三个家庭错综复杂的人际关系这样一个通俗故事中，有着厚重的历史感，和深切的命运咏叹，以及耀眼的人性呈现。这是艺术的胜利。

或许，透过编剧周振天和总导演金韬等人的一些思考，更可以窥见他们的思维脉络和创作动机，加深对于《潮起潮落》的理解。他们认为在强调表现人物的喜怒哀乐时，决不为"时髦"所局限，也决不在历史表象上跳来跳去，而是努力向生活的深层探去，使之更加符合客观生活的真实。在揭示我们民族的女性美时，摈弃那些外在的、假象的东西，而在苦难的经历中表现其特有的韧性，这恰恰是写了民族之魂，衣食不足仍然知荣辱，始终保持自强自立的精神。更重要的是，要敢于正视历史、走进历史，但又能跳出历史，没有必要去进行过多的渲染。如在写到"文革"时，剧作透过鲁明宽与唐月英在对待战友关山所谓历史问题上，所表现出的不同心态和做法，所持有的不同价值观和道德观，以此揭示人与人、人与家庭、人与社会的情感冲突和矛盾斗争，深层地表现了"文革"这一历史留给人们的思索和在心灵上的创伤。

因此，文艺理论大家陈荒煤在评价《潮起潮落》时，称其尊重了文学是人学的规律，用一种新视角，艺术地表现了人物的性格，是电视剧创作的一大突破。在说起当年《潮起潮落》的创作，周振天念念不忘三位合作者，即时任中央电视台影视部主任的张华山、时任海政文化部长万九如、时任海政电视艺术中心政委郭孝忠，他们都给予这部剧以全方位的支持。周振天说，《潮起潮落》这部剧能够在央视一套黄金时段顺利播出，是跟张华山、责任编辑王浩的鼎力支持分不开的。

> 天蓝蓝，海蓝蓝，
>
> 拉起锚，开起船。
>
> 天蓝蓝，海蓝蓝，
>
> 把稳舵，撑起帆。
>
> 风大浪大不呀不说难，
>
> 礁多滩多不呀不说险，
>
> 咱有龙的胆。
>
> 潮起潮落年年岁岁，
>
> 日升月沉岁岁年年。
>
> 还是天蓝蓝噜，
>
> 还是海蓝蓝噜。
>
> 天蓝蓝，海蓝蓝，
>
> 天蓝蓝，海蓝蓝。

这首歌曲以复沓重叠的咏叹，苍凉雄浑的旋律，形成一种颇为激昂壮阔的气势，把蹈海人面对沧海蓝天，面对坎坷命运，所表现出的不屈性格和奋发精神，抒发得淋漓尽致，荡人心魄，非常契合剧作深沉而又昂扬的基调。在当时这是一首脍炙人口、比较流行的影视歌曲，受到人们的普遍欢迎。回顾这部具有开拓性剧作的时候，我们或许还会久久地沉浸在由周振天作词，付林作曲，韩磊演唱的《潮起潮落》片尾曲所营造的雄健粗犷、苍劲有力的浓郁音乐氛围中。

【注：编剧：周振天、崔京生；导演：金韬；主演：李幼斌、赵奎娥、刘之冰、储智博、陈瑾、王静、郑卫莉、林春放、张安安等。】

## 第六节 《驱逐舰舰长》：
### 新军事变革背景下的探索与创新

周振天作为海军的一位专业编剧，他十分清楚肩负的使命与责任，有着清醒的思想与艺术上的自觉。他总是站在时代和军队发展建设的高度，来审视自己的创作方向，思考如何走在时代的前沿，努力探索、发现和选择新颖的、独特的、有价值的创作题材，来出色完成自己的创作任务。而作为海政电视艺术中心主任，他带领的是一个团队，这个团队必须具有坚决履行使命的意识，所进行的创作不是个人化的行为，而是要用创作来承担军队文艺团体必须承担的使命。他更加清楚地认识到，部队的文艺作品就是要为巩固和提高战斗力服务，就是要为凝聚军心、激励士气服务。同时要能对全社会进行国防意识的宣传，进行居安思危和忧患意识的教育启发发挥作用。而对于任何时候的部队来说，最迫切需要的就是爱国主义和革命英雄主义精神的弘扬，使作品平时有利于培育与激发官兵的战斗精神，使之关键时刻能够义无反顾挺身而出，上前线打仗时则敢于冲锋陷阵一往无前，不管形势多么恶劣危急，对手多么凶残强大，都敢于争取战争的最后胜利。周振天同时还深谙文艺创作千古不变的定律，即既要坚持文艺作品的思想性，又要讲究作品的艺术性，还要使之有吸引力和观赏性，唯有如此才能赢得更多的观众，才能使作品产生更大的社会影响。这是周振天在其理论思考和具体创作的过程中，一以贯之且坚定不移地秉持的。

站在军队作家的角度，周振天对近些年来文艺的某些现象是存在着一定的遗憾和不满的。他不无忧虑地谈道，都说现在是盛世，于是电视中就大批生产出夹裹着"奶油""蜜糖"之类甜腻嬉戏的东西。

是不是也需要给年轻人多一些"钙"和"铁"？有人甚至觉得电视剧不过就是一种娱乐产品，没有必要整得那么大，那么沉重，也别总那么忧国忧民了。作为军旅作家，我们却不能不思考战争与和平这个大命题。我们外交部发言人为什么隔三岔五地总要强调钓鱼岛和南海的主权？而就在此时此刻，那些有着强势军力的大国的导弹还不停地在弱小国家土地上狂轰滥炸。日本右翼势力从来就不甘心二战的失败，并与台独势力勾结一起，沆瀣一气，阻挠中国的统一大业。面对这样的现实，怎么不应当居安思危？虽然说我们的经济发展了，可国富不等于国强。软实力不只是看你有多少台歌舞盛会，更重要的是看你这个民族的意识形态和文化，能对世界产生多大的影响，是看我们的国民素质和精神风貌，能不能让他人感到你这个民族有高度的尊严，不可蔑视！

而这又是在随着海湾战争的爆发，新军事变革冲击传统战争理念，改变现代战争面貌，促使战略思维调整的大背景、大环境下进行的。所谓的新军事变革，其基本内容可以概括为四个"革新"、一个"转变"，即革新军事技术，推进武器装备的信息化；革新体制编制，重新编组军队的结构；革新作战方法，以发挥信息化装备的优势；革新军事思想，以新的理念谋划作战与军队建设。通过上述四个方面的革新，推动战争形态从机械化战争向信息化战争的方向转变。这必然使周振天的创作在原有的基础上，建立起新的观察视点和表现维度。经过其创作的思维嬗变调整之后，他在这一时期推出了《驱逐舰舰长》《牧云的男人》《波涛汹涌》等三部中长篇电视剧，充分地反映了周振天在新军事变革这一形势下的积极适应、艺术探索和大胆追求。

1997 年摄制，1998 年在中央电视台一套黄金时段播出的五集电视剧《驱逐舰舰长》由周振天和朱振凯合作编剧，虽然从篇幅上讲是一部中篇，却是一部很重要的作品。剧作描写了一名驾驭新型导弹驱逐舰的中国人民海军舰长，在新军事变革形势下的情感世界和心路历程，以及透过他的视角所反映出的驱逐舰官兵们的精神风貌。作为老一代舰长的严同山，在高技术、现代化装备面前深感自己知识结构不完整。当他看到十几年前曾在自己部下当过水兵、比自己年轻十几岁的高迈作为海军首批硕士舰长，带着一股虎虎生气和崭新的思维出现在面前时，更是心绪难平，一种从未有过的压力感和紧迫感油然而生。而当高迈意识到自己已成为曾经的老上级的竞争对手时，内心情感也是纷繁复杂波澜涌起。在实施舰炮打靶、导弹攻击、攻潜等重要科目的演练中，高迈和严同山指挥各自的战舰，展开了诡谲多变的战法较量和"你死我活"的激烈对抗。剧作以此为主线，着力揭示了两代舰长既是对手又是战友的新型关系，并在舰长们的恋爱、家庭、官兵情感诸多方面，向观众展现了当代海军官兵丰富多彩的生活情景和内心世界。

毫无疑问，剧作成功地塑造了高迈和严同山两位舰长颇具新意的当代军人的形象，其成功就成功在彻底摆脱了过去习见的公式化、概念化模式。比较而言，高迈属于新生代，学历高且锐气足，却并非十全十美，当海上打靶出现严重偏弹，险些酿成重大责任事故时，因遭受挫折而心情沮丧，是在老舰长严同山的批评与帮助下振作起来的。严同山则年龄大学历低，当曾经的属下如今成为咄咄逼人的对手，内心的失落与纠结可想而知。但他面对电子和外语等方面知识的欠缺，仍不甘落后奋起直追，对年轻高迈的成长更无私地倾注了心血。在"高技术战争中只有第一，没有第二"的共识下，两人既有不留情面的相互竞争，又有赤诚相见的互帮互学，因此才有了指挥能力和素质的共同提高。从严同山率107舰出访美国时接待众多华人参观的动人历史场景中，从高迈率108舰参加三军大演习并接受军委首长检阅的威武雄壮的画面中，可以让观众看到中国军人面对新军事变革的挑战，勇于正视自身欠缺、努力实现能力素质全面提高的不懈追求，也可以看到迈向现代化进程的两代军人精神世界的嬗变与升华。

文艺评论家彭加瑾认为，这是一部"戏剧式"结构与风格的作品。它以"海上打靶""对抗演练""舰艇攻潜"等富有戏剧性的事件作为支点，结构起了全剧的叙事大厦。然而，"打靶""对抗""攻潜"等，又与那些严格因果律的事件有所不同。在一定的意义上，它们是舰艇生活的某种客观的安排与选择，因而，艺术家既可以利用题材的"客观性"拓展作品的生活面，以增大容量和信息量；又可以利用事件的"戏剧性"，展示人物的性格冲突，深入开掘主题并使之获得更强的感染力。依据这样一种认识与追求，这里的"戏剧式"的结构出现了柔韧性与开放性。中、远、近景的交替穿插与不少航拍镜头的选用，不仅增添了作品画面的新颖与明丽，也形象有力地传达出了海军的现代化气息。

《驱逐舰舰长》的可贵之处还在于，并不是将军人置于一种世俗的平庸之中来进行刻画，而是着重描绘和揭示了军人的人格、军人的魂魄、军人的人格理想。文艺评论家尹鸿认为，从某种意义上讲，军人也是人，但又不是普通的人，而是人群之中的出类拔萃者和敢于牺牲者。军人要用血肉之躯来诠释"奉献""牺牲""勇敢""智慧"这些词汇的含义。因而，剧作一方面展现了军人作为普通人的平凡与普通，另一方面又着力凸显了军人的非凡与特异。军人是为战争而存在、为国家利益而献身的。因此，平常要能适应现代化要求，有开阔的眼界和胸襟，有过硬的技术和本领，有坚强的品质与意志；战时则能牺牲个人，为了国家和民族利益挺身而出。所以，高迈始终用必胜的观念来要求和平时期的官兵；宁愿被部下误解，决不放弃严格治军的风格；宁愿承担失败的风险，也要敢于尽早将新式武器系统投入实际使用，显示了一个现代军人那种强烈的危机感和使命感。如高迈对叶臻说：

> 在你的研究所里，十分之一秒不算什么，可在战场上，谁能抢先十分之一秒锁定对手，谁就能抢先十分之一秒开火，说不定这十分之一秒就是失败或是胜利，你们搞研究的能不能从实战出发，把程序设计的速度再快一些。

严同山形象的生动、丰富和成熟，在于他从一切为了战争的大局出发，而不顾家人和同事的劝阻，将到手的荣誉"痛苦"地还给了高迈，体现出了军人理想与境界的崇高。他对高迈说：

> 可以告诉你，自从你来了以后，我第一次感觉到自己老
> 了，不论从年龄还是知识结构。但再一想，除了年龄无法逆
> 转，再没有什么是不可以改变的！如果我只是因为年龄被迫
> 退下军舰，那并不是你的胜利，也不是我的失败！重要的是
> 我不能垮下去，人不能输在自己的手里！

这个人物的思想与行为轨迹所表明的，是军人并非没有意识到自己的利益、荣誉和欲望，而是当自我的渴望与欲念同肩负的神圣使命发生冲突时，他毫不犹豫地将后者置于前者之上，对于军人来说，国家利益、民族尊严和军人荣誉至高无上。

舰上的生活，要结构成一部生动而有吸引力的戏剧，又要把海上的场景从各种角度拍摄下来，组成一个个戏剧场面，这是摆在艺术家们面前很大的难题。文艺评论家杜高认为，一部电视剧不同于一部纪录片，不管在这部戏里拍摄了多么宏大的海景，展现了多么重大的历史场面，它们尽管可以使观众惊叹和喝彩，但不可能使观众感动，不可能在观众的心灵深处留下永难忘怀的印象。因为电视剧的主要刻画对象是人，是人物的性格，是一个个艺术形象。这部戏的最突出的艺术特点，是它不像一部纪录片那样全面地表现人民海军高科技、现代化的群体阵容，而是集中描写两个活生生的各具性格特征的驱逐舰舰长。正是这两个人物构成了此剧的核心。围绕着对这两个人物的精神面貌和个性特点的描写，使作品中的海军生活具有了朴素而丰富的艺术色彩，也把观众带进了一个既新鲜陌生又饶有情趣的生活领域，带进了一种军人所特有的崇高精神境界。如果我们不认识剧中人物高迈、严同山、叶臻、孟馨，以及那一个个生龙活虎的水兵，对剧作所展示的那一幅幅辽阔无边的海上景色，我们顶多只会赞叹大自然的辽阔与壮丽，但当我们把自然风光和这些活生生的可爱人物联系在一起时，所感受到的内容也就丰富和深刻得多了。我们可以透过大海看到

当代军人胸怀的宽阔、理想的远大和情感世界的丰富。

而从我国军事题材电视剧创作的基本面貌乃至思想立意看，《驱逐舰舰长》显现出某种"断代"的意味。文艺评论家丁临一认为，90年代的中国海军军人是生活在这样的历史舞台上——高技术含量的新型战舰、新型装备，正规化的生活秩序管理，现代战争条件要求的高技术、新战法模拟对抗，令世界瞩目的跨洋出访，包括有舰机协同、编队协同、舰空对抗、舰潜对抗等多种较量的大规模军事演习等宏大壮观历史性场景。与多年来军事题材电视剧作中屡见不鲜的满眼是简陋艰苦、满眼是忍辱负重，甚至日复一日、年复一年地以军人生活的悲壮来求世人的"理解"所带给观众的沉重感截然不同，《驱逐舰舰长》使人感受到的更多的是祖国走向强大的振奋感，当代军人献身国防的自豪感和中国军人直面世界风云的紧迫感与自信心。当然，中国军人的艰苦与忍辱负重亦是一种历史的真实，甚至生活在现代化的导弹驱逐舰上的官兵们亦未必就可以彻底摆脱艰苦与忍辱负重的纠缠。但是，《驱逐舰舰长》的编导们在对当代军营生活的提炼剪裁中会蓄意强化从新式军服、新式装备到新颖壮阔的军队生活秩序，军队活动空间等直观视觉形象的独特与美，刻意强化90年代中国军人奔向现代化的自尊自强自信的内在精神美。甚至在一些生活细节上，比如舰长官兵的业余生活也摆脱了常见的喝酒打牌、击鼓传花而变为熨烫军服和军乐演奏比赛，比如年轻的硕士舰长与远方女友的情感交流也摆脱了传统的鱼雁传书而变为电子通信。从表面看，它突出了海军这一高技术兵种的生活特色，实现了镜头画面的推陈出新；从内里看，它无疑也显现了该剧编导的慧眼独具，显现了对90年代军人形象与变革发展中的军队生活的深入准确的认识与把握。

《驱逐舰舰长》的主题表达和戏剧冲突，虽然摆脱了曾一再呈现的物质生活艰苦匮乏的状态，而洋溢出昂扬奋发的时代新气息，但剧作仍给人以难以释怀的沉重感。围绕高迈和严同山两位舰长及舰上官兵的形象塑造，一个尖锐的问题摆在了我们的面前：中国军队呼唤现代化已经多年，而当具有高技术含量的现代化武器真的列装部队时，当代军人的思想和业务素质能否跟上和适应这种现代化的要求？剧作设置的从第一次海上合练 107 舰因电脑接口的微小故障而立即退出导弹攻击，到 107、108 两舰海上打靶时应用新系统或老方式的不同选择；从吴太平操纵电脑时的小失误造成实弹射击的大偏差，到两舰攻潜对抗演习诸多官兵的微妙心理差异，都是围绕人的素质问题在做深入的探索和表现，从而使这部篇幅不长的剧作，情节错综复杂，人物生动丰满，整部剧既好看又耐看，动人心弦又发人深思。

【注：编剧：周振天、朱振凯；导演：姜若瑾；主演：王庆祥、林春放等。海政电视艺术中心、中央电视台影视部联合摄制。】

## 第七节 《牧云的男人》《波涛汹涌》：
## 对军人主题的多方面开掘

于 1995 年拍摄出的六集电视剧《牧云的男人》，是一部表现海军航空兵部队生活的题材新颖、对军人主题开掘也较深的作品。

剧作围绕两条线索而交错展开，一条是围绕老师长刘步秋之子、飞行中队长刘铁鹰的是否转业，表现当代军人对爱军尚武崇高志向的坚守。老师长刘步秋作为老一代军人，曾经是战功赫赫的空中英雄，现在虽已经离休在家，却丝毫不减对蓝天的眷恋，所以他把期望寄托在儿子刘铁鹰身上，甚至将对飞机的思念移情于教身边的老志愿兵扎风筝、放风筝上，很好地表现了对"牧云"不改的向往。刘铁鹰与战友高天是新一代的海航人，他们的内心却比老一辈更为复杂，他一度为夫妻团聚、民航高薪所吸引，产生了离队的念头。得与失的两相比较，使之从梦中惊醒，哭喊出了"我不走，我决不走"的真正心声。另一条是围绕着刘步秋与外商乔特的是否见面，充分展示牧云人的胸襟与情怀。剧作表现曾经做过中国军人的手下败将，而今身为美国商人的乔特，他和当年把自己战机击落的战斗英雄刘步秋相见，以及处在这一故事框架中的飞飞的情感纠葛，同样是观众感兴趣的内容。在两条线索的交织与故事的演进中，主人公的形象日益清晰，剧作的意旨也得到了深刻的揭示。

虽然这部剧作从总体上讲也存在着一定的瑕疵，如叙事节奏不够匀称，某些台词显得过于冗长等，但其长处是没有停留在对艰苦军事训练的叙述、军营生活与社会生活的对比、军人高尚境界的歌颂上，尽管作品对这方面的内容也进行了较为生动的表现，然而从更深层的意涵上，诠释了军人的存在既是准备战争更是为了和平，战争的根本目的是为了保卫和平，为了保卫人民的幸福与安宁。因此，历史与现实、战争与和平、硝烟与花环，在剧作里达成了应有的统一。

【注：周振天、徐锁荣根据徐锁荣同名长篇小说改编，导演：许同均；主演：王强、王洪武、咏梅、杜旭东、储智博等。海政电视艺术中心摄制。】

而十六集的《波涛汹涌》，则是我国第一部反映海军潜艇部队生活题材的长篇电视剧。剧作以现实主义、浪漫主义以及象征主义相结合的艺术手法，生动地讲述了三代军人、三个家庭的情感和命运故事，展现了海军潜艇部队的神秘生活。剧作具有浓郁的诗化风格，而这种风格主要来源于对于人物内心深处激情的抒写。对蓝色的大海的热爱可视为全剧诗意的种子，所谓诗化风格就建立在两代乃至几代海军军人对于大海的痴恋以及由这种痴恋而带来的人物命运的跌宕起伏上。从海砚岚对于父亲与祖父往事的追述中，让人感受到几代海军军人蓝色的大海之梦。蓝色的大海之梦也就是中华民族的强国之梦，而从东方翰海、秦矢以及江白等人的身上，体现出的是这种蓝色的大海之梦在新的时代以及新一代军人身上的传承，以及为了实现这种蓝色的大海之梦所迸发的不可遏止的激情。作为剧中的一个主要人物，东方翰海始终没有出场，但他却又无时不在地在他之后的军人的内心深处，激起不同的心灵反应。在不求有功，但求无过的平庸人物崔东山的心中，东方翰海是一个不愿被提及的，甚至是一个不祥的名字，而在青年一代军人江白的心中，他则是一个英雄，是勇敢的化身。而正是这种内心深处的向往，使得江白对于郑和水道的探测产生了难以遏止的激情。

无论是对于军校学员浪漫生活的渲染，还是对于江白与海砚岚青春与爱情的礼赞，都是展现人物内心激情的一种手法，而且这种轻灵的浪漫与青春的热烈，不但与大海的深邃与冷酷形成了对比，也与二十几年前东方翰海和康婉若爱的苦涩与无奈，形成了鲜明的对比。江白到了琼海并且真正走近了大海，也才真正走近了他心目中的东方翰海。在此，剧作将江白置于矛盾的旋涡之中，展现其内心深处如大海波涛一般汹涌的激情。画面上交替出现的波涛汹涌的大海，刻有东方翰海名字的石碑，象征着江白内心深处理想与现实的深刻矛盾，也象征着他对自身使命责任的理解与意识。江白以及海军的官兵们所肩负的，是国家政治经济生活中的一项重大的任务，那就是如何掌握制海权，开发海洋资源以更好地为经济建设服务，因而探测郑和水道也就具有了重大的政治、经济和军事价值。这也决定了他们在面对神秘莫测，也凶险莫测的大海时，必须以常人所不具备的意志、品格与勇气，付出常人所难以想象的代价，去努力实现理想中的崇高目标。

【注：编剧：周振天、朱秀海，根据朱秀海同名长篇小说改编；导演：周振天、姜若瑾；主演：王庆祥、王静、储智博、李宗翰、张璐等。海政电视艺术中心、中央电视台影视部联合摄制。】

## 第八节 《水兵俱乐部》："海味电视剧"的另一样式

### 1. 做一部海军题材的长篇轻喜剧

2004 年 9 月中旬至 11 月底，海军题材长篇轻喜剧《水兵俱乐部》的外景戏，在山水秀丽、气候宜人的海军军港城市旅顺开机并拍摄完成。剧组选择在此进行拍摄工作，自然有一批有名的影视和喜剧演员从全国各地汇集而来，这给好客的旅顺人带来了可资谈论的热点话题，也给平静的军港平添了许多热闹喜悦的气氛。经过紧锣密鼓的内景拍摄和后期制作，二十一集的《水兵俱乐部》从于 2005 年 5 月 16 日起，在中央电视台第一套节目的黄金时段同观众见面。对于海政电视艺术中心来说，这也是一个值得纪念的日子。

以周振天为主任的海政电视艺术中心，为什么要选择以军营喜剧的形式来投入创作，自然是在一定的时代条件下，喜剧这种形式为广大受众所喜闻乐见所致。自成立以来，海军电视艺术中心成功拍摄了多部正面表现海军第一线部队战斗、训练、生活的电视剧作品，但是他们也深知电视观众的欣赏兴趣是多种多样的，了解他们除了欢迎那些表现庄重严肃内容的作品外，也希望能够在笑声中感受当代海军的火热生活。所以决定尝试一改往日的风格，拍一部具有海军特色的幽默风趣的电视轻喜剧，来奉献给全军官兵和广大的电视观众，让他们在忙碌了一天后，打开电视机时能走进妙趣横生、轻松愉快、赏心悦目的戏剧情境之中。

当然，周振天和海政电视艺术中心的创作者们，也清楚地知道军事题材的作品向以宏大严肃为其基本表现特征，喜剧作品则是颇有难度的稀缺产品。如在建国后的十七年间所生产的三十多部喜剧电影中，属于军事题材的只有《哥俩好》这部在当时产生过较好反响的影片。军事题材创作的主流还是正剧这种最传统、最正宗的样式，注定难以给喜剧留有更大的存在空间。从某种意义上讲，喜剧的创作既可能取决于时代的心理背景，取决于人们对艺术样式的认知，还可能取决于创作者喜剧气质的缺乏。换言之，喜剧的产生和走红与一定的时代生活氛围是相关联的，观众有什么样的欣赏需求，决定着创作者的题材立意和风格样式的选择，决定其以怎样的角度与姿态进入和表现生活，给观众提供怎样的可供观赏的作品。

不过在后来的日趋多样化的社会生活中，人们对艺术的欣赏也出现了多元化的取向，喜剧这种形式便堂皇登场，并迅速形成一种不可小觑的景观。从上世纪 90 年代初开始，我国的电视荧屏陆续出现了《编辑部的故事》《我爱我家》《候车室的故事》等一批喜剧作品。这些剧作的鲜明特点，是从一个个大众较为习见的寻常生活场景出发，取材当下社会生活中的种种热点话题，透视改革开放大潮下光怪陆离的人生百态，本身就能引起观众的共鸣。同时，故事情节独立成章，剧中的人物则贯穿全剧，语言诙谐幽默，生动有趣，既使人捧腹，又发人深思，从而形成了电视剧新的创作范式和收视热点。与此同时，喜剧类的小品也应运而生，各种形式的搞笑逗乐成为不可或缺的看点。进入本世纪后，部队的电视艺术工作者，如海军、空军这两家创作和表演实力较强的单位，就在探索以喜剧的方式进行电视剧创作，以适应部队官兵和社会大众对于部队题材作品的观赏需求，如空政电视艺术中心推出的室内情景喜剧《炊事班的故事》，就是以一个空军场站基层连队的炊事班为平台，通过发生在炊事兵身上的一件件鲜活生动的日常小事，把火热的、绚丽多彩的军营生活，妙趣横生、淋漓尽致地演绎了出来，也拥有了不俗的收视率。

### 2. 摆起来的剧本有一米多高

《水兵俱乐部》在此时也应运而生，不同于上述的那些室内电视情景喜剧的地方在于，它是一部人物贯穿、情节连贯，每集又有重点主题的长篇结构性的剧作。一个现代化的海军军港，一个热气腾腾的水兵码头俱乐部，一个热心肠、烦恼多的俱乐部主任，一群各怀绝技、生机勃勃的俱乐部年轻人，在此演绎了妙趣横生的当代军旅生活。剧中的场景是开放式的，它以码头俱乐部为圆心，视角辐射到了舰艇、海岛、营区和社会的各个层面，给观众展现了海军驱逐舰、护卫舰、训练舰、潜艇、救生船、破冰船、登陆艇、车辆等装备和营区、连队等环境场景，展现了日俄战争遗址、白玉山公园、电岩炮台、海军公园、电视台演播厅等战争遗址、军事生活以外的场景。剧作全部采用实景拍摄，以期最大限度地真实再现水兵生活场景。这些场景随剧情展开而变换，在每集四十六分钟长度内，表现了主任、文化干事、美术员、图书管理员、电影放映员、广播员、电器维修员等军港码头俱乐部的官兵，为活跃部队文化生活，提高部队官兵文化素质，千方百计地把水兵俱乐部建成水兵之家的过程中，所发生的一系列幽默、风趣和感人的喜剧故事。也即是说，剧作以俱乐部的日常工作和生活为平台，以基层人物的喜怒哀乐为线索，以轻松诙谐的故事和细节，讲述了海军官兵在事业、家庭、爱情等方面的点点滴滴，展现了海军码头文化、甲板文化、岛礁文化的多彩魅力。《水兵俱乐部》作为建国以来反映海军生活的首部长篇电视轻喜剧，不仅凸显了广大的海军官兵在精神文化方面越来越强烈的渴望和追求，展现了海军部队的上上下下，为满足官兵精神文化需求所做出的种种尝试和探索；而且反映出了新军事变革中的当代海军官兵热情洋溢、昂扬奋发的时代风采。

在《水兵俱乐部》剧本策划创作之初，周振天就组派编导人员从北向南，走遍了海军各个码头俱乐部，进行深入的采访学习，体验生活，挖掘素材。编导人员回京后，又立即组织编剧、导演、演员、摄像、美工等主创人员，就剧本立意结构、人物性格设定、情节细节构思等，开动脑筋、集思广益地谈点子，而后分工投入剧本创作。周振天要求其他编剧在创作的过程中，一定要把新捕捉到的信息和新发现的兴趣点，努力放到剧本中去，对不满意的本子不惜推倒重来。经过一次次的讨论和修改加工之后，光是摞起来的剧本就有一米多高，但其结果使剧作的立意更为扎实，情节也更为新颖，从而达到首先以"文本取胜"的目的。为了把剧本做得扎实精细，使成剧达到更加满意的程度，即便是在开机之后，周振天仍在对剧本进行不断的修改、补充和完善。

海政电视艺术中心创作拍摄的这部与众不同的电视轻喜剧，可以说是全军首部当代军事题材长篇电视轻喜剧，也是他们在电视剧创作领域里的一次大胆尝试和探索。这是一部不加"罐装笑声"的小品剧，通过表现现实生活中发生的幽默诙谐的人和事，及运用拍摄制作上的技巧，让观众自然而然地流露出来笑声，使观众在声画视听效果上感受强烈的诙谐幽默的喜剧艺术。全部剧情中有趣的故事一个接着一个，如《新来的女兵》《洋水兵来到俱乐部》《发小》《服务小分队》

《紧俏的演出票》《相亲》《俱乐部大比拼》《二丫》《啼笑皆非》《喜结良缘》等等，构成了独立而又贯穿的喜剧链条。

### 3. 不加"罐装笑声"的小品剧

从一定意义上讲，《水兵俱乐部》是一系列小品的集合，剧作有长篇连贯的剧情，但每一集又都有一个主题和一个故事。除了这次的集中创作的成果外，这么多的精彩片段，又与周振天带领的团队多年来创作演出的戏剧小品有着密不可分的渊源关系。比如《心理问题》就有小品《开胃》和《五分钟》反映的类似内容；《服务小分队》是由小品《水中情》和《看电视》构成的；《军嫂无忧》是小品《头版头条》的扩展；《不速之客》是小品《一个儿子三个爹》的翻版，其他如小品《对抗》《今天我们当白领》《二月的玫瑰》等的片断、情节和部分内容，也分别穿插在了其他剧情之中。这些喜剧小品是他们在多年来坚持不懈地下部队中，通过对海军生活的细致观察、深入开掘和精心提炼而获得的。现在把这些贴近部队、贴近实际、贴近官兵的小品，以电视喜剧的形式集大成地展现出来，必然会给热爱喜剧的观众以罕见的真实感、亲切感和满足感。这部剧的创作及其成功，可以看出平常创作积累的重要性。

一般说来，军队是一个肩负保家卫国任务，每天都需严格训练的战斗集体，自有其地方题材或历史题材不可比拟的特殊属性，要写得诙谐风趣、笑点不断似乎不太容易。但具有丰富喜剧创作经验的周振天却不这么认为，他说作为军旅剧作家，就是要善于在军营生活里做文章，只要你真正深入部队生活仔细观察，就可以发现在紧张严肃的军营里，其实到处都是充满欢乐的，不乏高品质的喜剧素材正蕴藏在其中。特别像水兵俱乐部这样的文化生活空间，本来就是官兵们业余活动的主要场所，从这个得天独厚的地方，能够发现许多的喜剧点。水兵们出海长航时的寂寞枯燥，与他们渴望知识、渴望获得各种信息的矛盾；高度紧张的战斗训练，与他们渴望享受安逸舒适生活的矛盾；以及不同家庭背景官兵之间的差异，军营生活与地方环境的差异，都有可能在通联八方的水兵俱乐部，碰撞摩擦出有趣的火花，也都大有喜剧文章可做。曾在《神医喜来乐》中，以诙谐幽默尽显机智，嬉笑怒骂皆成文章的周振天，在当代海军生活这个题材上，将自己的喜剧才能又来了一次淋漓尽致的发挥。以诙谐轻松的快乐基调，兵味十足的军旅气息，紧凑明快的喜剧情节，健康活泼的青春色彩，来展示海军官兵在事业、家庭和爱情等方面的酸甜苦辣，也是题材之中的应有之义、应有之味。让广大电视观众在笑声中走近中国海军的生活世界，了解他们的所思所想和奋斗追求，了解他们的欢乐与浪漫、艰辛与尴尬，了解他们的时代风采和精神境界，了解今天军民关系、官兵关系、兵兵关系的现状，未尝不是军队题材创作模式和艺术天地的有力拓展。

纵观全剧，剧作在喜剧境界的追求上，完全回避了以简单的噱头和逗哏来制造廉价笑料的手法，也未采用港式喜剧片里惯用的无厘头式的喜剧情绪宣泄的方式。并且自觉放弃了那些依靠外在喜剧形式的表现手法，如以方言俚语作为逗哏的噱头等喜剧常用的招数儿。既然是喜剧就应当不乏讽刺与揶揄，但讽刺与揶揄与本应歌颂与赞美的军队生活，本身就存在着一种矛盾。或许正是因为有这种矛盾存在，他们在创作中始终保持着很强的警醒和自觉意识，即抱持一颗严肃之心进行喜剧创作，探索和寻找军事题材电视轻喜剧创作的应有或独有风格，即以幽默为叙事和叙述方式，借助轻松诙谐的外在形式来描绘海军的当代生活，在富于喜感的情节中，捕捉与呈现军营里特有的生活风景与情致。

轻喜剧的通常定义，是指喜剧味不是很浓但会让你感到温馨，剧中或多或少会有一些反映当时社会现状的情节和讽刺意味。与喜剧相比，轻喜剧更为含蓄一些。其主人公往往都是好人，接近正剧中的正面主人公，性格也不像喜剧中那样过分地夸张变形，与现实生活中的人物较为相似。他们身上也有缺点，但这些缺点不是丑陋的，在行动上则有可笑的一面，而本质却是善良正直的。以周振天为总编剧、总策划的《水兵俱乐部》的创作者们对中国喜剧观众的收视心理是非常了解的，他们从其自身的使命责任角度出发，充分理解创作这部电视剧的目的，绝不仅仅是为了博取观众的笑声，更重要的是其中负载的深刻思想内蕴。因此，其在努力展现海军生活现实的同时，又力求超越生活的现实，即把海军官兵日常生活中可能遭遇的各种难处甚至是辛酸，以善意的态度和轻喜剧的手法化为轻松欢乐的笑声，进而达于某种温馨的、良性的、团圆式的结局。这就既符合了生活的实际与逻辑，也暗合了观众在观剧时所抱持的心理期待和需求。因而使观众在观剧的过程中，既认可剧作对于现实的切入与表达，又因其积极健康、阳光向上的基调而乐于接受。

军营的喜剧人物在塑造上有其特殊的难度，即在"直线加方块"的生活状态和思维模式上进行开掘，内容的丰富性肯定是要打折扣的。因此周振天在对《水兵俱乐部》的策划和创作中，自然既彰显出他浓郁的海军情结，又反映出他对生活丰富性的了解。具体到《水兵俱乐部》剧创作中，在处理军队和社会的关系时，军人不再是简单符号的象征，面对着斑斓缤纷的变革社会，背对着充满责任与使命的军队特殊环境，表现他们不仅仅是军队的一员，也与社会生活息息相关，既再现海军日常生活里战友关系、官兵关系，还把触角伸向社会的各个方面，较为真实地反映了部队和社会的关系。从码头俱乐部的工作、生活出发，竭力在军人所特有的严肃又可爱的气质上着力与着眼，塑造码头俱乐部的七个官兵形象，表现他们不但热爱本职工作，热心服务于官兵，千方百计向水兵们传授科学文化，活跃部队文体生活；而且他们还性格各异，个性鲜明，有着常人的喜怒哀乐、七情六欲。因此，《水兵俱乐部》剧中的人物在性格上是生动的、可爱的，又是不圆满的，有这样那样的缺点，表明他们虽然是军人，但也是普通的正常人，有缺点和不圆满都是正常的。也正因为如此才成为产生喜剧效果的原因和途径，喜剧性就在人物性格的落差中形成，也拓展出了属于剧作的喜剧艺术空间。

如俱乐部主任罗运来这个人物就很典型，作为海军政治部门职权最小的官儿，一向喜欢拍胸脯、打包票的他，既热爱又醉心于他的本职工作，一心谋求码头俱乐部事业的求新求变，却又有盲目乐观和说话没边的缺陷，使得他的理想常常同客观实际形成强烈的落差，因此使自己一次又一次因热心许诺而陷入难以招架、措手不及的尴尬境地。在《新来的女兵》中，对即将到来的女兵，俱乐部的男兵几乎无一例外地表示欢迎，而作为女性的杨丽娜却生出掩饰不住的排斥感而抱有某种"敌意"。这种对待新来女兵所表现出的截然不同的反应，虽然不乏夸张的成分，但都是符合人物的性别与身份的夸张，在度的把握上也是恰到好处的，让人忍俊不禁。《发小》中塑造了胡亮发小牛大显这位外表神气的陆军少尉，他头顶上的光环是军区神枪手和全军的队列标兵等，就是这样一个看上去近乎完美的陆军少尉，也有他性格上突出的弱点：心高气傲、"重色轻友"。即使在发小胡亮的面前，也俨然一副高高在上的姿态，一见面就把胡亮的俱乐部工作贬得一钱不值。但当他见了俱乐部的女兵，又完全是另一副面孔，顿时显出热情、主动。牛大显性格上的缺点也很明显，他前后言行时常自相矛盾，使他不免被战友嘲笑。人物性格上的缺陷所造成的反差与对比，也自然而然地生成了强烈的喜剧效果。

### 4. 于蓝天碧水间开掘浪漫色彩

作为军事题材的轻喜剧，《水兵俱乐部》在题材的选择上，可以说，为自己设置了不小的障碍。喜剧最基本的功能就是讽刺，但讽刺与应该歌颂的军人生活，本身就存在着矛盾。周振天在创作中一直保有着清醒的自觉意识，在题材的限制中寻找艺术创作的自由，即在人物对于自身身份的确认中，完成喜剧人物形象的塑造，通过对部队相对严格的等级制度的颠覆和否定，反映出部队中新的官兵和谐关系。如俱乐部主任罗运来同部下一起开会时，并不坐在会议席的中心位置，而是站在一旁布置工作。在《老水兵》中，俱乐部的成员因为误会，把海军舰船权威专家、拥有少将军衔的"老水兵"当成普通的退休水兵。因而对这位"老水兵"很想在俱乐部里打发"只能休养不能考虑工作"无聊时间的要求欣然答应，并毫不客气地开始"支使"他帮助自己干活，人物身份与行为的错位就产生了极强的喜剧效果，剧作的喜剧性也在此得到了充分的展示。在表现人物喜剧性的同时，也为我们引出了海军将领引导士兵正确对待知识、尊重科学的动人情景。

自相矛盾的"倒错"手法的频繁使用，也在剧作中形成了应有的喜剧效果。《服务小分队》中，因为拇指山上的天线坏了，驻守在那里的官兵们看不成中国队关键的一场足球比赛，于是俱乐部的服务小分队上山修天线。这本来是件好事，可偏偏因为走得匆忙忘带了零件包，而使天线的修复变得无望。尽管后来以人体天线的方式勉强解决了这个矛盾，但毕竟和服务小分队的初衷相去甚远。此时服务小分队又接到了去葵花岛修复岛上的音响设备的新任务，以保证基地慰问演出的顺利进行。音响设备很快调试好了，服务任务算是圆满结束，却因俱乐部女兵用光了仅够维持岛上官兵三天的生活用水给战士洗衣服而前功尽弃。这让驻岛官兵哭笑不得，典型的好心办坏事。"倒错"的手法在这一集里被密集使用，由此引发的悬念和喜剧效果也层层叠加。《不速之客》中，清晨军营里播送晨间新闻的广播里，居然出现了婴儿清脆的啼哭声和俱乐部女兵为婴儿唱的富有海军特色的《摇篮曲》。乍一看来，似乎显得有点荒诞不经，这意外之音对部队的正常秩序显然都是干扰。但广播里，俱乐部女兵唱的那首《摇篮曲》："你爸爸正在出海训练啊我的宝贝，他参加训练就要回来啊。"这样通过修改过的歌词，既让观众对海军平日生活里的艰辛产生一定的联想，又以此弥补了工作上的差池与漏洞，处理得还是非常巧妙而有匠心的。

值得肯定的是，剧作在对人物缺点放大和夸张时，很注意分寸的掌握。人物尽管有这样或那样的毛病或缺点，但是他们本质上又都是非常单纯和善良的。他们虽然是生活中不同性格类型的代表，在不同的生活情境与人际关系中，也有各自不同的反映和表现，但他们的人生观、价值观、是非观都是积极的、健康的；虽然时常表现得比较自我，但从根本上讲是与人为善的，是非常可爱的。《发小》中，那位清高的陆军少尉在意识到自己的偏激和傲慢之后，早晨起床后默默地给每位俱乐部的同志的牙刷上挤上了牙膏。《紧俏的演出票》中，为了圆即将复员老兵看明星演出的梦，为了不让主任在老丈母娘面前更加难做人，俱乐部的每个成员都慷慨贡献出原本紧紧攥在手里的宝贵演出票等等，这样的例子还可以举出不少。

这是一部于蓝天碧海之间开掘浪漫色彩的剧作，因此，它又是一部军事题材的青春片。主人公大体都是年轻的官兵，正值理想、憧憬和多梦的年龄，因此有着瑰丽的色彩。从场景的选择与设置上，碧蓝的天空，蔚蓝的大海，迎风飘扬的海军军旗，一望无际的大海，时有驶过的军舰，还有水兵身上蓝白相间的海魂衫，这本身都具有极强烈的情绪色彩。片尾是极富快乐色彩的音乐："快乐快乐就像风儿一样，不曾相约却已来到身旁……开心一笑，快乐无疆。"于天水蓝蓝间，一切都是那么富于诗意，无形中提升了这部喜剧的诗意品格。

从某意义上讲，相较于他的那些军事题材影视剧，《水兵俱乐部》是周振天成功的换笔之作，依然也是他"海味电视剧"的另一样式，同样也赢得了荧屏内外观众和专家们的一致好评。

【注：总策划、总编剧：周振天；导演：崔琳、王晓莹、刘文虎；编剧：真田、尚伟、段连民、赵玉莹、王智；主演：吴军、邵峰、彭澎、张瑗、安丽卉、谭梅、王梅、巴宁等；友情出演：高秀敏、李文启、魏积安、王庆祥、王丽云、孙涛、储智博、郑卫莉、常贵田、王佩元、王洪武、刘欣、杜旭东、张安安等。海政电视艺术中心、北京冠华盛嘉传媒文化有限公司、中央电视台文艺中心影视部、四川电视台电视剧制作中心联合出品。】

## 第九节 《舰在亚丁湾》：武斗海盗文爱家

### 1. 新生活新时代需要新创造

电视剧《舰在亚丁湾》无疑是面对新的军事生活、新的时代课题一次新的艺术创造。

在一段时间里，索马里海盗和亚丁湾护航成为人们街谈巷议的热词。自 1991 年以来，索马里这个贫穷落后、政局动荡的国家一直战乱不断，而在濒临亚丁湾的沿海地区，海盗活动便十分猖獗，专门在海上抢劫往来于亚丁湾的各个国家的船只，因此，亚丁湾被国际海事局列为世界上最危险的海域之一。而亚丁湾是从印度洋通过红海和苏伊士运河，进入地中海及大西洋的海上咽喉要道，每年从索马里附近海域经过的船只多达近五万艘。除了各国的军舰外，多数都是大大小小的货轮。这些载有各种货物而没有自卫武器的货轮，就成了海盗们下手的目标。

仅在 2009 年的前 11 个月，我国就有 1265 艘次商船通过这条航线，其中约有 20% 的商船曾受到过海盗的袭击，这严重危及我国过往亚丁湾的船只和人员安全，对我国国家利益构成了重大威胁。打击亚丁湾猖獗的海盗势力，确保国际航运业的安全，成为各方不可回避的艰巨任务。针对亚丁湾、索马里海域海盗肆虐的行为，联合国安理会先后通过四项决议，呼吁和授权世界各国到亚丁湾海域打击海盗。2008 年 12 月 26 日，中国海军组成的首批护航编队，从三亚军港起航远赴亚丁湾、索马里海域执行护航任务。在国际公认的危险海域，从此也有了维护和平的中国力量。

中国海军执行的这项护航任务，是中央军委根据联合国有关决议，参照有关国家的做法，并得到索马里政府的同意后命令实行的。中国海军护航行动的主要内容是：保护中国往来亚丁湾、索马里海域的船只和人员安全，保护世界粮食计划署等国际组织运送人道主义物资船舶的安全。护航舰队采取伴随护航、区域护航和随船护卫等方式进行，不上岸执行任务。

中国海军在亚丁湾的一举一动，可以说是举国上下亿万人瞩目，世界上的其他国家也十分关注。海军和海政领导决定要搞一部反映中国海军部队在亚丁湾护航的作品。周振天接受任务之后立即投入工作。在周振天看来，中国海军执行亚丁湾、索马里海域的护航任务，开创了三个首次：即首次赴海外执行军事任务；首次维护我们国家的海上战略通道的安全；首次为海上人道主义提供安全保护。这毫无疑问是一种崭新的、特殊的军事题材，是具有首创意义又吸眼球的稀缺题材，也是海军艺术家们必须写好、拍摄好的题材，于是他们选择其最擅长的，也最具广泛覆盖面的电视剧艺术样式来进行表现，就是自然而然的了。在当前军事题材领域的电视剧创作处于亟待突破的疲乏状态之下，需要进行真正的突破和创新，需要对新生活的开掘、对新时代做出及时的呼应。正因为是这种新的题材、新的生活的出现，给他们的创作带来了新的契机和可能。

### 2. 精心架构文戏和武戏

当然，首先需要进行的仍然是深入生活，这是搞好创作的基本前提和必要途径。他们迅速组织起了创作队伍，并将全体编创人员分为两个小组，下到执行过护航任务的部队，先后采访了一百二十多名官兵和家属。作为总编剧的周振天，到部队时依然没日没夜地进行采访、汇总采访手记、提炼创作大纲。编剧尚伟在同军嫂一起打扫卫生、择菜做饭、接孩子买菜中，了解和掌握了许多第一手鲜活的素材，为表现后方的戏奠定了扎实基础；编剧成孝湜为了体验生活，参加了第四批护航行动，并且住在水兵舱，经历了狂涛巨浪的颠簸和寂寞长航的锤炼，他深有感触地说，受过了晕船呕吐的考验才能写出真实的护航故事。采访归来，五名编剧人员所写的采访手记足有几十万字。

尽管如此，这仍然是一个很难啃的题材，创作的难度显而易见地摆在了他们面前。富于海军题材创作经验的周振天，当然是更加清楚其间的难度，以及如何通往成功的路径。周振天带领他的创作队伍，在深入采访的基础上，展开了艰苦的剧本创作。他们前后花了三年时间，通过十易其稿才最后完成定稿。特别是在剧中表现护航行动这条线索，全剧以十几个在护航中真实发生的战斗故事为叙事主线，艺术化地再现惊心动魄的驱离海盗、护卫商船场面，努力塑造好海军官兵的人物群像，清晰讲述各个战位上的故事，使每场战术行动都成为可以借鉴的经典战例，反复地进行斟酌、推敲和加工，从而把中国海军的亚丁湾护航的壮举在荧屏上展示了出来。因为亚丁湾护航涉及中国军队在境外公海甚至有关国家领海执行任务，有很强的专业性，他们还请来海军作战部门领导和海军国际法专家作指导。在剧本动笔之前，周振天还颇为用心地询问几位他所熟悉的观众："中国海军在亚丁湾、索马里打海盗的电视剧，您愿不愿意看？"得到的回答几乎都是一样的："当然愿意看啊！但是什么时候能够看到哇？"这种带有受众或市场调研性质的询问，显示周振天创作伊始就已经开始考虑受众观赏效果了。能不能让自己的作品与观众"同频共情"一直是他格外重视的问题。

将剧名定为《舰在亚丁湾》，且设计用两条叙事线索来构剧，即一是武戏，一是文戏，努力做到"武戏""文戏"前（方）后（方）呼应，融为一体。

所谓"武戏"就是剧作中的重头戏，即表现我海军官兵万里奔赴亚丁湾，其中与海盗对抗、博弈的精彩惊险的情节与场面，要从头到尾一直贯穿于整个叙事链条之中。剧本不仅要生动传神地描述出特战队员上天入海、勇闯狼窝虎穴的大智大勇，还要展现海军指挥系统面对多批海盗围攻时运筹帷幄、指挥若定的战术调遣，这与过去早已为人们所习见的，影视剧中所常采用的红蓝军对抗演习模式是完全不同的。因为在亚丁湾上与索马里海盗的较量，同往常的任何军事行动都是不同的，有其与众不同的特殊性，即每一场与海盗的对抗，我们的海军官兵都是直面生死。每一次解救行动都涉及商船、人质的安危，其成败又都事关国家与海军的荣誉。但这又不是真正意义上的大动干戈的战争行动，即便是在紧张激烈的对抗中，我海军官兵也一直持守不到万不得已，不伤及生命包括海盗生命的原则。护航行动中还有相关国际法的制约，以及土著语言障碍不易沟通等问题。官兵们的对手既似渔民又似海盗的身份不好确认，因此解救人质时常陷入投鼠忌器的两难境地。而亚丁湾的海面上又确实流窜着多股狡诈凶残的海盗团伙，护航舰队必须高度警惕地面对这样独特诡谲、充满变数的战斗环境，从而一次次出色地完成护航任务。这常常是艰难而危险的任务，然而海军的护航编队不畏牺牲，不辱使命，表现出革命英雄主义的气概。自2008年12月应联合国要求派遣海军部队赴亚丁湾海域执行护航任务以来，中国海军护航编队圆满完成了每一个批次的护航任务。在新闻影像资料中，就有我国被救商船在甲板上打出巨大的"祖国万岁"的字样。受到这份沉甸甸情感的激励，周振天便在剧作中设计了这样的一那场戏，即遭遇海盗围堵的台湾渔船船长，被我特战队员营救到军舰上后，情不自禁地跪下来亲吻军舰的甲板。这条表现与海盗战斗的"武戏"主线，是剧作的龙骨和主体框架，是必须要着重写好的。

为了使这部剧的"武戏"更加惊心动魄，精彩抓人，周振天和他的创作队伍在"文戏"上也做了功夫。所谓文戏，就是写与前方相对比、相呼应的后方家庭生活的戏，换句话说就是主要写军嫂们的情感与生活。在剧作中共写了海军护航编队的七个家庭：有望子成龙梦想的几经挫折，春宵夜短的儿女情长，有日复一日侍奉痴呆老人的操劳和委屈，有噩运突然降临的恐慌无望，有异性诱惑袭来时夫妻的微妙心结，也有闺蜜之间令人哭笑不得的争执，等等，似乎每一家都有各自难念的经，军嫂性格各异的艺术形象也在这种家长里短、喜怒哀乐中凸显了出来。剧作竭力赋予她们青春靓丽的外表，丰富多样的内心，新潮时尚的气质。她们立足本职，又情系护航，每一个人物都处于既具有鲜明时代特征，又紧接地气的矛盾冲突中，从而产生了引人入胜的吸引力。

剧中的"文戏"几乎涉及家庭伦理的方方面面，乍一看似乎与其他婆婆妈妈的剧没什么两样，但这一切都放置在了亚丁湾护航使命和实现中国梦、强军梦大背景之下，男女主人公们之间又有了一种超越家长里短、世俗纷争的默契与呼应。即便是月有圆缺、恩恩怨怨，抑或是望穿秋水、生离死别，她们都那样无怨无悔。在剧作中，舰长的妻子曹冰冰得了乳腺癌，为了不让舰在亚丁湾的丈夫分心而一直隐瞒，十二岁的女儿执意要在电话里将一切告诉爸爸，曹冰冰劝阻不成情急之下打了女儿一巴掌，女儿委屈得号啕大哭，后悔不迭的曹冰冰忍抑着苦楚又急忙向女儿道歉。这令人感动又心酸的桥段是周振天虚构的，但护航军官妻子得了癌症，却一直瞒着远在亚丁湾的丈夫，却是真有其事。如此编剧的目的，就是为了让观众从海军军嫂们身上，看到她们不仅有巾帼不让须眉的锐意进取精神，也蕴含着中华民族优秀女性贤良淑德的文化传统和令人肃然起敬的家国情怀。

可以说，在大纲谋篇布局和剧本写作阶段，周振天就将前方的各个人物，同后方的各个家庭之间的关系都做了精心勾连和详细描绘。尽力做到在前方官兵护航的"武戏"，与后方军嫂们的"文戏"转换上自然流畅，不着痕迹，在人性深度的揭示和表现上，着力反映海军护航官兵与亲人们的情感世界和相互联系，从而一气呵成地融汇为剧作完整精湛的叙事整体，并且有力地挖掘出了人物的精神底蕴，以及他们和她们所具有的典型时代特征。

二度创作也为此做了艰苦的努力。周振天邀请《突出重围》导演、非常擅长拍摄军旅题材的导演舒崇福担任导演，为了拍好被护商船的戏，摄制组与沿海港口进行联系，调集了最为先进的集装箱船、散装货船、外贸船等十八艘万吨以上不同类型的商船，可以说是现代化舰船的集中展示，以此彰显了中国海军、中国远洋运输的实力。同时也可见出各方面对拍摄此剧的支持力度。但海上拍摄的难度是很大的，这是一种动态的充满挑战的戏剧场景。位于军舰、直升机、水下不同区域的摄像人员，采取多组同步、及时补拍、长镜头拍摄等办法，在极为复杂的气象和海况条件下，完成军舰的海上"横向补给"、航拍直升机索降、特战队员战斗演练、驱离海盗枪战、小艇海上出击反海盗等高难险的镜头。尤其是在广西钦州港拍摄时，正赶上台风季，海上足有六七级的风浪，拍摄"海盗"攀爬货船一场戏时，很多外籍演员半道就纷纷落水。为了尽快拍好这场戏，摄像师石煜让技术人员把自己捆在直升机的舱门边上，在高空中大半个身子悬在飞机外，忽然一阵风浪过来，手里拿着的摄像机险些脱手掉海。摄像工作者的努力，给观众奉献了一部美感指数很高的《舰在亚丁湾》，堪称视野开阔、画面精致，蓝白相映、色调明快，战斗精彩、荡人心魄，极具海洋和海军的美感特征，使人产生无尽的向往。

### 3. "舰"与"家"的交叉呈现

长度为三十六集的电视剧《舰在亚丁湾》的剧情是,特战队长毛大华正在指挥反海盗演习,为挖独家新闻,来自北京的女记者苏醒擅自闯入演习区域拍照,被特战队员错当成"人质"蒙头绑在船杆上,毛大华为苏醒松绑,却被苏醒大骂,两人就此结下梁子。但在几次碰撞与交往之后,却擦出了爱情的火花。168导弹驱逐舰政委肖伟国等奉命率海军编队奔赴亚丁湾护航,其妻龚新华走马上任家属委员会主任。因为军嫂杨灵儿开饭馆,军嫂周韵参加模特大赛,军嫂欧阳春要外企的高职高薪不要孩子等一系列事情纷至沓来,龚新华与自己的老同学曹冰冰冲突不断。而曹冰冰是570导弹护卫舰舰长韩世杰的妻子,任职区委办公室主任,分管军民共建工作,正与龚新华的工作有交集。曹冰冰与龚新华原是中学同学,因考军校体检时曹冰冰戴着隐形眼镜,被龚新华无意戳穿,结果曹冰冰没考上军校,两人一直暗存心结。肖伟国的痴呆老父亲又总是错认曹冰冰家为自己家,导致龚与曹二人因公因私冲突不断。经过围绕曹冰冰患病等的关切,两人消除了隔阂。担任护航任务的168舰和570舰,在风高浪险的大洋之上,几番同索马里海盗进行斗智斗勇的较量,成功解救了希腊商船"诺亚方舟号",中国台湾商船"安福二号",世界粮食计划署向索马里难民运送粮食药品的商船,"裕丰号"商船,中国台湾渔船"富庶一号",菲律宾"斯图尔特力量号"商船、"泰山号"商船,韩籍的"丰远号"等为代表的大量船只,体现了我中国海军是一支能打仗、打胜仗的威武之师、仁义之师,赢得了各方面对中国海军由衷的佩服尊敬。

剧作的构剧要素由两个主要部分组成,一是"舰在亚丁湾"的护航。作品所浓墨重彩描绘和揭示的,是护航生活的艰苦备尝及护航官兵高昂的战斗情绪。而更富于看点的,是编导者设计了护航官兵一次次与海盗激烈较量的情节与场景,成功地刻画了肖伟国、韩世杰、毛大华、孙为民等众多人物形象。剧作既着力挖掘和表现其在经历生死考验时,所张扬出的不畏艰险、英勇顽强、令人感佩的英雄精神;同时在蓝色大洋为背景的映衬下，展现我各类新式战舰的威武雄姿，可以让观众更为直观地看到海军建设的新成就。这一切又都寓意着中国海军能打仗、能打胜仗的物质和精神实质。此外，剧作表现海军官兵在同海盗的对峙中，尽量不伤其性命，且成功接护受到威胁的船只驶抵安全海域，很有分寸地体现我海军官兵的人道情怀，以及在严格执行对外政策时的用心、细致与成熟，从而多侧面地反映出当代中国海军的风采与襟怀。

另一方面，剧作在堪称是鸿篇巨制的作品规模中，不只较为生动形象地展示出我人民海军新的时代风采，也能让观众通过一系列富于个性和朝气的艺术形象，充分走近和认识军嫂这个特殊而重要的群体，以主要的篇幅，精细地抒写以军嫂为主体的后方家属们的多彩生活。其用力最深的便是写她们的心、她们的情，并且都紧紧地联系着在亚丁湾护航的战舰和亲人们，使前方与后方形成了强烈的情感上的勾连。剧作以泼墨似的激情和细腻的笔触，描写她们的喜怒哀乐、奋斗努力，甚至是生活困境等等，成功地刻画出多个性格各异、青春靓丽的军嫂人物形象。其中有"讲仁爱"的护航官兵家属服务中心主任、肖伟国的妻子龚新华；有"尚和合"的为解家中小叔子与未婚妻住房的燃眉之急，去参加服装模特大赛赢得不菲奖金的军嫂周韵；有"自强不息"为支持丈夫一心护航只身来到部队附近艰苦创业，开"辣妹子饭馆"的军嫂杨灵儿；还有那位舰长韩世杰之妻、战胜乳腺癌病魔一心扑在工作上的区委办公室主任曹冰冰。所有这些，组成一幅幅人民海军护航部队军嫂的伟大巾帼群像图。正是她们，筑就了人民海军背后坚如磐石的钢铁长城。其寓意在于，"舰"在亚丁湾之所以无往不胜，是因为有伟大人民做坚强后盾，使剧作显示出逼人的艺术张力。

特别是龚新华、曹冰冰这两个女性主角，作为原本情同姐妹后因在参军问题上产生芥蒂的闺蜜，其相互惦念又时常相互找茬的性格特点，被剧作围绕剧情的展开写得风生水起，好戏不断，从而成为该剧的重要看点。杨灵儿的辣妹子餐馆的开张与经营中的起伏，既反映出军地双方对军嫂的真心关切，也表明生活中实际存在的某种艰难处境。其他一些军嫂形象的塑造，也都在一定层次上反映了社会生活的不同侧面，使剧作中的军嫂形象更为丰富多样。在这些具有典型意义的军嫂人物身上，剧作在注入某些新时代女性的时尚色彩和生活特质的同时，又以极富情感、动人心魄的情节与细节，多层次地反映出她们对丈夫的挚爱，对海军建设的关切，对工作与事业的热情。不仅其行为与心灵的美好与可敬，令人动容，其所折射出的当代海军官兵的崭新精神气质和高尚道德品格，亦同样使人感到宽慰与感怀。在军嫂群体的家长里短中反映出的是家国情怀，渗透出的是浓郁的中华民族美好精神情感。

如果说祖国是军舰的港湾，那么家庭就是军人的港湾。所以舰在亚丁湾的海军官兵们，他们虽然远在万里之外，心却无时不和祖国、家庭连在一起。远航的军人则又是家人的牵挂，她们虽然身在家园，却时刻梦绕魂牵亚丁湾。这种"舰"与"家"，前方与后方，军人与家属的联动的叙事结构，通过两条线索的并行，互相呼应，互为依托，极大地拓展了叙事空间，不仅清晰地回答了人们关切的内容，而且多侧面折射出时代气象，有力地丰富了时代的生活内容，传达出当代生活中的多层回响。从而表达出国与家都是军人的责任，同时又是军人的坚强后盾这种较为深刻的主题。

剧作凭借纯熟老到的艺术技巧，设置了多条相互交织的人物线索，构筑起了转圜自如流畅的叙事模式。如在前方的戏中，除了设置一系列与海盗的较量，救出众多遇险的中外籍商船这条主线外，设计了记者苏醒与毛大华的矛盾纠葛，从而给可能单调的军事行动增添了趣味与色彩。在后方的生活中，巧妙地设计龚新华与曹冰冰的矛盾，以及老年痴呆的肖老爷子错把曹冰冰家当作自己的家，进一步形成两人之间的矛盾冲突，这都是编剧的巧思所在，营造出十分浓郁的生活与艺术情境，相信能对观众产生强烈的吸引。从总体艺术呈现上看，剧作既着力反映现实，又刻意超越生活；既进行高度概括和提炼，又是一部中规中矩的实力之作，是一部内容丰富，情绪饱满，时代感强，输送正能量的精品佳作。它所反映的是一个军种的最当下生活，是海军官兵的铁骨柔情，是广大军嫂的昂扬奋发，更是民族的伟大魂魄和大国的宏伟气象。从其强烈的时代感和时尚感，以及所达到的较高思想艺术质量来判断，可以认为该剧是现实军事题材电视剧创作的又一不可多得的重要收获，其创作经验值得认真总结，也理应受到广大观众的热情关注和赞扬。

一般电视剧的人物设置，比较忌讳角色众多，叙事线索多头，而常围绕三至五个主人公来展开矛盾冲突，形成情感纠葛的起伏跌宕，命运遭际也是一贯到底。而《舰在亚丁湾》恰恰是反其道而行之，塑造出的是人物的群像。护航编队塑造了舰长、政委、特战队长、补给长、飞行员、后勤助理、轮机班长、军医等多个角色。后方则塑造了七个家庭的军嫂及其子女、公婆，以及外企人员等。从实际的生活而言，护航编队各个部门都有值得书写和表现的感人的战斗事迹，后方的军嫂们也有着大量可歌可泣的故事。如果这些精彩人物在剧作中得不到应有呈现，反倒是一种遗憾。这样的题材若没有众多的人物为支撑，则难以实现全景式表现的要求。剧作敢于这样来写人物，而且许多人物都给人留下很深的印象，正在于编导有这种自信，他们有本事通过其卓越的艺术表现，将众多的人物进行富于精心刻画、匠心独具的编织勾连，融会贯通，使之成为一部人多戏不散、事多魂不散的好作品，使剧作中的人物仍然显得丰满而不单薄。

### 4. 与现实同步的艺术探索和表现

《舰在亚丁湾》是一部令人耳目一新之作，该剧一改以往现代军旅"红方蓝方"争霸的旧思路，结合其题材的独特性与稀缺性，开创了"武斗海盗文爱家"的新模式。剧作通过讲述今天的中国故事，让人们看到的是新的中国形象。新就新在它塑造了一批新时代的海军官兵群像，肖伟国、韩世杰、毛大华、邵军、孙为民、代飞等，他们是肩负起国家使命的年轻一代的高素质军人，在他们身上既继承了我军的光荣传统和优良作风，有着履职尽责的高度的自觉意识，又具有国际化的当代视野，同时还掌握了高新技术，因此是朝气蓬勃、技术过硬，作战勇猛的保家卫国者，是世界和平的维护者。如肖伟国身上体现出的大智大勇，对海盗巧施心理战术，以一场假演习真威慑，直升机俯冲，特战队发射爆震弹，能够不战而屈人之兵；韩世杰率570导弹护卫舰、毛大华率特战队与海盗数次直面交锋，历经险情，击溃海盗"狼群战术"，解救商船。这些军人形象不仅令人眼前一亮，为之振奋，更使人感到有底气、有信心、踏实放心。证明我人民海军是一支能够履行国际主义义务的力量，展示出能够有效执行联合国和平使命决议的负责任大国形象。剧作所塑造的一批军嫂形象，如龚新华、曹冰冰、欧阳春、周韵、杨灵儿等，都是新时代的知识女性，她们靓丽时尚，有主见、有个性、有能力、有魅力，同过去常见的军嫂相比有了很大的不同，她们代表了新时代的军嫂形象，她们与军人丈夫一起，共同构成了当代中国人的精神风貌。

电视剧《舰在亚丁湾》的创作拍摄，是一次与现实同步的艺术探索和表现，就其本身而言，这是一次艺术的冒险。因为剧作不同于报告文学，不是单纯地向受众纪实性地讲述和报告中国海军在亚丁湾展开怎样的护航行动，那样，人们不如去读报告文学作品更加简单直接。该剧的成功之处在于努力按照艺术规律，一方面去写与亚丁湾护航相关的各种令人备感兴趣的新的生活，另一方面去写与这种生活相关的各式各样的人物。而这既是一部电视剧的功能和优势所在，同时也是观众最感兴趣的地方。即亚丁湾护航行动的本身和背后，饱含着多少人的奋斗牺牲、离合悲欢、恩怨情仇，有多少值得人们去关注和思考的伟业与壮举，又有多少深刻的政治、社会、军事、人生等方面意蕴包孕其间，这就使这个题材具有了更大的思想、情感和艺术容量。这也是编剧煞费苦心深入挖掘的，并且竭力将之灌注其中的。

《舰在亚丁湾》可以进行多方面的解读，因为它具有非常丰富的思想蕴含。首先它一改过去在作品中传统军队的作战行动和模式。这里的"舰"当然是指舰艇，不仅不同于过去的冷兵器时代的"剑"，而且有着双重含义：作为实体，显示出人民海军现代化军事装备及其作战水平的提高，同以往海军的装备相比也有了很大的升级换代的体现，因此这个"舰"体现了祖国强大的实力；作为意象，象征着人民海军的现代科技水准的提升，反映的是我海军履行国际主义义务，为许多中外商船提供及时有效的救援，树立了执行联合国和平使命决议的负责任大国形象。其次是纵观世界历史，一个国家的崛起和强大，常常以海军的强大为重要支撑和标志。《舰在亚丁湾》恰恰见证和展示了人民海军的进步。如果说二十年前周振天编剧的《潮起潮落》，展示了中国海军从组建之初到后来前进发展的历程的话，那么《舰在亚丁湾》则是以今天和未来的视角，来表现海军建设跨越式的发展历史，反映出人民海军当代的精神风貌和使命担当，有力地突出了实现中国梦、强军梦的当代主题。最后是在中国市场经济和社会大环境的语境下，越来越需要精彩的军事题材电视剧，来适应广大观众的欣赏需求和提振民族自豪感。这是最直观的硬件形象，能够起到展示中国价值观，讲好中国故事，向世界展示中国形象的作用。可以说《舰在亚丁湾》在这个时候推出来，恰逢其时，并且是最好的例证和版本。

因此从某种意义上讲，亚丁湾护航本身具有重大的象征和实际意义，它是一次面向世界的"亮舰"行动，是一次展示中国形象、中国力量、中国价值的契机。它展示了中国海军走出国门、走出亚洲、走向世界，执行非战争军事任务，维护国家利益的文明之师的姿态、决心和形象。在茫茫大海上，有中国军舰的存在，才意味着有中国的存在，任何人都不能无视它的存在。是中国的国力与军力的大幅度提升，才使维护世界和平与国家利益的愿望和目的有可能实现。特别是在一段时间以来，人们关注到这样一个重要问题，即东海波涛汹涌，南海逆流涌动，一旦出征令下，我们的海军能不能面对强敌，敢不敢于亮剑并稳操胜券。相信广大观众看了这部电视剧，就会由衷地相信中国海军决不负众望。值得注意的是，电视剧《舰在亚丁湾》还包含和表达了这样一层意蕴，就是我们从不欺负别人，别人也绝不可以欺负我们，而这又是由我们的精神文化和军事实力所决定的。

周振天认为："电视剧《舰在亚丁湾》能在中央电视剧台播出，也反映出央视作为国家台的定力。别人以宫闱恶斗，粉脂小鲜肉或是袒胸突乳吸引眼球，强化收视率，那是一种活法儿。央视的电视剧自应有国家大台的品格、品位的活法儿，有自己的使命。面对越来越有力地操作电视剧市场来势汹汹的资本力量，面对娱乐圈所谓的时尚话语权越来越挤压传统主流价值观生存空间的现实，央视电视剧当家人处于两难抉择的压力和挑战可想而知。习主席要求要把爱国主义作为文艺创作的主旋律，引导人民树立和坚持正确的历史观、民族观、国家观、文化观，增强做中国人的骨气和底气。要求我们军队官兵要有担当、有灵魂、有品德、有筋骨、有血性，能打仗，打胜仗。这对打造电视剧作品，塑造电视剧的人物同样是有指导意义的。我们搞的作品可能不太符合这些年来娱乐界流行的语境，容易被人家说'太正了'，但是这个理儿我一直是认定的。正如亚丁湾护航这样的重大军事行动属于国家叙事，就应当有一部电视剧在国家电视台电视剧频道来给予展现。目前我们还在搞航母、核潜艇题材的剧本，是有难度，但有决心把这个硬骨头啃出来。"他的这番话，使人对他的未来创作，对海军题材的今后创作，都充满了期待。

【注：总编剧、艺术监制：周振天；编剧：宋树根、尚伟、董明侠、成孝混；总导演：舒崇福；导演：王万东、焦晓雨；主要演员：王同辉、胡可、范智博、王韦志、黑子、杨晓丹、马以、谢震伟、王伟、徐飒、张姝、高峰、巴宁、丁宁、王梅、王大宇等；友情出演：崔可法、杜旭东、王静、王强、林春放、郑维丽、金燕、袁玉良等。海政电视艺术中心、幸福蓝海影视文化集团股份有限公司、陕西省文化投资总公司等单位联合制作。】

第六章

## 历史题材电视剧——民族历史与性格的深层透视

　　作为一名军旅作家，周振天内心始终有一种理想主义情怀。他在从事军事题材创作的同时，也把观察的视野投向外部的社会生活，投向他所关注的整个电视剧行业。当他面对当下多元文化带来的价值混乱，面对一个充斥着欲望和浮躁的电视剧创作"市场"，面对一些编剧在电视剧创作中无力超越形而下的世俗纠缠，失去对现实的掌控能力，面对漠视电视剧精神内涵已逐渐演变成一种创作主张时，他不仅葆有一份清醒的认识，更对精神似无皈依的时代窘迫产生了深深的忧虑。这让他非常迫切地感到处于发展中的当今社会急需重建信仰，需要为在商品大潮中被冲击得无所适从、舍本求末的人们，找到一种精神支撑。勤于并善于思考的周振天，给自己寻找和确定了一条思考与表现之路，即从现实着眼也从现实出发，由此深入到民族性格形成的深层原因中进行反思，从我们固有的历史和文化中，探寻今天的"我们"为什么是这样，而不是那样？反思的结果，在他的心目中渐渐有了某种清晰的答案。然而作为一个创作者，他主要不是通过理论的阐释，把他的思考成果说出来，而是通过他所擅长的讲述"好看的故事"形象地表达出来。

　　这种或许是举重若轻、深入浅出的叙事，可以将其知识分子文化话语，向大众文化话语主动靠近。这也是其创作中一直寻求的将意欲揭示的深刻主题，通过一个具有观赏效果的故事形式，来实现其思想和艺术的真切表达与完美追求。至于如何创作，周振天说，自己的历史剧、人物传记剧，乃至革命历史剧的写作都深受意大利哲学家克罗齐的启发："过去的历史之所以能引起我们的兴趣和关切，乃是因为它直接关系到我们现在的生活。它对于我们还真具有某种意义，还是鲜活而非空洞的……如果与我们当前的生活无关，只能是编年史。而编年史乃是没有生命力的死的材料的编排和堆集，而真历史则是活生生的历史。所以说'一切真历史都是当代史'（Contemporary history）。"就是说，在他的创作理念中，所有的历史都是观照到当代社会生活，关系着当代人的道德精神。周振天还认为，电视剧是要创新的，这个创新要接地气，要从民族情感、民族文化中寻找创新点，要寻找文化与社会深层的东西。电视剧里的人物，离不开历史背景，离不开文化土壤。故事是不是接地气，人物是不是接地气，人物之间的情感碰撞是不是接地气，都至关重要。如果像有些剧作那样，把韩剧或美剧中的故事、人物照搬过来，仅仅是换上一个中国名字，你就是再精心包装，也无济于事，肯定是无根无绊的，会让人觉得飘浮和不接地气。当我们深入到周振天创作的一系列历史年代剧的深层思想世界的时候，可以很清楚地看到他创作这些剧作的思想动机和深刻思考。

## 第一节 《神医喜来乐》：苍凉厚重历史的喜剧性呈现

### 1. 以文化为平台表现历史中的人物

周振天这样谈论他以历史人物为对象的创作的思考：

> 无论是写《神医喜来乐》，还是《玉碎》，或是其他的作品，我都尽量把它们放在中国的一个文化平台上，给它一个中国观众感兴趣的文化背景。比如《玉碎》，我写了玉文化，《神医喜来乐》我写了中医药文化，《闯天下》我写了江湖文化，《孟来财传奇》我写了旧社会天津的市井文化。要把我

们中华民族最优秀的东西通过娱乐方式，让它传下去，观众看了，特别是青年观众，娱乐地观赏电视剧，与此同时也潜移默化地受到了中华民族优秀文化的濡染。

2003年，中央电视台在宣传《神医喜来乐》这部贺岁剧的时候，为了吸引观众的收视眼球，写下了这段颇为抓人的广告语："刘罗锅不当宰相当神医，专治疑难杂症。杜雨露宫廷当太医，不及乡野土郎中。太医斗不过草医，小民躲不过皇威。神医怪手喜来乐，演绎一段诙谐幽默的动人传奇。嬉权贵，斗恶主，留给后人一片真！电视剧《神医喜来乐》，新春送欢乐！"

不当宰相的刘罗锅，是指著名演员李保田在这部剧作中扮演了神医喜来乐，而往往饰演大气正派人物的杜雨露，则在剧中出演一个小肚鸡肠、挟嫌报复，与喜来乐死磕的太医王天和。这或许都与其以往参演的口碑炸裂的成功剧作，有较强的形象或性格上的反差吧。广告语的如是说，目的在于以此调动观众的好奇心和观赏欲。而从《神医喜来乐》所呈现的思想艺术旨趣和品位观之，则可知此言不虚。

毫无疑问，《神医喜来乐》是周振天最具代表性的杰作之一。《神医喜来乐》是以近代史为背景讲述的虚构故事，但是周振天是以所熟悉的中国的历史、文化和生活为依托来讲述的。神医喜来乐这个艺术形象，虽然是个虚构的人物，但却是周振天在天津三十年的生活中积累的，是从他接触到的有关中医中药界的生活孕育而来的。喜来乐生活的环境是戊戌变法前后，是清王朝积贫积弱、危机四伏、风雨飘摇，最腐朽、最黑暗的年代。如果一味地以沉重的笔调讲述喜来乐的故事，观众在观赏剧作时一定会感到很沉重、很压抑。因此，周振天决定把喜来乐当作喜剧人物来写，让他在黑暗历史的缝隙中机智地行医、幽默地生活。让观众从剧作中不仅领略中医"医"的诀窍，还要看到中国深邃的"术"文化；又透过主人公处境命运多舛又趣味横生的传奇遭遇，让观众仍然能够感到历史的严峻、文化的杂驳。这一点似乎与周振天多年前的电影《老少爷们上法场》有异曲同工之妙，且又达于别一境界。

## 2. 深藏善恶的争斗与较量

剧作讲述了一个饶有兴味、引人入胜的故事。清代末年，直隶沧州的乡下郎中喜来乐，常常以奇招怪法治病救人。他本与世无争，但一件紧要事情的发生，使之被牵入缧绁之中。即京城靖王爷的格格得了重病，太医王天和宣布其为绝症。靖王爷的亲信鲁正明则将喜来乐从沧州拉到京城为格格治病。喜来乐用非常规的裸体熏浴法，将牙关紧闭、汤水不进、生命垂危的格格救活，虽然赢得靖王爷满心的称赞，但却引起太医王天和的切齿嫉恨，于是千方百计对喜来乐加以暗算与谋害。喜来乐本来就恋着在沧州开饭馆的情人——年轻漂亮的寡妇赛西施，根本不愿意在京城这是非之地与王太医纠缠。他几次三番谢绝靖王爷的美意挽留，靖王爷和鲁正明设计终于将他留在京城，并把他设在沧州的药店"一笑堂"搬到京城来开业。喜来乐先是屡屡以偏方怪招疗治好各类病人的疑难杂症，令京城的人士大开眼界，赢得神医的美誉。后又进皇宫以妙方给珍妃瞧好了杖伤，得到皇上的赏识。更在给宫女太监诊疗种种小毛病中，令慈禧太后赞赏有加。这让嫉贤妒能的王太医更加寝食难安，于是他派人纵火烧了在京城刚刚建好的"一笑堂"。听说喜来乐已葬身火海，王天和又不免自我良心折磨，跪在菩萨面前忏悔。不料因有好心人报信儿，喜来乐阴差阳错地逃离了火场。王天和却又杀心愈切，屡屡在慈禧太后面前诬陷喜来乐。喜来乐不得不与王天和展开一番又一番的周旋较量，虽然他以自己独特的机智与狡黠，一次又一次地躲闪过王天和的算计，但他仍苦恼不已，慨叹同是行医人，何必苦相煎？

可见，喜来乐与王太医的争斗，是剧作设置的主要线索，主要表现在两个人在医德、医术和人格的比拼上。从沧州瘟疫的流行，格格的奄奄一息，靖王爷的流鼻血，到慈禧太后的迎风流泪，宠物巴儿狗的不思饮食，都是王太医和喜来乐在医术上斗法的情节载体。比较而言，王太医是强势一方，喜来乐是弱势一方。但王太医虽身居高位，却思想褊狭、因循守旧、死抠书本，遇到疑难杂症便无计可施而屡屡败北。喜来乐则是一介草民，正直善良、博识多闻、医术精深，熟知众多奇巧灵活、行之有效的民间偏方验方，往往能切中病症，出奇制胜。王太医在医术上与喜来乐斗法一败再败，便以自己所处的地位优势，耍尽各种计谋与花招，排挤、打压、陷害喜来乐，不仅火烧砸毁"一笑堂"，还诬陷喜来乐是维新派，利诱喜来乐的朋友田魁反水，罗织罪名告发喜来乐，将其投入大牢。王太医还到狱中对喜来乐得意洋洋地宣称："谁要是败了我的兴，挡了我的道，我就让他一辈子不痛快！"进而乘人之危，逼迫喜来乐承认治好格格的病是蒙的，给王爷止住了鼻血是抄人家的偏方，扼住沧州瘟疫的蔓延是偷他王太医的招数，不然就要喜来乐的性命。凡此种种，剧作清晰地勾勒出王太医的心狠手辣、奸诈险恶、横行霸道的卑污人格和丑恶嘴脸。

周振天在《神医喜来乐》一书出版后记里写道：

> 同行是冤家这句老话，发生在手艺人中间无非是争饭碗子，但是发生在衣食无忧的知识分子身上，就不只是饭碗子问题了，在这时，衬托着知识的光辉，你就会格外强烈地感受到人性中那最卑鄙、最阴暗的表现。剧中写了深受慈禧太后宠幸的王天和对来自民间底层的乡下郎中喜来乐的嫉妒和一连串恶毒的迫害，我想特别强调的是，这不只是一个强势恶人对弱势百姓的欺凌，而是一个有着高深学识，本来也讲究医道的高级知识分子，完全是由于妒火中烧，终把自己塑造成为一个千方百计扼杀人才，也因屡屡犯罪内心备受煎熬恶魔般的角色。这样的人我们曾经在历次运动中见过的。

另一方面，剧作则表现了喜来乐不向奸佞低头的机智和倔强的性格。面对外国欺凌、内政腐败的可悲处境，面对中西不同文化的碰撞与冲突，作为一名身份卑微的民间郎中，喜来乐热心为国捐钱，义务为自杀殉国的水师提督夫人治病，放胆戏弄日本公使，愤怒斥责李鸿章割让台湾等，都表现了他根深蒂固、超越本业的爱国主义精神和嫉恶如仇的个性。他凭朴素的直觉，而不是理性的判断，倾向于变法一派，将自己置于庇护鲁正明而与官府的冲突中，招致身陷囹圄、家破人亡的惨境。英国医生怀疑中医竟然用花花草草即可治病，而喜来乐师徒也被洋大夫的剖腹手术吓晕在地，也是相当具有意味的情节。喜来乐师徒沧州治瘟，借尚方宝剑发号施令，叫耀武扬威的高官大员去干杂活，让不可一世的众太医学狗叫，对他们进行恣意的戏耍，等等，都表现了喜来乐的有趣、机智和聪明，剧作行于此处皆充满了令观众为之开心的喜剧色彩。而处遭遇庭审、命运堪忧之时，喜来乐则又口如利刃：

> 别误会，我就没有求您的意思。蛤蟆嘴大，耗子嘴小，当官儿的里边没有好鸟。……做事凭良心，就是个狗病了我都得给它瞧，瞧好了以后它再反咬一口呢，等它下回病了我还是得给它瞧。你们做官的规矩是踩咕着别人往上爬，我们行医之人的规矩就是救死扶伤。……也有治不了的病啊。比如缺德少良心，卖友求荣，蛇蝎心肠，这些我都治不了啊！

这既是喜来乐对自己行医准则和不向权贵低头的人格表白，又是对王太医和田魁等官场败类的责骂挖苦，也是对世态炎凉、黑白颠倒现状的愤怒申诉。

喜来乐也经受着感情与道义的冲突。慈禧太后和袁世凯命喜来乐医活被捕的鲁正明，以查出其后台与同党，而绝望中的鲁正明，则央求喜来乐将自己毒死，这使喜来乐处于极度的矛盾之中。喜来乐虽只是个医者，但他痛恨朝廷腐败、希望国家强盛，而鲁正明正是力图变法救国的侠义志士。且其又是将自己荐入王府、迁入京城，救己于囹圄的恩人挚友。面对死牢中奄奄一息的鲁正明，作为悬壶济世、救死扶伤的神医，喜来乐无论为医为友，都一定要将其救活。但救活鲁正明的后果呢？等待他的必将是被严刑拷打，倘若经不住拷打供出暗中支持变法的靖王爷及其他的同党，其结果将是可以料想的示众或正法。喜来乐正是在这种艰难痛苦的两难抉择中，经历着内心的极度煎熬与斗争，强忍悲痛在鲁正明的药里下了雄黄。一个救死扶伤的郎中，违背医者的基本信条和道德，药死自己的恩人挚友，可想而知那是一种怎样的悲哀和痛苦！

这种内心的矛盾也体现在喜来乐与王太医之间。面对仇人卢忠要求给病入膏肓的王太医治病的哀求，喜来乐也陷入了仇恨与医德的纠结之中。尝尽人生酸甜苦辣，看透世间炎凉冷暖的喜来乐的心中，最终还是悬壶济世、普救众生的理念占了上风，选择强忍和化解心中的怒火，不计前嫌地为这位冤家对头精心地把脉开方。不仅不取分文，还善意地要人向王太医隐瞒药方何来。胸怀之宽广，心地之善良，道义之正大，似已达到苍生大医的境界。周振天在谈到这部戏的创作时，讲到这样一个情节。他感到这部戏的结尾必须有一个狠招，要不然收不住，于是他设计了王太医病危，明知"除了喜来乐，没人能治我的病！"，但嫉贤妒能的狭隘本性，使他宁可丧命也要与喜来乐较劲。而当儿子央求父亲喝药，王太医得知是喜来乐的药方，便打翻药碗，并声言：

> 他跟我较劲大半辈子了，不能临了还让他救我的命，打我的脸。我就是死了，也不吃他的药！喜来乐赢了我多少次了，难道我老了老了，还要再让他赢我一把？

这种死不改悔的强固个性，其结局只能是气绝身亡。这就把人物的性格推向了极端，也把戏剧情节推向了高潮。这是编剧按照人物性格的发展逻辑，按照情节演进的合理性，按照剧作的整体走向，精心地设置的绝妙情节，使两个人物的性格都在各自的高度上完成了。两个人的善与恶、白与黑、是与非，形成了极为鲜明强烈的对比。而对于喜来乐这个人物来说，正如主题歌所吟唱的："红尘滚滚，天意无常，不遂我心不勉强，悠悠一笑传四方，不求名来名自扬。"那种人生的逼仄，境界的通达，由这歌声耐人寻味地传递了出来。

### 3."嬉"而不"俗"的情感戏码

《神医喜来乐》的另一看点，是对喜来乐与情人赛西施和妻子胡氏之间情感纠葛戏的描写。虽然喜来乐医术高超，面对妻子却性格懦弱，因此在面对美妇与悍妻时，对发妻的亲不能舍，对情人的爱而有忌，始终处于拔河式的进退两难境地，扮演着一个心有余闲的男人极为尴尬狼狈的角色。尽管在徒弟德福的帮助下，喜来乐在两人间拼命周旋，苦于应对，但还是左支右绌，洋相百出。喜来乐因躲避而误上赛西施的闺床，还是被胡氏拿个正着；喜来乐在赛西施面前吹牛说"我拿得住她"时，凑巧胡氏赶来，被"揪耳朵"提去；喜来乐答应陪赛西施去白云观许愿进香，偏巧胡氏却也要去，他在庙里左右为难两头奔忙疲于应付，这也是剧作紧紧吸引观众使人发笑之处。不过喜来乐的"惧内"不是编剧外加的所谓"噱头"，而是有其合理的性格成因的。他打小跟着师父学艺，师父临终前将女儿和家产一并托付给他，并订有"约法四章"。因此，喜来乐的"惧内"，既有性格依据，也有充分的生活依据，表明他人本善良，不忘师恩，亦有与妻子的床笫之爱。他和胡氏的误会与斗气，以及在妻子面前的唯唯诺诺、低声下气，并不令人感到矫揉造作，反而显得"嬉"而不"俗"，喜剧效果非常强烈。

剧作对胡氏的性格与心理的刻画也极为细腻，反映出其自身的内心冲突。未婚先孕的姑娘跪下求喜来乐堕胎，当时是犯法造孽的行为，喜来乐开了药方一撕两半，让她别在一个药铺抓，都反映了喜来乐的悲悯善良和聪明机智。胡氏见之则感慨说："不该有的有了，我该有的为什么没有？"晚上正准备上床再来一次造小人，偏偏鲁正明来找喜来乐出诊，说是因为北洋水师败亡，水师提督自杀殉国，水师提督夫人自杀，急需喜来乐救命。心怀醋意的胡氏以为喜来乐大半夜出门肯定是去花天酒地，就是不让他去。喜来乐说："我是给人家殉国烈士老婆看病呀！"一向怕老婆的他甩出一句硬话："再不让我去就休了你！"第二天早上看完病回家，徒弟对他提起这句话，喜来乐却吓得不敢回家了。胡氏虽然平日里醋劲十足，动不动就欺负喜来乐，但关键时刻却深明大义，挺身而出服下"三步倒"，代夫去死。在这之前，出于对恩将仇报的无耻小人田魁的愤恨，对赛西施救出丈夫的感激和对赛西施孤苦伶仃处境的怜悯，胡氏当众答应让喜来乐娶赛西施进门。这种为情势所迫的无奈之中，勉强同意喜来乐与赛西施成亲，缓过神来又酸悔怨恨等各种相互交织的滋味又涌上心头。喜来乐与赛西施的洞房花烛，更使她心中充满了十足的醋意；对特殊时刻自己慷慨大义，其后想又悔不当初，抱怨之心如潮似涌，甚至对大清朝的男人可以娶妻纳妾的婚姻制度也极为不满。丫鬟玉儿在旁添油加醋，火上浇油，更使她翻来覆去，坐卧不宁。于是借担忧喜来乐夜来口渴怕冷之名，让玉儿送茶送被，不断打搅喜来乐与赛西施的春宵美梦。可见，剧作并非以三人间的争风吃醋为噱头，而是将其有机地卷入一系列矛盾冲突中，使这种在许多剧作中常见的人物关系，在此包含了更为丰富的历史文化承载和世井生活内涵。

剧作中的其他人物，赛西施、鲁正明、田魁、卢忠等，都富于自己的鲜明个性，而不是脸谱化和扁平化的。赛西施决绝地到大牢里给喜来乐送铁狮子头。感动于喜来乐"我今生就一件憾事不能娶你为妻！""就是要砸这块惹是生非的招牌！"以及喜来乐对她的一往情深，当田魁要带走赛西施，赛西施忍无可忍，历数喜来乐对田魁的恩情，借"骂"喜来乐"好坏不分、人鬼不辨"，叱骂田魁是无情无意的缺德鬼，挑明喜来乐被追杀通缉的原因，揭露了田魁黑心告密、卖友求荣的丑恶行径。而喜来乐绝不会想到自己曾救助的田魁，竟然干出丧尽天良的事，因而发出极度失望与愤恨的感叹："人怎么这样！"而田魁则原形毕露，对赛西施凶狠地咆哮道："谁敢娶你？谁敢娶？我叫你一辈子守活寡！"其忘恩负义、冷酷狰狞的面目暴露无遗。剧中人物如鲁正明有心杀贼、无力回天要舍命去炸袁世凯，卢忠携带匕首而要"士为知己者死"等，都给人很深刻的印象。

### 4. 国运盛衰之下小人物的命运沉浮

周振天在《神医喜来乐》中，巧妙地把一个乡下郎中的命运遭际，与近代中国维新还是守旧的国运盛衰结合在一起，在历史的沧桑变迁中描绘与揭示小人物无法自控的命运沉浮。剧作借助易为广大观众接受的喜剧的表意形态，所进行的是对近代以来政治语境、民族心理、文化传统的审视和批判，是对当代中国人的精神状态的内省与透视，让观众在看似轻松有趣的喜剧性的剧情中，在喜来乐看似颟顸却狡黠、"智""术"兼具的行动中，深切地体味出作家隐藏其间的"悲"，以及这种"悲"所带来的酸楚与沉痛。而这又都缘自于周振天作为一名作家所秉持的社会良知，对良莠杂糅的中国文化的深切剖析，以及拥有深厚的生活积累，才使得他的创作在一种酣畅淋漓、活泼欢快的叙事中，体现出主旨意蕴的厚重苍凉，从而为更多的人所真心地喜爱和接受。

周振天对于《神医喜来乐》戏剧情节的编织，不只是写看病的过程，写行医之术，让观众在看喜来乐医术之神之妙，使之成为观剧的一大看点，而是更注重体现喜来乐的行医过程，把中医文化和中药文化带出来。所谓的"术"就是社会学和人际关系学，是最能反映中国人的生活哲学，体现中国的社会精神结构的，是带有本质意义的东西。应当说，这是更为精髓的内容，围绕喜来乐的行医过程，我们看到的恰恰是错综复杂的社会关系和社会现实，这些方面早超越了医的层面，能帮助观众深刻理解中国社会及其人际关系。而喜来乐游走于社会与江湖之上，又是以"神"的医术为支撑，既使之屡涉险境，又使其化险为夷，在险象环生的经历中，构成了独特迷人的戏剧景观，产生了巨大的观剧动力，因此这是极具艺术辩证法的。

"把很多不能直说的东西或是观众懒于思索的话题加以喜感的包装，或是尽可能富于趣味地讲故事，实际上还是把著者对社会、对人性的思考乃至文化况味传达了出去。"周振天以《西游记》为例，指出吴承恩曲笔影射的是他处于的那个时代政府高层的腐败：

凡是孙悟空无可奈何的妖怪，大都是天上神仙大咖身边的坐骑或亲信。《西游记》用极其有趣的叙说来表达对非正义的谴责，对皇权社会黑暗的揭示，这非常了不起，而这就是文艺家应该做的事。

周振天的这种见解具有很深的含义，也具有很强的启示性，其所揭示的是艺术创作的规律，即许多可能属于现实的内容，直接进行表现可能遭遇诸多的禁忌，在作品中含蓄曲折地描写可能获得更大的自由度，艺术表现的空间也将更为宽阔。在《神医喜来乐》中，周振天写了民间中医各种瞧病的奇招怪法，就是借用中医、中药这个载体，来写清末民初社会底层百姓在皇权、强势重压下，猥琐与倔强相混，蛮愚与狡黠交织，于苦难中寻欢乐的生存状态，进而引发读者对近代中国人文化属性及其民族性格的思考。这样的主题追求指向，是剧作所自觉而刻意追求的。

重要的就在于《神医喜来乐》反映了周振天的喜剧理念。写喜剧的目的，是以此种艺术形式吸引观众。在谈到《神医喜来乐》的创作时，周振天说他一开始就想写一部有喜剧风格的历史作品。但他认为，写历史戏既不能写得那么狗血，也不能写得那么古板，完全可以写得很有喜感。他一向认为艺术作品必须有观赏性和趣味感，但不能以牺牲历史、社会思考和审美品位为代价。大千世界天然就有无穷无尽的选择可能，只要选材到位，立意到位，叙述策略到位，是完全可以达到这个目的的。客观地看，《神医喜来乐》不能算是一部正宗的喜剧，而是一部充满喜剧色彩的，颇具厚重历史文化内涵的正剧。但喜剧因素显然是周振天所借重的一个支点，不仅剧名本身就含有喜剧性的指向，一眼看去已使人自觉区别于常见的正剧；而且这部剧的总体结构框架就带有明显的喜剧特点，进而设置了众多喜剧性的情节，赋予人物喜剧性的性格，甚至设计了人物喜剧性的造型。在喜来乐的性格特征、空间定位和人际关系的设置上，都围绕着特定的喜剧情境而展开。喜来乐自己的药铺名为"一笑堂"，赛西施的饭馆名为"食为天"，"笑"与"食"也都是喜剧性思维与手法的隐喻与呈示。而剧作中喜来乐的性格决定了他的喜剧人生，他的人生又反过来凸显了他喜剧性的性格。他原本是一个生活在社会底层的小人物，正直善良，医术高超，但在复杂的历史和社会环境和无法摆脱的命运面前，只能委曲求全，苦苦挣扎。他既有过人的智慧，又有凡夫的弱点；他同情弱者，嫉恶如仇，又不得不低眉顺目，与权贵周旋往来；他试图游离于矛盾冲突之外，却总深陷各种漩涡之中；尽管对纷至沓来的麻烦左推右挡，全力抵御与化解，却总频频中招，笑料也就不断地被制造出来。虽然整个剧作是喜剧风格的，但其精神的核心是正剧的，甚至是悲剧的，堪称喜剧其表，正剧其核。尤其是大结局的最后一集，让观众在悲喜交集和感慨万千中，感受到欲说还休的强烈的历史沧桑感，如田魁的继续当民国的部长，孟老板的继续贩药材发财，便有深意藏焉。在长达三十五集的剧作之中，让人且笑且悲、欲罢不能地往前走，这也是这部剧作的力量与魅力所在。

### 5. 创造经得起时间考验的电视剧

同时，由此生发的是周振天更为深广的观察与思考。他对新一代电视从业者身上，是否"缺失民族优秀文化传承"是心存疑虑的。他认为写电视剧的，拍电视剧的，投资电视剧的，还有决定收购不收购某一部作品的人，他们有没有家国、历史和社会情怀，文化积累有多少，审美水平有多高，决定了让中国观众能够看到什么，这是一个很重要的问题。如果只讲收视率、点击率、多赚钱，都去弄三级片不就最省事吗？令人想起来都觉得担忧的是，如今一些拍得很烂的片子，居然有相当不错的点击率和票房。他认为这些年来文化的缺失和价值观的迷茫，让观众已经不愿意烧脑了。我们的编剧在让观众获得娱乐的同时，有责任提供真正具有精神文化营养的作品。这是因为以往我们的有些宣传有虚妄甚至虚假的东西，所以现在的年轻人产生了很强的逆反心理，不想让你告诉他该怎么想、怎么做。况且当代年轻人生活压力大，打工族累，养老族累，养孩子累，职场竞争也累，你再弄一些高台教化的，没有任何娱乐性的东西，他们就一定反感，一定不看。所以需要搞一些轻松娱乐的，让他们能够接受，能够喜欢。但是又不能去搞让他们失望的作品，不能让他们受到不好的影响。怎么用娱乐的方式教育影响下一代，这是所有电视剧都要研究和思考的，且带有挑战性的问题。周振天认为这体现为电视工作者一定的文化自觉。

因此，周振天认为，这就涉及电视剧的创新问题了。创新问题有其自身的客观压力，没有创新，这个艺术门类很快就会没落或是堕落。一个优秀的编剧应当具备创新的前瞻性、自觉性和主动性。编剧是电视剧产生环节上的第一链条，决定着后面艺术创作的品相与追求，写什么、怎么写，决定着中国电视剧的走向。从实际情形看，电视剧年年都在创新，姑且不论那些在题材内容、风格样式有探索的剧作，即便是穿越剧、雷剧其实也算是在追求一种创新，但如果在路径的选择上偏离了基本的价值体系和文化自信，仅仅能博观众一乐，很快就会被厌烦甚至遭到唾弃。因此追求创新首先要求编剧要有基本的文化底蕴，不能只流于片面形式，或靠剑走偏锋式的浅薄变幻和噱头说事。

有什么样的剧作家和剧作，就会有什么样的观众。当然也可以说：有什么样的观众，就有什么样的剧作家和剧作。一个不可忽视的现实就是：相当一部分电视观众是在阅读文化还没有烂熟状态下仓促进入电视文化消费市场的。今天电视观众的需求是分很多层次的。就高不就低？似乎不现实。但一味就低不就高也未必是个明智的选择。这个尺度的把握不但考验着编导主创，也衡量着各位掌门人的文化自觉的程度和经营智慧。人们普遍议论的三俗：庸俗，媚俗，低俗，已经是个久已有之的问题了。"俗"原本不是个贬义字儿，电视剧作品尽可以"通俗"，如果把"风俗"故事化、艺术化也很了不起。自古"雅俗共赏"更是一种值得追求的艺术境界。周振天写《神医喜来乐》时，所想尝试的就是雅俗共赏。这些年此剧反复播出的收视效果，让他对电视剧做到雅俗共赏还是增强了信心。他进一步认为要求不庸俗，不媚俗，不低俗，还只是个起码的标准。

《神医喜来乐》无疑是取得了巨大成功的。自首播之后的近二十年来，《神医喜来乐》在央视和若干卫视、地方台反复重播，成为观众百看不厌、重播率最高的电视剧之一，赢得几茬观众的喜爱。中央电视台的朋友告诉周振天，什么时候播什么时候都有人看。这使他备感欣慰，他说：一个编剧最开心的就是自己作品经得起时间考验。同样，编剧最大的悲哀就是你的作品播了一遍，就再没人感兴趣了。因此可以说，重播率的高低，是证明一部剧作质量的高低，是否受欢迎的一条重要指标。《神医喜来乐》，在播出的当年被评为"2003年观众最喜爱的春节电视节目"之一，剧作及主演李保田都夺得第二十三届中国电视剧"飞天奖"、第二十一届中国电视"金鹰奖"等多个奖项，真可谓实至名归。

【注：总编剧：周振天；编剧组：尚伟、汪海林、高大庸；导演：黄力加、江洪；主演：李保田、杜雨露、沈傲君、梁丽、吴军、徐涟生、陈继铭等。中央电视台和河北电视台等联合出品。】

## 第二节 《小站风云》：家国同构的叙事策略

### 1. 打造一张地方文化名片

因为三十五集电视剧《小站风云》在2011年纪念辛亥革命一百周年之际在中央电视台黄金时段播出，使小站这个地方一下子广为人知。小站在什么地方呢？就在天津的东南部，属于天津市的津南区。2007年的某一天，天津市津南区李广文区长找到了周振天，希望他能够继电视剧《张伯苓》和《玉碎》之后，以"小站练兵"这一历史事件为题材，再写一部反映天津近代史的电视剧。地方政府渴望以本地资源打造和树立文化名片的意识，周振天是非常认同的。两相晤谈后一拍即合，便有了《小站风云》这部电视剧的问世。

对于周振天而言，愿意写《小站风云》这部具有命题作文色彩的电视剧，并不仅仅意味着承揽一项创作上的活儿。作为一位对中国近代史有研究、有思考的作家，在观照历史和透视现实上，时常显示出罕有的敏锐、深刻和成熟。他更希望通过精湛的、负责任的历史题材写作，将历史曾有的厚重与丰饶，通过他擅长的艺术形式展现于当代。尤其是当他环顾当下的文化娱乐圈，不免会看到某种令人担忧的现象，即一些人对中华民族历史文化的魅力缺乏自信，而过分痴迷与模仿某些外来的或浮光掠影的东西，一味地用很可能是过眼烟云的所谓明星去填充荧屏，这使他深为忧虑。他认为这样的作品即使靠铺天盖地的广告宣传而一时声名大噪，但很难有持久的、真正的精神力量。

作为一名编剧，周振天认为："由于观众的胃口和水平参差不齐，大量的'粗粮'有些人也吃得津津有味。对电视人来说，要考虑我们这碗饭怎么端得特别踏实，因为中国人把电视剧当作第四餐啊！作为有职业操守的编剧，除了要赚稿酬、打名气，应不应该有点担当？"那一阵社科院有一项调查显示，75%的中国人获得信息的渠道来自电视，而这其中又有75%的人是收看电视剧的。周振天认为在其他观赏方式一门心思追求利润和点击率的时候，电视剧领域还难得保有一块净土。"因为电视观众是不买票的，他们拿着遥控器来选择，这种选择在某种意义上说就是民主意识在艺术观赏上的一种体现。这种选择很残酷但也很宝贵。正是这个选择，让近年来主流媒体播出的电视剧质量一直处于上升状态。"

一代人的情感归属和价值取向，注定了周振天在创作中关注英雄主义的、脊梁式的人物，以及我们这个民族骨子里不屈不挠的东西。现实社会中存在的种种浮光掠影的现象，让他始终保持一种警觉和危机感，他说不能让几千年传承下来的宝贵财富，在我们这代人手里失传。他说：

现在我真的觉得有些忧虑，我们中国人从来没这样富裕过，一个民族越往前走得快，越要回头往来路上看一看。生于忧患，死于安乐。这个古训必须牢记敬畏啊！有个非常意味深长的例子，说是一个探险家到非洲去探险，雇了当地的一个土著人背行囊。土著人跑得特别快，但跑一段就要坐下来，探险家问他为什么这样，土著人说他跑得太快，担心自己的灵魂跟不上。这个故事就是个绝佳的寓言，我们现在就处在这个状态，经济每年七八个百分比地增长，各个地方都在追求GDP，可是我们的灵魂呢？祖先传承给我们的东西呢？社会道德和处世为人的底线呢？丢掉了多少？还剩下了多少？

周振天感到中国的电视观众是在阅读文化还没有烂熟的状态下，突然进入电视文化的。"文革"中只有八个样板戏，"文革"一结束，中国出版业刚刚开始出版国内外的诸多名著，可没等老百姓踏下心来读几本书的时候，电视机又迅速普及了，渐渐地，很多人都把手里的书扔掉去看电视了。

基于这样一种观察与思考，写出思想艺术质量俱佳的电视剧，始终是周振天念兹在兹的事情。进入历史题材的创作，也是他实现其思考、理念与设想的一条重要途径。"小站练兵"这个题材本身的历史含量与艺术可能性，或许正与其创作追求与指向相合。

### 2. 切入角度是决定成败的重要因素

欣然接受任务的周振天，多次来到位于天津市津南区"因米而兴，因兵而名"的小站采风，几乎采访了那一地区所有的历史专家和民俗专家，研究了那里的地方志和小站镇志，这里的历史文化也给他留下了很深的印象。他了解到了小站的历史与由来，早在1870年，清政府调淮军驻青县马厂保卫京城，沿马厂至新城铺垫大道，并设驿站，十里一小站，四十里一大站。电视剧中的小站就位于今天津南区咸水沽南约十公里地方。因袁世凯操练新式陆军在小站设立了大本营，小站便因此得名。甲午中日海战被日本人击沉的清朝运兵船"高升号"，就是从天津起航的，陈尸黄海的几千人里，有不少的天津人。

周振天还采访了其中一位军官的后人。"甲午之战"北洋水师全军覆没之后，清政府根据"师夷长技以制夷"的理念，于 1895 年，派袁世凯在此接替胡燏棻，在小站督练新建陆军。他在原十个营近五千人的"定武军"基础上，又增募新兵两千多人。袁世凯在小站设立了新建陆军督练处，除了起用李鸿章的淮军旧将外，又派天津武备学堂毕业的冯国璋、段祺瑞、王士珍等分任各处总办或统带；派曹锟、卢永祥、王占元、段芝贵、李纯等分任各营哨官；并委派旧友徐世昌、任秀深、唐绍仪办理文案。为了提高兵士的素质，同时控制军事教育权，袁世凯还建立了步队、马队和炮队等随营学堂和德文学堂，统称行营武备学堂。并从德国引进当时世界最先进的陆军军制和军事训练理论，购买德国武备、聘请德国教官，造就了中国有史以来第一支具备多兵种协同作战能力的新式陆军，从而完成了中国军队向近代军制的转变，实现了由冷兵器向热兵器的过渡。

1898 年，袁世凯出卖了光绪皇帝和维新派，博取了慈禧和直隶总督荣禄的信任，新建陆军的美差也因此落到他的头上。在军事装备训练方面，袁世凯极力采用德国的先进技术，但在选拔将领方面，仍因袭湘淮军阀"兵为将有"的旧习，专门培植依属于自己的势力，最后形成军阀集团，影响中国政局十多年。从 1840 至 1894 年，清朝与列国进行的四次战争，皆以失败告终。虽然在此期间清军的武器方面一直都在进步，但战斗力远不能与外军相比，要抵御强敌就必须进行军制改革，建立一支强大的陆军，最先认识到这一问题的是袁世凯，最先着手训练新式陆军的也是袁世凯。从小站训练新建陆军，到任职山东巡抚时期扩编武卫右军，再到任职直隶总督时期编练北洋六镇，袁世凯用十年时间完成了军制改革的使命，可以说他是中国新式陆军的缔造者。小站练兵的历史意义，揭开了清军编练近代化的序幕，在中国近代军制史上是一个重大的转折。但由于清政府的腐败，加之袁世凯处心积虑将新建陆军打造为自己私家武装，小站练兵所带来的军事变革并没有挽救封建制度的灭亡。

袁世凯的小站练兵在中国近代军制史上的确是一件大事，但他又是一个有争议的人物,倒行逆施、复辟帝制的历史更是不容回避的事实。小站练兵的骨干又都是北洋军阀集团的骨干,就小站练兵而写小站练兵有没有为北洋军阀树碑立传的嫌疑?会不会遭到诟病?涉及这个选材,对作家的历史观、审美观乃至价值评判都将是一次十分严峻的考验和挑战。而且片子即便能够搞出来,如果在主流媒体上播不出来,这对于一部电视剧的创作生产,无疑也是一大忌。

或许周振天就是带着这样的问号进行剧本创作的。在深入采访中,他感到小站这个地方有两种东西使他产生了兴趣,一是"因米而兴"的米,一是"因兵而名"的兵。米则意味着的是稻耕文化,自北宋以来千余年漫长的历史进程中,小站米渐渐闻名于世,成为当地一张响亮的名片。而且小站这个地方又特别重视文化开发,注重挖掘小站的文化潜力,这是一种文化自觉的表现。但周振天又清醒地意识到,一段时间以来,全国有很多地方都在利用自身的历史文化资源搞开发,目的在于招商引资发展经济。有的地方甚至出现了争做"西门庆故里""武大郎故里"的文章,这种争夺故里的做法实在太过低俗无聊。然而像小站这样有着源远流长的地域文化的地方,是值得下力气进行挖掘和开发的。值得欣慰的是,小站的人们不仅找准了属于自己的文化名片,努力着眼于这种文化软实力的开发,用以打开一扇文化窗口;而且对周振天所承担的这个题材的电视剧创作,也给予了全力支持。

如何写好小站这个题材,换句话说如何切入这种生活,是颇费周振天思量的。就电视剧的写作而言,无论是家庭剧、情感剧、伦理剧,还是年代剧、历史剧、人物传记剧,都无一例外有个表现角度的问题。不管是什么样的题材,切入的角度非常重要,只有相同的题材,没有相同的角度。在他看来,从哪个角度切入,是决定剧作生死成败的重要因素。角度选对了,一顺百顺,角度没选好,很可能全盘皆输。一般来说,任何一个题材只可能有一个最好的角度,这需要编剧在可能有的几十个角度里,寻找到一个最好的切入点。这既考验作家的创作经验,更考验其历史文化上的积累。这是电视剧编剧的基本功，也是一个很要害的问题。

周振天曾从小站稻的角度，谈他一开始对这个题材的思考。他说：

> 在接一个题材的时候，需要进行认真的考虑，从哪个角度进入最好。爱情题材写了那么多年，不还在写吗？伦理戏写了那么多年，不是还在写吗？只有相同的题材，没有相同的角度。角度新，作品就新，角度老，作品就老。为什么说作品要讨巧呢？我觉得最主要的就是角度的讨巧。但是能不能找个巧妙的角度来带出小站练兵呢？天津小站还有著名的小站米，小时候吃小站米，像珍珠一样，油汪汪的，菜没端上来，米饭已经吃完了，就那么香。因为水特别好。袁世凯之前有徽军在那儿挖河道，把黄河的水引过来，水特别有养分，水稻就特别有油性，好吃。

经过一番深思熟虑之后，周振天决定把小站稻这样一种稻耕文化作为切入口，从一个小的角度来写那段大的历史事件，飘浮在小站上空的风云，其实也是笼罩当时整个中国的风云。《小站风云》的剧本足足写了两年半，用周振天的话说，要把历史、文化和生活放在一起细细咀嚼，消化、思考和酝酿成熟了之后才能动笔。因为要将中国的稻耕文化作为全剧的文化底蕴，周振天还拜当地种植小站稻的专家为老师，拍摄时，他和导演马玉辉还把水稻专家请到拍摄现场进行指导。

周振天在《小站风云》的剧本中，以辛亥革命前后的大历史为背景，以小站练兵等那一时期的主要史实，虚构和设计了刘、李两个种植小站稻的家族，为了争夺贡米的名分为开端，引出了一系列惊心动魄的戏剧矛盾和冲突，在甲午海战、袁世凯演练新军、庚子事变天津保卫战、辛亥革命、护国战争等一系列历史大事件下，展开了两个家族的青年人的相互交织又分道扬镳的命运。这样的叙事角度，一样可以反映那个时代的风云变化，也可以减少历史认知上不必要的麻烦。

视点的下沉，既避开了对袁世凯这个人物的评品，又具有了很大的自由想象与表现的空间。剧作中的两个主要人物刘德胜、李占魁就是来自这两个种稻米大户人家的两个年轻人，都喜欢一个女孩子，都在北洋水师学堂上学，两个年轻人一个要找日本人报仇，一个求功名，都参加了袁世凯的新军，这样就非常自然地把小站练兵带出来了。后来，陈德胜投奔了孙中山走上反抗讨袁的道路，李占魁则成为袁世凯的嫡系和称帝复辟的忠实鹰犬。两人的恩怨情仇在历史发展的大背景中，展开了一次次激烈的碰撞与交锋。最后在护国战争中，蔡锷的部队跟袁世凯部队在庐州城下交战，两人都是各自部队的先锋官，又作为情敌和乡亲，终于在战场上兵戎相见，进行了生死对决。剧作从这个角度来叙事，就很好地将稻耕文化、小站练兵、辛亥革命，以及辛亥革命后的大时代有机地连贯起来，把两个具有时代典型意义的年轻人的命运也展示了出来。

曾经有这样一句话来形容天津在中国近现史上的意义和作用，叫作"百年中国看天津"。青少年时代在天津生活了三十年的周振天，想必对这句话的理解更加深刻。他是从另外一种角度来解析这部剧的，说《小站风云》讲述的其实就是人在滚滚红尘的世间具有的怎样一个"活法儿"：是国家兴亡匹夫有责，还是人不为己天诛地灭？要荣华富贵香车美人，还是俯仰天地直面苍生？相信剧中人物各自不同的命运归宿会让今天的观众产生联想和深省。剧中的男女主人公们身临乱世的苦闷和彷徨，都在自觉不自觉地进行着精神、人格乃至文化上的选择，结果，不同的人选择了不同的路。面临价值取向多元杂驳，道德水准急剧滑坡处境的当代人，又何尝不是为了摆脱苦闷彷徨而要在新的时代语境下，进行选择和人生的重新铸造呢？《小站风云》很重要的一个特点，就是将其抽象思维化解、消融到他的形象思维当中了。《小站风云》最重要的特征就是人牵着事件走，而不是让事件牵着人物走。看得出来在落笔之际，刘德胜、李占魁、高小穗、高小花、高不吝这几个人物已经活在周振天心中了。就是靠这些人物的命运和人物之间的情感纠葛，自然而然地把创作者所要展现的历史、文化带了出来。与此同时，周振天也很注意当今受众对作品的观赏兴趣。就是考虑自己的电视剧有没有人看。《小站风云》仍然有一个吸引人的好故事和一个环环相扣的人物命运历程，还有全剧章回小说的风格和大团圆结局都充分展现了编剧对中国观众审美心理的娴熟和尊重。剧作在中央电视台很快通过了审查，并得以在电视剧频道黄金时段顺利播出。

### 3. 以小人物命运折射大时代变迁

成片可谓忠实于周振天的剧本原著，讲述了 19 世纪末到 20 世纪中叶，将近五十年的近现代史上，中国社会最黑暗、最混乱，也是人民奋斗最精彩的一个历史篇章。剧作以一年一度的贡米名分的争夺为推动点，以两个男主人公刘德胜与李占魁的矛盾为贯穿线，构成了全剧的主要看点。而两个女主人公——姐妹花高小花、高小穗，她们的命运及情感也支撑起全剧的半边天。刘德胜与李占魁，高小花与高小穗，这两组人物都有很强的典型性和对比性，在塑造上都是很成功的。在一组男性的形象中，刘德胜与李占魁两个人都很要强，都求拔尖，都不服输，最终走上不同道路。刘德胜属于追求理想型的人格，光明向上，所以加入革命的阵营是在情理之中。李占魁则为功利务实型的人格，自私阴鸷，最终走向堕落也十分合乎逻辑。在一组女性的形象中，一个高小穗文，一个高小花武，一个沉稳内敛，一个锋芒毕露，但也都代表了不同的女性美。在这两组人物的背后，剧作隐含的重大时代命题是，在鸦片战争之后，中华民族正面临着严峻的选择，积贫积弱、危机四伏的中华民族该向何处去？探索救国救民的道路又该怎么走？剧作正是在这种宏观的思考中，以百年前小站的生活为微观透视原点，以这两组人物的政治选择和情感走向为主体叙事框架，不断勾连起颇为广阔的历史生活画面，在长达半个多世纪的跨度中，通过各类人物错综复杂、跌宕起伏的命运与纠葛，折射出波飞浪卷、血色迷漫的世纪风云。刘德胜和李占魁就形象地演绎了不同的探索之路。刘德胜选择了救国图强先进文化的发展方向，李占魁则选择了显赫一时但终将没落的封建阶层阵营，通过他们两个人选择人生道路和奋斗的曲折过程，让观众看到了中国人民不甘屈辱，不怕牺牲，历尽千难万险、曲折反复找寻救国之路的奋斗。仅从这个角度看，剧作就堪称是一部气势磅礴、震撼人心的文学艺术佳作，令人观后久久沉浸在剧作营造的情境中而回味不已。

电视剧《小站风云》是以两条线索即人物的命运线和情感线来展开的，这两条线索有时平行、有时交叉，形成了剧作螺旋滚动向前发展的强劲动力。全篇情节线索是以小站镇众米农在清绿营五品守备高不吝主持下，为清廷遴选贡米这一民间寻常往事为发端，引领我们进入百年前历史生活氛围。以刘广有、李三德为代表的具有乡绅身份的人们，不惜使尽浑身解数以争得贡米的地位和荣誉。"贡米"是本剧的一个叙事的平台，同时它又是个政治的象征，或者是一个文化的象征。种贡米、选贡米、让皇上吃上贡米，是小站人莫大的荣耀，显示效忠的封建文化。这一切仿佛都笼罩在和平安详的田园生活气氛中。这种虚假的承平景象，却不能掩盖事实存在的巨大社会、历史危机，不仅孙二彪子之类的匪患公然肆虐，以日寇为代表的各国列强更是对中国虎视眈眈。八国联军的入侵，使小站成为沦陷区，小站人成为亡国奴，过新年都不准吃自己种的贡米，入侵的帝国主义军队才不管什么贡米不贡米，就是不许你中国人吃。一个国家衰落了，一个民族被人欺压了，原本很荣耀的贡米就没有了什么价值。然而，人们不可能因此而屈服，必须站起来反抗，由贡米为原点引发了一系列令人荡气回肠的抗争。剧作正是通过选贡米，送贡米，以贡米为自豪，因贡米而奋起，折射出当时民族的精神状态和民族文化生存状态，表达了天津和小站人民反侵略的斗争，描绘了人们谋出路、求解放的艰苦努力与探索。生活的必然也注定要把刘德胜、李占魁等年轻一代推向历史前台，让他们续写属于米乡新的历史。作为父辈竞争的接力与延续，他们所关注的不再仅仅是贡米称号花落谁家，而是更为命运交关、荣辱与共的家国大事。两人共同参加北洋水师，虽有博取功名的潜在动机，却更体现出报国图强的男儿之志。因此从甲午战争、戊戌变法、庚子事变，到辛亥革命、护国战争，再到北伐战争、抗日战争，他们在纷至沓来、变幻莫测的历史风云中，血洒疆场，倾情投入，演绎出自己惹人喜爱的鲜明个性和令人荡气回肠的历史命运。

人物的情感线是《小站风云》的另一重要看点。时局的动荡和人生的乱离造成人物情感的巨大错位，从而使人物陷入难以逾越的困局，并在心灵深处留下无法弥补的创痛。在海战中奋勇抗敌的刘德胜先是杳无音信，后又给家乡传来噩耗，使恋人高小穗无奈之中嫁给侥幸生还的李占魁，但心中那份深深的爱却是无法消融的。而当刘德胜经过九死一生返回故乡时，人物情感两难选择的矛盾一下子被推向了极致。一场本已勉强的婚礼便陡起无穷波澜，并为后来的剧情和人物情感的发展留下悠远的伏笔。李占魁对此不免心存芥蒂，加之他同高小穗实属情志不合，即使结成连理，两人间的龃龉还是不断发生，其情感矛盾始终伴随着他们的全部人生旅程。同样深爱刘德胜的高小花，以直率热忱的性格，煞费苦心地填补刘德胜的情感空白，终而上演了姐妹易嫁式的现代版本。如此曲折的叙事结构，无疑增强了剧作的悬念感和观剧的期待。令人称道的是，剧作对人物情感的走向，都是用细针密线来进行编织的，既显得合理与可信，又显得充分而饱满。而历经无尽的人世沧桑，刘德胜与高小穗这两位有情人终成眷属的结构方式，具有某种经典美学的意味，带给观众的是巨大的欣赏满足。

由此，《小站风云》将宏阔的历史化为人物的命运，使观众通过这部黄钟大吕式的作品，瞥见的是民族内涵丰富、质地坚硬的性格底色。剧作没有刻板地演绎历史，而是在熟知历史、了解历史之后消化了历史，把主人公和主要事件融入真实的历史之中。刘德胜是剧作着力刻画的富于理想光彩的人物，其性格看似相对单纯，却有着极为内敛坚韧的一面。这无不表现在对情感的执着与坚守，表现在为人的坦荡正直和嫉恶如仇，表现在救国救民的内在本质和价值取向，从而为高小穗所真正心仪。他性格深处回响着铁血的声音，救命恩人海旺惨死于日寇魔掌，激起他洗雪国恨家仇的不灭雄心。他参加新军就是为强烈的复仇意念所驱使。他后来向往革命、参加兴中会和护国军，是他思想境界逐渐升华的过程，为保卫天津同日寇拼死血战，为实现真正的民主共和而冲锋陷阵，书写出一条闪光的人生轨迹。他对高小花的逐渐接受，关键时刻挺身而出营救高小穗，尽显其硬汉柔情本色，使之成为我们所钟爱的典型人物。李占魁的性格则显得较为丰富复杂一些，有时候显得颇有正义感，本质上又属利欲熏心之徒，后来走上死心塌地拥戴袁世凯称帝的死路并非无缘无故，乃是其性格使然。他与刘德胜较劲一生，既出自于不输儿时玩伴的心理，也因个人的功名利禄之心和实用的人生追求。他虽然赢得了与高小穗的婚姻，但由于内心存在的巨大距离，令其无法从内心里真正珍惜这份情感，偶尔还让情感旁逸斜出，流露出某种纨绔习气。一切从现实利益出发的短视选择，使他跟随妄图称帝的袁世凯走上一条不归路。但他又在人生旅途和历史的风云中，时时显示出应有的铮铮铁骨和男儿血性，既同凶恶的敌人血战到底，又同邪恶的势力针锋相对，同样呈现出可贵的性格硬度。剧作把这些人物从世纪影像中精心地还原出来，凸显出来，赋予其极高的认识价值和欣赏价值，使我们看到其所代表的民族性格的不同侧面。

不仅主要人物形象刻画得好，次要人物的形象塑造也是比较好的，从而使剧作具有了更为独特的历史气质和深厚意蕴。如对高不吝这一晚清官员形象的塑造，没有像以往某些作品那样采用漫画化手法，而是赋予其坦荡磊落、大仁大义等丰满血肉和性格特征。他在政治上非常保守，一直死忠大清王朝，统驭乡里则又关怀民生，具有强烈的民族血性，在民族危亡的时候毫不犹豫地挺身而出，以老迈之身依旧驰骋战场抗击日寇。对清王朝的逝去有着刻骨的眷恋，手握辫子溘然而世的镜头，则是这个人物最哀婉感伤的写照，剧作据此把这个清军绿营五品守备的复杂丰富性格惟妙惟肖地揭示了出来。剧作虽然以小角度来写大历史，但涉及袁世凯这个历史人物也似应有之笔，能不能写好这个人物也很关键。剧作对袁世凯形象的刻画并非丑化式的，而是将其置于复杂的历史情境之中，以"枭雄"两个字来定位与描绘其形象特征。即他是治世能臣，乱世枭雄，既从严治军、出手大方，又善观风向、心狠手辣，在其身上表现出了多样却统一的性格层次。剧作对这个人物的把握是准确的，处理是有分寸的，因而也是成功的。对反派角色牛登赢这个人物，剧作是用极端的手法来刻画的。其堪称是腐朽堕落、不可救药的旧世界的代表和化身，他作为令人恨之入骨的邪恶力量，耍尽各种阴奸损坏等卑鄙无耻的手段，处心积虑地欲置刘德胜和李占魁于死地。土匪孙二彪子这个人物也有独特意趣，打家劫舍而又无情无义，但在与日寇短兵相接时血性喷溅奋勇杀敌，在弥留之际却仍念念不忘与高不吝之间的新仇旧怨，也是该剧颇为精彩的一笔。汉纳森教官一角的设置，不仅使剧情具有更多峰回路转的周折，也是对一定历史事实的真实反映，东西方两种文化心理的碰撞为剧作平添了许多新的历史意味。

剧作者善于构筑紧张的戏剧情境，善于把控宏大叙事节奏，善于蓄积和释放剧情的能量，在似乎难以调和的激烈矛盾中，凭借收放自如的驾驭能力和柳暗花明式的回旋，推动情节波浪起伏而又环环相扣地向前发展。有力地实现了从生活的小角度切入，展示的却是作家宽阔的历史视野；从看似欢乐的米文化风俗写起，撕开的却是巨大的历史痛楚的创作初衷。当历史生活一幕幕地次第展开时，清末民初那种极为复杂的历史生活形态，在《小站风云》中得到了清晰生动的透视与展现，传递出极其丰富的历史信息和作者对历史的深刻认知。十分难能可贵的是，《小站风云》表现出对正确历史观、价值观的坚守，这应当是此类题材创作必须遵循的基本前提和重要原则。以艺术的方式描绘民族的悲愤与抗争，诠释历史的正义与悲情，而这特别需要对历史精神的吃透与揣摩，特别需要对历史生活进行极具个性的审美观照，并通过精彩的情节和丰满的形象呈现出来。这要求作者必须为此付出巨大的思想、情感与艺术的力量。对历史题材的反映，受观众深度的欢迎是创作者所必须思考和追求的，但绝不能仅仅为了娱乐和搞笑，也绝不能对历史进行任意的涂抹与演绎，而必须持有足够的敬畏之心，以创造高品质、高水准的佳作为依归，让观众通过包含巨大艺术魅力的作品，重温百年前中国的表情与温度，接受作品关于历史或潜移默化，或江河壮阔般的情感冲刷和思想激励，以发挥历史题材文艺作品的真正价值。从这一点讲，《小站风云》为我们提供了富于启示性的意义。

周振天在其作品里蕴含着深邃的历史思考和充沛的爱国激情，是显而易见的。剧作形象地展示了在那个特定年代，中华民族探索如何拯救中国，曾经有各种变法之类的选择，但是他们都没有从根本上触及封建的根基，也都注定是不可能成功的，但这也是在中国共产党诞生之前，中国人民在探索救国之路时走过的坎坷之途。从某种意义上讲，剧作所设置的矛盾冲突就反映了这种探索和坎坷，其中既有反抗外族侵略的史诗般的描述，也有深刻的阶级斗争如腐朽的清政府与孙中山所代表的新兴力量的生死较量，饱含悲怆又不可屈服的精神力量。庚子事变八国联军攻打天津的时候，最激烈的战斗就发生在南门，而进攻南门的是日本军队，他们显得特别地凶狠。剧作浓墨重彩地再现这次战斗，导演和演职员们共同营造了长达二十分钟的南门保卫战，打出了小站人的血性，打出了中国人民的血性，看起来真可谓是惊天地、泣鬼神，既气壮山河，又让人热血沸腾。因此可以说这是一部重精神、重灵魂的电视剧，它不仅让我们重温中华民族一段重要的历史，更让观众感知到那段历史中所蕴含的巨大精神感染力。

### 4.一部剧连接两岸中华儿女情

因此，从总体意义上讲，《小站风云》既写得好也拍得好，不仅推出了一部有着很高历史观照和艺术价值的优秀电视剧佳作，也为天津小站真正打造了一张沉甸甸、亮闪闪的文化名牌，策划者原初的目的超过预期地达到了。剧作一经播出，就受到了观众广泛的欢迎和好评。新浪微博有一名为"安徽男孩的围脖"观众留言道："可能写的是辛亥革命前后的事儿，年轻人就不那么喜欢看，我感觉自己却能融入到剧情，说白了就是这剧实在。可能我比较感性，我觉得那个年代的人感情、思维特别有道义感、责任感，现在我们缺乏的是那个年代人的精神，《小站风云》能给我们精神上的养料，希望能有更多这样的电视剧，讲述更多实在又有情义又有内涵的故事。"

值得一提的是，有报道称，该剧的拍摄从多方面增进和体现了海峡两岸的密切联系，延伸了中华民族的情怀，构架起两岸关系的桥梁。一是该剧由著名台湾籍导演马玉辉担纲执导，海峡两岸暨香港的实力影星联袂主演；二是剧中描述的驰名中外的"小站稻"，它的培育、种植和经营，与台湾稻农、米商有着千丝万缕的联系，是两岸稻农合力孕育的结晶；三是剧中描述的八国联军侵占天津时期，天津人民与台湾同胞同仇敌忾、奋勇抗敌，充分体现了两岸人民以"振兴中华、民族复兴"为己任的豪情壮志，彰显了两岸中华儿女热血澎湃的民族精神。为此，时任两岸有关方面的领导人为《小站风云》热情题词。海峡两岸关系协会会长陈云林题词："破碎山河谁料得，艰难兄弟自相亲。"国民党名誉主席吴伯雄题词："运古涵今。"台湾亲民党主席宋楚瑜题词："两岸情深，水乳交融，四海同心，小站大成。"其殷殷之情，皆溢于言表。

【注：总编剧、总制片人：周振天；编剧组：李梦、李立邦、牛立明、李娟；导演：马玉辉；领衔主演：陈昭荣、王强、杨若兮、韩雯雯；友情出演：杜旭东、马晓伟、李舜、巴宁、李迎旗、徐念福、师小红等。天津津南区政府、天津电视台、天津电视艺术发展中心、中国电视艺术家协会，海政电视艺术中心，中网影视文化产业投资（天津）有限公司出品。】


## 第三节 《闯天下》：写给当代青年的励志正典


### 1. 好剧本靠磨不靠神

中国的电视剧就像个巨大的蓄水池，什么样的题材都有可能被发掘出来且吸入其中。富含各种传统文化内容的题材自然亦不会例外，作为一种题材的富矿，也是电视艺术家们关注、探测与开采的对象。吴桥杂技是中国传统文化的典型例证，进入电视艺术家的视野也是早晚的事情。于是我们看到了三十六集的电视剧《闯天下》。

以杂技为题材的长篇电视剧，《闯天下》是第一部，迄今为止可以说是唯一的一部。剧作所反映的杂技原型，是河北省吴桥的传统民俗杂技艺术，而吴桥是闻名中外的杂技之乡。据有关史料记载，吴桥杂技在中国历史上是最悠久的。相传，吴桥是春秋末期的齐国人，即中国古代著名的军事家、政治家孙武后代的封地。至今，吴桥之地仍有不少人姓孙，以孙姓命名的就有十多个村子。吴桥古城的东南面有一群土丘，据说是孙膑与庞涓打仗时大摆"迷魂阵"的遗址。在土丘南面的十里处有个孙公庙村，村子东有座孙公庙，庙里供奉的塑像是孙膑。看来所谓的传说并非空穴来风，是有一定历史渊源的，吴桥人习武练杂技之所以早，吴桥后来之所以成为著名的杂技之乡，不能不与此有关。

在吴桥杂技这个题材上做文章，是时任河北省委宣传部副部长白石邀请富有经验的周振天，根据吴桥杂技这个世界著名文化遗产创作一部电视剧。杂技界的江湖文化也正是周振天很感兴趣的，邀请和应邀的双方可谓一拍即合。周振天说自己在天津生活了三十年，与河北地区有着多方面的联系，熟悉这里的母语，熟悉这里的地理环境，熟悉这里的历史，基本上是在燕赵文化的熏陶下长大的。当然，要完成吴桥杂技这样一部长篇电视剧的创作，原先的生活感受和积累是显然不够的。从接受邀请、进入题材和构思剧本开始，周振天一如既往地重视下生活。他带着编剧团队一起到了吴桥，去深入了解这一早已闻名世界的杂技文化。他们走街串巷进行采访，查阅资料，以求追踪与还原历史旧貌。他曾这样介绍这部剧的采访对于剧作的价值和意义：

> 《闯天下》的剧本创作要涉及大量专业内容，比如杂技中的一些行话、行规、习俗，以及杂技文化在时代演化中的流变。这些方面的内容和细节对于这部剧来说特别重要，决定着整个剧本的艺术品相，是一点都不能含糊的。包括杂技人物的取名都很有讲究，剧中有个角色叫"大花鞋"，是根

据杂技艺人表演时鞋上通常都会有一颗彩色绒球得来。还有秦小手、神鞭于等人物的命名，也都是非常接地气的，能从生活中找到其可靠的根据。

周振天率领他的团队如此这般三下吴桥，不仅搜集了大量的素材，获得了充分的体验，也激发了灵感与激情，为剧本撰写打下了极为坚实的基础。

《闯天下》的剧本创作又一次生动再现与充分证明了周振天一直强调的，要想拍出好的电视剧，就必须在剧本打磨上下狠功夫的做法。周振天的创作路数是，每拿到一个选题时，在深入生活的基础上，对剧作进行认真系统的构思，在确定全剧总主题和思想文化底蕴之后，周振天还要对剧作中每个人物的命运走向、主人公的关系、性格定位等，进行深思熟虑的设计，再拿出充裕的时间带领编剧团队侃戏，对剧中的主要人物、主要事件、人物关系、情感矛盾冲突的线索做进一步的充实、完善与丰满。侃戏是周振天最为兴奋的事情，无论是《小站风云》《护国大将军》《孟来财传奇》，还是《我的故乡晋察冀》《闯天下》《楼外楼》等，他几乎总是要从头至尾把剧情口述演绎一番，把主人公们的情感关系、主要行为、重要"桥段"，甚至关键语言，都要眉飞色舞、声情并茂地"演"上一遍。助手们把这一切记录下来，形成文字，然后再进行细细加工。对助手们提出的好建议、好点子，周振天都会虚心采纳。在助手们分头写出各自负责的部分后，周振天会提出意见让他们再修改，但最后定稿必须是他亲自着手。每一场戏、每一个桥段，甚至主要台词都要反复推敲，直到满意为止。他的剧作之所以部部成功且精彩，个中原因正在于"磨"与"狠"这两个字上。没有这个"磨"字是不可能出来好剧本的，没有这个"狠"字，是很难实现和达到最初的设想和最终的目标的。那种听不得人家半点意见，一被批评就暴跳如雷的创作者，是很难拿出尽善尽美的作品的。周振天认为，一部体量大、篇幅长，且创作周期短、要求高的作品，是很难不存在这样那样的问题与不足的。广泛听取各方面的意见恰恰是弥补漏洞、消除弊端的最有效途径，这也是被一再证明了的成功之道。我们完全可以想象，周振天在其创作过程中，那番废寝忘食、挑灯夜战的场景，艰难与蹉跎，胜利与欢乐，就存在于他与他的团队的岁月与朝夕之中。一直配合周振天工作的吴桥县文物保护管理所所长杨双印，在他的记事本上清楚地记录着《闯天下》几易其稿的经过。周振天为了剧本的加工修改，2009年的春节都没过好，只要一有人提出什么问题，他宁可年不过了也要认真把它改好。

尽管是如此用心地结构剧本，讨论情节，但《闯天下》剧本的写作仍然历时三年之久，从中可以看出编剧的匠心与精心。这在当下视电视剧为快餐文化的大环境下，实在是很少见的。虽然，吴桥杂技是国宝级民间艺术，有着悠久深厚的历史，且在19世纪就已经名震海外，但并没有现成的故事、原型的人物可供参照和构剧，在创作上大费周章是必然的。因此在剧作故事发生的年代和时间的选择上，需要有针对性地进行取舍。剧本最终选择放在从民国时期军阀混战到抗战爆发后的十几年间，主人公为吴桥杂技艺人闯荡江湖的传奇故事，这是经过了深思熟虑的，可谓用心良苦，大有讲究。一方面，以这段历史为背景，与今天的连贯性较强，易于引起观众的兴趣；另一方面，这是近代充满动荡与离乱的历史时期，表现和展开杂技艺人的生活有相对巨大的扩展空间；再一方面，这也是周振天所熟悉的时代范畴，驾驭起来容易得心应手。

周振天的多部剧作，大多以燕赵大地的生活风俗为人文背景，也大多以抗战时期为主要的历史背景，如《玉碎》《张伯苓》《小站风云》《我的故乡晋察冀》等。问题是在同样的历史与人文背景下，如何保证创作常写常新呢？对《闯天下》这部新作又如何避免同质化现象呢？作为总编剧，周振天说他虽然从小就熟知吴桥杂技，但通过扎实的深入生活，通过剧本的艰苦创作，更加具体、深入地厘清与理解了杂技艺人身上那种行走江湖、闯荡天下培养出来的精神与品格。由此可见，创作和打磨这部剧作的过程，显然也是一个由外而内、由浅入深、逐渐清晰深化的过程。所以周振天才有这样的感慨："每一次深入到吴桥杂技艺人的生活中都能找到丰富的灵感，就有反复修改剧本的想法。"这样一种修改加工就是对这个题材内在特质的不断发现，对剧作、对人物、对主题的定位更加精准完善，从而使剧作的面貌与内蕴完全不同于其他剧作。

### 2. 抓住吴桥杂技的艺术特色和文化底蕴

单纯从剧本的创作角度来看，《闯天下》生动再现了从民国时期军阀混战到抗战爆发后的十几年间，吴桥杂技艺人闯荡江湖的传奇故事，描写了一组杂技艺人在战乱年代的命运史，这种家国同构的叙事也是周振天在以往的创作中经常运用的手法，即以小人物的命运折射大时代的变迁。如果只是单纯写吴桥杂技和艺人们的恩恩怨怨，则很容易写出一部杂技江湖恩仇录。在充分展现杂技艺术魅力的同时，将主人公的命运与国家命运水乳交融地交织起来，剧本便厚重、丰满了起来。这是又一次在剧作中体现"家国同构"的创作理念，从而反映出国家政治命运与小家悲欢离合间须臾不可分离的紧密关系。周振天反复强调，剧本是一剧之本，要想拍出好的电视剧，就必须在剧本打磨上下狠功夫。

但是"将杂技艺术与剧情有机融合起来并不是一件容易的事"。周振天深有感触地说：

> 故事以中国传统民间艺术吴桥杂技为叙事平台，剧本构思伊始就考虑到了要将这一博大精深的艺术瑰宝在剧情中进行生动的展现。紧紧抓住吴桥杂技艺术的特色和文化底蕴，剧本才会更有质感，剧情才能更引人入胜，人物才能更有嚼头儿。

在《闯天下》出来之前的几年间，表现传统文化的电视剧已有不少，反映抗日战争故事的电视剧更是层出不穷，但把二者成功地融合起来，并达到较高质量的作品却并不多见。前些年周振天在创作《玉碎》和《小站风云》时就做过这方面的尝试，取得了一定经验，在写《闯天下》这个剧本时，他很想把这个追求发挥到极致。正是有了这种艺术追求，才使《闯天下》具有了十分独特的艺术视角和立体饱满的艺术张力。

周振天认为，把反映吴桥杂技艺人生活的题材打造成一部以中国近现代史为背景的电视剧，是因为考虑到当下观众的历史认知、文化传承在一定程度上出现了割裂和断层的现状。特别是很多年轻人对中国近现代史越来越不熟悉，对中华民族几千年积淀的优秀文化也越来越不甚了了，有的甚至抱着某种虚无主义的态度。这是一种非常严峻的现实。历史认知的割裂和文化传承的断层，久而久之极有可能造成国民价值观的迷茫乃至崩解。通过有着广大收视群体的电视剧，来正确地讲述中国的近代史、抗战史，通过扣人心弦的好故事来弘扬中华民族的优秀传统文化，正是电视剧从业者必须有的责任与担当。电视剧作为一种娱乐色彩很浓的艺术门类，虽无法完全承担引导社会良知和传承历史文化之责，但作为编剧应当自觉地秉承社会良知、道德责任进行创作，以引人入胜的故事来弘扬当下社会几近稀缺的人文精神，通过点点滴滴来传递中华民族历久弥新的优秀文化正能量。

这就有了三十六集的电视剧《闯天下》的问世，其通过吴桥杂技艺人的传奇故事，塑造了赵沧海、燕青山、萧紫霞、秦莺莺、秦小手等一批具有鲜明性格的杂技艺人形象，再现了燕赵儿女在家国交困、民族危亡之际所表现出来的慷慨悲壮、担当道义、挑战极限、永不服输的民族精神，诠释了中国人民在振兴中华、民族复兴的进程中，所表现出的心系祖国、自强不息、勇往直前的无畏气概和聪明才智。

剧作以在吴桥兴盛了五百年的吴桥杂技九月庙会为叙事原点，这是个在全国乃至世界上闻名的杂技行业庙会，全国各地的杂技班子，还有一些国外团体都赶到九月会上来亮一亮相，来争这个在世界上很有知名度的金狮大奖。于此开始，以三个班子的跌宕命运为经，以时代的风云为纬，编织起了这样一部大戏。剧作共设置了几条叙事线索。一是三个杂技班子在发展上的争夺与较量。九月会上，杂技世家赵天福一家为长乐班赢得了九月会上大奖——金狮奖。但因赵天福不愿与长乐班续约，准备另立班子单干而被长乐班班主谋害。赵天福之子赵沧海因父亲遗言把华夏班交给师兄燕青山，却没有交给他，怄气愤而出走，成立起自己的神奇小子班。但毕竟，相对年轻的赵沧海做事比较凭意气行事，在又一届九月会上，华夏班、长乐班和赵沧海的神奇小子班鼎足相对，为争夺金狮奖进行了一场生死对决。对决前夕，因为赵沧海娘舅大花鞋搅起事端，赵沧海误伤师兄燕青山。但这毕竟是他给华夏班闯了祸，在师兄燕青山的帮助下逃亡日本，在日本卖艺并收了日本徒弟西村；最后还是回国接收了华夏班。赵沧海是一个有闯劲的人物，有一种天不怕地不怕的不服输的劲儿，他的身上也反映出新一代杂技艺人在那个风云动荡年代的成长历史。而作为对立面的人物，即杂技协会会长与长乐班班主的何自雄，则是一个私心很重、没有底线的角色，一直梦想在杂技界一统天下，并与其妻白牡丹、侄子鬼难拿沆瀣一气，施展各种权术与阴谋，勾结各种政治势力甚至是敌对势力，打压同行。但在面对日本人的暴行时，何自雄在最后时刻终于悔悟，为掩护赵沧海而死，用他的死洗刷了自己一生的恶行。剧作也以一定的篇幅，塑造了鬼难拿这种阴狠歹毒的人物，剧中许多情节的推动，这个人物都起了很重要的作用。正是善与恶的明里暗里的较量，把杂技艺人在那个时代的争斗及其命运，写得丝丝入扣，精彩纷呈，荡人心魄。

二是人物之间的情感纠葛。赵沧海与萧紫霞在感情上比较接近，但萧紫霞与燕青山又是娃娃亲，而秦小手的女儿秦莺莺又深爱着赵沧海。这种情感的纠葛，不是编剧故意设置的噱头，而是人物的爱情之深所致，更是剧情发展的重要推动力。如远去日本的赵沧海得知燕青山和萧紫霞因为帮助了赵沧海出逃被抓，何自雄逼迫关在狱中的萧紫霞嫁给军阀黄师长为妾，便心急如焚，并取道香港、广州回国，恰遇从长乐班逃出的秦小手父女有难，赵沧海倾囊相救。后得知萧紫霞已被燕青山救出，华夏班不知躲往何处，赵沧海只好在广州跟秦莺莺一道卖艺。为了促成秦莺莺与赵沧海，秦小手用魔术手法，骗赵沧海喝下药酒，想让秦莺莺跟赵沧海既成事实。最后关头，秦莺莺明白赵沧海爱的不是她，便把赵沧海推出门外。萧紫霞面对真情与旧俗，左右为难无法取舍。秦莺莺知道与赵沧海相爱无望，为了抗拒与洋人军火商的婚姻，在表演高空节目时，做了一次"爱的俯冲"，从高处跳下自尽，被赶来的赵沧海救下。赵沧海被秦莺莺的痴情所动，带着受伤的秦莺莺远涉重洋，到南洋演出去了。其中的感情曲折，相关人物的炽热、内敛与自制，都使这种情感显得真挚、纯洁和高尚，也使剧作涉及多角的恋情，很有艺术品格。

三是于生存的夹缝中写杂技艺人的艰难与抗争。因军阀的欺压，何自雄把赵家当家女把式萧紫霞献给侯督军。赵沧海奋勇闯进督军内室，三拳两脚打伤侯督军，才救走萧紫霞。军阀黄师长也要纳萧紫霞为妾，幸亏燕青山相救才没有得逞。由于赵沧海在长城抗战中的表现，招来了天津日本浪人对演出的骚扰。在上海，赵沧海与上海青帮大佬黄月斋几番明争暗斗，与来上海进行"精神文化作战"的日本西村马戏团打擂，赵沧海得胜后反被政府扣上排日之罪抓进大牢，经多方营救才得以出狱，却被法院判处封箱禁演一年。"七七事变"后，赵沧海的"徒弟"，已经成为"皇军"的西村正雄进驻吴桥，为笼络人心，西村几番邀请赵沧海出来当维持会长，被赵沧海断然拒绝。日本特务机关的河野昌夫也来到吴桥，为宣扬日本人的"王道乐土"，想重办因战争而停办的九月会。在最后关头，赵沧海等识破了鬼子的计谋，一把火烧了吴桥人引为自豪，兴盛了五百年的古老吴桥九月杂技庙会。河野与西村计划破灭，愤怒之中，抓捕了大批艺人，拉到据点修炮楼，并计划将艺人们送到日本去当劳工。

四是反映了那个时代从黑暗走向光明的趋势。赵沧海巧遇曾在南洋就有交往的地下党罗坚，面对危险，巧用魔术节目，救下罗坚。这种手法瞒过了特务，却没有瞒过看演出的鬼难拿，鬼难拿便向当地的军警举报。赵沧海在燕青山和萧紫霞的帮助下，躲过军警抓捕，逃亡日本。华夏班辗转来到了八路军根据地，有一次为了掩护战地医院撤离，赵沧海决定牺牲凝结着他们几代艺人心血与理想的杂技班子，敲响了祖传的铜锣吸引鬼子的注意力，面对包围上来的鬼子，华夏班为荷枪实弹的日本鬼子们做了一场技艺精绝的绝命演出，完成的是吴桥艺人从为自己生存发展到为民族生存献身的转变。河野与西村抓住了赵沧海等，戏弄并逼迫他们演出神奇节目《牙接子弹》。赵沧海与燕青山将计就计，演出中用"隔空大搬运"的手法，将假子弹变成真子弹，打死了河野。危急时刻，罗坚带领一支部队来营救赵沧海华夏班，赵沧海于混战之中，用六合刀亲手杀死了"徒弟"西村和当年害死赵天福的元凶鬼难拿。

《闯天下》的剧本构思原本就充分考虑到了各个层面受众的喜好，杂技好看精彩，江湖凶险刺激，爱情苦辣甜酸，战争残酷悲壮，传奇精妙绝伦，历史波澜壮阔。

《闯天下》里的三个杂技班子，即成人杂技班"长乐班"和"华夏班"，以及儿童杂技班"神奇小子班"，各个班子里可以被称为把式的都有一项乃至诸多绝技。剧作中的许多人物都取自于生活的原型，如秦小手这个人物，就是根据吴桥杂技大世界的"鬼手"王保合加工而成的。这些身怀绝技的民间艺人，平常为生计闯荡江湖，撂地摆摊，以卖艺糊口。而当国难当头之际，他们又能凭高超的技能和绝活，同侵略者展开让人眼花缭乱、神出鬼没的斗争。秦小手就是其中的典型人物，这个人平日里抽大烟上瘾，甚至为还债可以把女儿卖掉，但当他看到日寇烧杀抢掠、无恶不作时，他的血性被激发了出来，为配合八路军攻占日军炮楼，当着日本士兵的面，使用"隔空大搬运"的绝技，把鬼子兵的机枪枪栓"变"没了。后来日本人抓到秦小手，把他的手指一个一个全部剁掉，并将其杀害。这群真实的人，这些真实的故事，仍然是具有感天动地的力量的。

周振天自己也曾感慨道：

> 吴桥艺人闯天下、走江湖的史实，让我们感受到他们的侠气、仗义、血性、百折不挠，让人不禁联想到热情奔放又坚毅顽强的吉卜赛人。兄弟阋墙、家族内斗其实是哪个时代

都会有的，不管是什么样的文化形态里都会发生这样的事。但当外敌入侵要亡国灭种的时候，整个民族就必须团结起来，我觉得这是一个民族最重要的底线。

这一切融合在剧情之中时，不仅使观众看了感到十分解气，也显得格外有趣，有助于增强剧作的观赏性；而且这些杂技艺人们富于传奇色彩、充满跌宕起伏的命运，以及面对艰困危难而敢于舍生取义的壮举，充分反映出这一草根式的特殊社会群体不屈不挠，敢闯敢拼，经得起磨难和失败的顽强意志和不屈精神。这正是燕赵自古多慷慨悲歌之士的真实写照，庶几可以成为当下充满正能量的励志正典。

剧作中的一些情节细节是非常有意思的：而全吴桥"倒杆"哀悼惨烈牺牲的艺人秦小手的情节则是根据吴桥每一个杂技班都有练功高杆得到的启发而虚构的。这些故事情节源于史实又超越其上，使剧本更具可看性。《闯天下》从单纯描述杂技艺术惊险奇绝，上升到写民族骨气之烈，正是用严肃的创作向雷剧和神剧说"不"。

杂技文化和地域特色是《闯天下》的看点之一，在剧情展开过程中，《飞杆》《顶椅》《舞狮子》等具有吴桥杂技代表性的高难度节目穿插期间，这不只使剧作充满浓郁的河北文化气息与地方特色，杂技节目也是剧作重要的情节支撑，是剧情中的重要元素，在整部戏中，就是对杂技节目的有机的一一展示。如在杂技行里有个不成文规矩，即艺人十分忌讳踢到打击吆喝的铜锣，这个细节就被真实地写进了剧本，剧中华夏班女把式萧紫霞就为此被罚当众磕头认错。这可以让观众对杂技的文化与习俗有个很形象直观的了解。而悠扬婉转的河北民歌《放风筝》会不时地在剧中响起，描绘吴桥杂技的画轴也在剧作首尾一一呈现。"走天下，闯江湖，飞扬燕赵风骨；尚仁和、拼道义，逍遥人间正路……"这是这部剧作的总策划白石部长为该剧编写的主题歌歌词。主题曲用高亢激越的梆子腔为音乐风格，充分体现河北人民敢于面对千难万苦、英勇不屈的精神特质，显示出满满的燕赵风味。剧作对吴桥杂技的艺术表现，就是要体现这样一种精神，象征一种信念，塑造一种形象，诠释一种启迪，也是《闯天下》创作要达到的目的。

### 3. 正剧完全可以赢得年轻观众

有网友发微博称赞："《闯天下》台词精炼有趣，可知编剧文学水平和对生活践行之深非同一般。"在电视剧《闯天下》播出前夕，记者采访主演印小天，他兴奋地向记者透露，这是我五年来接到的最好的一部剧本。整部剧都没有一场废戏，甚至没有一句水词儿。对于印小天由衷地给赞，周振天倒觉得这很平常："我是写话剧出身的，在一场两个小时左右的话剧中要完成一组人的命运叙述，是不能有废话的，更不能掺水。电视剧也是一样，如果'水'多了，那就是对宝贵的播出资源的浪费，对观众的智商和耐心也是一种藐视。"

在《闯天下》的首映式发布会上，周振天表示，通过正剧来赢得当代年轻人喜爱是完全能够做到的。剧中男主角赵沧海仅凭借一个铜锣而不带家里一口干粮、一分钱就出去独闯江湖，历经坎坷磨难，终于创建了自己的"神奇小子班"，重新鼎立于杂技大赛的"九月会"，其实就是一个草根青年靠自己本事打拼天下的励志故事。周振天说："我特别希望青年观众能够喜欢看这部电视剧，希望他们在职场竞争中，在自主创业时，能够从赵沧海身上看到自己的潜力，像他一样敢于白手起家，敢于愈挫愈勇，闯一片自己的天下。因为过去吴桥的年轻人就是这么从艰苦的生活中闯出一片辉煌的。"

中国文联原副主席、文艺评论家仲呈祥认为，《闯天下》一定意义上是中国杂技艺术的断代史，甚至矫正了大家对杂技的定义。该剧体现了吴桥杂技艺人敢于面对挑战的精神，我们不妨把这种精神看作是吴桥人民、沧州人民，乃至河北人民的精神。从这部电视剧中，大家可以了解，杂技是人类利用形态语言，发挥力与技巧之美，对生命极限和精神境界的一种挑战。中国文联原副主席、著名文艺评论家李准则认为，《闯天下》这部片子把民族文化、燕赵风骨、杂技艺术和抗日战争完美联结成一个点，使它高出同类题材所有的作品。《光明日报》副总编辑沈卫星认为，把吴桥杂技放在革命历史题材中，是一个很好的创新，并与我们当今社会的价值观有多重契合。同时，这部电视剧挖掘出了吴桥杂技的底蕴，通过一个个鲜活的人物，细腻地表现了吴桥杂技艺术的精华。还有不少专家认为，《闯天下》在叙事上兼容并蓄了多重元素，将传奇故事、英雄抗战、武打侠义、杂技班的内部争斗以及爱情、兄弟情、伦理亲情等多种元素有机结合在一起，不仅让故事丰富好看，结构上也更有层次，可以说是多元素融合，传奇不离奇。中国传媒大学教授、博士生导师曾庆瑞坦言，现在的传奇剧很多做得都不好，要么是传奇得乱七八糟，故意随性，甚至于下三滥，要么是传奇得不到位，让人觉得平平淡淡。在我看到的传奇题材电视剧里，能够像《闯天下》这样传奇到出神入化，传奇到通篇好看的程度，还是不多见的。因此对于目前国内流行度很高的传奇剧来说，《闯天下》有着正本清源的示范作用。《光明日报》文艺部主任彭程也认为，《闯天下》除了故事好看之外，也在荧屏上呈现了出神入化的杂技表演，让人看得如痴如醉。剧作借助受众巨大的电视剧艺术形式对传统艺术形式——杂技给予了有力推广，是值得从业人员借鉴的。

电视剧《闯天下》正是在过分娱乐化的电视剧大行其道的市场窘境下诞生的，它以蕴含深厚中华传统文化的年代正剧的面貌受到观众的普遍青睐。这种收视的现象正好说明，当下的观众并非一味偏好所谓重口味的"神剧"，如果说观众在被动而无奈地接受这些剧作的时候，他们真正期待和希望看到的是高质量剧作的出现。电视文化从其传播方式和对象上讲，其本质是一种大众文化，如果被大众所疏离无疑是一种失败。而能赢得大众的作品，则并不一定就是低俗的，任何认为只有低俗的才会受到大众欢迎的观点，都是片面的甚至是错误的。高雅的艺术也并非就没有大众，任何认为大众难以接受高雅艺术的见解，都是在接受美学上对大众的误解和轻视。在一定的时期内，电视节目进入了某种怪圈，如娱乐栏目要么短视媚俗，要么拿来主义；电视剧则陷入家庭恶斗、偶像言情、无厘头的魔幻穿越的无聊循环。其中虽不乏有一定质量的作品，但实属凤毛麟角。随着时代的越来越进步，最具大众性的电视文化却越来越乏善可陈。这一现状是否反映出了观众对电视节目的真实需求？作为其中内涵最为丰富的电视剧作品，又该以怎样的标准继续进行创作？《闯天下》可以说是做出了生动的回答，提供了非常有力的启示。

我国电视剧年产量已经达到近两万集，这在世界上是规模最大的，但主流媒体的播出平台的容量却是很有限的。在周振天看来，播出平台是非常宝贵的社会资源，创作者应该拿出诚意来对待。不能以为销片公关能力强，靠人脉占据播出资源，就可以肆意在作品里注水，动不动就五六十集。观众不是傻子，早晚有一天会离你而去的。作为一名专业编剧，如何让作品适应现在竞争激烈的电视剧市场，对得起宝贵的播出资源，周振天对现在的年轻编剧寄予厚望，他说："不是因为我是干编剧的，所以就把编剧这个职业说得多么重要。编剧确实就是电视剧创作生产链条上的第一环节，实实在在地影响着整部作品的基本定位。抓住编剧的扶植和培养，也就守住了电视剧的第一道关口，久而久之也就能够把握住整个中国电视剧传导什么，弘扬什么。编剧就应该有担当，无论写什么样的题材，都得要把中华民族历久弥新的文化精华传导给观众。诚然，电视剧毕竟是大众艺术，很忌讳板着面孔的高台教化，但是根据我自己多年的摸索，这一切都可以在具有观赏性的前提下得以实现。但这也正是对编剧具有挑战性的地方。"

如果说剧作还有一些遗憾的话，《闯天下》成剧对原剧本中一些很宝贵的东西没有呈现出来，比如《闯天下》原本中有不少江湖艺人行业的文化呈现，即有些文化习俗桥段，杂技班子的某些规矩老例儿，都是非常有意思的、有看头的，但不知道是为了加快拍摄工作的推进，还是出于经费预算的考虑，二度创作对原剧本做了一定幅度的删减，导致剧中杂技艺人的独特生活气息和职业文化特征都有明显的减弱。譬如夜宿破庙里，一觉醒来原本清晰的路径被大雪遮掩，杂技班子有什么法子决定走东西南北哪个方向？再如艺人遭了牢狱之灾，走出牢房那一刻有什么讲究？又如道具行头被警察查封，启封时又会有什么忌讳和仪式？等等。在周振天看来，剧中不仅要讲述吴桥杂技艺人们现在在干什么，还要告诉观众他们从历史的哪里走来，他们身上有着怎样的文化基因，这些都绝不是无关宏旨的事，而是折射吴桥杂技艺人精神轨迹的重要细节。为了弥补这个缺憾，周振天又特意推出长篇小说《闯天下》，读者可以通过小说看到杂技艺人闯荡江湖，更具特色也更为丰富的描述和刻画。

【注：总编剧：周振天；编剧：樊城、杨双印、刘恩合、牛立明；总导演：吴子牛；主演：印小天、韩雯雯、黑子；友情出演：杜志国、赵文瑄、聂远、王绘春、刘奕丹、韩晓等。河北省委宣传部、河北省文明办、河北省广播电影电视局、河北影视集团有限公司联合出品。】

## 第四节 《楼外楼》：老题材的历史与文化观照

### 1. 融自然景观与人文景观于一体

在杭州西湖的孤山脚下，有一家名闻中外、已有一百七十年历史的名餐馆"楼外楼"菜馆，游览西湖的游客经过此处时，或许都想止步于此，品一品它的风味，起码会对它的名称留下一定的印象。2018年6月，一部三十六集电视剧《楼外楼》在中央电视台一套黄金时间热播，掀起了一轮观赏的收视热潮，想必它的名气更是不胫而走了。

电视剧《楼外楼》是周振天涉商题材的剧作。这部作品所反映的是浙商这个人群，以及浙江的地域、人文和生活，对他而言都是相对不太熟悉的，远不如燕赵文化那样由于耳濡目染而了然于胸。但作为一位思想深刻、艺术纯熟、经验丰富的编剧，这显然不是他创作之路上攻不破的难关。他带着编剧助理范国清、王应良多次到"楼外楼"和杭州深入生活，使他的思致、情感和创作构想，以沉浸式的状态进入"楼外楼"的历史与现实的氛围之中。

这个"楼外楼"所在地杭州，让周振天想起的是什么呢？杭州旧称临安，一千多年前，宋朝政权从东京开封迁至此地。宋代孟元老的那本追述北宋都城东京开封府城市风俗人情的笔记体散记文《东京梦华录》，描绘了当时住在东京的上至王公贵族、下至庶民百姓的日常生活情景，可以从中窥见北宋时期社会经济的繁华鼎盛。建都临安的南宋虽偏安一隅，在经济和文化上也是较为发达的。后来有人说，两宋之后，没有中国。当然这主要是从精神文化层所发的极而言之的见解，未必恰当。但中华思想文化精神的余绪，在这个曾经是南宋都城的杭州，有着怎样的传承呢？在穿过千年的风雨走向近现代，民族又有着怎样的心理与性格特征呢？这个题材的背后蕴藏着什么巨大的历史与现实内含呢？这一切显然都是值得去把握、深思和提炼的。

周振天又十分清楚地意识到，创作电视剧《楼外楼》必须将"楼外楼"所处的自然景观与人文景观形成的相乘效应融入剧本。人们可能对"楼外楼"的自然景观和人文景观是有所了解的，如楼外楼创建于公元 1848 年（即清道光二十八年）。它的创始人叫洪瑞堂，是一位从绍兴来杭州谋生的落第文人。他从南宋诗人林升《题临安邸》"山外青山楼外楼，西湖歌舞几时休！"的诗中取了三个字，把自己的小店取名为"楼外楼"，这就是其名的由来。大多数人可能不知道的是，"楼外楼"在其一百六十多年的历史发展中，大致经历了四个阶段：一是自清朝道光年间到清政府垮台的草创时期；二是民国北洋统治时段前后起伏发展阶段；三是日伪统治"楼外楼"衰败、惨淡经营时段；四是新中国成立后，特别是改革开放以来的日益走向辉煌的时期。

"楼外楼"菜馆坐落在西湖风景区的腹地——孤山岛上，东从白堤而来，西从苏堤而来，都可以到达。正如周振天形容的：

　　　　她背依梅香鹤唳的梅屿，面向碧波千顷的西湖，左傍珍藏《四库全书》的文渊阁，右邻蜚声文坛的俞楼和西泠印社。临窗望去，前面是桃柳映目、芳草如茵的白堤与小瀛洲。后面是挺拔俊秀、曲径通幽的保俶塔与黄龙洞，宛如置身于妙笔天成的水墨丹青之中。更为宝贵的是，围绕"楼外楼"的人文景观可谓是厚重多彩,比比皆是。如六和塔、雷峰塔、孔庙、灵隐寺,以及岳王庙、秋瑾墓、于谦墓、张苍水墓、章太炎墓、苏小小墓等等。蕴含在这一系列的人文景观之中的千古兴亡的历史哲思、善恶忠奸的价值评判、百姓推崇的民间良俗等,都应当作为文化营养融含于剧情的总体宏旨和主人公血脉之中。更可以想见,孙中山公祭秋瑾后在"楼外楼"的慷慨激昂的即席演说;马叙伦在"楼外楼"忧国忧民的题壁诗;柯灵与黄佐临得知日本战败后狂欢痛饮于"楼外楼"等真实事件,也都会为这样一部以经营清鲜爽脆、秀雅济楚杭州菜的"楼外楼"为叙事平台的电视剧注入几分恢弘雄阔的意蕴。

同时,周振天还看到了与这家酒楼,与这个题材相关的,且更为不同的历史与文化上的风云人物和岁月积淀,它也是使剧作具有思想和艺术厚度的重要方面。他认为:

> 各个行业的中华老字号可谓成千上百,国内各地著名的餐饮馆楼更是各有千秋。将西湖畔的"楼外楼"菜馆作为叙事主体搬上电视剧屏幕,首先就需要找准"楼外楼"的与众不同之处,开掘其漫长的百余年的经营史中的内在特质和魅力。"楼外楼"之所以成为闻名中外的著名菜馆,就是因为它是由中国文化孕育和滋养的,是由文化名人推举和传扬的。自古以来,不少文化名流与烹饪、菜肴结下不解之缘。绚丽的珍馐饮馔,以其奇香异彩,给名士墨客以艺术滋养,为他们的创作提供灵感和题材。而美食菜肴经名人妙笔点化,更增添了诱人的魅力。百年以来,无数的政要名流、文人墨客登临"楼外楼",把盏吟诗,翰墨飘香。孙中山、周恩来、章太炎、蒋介石、宋美龄、柳亚子、马寅初、李叔同、鲁迅、吴昌硕、马叙伦、郁达夫、徐志摩、竺可桢、丰

子恺、梅兰芳、盖叫天、芥川龙之介等。他们或是慕名而来，盛赞佳肴美味；或是酣饮畅聚，纵论国是大计；或是赋诗作画，尽显儒雅风流。从而使得这家百年老店声名远播，享誉中外。人因菜传，楼随人香，名人与美食、名楼与文气相融相生，交相辉映，相得益彰。紧紧扣住"以文兴楼，楼以文名""主雅客来勤"这别具一格的特色来写《楼外楼》电视剧文学剧本，就绝不会有落套雷同之忧。

有朋友提醒周振天，写餐饮业的各种楼已经不是一部两部了，如《天下第一楼》等，你这个《楼外楼》怎么别具特色？可别步人家的后尘哪！周振天很清楚，要写好"楼外楼"，首先就需要找准"楼外楼"的与众不同之处，及从其漫长的百余年的经营史中开掘其内在特质和魅力。如菜馆老师傅讲的楼外楼经营诀窍和饮食文化，如何做西湖醋鱼、如何熬制顶汤等等。总之，紧扣住历史真实为生活背景，以有案可查的"楼外楼"接待的著名宾客，以及由他们引申而来的大时代林林总总的丰厚信息来写《楼外楼》，就不会落套雷同。周振天认为"楼外楼"跟别的饭馆的文化气氛和历史背景完全不同。如果把它只写成烹饪文化和饮食文化，那就可惜了。要把与楼相关的独特内容变成营养注入进去，充分发挥"楼外楼"不可替代和不可仿造的综合优势，来奠定剧本的精神文化底蕴，构建故事架构，叙述人生命运，设置人物关系，就一定能够打造出一部与众不同、别具一格并引人入胜的长篇电视剧。

其实文化上的很多老祖宗留下来的东西，它是几千年沉淀的。周振天说，这个戏我想把这些东西写出来。写一个大哥在两个女人之间较劲、徘徊。但是无论他妈妈、他弟弟，还是他自己，都有属于咱们中国人特有的处理问题的方式。周振天还谈道："写这个戏时我写了内斗，诸如师徒之间的内斗，徒弟之间的内斗，叔嫂之间的内斗，还有婆媳之间的内斗，等等，我都写了。虽然写了这么多的争斗，但是家里又总得有一个定海神针。与此同时，又不过分纠葛在家族和中国人之间的家庭内斗里，而写他们待人处事的智慧、化解矛盾的智慧和忍辱负重的韧性。要不说浙商厉害啊！以前在中国，当前在世界，没有找不到浙商的地方。说白了就是他们在哪儿都能生根发芽，太厉害了！这跟他们的生存哲学和处世哲学是有关系的。"周振天还说："我觉得这个戏一定要把中国人处世的一些哲学和处事的一些智慧，甚至谋略放在里头，要不然楼外楼怎么撑了一百七十年呢？当然这里也包括咱们编剧过去的积累，咱们的祖辈和中国人处理问题的那个智慧。比如剧中有一个卧底叫阿干，这个阿干是属于竞争对手派到这儿来的。咱说弄点无间道吧，有点谍战味道。过去这方面的事，偷手艺太多了。关键是最后发现时如何处理，主家没有让他走。他的师傅王三槐说了一句话，我们家的底事你都知道，你不走是小鬼，你要出去你就是个阎王。所以老太太决定让他留下来，这就是处理这个问题的一个依据，这里有宽怀大度，也有待人处事的一种谋略。正所谓做人不必风风光光，但必须堂堂正正；处世不必尽善尽美，但必须问心无愧。"

什么是浙商精神？周振天曾经引用习近平总书记在《浙江文化研究工程成果文库》总序中的这样一段话来说明："中国文化的博大精深，来源于其内部生成的多姿多彩；中国文化的历久弥新，取决于其变迁过程中的各种元素、层次、类型在内容和结构上通过碰撞、结构、融合而产生的革故鼎新的强大动力……代代相传的文化创造的作为和精神，从观念、态度、行为方式和价值取向上，孕育、形成和发展了渊源有自的浙江地域文化传统和与时俱进的浙江文化精神，她滋养着浙江的生命力、催生着浙江的凝聚力、激发着浙江的创造力、培植着浙江的竞争力，激励着浙江人民永不自满，永不停息，在各个不同的历史时期不断超越自己、创业奋进。悠久深厚，意蕴丰富的浙江文化传统，是历史赐予我们的宝贵财富，也是我们开拓未来的丰富资源和不竭动力。"这段话可以说高屋建瓴，十分精辟。周振天还认为，浙商精神也像余秋雨先生总结的：浙江商人有自强、坚韧、务实、开拓等草根精神。浙商普遍拥有合作、诚信、敏锐的前瞻性，即强烈的商业眼光，他们懂得在竞争中把握市场脉搏，顺应市场规律，做到"人无我有，人有我优，人优我转"。这或许是对历史的总结，也是对现实的概括。

### 2. 以珍视瑰宝的心态描写历史文化典故

在编剧的过程中，周振天认为在一百七十年间这个为商之道之所以能延续下来，一定有它内在的文化基因在里面。在日寇占领杭州期间，为装点"王道乐土"，逼迫逃进山里的主人公出来继续开张做生意。从本意出发，"楼外楼"的人是绝不想去的，但隐蔽在山里的新四军和国民党军队都需要他们回杭州将菜馆作为情报点，于是极其爱惜家族声誉的主人公却被当成汉奸，备受凌辱。这就是一个商家对于大局的顾全与服从。剧作对于餐饮文化的表现也是很有研究的，如表现师傅和主家的关系，师徒之间的关系，都是很讲规矩，一板一眼的。每天师傅累了，需要喝点小酒，吃个下酒菜，但这绝对不能用卖给客人的东西做，必须是一些鱼肚子、鱼头、鱼尾、鸭脚、鸭爪等下脚料，是那些不能上桌的东西，你就算是大厨，你也只能吃这些东西。但是到了逢年过节，主人会扛上一袋面，揣上二十块大洋到你家里去拜年。主仆关系，雇佣和被雇佣关系，都很有讲究很有章法。

在谈到怎样结构剧作，周振天谈到，在《楼外楼》写作过程中，他一直以珍惜瑰宝的心态描写这些历史文化典故，并使之在故事编织、人物塑造过程中生发、外延，成为强化这部电视剧内蕴主旨和观赏性的主要手段。他认为恩格斯关于塑造人物的论述，即"除了细节的真实之外，还要写出典型环境中的典型人物"这一现实主义创作的法则没有过时。当然，在"楼外楼"创作中对剧中主人公关系冲突、事件桥段、生活细节等方面做了大容量的虚构，并有意识地在人性和某些社会现象焦点上，找到穿越历史与当代世道人心相通的渠道，力争出新意于法度之中，寄妙理于豪放之外。也就是说，在剧本创作中重点刻画"楼外楼"洪氏家族跌宕起伏的命运故事、三代人物关系交集、情感历程的发展变化，以及他们在大时代潮流冲击之下如何应对的矛盾冲突。这不仅叙述了"楼外楼"经营者如何善于乘时代演进之风走上兴隆发展的道路，还描绘了"楼外楼"在军阀统治的动乱年代、日伪残暴占领时期艰难的苦撑经营，以及他们秉承自古以来浙商积累的商道谋略与各种各样强势对手、恶势力智慧博弈，善于周旋的处事之道。疾风劲草，大浪淘沙，"楼外楼"无可选择地与整个国家共同经历了中华民族最危难的日子，让原本是布衣百姓的"楼外楼"主人公，从只知道精心烹饪、养家糊口的平俗，渐渐体味到了家国情怀与梦想，强化了同生死、共命运的民族归属感。

尽管选择的时段大背景是北伐战争、民国以及抗日战争、新中国成立这一大跨度的风云变幻时代，但仍然是现实主义的写作，就是通过洪家的历史来表现浙商精神。"楼外楼"所在的杭州，三十多年的政局风云变幻，主政浙江乃至杭州的势力如同走马灯变幻无常。战端频起，兵荒马乱，民不聊生，后又是日军侵华，外辱临头，随即则是三年的解放战争。这一切都为剧情的大起大落，为"楼外楼"这座闻名遐迩菜馆的荣辱兴衰坎坷历程的展现，为主人公们命运的大生大死及其悲欢离合奠定了充分的历史背景条件。以这一时段的历史为主要叙事线索，又可以通过回溯的手段，将"楼外楼"草创时期的精彩片段和故事加以重现，使之成为塑造人物、抒发主人公内心情愫的不可缺少的有机部分。而新中国成立之后"楼外楼"成为国营企业走过的道路，改革开放以来"楼外楼"更上一层楼的的辉煌业绩，乃至周恩来总理十登"楼外楼"的佳话，又可以在全剧尾声中加以精粹的介绍和展现。"楼外楼"是一个具有象征意义的历史视点，它见证了中国近代百年历史，是烹饪文化的一颗璀璨的明珠，也是浓缩浙商文化精神的名片，剧作把这座闻名遐迩的菜馆的发展与变迁，嵌入近现代史的大背景之中，它折射出的是中华民族精神的史诗性品格和悠远的意境。

从本质上讲，凡经商者皆有图利的属性，"楼外楼"的经营者也不例外，也是赚钱营利的商人。在剧作的表现中，不宜将其任意拔高，或是将革命色彩勉强附丽于他们身上。但是在民族生死存亡之际，理当奋起抗争的关键时刻，浙江和杭州的商人们又从来都是不会缺席的。过去人们可能以为浙江人属于婉约派，都是软绵绵的性格，就是"山外青山楼外楼，西湖歌舞几时休""直把杭州作汴州"那种感觉。事实上，杭州的商人到了节骨眼上也非常刚烈，从"五四运动"到"九一八""一·二八"，所有中国的命运之战，他们还都捐钱捐物，都有义勇队和义勇军。就是说浙商不仅会做生意，善于钻营，善于变化，到了国破家亡的时候，他们还都有一种血性。尤其是抗日战争时期，为反抗日伪统治，浙江军民包括商界人士做出了许多可歌可泣的英雄壮举。在刺杀当时杭州汉奸市长何赞的行动中，根据地下锄奸队的安排，杭州"聚丰园"菜馆的杂工沈国英利用职务之便，随时了解前来菜馆吃饭的日伪头目的动向和规律。锄奸队正是拿着沈国英从餐桌上巧妙取到的汉奸头目名片，才得以顺利进入何赞府宅，将正在用早餐的何赞当场击毙。与敌对黑暗势力做绝不妥协的坚定斗争，这也是浙商精神的体现。像沈国英这样的精彩桥段完全可以移植到《楼外楼》的人物身上。使国家兴亡，匹夫有责的道义感，在"楼外楼"员工身上得到体现。周振天谈道："'赖有岳于双少保，人间始觉重西湖'这句诗对于我的创作过程影响深刻。讴歌楼外楼主人公的刚烈和舍身抒国的行为，我一点不发虚——依据是生活给我的，历史给我的，文化给我的。"

电视剧《楼外楼》沿用的仍是家国同构叙事策略，以楼喻国，将"楼外楼"和对手"老燕京"的竞争与商战，与军阀割据、北伐战争、日寇入侵等重大历史事件密切交织，透过"小家"这一视角，折射民族兴衰、国家存亡的大势，洪家三兄妹奋斗追求的"小我"也上升为国家与时代的"大我"。老大洪家柱是"三民主义"的忠实拥护和追随者，他逃避婚约积极投身革命，经历多重考验后进入黄埔军校，在得知父亲死讯以及妻子万里找寻心动归家之际，仍因自身的理想和使命而毅然选择执着于走革命道路。老二洪家宝喜好诗词文墨，为了家族利益，忍辱负重、创意进取，逐渐成长为"楼外楼"的大东家，虽一心从商却不惜背负汉奸的骂名为新四军提供情报。老三洪家秀由天真烂漫、无忧无虑的富家小姐，逐渐转变为不怕流血牺牲的坚定革命者。剧中的其他人物，如青帮老大、风尘女子、酒楼掌柜等，在民族危亡的关键时刻，都敢于不惜以生命、名誉为代价，维护民族和国家的尊严。其或自觉或不自觉地展现豪迈义举，不惜牺牲自我保家卫国的人物形象，凸显出中华儿女在民族危亡之际、不畏艰险、敢于斗争、舍生取义的精神气概和博大情怀。

### 3. 带有传奇色彩的年代正剧

大型历史传奇电视剧《楼外楼》，在中央电视台一套黄金时段播出，为年代剧的发展提供了成功范例。正如周振天所说，鉴于"楼外楼"的著名菜肴的来历典故具有极强的传奇色彩，众多知名人士与"楼外楼"的交集也颇具轶事、传说味道，同时考虑到军阀割据、北伐战争、抗日战争、解放战争的历史背景又是真实而凝重的，因此将《楼外楼》的总体艺术风格定位在"带有传奇色彩的年代正剧"。该剧首播即创下1.2019%的收视佳绩，在同期播放的电视剧中表现抢眼。同时，该剧十次登上网络平台的微博话题榜，累计阅读量超过一亿，独家网络播放平台点击量超过二点一亿次。

从周振天的总体构思看，剧作主要分为两个部分。一是登临"楼外楼"的名人们与"楼外楼"以文交往的轶事、趣事，以及每一道名菜掌故、制作讲究及其悠远传说。在民国时代，"楼外楼"的经营就充分体现了浙商的经营智慧和理念。所有的餐饮商家毫无例外都要千方百计谋取利润，但具有"儒商"眼光的"楼外楼"经营者则君子爱财取之有"道"，他们独辟蹊径，充分利用传说和典故，几乎将自家店里的每一道菜肴都与历史名人勾连上传承关系。譬如由宋高宗引出的"宋嫂鱼羹"、由乾隆皇帝引出的"鱼头豆腐"、由苏东坡引出的"东坡肉"、由张翰引出的"西湖莼菜汤"、由岳飞引出的"油炸桧"、由王羲之引出的"掌上明珠"、由秦观引出的"油焖春笋"、由宗泽引出的"家乡南肉"、由袁枚引出的"八宝豆腐"、由俞曲园引出的"西湖醋鱼"、由鲁迅引出的"虾子烧鞭笋"、由俞平伯引出的"平炸响铃"、由盖叫天引出的"神仙鸭子"等等。这"寓教于食"的奇思妙想为《楼外楼》剧作提供了极富趣味的细节。在《楼外楼》中以珍惜瑰宝的心态利用好这些典故,并使之生发、外延,为这部剧作的观赏性增加扎扎实实的桥段与细节。剧中的楼外楼不断改良菜品,对食物的呈现有美食类纪录片的水准,在故事之外有别样的视觉享受。从电视剧的观赏规律上讲,名士要人的到来,佳肴美味、题诗作画的典故传说,虽称得上是观赏亮点,具有很强的吸睛作用,但却不能形成扣人心弦的贯穿剧情。所以剧作绝不仅仅停留在烹饪传奇、菜肴掌故层面,或只是名人食客与"楼外楼"趣闻轶事的讲述。隔三岔五登楼的名人和精美菜肴传说、典故虽不能形成环环相扣的故事链条和贯穿始终的命运冲突线索,但其如同一颗颗闪光零散的珍珠,由一条主线将其错落有致地穿织在以章回体例为特质的长篇电视剧的故事叙述之中。

二是"楼外楼"经营者的家族跌宕起伏的命运故事、三代人物关系交集、情感历程的发展变化,以及他们在大时代潮流冲击之下如何应对内外的矛盾冲突。其中有"楼外楼"老板与家人、与厨师;厨师与徒弟们的情感交融、碰撞,乃至与各种各样顾客打交道时的谦和、圆融。不仅要叙述"楼外楼"经营者如何善于乘时代演进之风走上兴隆发展的道路,更是以较大篇幅描述"楼外楼"在军阀统治的动乱年代、日伪残暴占领时期艰难的苦撑经营,和他们秉承自古以来浙商积累的商道谋略与各种各样强势对手、恶势力智慧博弈,善于周旋的处事之道。剧作设置了一条"楼外楼"主人公父子、父女与恶势力冤家对头贯穿始终的主轴矛盾线,设计了一条动人凄美的爱情线,虚构了几位不同身份和不同品性的食客与"楼外楼"的关系线,加之师徒关系线,几条人物故事线索与主轴故事线索相互交叉、互为因果。在剧情推进、人物冲突、故事桥段、生活细节等方面有大容量的展示,在普世人性和某些社会现象的焦点上,找到了穿越历史与当代世道人心相通的渠道,可谓既出新意于法度之中,又寄妙理于豪放之外。周振天在谈这部剧的创作时,说塑造人物、构思人设,要狠些再狠些!你不能就是平实地记述它的过程，得把它放在乱世的风口浪尖上。这是很得创作要义的经验之谈，只有把人物放在极为尖锐的矛盾冲突中来展开剧情、揭示矛盾、刻画人物，才更加扣人心弦，才更能凸显人物的个性。

《楼外楼》的时间跨度为 20 世纪 20 年代初至中华人民共和国成立这段历史时期，描写了在军阀混战、内忧外患的动荡时代中，以洪家为代表的浙商在同行业残酷竞争、官商勾结、黑恶势力敲诈、军阀官僚盘剥以及日寇侮辱欺凌的重重压迫之下，始终秉承"自强不息、诚信经营"的理念，不断奋发图强、抗争创新，使"楼外楼"享誉杭州、全国乃至世界的整个过程。事实上，该剧在讲述"楼外楼"抗争发展的过程中，将"勇谋""仁义"等精神内涵有机融入"事功致用"的价值观中，而这也是这家名楼历经百年沧桑屹立不倒的根本原因。如剧中军阀混战、灾民流离失所之际，洪家搭棚施粥、救死扶伤；兵荒马乱、义渡停运之际，洪家舍万金修建船渡；日寇入侵、不得已遣散伙计之时，洪家发放路费大洋，安慰人心；端午时节，洪家心存敬畏，于西湖放生十万尾鱼苗；竞争对手派青帮前来闹事时，洪家老太太义正辞严使其愧于"仁义"而去；内部出现分歧时，家中长辈又用西湖醋鱼是叔嫂共同创作的故事启迪后人、消除误解……这一系列仁厚勤勉、不忘初心、兼济天下的举动，生动诠释了传统浙商心怀天下、仁义兼顾、敢于担当的儒商精神以及义利并重的大格局和大情怀。

剧作体现了浙江商人的革新精神，以菜名楼、以文兴楼、厚德经营、求精进取，历经百折终不挠，尽显智慧创立品牌的传奇故事。洪家宝提出了"以文会友、以文兴楼"的经营模式，尽管该创意被"老燕京"剽窃，但"楼外楼"还是以此汇聚了大批文化名人，赋予美食更多的文化底蕴；在菜品革新上，洪家宝因偶然吃到叫花子鸡，遂大胆将这道菜作为创新菜品参加厨艺大赛，并将这道菜纳入"楼外楼"的菜谱。剧作对改革的失败也有所展示，如在店铺的发展上，洪家大胆进行扩建，并尝试引入鲁、川、粤等菜式，效果并不尽如人意，曾希望以打折促销的形式吸引顾客，也遭到了同行们的一致反对等，从另一个侧面反映出浙商敢于改革，敢于试错，敢为天下先的精神。

表现饮食文化是电视剧《楼外楼》承载和表现江南文化的一个重要方面。西湖醋鱼、宋嫂鱼羹、东坡焖肉、罗汉大虾、一品豆腐等一道道色香味俱全的杭帮美食，既令人垂涎，又蕴藏丰富的文化内涵。如为了生意兴隆和家族声誉，刚刚死了的鱼也是不能做西湖醋鱼的。该剧还充分利用典故和传说，通过"寓史于食""寓教于食"的方式，把每一道名肴与历史文化联系起来，将物质层面的饮食提升到文化与审美的高度。如在人物的交流过程中，从鲥鱼的生长环境、品名地位延及典故的由来，将明朝隆庆皇帝与臭鲥鱼的联系娓娓道出。宋高宗泛舟西湖钦点"宋嫂鱼羹"、乾隆皇帝下江南品尝"鱼头豆腐"、苏东坡引出"东坡肉"等典故，均在情节推进中有机而巧妙地呈现，使观众在了解杭州美食的过程中，更进一步地了解中华美食千百年来的历史渊源。融于情节之中的历史典故，使观众在了解"楼外楼"的品牌菜肴时，不再仅仅是从满足人们的口腹之欲的角度，更从江南饮食文化深厚底蕴层面，来加深其理解。剧中最重要的标志性的景观，当属百年老店"楼外楼"。

为了强化视觉效果，摄制方在拍摄地湖州以一比一的比例，还原了地处西湖边上的这家古老餐馆，为逼真地再现其历史氛围、文化质地和特有风情起到了重要作用。剧中出现的苏州评弹，日寇入侵时关于秦桧误国的说书表演，西湖船娘的诗歌创作以及一把雨伞的运用，都充分地嵌入了具有代表性的地域文化符号，这些世情民俗不仅呈现了江南水乡的浓郁特色，而且承载着关于烟雨江南的记忆与想象。剧作对这些文化符号的使用，又紧紧地结合在剧情的展开与推进之中，使之成为塑造人物的重要载体。如洪家柱娶亲时，老燕京掌柜的堂弟、精明狡猾的律师赵田雨送了一把破伞，深知中国传统"寿诞不送钟，婚礼不送伞"之回避"终""散"的习俗，但他却引经据典、巧舌如簧地以苏轼任杭州知州时乡民送的万民伞、皇上泛舟西湖时用的华盖伞、白娘子许仙的定情伞来为自己的不良居心申辩。洪家老太太则以破伞在关键时刻也能遮风挡雨，这种大肚能容的胸怀和机智化解双方可能一触即发的剑拔弩张。这就体现出剧作既善于设置矛盾，又善于解决矛盾，利用矛盾的转化，造成情节的波澜与起伏，给观众带来观赏的困惑、紧张与愉悦的本领。

如果说电视剧《楼外楼》中的饮食文化、世风民俗是对那些附着在物质上、经过审美化后的江南文化的呈现的话，那么，对于民国时期文人雅士对酒当歌、挥毫泼墨故事的展现，则是对江南文化内涵的深入阐释。剧作艺术化地将吴昌硕、俞平伯、李叔同、徐志摩、鲁迅、梅兰芳、郭沫若、柳亚子等一代文化名人与"楼外楼"相联系，提升了该剧的文化气息。洪家宝以文会友的段落中，他不仅讲述了祖辈作为一个落第文人浪迹孤山创建"楼外楼"的经历，阐释了"楼外楼"以文兴楼的历史渊源，而且将吴昌硕画中人称"西湖三怪"的孤山、长桥、断桥，以及俞平伯字中人称"西湖三杰"的于谦、张苍水、岳飞的故事一一道来，从侧面折射出杭州的人文荟萃和文化积淀。又以徐志摩重回"楼外楼"寻找江南记忆和味道、席未散却屡次要离开的故事，给当时正在扩建革新的"楼外楼"以反思。尽管来往于"楼外楼"的文人墨客不是剧作的叙事主体，但其所反映出的中国文人的风骨和精神，却赋予剧作以江南文化乃至中国文化的格调与韵致。

### 4. 写出中华民族文化的强大生命力

电视剧《楼外楼》刻画了一系列富于独特内涵的人物形象。本剧的人物都成了过往的人物，但对其的塑造则是鲜活、灵动、接地气的，男女主人公的塑造都是扎实有靠的，代表恶势力的反面人物力戒脸谱化。同时也有一两个具有喜感的人物作为正剧的谐趣调节。杭州毗邻上海，"楼外楼"后山就是青帮大亨杜月笙的别墅，青红帮势力和仗义江湖侠客人物也是本剧人物谱系中不可或缺的部分，这对增加剧情的动作性和悬疑性都起到了不可忽视的作用。饰演洪家宝的张铎在剧作中表演得非常好，在这部戏里他拿捏得很到位，不做作。

洪家大少奶奶李春贤这个人物是一个特点鲜明，刻画得也非常成功的形象。她徘徊于现代文化和传统礼教之间，在其身上兼有中国传统女性酸楚悲情又隐忍坚强的一面。她明知丈夫洪家柱逃婚在外且心有所属，却仍遵守婚约独守空房。她忍着巨大的情感伤痕坚持在洪家过活，除了有礼教因素的束缚，有信心让丈夫回心转意，其主要着眼点在于洪家的家业上。如为了能让丈夫回来，她几次约见仇敌赵律师希望其帮助自己除去后患，甚至还编造丈夫与其心仪女子船娘秋水是"兄妹"的谎言。她在家中的目的就是帮助未曾谋面的丈夫，其实也是为自己守好这份家业，因此她害怕二弟家宝当掌柜出风头，时刻紧盯洪家的家产和账目状况，多次在暗中阻挠其经营规划，看不惯家宝拿钱救济医馆的行为而频频向老太太告状。但她又具有刚烈的另一面，能够在黑恶势力打砸敲诈或日寇欺压侮辱的情况下挺身而出，一次次助"楼外楼"逢凶化吉转危为安。洪家柱因为参加刺杀日本宪兵司令而被抓和处死，秋水因被日本人糟蹋而最后跟日本人同归于尽，她则说就把他们俩埋在一起吧。秦海璐的出色表演，把这个处于特定生活环境中的既自私自利、精于算计，又孤苦无告、善良贤惠、忍辱负重，性格复杂多面的女性形象，淋漓尽致地刻画了出来。

剧作中的一个个次要人物，也都是性格鲜明、特点突出，有着独特行为动机，且富于发展变化，而不是脸谱化、概念化的形象。如剧中的三槐师傅和徒弟阿干，从表面上看他们勾心斗角、趋利避害、争权夺利，但实际上则秉性忠厚、爱惜名誉、坚守传统，以追求人格高贵与道德尊严为基本行为依归。三槐师傅作为"楼外楼"的二厨，始终与大厨水根舅舅暗自较劲，在"楼外楼"困顿之时投向"老燕京"。投身"老燕京"后，他却不忘维护"楼外楼"的声誉，坚守职业道德和名节，甚至为了一只死虾上桌而愤然请辞。作为一名有着职业精神的厨师，他将做菜上升到尊严的高度，他因家秀"假意"拜师视为嘲弄而恼怒，又将大少奶奶主动学习手艺的举动视为对自身的肯定而欣喜。潜藏在"楼外楼"的卧底徒弟阿干，屡次将"楼外楼"推向倒闭的边缘，而当其身份被揭穿、洪家却选择原谅他时，他发自心底的是知恩图报、回归正义。这些人物形象丰富了剧作的思想艺术内涵，反映出剧作对于人物形象塑造上的用心，以及对于传统价值观的珍视与弘扬。

《楼外楼》通过精心构建的带有强烈传奇色彩的故事，将动荡不安的时代背景、大起大落的故事情节、跌宕起伏的人物命运交织在一起，以楼喻国、以楼写事、以楼传情，在世道、商道、人道、味道四个层面展开，历史、革命、爱恨等进行高度的融合，实现了文化情怀和艺术价值的"兼容"，使之蕴含了丰富的民族精神、人文精神和地域文化，极具思想性、艺术性、观赏性，满足了观众沿着这一文化和商业的坐标，去寻找、探索和抒发某种思古怀旧情绪，从而实现历史、当下与未来的多重对话，从以现代视角对传统文化、爱国情怀、革新精神以及江南文化的呈现和反思中，获得对于今天的深刻启迪。

《楼外楼》的特色是以实道情，做到物质与精神的打通。借"楼外楼"的命运，写出了中华民族文化的强大生命力。"以文会友，同楼外楼食客来往，看到了楼外楼的文坛春秋。这些人吃饭，同时引出他们的故事，从自身的命运引出了对整个局势的态度和中华民族的命运。该剧在历史文化题材的深度挖掘上切口小、站位高、格局大，在传统家国同构、商业演义、情爱书写的基础上进行了大胆探索和突破，自觉地以现代视角融入"改革"和"文化自信"的时代主题，在还原历史的同时，为用好、用活历史文化资源，深度挖掘历史文化技艺，将个人生命的体验、家族的悲欢离合以及国家民族的兴衰结合在一起，并将其创造性地转化为现实中的优秀文化作品提供了典型示范，精彩地反映出了 20 世纪上半叶中华民族的苦难史和抗争史，是一部有思想、有温度、有情怀、有底蕴的佳作，从一个侧面为如何讲好中国故事提供了生动经验。

说到这部剧的创作，周振天引用了习近平总书记在文艺座谈会上的讲话："用栩栩如生的作品形象告诉人们什么是应该肯定和赞扬的，什么是必须反对和否定的，做到春风化雨、润物无声。要把爱国主义作为文艺创作的主旋律，引导人民树立和坚持正确的历史观、民族观、国家观、文化观，增强做中国人的骨气和底气。"他认为这就是创作《楼外楼》必须遵循的。而"楼外楼"的独特的史实素材，经过艺术深加工，正是可以"春风化雨、润物无声"来"启迪思想、温润心灵、陶冶人生"的。周振天说"楼外楼"给我很多东西，诚信、尊严和几千年来传承下来的中国人的处世哲学。跟今天诚信的缺失，社会公序良俗的弱化等大家都知道的问题，我找到了勾连点，我明确了为什么要去写中华民族优秀传统文化的东西。这也是其创作的一得。

为了最大程度实景还原那段动荡曲折的历史，出品方拉风传媒此次组建"匠人"班底，从演员、后期制作到服化道，主动传承历史勇于担当，为这部剧集保驾护航。拉风传媒董事长陈春麟、总经理陈春霞还在湖州影视城百分百打造了等比例的"楼外楼"原景，几乎把西子湖畔那座"楼外楼"原封不动地搬进了影视城，同时也把那段惊心动魄、儿女情长的故事呈现在观众面前。随着电视剧《楼外楼》的热播，位于湖州影视城的"楼外楼"也成为热门景点，前来拍戏的剧组和参观旅游的代表团络绎不绝。

【注：编剧：周振天；导演：苏舟；领衔主演：张铎、秦海璐、叶璇、蒋毅、奚美娟、丁勇岱等。中央电视台、拉风传媒、北京爱奇艺科技有限公司联合制作。】

## 第五节 《金手指》：一部引人入胜的传奇剧作

随着文艺创作的发展，以带有鲜明地方特色的语言书写与表达，突出地域风格特点、地方风俗习惯、地区人物性格，区别于其他地方且有较明显辨识度的文学艺术作品，常被人称为京味、津味、海派文化等，以创作群体显示其风格特征的被称为陕军、晋军、湘军等等。以天津这一方热土的丰厚文化底蕴为基础，以天津方言为特征，采用津风津味津韵血脉流畅的手法，通过津沽的历史、社会和文化的展示，通过不同时代不同人物的刻画，表现其广阔、深邃和繁杂的社会生活，描绘其可歌可泣和幽默诙谐的风云故事和人物形象，展示出天津人的历史命运和当代风貌，这样的作品，人们愿意将其界定为"津味"作品。

也许是周振天在天津长大，对其比较熟悉的缘故，他把创作的相当一部分精力放在了天津题材的创作上，在推出《小站风云》之前，就连续推出了《金手指》《玉碎》《孟来财传奇》等表现天津历史生活，被称为"津味三部曲"的电视剧。因此有媒体据此评价说周振天热衷于写"津味电视剧"。虽然这种论断反映了一定的事实，但周振天写"津味"作品，是在其以主要精力写军队题材作品之外，利用他所熟悉和掌握的有关天津的大量生活素材，所进行的另一种较为拿手的创作。而且他对天津题材的进入、审视和思考，也即他所进行的这类题材的写作，从来都不是只局限在"津味"上，其最企望的是通过对天津历史生活的开掘与表现，让观众能够从他文化含蕴深厚、地域特色浓郁、人物个性鲜明的作品里，感受到整个中华民族骨子里的那种浩然正气，那种源远流长、博大精深的文化传承。也即是说，他要书写的是天津题材里的"中国"。这就是作为一位优秀艺术家具有的超越意识，这是非常了不起的。

周振天对天津历史生活的确是有深刻认识的。他认为天津和天津人在近代史上的命运和生活状态，对理解中华民族近代的历史命运和生活形态，是有着典型和象征意义的，对理解当代中国人的精神现象，也有着不可替代的参照作用。人们都知道，一个民族性格的形成，是与其恒定长久的生存状态有着直接关联的。同时，外来的政治、经济、文化与已有的恒定的生活状态碰撞（哪怕是短暂的碰撞）所产生的新的社会情态，照样会深深渗透到一个民族性格基因中去，并且长久地影响着人们的思维和行动。正是基于周振天对天津的历史特别是近现代史，有较为深入立体的了解和思索，他才有了创作"津味"作品多向的思考维度，才有了写那些时代天津人的激情与冲动。

我们还可以通过周振天的另一段话，来理解他写津味作品的基本动机。他说无论写家庭戏、年代戏、古装戏，都一定要找到相对应的历史背景和文化背景。在作品中如果只是一味地写斗争、写冲突、写矛盾，写你死我活，就像一潭子滚开水，虽然不停地翻花滚浪，但还是让人觉得没滋没味，这个戏看完也就完了，什么也留不下来。为什么呢？就是因为少了文化的底蕴。写剧本总得给自己的戏找到比较厚重的历史背景和文化背景，所谓的"津味"就是他作品的一种背景和支撑。周振天的这段话明白无误地反映出，他对于天津历史文化的深切了解和掌握，使他有信心、有把握在作品中以此为支撑，使他出手的剧作成为内容厚重、好看有趣、滋味无穷和充满魅力的上乘之作。

周振天在谈到这部作品的"津味"特色时说："我觉得电视的大方向是通俗的，不要太说教。但这不等于说电视剧可以粗制滥造，可以肤浅。我主张任何深刻的东西都可以找到一个举重若轻、深入浅出的外部形态。比如《神医喜来乐》，我用了喜剧性的手法；《玉碎》用了大量的天津民俗和玉器古玩知识，增加了观众的兴趣，这些东西是大家平常都愿意听、愿意欣赏、愿意了解的东西，这种东西不同于一般的感官刺激。有人说美国的电影是'拳头加枕头'。我们的电视剧不能这样，我们中国的电视剧基本上是一家两代人或者三代人在一起看，如果拍得很脱、很露、很暴力，家庭成员之间看着尴尬。中国和外国不一样，看电视和看电影也不一样。看电影的一般是小两口或者恋人，他们大多不跟父母一起去。电视剧放在家庭环境中，就要考虑观众的心态。""除了编剧要编好故事，写好人物以外，还要找到一个文化平台。比如中医药，我们天天跟中医中药打交道，像感冒药、感冒冲剂啊，孩子闹肚子了什么的，这是我们生活中大家都要接触的，所以把它作为平台，大家觉得亲切，而且还有知识。《神医喜来乐》中，我用中医药做平台；《玉碎》中，我用玉做平台。"

周振天的非军事题材电视剧创作，不论是《神医喜来乐》还是《玉碎》，其最初的创作动因都源自于阅读了大量关于"戊戌变法""天津事变"等近代史实之后产生的创作激情。但他并没有像许多作品那样，以历史上的那些大人物为主角来书写民族苦难的历史，而是将着眼点放在经过虚构与想象的小人物身上。通过对真实历史背景下小人物命运的演绎，以及对这种命运必然性、逻辑性的深刻揭示，以小见大地折射出历史的真实影像。在其过程中，周振天以其稔熟的主流意识形态话语，对大众文化话语及叙事策略的吸纳，既表达和阐释了爱国情怀民族精神，又以底层叙事的视角，接通了普通小人物的情感脉络，因而更能吸引广大观众的收视兴趣。如对赵如圭这个人物的刻画，剧作就是通过其寻常境遇和超常境遇的有机结合，使他的种种或正常或非常的行为成为可能，剧作家的想象力在此也得到了极大的发挥。难能可贵的是，周振天选择主流意识形态话语对大众文化话语的吸纳中，一直保有一份难能可贵的美学自省精神，一直秉持"通俗是赢得大众青睐的起点，却绝不是艺术征服大众的目标"的清醒态度。因为他深知，完全迎合大众，或许可以左右他们一时的好恶，然而不能长久。因此，他对大众趣味的考量是有取舍的，迎合中有着超拔，这就是他的创作与许多完全屈服于市场的作品呈现出不同风貌的原因所在。因为他对知识分子精英理想的坚持，使得他的作品有了某种区别于一般主旋律作品的深度。

2003 年播出的三十集电视剧《金手指》是其"津味"三部曲的第一部。剧作主要讲述了这样一个精彩的故事：清末戊戌变法的风潮波及天津，大清朝世道衰微。受维新思想影响的唐青山却把生意做得很兴旺，并同女扮男装的才女施佩珍结下百年之好。正当唐家张灯结彩之时，突然清兵拥至，以"纠结康党，图谋朝政"的罪名将其抄家。唐家父子被捕入狱，唐父病死在狱中，唐青山却因为梅花党首领鲁定山劫狱未成，而罪加一等，永囚石牢。与唐青山和施佩珍义结金兰的三弟费永嘉暗恋佩珍，一天，费永嘉带唐青山的断指和戒指来见佩珍，告其青山大哥已遭难，并在费永嘉的百般曲迎之下，两人因之结为夫妻。被关进石牢的唐青山昏迷之后苏醒时，发现自己左手中指被断，定情戒指也不翼而飞，在绝望之中结识了同狱中的一位蒙面怪人。此人自称是亲王，奇特的是，两人相貌竟有几分相像，更令人惊奇的是，亲王左手也有一个断指，但亲王的断指用一个金手指装饰着。两人相识后，这位亲王教唐青山练习缩骨术，以便将来越狱。后来在亲王的帮助下，唐青山越狱成功。时至十五年后，破败不堪的唐府旧宅前，出现了一个左手戴金手指的爱新觉罗氏的亲王，身边站着一个年轻漂亮的女子。在北伐的战场上，前来劳军的唐青山与朋友重逢，并击毙了投靠孙传芳的王维宗和王财等。那枚曾经历无数传奇的金手指，又回到了唐青山的手上。

显然，剧作中的人物与事件是极为错综复杂的。以实业救国为己任的进步青年唐青山，其所开办的木材场因生意兴隆，而引起日本佐腾洋行的嫉恨，对其家人进行威逼利诱。这种矛盾的设置真实地反映了那一历史时期，日本人在经济上对中国的入侵与霸凌，给主人公的命运带来了巨大的伤害。而在黑暗的清政权统治下，在王维宗、包达钦等出于罪恶目的，以及"好友"费永嘉企图夺爱的不良动机支配下，更是致其遭受陷害、家破人亡、身陷囹圄。剧作对主人公监狱中经历的设定，使其从年代剧式的叙事模式，演绎为一段真假王爷的传奇故事，周振天善于编织剧情的能力在此得到了淋漓尽致的展现。于是，"金手指"成了一个具有象征性的叙事扣子，不仅真假王爷的身份转换过程表现得趣味横生、丝丝入扣，而且给故事的进一步展开预留了更大的空间，始终作为一个令人关注的焦点和悬念，即唐青山与王爷身份的真假莫辨，既是两人手指残缺的同构，也是政治观念和人格气质的相似，因而不断地引人猜测，推动剧情的发展。在此过程中，既表现了唐青山先后与两个女人在乱世之下的凄婉爱情，又描绘了特定时代的真实世相与人物的各种嘴脸，并且将南方革命党与之巧妙地勾连起来。其多种视野与多个维度环环相扣的叙事，不只是使人物关系与剧情变得更加扑朔迷离，以传奇的方式绘制出时代的别样画卷，而且对人物及其行为清晰明确的善恶是非判断，使观众在酣畅淋漓之中获得观赏上的满足感。

电视剧《金手指》是一部《基督山伯爵》式的作品。但其艺术特色就是将历史事件和传奇故事有机地糅合在一起，人物的活动背景，情节的起承转合，性格的类型刻画，都紧扣清末民初的时代生活，反映出剧作厚重深邃的历史文化氛围。特别是其凭借丰富的想象力和虚构能力，虚中有实，实中有虚，情节跌宕，悬念重重，通过电视剧这种当代艺术形式，让自己的创造与审美的身段，在历史生活的镜像中翻转腾挪，使他所熟悉和了解但早已远去的历史得以重现并生动鲜活起来。其在叙事上节奏明快与平实细腻的结合，时代氛围浓郁与镜头唯美讲究的结合，达到了令人欲罢不能、痴心追剧的难得境界。剧作为传奇叙事赋予了应有的思想深度和艺术品质，也充分显示出编剧周振天出色的构剧水平，以及对历史题材精湛的认知与把控能力。

【注：总编剧：周振天；编剧组：田卉群、丁卉；总导演：江洪；导演：王硕、玉辉；主演：吕良伟、王同辉、颜丹晨、贺生伟、陈丽峰、陈征等。河北电影电视剧制作中心制作。】

## 第六节 《孟来财传奇》：
### 精湛的戏剧思维和娴熟的编剧技巧

周振天"津味"三部曲的第三部，是三十八集的《孟来财传奇》。剧作熔商战之道和天津民俗于一炉，讲述了一个清末民初发生在天津的故事，一文不名的叫花子孟来财为生计所迫卖掉小女儿小雪，但他偶遇落魄的德国军火商人韩奈根，戏剧般地当上了德国洋行的买办。他凭自己的智谋帮助韩奈根成功地接近朝廷负责军火生意的官员曹鹏，与北洋新军总兵签下军火订单。他也于一夜之间暴富变为富甲一方的军火买办，开始了在天津十里洋场与北洋军阀和德国、日本军火商之间尔虞我诈、相互利用、斗智斗勇的周旋。作为初始阶段职业经理人的孟来财，以其对人情世故的深谙和独有的精明，将德发洋行的买办事业做得风生水起。发达后的孟来财最大愿望是寻回穷困时卖掉的女儿小雪，但小雪却一次次与其失之交臂。志得意满的他又娶颇有姿色的林彩凤为妻，却不知道她是日本人源田俊雄安插在他身边打探情报的一颗棋子。孟来财大女儿小云十分厌恶这个阴险的后妈，留洋回国后与这位处心积虑争夺财产的林氏频频爆发冲突。尽管孟来财处世经验丰富且对各种事务小心翼翼地应付，但仍在陷阱重重的生意场和危机四伏的家庭矛盾中苦苦挣扎。无奈其间又发生了第一次世界大战中德断交的事件，以及因向南方革命党运送武器，孟来财不仅被抄家，而且锒铛入狱，再度变得一无所有。这个在时代夹缝中的人物，看似有着弄潮儿般的手段和身姿，但其命运的轨迹却是随时代的风云变幻而大起大落，从贫贱到富贵，从富贵再到沉沦，使人强烈感受到时势的残酷与无情，以及带有嘲讽意味的世态和人生。

剧作用一种相对轻松的方式去表现那段清末民初的历史，即从民国成立前后至"五四运动"前后，用主人公孟来财从叫花子一夜变成暴发户，通过"买办"这个角色在清末民初社会变革时期的命运浮沉，反映在那个动乱年代人们的戏剧化经历和遭遇，在剧作的表现上带有浓厚的津味喜剧色彩。过去，"买办"的称谓几乎是汉奸、卖国贼的同义语，但这部剧作中的孟来财，以独特的故事情节和人物关系的设置，成为一个接近于正面的人物形象。值得注意的是，剧作给予其独特的美学定位，没有按照通常的套路，把他当作一个传奇英雄来刻画，而是赋予其似乎是有些傻气和滑稽的性格特征，但在傻气中透着智慧，在滑稽中透着深明大义。虽然孟来财生于市井，身上难免带有浓重的市侩气息，但他又不乏天津爷们的幽默豪爽之气，甚至是颇有棱角的男儿血性。他没有在财富与地位面前失去自己的做人底线，他游走在各种势力之间，不得不同集狡猾、狠辣、多疑、刁钻等多种性格于一身的曹鹏为代表的北洋军阀打交道，但义愤于他们的腐败与黑暗；他同老谋深算、精通官商之道的日本军火商交往与斗争，表现了他憎爱分明的民族气节和爱国立场；他给唯利是图的德国军火商韩奈根当买办，又不忘自己人的利益且鄙视其关键时刻的出卖；他冒死为南方革命军队支援了大批物资、军火和金钱，以及并不阻止大女儿同革命青年寒秋的往来，反映出他良知的存在和意识的觉醒；他与穷兄弟何大把式等保持着真诚的友谊，并于危难时刻出手相助，折射出其在富贵之后不忘贫苦百姓的可贵本质；他对两个女儿的百般珍视与喜爱，苦苦寻找或纵容任性，对妻子林彩凤明知藏有阴谋却一再迁就等，揭示出这个人物内在情感心地的温存与善良；在关键时刻更是对大是大非问题拿捏明白，为民族大义而不惜舍弃荣华富贵。这个人物形象的成功塑造，完成的是使一个在过往传统语境下的反面形象，成为个性复杂形象鲜明的活生生的人物。

电视剧《孟来财传奇》，充分显示出编剧周振天所具有的精湛的戏剧思维和娴熟的编剧技巧，特别对于历史的精深把握，对于人性的明晰穿透，从而把这个看似陈旧的题材，以如此富于生活新意和艺术魅力的面貌呈现出来，使那些早已被各类电视剧吊高了胃口的观众给深深地吸引了。来自网友的评价或许比较能反映剧作的受欢迎程度，有人留言坦承，一般是不看电视剧的，看了这部剧却停不下了，简直笑死人了。剧作集民间草根人物智慧之大成，情节奇妙，让人欢笑之余又回味无穷。与其说这是孟来财的个人传奇，倒不如说是一部让观众看了极其过瘾的商场智斗、智胜对手、获得最大利益的故事。在该剧中，许许多多的妙计和奇招频出，犹如我们平淡而又危机四伏的人生。有很多天津人独有的混世哲学和乐天精神贯注其中，观看时不必担心枯燥沉闷来袭。孟来财始终没有丢掉人性中的一些根本的东西，特别是最后表现出了民族大义，这使得这个"买办"有几分可爱、可亲，甚至可敬。

【注：编剧：周振天，尚伟；导演：曾晓欣；主演：林永健、金玉婷、丁勇岱、刘威、福尔克、路晨、周诗璇等。江苏中天龙文化传媒有限公司、浙江玉皇紫金影视有限公司、南京广播电视集团有限责任公司、君豪娱乐文化传播有限公司联合制作。】

## 第七章

# 红色题材电视剧——将心中的敬畏化作激情

红色题材的电视剧作品在周振天的创作中，也占有十分重要的地位，如《洪湖赤卫队》《我的故乡晋察冀》《我的青春在延安》等就是其中质量上乘、备受好评的佳作。

## 第一节 《洪湖赤卫队》：从歌剧、电影到电视剧的改编

"洪湖水呀浪呀嘛浪打浪啊，洪湖岸边是呀嘛是家乡啊，清早船儿去呀去撒网，晚上回来鱼满舱。四处野鸭和菱藕啊，秋收满畈稻谷香，人人都说天堂美，怎比我洪湖鱼米乡。洪湖水呀长呀嘛长又长啊，太阳一出闪呀么闪金光啊，共产党的恩情比那东海深，渔民的光景一年更比一年强。"这是 1959 年湖北省实验歌剧团首演的歌剧唱段，后于 1961 年改编成电影《洪湖赤卫队》中的一首主题曲。歌词运用通韵的押韵形式，分前八句和后六句两片，上片写洪湖之景，下片抒感恩之情，歌曲极富地域特色和民歌特色，因而深受人们的喜爱，成为久传不衰的音乐经典。

### 1. 翻拍名著的艰难与敬畏

反映革命抗战题材的二十八集电视连续剧《洪湖赤卫队》，2010年 7 月在中央电视台一套黄金时段播出后，第一代"韩英"的扮演者王玉珍看后赞不绝口："看片花的时候，我给自己打八十分，给温峥

嵘打八十五分，现在看了这么多集，我要给她打九十分。"她还说：
"能把这个品牌传承下来，而且有所创新，让一代代人都能够受到感
染，是令人特别感到欣慰的事情。"可见，从专业创作和艺术表演的
角度看，电视剧《洪湖赤卫队》是受到最有发言权的老艺术家认可
的。她对这部剧作不仅充满了感情，而且在心里有一种比较严苛的艺
术尺度。老艺术家的首肯，从一定的意义上表明，电视剧版的《洪湖
赤卫队》获得了成功。

关于电视剧《洪湖赤卫队》，其所涉及的话题自然离不开"改编"
二字。大约从上世纪 80 年代起，随着电视剧这种艺术形式的普及和
广受欢迎，经典的改编成为一种时尚。这个行业在继续注重原创的同
时，有大批为人们所熟悉的文学、戏剧、电影等经典作品进入了人们
的视野，并被以电视剧的方式加以改编。如中国古典四大名著等小说
则是其中的首选，拍过之后又被一再地翻拍。近现代的文学名著甚至
质量相对一般的作品也都在改编之列，革命历史题材的佳作更是被列
入改编的重点，作为红色经典的《洪湖赤卫队》自然也格外地受到青
睐。谁来担此重任呢？湖北电视台经视频道制片人钟红找到了原籍湖
北且出生于湖北的周振天，说你得给家乡做贡献，把也是诞生于湖北
的歌剧《洪湖赤卫队》，改成电视剧吧！

有着丰富编剧经验的周振天，深知"红色经典不好碰啊"！他对
"改编热""翻拍热"盛行于影视界，有自己的看法：

> 四大名著总会有人翻拍，因为新的观众在成长，他们愿
> 意看到新的经典。翻拍对于年轻人来说是有好处的，可以让
> 他们了解经典名著，但对于创作者来说，拍这样的电视剧时
> 必须带有敬畏之心，不能背离经典名著的文化主旨，不能总
> 想着经济利益，不能粗制滥造，只有这样才能拍出能够留下
> 来的作品。这也是为什么到现在我们仍然怀念过去那些已经
> 成为经典的电视剧的原因。

将名著改编为影视作品，古今中外亦不乏成功的改编杰作。从某种意义上讲，在原创力暂显不足的情况下，改编或许可视为一条值得肯定的艺术之路。这不仅使名著因本身的丰富、厚重与成熟，为改编影视提供了坚实的基础，比那些新的构思与创作或许更靠谱；而且改编也可以使过去各个不同时代里产生的原著，借助新的艺术样式焕发出新的生命力，产生更为久远的影响。因此，改编这种一举两得的事，必定会在今后持续不断地进行下去。但从本质上讲，影视与原著毕竟是两种不同的艺术形式，两者的差异性是相当大的。不能要求对于名著的改编只是完全拘泥于照搬原著，将原著的故事、情节和人物等诸种要素，简单地、机械地加以影像化和画面化，仅仅成为原著的绘本。如果是这种缺乏想象力、捆住了手脚的改编，则必然不会取得成功，更不会得到观众的真正认可。改编实质上是适合于影视特点与规律的另一种燃情的艺术创造，常常要求改编者必须对原著进行富于高度智慧和艺术匠心的提取，甚至对其进行掰开揉碎，经历和完成极其艰辛的重新镕铸的过程。由于原著相对而言都是容量巨大的，不可能将其统统纳入影视之中，同时改编时又可能会遇到情节和人物"不够"的问题，因而从影视构剧需要而时常出现增减人物与情节的情形，都是司空见惯、理所应当、不足为奇的。至于影视与原著在某些情节与场景上存在着不同，甚至是做出各种幅度较大的改变与处理，都是改编者以影视的手段在更高的层面把原著的面貌展现出来，使之成为更符合当下观众口味所进行的努力。

　　然而决定改编成败与否的关键又是什么呢？显然在于要忠于原著的精神，要达到其所固有的思想与艺术高度，而不是借改编之名歪曲、解构甚至糟踏原著，与原著的主题和意旨相去甚远。任何一部文学著作都是在一定的历史、社会和人文背景下产生的，无不充分反映了剧作家在其中所寄寓和表现的情感、审美和艺术创造力，从一个侧面积淀、传递和代表了对于时代与生活的深刻认识与思考，记录、反映与呈现着一定阶段的情感方式和艺术方式，携带着巨大的社会生活内容和信息量，因此，它才具备改编为影视作品的价值和吸引力，继续受到读者的关注、好评和欢迎，并不因为时代的变迁而过时。名著正因其所葆有的永不过时的思想与艺术魅力，才可能让今天的人们愿意以数量相当可观的生产制作成本去改编它，让原著所留给受众的独特的、恒定的、美好的记忆，转化为另一种形式的、令人耳目一新的艺术创造。如果曲解、背离了原著的精神与主旨，这样的改编即使再炫人眼目，也可能是失败的和不能被接受的。

因此，影视对于名著的改编，这本身就是一件非常严肃而慎重的、有极高难度的事情。既不能单纯将原著当作资本增值的手段，心里只想着经济效益而把原著等同于赚钱生财的盂钵；也不能为了片面实现所谓的出新，或掩饰自身的能力欠缺，借口适合观众的口味而把原著搞得千疮百孔、非驴非马；更要拒绝那种随意的、匆忙的、低劣的改编，以及种种对原著不负责任的胡涂乱抹。改编不仅要尊重原著，也要尊重观众，要警醒观众所具有的严苛锐利的鉴赏眼光。我们所要做的不是借名著的光芒为自己遮丑，而是要让改编为原著增光。为了达到这一目的，改编者必须具备对原著的敬畏之心和揽瓷器活的金刚钻，通过自己在原著基础上的艺术创造，从而使之在现代精神的观照之下，不仅其原有思想艺术魅力依然，更得以用新的艺术样式，在新的时代和环境里大放异彩。

### 2. 努力从经典到经典

周振天在面对这样一个改编的选题时，显然是有非常清晰认识的。按照湖北电视台的要求，要将这部在当时产生了巨大反响的《洪湖赤卫队》，扩展成一部少则二十集，多则三十集的剧作，是有相当大的难度的。原作只有不到两小时的长度，凭什么能改成二十多集啊？但周振天还是义不容辞地接受了这个任务。这里面或许既有桑梓之情，也有对自身创作能力的自信。当然这样的任务对周振天来说也并不轻松，他用"战战兢兢、如履薄冰"八个字形容接受任务时的心情。周振天后来在谈到创作脚本的心路历程时说：要将一个不到两个小时的片子，扩大到二十多集的电视剧，不能关在屋子里凭空想象，必须到当年洪湖赤卫队的历史中去找故事，必须到革命历史的生活中、到留存下来的汗青中去找故事，只能踏踏实实地去洪湖老区去挖素材、搞采访、接地气、找感觉。借此将每个人物的命运遭遇加以延伸与扩展，使之既投合有观赏记忆的中老年观众传统的审美口味，也强化武装斗争的精彩剧情以吸引年轻观众的兴趣。周振天曾说：

> 这些年来，对待电视剧写作，我一直有自己的"一定之规"，也坚守一个"老生常谈"，这就是接受一个创作任务，必须深入生活，吃透资料，反复听取专家和剧组意见，然后进行反复修改……

周振天于是带着助手柳桦去了洪湖，寻找当地的党史研究工作者和烈士的后代。在三个月的时间里，他们采访了将近百位研究者和知情者。他们还去了开国元帅贺龙当年在湘鄂西革命根据地住的地方，进行实地的观察和感受，并采访和了解了一些至今仍在民间流传的轶事和传闻。进入剧作阶段时也并不轻松，虽然编织故事是周振天的强项和基本功，但仍然付出了巨大的劳动，光是剧本撰写和修改工作就耗时两年。一部红色经典摆在那里，不只是要有认真细致的采访和生活的积累，还要靠艺术的想象力和虚构的能力。只有把掌握的所有材料全都放到脑子里消化，再经过合乎生活逻辑与艺术逻辑的大胆想象与虚构，才可能在原有经典的基础上，编织成一个忠于原著意旨的、人物性格鲜明的、故事情节紧凑的、非常好看有趣的剧作，以无愧于经典，甚至创造出新的经典。

原作的确是一部经典。它讲述了这样一个故事：时在 1927 年，洪湖地区的人民在共产党的领导下，掀起汹涌澎湃的革命浪潮，推翻了国民党反动统治，建立了革命政权。时间到了 1930 年的夏天，国民党保安团乘红军主力部队离开洪湖开辟新区之机，纠集当地的地主武装卷土重来。留在原地坚持斗争的洪湖赤卫队和革命群众，为保卫人民政权而奋起杀敌。赤卫队大队长刘闯更是义愤填膺，鲁莽地准备率领队伍去打击敌人。恰在此时，乡党委书记韩英从县委回来，向大家传达了县委的指示，要求遵循毛泽东同志在江西中央苏区对敌斗争的经验，不与敌人死打硬拼，而运用游击战术机动灵活地打击敌人。韩英与刘闯率领赤卫队主动撤退，离开了彭家墩。大土豪彭霸天勾结国民党保安团的冯团长随后占领了彭家墩。这时，敌匪保安团准备追击我红军主力部队，临走时为彭霸天留下一批枪支弹药，意在加强反动地方武装。打入敌保安团内部的我地下党员张副官把这一情报通知了赤卫队。赤卫队在韩英和刘闯的带领下巧妙袭击彭家墩，并缴获了敌人的许多武器弹药。狡猾的敌人企图以假撤退，从洪湖里诱出赤卫队，反遭到赤卫队的狠狠打击。恼羞成怒的敌人威胁洪湖的老百姓供出韩英和赤卫队的下落。但枪口前的人民群众则决不屈服，视死如归。在残忍的白匪要开枪屠杀全体乡亲们的危急时刻，韩英挺身而出制止了敌人的暴行，自己则不幸落入了虎口。虽然白匪千方百计地威胁韩英，却始终没有从韩英口中得到任何线索。恼羞成怒的彭霸天又抓来韩英的母亲，想以母女之情打动韩英而没有得逞，便决定杀害韩英。张副官为掩护韩英脱险，不幸中弹牺牲。韩英突出重围后回到赤卫队，继续领导赤卫队与敌斗争，并配合贺龙总指挥率领的红军二军团消灭了敌人。

电视剧《洪湖赤卫队》则在忠实原著的基础上，没有简单地重复舞台和银幕，而是重点突破原著的历史局限性，以极其电视化的表现手法，以更加大开大合、从容不迫、跌宕起伏的叙事方式，来讲述洪湖赤卫队艰难的成长历程，在时空转换上获得了更大的自由度，使剧情的发展更加流畅，也更贴近今天观众的欣赏习惯。即首先是在叙事结构上创新，除了较好地保留了原剧情中的主要线索、主要人物、主要场景之外，又别具匠心地增加了打家劫舍的湖匪头目谢十三，打着宗教的旗号愚弄百姓的白极会坛主赵阴阳，这两个重要的反面人物，使赤卫队所面对的敌人力量更为强大，这就是由彭霸天及民团、国民党保安团、湖匪谢十三、白极会赵阴阳等组成的敌对势力，因而处境更加艰难，形势更加险恶，斗争也更加残酷，剧作所展开的情节和戏份也更重。其次是在人物塑造上创新。原著限于篇幅和人物数量，形象的概念性和脸谱化在所难免，电视剧则在较为充分的时间和空间里，把主要人物塑造得性格丰满、有血有肉。尤其是韩英这个典型的南方水乡妹子出身的革命者，她美丽柔情又果敢无畏、牢记父仇又不忘使命、对敌斗争坚决又对爱情充满憧憬，偶尔也有冲动又不断反省自己，一步步地成长为方向明确、立场坚定的革命者。剧作脉络清晰、富于说服力的揭示，温峥嵘准确到位的表演，使韩英这个人物形象相较于原著，性格层次更加丰赡，也更加具有人情化和人性化，更能赢得观众的认可。其他如刘闯、黑牯、春生等人物相比原来的歌剧和电影，性格也显得更加清晰和生动。

周振天对改编红色经典自有其基本的准则，他在《求是》杂志撰文总结《洪湖赤卫队》创作心得时说：必须尊重红色经典的精髓。他认为精髓不仅是原著的核心旨意和内在底蕴，更有观众对这部作品珍重的时代怀念和近似圣洁的情感记忆。只要把握住这一点，情节的增删、线索的丰富、人物的演绎就不会走样。守住精髓，在改编过程中也就可以放开手脚、驰骋自己想象力。比如韩英是歌剧《洪湖赤卫队》的核心人物，她的形象就是原著精髓的主要体现。这个人物在电视剧中能不能塑造成功，是决定全剧改编成败的关键。由于有了这样的清楚认识，周振天便确定了塑造韩英形象的基本思路，即既着重保持并强化韩英信仰坚定、英雄气概的一面，又浓墨重彩展现她的母女情、战友情、姐妹情和师生情的一面，并通过她与剧中各种人物具有强烈戏剧性的交流和碰撞，使之成为一位在革命斗争中，经历更曲折，战斗更激烈，考验更严酷，较之原著更有丰富情感，血肉更为饱满，也更真实可信的人物形象。

努力传递原著的神韵，同时又实现艺术上的超越，是周振天所刻意追求的。该剧依旧是以共产党员韩英领导的农民革命和以彭霸天为代表的恶霸地主阶级的疯狂反扑为经，以各类人物的性格特征及其发展线索为纬，来结构中心情节和推动剧情的，并以多重回合的较量来展示斗争的复杂残酷和你死我活。但剧作在原有故事框架和人物结构的基础上，大大地扩展了表现的时空维度，原著的主要情节被演绎得更加错综复杂、跌宕起伏，原著高度简略的线索被加以放大和扩充，原著没有的情节，根据剧情的需要进行合理的增添和创造。彭家墩、八卦洲、瞿家湾以及新堤、汉口等，都成为一幕幕活剧上演的舞台，赤卫队与彭霸天家丁、保安团、白极会以及湖匪之间的斗智斗勇和短兵相接，又是那样地精彩曲折，尖锐激烈，引人入胜。纵观全剧，堪称既情节紧凑，扣人心弦，又流转自如，一气呵成，紧张之中有闲笔，平实之中藏深意。它所抒写的既是农民革命的正史，又是颇具色彩的历史传奇，较之于原著，其历史的纵深感和丰富性得到了明显增强。这显然得益于创作者对革命历史生活的深入，他们在洪湖地区所进行的几乎是拉网式的采访和素材搜集，不仅了解和打捞起了大量的历史细节和信息，更重要的是接通了富含历史精神的情感和血脉，不仅使改编有了坚实丰沛的生活根基，创作的自信和冲动也因此喷薄而出。

**3. 依靠更加丰富的人物与情节支撑**

经过导演石伟精心的二度创作，该剧播出后广受赞誉，好评如潮，表明它确实是一次成功而出色的改编。其原因在于改编者根据当代流行的审美趋向和观众的艺术认同，正确地选择了应当坚守什么和抵制什么。该剧改编的过程显然不是对经典故事的简单膨化或添油加醋，更不是荒诞不经地改头换面和任意颠覆，而是守住原著精髓的艺术再创造，也即在忠实和尊重原著价值观念和艺术指向的前提下，努力使改编的剧作内容更为充实丰赡，视点更为新颖独到，情节更为紧张曲折，篇幅更为宏大壮阔，思想艺术容量得到巨大拓展，令原著精致完美的艺术格局，蜕变而为赏心悦目、江河奔腾般的鸿篇巨制。这不光需要对原著怀有巨大的敬畏之心，对观众的欣赏期待有着深刻的理解，还要具备吞吐风云、翻转腾挪的艺术上的大手笔，才可能使这样一个反映革命历史斗争的老题材，被技艺精湛地打造成如此波澜壮阔，新意迭出，吸人眼球的艺术佳作和新的经典。

与之相应的便是剧作注重强化人物形象的刻画力度，从典型性、丰富性、复杂性等多个方面，竭力实现人物性格的立体呈示，因而几乎所有的主要人物都能给观众留下极为深刻的印象。其中最为突出的当然是主人公韩英，这朵在战争生活中傲然绽放的艺术形象之花，在电视剧中似乎盛开得更加灿烂夺目。她的坚定果敢、智慧干练和大爱深藏的性格，令人观之有清风扑面之感，剧作特意设计了韩英在面对彭老太恶毒语言辱骂时，冲动得几乎忍不住要开枪的情节；她被战友们劝酒之后，微醺之中对遇害父亲的怀念和对心仪男人的回忆。扮演者温峥嵘紧紧地把握住角色的尺度，让韩英在男人堆里顶天立地，在女人堆里和蔼可亲，在敌人面前横眉冷对，在乡亲们面前一腔热血，一举一动都散发着女英雄的魅力。其外在的清新与犀利，内心的火热与柔情，达到高度融合、相互映衬的境界，当之无愧地成为该剧成功改编的最主要的艺术支撑。刘闯和洪湖赤卫队其他人物也可谓个个性格鲜明突出，剧作通过描绘他们乐观昂扬的精神和奋不顾身的拼杀，把中国农民的固有血性和不屈意志，以及在党的教育感召下所提升的思想觉悟和对敌斗争艺术，充分地展示了出来。如刘闯和王金标去清理交火后对方的尸体，有一个死者双手紧握枪支，王金标提出要将其手砍掉，刘闯注意到那只手上长着厚茧，认定那也是个穷苦人，便不让王金标这么做。赤卫队员牺牲后被彭霸天暴尸，虽然知道是对方故意引诱，但刘闯依然坚持要抢回尸体，让他们入土为安。这些细节都显示出刘闯性格中刚中有柔、大仁大义、感人至深的独特魅力。剧作对打进敌人内部的张副官的刻画，则是以较为精炼俭省的笔墨来描绘的，其含蓄内敛、从容镇定和舍生忘死的性格特征，闪耀出一位共产党员忠贞不渝、感人至深的典型形象光彩。

剧作对彭霸天形象的塑造颇值得称道，他虽然心狠手辣、老谋深算和阴险狡诈，对乡邻却也极尽伪善；虽然握有杀戮村民的刀柄，却又把彭家墩的长久延续看得大如天；虽然贪婪无度，却又为剿灭赤卫队，一次次地不惜以大把金银收买反动武装。他的行为和用心是大渔霸对固有利益的想方设法、绞尽脑汁的坚守，这无疑是对这个横行乡里、为害百姓的土豪劣绅暴戾性格的深化。对王金标这个人物的刻画，代表着周振天想通过剧作揭示的这样一群人，即他们不是为了革命信仰，而是为了一己之私参加革命。这种人具有多面性格，既敢打敢拼，又贪图钱财、爱打小算盘，一旦革命成功，就争着要睡地主家的大床，到危急时刻就很容易变质。正如列宁说过的，农民的最高愿望是当地主。剧作对这个人物的塑造，没有脸谱化和概念化，而是用细腻生动、曲折周详的笔触，赋予其应有的甚至是丰满的血肉，揭示出他从揭竿而起到叛变投敌的内在原因和真实过程，具有很强的可信度和认识价值。其他如湖匪谢十三反复无常、噬杀成性的冷血本质，冯团长唯利是图、见财起意的无耻行径，也都刻画得惟妙惟肖、入木三分，为该剧的品质起到了增色作用。

剧作的可圈可点之处甚多，反映出的是创作者在艺术处理上的精心与讲究。如剧作总是把矛盾推到极致，使戏剧的张力和观赏性大为增强。同时又注意强化剧作的抒情性和人性化特征。如张副官临终前要看天上的星星，作为地下党员的孤独与对组织和胜利的向往便隐喻其中。得知张副官噩耗时韩英的掩面痛哭，又是那样令人情动于中，潸然泪下。掰开白极会死者满是粗重老茧的手掌拿下枪支的一幕，则反映出赤卫队在惨烈斗争中依然保持的心灵的美好与善良，以及对同为农民兄弟的同情和悲悯。而浓郁地域文化、历史生活底蕴和洪湖场景氛围，使剧作因携带了更多富于艺术魅力的观赏元素，如化装新娘夺枪情节的设计，三国时期曹吴之战历史的勾连，惨烈的战斗场面与美丽如画的湖光芦影的交相辉映，都使该剧具有了更多的看点和更高的艺术品质。原著的旋律被巧妙地加以运用，犹如灵魂般嵌入剧作之中，既如同往日情怀的深切召唤，又是情感的强烈而有机的递进，轻回低唱，袅袅盘旋，竟是如此地令人荡气回肠。这一切都造就了电视剧《洪湖赤卫队》大气凝重而又深情浪漫的艺术风格，使之既是恢弘壮丽的史诗，又是深沉隽永的战争生活风情画，令人震撼和陶醉。

电视剧《洪湖赤卫队》成功的地方也在于其音乐特色。它在忠实于歌剧《洪湖赤卫队》经典唱段的旋律、音调的基础上，对音乐特性进行了重塑，将浓郁的地域风格和鲜明的时代特色融为一体，为发展我国的民族音乐做出了有益的尝试。如片尾曲《洪湖水浪打浪》，单集采用王玉珍的原唱，双集运用通俗唱法重新演唱；《手拿碟儿敲起来》本是江汉平原讨饭时唱的民间小调，经过演绎增添了欢快、喜悦的音乐元素；对《盼天下劳苦人民都解放》进行器乐化演绎，使其更加深沉、痛苦、悲壮；对《这一仗打得真漂亮》的旋律、音调稍做处理，增强了电视剧的视屏风格。根据剧情的需要，对人物、情节、画面、场景的音乐进行了重新创作，丰富了音乐形象，增强了时代感，使其更加符合当代观众的审美需求。特别是随着《洪湖水浪打浪》小调的响起，画面和着清晨的阳光、盛开的荷花、朴素的渔船，给人以虽处战争年代，却又有某种诗情画意的强烈美感。

### 4. 一部剧包含着的"五味"

关于电视剧《洪湖赤卫队》的艺术特色，周振天将其概括为"五味"，也许这更加精辟，更加全面。

一是历史味。周振天对剧作的二度创作非常满意，首先，主创尊重原创剧本，像韩英赴鸿门宴、韩英说服谢十三等情节，在创作时都经过多次打磨，最后导演都保留下来了。其次，导演在二度创作中还增加了许多鲜活的东西，如彭霸天的老婆把饭粒掉到桌子上，彭说"就你这个吃相，还能住在汉口女婿家"，这样的细节处理体现了彭霸天的另一面。创作之初，他们就讲过戏好不好，关键要看韩英立不立得起来，这个人物立不起来，整部戏就全完了。温峥嵘是个特别专业的演员，完全服从角色需要。其实对于红色经典改编，观众往往会先入为主。温峥嵘作为一个"80后"年轻演员，是第五代"韩英"，如何进入一个上世纪30年代的英雄人物内心，是个巨大挑战，但她完成得很好。

二是人情味。剧作由原著不足两小时改编、拓展成二十八集电视剧，要增加很多戏份，尤其要给韩英找一个不成家的理由，才能形成情节的曲折与波澜。这就是要在不改变原剧精髓的前提下，把人物的身世命运、逻辑关系理顺。就是说不能为了剧作的扩容而扭曲人物的情感脉络，除了写铁骨，还必须有柔情，但要是让韩英与刘闯，或是韩英与张副官花前月下，观众肯定也是不接受的。所以剧作给韩英确定了一个情感和行动根据，即"父仇不报不成家"。所以当韩英误以为张副官叛变，用枪指着他时却迟迟下不了手，内心的纠结将韩英的儿女情怀表现得淋漓尽致。后来韩英倚在门柱上，脑海里闪过两个男人，一个是她的父亲，一个就是她曾经倾慕过的张副官，但这种朦胧的情感戏只能点到为止，在情感分寸的把握上可谓煞费苦心。

三是时尚味。作为部队的剧作家，周振天知道在"80后""90后"中有一大批军事发烧友，歌剧版的《洪湖赤卫队》中只有一两场"围剿"戏，这对于一部长篇电视剧来说，显然是远远不够的。周振天在创作时有意增加了敌我双方波澜起伏、环环相扣的武装对峙和博弈，极大地强化了剧作的动态感与冲突感，这是年轻人爱看的。让刘闯玩鱼叉子，也是为了增添人物的江湖气息，吸引年轻观众。再就是强化韩英身上的英雄气概，不管观众有没看过歌剧版、电影版的《洪湖赤卫队》，这种英雄气概具备某种时尚感，对观众能产生较强的吸引力。

四是文化味。众所周知，大多数红色经典的主要内容就是革命和战争，就是你死我活的阶级斗争和抵御外辱的抗争。但即便是表现革命战争题材，也并不妨碍将民族文化和地域民俗融入其中。因此在改编《洪湖赤卫队》过程中，周振天们尽一切可能将楚文化和洪湖风俗贯穿于剧情，像端午节、中秋节、开网仪式、渔歌、童谣、迎亲、祝寿、汉剧表演等。这不仅是剧作由歌剧改编电视剧的扩容需要，也给这一题材的作品增添了极为绚烂多样的地域与文化色彩。洪湖一带曾经是三国时期的古战场，当地流传着不少关于三国的传说，这也是可利用的资源，在改编中他们有意设置了一些与《三国演义》相关的台词和对白。如韩英在湖匪巢穴八卦洲游说谢十三不要被彭霸天利用那一场戏里，就使用了《三国演义》乃至《水浒传》的典故，成功地施展了攻心战术，瓦解、分化了敌人。进而言之，编剧的良苦用心并不单单为了在红色经典改编中增加文化底色，主题歌里所唱的如诗如画和可比天堂的洪湖，本来就是作为文化的一种很形象的呈现和注脚；

剧作还意味着韩英和刘闯等的大智大勇，除了党的教育培养之外，也有来自祖先的优秀精神传递和一脉相承的文化耳濡目染。

五是湖北味。作为一部具有地域特色的经典，突出体现了它的"湖北味"。即通过增加湖北元素，如粽子节，还有莲藕、莲蓬、菱角这些湖北特产来作为剧中重要道具。而且在每一集中都会看到这些湖北食物的影子，是一部真正的、拉风的"汉阳造"。如此深具湖北情怀，同周振天诞生在湖北有关，他从小最喜欢吃奶奶煨的排骨藕汤，但奶奶去世后就再没喝到过。有一年他去武汉拍片，住在东湖宾馆，吃饭时服务员端来湖北地道的莲藕炖排骨，这使他想起儿时奶奶经常做的这道菜，喝了第一口汤他就哭了，对于周振天来说，乡情真是刻骨铭心。所以这部《洪湖赤卫队》不仅是一个作品，还承载了一代人的乡情，将五十多年的深深的情结，用艺术的方式在荧屏上释放出来了。

从歌剧和电影《洪湖赤卫队》到电视剧《洪湖赤卫队》，无疑是一次从经典到经典的过程，所以其在央视一套黄金时段播出，收视率一直攀升到 7.92%，平均收视率 4.33%。有观众评价：生活在不同时代的人都会有自己心目中的经典，老版的有当年的感觉，新片故事情节丰富，歌曲也很好听。理想和信仰的重温，不是一两代人的事，而是世世代代的事。还有网友这样感慨："带着疑惑和挑剔看这部电视剧，心里充满了好奇。在人们的心里，当年的歌剧和电影《洪湖赤卫队》似乎永远都不可超越，因为她是人们心中的一座丰碑。看翻拍的红色经典，究竟看什么？为什么不少红色经典翻拍之后，都不尽如人意？其实，不是编导不卖力气，也不是演员演得不好，而是在不经意中，动了人们心中的那份怀念，让观众找不着当年的那份感觉了。没想到《洪湖赤卫队》是个例外。"周振天这样看待专家与观众的评价：与其说是在鼓励我们的改编，不如说是在鼓励我们坚持的方向。这是尊重历史经典，尊重生活，尊重艺术规律的回报。

【**注**：总编剧：周振天；编剧：柳桦、宋树根；导演：石伟；主演：温峥嵘、常戎、杜旭东、石小满、张明健、刘卫华、乌日根等。湖北省委宣传部联合湖北省广播电视总台、湖北经济电视台、湖北电影制片厂出品。】

## 第二节 《我的故乡晋察冀》：入关 入情 入理

曾经有那么一段时间，在战争题材的创作中，国共之间的战争乃至某些对外反侵略战争，都成了不成文的禁区，唯有抗日题材可以无障碍地去写。这一局限性带来了一定的后果，即在相对狭窄的范围内，在创作上很难避免题材、主题、人物、情节和手法等方面的雷同。尤其是一些创作者和生产制作单位，不是很好地下功夫深入到历史生活中去，进行卓有成效的研究和开掘，而是为了博人眼球和获得收视率，靠胡乱的编造和肆意的想象，来结构剧本设置细节塑造人物，于是在为数不少的剧作中，出现了一系列荒唐离谱的情节，如手撕鬼子，手榴弹打飞机，裤裆里掏出手榴弹，八百里外打死鬼子机枪手，小英雄掏出弹弓瞬间将鬼子身体射穿，铁砂掌、化骨绵掌可轻松对阵数十名日本兵，出现了形似蝙蝠侠的"蝙蝠车"突击车等"神剧""雷人"剧情。这种把敌人描绘得过于弱智，把前人浴血奋战换来的胜利描述得如此轻易，对抗日战争过分娱乐化、戏谑化的现象，对在抗日战争中付出了沉重而巨大代价的民族来说，不仅是对历史真实的歪曲，更是对为民族解放牺牲的先烈的大不敬，对当下青少年的价值观和历史观也将造成极为不良的影响。探索和寻找题材的创新之路是可以理解的，但醉心于违反起码生活常识和科学逻辑的"戏说"，甚至是进行不合人伦史实，挑战公共理性的胡编，只能给艺术创作的历史留下不光彩的一笔，也必将遭到唾弃和批评。

### 1. "神剧"之风下的"神剧"

也正是在这样的风气盛行之时，在河北省委精神文明办公室主任白石和制片人崔玉杰支持下，周振天推出了他的抗日战题材电视剧《我的故乡晋察冀》。周振天曾经这样不无自豪地谈起他的《我的故乡晋察冀》，他说在这部剧播出的时候，恰好赶上广电总局批评饱受诟病的抗日"雷剧""神剧"，他直言不讳地说我这个剧就是个"神剧"，但是这个"神"不是那个雷人的"神"，而是神奇的"神"。战争本身就很神奇，什么事情都可能发生。但是所有情节的设计必须符合生活逻辑，必须符合历史逻辑，必须尊重中国人民对那场战争的基本认知。用武侠剧的手法写抗日剧，用狗血情节维持抗日故事线索，是走不通的，离开了历史本真和那场反法西斯战争的神圣内蕴，剧作就会陷入胡编乱造的窠臼。如果拿那些雷人的抗战剧同周振天的抗战剧比较，两相对照，可谓高下立判。

周振天为什么也要来写抗战题材呢？他于多年前率领他的团队创作反映晋察冀抗日根据地的大型文献专题片《壮士行》的时候，那种拉网式的人物采访和资料收集，所开掘的是一座革命战争历史生活的富矿，当时所做的一部专题片是容纳不下那么多内容的。采访所得的大量素材一直在他的脑子里酝酿，此间的跨度竟达二十年之久。后来他觉得他酝酿成熟了，欲罢不能了，必须要写了。在总结《我的故乡晋察冀》的成功创作时，周振天认为一是有感情的积累，二是有故事的积累，三是有细节的积累，四是有人物的积累，一次较大规模的采访行动所储存的素材与思考，足可以支持他进行一部抗战电视剧的创作行动。同时在于找到了新的叙事角度，新的表达方式，以及最终会得到观众认可的信心。

周振天也清楚地认识到，在以往已经出现大量抗战剧的情况下，特别是抗日"雷剧""神剧"已经引起人们普遍反感的当下，再来写一部以抗日战争为题材的作品，应当说还是有风险的。但他相信，在掌握充分史料和大量鲜活细节的前提下，只要选择好新的内蕴视角，塑造出生动新鲜的人物，是一定能够受到欢迎的。周振天感到，以前的抗日英雄大都是高大全式的，后来逐渐转变成了草莽式、江湖式的，观众都是能够接受的，但是假若过度了，又会引起受众的审美疲劳和心理拒绝。关键在于既要出新又要不逾矩，能给观众提供新的审美体验，又符合相应的历史与生活尺度。周振天还认为，电视剧创新要接地气，要从民族情感、民族文化中寻找创新点，要找文化与社会深层的东西。电视剧里的人物离不开历史背景与文化土壤。人物是不是接地气？故事是不是接地气？人物之间的情感碰撞是不是接地气？

这些方面对能否创作出优秀电视剧作品都至关重要。

周振天对抗战题材中人物形象的塑造是这样看的,他说电视剧都是要虚构人物命运的,但是人物的情感逻辑和生活逻辑都必须是符合历史限定的,也必须是观众认可的。编剧要敢于虚构与众不同的人物,但一定要把握好"度"。抗战剧中,八路军的人物形象可以草根一些,草莽一些,甚至可以带有些许的匪气,我相信在那时候,会有这样类型的人物存在。但抗日战争毕竟是以中华民族求独立、求解放为神圣背景,把握住了这个大背景,就可以拿捏好人物塑造的分寸。如果以过分娱乐化的方式写抗战题材,不但显得浅薄,也难以让观众信服和接受。年轻的编剧想让电视剧更好看一些,借鉴一些武侠片的桥段,这个发心可以理解,但如果对中日两个民族近百年的恩恩怨怨缺乏深入的了解,不清楚甲午海战以后的日本一直把征服、奴役中国作为其基本国策这个史实,对南京大屠杀等数不胜数的惨案给中国人民带来的深重灾难和彻骨伤害缺乏起码的认知,编出来的抗战剧就很可能走形,出现偏差。周振天采访过许多与日军血战过的老战士和惨案的幸存者,对那段历史不仅有较深的了解,而且心存敬畏,因此完全不能接受用过分娱乐的心态和方式书写抗日战争。倘若用轻慢的、搞笑的态度写那段历史,就是对抗战历史缺乏起码的尊重态度,是完全不能接受的。

周振天在谈创作时,认为一定要解决好"三入"的问题,即入关、入情、入理,只有这三个"入"解决好了,把握好了,创作出的电视剧才能入眼入心,赢得观众。

无论是历史剧、抗战剧,还是年代剧、现代剧,都有这三个"入"的问题。一个是"入关"。周振天对此做了相当形象的比喻,他说这实际上就是指进入的角度。明末,吴三桂引清兵入关是从山海关进来的;长城抗战前,日军是从喜峰口打进来的;平津战役,林彪率大军也是从居庸关进来的。"二战"时期法国的马奇诺防线固若金汤,德国人就绕道而行,从阿登山区攻进法国。编剧也是一样的道理,你从哪个关口进入,才能顺顺当当打进去,达到目的,那就是战略、策略上的考虑。进入一个题材的角度选好了、选对了，你在战略上就胜利一半了，如果选错了切入的关口，那可能就惨了，甚至危及作品的生存大计。

"入关"要解决好，"入情"也要解决好。好故事一定是感人的，一定是直通人心的，具有感动人、震撼人的力量。真正好的故事是不用加旁白去煽情的，是让观众通过剧情的展开能立刻感受到的。周振天在创作《我的故乡晋察冀》时，手里有很多的真实细节让他特别感动，他相信也能感动观众。在他采访到的材料里，有些内容让他记忆犹新，也极为震撼。晋察冀根据地就是山西、河北、天津、北京、内蒙古一部分，那是聂荣臻率领创建的抗日革命根据地。有一次，一些延安的记者和美国的记者，以及李公朴和很重要的八路军干部一干人都藏在一个山洞里，不少老百姓也躲在这个山洞里。其中的孩子发出了哭声，日本人听到哭声就围了上来，情急之下的母亲用奶头堵住了孩子的嘴。日本人走了之后，人们发现这个孩子已经被堵死了。聂荣臻听说了这件事非常感动，问这个年轻母亲的男人在哪儿，人们告诉他说是在前线打仗。他就让人把这个男人调回来，放在军区警卫团，让他能够夫妻团聚再生一个孩子。在日军疯狂"扫荡"的时候，有个孕妇在逃难路上，羊水破了要生孩子，游击队就和敌人拼刺刀，硬是打出了母亲生一个孩子的时间。无论怎样创新，有一点是不能改变的，那就是编剧要带着深切的感情写戏，将自己的感情灌注到作品中，作品才能具有感染力。

还要"入理"。就是你为什么要写这个戏？就是在剧作中反映社会人心向背的大道理，阐述历史发展前进的规律和道理，甚至还要让人从中悟出对于今天的启示性意义。如冀中的八路军大部分时间是在夜间活动，但是每个村里的家家户户都养着狗，八路军一进村，狗就会叫，周边炮楼里的鬼子就知道八路军来了。为了抗日部队的安全，冀中地委动员老百姓杀狗，结果一夜之间冀中百里再无狗叫。八路军的很多粮食都藏在老百姓家里，如果部队需要粮食了，就来人拿着军区给的条子，即可以到老百姓家领粮食。1942年，晋察冀地区闹春旱，老百姓宁可吃草根树叶，也不动八路军的一粒粮食。搞军需的人到藏粮户家揭开锅盖看时，发现锅里煮的都是树叶野菜，但是藏在洞里的军粮却一粒不少。在《杨成武的回忆录》里，记载着这样一件事，他的儿子藏在老百姓家，不巧被汉奸知道了，凶残的敌人包围了村子，要村民把所有的男孩子都带出来，问谁是杨成武的儿子，不交就把所有的孩子全部杀死。老百姓就是没有人说，要不是后来主力部队及时赶过来，这个村子的男孩子就可能被全部杀光。那时候，共产党和老百姓是生死与共的关系啊。这种关系是一部剧作的血肉与温度，是一部剧作的真正的筋骨。

### 2. 写实与虚构相结合的抗战题材剧作

晋冀察抗日根据地在国人的心中曾是个令人景仰和神往的革命词汇，它使人回想起的是那艰苦卓绝而又喜泪交迸的战争岁月。周振天所说的三个"入"，在这部名为《我的故乡晋察冀》中得到了很好的体现，我们现在不妨仔细地来欣赏一下这部"抗战剧不用添加'雷人'的情节，才能好看"的剧作。四十二集电视剧《我的故乡晋察冀》，是以独特浓郁的地域特色为背景，以写实与虚构相结合的方式，通过激情而流畅的叙事，着力塑造了以耿三七为代表的八路军的英雄群像，把波澜壮阔的敌后抗战史，书写成一部跌宕起伏、扣人心弦而又荡气回肠的战争传奇。

剧作以晋察冀边区的六郎镇为原点，将叙事空间向阜平、保定，乃至北京等地自如地扩展与辐射，形成了较为广阔立体的历史视野；又以著名的平型关大捷、黄土岭之战、百团大战等著名重要战史为依托，以主人公从耿三七这个山货店的小伙计，在一系列的误打误撞中，经历一番生死历练，最终成为我军的团级指挥员的成长历程，构筑起全剧纵向的主体叙述框架；并以此为经纬编织起发生在这片土地上的一个个决不屈服、以死抗争，而又充满战斗智慧的局部生活场景，浓墨重彩地描绘出晋察冀军民曾经经历的漫长惨烈、可歌可泣的长篇历史画卷。《我的故乡晋察冀》的问世，把这段原本不该忘记的历史再度拉入当代的视野，无疑有着弥补电视艺术样式对这一地区抗战史反映与表现空白的重要意义。

在当年晋察冀开展的对敌斗争中，涌现出了千千万万的英雄人物，他们以气吞山河、悲壮决绝的浴血抗争，谱写了属于这片土地的最豪壮的诗篇。该剧则以极为凝练生动、机趣迭出的手法，着力而突出地塑造了耿三七这个具有独特性格魅力的英雄形象，使观众从晋察冀的斗争历史中获得了更为崭新的生活认知和审美愉悦。这个始终留着"锅盖头"的保定府杂货店小伙计出身的人物，是编剧根据自己熟悉的生活而设计的。他因日寇野蛮入侵而被迫走上战场，进而成为诞生于这片土地、锻炼成长于战火之中的大放异彩的精灵般的人物。由于做过买卖，进山采过药，对都市和山里的情况都非常熟悉，青少年时期的生活历练又使之兼具了头脑灵活和精于算计的的天赋与特质，这两点决定了他在城里和山里打游击游刃有余。打仗时他小心谨慎，精心算计，尽量不做赔本"买卖"。而当他在战斗生活中将这一切运用于全神贯注的对敌作战时，其原有特质与英勇无畏、豪迈仗义等战斗精神奇妙结合时，便使之在一次次凶险莫测、瞬息万变的战斗中闪耀出某种出神入化、令人叫绝的形象光彩。然而他在和战友相处的时候，也经常算计，就显出了人物性格的某种短处。如战友去打仗，要借用他的机枪，他不舍得把新机枪借给战友，后来借人一挺旧的，结果因机枪卡壳牺牲了不少同志，为此而受到上级的严肃处分。可以说，在这个人物身上显示出较为立体多样的性格层次。在其他电视剧里，甚至在其他形式的作品里都从没有出现过这样的人物，可以说是中国当代电视剧塑造的人物群像当中的一个较为独特的形象。

剧作正是以一系列富于奇思妙想，又极符人物性格逻辑，且精彩抓人的情节，赋予了这个人物形象的独特。耿三七在平型关大捷后押运战利品回八路军总部时遭遇国军侯景魁部并与之过招；落入汉奸侯景太之手被绑架到北京，在燕京大学赵燕等师生的帮助下机智逃回；因作战智勇过人意外地当上抗日游击军司令，却一时难除其自由散漫习气；被撤职后去当服装厂厂长，在冬装生产的运筹中显示出过人智慧；打下六郎镇分武器时与侯景魁部斗智，获得应有的枪支弹药；到保定取黄金作筹建边区银行之用时遇敌围困，巧妙地通过山货铺地道顺利逃脱；担任银行顾问这种看似风马牛不相及的职务期间，以其精明的经营头脑为同日寇展开经济战出谋划策；面对敌人的疯狂"围剿"，率小股人马通过频频袭扰敌人和炸敌军火库等神出鬼没的手段粉碎敌罪恶阴谋。这些都无不表明耿三七这个有着草莽气息的人物，却有着卓越的胆魄与才智，适宜于在险象环生、危机重重的困境中，担当和完成各类看似难以完成的重要任务。特别是假扮晋察冀军区司令部引开敌人这一重场戏，最为壮怀激烈与扣人心弦。从耿三七借司令员皮衣以迷惑敌人的缜密心机，及施展各种伎俩制造种种假象，到老鹰崖绝境中九死一生的突围，剧作把耿三七顾全大局、思虑周详、临机善处的个性特点推向了极致，使其性格特征不同于我们过去见到的任何艺术形象，令人感受到的是一个真正的民族英雄在危难之时，所表现出的气贯长虹般的智勇与担当。

剧作对耿三七形象的刻画，注意在连绵起伏的曲折情节的展开中，与其他各类人物形象形成鲜明的映衬与对照。日军头目黑田俊雄为代表的侵略者的狡诈凶狠，意味着耿三七与其较量是使出浑身解数拼智慧拼勇气的，是你死我活甚至是渐渐升级的，也意味着刀刃上的交锋是绝不允许有些许瞬间疏忽和些微失手的。在对手所竖立起的反光镜上，映照出的是耿三七所代表的民族的性格与智慧的质量。其与侯景魁的对手戏是剧作设置的重要线索与看点，可谓风生水起、山环水绕和悬念迭出。国共在抗战中既合作又龃龉的过往历史，在剧中具体表现为某种民间化的形式，耿三七以其坚定不移的胆魄和行侠仗义的气概，博得了民族大义尚存，但困难重重、犹疑不决的侯景魁的钦佩，并与其建立了几乎是相知相惜的兄弟般交情，进而形成了联手制敌的有利局面。剧作对两人关系的如此描写，既具有较高的历史可信度，又在艺术上颇有耐人寻味的观赏价值。与师傅之子康地龙的关系的表现，是剧作从另一侧面表现了耿三七较为复杂的个性与态度，是对耿三七所进行的更为人性化的揭示。由于康父有恩于己的缘故，深植在耿三七内心深处的，是那种知恩图报的民族固有伦理观念，使其对康地龙始终怀有超越战友之情的关切与呵护，即对康地龙既严格约束和谆谆开导，又在其犯错偷窃黄金时因不忍处罚而网开一面。但康地龙意志薄弱、贪图私利、安于享乐的品质，注定其终究不容于革命队伍。当其动摇叛变和泄露机密，给抗日武装和人民群众造成巨大损失时，受到深度缧绁且嫉恶如仇、明辨是非的耿三七，才到了对其必欲除之而后快的转折点。但当康地龙被暗藏敌特打死时，耿三七则又因师傅临终嘱托要其照顾好康之故，而深为歉疚至大放悲声。这些方面都生动地表现出了民族的道德与情感积淀，在耿三七身上所发生的复杂作用，也反映出这个人物颇为清晰可辨、真实可信的历史印记与时代质感。

情感戏在剧中占有了相当大的分量，剧作设计了耿三七先后与女政委代云、女大学生赵燕和村姑崔秀梅之间的情感纠葛。爱情似乎是长篇电视剧结构配方中必不可少的重要元素，但在该剧中并非只为添加多角恋爱的噱头和作料，而是属意于表现战火中浴血的，但却是洒满阳光的青春与爱情，使剧作具有了百转千回、酣畅淋漓，甚至是撕心裂肺般的抒情格调。斗争中建立的特殊友谊，使耿三七深爱着纯朴美丽的赵燕，一方绣有飞燕图案的手帕，似隐若显地时时传递着某种情意。但剧作却在陡起的波澜中，使人物的情感发生了难以逆转的走向与变化。在日寇大搜捕时，耿三七因患疟疾病重而身处险境，秀梅克服羞怯心理，以妻子之名为裸身的耿三七擦汗遮掩过去。品性仁义且性情刚直的耿三七，因赵杠子嫌弃秀梅退婚伤害了秀梅，耿三七便放下对既往的感情转而娶其为妻。他娶秀梅完全是为了报恩，因为没有爱情，晚上睡觉会时不时喊出赵燕的名字。为了不再尴尬，睡觉的时候竟在嘴里放两个核桃。当憨厚痴情的秀梅信守诺言，为保卫边区银行而惨遭敌人杀害，耿三七不顾一切地去六郎镇寻敌报仇，反映了耿三七虽违犯纪律，但却是血性男儿的本质和对情感的炽热与真诚。战火中清纯依然的赵燕是一个美丽化身，赢得了耿三七与秀梅之子小阜平的依恋，在老鹰崖的危急时刻让耿三七动情地吐露了久有的心声。虽然作为游击军政委的代云一直深爱耿三七，但耿三七始终对代云怀着的是对政委莫大的敬意，使得代云只能把情感深埋在心底，直到建国时为保卫开国大典英勇献身的那一刻。剧作对人物的情感戏，既写得婉转有致、极有层次，又把握得极有分寸、含蓄蕴藉，构成了剧作的重要内容和可贵品格。

剧作的思想艺术价值还在于，以真实的手法描写了处于外敌入侵之下复杂的社会生态与多种人格，国民党的抗日先遣军与八路军抗日游击军貌合神离，却又在危难之时出手相助，这些都真实地反映了那种历史情境下复杂的政治特点。其中侯景魁的形象塑造，就是这种两面性的最具典型性的表征，危局之下薪水供给与装备物资等的短缺，更加剧了这个视枪杆子为生命，并且试图称霸乡里的人物的摇摆性，但民族的荣辱与耿三七等的告诫，终于使其守住了道德与价值的底线。苟且于日寇高压之下仍希冀生意兴隆的富商丁逸轩，其心态与行止都有很高的认识价值，其内心的挣扎表明其在国共之间、敌我之间一直进行着两难的权衡，但数次在危急之中帮助耿三七等人脱险说明其良心未泯，而最终引爆炸药与敌寇同归于尽，则更反映出其做出的果断抉择，以及所依然保持的真心抗战的民族气节。剧作还以最犀利无情的笔墨揭露了民族败类的卑劣，通过对汉奸侯景太这一形象的刻画，描绘出这类人物卖国求荣的无耻、狠毒、阴险的丑恶嘴脸，剧作形象展示的是，这些阴奸损坏、良心丧尽的败类，在民族危亡关头，是怎样地起到了为虎作伥、助纣为虐的罪恶作用。另外像赵杠子爹这个人物也很有代表性，其自私愚昧和麻木不仁的特点，是那一时代不觉醒者的真实写照，即使在今天看来也应引发人们深深的思索。同样重要的还在于对于战争生活的真实质感的表现，它追求对战争问题的反思，体现生活战争的残酷，敌对双方的激烈的搏杀，我军民抗争的无畏，都把我们带回到了晋察冀那个战斗的年代。

### 3. 民心向背是剧作核心主旨的深切表达

《我的故乡晋察冀》以形象的力量诠释了民心向背是决定战争胜

负的这一根本道理，这就是剧作解决"入理"的重要问题。剧作的内容是从平型关大捷、黄土岭之战、百团大战一直到写到开国大典。在周振天看来，抗日的电视剧已经不计其数了，再一般化地描写打鬼子过程还有什么新意呢？经过缜密的思考，他选择了一个角度，那就是我们共产党在执政之前，跟老百姓有着怎样相濡以沫的血肉联系，继而剖析这种生死相依的关系是怎样建立起来的。选择这个角度就是考虑到如何让在战争期间建立发展起来的党和老百姓相濡以沫的血肉联系延续下去，如何使之不消失殆尽，周振天认为党和人民之间的关系的忧患意识是最最重要的。他说：

> 所以我不是单纯地写打鬼子，我想在这方面使使劲，把历史和今天老百姓的情思和老百姓内心的期盼做一个穿越和沟通。习主席在文艺座谈会上就说道：要欢乐着人民的欢乐，忧患着人民的忧患。这部电视剧和现实有着很强烈的对比照应，那就是党与人民群众的关系。中国共产党能够打天下，创建新中国，依靠的就是与人民群众相濡以沫的血肉联系。这部电视剧就是提醒观众，我们某些人在今天都是走向自己的反面，想的不是为人民群众，是为自己谋私利，也算是对今天敲响了警钟。我们的胜利来之不易，但是丢掉也是很容易的。这个作品不仅是看得引人入胜，它所提供的东西还是很值得探讨和思考的。

剧中用大量的在战争中发生的事实来展现并印证，就是晋察冀边区和各个革命老区的老百姓，用双手把共产党人送进北京城、托到天安门城楼上的。剧中设置这样一场戏：男主角耿三七的儿子是老百姓从日军屠刀下拯救出来的，在部队离开阜平准备进入北京之前，耿三七让孩子跪下来给满山遍野的老百姓磕头，并训导儿子："不管你长多大，你都不能忘了阜平和晋察冀乡亲们的大恩大德！你要是忘了，就不是我的儿子！就不是共产党的种！！"剧作中还有司令员要耿三七冒险到保定送还日本遗孤由美子的情节，以及耿三七在途中为由美子抓蝈蝈编笼子的镜头，以极富感染力的抒情闲笔，反映了八路军高级指挥员和普通官兵胸怀宽阔、包容天地的爱心。这同黑田俊雄处心积虑要杀害耿三七之子小阜平，形成了人魔之间极为鲜明的对比。剧作设置外国友人林维克帮助晋察冀军区修复被炸毁的电台，白求恩大夫夜以继日为八路军救死扶伤，都可视为那个时代标志性的元素，从另一角度反映了正义的人们，是怎样携起手来共同反对凶残的日本法西斯。剧作以大量写实性的细节，表现八路军是怎样一心为民而赢得了民心的，因此在敌人血腥的暴行之下，民众即使付出了巨大牺牲也决不透露八路军的行踪；在日寇经济封锁的困难年代，百姓即使吃树皮树叶也把粮食省下来送给自己的队伍。剧作表现耿三七率队跪拜烈士田二广娘的场景，以及展现八路军感谢晋察冀人民的戏，群众送别八路军的戏，都是如此地富于热度、感人至深，催人泪下。当时山区里老百姓大多不识字，选举乡长、区长的时候都是拿豆子投票的，女主人公代云是共产党的区长候选人，她跟一位代表国民党的德高望重的族长竞选。起初代云很不自信，觉得自己肯定选不过人家。但是共产党刚刚打了震惊中外的平型关大捷，老百姓对共产党打鬼子有信心，所以她碗里的豆子就比那个德高望重的族长多了几颗，当选了区长。代云很珍惜老百姓给她的权力，把那些颗红小豆精心装进布袋里，一直带在身上。最后她为了保卫开国大典，中弹壮烈牺牲，那个装着红小豆的布包沾满了鲜血。剧作告诫人们，无论何时都不能忘了人民支持这个根本。剧作以代云这个艺术形象来形象地阐释习近平主席所强调的"权为民所赋"这个历史真理。归根结底，权力是老百姓赋予的，执政党能不能长期执政，那就要就看你有没有人民支持和人民拥戴的执政资源。

正如李渔所说："凡作传世之文者，必先有可传之心"，剧作就是如此深度地展现中国共产党在战争与老百姓血肉联系的光辉历史，将其做一个镜子，给现在的官员干部们看看，你们是不是忘了自己的根？是不是真正践行了"以民为本""执政为民"的根本宗旨？就如习主席再三强调的：人民就是江山，江山就是人民！

剧作对耿三七形象进行刻画时，对他成长过程充满的生活情趣和喜感色彩，剧中主人公们复仇与情爱的命运经历，也给予了浓墨重彩的展现，就是要跳出一般的抗日史实和敌我厮杀过程，企望观众在看过之后，除了得到观赏娱乐的趣味之余，会思考、回味如何进一步改善和提高我们执政党的执政水平，如何珍惜在血与火的战争年代用鲜血和生命积淀下来的执政资源。当写到部队要进城了，开进北京了这场戏时，周振天竟然泪流满面，他哭的不是剧情本身，而是由此联想到过去若干年存在的党风廉政问题，心挺寒的。主人公的台词是发自内心说的，六十多年过去了，还有不少老区还很贫困，那个跪下给乡亲们磕头的孩子就是红二代。十八大之后的反腐，有很多很争气的红二代，但也有不争气的红二代，他们的父亲曾经在老百姓面前发过决不会忘记老百姓的誓言，有的人一直在恪守，但有的人则走向了另一面。不仅如此，有的人甚至还欺凌老百姓，掠夺贪污人民的资产。那些贪官们更是大肆贪污，这是刨共产党的根，刨祖宗的坟啊！这是会把共产党执政的资源全部刨光的呀！这就是为什么习主席要下定决心反贪腐的根本原因。剧作的这种主题表达，不只是那些胡编乱造的雷剧不能望其项背，甚至是其他一般性的抗战题材作品也无法相比的。

有网友对此发表了非常中肯的看法，署名"乐观的巨龙戏珠"说："看了连续剧《我的故乡晋察冀》，抗日时期的老百姓与八路军一同忍饥饿挖野菜充饥，共患难抗日寇，拼死保护咱人民政府官兵。再想想当今，百姓与当官的有差距啊。""小羽的空间2011"说："《我的故乡晋察冀》是一部难得的抗日电视剧。我们党根植于人民群众之中，没有人民群众的支持，我们党就会成为无源之水，中国革命就不会取得成功。脱离人民群众，忘记人民群众的思想行为就是背叛了党的宗旨，背叛了人民。忘记过去就意味着背叛。该剧最后几句台词很经典，值得我们品味、深思。""武汉瑞银教育"说："看完连续剧《我的故乡晋察冀》，觉得结尾一段的独白写得很不错：历史已经无数次地证明，无论是谁割断自己的根，就注定走不到辉煌的明天，忘记过去就意味着背叛。这句先哲的告诫，应当时时刻刻响在我们的耳边，记着，永远记着。"编剧周振天赋予剧作中的深刻用心，与观众的理解高度地契合在了一起。

【**注**：总制片人、总编剧：周振天；编剧：樊城、杨双印、刘恩合；导演：马玉辉；领衔主演：孙涛；友情主演：闫学晶、魏积安、洪涛、刘欣；主演：齐芳、王强、杜旭东、邓钢、徐飒、王凯等。中央电视台、中共河北省委宣传部、中国电视艺术家协会、海政电视艺术中心、河北电视台、河北影视集团有限公司联合出品。】

## 第三节 《我的青春在延安》：
### 青春偶像剧的视点和追求

2011年播出的二十集《我的青春在延安》，是一部抗战题材青春偶像剧，是庆祝建党九十周年的献礼作品。当年湖南电视台委托编剧汪海林推荐合适写这个选材的编剧，汪海林推荐周振天主笔，顺利地接洽、签约后，周振天便紧锣密鼓开始工作。关于这部剧作，周振天说：

> 这部红色青春剧既是一段献给建党九十周年的历史回忆，更是一部献给成长中的"80后""90后"的励志篇章。在我看来，青春是不分时间的，每个人和每一代人都有自己的青春，只是历史背景和表现形式不一样。现在年轻人拥有的是浪漫青春、幸福青春、小康青春，与战火青春是不同的，编剧就是要在历史与现实之间构建一个通道。

对于当下拥有幸福青春的年轻人，周振天担心"80后""90后"的生长环境相对优越，都是温室里的花朵，没有经过大风大浪、艰苦环境的历练。生活顺利幸福是高兴的事，但是民族忧患意识不可少，一旦国家需要，年轻人必须做出奉献甚至牺牲。现在的年轻人应该具备什么样的姿态，是否拥有大情大义，是否敢于牺牲，这是很值得关注和思考的。因此他认为，电视剧编剧要做的是，让青年人在心理和精神上增加"钢铁"的成分和"钙"的素质。通过红色青春剧，让年轻人了解历史，以史为鉴，在快乐、幸福、浪漫地生活的同时，多了解前一辈人的青春生活，使自己的青春更加充实、更加有信仰，对自己负责，对国家负责。

但这又是一部涉及重大革命历史题材的作品，这类作品似乎已经形成某种固定的模式，若非高视点、全景式、大纵深的艺术表现，则不足以证明其质量可与题材本身的宏大与厚重相媲美。怎样以新的视角和手法来反映和表现这一类型的题材，通过更为艺术化的独特创造，使之呈现出风格化和多样化的创作格局，开拓出革命历史题材的艺术新天地，是创作者们所刻意追求的。为了写好这部作品，周振天邀请老朋友朱振凯、甘昭沛参与编剧，又邀请到中共中央党史办专门研究党的"七大"的专家李蓉，组织了很给力的创作团队。《我的青春在延安》就是对此进行的别具匠心的成功探索与尝试。在这部作品中没有习惯性地把镜头主要对准领袖人物，表现他们如何纵横捭阖运筹帷幄，而是将青年知识分子和普通人物作为剧作表现的主体，以侧写的方式描写一对对延安满怀向往的大学生恋人，通过参加"七大"的筹备工作，接受保护"七大"代表的任务，在战火中经历命运坎坷、大生大死、爱情曲折和各种磨砺，来反映重大的革命历史事件，打造出一部涂抹着浓重战争色彩的红色青春的作品，为表现这类题材提供了新的范例。

抗日烽火中的延安是革命的圣地，是无数知识分子和青年学生寄予和实现理想与梦想的地方，他们冲破重重阻拦义无反顾地踏上奔赴延安的征途。剧作选取这一题材进行具体化、形象化和艺术化创作，既是同类题材的有力拓展，使我们对这一虽有所了解但却知之不详的生活获得深度的了解；也使观众在强烈的艺术吸引和感染中，领会与思索这类题材所饱含的丰盈的历史意蕴。作品是以那种如火或荼的时代生活为背景构筑剧情、塑造人物的。背负着国仇家恨的赵劲飞和愤而抗婚的萧湘，他们既是海誓山盟、心心相印的恋人，又是无数知识分子和热血青年的优秀代表，山河破碎、颠沛流离、苦难深重的现实使他们认识到，只有延安才是他们救亡图存、实现报国之志的地方，因而如江河滔滔百川归海，纷纷向延安汇集。作品以诗意而又写实的笔墨，生动地反映出那个时代激动人心的历史真实。又围绕筹备召开党的"七大"，设置和构成全剧的核心事件，展开颇为跌宕起伏、惊心动魄的情节描写，使延安成为赵劲飞们追求理想和参加斗争的广阔舞台，把完成这一重大任务与其现实命运和性格呈现紧紧地联结在了一起。这些人物所具有的文化、知识与技能以及独特情感经历，使之在行为和心理上带有自身的鲜明特征，为故事的铺展与递进增添了更多的可能性，于是一幕幕扣人心弦的战斗场面、感情纠葛和谋战情节在这里轮番上演，使这部作品始终响彻铿锵与柔美交织，这一革命年代特有的抒情而动人的旋律。

在这部作品中以大量篇幅描写几个主人公在延安的生活与斗争，让这些满怀报国热情的人物，在复杂的斗争环境中经受严峻的考验。作者的深意或许在于表明，延安虽是革命的心脏，却并非浪漫的伊甸园，相反是战斗的前沿阵地，始终处于斗争的风口浪尖。多次护送"七大"代表穿越封锁线，成为赵劲飞的重要使命，那种滚雷蹚火、出生入死的战斗生活，是对青年赵劲飞意志品质和战斗精神的无情考验；萧湘由于其突出的翻译水平，在延安如歌的岁月中能够尽情发挥其聪明才智，度过自己的火红青春，但因照片问题导致恩师也是地下工作领导者朱百里的被捕牺牲而受到组织的审查，这无疑是另一种更为艰巨的考验。后因侦破敌情的需要，她又不得不忍受情感的折磨与煎熬，疏离甚至刺痛心爱的恋人。作品如此表现，既使剧情悬念迭起、张力陡增，也表明这是人物成长进步不可缺少的经历，阐释了青春同革命一起长大，人物在历练中走向成熟的思想寓意。对另一组人物的刻画则相映成趣，皇甫仁虽有爱国之心却阴差阳错地成为国民党军统特务，并潜伏在延安做刺探军情的勾当，使之在一种分裂人格的驱使下，步入一条自取毁灭的人生之路。嫉妒心很重的马玉则因爱生恨，由向往革命和进步跌入反叛的渊薮，导致一朵理想之花的黯然凋谢。剧作在抗日这个特定历史环境下，从性格乃至人性的层次上进行富于意味的揭示，准确而有力地反映出个体在历史风雨中的分化，勾勒出赵劲飞与萧湘的性格发展脉络，以及皇甫仁与马玉形象的复杂矛盾之处，均具有较强的认识价值。

作品强烈的思想艺术魅力，应当来源于创作者对于革命历史特别是延安战斗生活、日常生活和文化生活的深刻了解和把握，来源于创作者内心蕴含的政治与艺术激情。而剧作脉络清晰的叙事，游刃有余的调度，张弛有度的编织，又无不显示出创作者举重若轻、运斤成风的老到与娴熟。剧作从史料中钩沉和展开想象的翅膀所设置与再现的大量情节和场景，勾连起我方、友方、敌伪，甚至是刘大万的忠义救国军等相当广泛的生活联系和错综复杂的矛盾，展示出抗战时期延安特有的风物与人物，及其生机勃勃、活力四射的生活氛围，把观众带回激情似火的战争年代。这不仅使创作具有极大的自由度和更为广阔的空间，也使作品包含了更为厚实的历史内容。在剧作中，毛泽东、周恩来、朱德、刘少奇、任弼时、陈毅等领袖人物虽作为次要人物出现，但对特定情景和细节的选择与营造则更加精心和讲究，使之依然有着独特的风采与形象的魅力。除赵劲飞与萧湘等主要人物之外，王洛川、郭秀涓、谢竹峰等多样延安人物的塑造，王彪、唐得发等敌特分子的勾画，不仅展示出各类人物的不同性格特征，而且呈现出延安某种真实的生活形态和历史特质。

该剧无疑又是一部描写革命与爱情完美结合的佳作，纯真而曲折的爱情经历无疑是剧作重要的声部，是吸引观众的重要看点。但令人回肠荡气的爱情描写，是同整个斗争经历相贯穿的，美丽动人的爱情却有战争的残酷和牺牲的壮烈如影随形。作品正是通过情与智、爱与恨、血与火的斗争，让人物经历大浪淘沙般的洗涤与锤炼，完成其形象的塑造和命运的呈现。作品扑面而来的青春气息及其传奇色彩，生动地揭示出这样一种意蕴，即中国共产党领导的革命之所以如此蒸蒸日上势不可当，正在于青春力量的不断注入，他们奋不顾身、一往无前的拼搏、奉献与牺牲，使青春在战斗中闪闪发光，革命因而成为一桩最为美丽崇高的事业。《我的青春在延安》中青年人身上所特有的追求与迷茫、悲痛与欢乐、成功与失误，在时尚元素和谋战色彩的融入和快节奏的演绎中，发散出强烈的现实热度和观赏引力，这无疑将可搭起通往今天青年一代心灵的桥梁，对之产生教育和审美的双重作用。作为向建党九十周年献礼的作品，该作品的艺术实践和创作经验值得记取。

【注：总编剧：周振天；编剧：朱振凯、甘昭佩、赵玉莹；导演：桑华；主演：郑恺、孙骁骁、乔乔、魏巍等。八一电影制片厂和湖南卫视联合制作。】

# 第八章

# 人物传记电视剧——在历史风云中刻画艺术形象

人物传记题材的电视剧创作，在周振天的创作中占有重要的地位，贯穿了他电视剧创作的全过程，涌现了一批高质量、非常有影响的作品。

## 第一节 《李大钊》：早期革命家朴素传神的塑造

九集电视剧《李大钊》是周振天涉足电视剧最早的作品，被称为早期经典电视剧，由著名表演艺术家李雪健饰演李大钊。剧作采用现实与历史的双重结构来展开叙事，一是以美院学生欧阳丹在导师薛兰的指导下，努力以为李大钊塑像的方式来展示李大钊的精神实质。在这一过程开始时他也是有困惑的，正如他对老师所袒露的内心：

> 老实说，我对这个题材没有信心，李大钊的塑像已经不下十几座了，昂首挺胸高瞻远瞩，要不就是大义凛然含笑深沉，所有的雕像都是那几个套路，再搞一座又怎么样呢？

他的导师薛兰则开导他说：

> 所以我才要再塑一个李大钊，应当像米开朗琪罗的"摩西像"，罗丹的"巴尔扎克"，要在一个立体画面上，凝聚李

大钊的一生，凝聚他的爱憎、胆略、品德、痛苦……，总之
他精神生活的一切。

　　剧作预示了欧阳丹对李大钊的追寻，是竭力表现主人公更加血肉
丰满、激荡人心的一生。他走进历史逐渐把握李大钊神韵的过程，正
是他逐渐认识和认同李大钊的过程，在幻觉中他与李大钊的每一次对
话，无疑都是代表了现代人向历史发出的探询与追问。剧作甚至采用
寻访中的欧阳丹，为埋头书写的李大钊端来水杯，李大钊将其拿起一
饮而尽的穿越式的手法，象征了现实与历史的交汇与融合，表达了欧
阳丹与李大钊这两代人之间的沟通与理解。而周振天通过后辈对先辈
精神世界的探索，让观众跟随并认同欧阳丹的同时，也与其一同走进
历史，接受剧作通过人物传达给观众的对于历史的呈现思考。从这个
角度说，剧作的动机与目的也就顺利而巧妙地达到了。而剧作不断呈
现薛兰和欧阳丹凿击黑色大理石的镜头，李大钊"伟大形象"的雕像
也就在观众的眼前与心中，终于清晰地叠印出来。
　　二是以主要的线索和篇幅，描绘李大钊充满传奇色彩的卓越一
生：少年时代多经磨难而发奋苦读，目睹列强在国土上的任意欺凌而
远渡日本寻求救国之路，到北京大学图书馆当馆长、教授，宣传马列
主义新思想，发起学生运动抗议丧权辱国条约，成立共产主义小组为
中国共产党的成立奠定基础，担任中共北方区委领导开展工人运动，
参与国共合作和改组国民党，同北洋军阀展开有理有据的斗争，直至
三十八岁时被反动军阀残忍杀害。
　　剧作表现李大钊是一位坚贞不屈、义无反顾，置生死于度外的革
命者。他在北大课堂上用醍醐灌顶的演说，解剖国民的性格，指出未
来的路径：

　　　布尔什维克的胜利，就是庶民的胜利，劳工的胜利。我
们要知道，今后的世界，将变成劳工的世界。劳工是什么，
是做工，创造财富的人，而不做工白吃干饭的人是什么，是

强盗！我们中国人，贪惰成性，不是去做强盗，便是去做乞丐，总是希望自己不做工，去抢人家的饭吃或是讨人家的饭吃，可是到了劳工世界，有工大家做，有饭大家吃，如何能有我们这样贪惰的民族立足之地呢？照此说来，我们要想在未来世界站住脚跟，就应当人人去做工，去创造一个新的中华！

也表现了他对生命和人生的珍惜，通过薛兰之口念出的一段话，表明其具有的丰富精神与人格：

凡历史的世界，历史的人物，都是一趟过的，无论是悲剧，是壮剧，是喜剧，是惨剧，是英雄末路，是儿女情长，都是只演一次的。无论是英雄是圣贤，是暴君，是流寇，是绝代佳人，是盖世才子，在历史的旅途上，亦只是流过一回的……人生即是这样可以珍贵的东西……光阴似箭，一去不回，我们应当如何郑重地欢天喜地地行动着，创造着过去。

剧作以生动丰富的情节，把李大钊作为学识渊博、勇于开拓的著名学者，作为伟大的马克思主义者、杰出的无产阶级革命家、我党主要创始人和早期卓越的领导人，及其在中国共产主义运动和民族解放事业中占有的崇高历史地位，深刻地反映和揭示了出来。让后世的人们永远怀念这样为民族的解放事业做出重大牺牲的革命烈士，千万不要忘记有功于国的伟大历史人物。

【注：周振天（执笔）、贾凯林、王凤梧编剧；导演：王葆华；主演：李雪健、吴兰辉、郭伟华、马少骅、成梅、王刚、赵宝刚、邱国强、俞立文等。北京电视台、北京电视艺术中心、秦皇岛市委市政府、唐山市委市政府联合摄制。】

## 第二节　《韶山情》：领袖题材情景交融的生动讲述

开国领袖毛泽东在阔别故乡三十二年之后，于 1959 年 6 月 25 日下午 4 时再次回到了韶山，据介绍，他此行要做的事是：

> 到父母坟前念养育之恩、看望邻居、到自家旧居、了解群众生活、关心韶山建设、尊师重教到学校、到韶山水库游泳、勿忘祖辈到毛家祠堂、请六十岁以上的老人吃饭。

毛泽东主席故乡之行在当时应该是一件被广为传诵的事。1996 年拍摄的三集电视剧《韶山情》，以艺术的形式表现了这件事的内涵与意义。剧作以主席的扮演者古月的视角和画外音叙述的形式，走访、体验和想象人民领袖当年回故乡的情感经历。

想用语言来解释清楚 50 年代毛泽东的内心世界，几乎是不可能的。50 年代的毛泽东站立在中国人民革命斗争胜利的巅峰之上，他把拥有着美国装备八百万军队的蒋介石赶到了一个小岛上，他面对着武装到牙齿的美国军队赢得了朝鲜战争的胜利，占世界人口四分之一的中国，举国上下响彻了人们从心底发出的"毛主席万岁"的口号声，50 年代的毛泽东笑说唐宗宋祖，非议秦皇汉武，发出欲与天公试比高的豪言壮语。那时候毛泽东总是不忘与人民保持着最直接最密切的联系，他总是利用一切机会捕捉来自民间的一切声音，无论是笑声还是哭声，无论是赞扬声还是责怪声。而他那些韶山的乡亲们就成为他把握人民脉搏，倾听农民心声最直接的渠道。到了 50 年代末，毛泽东感到自己常听不到来自人民的真实的声音，他抱怨下面省、市领导人对他不讲真话，并不时派出自己身边的办事人员、卫士深入基层农村调查研究，那时的毛泽东已经有了身不由己，高处不胜寒的痛切感受，特别是有关"大跃进"、公共食堂这一类新生事物，在推广过程中遭到许多基层农村干部和农民的抵制的消息，不停地传来后，毛泽东再也按捺不住走访基层，直接与农民交谈的愿望，于 1959 年 6 月登车南下，途经河南、湖北、长沙，于 1959 年 6 月 25 日，终于到达了阔别三十二年之久的家乡韶山。

其实从剧作的呈现上看，生活的场景并不全是韶山，既有韶山的镜头，观众随古月一起行走在韶山的土地上，一起瞻仰主席的故居，一起走访主席的亲人和乡邻，一起参观主席亲笔题字的韶山学校，一起走访毛家饭店，一起领略韶山的巨大变化——满眼苍翠的韶山冲，汩汩长流清澈的浏阳河，五彩缤纷的摊货市场，扑面而来的是时代生活的新气息；也有北京中南海的画面，讲述主席在自己家里同家人们一道，热情接待来自故乡的亲友和老师等的故事。全剧先后于两地通过六个各具深意的故事，反映出主席与毛泽连、毛碧珠、毛宇居、张干、文运昌、毛泽嵘、文炳璋、毛顺清等为代表的故旧之间的现实环境中的交往，以及背后所包含的种种意旨与内蕴。从历史、从故土走来的这一个个活生生的人，面对毛泽东这样的开国领袖，自然有各种各样的想法、愿望与诉求：如文运昌希望凭借与主席的亲戚关系得到好处。而毛泽东作为全中国人民的主席和领袖，考虑和处理问题时既要从大局、从全国着眼，有不同于普通人之处；但同时又富于亲情、乡情和师生情，同样具有普通人的情怀。如毛碧珠应不应该划成地主成分，从自己的稿酬里拿出一部钱给毛宇居解决困难，对当年的"驱张运动"赶走老师张干表示歉意等。从叙事上讲，虽然剧作显得单调刻板了一些，也缺乏相对高潮的段落，但还是以生动感人的笔墨，突出地体现了一个灼人的"情"字，即既是血浓于水的故乡情，又是高瞻远瞩的家国情。

作品从人情与生活的角度，形象地也是深刻地展示出主席的节俭品质，不为亲人讲情求官、不鼓吹个人的风范，提倡讲真话、反对讲假话和空话的要求，关心百姓的生活疾苦尤其是农民的吃饭问题的情怀，而为全党、全国树立的榜样。如对乡亲们反映的农民生活状况和公粮征购问题的思考与慎重表态，毛泽嵘、文炳璋在吃红烧肉问题上，对农村真实情况的反映，毛顺清等七八位老人在种田问题上对讲真话的意见等情节，剧作都以真实的再现、合理的表现，点点滴滴地灌输进观众的心头。也正是在这个"情"字上，剧作透视出的是人民领袖身居高位心系韶山，又不徇私情，而求治国安邦的长远眼光、高蹈境界和博大胸怀。

【注：编剧：周振天；导演：王健；主演：古月。海政电视艺术中心和北京天龙公司联合摄制。】

## 第三节 《海军少将张学思》：
## 准确完整还原的人物形象

在周振天的人物传记体的电视剧创作中，九集电视剧《海军少将张学思》可能并不为人所熟知，但其同样具有重要的思想与艺术价值。因为主人公身份与经历的复杂与曲折性，在表现上是有一定的难度的，因此敢于涉及这样一个题材，既体现了作为海军艺术家应当承担的责任，同时也反映出独具的眼光与自信。

对这样一个充满崎岖、坎坷、传奇色彩，有声有色、亦悲亦喜的谜一样的人物，剧作要探求和表现的是一种怎样的"谜底"：

> 从大军阀张作霖的四公子，到新中国人民海军的参谋长，这条漫长的路您是怎样走过来的？参加过直、奉军阀盛大联姻仪式的您，最终参加了埋葬旧社会的伟大斗争，这里蕴含着什么样的人生哲理？您从黑暗的封建军阀家庭中冲决出来，四十年后，又蒙冤惨死在林彪一伙死党手中，这又给人们以什么样的历史的昭示？

带着这样的疑问，剧作按照时间的逻辑，以线性叙事与散点结构相结合，时代氛围展示和人物经历勾画相结合的方式，给我们还原和再现了一个形象饱满、真实可信的张学思。

剧作首先挖掘的是张学思固有的思想情感基础。虽然其贵为张作霖的四公子，但少小的他已敏感地觉察到穷苦人家出身的生母，在父亲面前"很少笑颜、敬而远之"，这种距离感像种子一样埋进他的心里。而年幼的他又因在大帅府祝捷的宴会上，没有钱像二姐那样点戏而向母亲讨要，母亲则教育他："你知道二百块钱能养活多少庄稼户人吗？"母亲还常对他说：

> 长大了，一定要做正经人，不要学父亲，娶三妻四妾。权威、富贵，不是好东西，将来父亲不在了，张家的家业绝不要争，为人要有志气，好好念书，自己去创业，不要靠张家的势力吃饭……

正是母亲的谆谆教诲，使张学思开始认识家庭的丑恶，埋下了自己创业的种子。进而在母亲主持下，打破张府子弟不入学堂的禁律，从而有了接触进步爱国的朱焕阶老师的机会，走上街头参加抗日的游行和宣传，接触了王西征等进步人士，阅读了大量的书刊，他的视野被真正打开了，便走出了大帅府，且永远地离开了。显而易见，母亲对张学思价值观、是非观的形成，起到了很重要的塑造作用。

其次，剧作表现其在大的时代背景下，逐渐觉醒、成长、转变的过程，其人生道路的选择日益趋向于革命，并将自己的革命理想付诸实际行动。在共产党人王金镜的启发引导下，他接触了《红军周报》，加入了中国共产党。又同王金镜等一起到廊坊东北军67军特务队做"兵运"工作，试图将其拉出来组建华北工农红军。他与耽于享乐、胸无大志、性格复杂的大哥张学良之间，虽然是同父异母的血肉亲情，但志向爱好相去甚远，在"九一八"事变之后，面对来自东北的请愿团，张学思向不抵抗的张学良慷慨陈词：

> 大哥，您看看这些人都是谁？都是有土难守，有家难归
> 的东北同胞啊！都是不愿当亡国奴的，有血性的中国人啊！
> 我从小就听您说，要为东三省的老百姓做好事，今天您就做
> 一件好事吧！父亲被日本人害死之后，您亲口对我说：不报
> 此仇，誓不为人！如今国恨家仇，雪耻在即，您应当带着这
> 些兵，杀回关外，杀回老家去！只要您一声令下，学思当下
> 投笔从戎，拼死相随！

其正义血性和报国之志可见一斑。而在西安事变发生后，尽管局
势复杂诡谲，处境凶险难料，但他仍忧心如焚地积极协助周恩来去做
解救张学良的工作。对此，剧作皆以饱满跌宕而又引人入胜的情节加
以表现，使人看到的是一个激情迸发、正气凛然、勇敢无畏的热血青
年形象。

在塑造张学思的过程中，剧作把情感戏作为一种重要的手段来运
用。他六岁时与直系军阀曹锟女儿六小姐联姻，竟于举行联姻仪式期
间，两小无猜懵懂未开而"滚打成一团"，这种联姻不过是政治交易
的筹码，直奉军阀之间一边联姻，一边打仗，这注定了此种婚姻关系
本质的荒谬，与张学思情感与价值取向的格格不入。他与六小姐后来
虽有一些交集，后者对其也似有真心，但因为"大人们做的主，而且
有不那么干净的政治背景"，而想自己进行自由的选择。虽然在这种
畸形的关系中，六小姐也是一个无辜者，但这从另一侧面反映了张学
思在内心里，对强加命定的叛逆与抵触，对自身人格与精神的遵从与
坚守。后来在周恩来、邓颖超的安排下，他走向了延安，进入了马列
主义学院，在那里读书学习，挥锄开荒，被毛主席称为张家的"第二
条好汉"，结识并大胆追求后成为他妻子的贫苦出身的谢雪萍，在延
安这片火热的土地上，找到了那种一同畅谈理想、一同策马驰骋、一
同参加革命战争的自由恋爱的感觉。这时的他，仿佛真正走到了阳光

之下。

　　剧作以较为简略的方式，介绍了张学思在抗战胜利后，随大军赴东北的经历，表现他在辽宁省政府主席兼保安司令的任上，以认真负责而又谦虚谨慎的态度，正确执行党的方针政策，开展土地改革，恢复社会秩序和民生，同土匪等恶势力作斗争。其后在筹建人民海军时调任海军大连海校当副校长，对在知识分子问题上不正确的认识与做法，做耐心细致的说服教育工作，表现出了作为一位领导者的新的思想高度，为海军的正规化建设倾注了心血。此外，剧作以画外音对其做了更为概括与全面的介绍：

　　　　海军少将张学思的故事还没有讲完，在苏联伏罗希洛夫海军学院里，有他优秀的考卷，在祖国的万里海疆，到处都留下他的足迹，在远航的潜艇，在巡逻西沙的战舰上，在日本海域"跃进号"沉没的现场，在大规模海上演习的指挥岗位上，都留下他的身影，他的贡献。

　　剧作在一定程度上，体现了那个时代创作所具有的反思性的特征，即没有回避在特殊的年代所遭受的不公正的对待和劫难：

　　　　1961 年 3 月，张学思被任命海军参谋长，当年四十五岁，他本可以在一个相当长的时间里为党、为海军做出更大的贡献，但是，历史急转直下，噩运渐渐向中国的大地逼来，向他逼来。1962 年 4 月，林彪突然对海军发难，对海军的工作无理地全盘否定。对此，张学思做了针锋相对的斗争。1965 年，林彪在海军的代理人搞起所谓"院校整风"运动，给大连海军学校扣上"建校十五年来，一贯执行资产阶级教育路线"的罪名，在林彪的授意下，焚烧了海校积累多年的中外图书、资料。

这不免令人产生某种不胜唏嘘之感。剧作秉笔之书的勇气是值得赞许的，但从艺术呈现上看，前文所提及的"历史的昭示"，似乎没有更好的实现。尤其是人物后来的命运走向与结局，还止于文字交代的层面，而非通过更为形象化的、清晰深入的揭示，使之产生震撼人心的生活认知和艺术力量。然而作为张学思的传记体电视剧，毕竟给观众描绘出一个准确完整、应为人们所谨记的历史人物形象，这又是具有极为独特而珍贵的思想艺术价值的。

【注：编剧：周振天。中国戏剧出版社《周振天电视剧作选》。】

## 第四节 《罪与罚》：
### 于独特的人物命运中显示历史走向

五集电视连续剧《罪与罚》，无论是对于周振天自身的艺术创作，还是对于中国电视剧的创作，都是一部颇为独特的剧作。以反面人物为主角的剧作属于较为罕见的稀有产品，也足见创作者的勇气与胆识。这部根据解放战争时期，发生在连云港市东海县境内我军于1947年2月7日一举歼灭国民党鲁南绥靖区司令长官兼第42集团军总司令郝鹏举这一真实历史事件而创作摄制的历史题材作品，作者看重的显然不仅仅是简单地叙述那段历史事件，而是通过当时复杂历史环境的再现，完成郝鹏举这个首鼠两端、反复无常、人格多重的独特历史人物的艺术塑造，对过往的历史进行反思和审视，又从中提炼出对于今天而言仍然具有认识价值和审美价值的历史参照。

抗日战争的胜利对于全中国人民来说，都是一件令人欢欣鼓舞的事。但身为伪淮海省省长的郝鹏举却"脸色灰败，呆立窗前，外面不时传来鞭炮声、锣鼓声，更使他心惊肉跳"。等待郝鹏举一伙的本应是历史的正义审判，但由于国民党蒋介石一心一意要挑动内战，要利用郝鹏举掌握的五万伪军反共，委任他为新编第六路军兼淮海绥靖公署长官，就给郝鹏举提供了一个难得的可乘之机。而我党我军为制止内战也必须团结包括郝鹏举在内的一切可以团结的力量，新四军陈毅军长也争取他率部加入革命队伍，任命其为华中民主联军总司令。我党我军的目的很正确："如果能争取他站到人民一边来，或者保持中立，对蒋介石是一个沉重打击。"于是以为奇货可居的郝鹏举，开始了翻手为云、覆手为雨、朝秦暮楚、反复无常，游走与动摇于革命与反革命之间，最终走向背叛革命的罪恶生涯。

剧作的精彩之处在于，以精细生动的笔墨，揭示了郝鹏举在面对两条截然相反的道路时的盘算与选择、犹豫与彷徨。一方面是国民党对郝鹏举的又打又拉，显示其无耻、虚伪与狡诈的本质。顾祝同对郝鹏举居高临下的轻视，以及大小官员对郝鹏举的敲诈勒索，"给了一千要两千，蹬上鼻子就上脸"，正如剧中郝鹏举猛地把一沓纸摔在桌上，骂道："娘的，何柱国要三百万，陈大庆要八百万，顾祝同要一千万，一群饿狼，一个比一个狠。"另一方面是我党我军对郝既晓之以理，又动之以情，既讲原则立场，又时时事事从实际出发，表现了我党我军的坦荡与真诚。尤其是风度儒雅、胆略过人的陈毅军长对其的循循善诱，待之以诚，是打动了这个善变的人的，因而郝鹏举说新四军："人家三万套冬装给了，一百万军饷送来了，三百万斤粮食咱们也吃上了，比国民党讲信用。"这不会不在郝鹏举的内心有所比较，使他在一段时间里决定投入革命队伍，甚至激动赋诗："昨非今是恍若梦，跃马扬鞭奔光明。"

剧作摒弃了反面人物概念化、脸谱化的表现手法，将其放在特定的时代氛围中，富于层次地立体塑造了郝鹏举丰富复杂的性格，还原其为一个真实的、活生生的"人"。就其本质而言，他是一个内藏奸诈、唯利是图的角色，但有时也有良知的闪光。他对陈毅的开导竟激动得抱拳施礼，"听君一席话，胜读十年书"，表示"为了反对内战，推行民主，即使是肝脑涂地，郝某在所不辞"。目睹民工为他们抢运大米，遭国民党袭击，血染米袋，他感动赋诗："殷殷父志血，点点洒米上。军民情谊深，永世不相忘。"这些诗句也确实发自他的内心。但郝鹏举的性格核心是以自身利益为首先考量的，他对我军的归顺只是出于"多一个关系，就多一条生路"的阴险狡诈、卑劣投机心理。国民党每一次派人与其暗中勾结，郝鹏举总是心领神会，一拍即合。我党我军对郝鹏举做了很多耐心细致、苦口婆心的说服教育工作，对郝鹏举有着高度警惕的陈毅军长语重心长地告诫他说：

> 我们是朋友，有话就直说。昨天，毛主席、朱总司令又发来电报，希望你们不论遇到什么风浪，都要坚定地走下去，永远跟人民站在一起。如果以后感到什么不合适，想走，就告诉我们一下，我们一定以礼相送。但是一定留下我们的同志，一定不要打解放区的人民——这算是我们的君子协定吧。

这番话不可谓不情真意切、仁至义尽，但当国民党军队进犯我解放区时，他则马上就原形毕露，恩将仇报，不惜以杀害以朱立靖为代表的共产党人为见面礼，终于投入敌军怀抱。他之所以在正义与邪恶的十字路口，最终选择弃明投暗，是为其反动本质所决定的，也是其卑劣无耻的丑陋人格必然的下场，必然走向与人民为敌的罪恶之路。最终被我军抓获，在敌机轰炸时企图越狱逃跑，而被解放军战士开枪击毙，结束了其罪恶的一生。

剧作的这种叙事，无疑是很好地完成了对这一特殊的反面形象塑造的，在影视画廊增添了一个新的艺术典型，体现出创作者的独具匠心、非凡胆识和艺术功力。这其中还在于对正面人物形象的刻画也是成功的，起到了相反相成的作用。如对陈毅军长文韬武略的表现，描绘他不仅以大局观和人格魅力，努力感染和争取这个犹豫不决的人，而且在危急时刻敢于孤胆勇闯郝营，显示出睥睨一切的冲天豪气，既具有强烈的吸引力又具有震慑人心的力量。朱立靖这个角色塑造得也很生动，他忠于职守、顾全大局，不畏牺牲，丹心耿耿，在他与郝鹏举的身上，对比的是人格的高下与悬殊，反映的是历史的总趋势。因而使《罪与罚》这部剧看起来，别具深意又耐人寻味。

【注：编剧：周振天、沈涛、尚爱民；导演：史践凡；主演：高惠彬、刘锡田、丁小秋等。江苏电视台制作。】

## 第五节 《张伯苓》：历史人物的当代性书写

### 1. 代表天津文化精粹的人物

上世纪末，周振天随中国电视家协会的访问团赴欧洲访问，其中的一个行程就是去德国波恩大学参观。他们在校园里看到的只是一幢幢挺古旧的教学楼，而进到教室里面一看，使用的桌椅也都显得颇为简陋，这使周振天一行感到有些意外。但引导参观的工作人员的一句话，却让周振天对"教育"二字的含义有了醍醐灌顶般的认识和感悟。引导者说："我们学校比起其他名校来或许比较寒酸，但是这里出了几位值得尊重的学生，譬如马克思、莱布尼茨、尼采、贝多芬、海涅等。"周振天对此不免感慨系之，这就是教育的伟大啊！这不能不让人立马对其肃然起敬。他联想起自己对于中国教育现状的思考，对于自身所从事的电视工作的审视，深切地体会到这样一个现实：中国的电视剧拥有全球最广大的观众群体，在面对许多年轻人历史认知上断裂，文化归属感日益稀薄迷失的当下，在注重和追求作品娱乐性的同时，多强调和融入一些历史教育和文化引导的功能，应当不算过分吧？

周振天此时关于教育问题的思考，或许还只是从一个电视艺术家的角度来着眼的，琢磨怎样通过电视剧作品发挥其应有的感染和教化作用。而直接以著名教育家张伯苓的事迹为题材进行电视剧的创作，则同他内心的想法不谋而合，也使他可以借剧作彰显中国近代教育史上的人物精神，使其对于教育问题的思考得以更为充分地表达。

想必基于周振天在天津生活了三十年，又是一个著名的电视剧编剧的双重因素，天津人艺制片人洪宝生找到了他，希望他来担任《张伯苓》一剧的编剧。时任市委常委、宣传部长肖怀远部长对周振天说，代表天津文化精粹的不是过去某些天津题材电视剧里面的"三不管"青红帮，杂巴地儿。张伯苓才是响当当的天津市的文化名片。张伯苓的孙子张元龙当时是天津市的人大副主任，他对周振天说："支持搞这部电视剧，不是因为要歌颂我爷爷我们才上心、才支持，南开大学的这段历史，我爷爷创办南开的经历对教育启发后人实在是太重要了。"周振天则认为，张伯苓不但代表天津，也代表了中国整个教育界和知识界。从这部剧作创作到拍摄的整个过程来看，如果没有天津市委的重视，没有天津人民艺术剧院在其中付出的努力，这部片子是很难搞出来的。上世纪的 1960 年，周振天进入天津人民艺术剧院儿童剧团，1962 年，儿童剧团被取消编制，他恋恋不舍地离开。谁承想，四十年之后，他又走进天津人民艺术剧院合作搞张伯苓的电视剧。真是应了那句老话：山不转水转，地不转人转。

《张伯苓》的剧本创作，周振天与老朋友冯柏铭开始接手，又邀请南开大学校史专家胡光明、梁吉生作顾问。前后花了两年多的时间。周振天觉得，要熟读南开大学的历史，深入了解张伯苓这个人，把这部剧写好，多花些时间做功课非常必要。

### 2. 叫响"中国不亡有我在"的口号

在阅读张伯苓的资料时，让周振天感慨备至的东西很多。他坦承自己起初也不是很了解张伯苓，是读了他的传记和资料，才逐渐走近他，了解他。周振天说："张伯苓是天津人，我也是天津人，他当过海军，我也是海军，这就是有某种共通之处吧。"张伯苓的语言以及处理问题的独特方式都非常打动周振天，通过研究这个人物，不只使周振天很敬佩他，还能找到属于这个人物的特有感觉。这种有大智慧、有抱负、有作为的天津人，在那些个环境和场面应该怎么做？剧作又该怎么表现？周振天通过将近一年的揣摩与思索，慢慢找到了属于人物的感觉，即抓住了张伯苓魂魄里的东西。

在研究的过程中，他被剧作主人公的历史所深深触动：

当年张伯苓就是天津北洋水师学堂毕业生。刘公岛陷落,他是败军中的一个见习军官,亲身经历北洋水师兵败如山倒,提督丁汝昌服毒自杀,刘公岛升起日本国旗的情景。他觉得中国人有五大弊病:贫、弱、愚、散、私,充斥这样的民风,给什么先进武器也打不赢战争,所以他后来弃武从文,要搞教育拯救中国人的灵魂。历经磨难、殚精竭虑地创办了南开学校。我觉得那一段历史跟当今中国人的民族性格和民族情感息息相关,也跟当下虽然经济发展起来但军事上跟人家相比仍然有很大差距的严峻现实有关。在作家眼里,任何历史都是当代史,一个负责任的剧作家应当把自己对历史人生的理解、对民族命运的思考和对文化的开掘都融进电视剧里。但这种融入必须首先要有个引人入胜的好故事,必须要塑造出性格鲜明的主人公,深入浅出地抓人眼球。

的确,张伯苓有着传奇的人生,他参加过惨烈的甲午海战,当过私塾教师,他又是美国著名大学的名誉博士;他在天津创办了南开大学、南开中学和南开女中,又在重庆创办南开中学分校,他还是著名的西南联合大学的主要缔造者之一;他是新教育的先驱,也是中国"新剧"和现代体育运动的倡导者,是"中国奥运第一人";周恩来是他的学生,张学良是他的朋友,也曾与蒋介石多有过从;他在国难当头的年代矢志不移,将爱国信念始终铭刻心中;他还是一位顽强的反法西斯斗士,在抗日战争期间,他带领同仁及学生们与日寇进行了不屈不挠的斗争。张伯苓从平民中走来,用"私立民有"的教育实践,矗立起教育家的丰碑。张伯苓在中国近代教育史上非常有地位,非常有影响,起码有三点给后人留下了宝贵的精神遗产:一是他的爱国情怀和情节,他有一个著名演讲叫"中国不亡有我在",感召了无数的青年投入到民族存亡的战斗中;二是他有高尚和完美的人格,"留德不留财"这句话流传甚广；三是作为中国新兴教育的创建者，充满开拓进取精神，教育思想博大精深。在八年的全面抗战中，南开的师生没有一个当汉奸的，或可视为南开一以贯之秉持的德育熏陶、民族气节教育起了关键作用。

周振天认为，看一座学校走出来什么样的学生，应当是判断一个学校分量的硬杠杠。共和国两位总理周恩来、温家宝都曾经是南开的学生。清华校长梅贻琦、著名科学家周光召、著名剧作家曹禺，以及近百位中国科学院、中国工程院院士也是从南开走出来的，这就足见南开的分量。因此，天津人都把张伯苓视为天津的骄傲。张伯苓以爱国的精神为中国的教育书写了厚重的一笔，能够作为总编剧参与撰写这样著名学府创始人的电视剧，周振天深感荣幸。从天津的角度讲，张伯苓是宣传天津优秀文化传统和天津人精神面貌的一张闪亮名片。但是在创作过程中，周振天并没有把思考只局限在天津这个范围，就其精神的含量和文化的传承意义而言，张伯苓不仅仅是天津的，也是中国的，甚至是世界的。对这样一位重要历史人物的艺术再现，必须从立足于超地域的高度上去谋篇布局、厘清底蕴。在南开建校百年和天津建卫六百年这个具有双重纪念意义的时刻，很多人说这是宣传电视剧《张伯苓》顺理成章的好时机，但其绝不是个纪念性的应景之作。如果说南开学校成立百年纪念只是船，张伯苓的事迹和精神却是托举着这只船行进百年的滔滔河水。不是借助南开和天津宣传张伯苓，而是通过张伯苓让人们进一步了解南开和天津，甚至中国。

人物传记电视剧的关键是必须写好主人公。周振天认为，编剧每写一部戏，都应当寻找到一个新的视角。这个"新"，不是凭空而来的，要使历史人物出新，就必须在史料里挖掘和发现。追求创新，就一定要善于捕捉人物最为精彩的细节，因为有些细节最能代表人物性格。所谓创新既有广义的层面，又有狭义的层面。一个个狭义层面的创新，构成了广义层面的创新。周振天在看张伯苓资料时，感到这个人物最大的精神特点就是死心塌地地爱国。作为名牌大学的校长，张伯苓却不是一个标准的儒生。当过北洋水师军官的经历，使他身上有一股军人的豪爽之风，但又时不时地显露出孩子般的率真。如发生在上世纪 30 年代的一件事，国民政府在天津举行华北运动会，日本高官也出席了，背景台上学生翻牌的时候，突然翻出了"还我河山"的标语。日本人大为恼火，国民政府要求张伯苓责罚学生，张伯苓骂学生："你们太讨厌了，极其讨厌，都给我出去！"后面又跟着一句："以后继续讨厌！"这样既保护了学生，也不得罪政府，可谓幽默机智至极。这就使其与同时代的大学校长相比，有着迥然不同的性格特征。当时天津卫租界林立、华洋混杂的特殊环境，给了张伯苓许多机敏灵活处事方法的熏染，因此在纷乱驳杂的社会当中，他进能伸、退能守，运用自如地应对各种各样的人物与事件。此外，张伯苓的话语魅力让人叹服。张伯苓的许多话都被直接运用在剧情的重要关节点上，非常地鲜活生动而形象有力，如："用军阀的银子办教育，就如同拿大粪浇出鲜嫩的白菜是一个理儿。""年轻人憋得住尿憋不住话，老年人憋得住话憋不住尿。""南开南开，越难越开！"周振天说，这些只有张伯苓才说得出来的话，有天津话的"糙"味儿；张伯苓做起事来常带着天津人那股"嘎"劲儿。但在这"糙"和"嘎"里，既反映出天津人的独特幽默，也都蕴含着丰富的哲理和智慧。周振天这样评价张伯苓，说他实在太可爱了，可以说是前无古人，后无来者。只要接触了解他，就会被他的人格魅力所感染。正是因为周振天对张伯苓有一种深深的喜爱和崇敬，使他很好地体会和把握住了张伯苓的性格魅力，进而把天津的气度、天津的精气神通过张伯苓的性格魅力表现出米。周振天还说：

> 写张伯苓主要抓住他的几个性格上的特点，一个是他作为天津人在说话上有一种"糙劲儿"，一个是他作为天津人在办事上的"爽快劲儿"，这两种性格是他作为天津人不可缺少的组成部分。

### 3.传奇的人生和民族的斗士

面对浩如烟海的史料,周振天紧紧抓着所有对塑造这个人物有帮助的情节和细节,割舍旁枝侧叶,以写好、写活、写深张伯苓这个人物为目的展开了创作。但是,情节和细节的堆砌并不能完成一个完美艺术形象的塑造,作为剧作者,必须要从中提炼出人物的魂魄。作为一位中国近代的爱国教育家,张伯苓身上强烈地体现出了中华民族不甘沉沦、不甘外辱,立志救国、建国的宝贵精神,也体现着“五四”前后投身于救国的有志之士所共有的深刻的反省精神。同时他也有着那个时代人们所共有的困惑和缺憾。中日甲午战争之后的中国近代史上的许多重大事件在他的身上都有不同程度的折射。毫不夸张地说,张伯苓的人生就是那段历史的一个缩影。在创作中,周振天紧紧抓着张伯苓的情感的主线索,就是他对灾难深重祖国的挚爱、对饱受列强侮辱的中华民族崛起强大这一远大目标矢志不移的追求。张伯苓赴东北以“中国不亡有我在”的讲演深深打动了张学良;“七七事变”后,日本军队炸平了其恨之入骨的南开学校之后,张伯苓对记者发表“物质的南开可以炸毁,但是精神的南开是永远炸不毁的”的演说;新中国成立之后,张伯苓毅然将重庆南开中学无偿捐献给国家等多场戏中,我们都浓墨重彩地揭示了张伯苓的深切的爱国情怀。与此同时,也以相当的笔墨表现了张伯苓对莘莘学子的严格要求和无微不至的关怀以及他对教职员工特别是教授们的倾力支持。观众可以在张伯苓忍痛开除周恩来学籍和为挽救入冤狱即将绑缚刑场的经济学家当面向蒋介石申辩这两场戏里,强烈地感受到张伯苓对师生的厚重情感。周振天也尽量细腻刻画了作为儿子、父亲、丈夫的张伯苓多重的情感世界,在张伯苓得知当飞行员的儿子牺牲后的若干场戏里,设计了几场重戏,令观众能够准确感受到他失子的痛楚和千方百计对妻子隐瞒的复杂心态。展现张伯苓与日本侵略者的情感冲突,也是必须写到位的一条情感线索。在张伯苓赴日本“忍辱考察”几节戏里,写了他耻辱与佩服交织的思绪。在日本装甲车闯进校园捣乱示威一场戏里,在表现他的愤恨时也写足了他对狂妄的侵略者的鄙视和嘲弄。当自己的学生被日本飞机炮弹炸死时，剧作设计了这样的情节——张伯苓怀抱着死去的学生，冲着在空中盘旋的日本飞机怒喊："你们不就是要炸毁南开吗？你们不就是要杀死我张伯苓吗？你们冲我来！！"将他与侵略者不共戴天的仇恨情感推向极致。

正是因为有了对张伯苓的了解，有了天津的这种文化底蕴和气度，才使得这部作品不是图解式的描写张伯苓创建中学、大学的过程，而是在教育和学校的平台上，展现一位教育家的大情、大义、大智、大勇。张伯苓是一个历史人物，忠实于史料的记载是创作历史题材的一个原则，但如果被史料束缚了手脚，就不能展开大胆的想象，也就不能塑造出生动的人物形象。因此可以说，只靠原有文字记载要支撑起一部长篇电视剧主人公的曲折历程和丰富复杂的情感世界，还是远远不够的。作为创作者必须超越历史资料的记载，根据他性格、思想和价值观念的逻辑路线和真实记载展开大胆的想象，挖掘和虚构精彩的情节和细节。周振天说："张伯苓是有后代的，写有后代的真人真事，我是比较怵的。在采访张伯苓孙子张元龙先生的时候，我问他，除了你爷爷的功绩和优点，能否给我说一点你爷爷的缺点，张元龙倒是很爽快，我爷爷的确有缺点，有失误，譬如解放前被蒋介石拉去当了国民党的考试院院长，这就是他的政治污点。我说生活中的缺点呢？他说了一句：这样吧，你可以大胆虚构，但是你只要不虚构我爷爷泡女学生。我被逗乐了，因为张伯苓先生的私德几乎无可挑剔。我认为对学生德、智、体的培育，至今仍然是没有一座学校超越南开。张伯苓可以说是中国大学校长的楷模。这位老先生，有很多独特的东西，了解深入了，你就可以大胆虚构。他的一件实事，他的一句话，可能成为很重要的虚构的种子。"周振天谈到，这也是他创作的一个最突出难点，但凭借着多年多部戏剧创作的经验和技巧，他根据张伯苓性格、思想和价值观念的逻辑路线，展开大胆的想象，挖掘和虚构了很多精彩和必要的人物和情节，在成功地刻画了一系列真实的人物形象，如严修、张彭春、周恩来、梁启超、梅贻琦、蔡元培等的基础上，根据历史真实人物的原型虚构了张伯苓的得力助手武思平、车行远、石玉坚，南开外教千岛樱子、罗伯特，南开看门人小五子等。这样就使人物更加丰满、鲜活。也可以根据人物的性格逻辑，设计符合这些逻辑的故事，如剧作写了的一场戏，日本军队恼恨南开大学，他们的驻军常常把装甲车开到南开大学操场上，轰鸣不已，校园已无宁静可言。张伯苓告诫学生忍耐，然后拿了张天津地图，拦住了在校园里横行的装甲车，说："新兵吧？不认识道儿吧？这是学校不是练兵场。给你张天津地图，认认道儿。"这就是按着人物性格特点虚构出来的细节。

但是，周振天在创作中并没有回避张伯苓性格中软弱的一面，用了很重的笔墨写了他在蒋介石压力和引诱下，充当了三个月已经完全腐败了的国民党政府考试院院长，成为他一生中最痛心疾首的懊悔。"七七事变"，日本军队将张伯苓半生心血建立起来的南开夷为平地后，张伯苓也曾痛不欲生，那一刻永不言败的他的精神也几乎垮倒。但是他最终仍然倔强地站立起来。为了准确展现这回肠荡气的一瞬，剧作设计了这样一个情节：一个小男孩子敲开他关闭了几天的房门，要求到南开去上学，张伯苓伤心地告诉孩子："南开没有了，被日本人炸毁了……"小男孩拿出一枚硬币递到他的手上说："我给您捐款再盖一个南开好吗？"这令张伯苓大为感动，压抑在心底的倔强瞬间爆发出来，随后他在记者招待会上掷地有声地宣布："物质的南开可以炸毁，但精神的南开是永远炸不毁的！"艺术的真实应当比现实的真实更真实。只是由于在还原张伯苓和再现张伯苓的临界点上找到了恰当的定位，这个人物终于得到专家们和观众们特别是南开人的认可。一位观众在观后感中写道："一个看似不经意的小人物的出现，巧妙又准确地揭示了张伯苓内心情感，同时也让我感受到了剧作家的情感浓度，并与剧作家一同经历了其间情感的波澜。正是全剧中的许多这样的细节让我领略到张伯苓作为中国知识分子矢志不移地用先进的文化拯救国人'愚、弱、贫、散、私'灵魂的艰难历程。这里，虽看不见硝烟，但一样悲壮、曲折。而张伯苓性格里的大情、大义、大勇、大智，也在此得到淋漓尽致的呈现。这也正好应验了中国的一句古语'感人心者，莫先乎情，莫深乎意'。"

救亡图存是中国近代社会政治运动的主题，也是教育家不可回避的现实课堂。剧作一个特别值得称赞的地方，就是始终把主人公置于各种尖锐复杂的矛盾中来刻画。以今天的标准看，《张伯苓》只有二十集，篇幅算是比较短的，但其设置的情节却极为曲折，展开的矛盾却极为错综。与旧政权、旧势力、旧文化的矛盾，与入侵者的矛盾，办学经费的矛盾，办学思想的矛盾等，无不随剧情的展开一一呈现在主人公的面前。而剧作又在尖锐激烈的戏剧矛盾中，反映主人公的坚定、无畏和灵活的智慧、品格和风骨，使观众透过时代的风云，看到的是黑暗中的光亮，迷雾中的灯塔。他的办学主张开放民主，顺应时代潮流，因此才能聚拢人心，在他的身上看到了民族的前途和希望，因而吸引了一大批教育人才和学子。连守旧派，张伯苓的死对头沈华庭的女儿沈砚琴也到了南开读书，这也是非常有意味的事情。他坚持的民办学校的独立品格，在那样的社会环境下是极其困难的。杨镇邦是旧政权的典型代表，是张伯苓的对立面，总是在重大问题上与张伯苓作对，给张伯苓制造种种障碍。这个人物塑造得很有代表性，也是张伯苓的一面镜子。"南开学校非得考，你花五千两银子，你捐资助学跟孩子上学是两码事"，还提到"规矩就是规矩，不能为银子坏了规矩"。这些人物对塑造主人公起到了非常重要的作用。沈华庭这个人物形象也很有特点，守旧但有民族气节，跟新学较劲较到死，面对日本人的威逼利诱却刚烈不屈，终成为张伯苓敬重有加的"逆友"，同张伯苓既形成鲜明对照，又相互映衬。剧作可谓是以生动的情节揭示出封建卫道文人螳臂挡车般的挣扎，以及反动军政当局的种种丑陋表演，从而勾画出了北洋军阀社会的众生相，张伯苓教书育人之春风桃李的另一新天地。

电视剧在充满激情地展现南开教育的同时，也极其巧妙地引出另一条主线，即反对日本侵略中国的爱国斗争，日本的军人、外交官、文化人一一走近张伯苓的生活舞台，从中可以看出日寇侵华的处心积虑和包藏的祸心。但剧作对那个时代条件下日本人形象的刻画，却不是脸谱化的，而是赋予鲜明的形象特征。

### 4."土货化"教育理念的价值与传承

时任中国文联副主席、著名文艺理论家仲呈祥对这部戏给予了高度的评价，他认为，《张伯苓》有着丰富的文化底蕴和艺术创作潜能，他说："《张伯苓》这样的巨作，只能诞生在天津。因为这是天津独有的文化资源，也只有在天津才能够实现它的优化配置，所以它离不开南开、离不开天津。"北京大学中文系教授张颐武认为，这部电视剧以宏大的气势，从 20 世纪前期中国历史发展的大背景下展开了张伯苓的生命历程。20 世纪初叶的中国面临的是贫弱和失败，这是一个古老而辉煌的文明在现代的剧烈冲击之下急剧转变的时代，也是塑造现代中国和现代中国人的关键时刻，出现了一些最关键的英雄人物，张伯苓正是在教育领域中最为杰出的人物。电视剧《张伯苓》提供了从今天新的视角回望 20 世纪历史的新的超越的可能性。

周振天则认为，写张伯苓，不是当历史剧写，简直是当现代剧写。大家看《张伯苓》，也不仅仅是要人们追忆这段历史和这个人物，更重要的是体现了解张伯苓对当今社会的现实意义。张伯苓是一个非常值得尊敬和学习的人物，他的事迹和精神，对当今的教育界、政界都有强烈的启示意义。在一百多年前，张伯苓就聘请外籍教师讲学，还开设健康和生理卫生课。又如他独特的"土货化"教育理念，私立非私有的办学宗旨，坚决不开学店的办学气节，以及他深厚的爱国主义情怀，对日本侵略者的深切而理性的仇恨，对以教育救国为目标的教育事业的呕心沥血，无一不是对我们的启示和榜样。可是当今很多人，包括知识分子却对他知之甚少，这就更需要我们在创作的时候着力于突出他对当今社会的现实意义。让人们在了解和怀念他的同时，被他感染，向他学习。

在做客新浪网与网友对谈时，作为主演的唐国强对张伯苓这个人物有这样一种见解："一个曾经很有身份的人讲过一句话，就办私学而言，古有孔子，今有张伯苓，这个评价很好，从他身上反映出中华民族的情操和气节的东西，现在恰恰缺了这个东西，缺了一种正气，从小我爸爸让我背，背了以后现在也忘掉了，这就叫《正气歌》，讲的就是浩然正气，《张伯苓》这个电视剧浑身洋溢着正气。只有代表了中华民族的精神和传统，才能够成为中华民族脊梁的东西，才能够长久流传下去。"

唐国强还谈道："从出演电视剧《三国演义》之后，我就想有更多的机会尝试以前没有扮演过的人物形象，如一些教育家，一些思想家，甚至是一些很有名的像六祖慧能这样的人物，使自己在各方面都开拓一下，但这需要有机会。所幸，让我演了张伯苓这个人物。他喜欢剃寸头，我也剃了寸头。"长篇电视剧为历代伟人立传，最忌从少到老，泛写一生，易失之冗细，归于平淡。电视剧《张伯苓》知难而进，偏偏就从他年少求学写起，处处聚焦于他与教育那斩不断、理还乱的休戚情结。也许正因为编剧娴熟地把握了长篇电视剧独特的审美规律，所以极善从张伯苓丰富跌宕的人生中精心提炼出极富人格气质、历史内涵和教育哲理的事件、细节和关节，如少年读私塾饱尝填鸭式教育之苦，从北洋水师学堂毕业毅然弃戎从教，开办严氏家馆，考察日本教育，争得捐来"南开洼"筹建新学堂，创办南开大学，远赴美英法意等国考察募捐，抗战中在重庆创办南开中学……对这些加以戏剧结构，基本上做到了每集的人物和事件都相对集中，且集首有呼应、集中生高潮、集末留悬念，情节元素和细节安排分布匀称，因而全剧显得环环相扣、引人入胜，而那些精彩细节又令观众过目难忘。此是《张伯苓》在编剧上的特色其一。其二是全剧十分注重提炼主要人物富于时代特色的个性化语言，尤其是张伯苓、严修等角色的极富人格意蕴、文化内涵和个性色彩的语言，如"允公允能，日新月异""不认识体育的人，不应该做学校校长""三育并进而不偏废""以德育为万事之本""何以为人？则第一当知爱国""大学最要者即良教师"……这些语言，不仅营造了真实的历史环境和时代氛围，而且做到了言如其人，个性鲜明，令观众闻之回味，咀嚼再三。

周振天从编剧的心路角度，与网友分享了他的看法。他认为创作的生活、思想的积累与契机的结合非常重要，一部剧须深挖与表达一个重大的主题。通过这部剧的创作与播出，不仅让人得到娱乐，看到人物，了解历史，可以让人思考很多的问题，特别是现实的问题。有人觉得不必太过沉重，也可以做一些轻歌曼舞式的，比较时尚通俗的剧作。这类作品的确也有不少，并且自有它出现的道理，同时也拥有一批观众。但作为一个有责任感的作家和艺术家，更应该把代表我们民族浩然正气的东西奉献给民众。这类丰厚凝重的营养，在我们民族的历史里有很多的蕴藏，只要我们肯下功夫就肯定能将其挖掘出来。一个国家越往前走，就越要往后看，看一看我们的祖先曾经创造了什么，究竟给我们留下了什么，不能把宝贵的东西给丢了。

　　电视剧《张伯苓》不仅真实记录了张伯苓先生的一生，也反映了南开大学的历史，反映了中国现代教育史的一部分，给今天的我们留下了很多思考的空间。如表现张伯苓以在中国兴办新式教育为己任，充分吸收国外的先进经验和做法，重视学生在德智体等的全面发展，以身作则地参与其中；表现他倡导戏剧，并且亲自编剧、导演，这不单单是演一个剧，而是把演剧作为一种教育的方式，促进德智体美的全面发展，着眼于被教育者的素质提高与全面发展，这是非常具有现代眼光和意识的。剧作将其写出来，是以视觉的形式，展现一段历史进程，回放一个人文遗存，它比教科书更丰富具体、更形象直观，更有感染力和启示性，让观众通过文学艺术作品寻找自己精神的家园和心灵的寄托，其教育作用和美育功能应该是很大的，也是不可替代的。

　　剧作中描写的张伯苓办学的道路，对我们今天仍然有着重要的启迪，就是在这样一个日新月异的经济全球化的时代，一定要有世界的眼光，努力开拓国际视野。但同时也必须要坚守国家和民族的立场，从实际出发，学习所需。电视剧中有两个场景给人印象非常深刻，一是张伯苓为了向走在前面的国家学习，不仅去欧美吸取办学经验，而且引进了洋教授。那个叫约翰的人，既公开地宣扬列强入侵中国有理，还带有侮辱性地说中国人是野蛮人，张伯苓在忍无可忍的情况下将其辞退。二是轮回教育的争论，南开的国外的博士、硕士占了四分之三，以至于出现了归国教师不结合中国的实际，离开外国讲义讲不了课，甚至没有美国的蚯蚓不能做实验的现象，从而引起了学生的反感，并在《南开周刊》上发表激烈批评的文章。张伯苓从后来李叔同送来无画之画，以及梁启超等人破解画作的含义，获得很大的启发就是教育要走中西文化融合以中国为主之路，进而提出了办学"土货化"的口号，以期培养知中国、服务中国的人才。张伯苓在新中国建立之时，最终选择留在了大陆，而没有被蒋氏父子劝去台湾，恰恰证明了其性格深处的那一颗爱国心。这在当今都仍然是有令人思索和借鉴意义的。

南开大学是张伯苓为之终生奋斗的地方，电视剧《张伯苓》的热播，使这个正值暑假的学府，出现了前所未有的激动人心的场面。每晚电视剧《张伯苓》播放的时候，家家户户都守候在电视机旁，一些在校的学生也自发地凑在一起兴致勃勃地观看。林荫道上，马蹄湖畔，缺了纳凉的老者，少了热恋的青年。一时间，电视剧《张伯苓》成了南开校园最热的话题。在南开大学新闻网上，网友们针对剧情各抒己见，展开了热烈讨论，也算是对电视剧《张伯苓》的最好的反馈：

"想想自己脚下的土地曾经发生过那样动人心魄的故事，真让人热血沸腾！""张伯苓是一位真正的大教育家！十分期待接下来的精彩！""献身新学，不为官惑，不为利诱，不惜身殉。"一位学子这样盛赞他们的老校长。"一部电视剧，把我们的心空前凝聚了，把我们对南开的爱空前释放了。""观老校长的一生，看我南开艰辛的成长历程，谨记创业维艰，不忘强我中华之责任，努力学习，做德才兼备的南开人。""已经硕士毕业了，离开了南开，还是不忘南开不屈不挠的精神和让人奋进的南开校训'允公允能，日新月异'。"字里行间流露出了南大学子对老校长的崇敬和热爱，也表现了大家爱我南开、强我中华的决心。作为创作者的周振天，也许他最初的想法与愿望得到了很大程度的实现。

【注：总编剧：周振天；编剧：冯柏铭、胡光明、梁吉生；导演：周友朝；主演：唐国强、刘冠雄、赵亮、马晓伟、傅晶等。天津人民艺术剧院制作。】

## 第六节 《护国大将军》：
## 历史视野中丰满复杂的风云人物

### 1. 不单纯是为了纪念的创作

相信出生于湖北、成长于天津、浸染于军旅的周振天，在心里是有一种云南的情结的。因为他的姥姥家就在云南大理自治州祥云县，他父亲也是于抗日战争期间，在云南祥云坝子机场当兵时，与周振天母亲相识、相恋并结为连理的。在周振天的幼年时期，常听母亲说起云南的往事和滇地的民俗风情。因此单从个人感情上说，周振天对云南题材的创作就有一份天然的、特别的热衷。

这样一份情感似乎需要一种催生的契机，使之与一次重要的创作行动联系起来。2006年的某一天，在云南省电视艺术家协会的安排下，云南省委的丹增书记邀请周振天到腾冲等地采风。这个被称为"彩云之南"的地方，周振天曾来过许多次，因此并不陌生，但此次云南之行走了很多地方，都是他从未涉足的，一路走来他感到收获颇丰。陪同他的云南朋友问他："云南是艺术创作的富矿之地，您对哪个选材感最兴趣呢？"显然云南方面的诚邀之举，是为借周振天编剧之力推出相关云南题材的作品。

一个题材自然而然地进入了周振天的视野，即几年之后的2011年，那是辛亥革命一百年，护国战争胜利九十五周年的大日子。1911年的辛亥革命姑且不论，1915年12月25日的云南护国首义，一场决定中国前途命运的大决战，就是在昆明拉开的帷幕。轰轰烈烈的护国运动粉碎了袁世凯复辟帝制的梦想，捍卫了共和，它是云南人民对于中国革命的巨大贡献。云南与辛亥革命，与护国运动紧密相关的人物，非蔡锷莫属。从云南回京之后的周振天，就着手相关资料的收集与研读。在那期间，云南省委宣传部委托中央电视台王宪生导演，邀请周振天参与"聂耳合唱节"开幕式晚会的策划，这样，周振天再一次去了云南。利用此行的机会，他特意到昆明翠湖之畔的云南讲武堂旧址去参观。徘徊在那栋黄色的建筑面前，周振天不禁浮想联翩：当年蔡锷将军就在这里率先举起护国战争的大旗，并在此举行了声势浩大的誓师仪式……

不谋而合的是，在那不久，浙江绿城集团影视公司的周伟成先生，邀请周振天搞一部纪念辛亥革命百年的作品。周振天便把自己已有的关于写蔡锷的构思讲给他听，当下两人便一拍即合。与此同时，时任云南电视台台长的赵树清表示全力支持这部剧作的创作拍摄。定名为《护国大将军》的电视剧的创作和拍摄于是紧锣密鼓地展开了。颇为可喜的是，该剧由著名导演王文杰来执导，周振天认为这是一位既尊重编剧的精神劳动，能够努力保持文学剧本的基本原貌，又能生动鲜活地进行二度创作的导演，他们配合愉快而默契，共同潜心打造出了《护国大将军》这部电视剧。

对于这个题材，周振天在其创作思想上，似乎并不仅仅是要写一部人物传记片，也不单纯为了辛亥革命的百年纪念，他还有着更深刻的历史思考。作者思考的深度，是一部剧作是否具有思想深度的重要前提。周振天认为在当时的时代氛围中，人们一直纠结于文化自信和归属感的思考，有时往往有莫衷一是、无所措手足之感。好在周振天这一代人既了解中国古代史，又熟读中国近代史，对于历史问题具有较为全面而清楚的认识。他感到20世纪的"五四"前后，不少中国知识分子精英急于全盘西化，是有一定的时代缘由的。过度批判孔家店，甚至主张取消汉字，汪精卫当行政院长时明令取缔中医药，公务员一律不准过春节等等，其动机或许在于认为中国文化落伍，试图要与西方全面接轨，但结果都是铩羽而归，证明此路不通。到了当代似乎出现了另一个轮回，网上的所谓大V精英又提倡重搞全盘西化这一套。不同的是那时的全盘西化论者，大多属于为给中国寻找出路的认识论问题，现在大V精英的全盘西化宣传，则多数属于不顾中国国情的虚妄之言，或一己之私的利益盘算，是出于为了给自己留后路的不良用心。周振天在创作时就将对这样问题的思考，融入了人物的塑造和主题的表达之中了。

## 2. 波澜壮阔护国运动的历史再现

生动地再现以蔡锷为主要人物的护国运动波澜壮阔历史的三十一集电视剧《护国大将军》，于2011年9月20日隆重播出。

护国运动发生的民国初年，是一个风云诡谲、色彩斑斓的时代，堪称英雄与狗雄并存，枭雄与奸雄同在。剧作《护国大将军》以1913年二次革命至1916年护国战争期间，中国社会的风云变幻为大背景，以蔡锷为主线一方，以袁世凯为主线另一方，写出复辟与反复辟两大阵营中的各色人等。随着辛亥革命的成功而清帝逊位，窃取了临时大总统一职的袁世凯为了消灭强劲对手，派人暗杀了当时民意呼声最高的国民党总统候选人宋教仁。由此引发了二次革命，孙中山、黄兴领导的革命党与袁世凯的北洋军展开了激战。二次革命受挫以后，孙、黄败走海外。袁世凯开始了全国各省的排除异己行动，在二次革命中没有明确表态支持袁世凯的云南都督蔡锷便首当其冲。擅长玩弄权术的袁世凯为剥夺蔡锷的兵权，一纸电令欲调蔡锷进京，并同时传出要蔡锷接任参谋总长或湖南都督的消息。当时的蔡锷对袁世凯尚抱有幻想，自己也很想进京借机大展宏图。不料当他将兵权交给继任唐继尧转道香港时，却得知湖南督军和参谋总长的职位都已经任命他人，这令蔡锷进退两难。经过再三权衡之后，蔡锷还是来到了北京，疑心极重的袁世凯却不敢贸然重用蔡锷。他使尽各种手段来"考察"蔡锷，包括跟踪、监视、卧底，甚至面对面的攻心试探等。袁世凯表面上以礼相待并授以昭威将军之衔，但实际上却只给他安排了一些诸如编译局副总裁、经界局局长之类的闲差。尽管如此，对袁世凯仍然抱有幻想的蔡锷依旧殚精竭虑，恪尽职守。袁世凯长子袁克定也时常以关心之名邀蔡锷各处玩乐，实则是想摸清蔡锷的底细。极有城府的蔡锷处处沉着应对虚与周旋，以观察袁世凯究竟要走向何方。在此期间，蔡锷结识了京都名妓小凤仙，并由开始的冷淡以对，到不打不相识，再到互生好感、惺惺相惜。在北京的两年多日子里，蔡锷与袁世凯及其心腹多番较量，屡屡涉险。拥戴袁世凯做皇帝的"筹安会"杨度等铁杆分子对蔡锷晓以利害的劝说、袁世凯父子对蔡锷的种种利诱拉拢，更有雷震春的特务、密探突然袭击的搜查，都使得蔡锷在北京的日月有如同身陷虎穴狼窝之感。直到袁世凯冒天下之大不韪与日本签订卖国的"二十一条"，蔡锷终将袁世凯独夫民贼的嘴脸看清，并与之彻底决裂。

身在云南的李根源、唐继尧等决心捍卫共和成果的爱国军官们，也在秘密筹划反袁行动，并与在京的蔡锷保持着密切联系。而袁世凯的爪牙们也从北京与云南的往返联系中窥探到了反袁活动的蛛丝马迹，使得蔡锷在北京的环境更加凶险。蔡锷在小凤仙的掩护下，利用袁世凯营垒内部的矛盾逃过了一劫又一劫。在此期间，蔡锷频频赴天津与其师梁启超商议反袁的部署和详尽计划，并与梁启超共同发誓：只要袁世凯胆敢称帝，便即刻返回云南，举旗讨伐。随着袁世凯称帝的部署加快，他更是进一步加紧对蔡锷的监视和控制。为了麻痹袁世凯及其爪牙，蔡锷利用与小凤仙的关系装作意志消沉，日日沉溺于花街柳巷。不料竟至惹得与母亲反目，蔡锷便将计就计，造成假相，与妻子对簿公堂，使母亲与妻子得以离京回湘从而虎口脱险。风尘场中的小凤仙，却是个通晓大义而聪明过人的女子，在与蔡锷的交往过程中，渐渐了解和认识到了蔡锷真英雄的本色，因此甘于和敢于冒险尽力配合蔡锷的活动，令他几次于危难之中都化险为夷。

袁世凯于1916年年初悍然称帝后，蔡锷在小凤仙的掩护下逃离北京，经天津辗转海外，经日本、香港和越南等地奔赴云南。袁世凯得知此消息时既恨且怒，严令手下爪牙一路追杀。蔡锷则在其旧部和革命党人的帮助下，在刺客和暗杀者的重重包围中，终于回到了昆明。他与唐继尧、李烈钧等云南爱国军官们毅然举起了讨袁护国的大旗，发出震惊中外的讨袁声明。蔡锷亲任护国军第一军总司令，挥师北上攻打四川。袁世凯调集北洋军的重兵企图将其剿灭。但凭借着拱卫共和的信念以及天下民心的支持，蔡锷率领下的护国军的将士们，虽然牺牲惨重却顶住了北洋军一次又一次的疯狂进攻。而随着时间的推移，各省相继宣布独立，袁世凯也渐陷众叛亲离之境，这个窃国大盗所精心构建的帝国梦轰然倒塌。护国战争由此取得了伟大的胜利，蔡锷当是护国讨袁的第一功臣，但他于胜利之后却毅然辞去一切职务，远赴日本治病。因为他深知自己来日无多，想以此做个表率，来唤醒那些依然割地称王的军阀们，不要再以枪杆子来干预国家政治，陷国家与民众于水火之中。但他的一片苦心并不为人所理解，在他的身后依然是炮火连天，腥风血雨。当将星陨落，万民悲悼之时，一名女子白马素车驶至蔡锷的灵堂前，抛下一副对联，飘然而去。对联上写道：

> 万里南天鹏翼，直上扶摇，哪堪忧患余生，萍水姻缘成一梦。几年北地胭脂，自悲沦落，赢得英雄知己，桃花颜色亦千秋。

### 3. 主线与辅线交织形成强大的叙事架构

从欣赏的角度看，剧作《护国大将军》充分反映出构剧的匠心，即设置了一条主线，几条辅线。"宫斗"戏即是其中的主线，蔡锷与袁世凯、段祺瑞、雷震春、袁克定、杨度、日本驻华武官等人物的博弈与较量，构成了剧作的重头戏和看点。剧作表现蔡锷刚刚离开昆明，北洋政府就宣布汤芗铭为湖南都督，蔡锷明显受到欺骗和愚弄。但蔡锷却能够不计个人得失毅然进京，表明其抱有富国强兵的爱国理想。进京之后，袁氏父子并不委以重任，而让他到模范军官团训练军官，他却能够在北洋纨绔子弟肆意妄为，风气不正的部队扶正祛邪，积极改革军队教育。由此，袁世凯的多疑善变和蔡锷的大忠大义皆跃然荧屏。袁世凯最初想用蔡锷遏制段祺瑞的势力，所以皖系也对蔡锷处处防范，颇多攻讦。剧作更重要的一笔是写趁欧战爆发之际，日本妄图占领德国治下的胶东半岛。蔡锷和蒋百里以战略家的胸怀和爱国情操，一再上书袁世凯要求其布防胶东，做好对日作战准备。袁世凯则对日持绥靖妥协的政策，并企图以"二十一条"换取日本对复辟帝制的支持。虽然蔡锷将军为人非常严谨、正直，但身处京城险恶之地，常常是被袁世凯大公子袁克定和袁家父子的亲信杨度拉去八大胡同。杨度的劝说道出了某种天机："大总统从来不敢重用没有毛病的人，你去了花街柳巷，就算是有了把柄落在大总统手里了，他才敢放心给你权力重用你。"因反对帝制和世袭，段祺瑞和蔡锷有共同利益，两人终化敌为友。蔡锷在此期间经历了从意志消沉、称病不出、"寻花问柳"直至毅然逃离北京，领导护国首义。

几条辅线与主线相互交织、相互辉映，形成了紧密缠绕的叙事链条。一条辅线是蔡锷与小凤仙的关系，这显然是这个题材观众习惯的关注焦点。1981年由王心刚和张瑜在电影《知音》中演绎的蔡锷和小凤仙的故事，重在表现蔡锷从拔剑四顾、知音难觅的怅惘，到灯火阑珊、高山流水的欣喜，影片上映之后曾风靡全国。在《护国大将军》中，蔡锷与小凤仙的情感经历是一种能令人屏住呼吸的处理。蔡锷与小凤仙的爱情不再是电影《知音》中表现的视对方如知己的关系，三十多岁的蔡锷与十六岁的小凤仙，相当于两代人的年龄差距，一个出身于有变故的家庭的小女孩，一个有着深厚革命情怀的将军，两个人怎样渐渐走近显然是需要可信度与合理性的。《护国大将军》对于男女主人公关系的把握不偏不俗，有相当的新意。蔡锷的正气刚直与小凤仙的超凡脱俗，既难以相容又易于呼应，从蔡锷在生日宴上因同情弱女子，代病中小凤仙奏琴吟曲开始，到两人因躲避杨度劝进而频繁往来、渐生好感与真情，直至最后小凤仙主动牺牲自己掩护蔡锷离京。在两人关系的处理上不是一见钟情，而是循序渐进的，写得合情合理。蔡锷对小凤仙从漠视、理解、同情到珍重，小凤仙对蔡锷从反感、熟悉、仰慕到依赖，处理成一种比较纯粹的男女之情，比较符合剧作的整体艺术格调。

另一辅线是老太监与小豆包这两个小人物。作为走出清朝宫廷的老太监王公公，由于过去特殊的生活经历和思想认知，他始终认为中国不能没有皇上，相信有皇上就一定还会登基，只要有皇上就一定有太监。因此他整日怀念的是过去的宫廷生活，做的是可悲的太监梦，于是收养了一个苦命的小孤儿"小豆包"，一天到晚教他如何伺候皇上。等到听说袁世凯是要登基了，王公公以为机会来了，就给"小豆包"施行"手术"，以便献给这个新皇上。而经过长期的思想灌输，六岁的"小豆包"也心甘情愿甚至充满幻想地把自己阉割了。老太监把小豆包领到袁世凯跟前，说您称帝了，我给您送个小太监。这完全是剧作家虚构的情节，当剧作进入小豆包被阉割的情节时，观众在内心感受到的一定是一种极为强烈的震撼。这条辅线的设置，意在表明袁世凯为什么敢搞复辟称帝，因为当时有很多人还指望中国有个皇帝，那个时候有这样的社会基础和文化土壤。同时也表明封建意识在人们意识中是那样地根深蒂固，以及对人们的毒害之深。从一个侧面证明了护国讨袁的正义性和紧迫性。

再一条辅线也是周振天虚构的情节。蔡锷因在袁世凯镇压二次革命的问题上，遭到了误解，导致革命党女刺客林鉴秋、汪聪表兄妹意欲为父报仇，从云南到北京一路尾随追杀。这两个人物的设置，反映了在那一特定历史时期，革命者对于南方军人蔡锷、唐继尧等人的政治态度，也增强了人物与故事的复杂性和看点。两人在京与袁不同等青年人组成的铁血团，共同谋划和执行刺杀蔡锷乃至袁世凯的行动，反映了革命党人在北洋军阀统治之下所坚持的不懈斗争，以及反对帝制的强大民意和行动力量。林鉴秋化身记者深入山东战场采访，与蔡锷站在一起反对卖国的"二十一条"，最后消除了蔡锷的误解并为掩护蔡锷而牺牲。其表兄却心怀嫉妒，最终叛国投敌，成为无耻的败类。这条情节线索虽然看似惊奇曲折，但却情理交融、真实可信，产生了很强的戏剧张力和扣人心弦的艺术效果。

而蔡锷与日本军人木村、友贺八郎等有同学师生之谊，可视为同样重要的一条辅线。蔡锷与其的关系，实际上就是中日之间对立与博弈关系的一种诠释，因此貌似是你来我往的师生，但始终处于激烈尖锐的矛盾冲突之中。日本人对中国的罪恶图谋，蔡锷的一腔报国之心，都清晰地展现在这条线索的交织中。通过种种纷纭复杂、心机渊深的试探与斗争，甚至是直接兵戎相见，对蔡锷坚忍意志的表现，对日本人狼子野心的揭露，对袁世凯虚弱丑恶嘴脸的勾画，是剧作的一个非常重要的侧面。

这几条辅线同主线一起，形成了强大的叙事架构，使剧作的节奏收拢与荡开，荡开又收拢，张弛有度地编织起整个剧作的网络。从某种意义上讲，《护国大将军》不是靠离奇的情节支撑，也不是以强大的演员阵容招徕观众，更不是通过宏大的战争场面吸人眼球，它是凭借精湛的历史叙事、人物刻画和影像呈现，使之成为一部真正具有史诗品格的电视艺术佳作。

### 4. 还原性格复杂和充满矛盾的人物形象

《护国大将军》更为真实地再现了历史，也更为真实地还原了一个内心复杂、文韬武略的蔡锷将军。

蔡锷是中华民国的开国元勋，是中华民国历史上第一位享受国葬殊荣的革命元勋。在此过程中，蔡锷的大仁大勇、文韬武略乃至风流倜傥，在剧中得到了淋漓尽致的表现。"此次举义，所争者非胜利，乃中华民国四万万众之人格也"，这振聋发聩、荡涤灵魂的豪言，出自1915年12月护国战争爆发前夕，蔡锷向滇军将士发出的慷慨致辞。云南护国首义，一场决定中国前途命运的大决战，在昆明拉开了帷幕，护国运动粉碎了袁世凯复辟帝制的梦想，捍卫了共和，它是云南对于中国革命所做出的巨大贡献。一场不为胜利而发起的战争，怀抱着的就是必死的决心。这无关个人荣辱，更非君臣之义，而是为了维护自由与尊严，是为了历史的进步。是什么样的意志和力量，促使蔡锷抵御住种种功名利禄的诱惑，且不畏重重险阻返回云南，义无反顾敢为天下先地举起反帝护国的大旗？是什么样的信心和智慧，支持他在敌众我寡的情势下苦心孤诣地坚持到最后胜利？是什么样的人格精神和魅力，使滇军护国将士在缺粮乏弹、危机重重的局面之下，依然无怨无悔誓死追随，始终保持高昂的战斗士气，同敌人血战到底？

剧作一方面体现蔡锷作为政治家、战略家的气质，他在袁世凯面前的隐忍谦让、委曲求全与虚以委蛇，表明他对袁心存某种幻想而需要观察，都是从他的政治抱负和设定出发而采取的策略，这也表明他作为政治家的沉稳、内敛和成熟，从而使"宫斗"的戏份成为剧作精彩的内容之一。而当他一旦发现和确认袁世凯是个窃国大盗，其称帝的图谋一点点暴露无遗之后，使他立刻亮明自己护国讨袁的旗帜和态度。一方面作为真正军人的优秀素质，他受派到军官训练团虽然深明就里，却绝不尸位素餐，而是大刀阔斧地进行毫不容情的整治，此处也是剧作颇为精彩的桥段之一。他对那些北洋重臣纨绔子弟的严格要求，招致反弹是自然而然的，这些人的表现是北洋军队腐败风气的表征，他不仅不为这些飞扬跋扈的青年军官所动，甚至不畏其身后的强大背景，执意要开除胆大妄为的违纪者，都是相当体现其坚强意志、独特个性和军人素养的。他以自身过硬的军事素质和能力，在比武的较量中击败自己在日本军校时的老师友贺八郎，更体现了蔡锷作为军人的过人素养和作风。这一切都表明，蔡锷并非仅仅是个只在上层建筑谋略的高级将领，也是个上马能击胡的真正战士，剧作以这类情节来刻画其形象，其表面的象征和个中的寓意都是很深刻的。饰演蔡锷的演员王志飞，无论是从外部造形还是内在气质，都和历史上的蔡锷将军极为相似，很好地把握和成功地凸显了人物的性格特征，为剧作增添了光彩。

刻画好袁世凯这个人物，是剧作的另一重要任务。作为当时中国的最高掌权者，袁世凯却是个开历史倒车的人，以至于留下了千古骂名。剧作中的袁世凯为了达到其目的，在蔡锷身上可以说是使足了手段，既对蔡锷深怀疑虑与猜忌，又封其为昭威大将军；既表面十分亲热，却又仅仅让其担任军官训练团教官；既施以各种恩惠，又无处不加以钳制，反映出一个当道权奸的老谋深算、玩弄权术的双面嘴脸。他图谋恢复帝制，又竭尽伪装之能事，对故乡来人报告所谓"吉象"令其不可与外人道，活脱脱一副伪君子嘴脸。对日本侵略者明里暗里的觊觎与欺凌，即使是丧权辱国也姑息养奸听之任之，不敢与之正面争锋。他的所作所为，根本的目的就是为图自己的一己之私，以期坐上早已被时代所唾弃的帝王宝座。北京人民艺术剧院的演员梁冠华饰演的袁世凯，从外形到气质都可以说完全吻合史上"袁大头"这个乱世奸雄的形象，举手投足间都带有一股袁大总统的骄横跋扈劲儿，把这个复杂的人物演绎得淋漓尽致，人称是"史上最真袁世凯"，观之令人拍案叫绝。

姚笛为了演好小凤仙一角，则付出极大的心血来塑造这一人物。仅仅是蔡锷初见小凤仙，小凤仙弹琴，蔡锷听琴的一场戏，在姚笛的主动要求下，竟拍摄了十几遍之多，力求做到表演上的零缺点。姚笛特有的矜持气质很有大家闺秀之感，选择她来扮演小凤仙，是再恰当不过的。虽然是误入风尘中的女子，剧作却强调了其洁身自好、清纯脱俗的一面。她在污泥中对强权的蔑视与拒斥，或许与其家庭背景与十六岁的年龄有关，姚笛端庄的表演似乎赋予其一尘不染的特质，也符合观众对于这个人物的想象的期许。剧作不是按"高山流水觅知音"的套路来写两个人的关系，但蔡锷对小凤仙的评价为"自古侠女出风尘"，小凤仙看出蔡锷不同于其他官员的正派与刚直，是两个人逐渐产生好感从而相互走近的重要原因。最终在小凤仙铤而走险的帮助下，蔡锷才得以脱离虎口远走高飞，剧作对此的表现既非常恰当准确，而又耐人寻味、扣人心弦。因为小凤仙这个人物特征及其丰满程度与电影《知音》的不同，也使电视剧《护国大将军》具有了别样的品质。

其他如一真饰演的执法处长雷震春这个人物也可圈可点，他是袁世凯的忠实走狗和帮凶，游走在袁世凯与段祺瑞等各色人等之间，对蔡锷充满敌意与猜测，是一个权倾朝野、阴狠歹毒、盛气凌人、无恶不作的打手。演员的表演与人物完全融为一体，其台词和表情都如实际生活一般，几乎没有一丝表演的痕迹，观之时时让人倒吸凉气。饰演段祺瑞的演员陈逸恒表演很到位，内敛深谋，城府莫测，是位八面玲珑又自有主张的老到政客。又如梁启超、蒋百里、唐继尧，以及袁克定、杨度等人物的描绘，所涉及的笔墨可能多少不等，但其形象的塑造大体都是比较生动丰满的，人物的性格基调的把握也是清晰准确的。通过剧作的主要人物和一系列的相关人物，逼真地再现了那样一个历史时代，再现了那样一群有着各种政治取向的历史人物。

由此可见，剧作构成一幅波澜壮阔、惊心动魄、人物生动的历史画卷。可以说，剧作用极为跌宕的剧情和极为精细的笔墨，令人信服地刻画了蔡锷从拥袁、忠袁、弃袁直至反袁的复杂心理变化过程。剧作在以揭示主人公心路历程为主线的基础上，生动叙述和深刻剖析了护国革命的发生发展及其历史意义。这种选材角度不仅具有历史深度，更具历史广度，突出体现了护国革命对于中国前途命运的深远影响，从而超越了在这类人物题材的表现上，往往局限于本土历史的"功德榜"式的作品。周振天在这部剧作中，除了解决入情的问题，更要解决阐明道理的问题，这个道理就是历史事件背后所蕴含的社会人心向背的大道理，倒退是没有出路的，是不得人心的，注定是要自取其辱并遗臭万年的。只有像蔡锷将军这样，代表着历史前进方向并无私无畏推动历史车轮滚滚向前的仁人志士，才是我们民族永远的脊梁，才能够为人民所拥戴所铭记而留芳百世。这也是周振天为什么要写这个戏，想通过它来阐明的历史的规律和道理。

周振天写这部戏的目的还在于，用形象的力量回答一些人的行为与见解。他感到现在某些学者对中国近代史上发生的事件想当然地品头论足，马后炮式地随意指责前辈人这个做得不对，那个做得错误。在中国近代错综复杂、疾风暴雨般的历史进程中，我们许许多多的前辈革命家和知识分子，在西方列强的疯狂围猎中，在封建王朝分崩离析的乱世里，为了救亡图存，振兴中华，他们上下求索，踉踉跄跄，生生死死，历经千难万险才走到今天。这其中不走弯路、不犯错误是不可能的，更何况那些不顾个人生死安危的前辈奋斗者，当时都在二十几岁到三十多岁的年纪，是非常不容易的。如今这些书生与学者大多超过当时那些战斗者的年纪，一边坐在书斋里享受着前辈们拼死拼活争取来的和平与安全，一边指责前辈们不应走错路，这简直太岂有此理、荒唐可笑了！如果让见解"高明"的学者们也经历一次晚清和民国，他们能料事如神把中国笔直地领上幸福康庄大道吗？建议他们看一看纸上谈兵这个典故！也就是说，我们对蔡锷这样伟大的革命家，也应该从历史的角度分析和认识他的全部。

【注：编剧：周振天，编剧：樊城、杨双印；导演：王文杰；主演：王志飞、姚笛、梁冠华等。云南省委宣传部、云南电视台、浙江绿城文化传媒有限公司等联合制作。】

## 第七节 《上将洪学智》：戴着"镣铐"的舞蹈

在我军的历史上，有一位军人在 1955 年和 1988 年，时隔三十三年之久被两授上将军衔，这是我军授衔史上唯一的一位，他的名字叫洪学智。这背后一定是有非同寻常的传奇与故事的，自然也应该是文艺作品尤其是电视剧进行表现的绝好题材。

### 1. 写实而又传奇的叙事逻辑

在一个时期以来，以革命历史生活为内容，以开国领袖和将帅为题材的电视剧成为持续的热门，其数量之多使得不少成片必须在主流电视台耐心地排队候播。这类电视剧的价值在于，它们以颇具匠心的主题开掘、思想表达和艺术创造，让曾经轰轰烈烈的革命历史成为生动形象的视听作品，完整清晰地展现在今天的观众面前。在共产党和毛泽东领导下的上世纪的中国革命，诞生了很多可歌可泣、叱咤风云的英雄豪杰，他们的事迹始终激励着当代的中国人。历史已经翻过去的那些伟大的篇章，是国家与民族最可宝贵的精神遗产，如果让它们无声无息地翻过去，淹没在时间的长河里那就太遗憾了。而如果将其转化为更加具体可感的过程、细节和形象，对于广大观众而言，不仅具有艺术欣赏的价值，更是对英雄伟业的追忆与缅怀，对革命精神的传承与光大。

但这类题材的电视剧创作，也出现了一些明显的弊端。如不少作品畏首畏尾，缩手缩脚，拘泥于历史史料的拼接与组合，所谓的创作大体是从史料到史料的过程，最终推出的作品只有资料的堆砌而没有艺术的创造，与其说是革命历史题材文艺作品，不如说是某些历史的纪录片。在市场争夺白热化的当代，在观众被娱乐化的题材败坏了胃口的当下，有些影视编导和制作单位，以市场和收视率为借口，用群众喜欢不喜欢作说辞，公开制作一些涣散人心、解构信仰、稀释理想的大量所谓纯娱乐化的东西。如此一来，这类题材的创作就不断受到观众的诟病和批评，以至于一提到党史军史题材就被想当然地排斥。怎样以正确的立场、态度和方法面对重大革命历史题材，在创作和叙事中开辟出新路，是值得探讨的，也是极为迫切的。许多作品都对此做出了成功的尝试，而电视剧《上将洪学智》也提供了一个好的样本。

洪学智就是这些革命英雄豪杰中的一位。他具体又是怎样的一个人呢？这位从安徽金寨大别山里走出来的贫苦农家的孩子，1929 年 3 月参加了红军，在整个革命生涯中，从战士做起到当班长、排长、连长、营政委、团政治处主任、师政治部主任、军政治部主任、副师长、军区副司令、军区司令、纵队司令、军长、兵团副司令，参加了长征、抗日战争、辽沈战役、平津战役、渡江战役等。中华人民共和国成立后，历任中国人民志愿军副司令员兼后方勤务司令部司令员、总后勤部部长、省农机厅厅长、重工业厅厅长、石油化工局局长、国务院国防工业办公室主任、总后勤部部长兼政委、中央军委副秘书长、全国政协副主席等职。参与指挥了解放海南岛战役、万山群岛战役、抗美援朝战争等。曾荣获中华人民共和国一级八一勋章、一级独立自由勋章和一级解放勋章，是中国共产党的优秀党员，久经考验的忠诚的共产主义战士，无产阶级革命家、军事家，我军现代后勤工作的开拓者。

周振天在接受写反映洪学智的电视剧的任务时，并不感到轻松。他在潜心阅读大量历史资料、抵近采访众多相关人物的前提下，以卓越的构剧能力和丰富的艺术想象力，来进行这一颇为艰巨的创作。周振天认为，如果只是按照回忆录刻板地表现这个人物，是没有啥看头的。虚构是编剧的基本功，作为编剧就得进行大胆的虚构。不过虚构不是随意进行的，而要符合历史逻辑，符合故事逻辑，符合人物性格逻辑，符合人物关系逻辑。《上将洪学智》是地道的重大革命题材人物传记电视剧，当他深入了解了洪学智上将极不平凡的一生之后，不仅获得了大量有关洪学智的精彩故事、闪光细节，更被主人公的高尚精神境界、深邃善良的情感世界所震撼，也被其独特的人格魅力所感动。他感到洪学智的人生经历是一座创作的"富矿"，编剧不只是把"矿藏"采掘出来摊在观众面前做一一的展示，而是要把"矿藏"来一番精心冶炼萃取之后，将"矿藏"中的诸多的"贵金属"呈现给观众，因此，他下决心摆脱陈述生平记事"流水账"式的创作套路。

也就是说这部剧的创作，不仅要记述洪学智艰苦卓绝的革命经历及其对中国革命和我军建设的贡献，更重要的是必须开掘出洪学智的精神世界、情感历程、性格特征。着力在他漫长的革命生涯中挖掘、提炼出鲜活、感人的故事，梳理出决定了这位两任共和国上将的人生轨迹的内心世界、情感脉络和极具人性闪光的性格。也就是说，本剧不仅要让观众了解洪学智的重要革命经历，更要让观众对这部传记电视剧的主人公留下深刻印象，并牢牢记住这个人物。剧本构思要摆脱以主人公战斗成长过程为主轴的线性思维，也必须跳出单纯以编年史实列数主人公一生功绩的窠臼。而是要在掌握充足的相关素材之后，将思考的维度跃升到更高的层面，去奠定文本基础、编织精彩故事，围绕主人公的命运、情感、情操、性格、精神境界来选择素材并形成全篇的重点描述，以表现主人公的大智慧、大德行、大爱和大勇的光辉一生。周振天的这种自我要求和艺术追求不可谓不高。

周振天还认为，人物传记体的电视剧必须以人物真实史实为基本依据，虚构的空间相对狭窄，虚构的情节矛盾冲突和人物关系的戏剧性也必须得到有关部门和家属的认可，可以说是典型的"戴着镣铐跳舞"。其实，在《上将洪学智》里面，虽然是真实的历史人物，周振天还是虚构了不少桥段和细节的。所谓虚构其实是有很大学问的，不是随心所欲的，关键在于要抓住和符合洪学智的性格特征。周振天认为洪学智是个宠辱不惊的将军，在庐山会议上，大家都揭发彭德怀，他却始终一言不发，于是被戴上右倾的帽子，下放到吉林。洪学智就是这样的人，让他当将军他就打仗，让他到农场喂猪他就喂猪，让他种菜他就种菜，宠辱不惊，随遇而安。在农场，他把猪养得肥肥的，把菜种得好好的。周振天就根据人物这样的史实虚构了很多桥段。如他是戴着"三反"分子的帽子下放到农场的，农场领导警告知青们：这个家伙是"三反"分子，要盯紧他，注意他的一举一动，不要有过深的交往。一开始知青对他很防备，眼光都是带有敌意的。怎么化解这个敌视呢？周振天就虚构了洗澡一场戏，因为洪学智一生受了很多的枪伤，头上有刀伤，胸前有贯穿伤，脑袋上、腿上都有伤。洗澡时知青们看到了，感到很好奇，就问老爷子你身上怎么有枪眼啊？并逼着他讲出原因，不讲不让他洗澡。洪学智没办法只好说我讲，指着自己身上说，这个是红军时期白匪砍的，这是抗日时日本人刺刀刺的，这个是抗美援朝时美国飞机炸的……，一讲完，知青们竟肃然起敬，这个"三反"分子身上的伤疤几乎记录了共产党军队所有历史阶段的战争，怎么可能是"三反"分子呢？于是知青们的敌视慢慢化解。

　　为了塑造好人物，除了查看各种资料和进行采访外，还必须更真实、更具体地从多个侧面了解他。洪学智之子洪虎是吉林省原省长，周振天采访洪虎时问他："你爸有啥缺点哪？除了功绩之外，人总得有点毛病吧。"洪虎说："他重男轻女，生儿子高兴，生女儿就不太那么高兴。战争年代扔在老百姓家里的两个孩子都是女孩子，但是他命好人好，两个女儿最后都找着了。"周振天紧追不舍："还有什么缺点？"洪虎又说："我小时候闯了祸，他打我打得狠啊！"当年洪学智所在党支部有警卫员、司机、马夫，都对洪学智打孩子有意见。一次是因为洪虎跟老百姓的孩子摔跤，把人家锁骨摔断了，洪学智见伤了老百姓的孩子，很生气，于是狠狠打了孩子。第二次打孩子因为儿子玩警卫员的枪，向老百姓的孩子显摆，被他爸爸发现了，洪学智异常气愤，心想万一伤了老百姓的孩子怎么办？就拿鞋底子狠抽，那可是真打啊。警卫员、马夫看不下去了，决定开个党支部会说道说道。于是就一本正经地通知洪学智两口子："请首长和阿姨参加党支部会，今天讨论的话题就是首长打孩子，这是严重的错误。"洪学智起先还没当回事，说："我打孩子开什么会？别开玩笑。"马夫就说："请首长严肃点，这是党组织会。"洪学智只得认真做检查。这是真事，周振天感到这个细节好，并且在剧本中还做了一定的扩展和虚构，使这场戏变得非常有趣。

　　周振天谈到，正面人物的传记片难写，我党、我军重要人物的传记片更难写。让观众感兴趣的类似电视剧屈指可数。那么《上将洪学智》这样一部主旋律的人物传记电视剧靠什么吸引观众呢？周振天认为首要就是要以主人公的性格魅力抓住观众；以洪学智将军极具传奇色彩的一波三折的人生命运和大生大死的战争经历吸引观众；用将军一生中对使命、对战友、对部下、对妻子、对儿女、对百姓、对敌人等方面极具生活气息的感情碰撞吸引观众。特别要指出的是，洪学智除了我军高级将领一般都具有的品质之外，他还是一位有着来自草根阶层的智慧和风趣，极具亲和力的人，是一位有喜感的人物，如果抓住这一特点做好文章，也会占有吸引观众眼球的优势。当然，将军经历的残酷战争场面、将军与妻儿的聚散悬念，还有洪学智闯山寨筹粮、新四军盐城反"扫荡"突围、营救美军飞行员、黑河剿匪、万山海战、朝鲜战争几度遇险等惊险异常且动作性又很强的情节，都在剧本中加以浓墨重彩的渲染，如果二度创作也很到位，相信这对未来提高收视率都会有积极的意义。

　　周振天一边让自己的助理范国清、王珏仔细查阅相关资料，自己则和老朋友、导演金韬亲赴洪学智故乡安徽金寨体验生活，在深切了解了洪学智上将的极不平凡的一生之后，他们就下决心摆脱陈述生平记事流水账式的套路，根据洪学智七十七年戎马生涯的真实故事和传奇遭遇，在剧作中虚构了一组围绕洪学智的贯穿人物，从而强化了全剧的戏剧性和人物关系的连贯性；在交代清楚历史事件的同时，把笔墨尽可能地集中在主人公爱恨情仇的抒发上；在记述洪学智上将赫赫战功的同时，更注重他精神意志和独特性格的细腻呈现；在展现血与火战争场面和跌宕起伏命运过程中，努力开掘出洪学智人性的光辉和人格魅力。特别是表现洪学智虽经几起几落，两度落难，但他"哀而不怨，悲而不伤"，即使到了人生底谷，仍然宠辱不惊，坦然面对，仍然持守信仰，仍然挂念民间疾苦和百姓冷暖的胸襟与情怀。

## 2. 以先辈的精神拍摄表现先辈的题材

一部剧的创作时间竟长达五年，可见其下的功夫之深。对于周振天而言，创作的过程是艺术构思的过程，也"是一次精神的洗礼"的过程。他认为，无论是对过来人不忘初心的回顾，还是后来者汲取老一辈革命家精神营养，洪学智上将的一生，就是一部宝贵的人生教科书。对于这样的剧作能不能受到年轻观众的欢迎，周振天是有思考、有期望的，他认为一部叙述解放军上将七十七年戎马生涯的故事，当代年轻人对剧中纷繁变化的历史未必能够梳理得很清楚，但他们带着自己对社会现象和职场打拼的感受来看这部电视剧，能够有一些联想和感悟也是挺好的。他感到只要编剧真正把笔墨聚焦到人物起伏跌宕的命运，聚焦到人性的高光点上，加之浓郁时代氛围的营造和强烈历史质感的呈现，年轻观众还是会从久远年代的故事里找到相对应的人生启示的。这也是一种穿越吧。就是说周振天并不仅仅考虑把这部剧写成拍出完成任务了事，也不只在于为洪学智个人树碑立传，而是使其具有的思想性、观赏性与启示性，更有力地弘扬弥足珍贵的精神遗产，发挥它的最大的当代思想艺术价值，对当今观众产生巨大的教育与感召作用，这充分反映出一位杰出艺术家的站位与担当。

于是他与总导演金韬等主创联手，以中国电视剧制作中心为平台，精心打造和推出了这样一部精深、精湛、精良的艺术佳作。金韬则用这样的话来表达他对创作该剧的想法："剧作弘扬了中国共产党人的革命精神和无私奉献，在当下播出具有重要的现实意义，激起人们对英雄先烈崇高敬意，也让观众深刻了解到如今美好生活的来之不易。"

《上将洪学智》于2013年10月初开机，为了更好地还原洪学智将军的革命生涯和历史环境氛围，剧组先后辗转四川、山西、安徽、辽宁、吉林、北京等六省（市）十城取景拍摄。该剧角色众多，多数都是历史上的真实人物，因此剧组在演员的选择、化妆、造型等方面都做了大量深入和细致工作。主人公洪学智的扮演者姚刚作为领衔主演，在接到剧本后就做了很多功课，并多次赴安徽六安金寨拜访洪学智家人和老部下，造访洪学智将军纪念馆，以努力走进那个年代，理解主人公对生死无所畏惧的精神，寻找塑造人物的灵感。他还随剧组转战全国各地，从海拔四千八百米的川西高原到寒冬之下的东北，再到盛夏的海岛，重拾洪老将军的革命足迹。拍摄的过程也异常艰苦，在阿坝州拍摄长征过草地的戏份时，主演们的腿泡在泥水里，直到泡到失去知觉，掐一下完全不知道疼痛。在拍摄爬雪山的戏份时正好赶上天降大雪，姚刚在严重高原反应的状况下，需要拍一场因战友离世而悲怆痛哭的重场戏，几乎是拍一条就得吸一次氧，一天下来竟吸掉了五罐氧气。在回顾这部戏的创作过程时，姚刚说除了尽量做到真实还原人物，他并不希望将这种重大革命题材的作品演得过于沉重，任何人的人生经历都是苦乐参半的，越伟大的人就越是如此。他说：

> 我跟金韬导演探讨过，洪将军被安排到吉林乡下的时候是他人生最低潮的时候，但那段戏不应该是晦暗的，因为他心里始终相信党，相信党一定不会抛弃他。所以他在乡下能和农民打成一片，帮助乡亲们发家致富，那也是他人生中最快乐的一段时光。虽然处境窘迫，但是他相信我是清白、干净、没有犯错的，我是忠于党、热爱人民的。有了这种信念的支撑，他的内心是快乐的。最后，我就是按照这种感觉来演的。虽然拍了上百部作品，但辗转六省十城来完成一个角色，这还是第一次，创了入行之最。洪老将军一生戎马，南征北战，身份始终都是一个军人。作为演员，能有机会完整演绎一位如此伟大的人物，是一件极其荣幸的事，意义丝毫不亚于一场精神洗礼。

姚刚的扎实演技和精彩表现也得到了洪将军家人的高度认可。剧中洪学智夫人张文的扮演者张晶晶，也在微博上发表感叹："或许时间可以换算名利得失，但历史留下的光辉却无法衡量！"

### 3. 一身兼具勇者、智者和仁者的人物

这部长达二十九集的重大革命历史题材电视剧，以洪学智将军的人生经历为蓝本，以史诗般的风格展现他曲折传奇而又光辉多彩的一生，以洪学智将军四起三落为主要线索，讲述了他参加商南起义、开辟鄂豫皖革命根据地和四次反"围剿"斗争，长征途中粉碎"六路围攻"创建川陕革命根据地，参加抗日战争和解放战争，在抗美援朝时期，他作为志愿军副司令，配合彭德怀司令员全程参与指挥领导了全部重要的战役，而且粉碎了美军的"绞杀战"，保证了志愿军后勤供给，为抗美援朝的胜利做出巨大贡献。洪学智在被授予上将军衔并担任后勤部部长后，无论在什么地方，什么职位，甚至成为普通百姓，都始终没有放弃自己的信念、信仰和信心。体现了一个老党员、老红军为共产主义奋斗终生的孜孜追求。可以说这是一部以情感取胜、情节取胜、细节取胜的作品。洪学智这个人物身上的时代感、命运感、个性化、鲜明化色彩都是很浓厚的，是真实的富有感染力的艺术形象，是一部特别入心、特别走心的电视剧。

剧作选取洪学智一生中最重要的经历、最感人的故事、最有意味的生活，作为线索和桥段来展开叙事，又适当运用精练、深情的旁白，交代与勾连起错综复杂的历史脉络与时代背景，从而使观众能够对洪学智七十七年戎马生涯，获得全面而清晰的认识与了解。剧作按时序与逻辑依次反映他怎样于白色恐怖时期参加红军，怎样参加长征爬雪山过草地，怎样进入红大和抗大，怎样率队赴山东、苏北等地抗日，怎样先后参加四平之战、长春之战、解放天津、渡江战役、解放海南岛、赴朝作战；怎样负伤、受挫、落难，几落几起；怎样两任总后勤部部长，两授共和国上将军衔等。在革命历史前进的浩荡洪流中，洪学智满怀激情的追求与奋斗，命运的起伏与跌宕，个性的独特

与丰满，本身就为剧作提供了不可多得的天然要素。而剧作又是从大纵深和横切面两种视角，来观察、揭示与刻画主人公的性格、情怀与形象的，纪实性与传奇色彩、流畅叙事与动人肺腑的抒情、坚贞信仰与人性体现紧密结合，形成了该剧整体的艺术特质和风格，不仅使洪学智这一人物在观众的心目中真实、亲切而高大地立了起来，也使剧作生发出巨大的艺术感染力。剧作将爱情、友情、事情、人情紧密地结合，这里边既有外在的惊雷，又有内心的狂澜，情感层级叠加丰厚。既可以感受到历史的大开大合，又能触摸到人物真实的成长轨迹，让人物和历史融汇呼应，从而把个体的命运变迁上升到历史反思的高度，达成了历史真实与艺术真实的统一。

洪学智一生对革命的贡献大，人生的亮点和传奇故事也多。剧作着重在不是拘泥于他一生的流水账，而是在通过精彩的有代表性的故事、桥段和细节，表现他对国家、对党、对人民的无限忠诚。人生无论遭遇多少曲折，蒙受多少冤屈，受到多少磨难，他忠于党忠于人民的根本立场从来都是矢志不移。他无论身居何职，不论作为一名带兵的战将，还是作为中央军委和国家领导人，都始终保持艰苦朴素、廉洁奉公、淡泊名利、牺牲奉献的良好作风。他严格的自律意识和良好的家风今天看来是那样纯洁高尚，至今依然在党内军内传为美谈。他无疑给我们今天的每一个共产党人提供了人生的一面镜子，也为这类电视剧创作树立了一个当代坐标。

该剧通过这些真实感人的故事，塑造了洪学智将军那"一马当先、勇往直前，多谋善断、智勇双全，刚柔相济、侠骨柔肠，能文能武、军政兼优"的光辉形象。同时，观众也从中体会到洪学智将军具有"强烈的责任意识和担当精神，艰苦朴素的工作作风和吃苦耐劳的生活习惯，严格的自律意识和良好的家风家教"等优秀品质。剧作所塑造和刻画的洪学智形象，是一个由勇者、智者与仁者所构成的合体。

洪学智作为一个勇者的角色，一生经历的都是血与火、生与死、荣与辱的考验，但他始终乐观昂扬，襟怀坦白，从不畏惧，奋勇向前，表现出令人敬佩的浩然正气和铮铮铁骨。他担任红四军独立团机枪连连长时，冒着枪林弹雨身先士卒冲锋陷阵，中弹负伤回到家乡安徽金寨养伤，伤愈后不听长辈和乡亲劝阻，毅然归队继续参加反"围剿"战斗。在剿灭土匪武山魁、秦飞脚战斗中的近战与格斗，是他作为基层指挥员勇猛过人的最好体现。长征中由于不得不执行张国焘的命令，率部历经生死往返于雪山草地，到达延安后入红大学习时受到错误处理，面对误解与冤屈，他可以隐忍但决不低下高昂的头颅。他在各个时期受命担负各类重要使命和完成艰巨战斗，特别是开拓我军后勤任务时，从来都是不讲二话、义无反顾的。在庐山会议期间，因没有对彭德怀的所谓问题做违心表态，而被贬到吉林省担任农机厅厅长，甚至"文革"期间被下放到农场劳动改造，但他始终初心不改、从容不迫、大义凛然，显示出一个革命家宽广坦荡的胸怀和忠诚高贵的品格。

主人公智者角色的特点，在剧作中表现得尤为充分。荧屏上的洪学智平易近人、勇敢坚毅而又足智多谋。在其风云变幻、曲折漫长的革命生涯中，遇到无数的大小困厄和艰难险阻，但他总是能深谋远虑，沉着应对，力排众议，巧使智慧与良策，使麻烦和困难迎刃而解。如长征途中筹粮时与藏区头人交涉，机智破解了国民党潜伏特务的挑拨离间，为部队乃至中央红军筹措了大批急需的粮食牛羊等物资。针对军情十万火急但部分新四军官兵故土难离的现实，他巧妙地把三万部队从苏北经山东、冀中"骗"到东北，并从苏军手中争取了过冬的装备给养物资，完成了抗战胜利后部队迅速对东北的接管任务。在担任铁路司令时，面对部队各自为政的混乱局面，他大刀阔斧地调集统一起了所有车皮，有力地保证了东北部队和物资运输的畅通。在攻打沈阳、长春还是攻打锦州的方向性选择上，他向上级做出了具有战略眼光的精到分析和建议。在美军凭借空中优势对我军实施狂轰滥炸的朝鲜战场，他运筹指挥下的我军后勤交通运输成为炸不断、拖不垮的钢铁运输线。在吉林金宝屯农场接受改造时，他以自身人格魅力，不仅教会职工养猪、做豆腐等，更使他们认为"不是农场职工改造了洪学智，而是他改造了农场职工"。剧作用这样的话来评价洪学智，即"在人生的每一个十字路口都做出了正确的抉择"，是非常中肯的。在整个革命与人生历程中，他不仅是一位优秀的后勤工作领导者，也是一位优秀的军事指挥员，这些与他的超群智慧是分不开的。

从仁者的角度来反映洪学智，让一位战功赫赫的将军有了使人备感亲近的温度。如在红军部队即将转移的紧迫时刻，对周干民所谓放走三个土豪的冤案，他说，"脑袋不是庄稼，砍下去再也长不出来了"，一再坚持实事求是地取证调查，在临刑的枪口下及时救出一位忠诚于党的革命同志。他给染上烟瘾的吴老枪配方熬药，进行兄弟般的耐心改造，使一个沾有不良习气的俘虏，变成了一个勇敢坚强的战士。在过雪山草地时他决不丢下刘双河等任何一位奄奄一息的战士，并通过医治使那些年轻的生命得以重生。在解放战争的东北战场，他给被我军击毙的敌112团张洁之团长买棺入殓，使这个曾为抗日出过力的军官得以有葬身之处。他在解放战争期间任铁路司令时遇到被他救过，并不愿交出车皮的牛大伟团长，以及他被贬下放吉林时受到冷遇，巧逢改名为周光的周干民，都体现出一个仁者的善报，以及对工作的推动。即使是下放农场他也不顾自己被改造的身份，愤怒斥责农场领导不让村民捡拾地里遗留粮食的行为，令其哑口无言，且最终改变了规定。他虽身处逆境却依旧一副古道热肠，拿出自己的积蓄给无钱回家的知青小孙返乡过年，并为女赤脚医生寻找复习资料，鼓励其顺利考上医科学院。正如加工连高连长所感慨的："老洪头心宽得能跑船。"在他恢复总后部长职务后，不仅对军队后勤建设进行全局上的谋划和推动，而且频频下基层部队调查研究，到达雪域高原最边远的兵站亲自为司机做饭。所有这一切，都证明洪学智这个见惯厮杀与流血的开国上将，深怀一颗宽厚仁爱之心，一腔悲天悯人之情。

剧作推进过程中所设置的大量细节颇为震撼人心。如长征过草地时，得知洪学智重病不治消息，跟随其出来闹革命的刘双河欲开枪自尽的情节，深刻反映出洪学智与部下所建立的兄弟般的袍泽情义。在延安因张国焘的问题接受甄别时，被要求摘下红帽徽、红领章时所表现出来的锥心痛苦，被无理要求重新填写入党申请书时，他不容置疑地加以严词拒绝。上世纪60年代，他受到错误处理，转到地方工作，凝视领章时的痛苦表情。在吉林被打成"三反"分子时那种不解的神情，同时表达的对党的坚信，以及后来向身边青年人解释他的"三反"是反帝反封建反对蒋介石的统治，所表现出的那种自信与坚定。在"文革"后恢复名誉接受新配发的军装时的热泪盈眶，都揭示出共产党人和革命军人的身份在这位战将心中的极重分量。

　　作为副线的情感戏也有很强的感染力与冲击力。剧作以大量鲜活、传奇、感人的具体事例，生动地描述了洪学智将军与上级、战友、下级、普通士兵、人民群众以及亲属子女之间的深厚情谊。长征途中，他组织救活了雪山上"冻死"的五名战士，坚持把得伤寒重症的小宣传队员抬过草地。妻子张文与洪学智的真诚相爱，草地上举行婚礼的夫妻，乃至遭遇坎坷时的"嫁鸡随鸡，嫁狗随狗，嫁个猴子满山走"，相濡以沫七十年的终身不渝，给洪学智的形象增添了特别的人性光芒。众多的小故事体现了洪学智将军铁血柔肠、心系人民的深厚感情。张文在管理财务时因一百元钱对不上账，两人节衣缩食用了很长时间终于将其还上，表现了他们清正廉洁的高尚品质。抗战时过封锁线忍痛寄养下长女，解放后经过千百度的寻找而重逢，革命者的奋斗牺牲，人民群众的养育之恩，被这样的情节描写得淋漓尽致。儿子洪虎的成长故事中的点点滴滴也非常真实而有趣，如其玩耍时把小朋友弄伤，用警卫员的手枪瞄靶，都遭到了洪学智的严厉批评，他还带领小洪虎绕着操场跑三圈，这体现出洪学智既讲原则，又有柔肠的多重情感层次，体现出了洪学智的人格魅力。这一切都可谓发人深省、催人泪下、感人至深，极大地增强了剧作的思想内涵、情感浓度与审美质量。

　　从政治的层面而言，《上将洪学智》在叙事中努力表现人物的精神品格。大量的生活细节，看似只是生活中的平常故事，展现的却是主人公的思想情操和精神魂魄，表现的是一个共产党人的初心。面对这样一个老共产党员的无限忠贞的生命故事，今天我们每一个共产党员和担负各级岗位的领导者，都应该扪心自问：与当年的洪学智将军相比，我们今天的有些领导干部的差距在哪儿？老一代能做到的事，我们为什么做不到？我们应该怎样继承老一辈创立和倡导的优良传统和作风？这是这部电视剧给我们全党和全体观众很重要的思考和启示。这部电视剧对于文艺创作的另一个启示是：我们的着眼点应该放在哪里？我们的笔墨应该瞄准哪里？我们的镜头应该对准哪里？那些境界高尚、人格伟大的人，那些看似普通的劳动者，那些胸怀理想信仰的英雄，才是我们应该着力表现的对象。

对于这个题材的创作，以及观众的反应，周振天应当是感到满意的。有观众表示，通过观看《上将洪学智》，我们对洪学智将军传奇的一生有了深入了解，他坚定理想参加革命、坚贞忠诚跟着党、勇往直前打敌人、无私奉献为人民、艰苦奋斗做榜样等方面的伟大精神和追求，深深感染了我们，给了我们无穷的前进动力，我们一定要弘扬他的精神，继承他的遗志，永远向他学习，立足本职，为党和国家的事业发展做出积极贡献。

周振天在接受记者采访时，他拿出一份宣传材料说：

《上将洪学智》在央视八套黄金时段播出后，我特别在意年轻观众会不会看这样重大革命历史题材人物传记的电视剧。所以就请了年轻人来写推介文章，没想到竟然会是这样的角度：如你是屌丝想知道怎么才能成功逆袭吗？请上央视八套看《上将洪学智》！逆袭成功之后又被老板整成屌丝，怎么才能再次成功逆袭？请看《上将洪学智》！如何让你的员工永远心甘情愿听从指挥冲锋陷阵并赚钱赚嗨了吗？请看《上将洪学智》！遇上不好伺候的强势老板想知道怎么应对吗？请看《上将洪学智》！有恩于你的上司落难，墙倒众人推，你跟着一块儿黑他，就可保继续升职，否则就可能炒鱿鱼，你黑还是不黑？请看《上将洪学智》！想知道怎么才能让漂亮老婆死心塌地跟你一辈子吗？请看《上将洪学智》！

一旦与大咖级强手狭路相逢，想知道怎么才能将对方团灭吗？请看《上将洪学智》！曾经狠整你的经理如今成了你的下属，想知道怎样对待他吗？请看《上将洪学智》！一条活鱼被腌成咸鱼，想知道怎样才能咸鱼大翻身吗？请看《上将洪学智》！真是妙哉！妙哉！

周振天说："这样别出心裁的观后感令我挺意外，但仔细琢磨，其实这些发问还真都是剧情所引发的。"

来自洪学智上将的故乡人，安徽省六安市金寨县党史县志档案局局长胡遵远，则是这样评价《上将洪学智》的，他认为该剧生动地体现了"坚贞忠诚、牺牲奉献、一心为民、永跟党走"的大别山精神。他希望以后能把电视剧《上将洪学智》作为传承红色基因的教科书，认真组织收看，集中开展讨论，让人们从中知晓历史、汲取营养、弘扬精神，将红色基因传承下去。要把《上将洪学智》这部艺术作品作为开展党史教育、党性教育的"必修课"，作为丰富红色内涵、发展红色旅游的"催化剂"。军事科学院专家王淼生也指出："《上将洪学智》对于重大革命历史题材影视作品怎样向纵深发展，是有着风向标意义的。"

【注：编剧：周振天；导演：金韬；主演：姚刚、张晶晶、王韦智、王霙、刘劲、王伍福、卢奇等。中国电视剧制作中心、中共安徽省委宣传部、中共吉林省委宣传部、中共安徽六安市委宣传部联合摄制。】

## 第八节　一次专题性的重要研讨

电视剧文学创作是周振天在各个艺术门类创作中投入精力最多，作品数量最多，获得各种奖项也最多的。鉴于他对中国电视剧事业做出的成就，2002到2012年度，他被中国电视艺术家协会全国代表大会推选为中国电视艺术家协会副主席。2011年，周振天被中国广播电视联合会电视剧编剧工作委员会理事会推选为首届常务副会长。他也曾被中国传媒大学影视学院聘为研究生导师。

2017年正值中国人民解放军建军九十周年之际，中国电视艺术家协会召开了"周振天编剧艺术研讨会"。时任中国文艺评论家协会名誉会长李准说："在我国当代影视艺术尤其是电视剧的发展中，周振天的名字是响亮的，他编剧的作品是一道多彩的贯彻始终的风景线。既有坚实文化功力，又有编剧主导意识，他的创作既立足现实，激情拥抱现实，又能深情回望历史，自觉打通历史、现实与未来的内在联系。他的代表性作品致力于彰显充满人情味和人性美的崇高。在周振天作品中，有英雄人物也有那些看似平凡实则心中也有一份对人生终极意义仰望的普通人。《神医喜来乐》中的喜来乐和《玉碎》中的赵如圭就是很精彩的例证。他依托坚实的生活积累和文学修养，在人物形象塑造的个性化追求上做出了可喜探索，同时又能赋予人物以鲜明的行业、地域、历史、文化信息与特色，体现了他的艺术追求和作品的社会文化含量。"

时任中国文艺评论家协会主席仲呈祥指出："周振天同志是中国电视剧界的一棵长青树，他不仅数量大，质量总是保持在一流水平。除了军事题材，他在其他题材上也不断地做出探索，《神医喜来乐》在中国长篇电视喜剧史上应该是最重要的作品。此外，他在天津长大，他的几部天津题材与河北题材的作品对人们了解近代史的中国有着重要意义。"时任中国文联副主席郭运德说："周振天是新时期以来在荧屏、荧幕上最活跃也是最资深的金牌编剧之一。他从事编剧四十年来，写过大量的脍炙人口的优秀作品，为新时期中国电视艺术做出了突出的贡献。周振天编剧艺术是一个特别值得研究的文化现象。他的创作一直保持着一种活力，久盛不衰，而且每个作品都有突破，每一部作品都有自己的特色。"

时任中宣部文艺局影视处处长马佳说："文艺局领导委托我代表中宣部文艺局，对周振天老师艺术研讨会的召开表示衷心的祝贺。周振天剧作给我最深的印象就是四个字：情怀、坚守。不管是军旅题材的作品还是历史剧的作品，都充满着浓浓的情怀，不管是家国情怀还是英雄主义，还是对民族兴衰存亡的一种忧患，一种责任，这就是为什么他的那么多电视剧能给大家留下深刻印象的重要原因之一。"中国电视艺术家协会副主席、广电总局电视剧司原司长李京盛指出："多年来周振天的创作风格基本是一贯的，质量也是基本稳定的。多年来他坚持自己最初选定的那样一种艺术主张、艺术立场和艺术风格，并且保持这种艺术信仰，这在我们今天这样一个多元多变的情况下，是非常难能可贵的一种为文之风和为人之风。他的革命历史题材作品当中那种热血信仰始终是主题，年代剧那样一种民族精神，百折不挠，始终是主题，非常鲜明，是非判断、价值判断毫不含糊。正是一身戎装，一支剑笔，一腔豪情。"

中国传媒大学博士生导师曾庆瑞说："周振天的剧本就是要把中国人的人性的美充分给发掘出来。他在一个相对高的层次上把中华民族那种精神，那种美展示出来。他在发现美，展示美的过程中，还不断地追求创新。每一部作品都让观众有一种新的审美感受。"中国传媒大学博士生导师王伟国说："现实主义作为一种价值观导向，体现在周振天全部的剧作过程中，无论是《潮起潮落》《驱逐舰舰长》，还是《我的故乡晋察冀》《楼外楼》等，都十分鲜明表现了以爱国主义为核心的价值观。中国精神，这是周振天全部作品的魂和精神的制高点。"

时任中央军委政治工作部宣传局文化处处长段海大校说："周振天同志是军事电视艺术创作的重要开拓者之一，在上世纪 80 年代，我们部队正是由于有与周振天同志一样的一批有志者，积极投身到军事题材的电视剧创作，创作拍摄了一大批脍炙人口、广为流传的优秀军事题材影视剧，给全国主旋律电视剧创作带来了一股新风，时至今日，军事题材电视剧在全国的电视剧中始终保持着重要地位。"时任国家广电总局电视剧本策划中心副主任苏毅说："周老师坚守艺术理想，坚守艺术良知，他的作品跟观众没有距离感，深受喜欢。他的多部作品都是大气磅礴的主旋律作品，但是有丰富的生活质感，体现出一种家国情怀，体现出对人生和民族命运的思考，同时充满细致入微的情感刻画，细腻温润的情感描写，丝毫不会给人空洞虚无的感觉。"

会上，时任中国电视艺术家协会主席赵化勇、时任中国电视艺术家协会党组书记张显、《文艺报》艺术评论部主任高小立、《解放军报》文艺部原主任陈先义、时任中国视协理论部主任赵彤、时任《当代电视》主编张德祥、八一电影制片厂理论部原主任张东、《中国电视》执行主编李跃森对周振天的创作都给予了高度评价。笔者作为参会者也做了重点发言。

# 第九章

# 电视专题片——宏大的叙事与别样的追求

## 第一节　另一种叙事与追求

　　1988 年才成立的海政电视艺术中心，在当时显然是一支很年轻的队伍。但因为在 1989、1990 两年，他们连续拍出了《蓝色国门》和《热血》等剧目，并荣获了全国电视剧最高奖"飞天奖"及全军电视剧"金星奖"，从而在军内外赢得了很好的口碑，因此找上门来同他们洽谈合作拍片的人越来越多。来的人所带来的自然既是好的选题，是足够的经费，是充分的信任，更是出好作品的殷切希望。

　　人家看中的可能不仅仅是他们的水平和成就，应该还有一个团队的品格和作风。作为海政电视艺术中心主任的周振天和时任政委蔡福兴认为"好的作风出战斗力，出作品质量"。他们在执行每一项任务时，都要宣布铁的纪律，规定各项艺术指标。与如今一些摄制组的风气完全是不可同日而语的。在一个散漫惯了的环境里，抗日战争的戏里却让现代人面孔晃来晃去，女演员为了展示漂亮，可以使用美瞳，贴长长的睫毛，演员居然不背台词，等等。然而周振天他们"看不惯这种歪风邪气"，一切都来得丁是丁，卯是卯。拍电视剧《热血》时，外景地在大连海军水面舰艇学院。这个 50 年代就成立的学院向来以"最严格学院"著称。因此他们规定剧组"一律按学院规定办"，发式、衣容、作息制度、工作姿态都要跟着学院来。接待过太多摄制组的大连海军水面舰艇学院因此对《热血》剧组刮目相看：拍片玩命，二十四小时连轴转；拍摄完毕，剧组像战士清理战场那样清扫拍摄现场。剧组回到北京，舰艇学院还给海军政治部发来表扬电。

进入海政电视艺术中心剧组的没人讲条件，要高价的、怕吃苦的都被拦在门外。对一个单位、一个剧组而言，风气比什么都重要，上级领导要求严，艺术中心也抓得紧，这个创作集体少了许多名利的成分，而多了一些"干"的精气神。他们甚至扣着两部作品不肯拿出来与观众见面，这是因为领导认为质量不理想有待提高。周振天说："要注重艺术声誉，不能砸牌子。"正是由于这种作风优良、艺术要求严苛，才使人家愿意陆续找上门来寻求合作。

在所有这些期待合作的项目中，拍电视专题片便是重要的项目之一。

我国的电视专题片有其独特的发展历程。所谓电视专题片，它既不是凭想象和虚构的创作，也不是要求时效性的纯新闻报道。虽然它也兼顾某些新闻的特性，但它与新闻有着很大的不同。电视专题片在回溯历史、梳理事实、揭密真相、传达知识等方面，在避免枯燥无味的叙事，避免极其冗长的镜头的基础上，力求通过对某个专题所涉及的内容进行全方位、立体的策划和包装，通过可视性、节奏性和故事性的表达，通过新颖、深刻、独到的视听呈现，追求更深更高的历史、社会和文化价值，以此来产生巨大的观赏吸引力和思想感召力。由此可见，电视专题片既不会取代其他电视艺术，也不会被其他电视艺术所取代，自有其存在的独特价值和艺术生命力。在一定时期里，电视专题片成为热门的样式，出现了一批高质量、有看点、受欢迎的作品。

在进行话剧、电影、电视剧等形式的文艺创作的过程中，自20世纪90年代初起，周振天曾经先后应邀受命组织创作、摄制了多部大型电视专题片，如追忆从鸦片战争到新中国成立所有革命烈士事迹的《国魂》；内容为在和平时期进行国防教育的《长城在我心中》；反映抗日模范根据地晋察冀军民斗争业绩的《壮士行》；纪念长征胜利六十五周年的《北上先锋》；为庆祝香港回归，记述香港如何被英国侵略者占领及反映香港百年历史的《香港沧桑》等，在此之前，周振天还监制了反映了大别山革命根据地创建艰难又辉煌历史的十集电视文献艺术片《血沃中原》（王鹏举总编导），可以说硕果累累，成绩卓著，表明了他在创作上的另一种贡献。

受命创作电视专题片的周振天，深知要做好这件事并不是很容易，因为不仅其创作的路数不同于电视剧，在难度上还可能要超过电视剧。在有限的作品长度和电视画面中，要条分缕析地讲清史实已属不易，更何况要在浩如烟海、纷繁驳杂的史料里，寻找到富有意味与启示的精彩生动的人物、故事和细节，提炼出适应当今时代需求的也是日渐稀缺的精神营养，这对编导者的思想素质、学养积累和艺术才能都是个很大的考验。周振天为此吃了不少的苦，但是他觉得这个苦吃得很值。对他来说，这是一个重新接受洗礼的过程，在阅读与采访、检索与整理、思考与写作的过程中，他得以在中国近代史、在中国共产党革命斗争史等材料中爬梳、翻滚和浸染，尽可能全面、系统和深入地了解了某个专题的内容，从而加深了他对新旧中国的认识和理解，也进一步坚定了他的历史观和创作上的价值取向。即通过这些作品弘扬艰苦卓绝、上下求索的民族精神，贫贱不能移、威武不能屈、富贵不能淫的浩然正气。他认为这是一个国家、一个民族，绝对不能丢掉的精神财富，只有如此才不愧对自己作为军旅作家的身份。在专题片的写作过程中，周振天需要面对现实中存在着某种丢弃初心、解构信仰的政治生态，以及种种不良的社会风气，因而专题片的创作就不仅仅是专题本身的表达，也应当考虑到作品对当下的观照，其作品的思想意义和艺术价值才不会有局限性，在专题片的创作史上才会占据其应有的地位，甚至被人们时常念及。

然而具体的创作过程则是颇为艰难和颇费思量的。摆在周振天和他的团队面前的，首先是每部专题片的采访和素材搜集问题，他们在这方面下的功夫是非常大的。拍《血沃中原》，导演王鹏举和全体主创行程一万多公里，在湖北跑了一百七十多个景点。拍《壮士行》，他们一个山沟一个山沟钻，在六个月的时间里，跑了河北、山西、内蒙古的十四个县、市，拍摄景点二百三十六个，采访了二百多位战斗英雄、支前模范和军烈属，把采访的内容收进六百盘资料带里。拍《国魂》，他们两次出外景落脚在广东、湖南、四川等三十二个省、市、地区，行程近两万公里，采访老红军、军烈属七十九人次。他们的这种采访，自然既有料想之获，又有意外之得。如他们拍摄《国魂》，去湖南寻找黄爱墓，走遍山山岭岭，终于在大山一侧最冷清处，找到并拍下被砍三刀不死，仍大喊"大牺牲、大成功"的工人运动领袖黄爱的墓。拍完之后本可以收机了，忽然看见墓旁有两个人在聊天，编导有了某种触动，抓拍一下这两位路人，被采访者却浑然不知此处为何人之墓，更不知黄爱为何许人也。这使创作者产生了在成片中所表达的"不到此地不会有"的感慨。

其次，在进入编创的过程中，每一部都要面对如何分集的问题，即如何在庞杂的历史线索和浩如烟海的资料里找到最佳的叙事结构，如何在有限的篇幅中出色地进行思想艺术表达。譬如《国魂》这部片子，要求把从1840年鸦片战争起到改革开放一个半世纪里，为民族的解放和国家的强盛而牺牲的先驱与烈士都包括进去。若按照年代划分必然是流水账式的分集，若按旧民主主义、新民主主义、新中国成立、改革开放几大板块分述，都难有充裕的时间叙述所有的重要烈士。经过绞尽脑汁地苦思冥想，周振天决定跳出时间与人物罗列的维度，而按照其思考所得分了六个板块：《春天的思考》《夸父的追求》《血与火的塑造》《诀别的爱恋》《不尽的思念》《金秋的回答》。这无疑是颇具匠心的艺术构思，这样的分集方法，不仅在创作上获得了很大的自由度，立意上跳出了常见的就事论事的窠臼，避免了讴歌烈士在讲述形式上的重复，也易与当代观众找到同频共振的通道。此后的《壮士行》《香港沧桑》等专题片也参照了这个路子。当然，对《北上先锋》《香港沧桑》这样时间沿革性较强的作品，在注意突出立意分类的同时，也兼顾了时间的顺序。但在总体上都是尽量跳出流水账模式，按照其对历史、对题材的深入思考与剖析，进行别具匠心的分集。

## 第二节 《国魂》：让革命先烈精神烛照当下

在前后三年的时间里，有三部电视专题片《血沃中原》（周振天监制）、《国魂》、《壮士行》先后问世，又接连受到各方面的好评。在那一时期电视专题片多如牛毛的情况下，海政电视中心的三部专题片有口皆碑，与他们的认真态度、敬业精神、高标准追求，扑下身子深入生活密切相关。

在谈及电视专题片《国魂》的创作时，周振天深有感触地指出：

> 整整一年，我的情感几乎一直在历史与今天的纵横时空中激烈撞击，我的思绪也一直沉浸在对烈士内心世界的探求之中。尽管人们从孩提时代就熟知李大钊、张自忠、刘胡兰、董存瑞、黄继光等诸多烈士，但他们坦然告别人生，笑着走向死亡的选择究竟为了什么？就任《国魂》总编导之后，面对浩如烟海的烈士史料和众多历史见证人动情的回忆，我获得了从未有过的一种真切感受，仿佛已触摸到牺牲者们跳动着的灵魂脉搏。我意识到，作为一个继承了并享受着先烈们用头颅换取的精神、物质果实的当代人，此刻必须从生命意义上向广大电视观众回答这个宏大的命题，并努力在当代人与先烈们之间架起一座融汇哲思、交流情感的桥梁。这样，解说词就必须抛弃原来的以编年史为贯穿线，串联烈士生平流水账的陈旧手法，消抹空洞议论和说教的痕迹，努力找到编导者与电视观众的共鸣。

至于周振天为什么有很大的热情来担负这部专题片的创作，也许片中的几个镜头就是很好的注脚：

> 一组当代人的镜头：渣滓洞，呆呆面对恐怖的刑室、刑具的男青年；雨花台烈士事迹陈列馆，两个女青年面对烈士

遗像莫名其妙地笑了；武昌城墙上，一群孩子在起义的重要
文物——两门炮上又踩又骑，开心地玩耍，花甲老人在烈士
遗物面前，困惑地摸着脸上的胡楂。解说词这样写道：面对
这样的神情，这样的情景，这样的神态，这样的眼神，我们
还是应当用近代史中最震撼人心的事实来证明，他们与我
们，有着一种什么样的内在关系，他们的人生与今天的人有
哪些相同和不同。

我们可以从周振天的阐述中，找到理解六集电视专题片《国魂》
主题意蕴的线索。这部以周振天为总编导，中华人民共和国民政部、
解放军总政治部和中央电视台联合出品，海军政治部电视艺术中心承
拍的作品，在短短的两个半小时里，为观众介绍了二百七十多位有名
有姓的烈士的事迹，而涉及的那些没有留下姓名的烈士则难以计数，
如同是给观众建立了一座视听形象的中国革命烈士事迹展览馆。片子
不是一般意义上的史料汇集和演绎，也不是对烈士故乡和亲人例行公
事的寻访记录，而是怀着对革命先烈的崇敬缅怀之情和对于今天现实
生活的审视思考之忱，勾勒出中华民族的仁人志士怎样探索一条从昨
天通向今天，又从今天通往明天的路径，并且不惜为此抛头颅、洒热
血的壮烈行为。屏幕展示给观众的就是这样一系列感人至深的人物：
远起 1841 年在鸦片战争中坚守虎门炮台，壮烈牺牲的广东水师提督
关天培，近至刚刚离开我们不久的赖宁、杨大兰等，有两千三百万优
秀儿女壮烈殉国。尽管他们生活在一百五十年间各个不同的年代，可
能有着不同的经历，甚至有着不同的世界观，但是他们为了追求真
理，为了中华民族的解放，为了大多数人的幸福而舍生取义，他们就
是我们的国家、我们的民族不屈的灵魂。

著名文艺理论家陈荒煤在《国魂的召唤》一文指出："我看罢《国
魂》心情激荡，虽然我已是年近八旬的老人，但仍想真诚地向广大观
众特别是青年观众推荐这部电视艺术系列片。尽管连日来飞雪不断覆
盖大地，却预示着春天更快地来到了。《国魂》以《春天的思考》开

始，呼唤人们面对烈士来做这样的思考：作为一个真正的中国人，作为一个有理想、有道德、有文化、有纪律的社会主义新人，究竟应该怎样对待自己的青春、爱恋、生活、人生、理想，以至人民和祖国？说到底，这无非是一个生和死的问题。"

文艺评论家张西南认为：《国魂》全片以"魂"这个象征人之精神的最高境界作为俯瞰历史的制高点，透过悠久而深厚的岁月积淀，从中华英烈丰富而翔实的史料中，阐发出在当今社会具有现实意义的思想命题，并以此来布局谋篇。如围绕生命的价值、爱情的价值、真理的价值、气节的价值、传统的价值等问题，编导大跨度、大跳跃地撷取镜头，深入地发掘和充分地展示了"国魂"的深刻含义。当每一集在分别论述这些古老而又新鲜的话题时，编导又注意保持全片内在的逻辑联系，做到分而不离，散而不乱，首尾照应，一脉相承。特别是注意防止那种居高临下式的说教和烦琐论证的枯燥，尽量缩短历史和现实的距离，力求把抽象的理论变为可以触摸的社会神经，启发人们自觉地去回顾与思考人生的旅途，从而获得了一种同社会和观众产生双向交流的对话效果。

《国魂》编导打破了人物的地位、等级和历史名册上排列的座次，大胆地运用了历史唯物主义的广角镜，使表现的人物更具有广泛性、代表性和典型性，从而深刻地揭示了国魂是由民族的气节和传统美德、革命者的赤诚信仰和壮丽人生、炎黄子孙闪光的青春和对理想的执着追求，共同凝聚而成的一种伟大的、无与伦比的精神力量。编导在表现人物的时候，没有驾轻就熟，停在历史的表层，再现那些彪炳史册的伟人，而是另辟蹊径，走向历史的纵深，发掘那些同样可歌可泣，却默默无闻、鲜为人知的普通人，如苍凉戈壁上至今无碑无墓的西路军战士，江南水乡那个被活埋的新四军小哑巴，至死不在悔过书上签字的名门闺秀，威震敌胆的抗日七勇士，抱着儿子跳深渊的母亲……当这些已被岁月的尘埃掩埋了多年的英烈，终于又站到了原本就属于他们自己的历史位置上时，一下子就在人们的心底掀起了感情波澜，使人们的肃然起敬之情油然而生。即使是表现伟人、名人和英雄，编导也变化了那种习见的正面仰视的角度，不是把人物惊天动地的壮举推到画面的背景上，而是改为从侧面切入去深刻地展示他们作为普通人的丰富复杂的细腻感情。如毛泽东对杨开慧的思念，在父母灵前的深深鞠躬，陈铁军与周文雍在刑场上的最后亲吻，谢伦在就义前为父亲尽孝的壮举，汪裕先在狱中写下的爱情诗篇……这一幕幕情深义重的动人场景，使人们特别是年轻一代真实地看到非凡的英烈绝非传说中的神话，而是作为一个真正的人、大写的人存在于历史的生活中。

评论者魏山人认为："《国魂》切入我们眼帘的是一组线条简洁、粗犷的浮雕，伴随着充满压抑、悸动和不屈感的《命运》那雄浑而磅礴的旋律，浮雕中的人物做出种种呐喊、挣扎、反抗和拼搏状。围绕着他们的，是镌刻在石墙上的一组又一组烈士的姓名。蓦然，片名连续三次被急骤推出……《国魂》就以这样令人惊叹而富有韵味的片头，把我们引入了神圣、庄严的精神殿堂。这座精神殿堂，虽然经历了一百五十多年的风风雨雨，但由于聚集了两千多万个英灵而显得无比地壮丽、巍峨。在这座精神殿堂里，陈列了人间最难得的情感和人类最宝贵的品质，展示了生命中最高的境界和生活中最辉煌的业绩。每一个有良知的人，都会从这里得到有人生意义的感情，得到生存方式的启迪，并寻找到自己应有的位置。

《国魂》对英烈的成功描写，还在于编导没有孤立地、静止地去写某一个人，而是注重从历史的延续、生命的延续和追求的延续中去表现英烈成长的精神历程。如在勾勒董存瑞、杨根思、黄继光的画像时，着重用浓墨重彩描绘出在他们之前已有的与他们完全一样慷慨赴死的英雄。在讴歌雷锋、王杰的业绩时，则展示他们所留下的向董存瑞、黄继光学习的誓言。在介绍林春霖这位新人时，又热情洋溢地表达了他对雷锋、王杰的敬仰。这不能说仅仅是编导煞费苦心地使用对比与衬托的手法，而是历史向编导提供了这样一个艺术家难以杜撰出来的生活真实，即曾经在英烈的生命中流淌过的热血，在无数奋起的后来者中获得了传承和永生。片子在其中表达的寓意是，先辈不朽的魂魄，在昭示和激励一代又一代人前仆后继、奋斗不息，去开拓更加美好壮丽的未来。

《国魂》的一个可贵之处，是尊重艺术创作规律，以诉诸情感的方式表现烈士们崇高的心灵。即使是我们比较熟悉的烈士事迹，也由于电视艺术片独特的选材和叙事角度而显得新鲜和启人深思。我们在屏幕上看到的关天培，是他在牺牲前"把自己的几颗牙齿和几件浸染过战火、硝烟的衣装悄悄地寄往淮安老家"的动作，反映出其为捍卫祖国的尊严而视死如归的决心。追忆年仅二十五岁的工人运动领袖黄爱于 1922 年 1 月 17 日凌晨被湖南反动军阀赵恒惕杀害时，电视艺术片的创作者强调的是他被砍了三刀，却突然高喊一声："大牺牲！大成功！"这是多么惊心动魄的呼喊！这六个字把理想和献身的关系理解得这么精辟！片子叙述李大钊的死也是非常独特的。这位中国共产党的早期领袖于 1927 年就义后，北京一位开棚厂的老板把自己珍藏多年的棺木无偿地献了出来，他说："有李先生这样的人在，我是没有份儿睡这副棺木的。"直到 1983 年为李大钊迁墓从地下挖出时，这副棺木仍完整如初，在场的人不禁感叹："哦，真是地地道道的不朽啊！"

文艺评论家丁临一评论认为："作为一部优秀的电视艺术片，《国魂》对人的思想的渗透力、理性的征服力是很强的，但是这种渗透力、征服力却始终寄寓于浓重的情感氛围之中，引导着观众自然地进入一次'与历史深长而又动情的对话'。《国魂》立足现实生活，尖锐地指出了当代社会在某种程度上存在着的淡忘历史、淡忘英烈、物欲玷污精神等令人痛心的现象。在《国魂》中我们看到，中国近代以来的千千万万人民英烈中，甘愿舍弃高官厚禄、荣华富贵而清贫终生、勤勤恳恳为大众做公仆的人，甘愿舍弃美好的青春与生命来维护信仰的圣洁的人，甘愿牺牲人伦亲情而献身人民的解放事业的人，层出不穷。《国魂》的巨大精神感召力，在于它从千千万万英烈的精神世界中，既发掘出了我们中华民族的民族性格、民族道德几千年积淀的精神精华，又着力地凸现了中国共产党人以全人类的解放为己任的精神境界，把坚韧古朴的民族精神与宏阔高远的共产党人的精神境界和谐地统一起来了。我们的国魂民魂，正是这千千万万人民英烈精神精华的凝聚，以及这种精神精华在新的历史条件下的不断充实和发扬光大。我们每一个后来者都无法回避对于自己的人生道路、人生选择的严肃反思。《国魂》以其思想艺术魅力所唤起的广大观众这种精神的顿悟与灵魂的升华，在我们今天这样一个历史时期中，其意义是不言而喻的。

文艺评论家思忖谈道："《国魂》借珍稀的历史资料和现实生活画面的对比和叠合，借绘画、雕塑、建筑、音乐、诗歌、电影和革命历史文物等多种样式的综合表现能力，借烈士亲属和战友铭心刻骨的叙说，借饱含激情和哲理的解说词，向我们讲述了辛亥革命以来最有代表性的百多位中华英烈的重要贡献，展现了他们短暂一生中最为光彩照人的瞬间，使我们确信：中华烈士浩气长在，英灵永存。"

评论者王天晞认为："情景交融，寄思深远，是《国魂》的成功之笔。翔实多彩的历史画面，流畅自然的哲思情感，交织并用，相得益彰，形成这部系列片言之有物，论之成理的语言特色，也是它感人至深，引人共鸣的力量所系。作为热爱中华民族历史的军人，我对国魂、烈士、不朽和永生的理解并不肤浅，但真正领略其要义并找到它们之间的内在联系，应当感谢六集系列片的赐教。我是从《春天的思索》里，关天培寄回遗物殉国疆场，谭嗣同从容就义北京菜市口街头，秋瑾女士临刑前笔挽狂澜'秋风秋雨愁煞人'……等画面，加深了对'烈士'二字含义的更新理解：舍生取义堪称'士'，视死如归方为'烈'。由此，我似乎也摸到了李大钊、刘胡兰、董存瑞、黄继光等诸多烈士坦然告别人生，笑着走向死亡的灵魂脉搏，领悟到矢志为共产主义理想、为砸碎旧世界建立新中国而奋斗的精神，这便是革命英烈的毕生追求，正因为具有这魂系祖国的精神支柱，他们情系事业，不惜抛头颅洒热血。面对生与死的严峻考验，交出了气吞山河，催人泪下的优秀答卷；也正是由于这些革命精神和优良品格被一批又一批的后来人不断继承和发扬，中华民族才得以强盛，我们的国家才能够兴旺。所以，把先烈们视死如归大义凛然的革命精神称为国之瑰宝民族之魂，这既是对先烈英灵的最大告慰，也抒发出炎黄子孙自强不息的深厚情怀。"

《国魂》作为一部电视专题片，既有政论的力量，又十分重视作品的文化品位，力求在美的享受之中给人以深刻的思想启迪。画面既没有成为图解思想的被动形式，又不游离主题而过分追求形式的美，显得真实、自然、流畅。尤其是对电影资料的剪辑引用，丰富了画面，塑造了人物。解说词比较精辟而富于哲理，适当地引用历史掌故又使得词意含蓄而深沉，虚的引发和实的描述与画面水乳交融，使人感到解说是缘于画面的自然生发，解说所揭示的意义呼应着画面的感染力和说服力。如一些情绪化的空镜头，如江姐就义后，出现奔流的长江，两岸峻峭的大山，一只雄鹰在空中盘旋的画面；老红军穰明德回到几十年前的战场，期望能发现和掩埋战友的尸骨，结果是什么也没找到，画面里出现的是一望无际的林海，解说词说"这里只有绿色，只有绿色！战友的生命是不是都融入这无边无尽的绿色之中？"，都衔接得自然且极富艺术感染力。背景音乐则强弱有致，不是与画面表面的简单搭配，而是注意同思想内容形成极为有机的联系，因此在寓意的阐释和情感的抒发中，烘托了激越悲壮的气氛。而主题歌的吟唱，更将观众的情绪引入《国魂》一片所营造的超越历史、追寻英灵、走向未来的意境之中：

> 是谁在呼唤，是谁在诉说，说给风说给雨说给我。是谁在祈盼，是谁在唱歌，唱给日月唱给江河唱给我。在风雨飘落的小河，有一个久远的传说，在夕阳染过的山坡有一支难忘的歌。是风雨告诉我，没有比你更高的山峰，没有比你更宽的江河。是岁月告诉我，没有比你更年轻的松柏，没有比你更美丽的花朵。是历史告诉我，在血泊中倒下的先烈，染红了国旗的颜色。是未来告诉我，我们代代耕耘的土地上，希望的太阳永远不落。

【注：总编导、解说词：周振天；撰稿：刘耕荒、周振天；编导：刘周全；作曲：付林、音乐编辑：郭融融。】

## 第三节 《长城在我心中》：
## "和平"中的忧思与国防意识的强化

这部专题片是 1994 年海政电视艺术中心接受总参动员部和总政群工部的任务而摄制的。这是我国第一部全面系统地进行国防教育的形象化教材，目的在于运用当时已较为普及的影视宣传手段，以加强全民国防意识。电视片以历史与现实相结合，理论与实际相结合的原则，通过大量真实生动的图像资料和对各个方面人物的采访视频，融思想性、知识性和趣味性为一体，纵横捭阖，鞭辟入里，撼动人心，对于激发广大人民群众的爱国主义热情，自觉履行国防义务，为建设有中国特色社会主义现代化强国做贡献，具有十分重要的意义。

专题片以振聋发聩的政论性，给人以强烈的思想震撼：

尽管和平与发展是当今世界的两大主题，但是战争的危险依然存在，刀光剑影时时可见，回顾历史，自从第二次世界大战结束以后，世界上共发生一百五十多次局部战争，先后有八十多个国家的领土和九十多个国家的武装力量卷入了局部战争和武装冲突。今天的世界进入了一个旧的战略格局已经打破，新的格局尚未形成的过渡时期，各种矛盾纷繁复杂，不安全因素仍然存在。目前在国防建设方面，许多国家正在利用新的科学技术发展新的武器装备，增强国防威慑力量，在加强常备军建设的同时，建设强大的后备力量。经济、军事大国，不但在军事领域，而且在经济、贸易、科技、教育等领域也展开了激烈角逐，以夺取下个世纪在国际战略格局中的主导地位。我们生活在一个地球变得越来越小的时代，一个竞争愈演愈烈的时代，站在世界门槛上的中国人啊，面对这一切，你难道没有一种冲动、一种责任、一种紧迫感吗？

也就是说，面对当前的国际局势必须加强国防，而"长城"这个意象正是电视片所张扬与强化的，而它又是从物质到精神的。作品指出的是，长城是冷兵器时代的产物，它在今天的主要价值只限于供游人观赏，而在几百年、几千年后就可能会风化和消失，但长城所象征的居安思危的国防意识，应当世世代代传下去，并且应当不断地得到巩固更新。因此对于当代来说，就是建立起新的长城，专题片以相当多图文并茂的篇幅，系统地宣传了党中央、国务院、中央军委关于坚持人民战争思想，坚持三结合武装力量体制，加强国防现代化建设的一系列方针政策和取得的重大成就，宣传了我国《宪法》《兵役法》等法律法规，向人民广泛传播了现代国防知识。这样一种长城是筑在我们心中的，专题片中这句解说词是颇为耐人寻味和令人警醒的：

> 从某种意义上讲，战争并不是对一个民族爱国主义和英雄主义精神的最大考验，对爱国主义和英雄主义精神构成严峻挑战的却是和平。

专题片在以厚重的历史信息、丰富的现实内容为支撑，显示出很强的洞察力和说服力，以达到应有的宣传教育效果的同时，又以精湛讲究、娓娓道来的艺术表达，使作品具有了较强的感染力和穿透力。在主题歌的深情诉说和咏叹中，观众的心不仅愈加变得灵醒，更是被深深打动：

> 大河里流淌着你的梦，
> 长城告诉我先辈的诉说，
> 山是我们的山哟，

河是我们的河，

世世代代就在这里过生活，

家是我们的家哟，国是我们的国，

每颗心都跳动着你的脉搏，

让我的爱圆了你的甜梦，

让我的情滋润你的山河，

让我的奉献换来你的欢乐，

让我的汗水充实你的收获。


【注：总编导、解说词：周振天；撰稿：刘星；编导：刘周全；作曲：陈黔；音乐编辑：郭融融。总参动员部和总政群工部联合摄制，海政电视艺术中心承拍。】


## 第四节 《壮士行》：晋察冀革命斗争的壮丽史诗

十六集大型史诗性文献艺术电视片《壮士行》，是表现当年晋察冀和华北地区的斗争为内容的又一专题片佳作。

为了拍好这部片子，总编导周振天专门邀请解放军艺术学院黄定山为执行编导，组建高水平的创作集体，花了一年多的时间，不辞劳苦，跋山涉水，走遍了天南海北和穷乡僻壤，不仅拜谒了当年指挥千军万马的元戎上将，如聂荣臻、彭真、肖克、王平、李运昌、杨得志、吕正操、王震、杨成武、王宗槐、宋劭文等老一辈革命家，请他们讲述了当年横刀立马、叱咤风云的战斗经历；还寻访了许多名不见经传、几乎被人遗忘的老民兵、老战士和他们的亲属。其中有一边放羊一边组织革命队伍的孟庆山；有绕城大骂，直骂得伪军开城出降的高进之；有高唱"向前向前向前"的军歌，豪气不减当年的老连长胡义华；有被砍了十五刀却从血泊中站起来，向瞠目结舌的敌人面前走去的王振邦；有中弹牺牲前一瞬间，仍不忘记用身体掩护战友后代的赵尚武；有在法庭上怒斥"你没有资格审判我，因为你是汉奸，应该由我来审判你！"并且高吟"严刑利诱奈我何？颔首流泪非丈夫！"的金方昌；有曾经一天打死二十四个敌人的燕嘎子；有两位妇女肖哲和郝秀民，为了掩护在山洞里的八路军和乡亲们，把自己怀里的啼哭的婴儿活活地捂死；有农村妇女吕淑花，敌人威逼要她说出谁是干部，夺去她怀里的婴儿，那孩子喊出第一声"妈！"便被残酷地挑死在刺刀上；有虽遭到敌人的凌迟、虐杀，也不肯说出干部的名字，牺牲时只有二十二岁的农村姑娘刘耀梅；有面对着敌人枪口大喊"不说！就是不说！！"的十三岁少女王璞；有当年收留过好几批伤员，和妈妈一起去要饭，宁可饿死，也要让伤员吃饱的崔伟；有母亲在他临产前去为八路军带路，走到一条结冰的河流上，生下了他的名叫冰儿的工人；有为中国人民解放事业献身，埋葬在晋察冀土地上的白求恩、柯棣华大夫，以及后来参与设计天安门装修方案的两位日本朋友小野和森茂；等等，都有平凡普通而气壮山河之举。这些采访所得如果进入作品，将会使之具有怎样的温度与分量！

一部《壮士行》，要叙述晋察冀及华北地区从20世纪40年代至90年代，长达五十年之久的历史，并非易事。其时间跨度之长，生活内容之丰富，都是较为罕见的。而且既要反映革命战争的历史真实，又要构成生动的屏幕形象。如果仅仅靠采访素材的堆砌和英雄事迹的罗列，而缺乏高度的思想提炼与概括，缺乏精湛的线索统领和贯穿，是远远不够的。创作者怀着对革命前辈的崇敬之心，充分调动电视镜头自由转换的独特优长，在大幅度的时空交错之中，成功地完成了这样一部"晋察冀革命斗争史诗"的杰出工程。

这部文献片以生动丰富的历史资料，和被访问的众多战争亲历者的有声有色的介绍，向我们展示了当年包括晋东北、冀西、冀中、冀东、平西、平北、察南这块被称为晋察冀地区的血与火的斗争。在抗日战争时期，敌后战场是抗日战争的主要战场，而晋察冀边区处在华北敌后的中心地区，敌寇"扫荡"之频繁，斗争之残酷，生活之艰苦，是今天的青年人难以想象的。敌后根据地怎么能够存在和发展呢？小米加步枪的八路军靠什么战胜装备优良的侵略军呢？在经济非常落后的农村，在没有工业城市的支持，没有外国物资援助的情况下，怎么能建立起支撑这一战争的抗日根据地？在解放战争中怎样战胜了强大的美械化的国民党军队？对这些方面的问题，这部电视片都做出了极有说服力的回答。作品从根据地的开辟，人民军队的发展和不断取得的辉煌成果，敌后政权的建立和良好的军民关系的形成，敌寇的暴行和人民群众表现出的不屈意志，国际朋友对我们的帮助、敌后文化生活的开展，战争中人民群众的伟大创造，以及解放战争中的土地改革、新式整军和华北战事的进行等各个不同的侧面，将观众带入烽火连天的岁月和真实的历史情景之中。片子中的一些细节就是对此的最好诠释，如在大山中的村庄白杨树下，解说词这样介绍：

　　五十年前，这里曾发生过一桩意味深长的故事，日军突然将三名区干部和全村老百姓抓到一起，为了找出干部，让老人、孩子和女人们各自认领自己的亲人。殊不知这几岁的孩子也懂得，在鬼子面前要先认不认识的外村人。区长被一位大娘当做儿子认领了，区委书记被一个孩子喊着爹拉出人群。这时，一位年仅十八岁的姑娘，指着最后一名年轻干部说，这是我男人。鬼子半信半疑，真是你男人，你就当众亲她。姑娘迟疑片刻，真的上前亲了他。鬼子走了，姑娘却羞愧难当，亲一个陌生男人，今后可怎么有脸嫁人哪？一年之后，那位区干部重返这里，他向这位姑娘既表达了感激之情，又表示了爱慕之心。如今，这对夫妻已恩恩爱爱共同生活了五十年，儿孙孝顺，四代同堂，晚年的幸福生活令人美慕。

　　一位当时的领导者这样评价晋察冀或华北部队，对全国解放所做出的重要贡献：

辽沈、平津这两大战役，华北部队是参加的，在这两次大的战役中，华北部队，特别是过去晋察冀部队，对人民的解放事业有突出的贡献，是很大的贡献。但是最重要的一点是把敌人全部肃清之后，打开了华北局面，这一贡献将是更大的，可以支援全国的解放事业，也支援了南下的部队，解放军要什么给什么，首先给。

著名剧作家胡可在《历史的见证》一文中，对《壮士行》给予了高度评价。人民是创造历史的真正动力，中国共产党领导下的人民战争，终于成为埋葬侵略者和一切反动势力的汪洋大海。编导者把历史和我们今天的生活紧紧联结在一起，让我们以今天的心态感受这段历史，又让我们通过历史的回顾来审视今天的生活，从而更加珍惜我们今天所得到的一切。它使我们接触到聂荣臻元帅、彭真同志等不少当年晋察冀边区的领导人，接触到不少当年的指挥员、士兵、战斗英雄、拥军模范、军烈属和普通群众，他们都是历史的见证人。由于资料的丰富和采访的深入，使整个片子完全靠事实来说话，而许多事实在今天是鲜为人知的。这些发人深思的事实凝缩在有限的篇幅内，具有着很强的感染力。

学者王豫则认为，当代人的一些关注点，在这部每集二十五分钟的专题片中都将得以强化。如党群关系。抗战时期，人民政府权力的象征——大印，往往是被背在褡裢里随处流动的。鬼子把百姓赶到村头，政府的干部也被夹在中间。那时候的孩子从小就从长辈那儿懂得：鬼子叫你认亲人，你就先认不认识的人——那准是咱政府的人。于是，面对鬼子的刺刀火堆，政府的同志总是最先被小孩认作爹，被老人认作儿子，被姑娘认作丈夫。狡诈的鬼子叫一个姑娘当众亲搂被认作丈夫的区干部，姑娘横下心亲了他，可她却再也不能嫁人，自己也耻于见人——那个时代的一个普通农家姑娘，为救革命同志的命，付出了多大的代价！后来，那位被救的区干部回来娶了她，两人情意深重，白头偕老，儿孙满堂。当这位当年有着非凡之举的七旬老妪出现在屏幕上时，带给人们多少感慨、联想和思考！"这对夫妻就是一个寓言。"周振天动情地说。又如军民关系。在餐风露宿的艰苦岁月，聂荣臻同志命令：不许在百姓周围二十里地之内采挖野菜树皮，因为那也是乡亲们的主食，部队只能到二十里地以外的山上去采挖。同样，对于这样忘我和忠诚的子弟兵，人民也给予了很多深情的回报。一群伤员被百姓领回各家养伤，剩下两个正患伤寒的伤员，一对老夫妻冒着被传染的危险收下了他们。全家四处要饭，要来少了先尽着伤员吃，要来多了伤员吃干的他们喝稀的。电视片在此反复切换闪现百姓给伤员喂粥和天安门广场上人民军队方阵前进的镜头，解说词震撼人心地说道："子弟兵身上永远有着这碗粥的营养，共和国身上永远有着这碗粥的能量！"……

可以说，《壮士行》是一部内容翔实，气势雄浑的悲壮史诗。它既有"编年史"式的纵向展现，又有"断代史"式的横向描述，在纵横交织的艺术结构中，系统地、全景式地再现了民族解放的壮丽历史。学者陈志昂认为《壮士行》的成功，在于达到了三个制高点：首先是思想的制高点。创作者们坚信马列主义和毛泽东思想的科学性，坚信中国人民革命事业的正义性，这就使得他们在创作这部作品时理直气壮，毫不含糊，使整部作品如高屋建瓴，江河奔腾。其次是情感的制高点。创作者们被那个时代、那块土地、那些人们所深深地感动，对这一切怀着强烈的认同感，并产生了火一般的热爱之情，同片中的人物一起悲痛，一起欢乐，同时对凶恶的敌人表现出了极大的愤怒与憎恨之情。最后是审美的制高点。作品将所表现的一切，升华为富于诗意的形象，或以高超的艺术手段，将其体现于屏幕之上。即以相当娴熟的屏幕语言技巧，别具匠心地调动造型、色彩诸元素，来营造氛围、抒情达意。

评论者高鑫认为：《壮士行》是"跨越时空的悲壮史诗"，其创造者，艺术地将亲切感人而又富于哲理性的解说词，与形象真实而又富于历史感的文献资料，有机地融汇在一起，构成了电视艺术的独特语言形态，记叙历史、描绘战斗、表现过程、抒发情感。片中，形象的画面展现与理性的声音阐述的有机结合，使得《壮士行》成为一部形神兼备、情理相融、声情并茂、气壮山河的英雄史诗。《壮士行》的制作者还充分调动了电视可以将声音和画面的原生形态同时记录在案的现代化技术手段，生动逼真地展现了革命前辈的飒爽英姿和精神魂魄。正是这种"同期声"的合理运用和艺术表现，增强了真实性和时代感。革命历史歌曲的巧妙运用和艺术穿插，构成了《壮士行》抒情表意的重要音乐语言手段。革命歌曲，本身就是历史的产物，是历史的象征和标志。它不仅可以展现历史的氛围，而且抒发创作者的情感。这时，既有战地音乐家对自己创作歌曲的吟咏，也有幸存老战士对当年浴血战斗生活回顾时情不自禁的歌唱，特别是第十集中那一曲浑厚嘹亮、荡气回肠的《团结就是力量》，更是将作品的意念情绪，推向了历史性的高潮。的确，这场民族解放战争本身，就是一曲响彻云天的民族壮歌。

【注：总编导，解说词：周振天；执行编导：黄定山；撰稿：所国心；剪辑：苗文成；作曲：傅庚辰。海政电视剧制作中心、河北省委党史研究室、北京军区政治部宣传部、北京市委党史研究室、山西省委宣传部、天津市委党史研究室、内蒙古自治区党史研究室、中央电视台联合摄制。】


## 第五节 《北上先锋》：红25军北上抗日的惨烈纪实

另一部专题片是七集的《北上先锋》。

1997年周振天在撰写《北上先锋》文稿时，一直思考这样一个问题，即当下的人们都在做着发财致富奔小康的梦，这本没有错。但是在这种大形势下，要让我们年轻的战士能够耐得住守卫海边防的寂寞，甘心情愿做出牺牲奉献，不是光靠喊喊口号、照本宣科上几堂政治课就能解决的，而应该让他们找到信仰的根，找到履行当代军人核心价值观的根本动力。他思考的这个问题是有针对性的，也是有纵深、有力度的，他沉痛地指出："看看我们的近代史，当年看似强大的北洋水师是怎么惨败的？抗日战争期间国民党的海军又是怎么全军覆没的？知耻而后勇，这句话永远是至理名言！经过几代人的奋斗，虽然我们的中国海军终于走到大发展、大跨越的今天，但还远没有到可以高枕无忧的时候。"作为有着强烈责任感和忧患感的部队作家，周振天的着眼点始终放在中国海军的历史、现状和未来发展的轨迹上，他要从专题片的创作与拍摄，给我们的官兵乃至广大的观众，提供某种精神性的滋养和方向性的指引。其所体现的是一个军队作家对社会发展风尚的敏锐感觉，洞穿时代表象的犀利目光，匡扶当下时弊的自觉意识。

文艺评论家钟艺兵分析道："全片以前两集写红25军的诞生、发展和长征历程；以中间四集分别写红25军与中国共产党、红25军的辉煌战例、红25军的军民关系和红25军的官兵关系；以最后一集写党中央领导同志对红25军长征的评价及这种长征精神对今天全国、全军的继往开来作用。这七集的内蕴构思是各有侧重又完整统一的。《北上先锋》拍摄的难度很大。红25军长征留给我们的文字记载和图像资料太少，许多革命前辈已经过世。感谢创作者们付出了心血和智慧，他们通过辛勤的史料搜集、实地采访和访问如今还健在的长征老战士和苏区群众，以一个个动人的故事，使昔日的长征又重现在我们的面前。特别是运用炮火硝烟、遍野杀声和朦胧的两军肉搏场面等音响和画面，叠印出具有历史意义的地域，加强了真实感。"

文艺评论家丁临一撰文称，《北上先锋》的文献价值，集中地体现在它既详尽地反映了红25军艰苦卓绝、生死百战的西征北上经历，又生动地表现了红25军作为党中央、中央军委指派的"中国工农红军抗日北上第二先遣队"，出色地完成了牵敌重兵、接应中央的战略任务，十个月内孤军奋战、行程万余里，并成为第一支到达陕北的红军主力队伍。"红军队伍永远听党指挥"成为贯穿全片的一条思想红线：在党中央的号令下，尽管面临重重困难，红25军毅然孤军远征；与党中央失去了联系，红25军一面英勇地打击、牵制敌重兵，一面积极完成党中央交给的任务，开辟了新的鄂豫陕根据地；千方百计寻找到中央红军的行踪后，红25军立即行动北上，以战斗实绩迎接党中央和中央红军。《北上先锋》正是以翔实的史料和形象的史实，记录了红25军将士对党的忠诚热爱，谱写了一曲气壮山河的革命理想主义和革命英雄主义交响曲。在艺术上，《北上先锋》精心提炼历史生活，从史中觅诗，热忱讴歌了当年红军将士堪称苦难风流的人生追求。一支号称"童子军"、军首长平均年龄不到三十岁的年轻队伍与重重关隘、场场恶战的鲜明对比；满门忠烈、先后为革命献出六十六条生命——斯诺先生听了都深深为之震惊的徐海东将军家族史；刘华清副主席手抚伤痕、回顾当年惨烈的独树镇激战的动人场景；八十五岁的老将军重回战地探望当年掩护红军伤员的老房东的感人场面，可谓惊天地、泣鬼神。该片努力开掘再现了红军将士的铁血雄风，浩然之气，人情人性之美，并从中生发出大气凝重、浓烈动人的诗意。片中还不时地展现了红25军的后来人——今天的一个个红军团部队官兵们苦练精兵，抢险救灾，保持了威武之师、文明之师英雄形象的诸多场面，形成了历史与现实、历史与未来的对话，为这部献礼片留下了余韵不绝、袅袅动人的时代强音。

值得肯定的是，《北上先锋》还以许多人物、故事、语言、场面等，讲述了鄂豫皖根据地人民为革命做出的巨大牺牲与贡献。当年爆发起义时：

> 小小黄安，人人好汉，铜锣一响，四十多万，男将打
> 仗，女将送饭。

作品以民谣反映了人民群众踊跃参军的热烈场面。而当红25军北上抗日时，又是另一番感人至深的情景：

> 注望着红25军远去的身影，大别山的乡亲们依依不舍，
> 他们为这支远行的队伍担忧，他们也为这支远行的部队祝
> 福。亲人们，你们何时才能回到大别山？乡亲们谁能想到，

当年的小红军们这一去再回来，多少人竟是两鬓苍苍白了少年头，多少个生龙活虎的勇士，竟是"青山埋忠骨，马革裹尸还"……如果说大别山是一张弓，这条北上的路就是一支箭，当箭已射出，这支部队的信念就是：北上！北上！北上！

在长征途中，红25军经历了惨烈的血战，作品以一块块墓碑为背景，表达了这样一种深沉的追思：

无数匆匆忙忙甚至来不及留下姓名的年轻生命就长眠在这里，从大别山到鄂豫陕，从鄂豫陕到陕甘苏区，他们没有等到与三大主力胜利会师的激动时刻，更没有想过新中国的将军服和军功章，只有这一方方的墓碑，在中国工农红军举世无双的长征壮举里记载下，自己短暂的辉煌。

红25军以及红安县为新中国的建立，做出的牺牲是巨大的，开国大将徐海东家族被国民党杀害了六十六人；红25军女战士戴觉敏一家有十四人参加革命，牺牲了十二人；仅红安一县就有十四万人死于国民党军队的残酷"围剿"；红25军部队白天被打散，晚上又自发地重聚在一起，并顽强地喊出"树也砍不完，根也挖不尽，留得大地在，处处有红军"的口号；红25军军长吴焕先的母亲，将仅有的粮食送给儿子，自己却靠讨饭过活，带着一幅马克思的像、一罐水和一桶炒面住到山洞，最后活活地饿死。专题片还深刻地揭示了根据地人民对自己队伍的热爱，如一家一户的红军医院，组成了红25军的强大后方；一家姓房的群众救护过红军伤员，国民党军队来时把他家的两个儿子抓走杀了。一位老乡回忆这件事时感慨地说："那个时候是拿人头换了好多伤病员的命啊！"专题片再现和反映的不仅是鱼水之谊，更是血肉深情，真可谓惊天地、泣鬼神。

钟艺兵还指出了《北上先锋》的现实意义："这部片子反映着鄂豫皖根据地、鄂豫陕根据地广大军民为了革命的胜利、全国的解放而团结一致、一心向党、英勇奋斗、不怕牺牲的高贵品质。今天，我们在党中央的领导下，为实现祖国四个现代化，正进行着一次新的长征。然而随着市场经济和商品大潮的到来，一些人的思想境界也滑向了只讲索取、不讲奉献的个人主义、享乐主义、拜金主义的泥沼。可见，六十年前的长征精神，如今正越来越具有启示未来、激励后人的现实意义，有着它鲜明的针对性。"

【注：总编导：周振天；外景执行总编导：丁汝俊；编导：郭孝忠、李晓璐、翟晓光；撰稿：姜为民、张明金；解说词：尚伟；作曲：邹野；音乐编辑：郭融融；海政电视艺术中心、中央电视台联合摄制。】

## 第六节 《香港沧桑》：揭示一座城市的前世与今生

专题片《香港沧桑》的诞生，则有些机缘巧合的意味。1992 年的一天，周振天应朋友王星之邀赴深圳采风。他们沿着深圳河边境线参观，从那里能看到香港的山山水水，能看到从山后露出的香港上水小区的一角，尽管看不到香港的中心区，但依然勾起了他们深深的感触：那里就是香港！眼下是一条割开香港和深圳的封锁线，两边都有电网，都有巡逻队。看到此情此景，周振天内心很不平静，本来是一个整体，如今却咫尺天涯。过去虽然也会有这样的感慨，但那是从书上得来的，而当这一切真实地出现在眼前时，这种感觉才如此地立体和强烈：那是一段沉重而现实的国耻！他们又去了地处沙头角的中英街，街这边是内地的商铺，对面则是香港的金店。周振天的脑子里总是在想象金店背后的那个世界是什么样子，那里的人们又是怎样的一种生活。那里的人们已经和祖国隔开一百多年了，他们失去了什么，又得到了什么？

那时离香港回归祖国还有六个年头。六年时间，说起来似乎很长，其实非常短暂，转眼之间就到了。想到这一代人将亲身经历中国对香港恢复行使主权这种伟大时刻，他就有一种遏制不住的冲动。周振天对王星说，这次来深圳收获太大了，他产生了搞一部反映香港百年历史电视专题片的想法。王星十分支持周振天的想法，并开始为周振天搜集有关香港和深港边界的各种素材。回到北京后，周振天很快撰写了一个专题片的创意大纲，片名拟为《香港百年》。中央电视台国际频道以特有的敏锐眼光，看出了这个片子所具有的价值，主管副台长张长明拍板特聘周振天为这部片子的总编导、总撰稿。1994年，《香港百年》由中央电视台正式立项，并将项目上报国家广电部，同时致函国务院港澳办、新华社香港分社和中国驻英国大使馆，征求他们对这部片子的意见，并请求得到拍摄和制作上的支持。

从《香港百年》的思想表达和艺术构想来看，采访相关人物是必不可少的，作为亲历者、目击者的第一人称的讲述，有如把观众带入历史的特定现场，具有相当大的真实性和可信性。为此，周振天与主创团队进行了大面积的深入采访，港澳的重要人物都采访到了。还采用了专家学者近年来在香港问题上的最新研究成果，并首次向电视观众公布了一批重要文献和史料。摄制组在中国（内地、香港）以及英国、美国翻阅了浩瀚的史料，对史料的运用尽量删繁就简，抓住问题要害。由于掌握了大量丰厚的史料，更加清晰地了解了中国近现代的历史，对它的可歌可泣、波澜壮阔，或者是阴云四布、曲折黑暗等，从纸质材料上的冰冷刻板的记载，到融合进直观的、感性的、富于温度的讲述，使进入周振天审视视野的历史，既是立体多维的，也是刻骨铭心的。

《香港百年》是当时中央电视台最大的一个影视项目融资策划项目。但在构思这部片子时，周振天坦承遇到的最大问题，是如何在庞杂的历史线索和纷纭的现实事件中，找到一条贯穿全片、涵盖历史、昭示未来的思想与情感主线。随着对香港认识的不断深入，他越来越强烈地感到香港历史，归根结底是作为中华民族一部分的香港人的历史，是香港同胞一个半世纪以来对祖国依恋归属的深厚情感和对殖民压迫抗争的历史，是香港同胞相濡以沫、艰难创业的历史。《香港百年》正是以这样的情感和思想为支点，饱含深情地去完成这一具有历史和现实意义的作品的。因此，这部片子的总体构想便确定为，以香港百年的历史为贯穿线索，以中华民族乃至世界近现代史为背景，回视香港百年来发生的一系列重大事件，把香港主权的一得一失中所蕴含的历史规律和历史必然性给揭示出来，从而激发中国人民的爱国主义情感，增强人们特别是广大青少年的自尊、自强、自信的民族精神。

国务院港澳办在复函中指出，拍摄本片"为我对香港恢复行使主权做好舆论宣传工作，有着十分重要的意义"；新华社香港分社认为此片"很有意义"，表示"完全支持"；我国驻英大使馆不仅表示将对此片的拍摄工作给予大力协助，还对该片在编导和技术上提出了一些建议。中央宣传工作领导小组已把此片列入"五个一工程"项目。国务院副总理兼外交部长钱其琛，原国务委员、港澳办主任、香港基本法起草委员会主任姬鹏飞，全国政协副主席、香港基本法起草委员会原副主任胡绳，全国政协副主席、预委会主任安子介，全国政协副主席、预委会副主任霍英东，以及国务院港澳办主任鲁平，新华社香港分社社长周南和原港澳办副主任李后等，都成为它高级别的权威顾问，可见这部片子的分量与价值。时任国家主席的江泽民在看过本片的创意大纲后，非常重视，不仅亲自丰富完善了该片的创意，还将《香港百年》改名为《香港沧桑》，同时还为该片题写了片名。

在《香港沧桑》紧锣密鼓策划筹拍的过程中，英国方面也在拍摄一部反映香港百年历史的电视片。很明显，中英双方关于香港百年的视角和结论是不一样的，其本身就带有强烈的舆论战色彩，这就使拍摄好这部片子变得迫在眉睫。在周振天与剧组全体同仁只争朝夕的共同努力下，《香港沧桑》终于摄制完成。这部大型电视专题片分为上下两部，共十二集，五十分钟一集，总长度六百分钟。先后于1996年7月1日和1997年7月1日，在中央电视台一套、四套黄金强档播出。

《香港沧桑》作为一部以香港问题的由来和香港回归祖国为题材的电视专题片，记述了香港一百五十年来发生的一系列重大历史事件和香港同胞为香港的发展所做的贡献，介绍了中国政府和人民对香港同胞的热情关怀和为香港的繁荣稳定所付出的巨大努力，阐述了邓小平一国两制的伟大构想在香港问题上的实践。全片气势宏大，史料翔实，不仅具有较强的观赏性，而且具有很高的文献价值。无论从什么角度衡量，其都是一部献礼性的、题材重大的电视专题片。

周振天认为该片是用电视手段形象地向世人展示历经沧桑的香港，它的重要意义在于弘扬民族精神，激发爱国热情。就是把香港问题的由来、中国三代领导人对香港的关心、邓小平同志以"一国两制"的伟大构想解决香港问题的智慧展现在世人面前，以增进世人对香港问题的了解，有助于香港继继繁荣、稳定和发展。香港对于中国人来说，不仅代表着富有，还象征着耻辱，有必要对年轻人进行深度的阐释。在香港、很多人不知道鸦片战争，但对中国人来说，鸦片战争是一段刻骨铭心的记忆。我们作为电视工作者，应尽最大努力将香港问题所蕴含的社会内容、历史哲理和民族情感体现在屏幕上，其意义在于正本清源，激发自尊、自信、自强的民族精神。

北京广播学院电视学院教授钟大年认为，《香港沧桑》对历史是从讲述者的角度去观照，并自然、平静地叙说历史过程的。它把历史当作一种文化现象，侧重于从大的文化氛围中去看香港百年的历史。它抓住了民族文化与殖民地文化的冲突、民族意识与香港特有的殖民意识的冲突，围绕这个线索组织材料，全片既显得简洁突出，又展现出了较强的情感色彩。

在制作《香港沧桑》时，编导者在情感上和理智上做了有节制的选择。作为该片总编导的周振天颇为清晰地认识到，中英两国是在《中英联合声明》的基础上和平解决香港问题的，这是个大前提。"因此，我们要平实地说理，在感情宣泄上，更多地倾向于表现华人爱国、港人爱港，并没有把这种宣泄无节制地流向对英国人的谴责和批判。比如撒切尔夫人在人民大会堂阶梯上摔跤的镜头，早已为西方媒介炒得火热，我们在这部片子里就没有用。在陈述史实时，我们加了某些评议，说到情感时，是我们编导在评议；说到道理时，是中国政府在评议。对于历史上的焦点，尽量客观对待。比如 1945 年蒋介石为什么不收回香港，1949 年新中国成立后为什么没有收回香港，都是联系当时的国内国际背景进行恰当的、全面的说明评议。这种评议是必要的，是有节制的。"

总监制张长明认为，《香港沧桑》涉及的是一个非常厚重的题材。在艺术处理上，该片将政论与叙事相结合，宏观与微观相结合，用叙事纪实的方法，把史、情、理蕴含在香港的历史发展过程中，穿插历史的重大事件、人物的命运和众多人物的采访，做到大处着眼与小处落笔相结合。比如《勿忘国耻》一集，以香港一条街作为切入点。这条街英文名字翻译过来叫"占领街"。采访的记者在这里等候了三个多小时，采访了很多路人，竟然无人知道这个路名的历史与含义，只有一位在这里生活了一辈子的老人还依稀记得那段往事，即英军最初就是从这里登陆并最终占领香港的。这一集就是以此为由头开始了对整个香港被割让历史的回顾，点与面、历史与现实就这样结合在一个普通街道上。

> 为增强观赏性，我们努力做到大问题从细处入手，大题材从个案入手。在回顾香港人的创业历程时，我们从香港一个至今仍保持着旧式经济模式的小渔村入手，又把镜头对准当年华人创业起家的南北行街，从现实中引发出对于历史的感慨。另外，我们让画面尽量具有动态感，采访语言尽量简短，惜墨如金，力求节奏明快，信息量大。这些努力就是为了让晦涩的公文、条约形象化，让历史鲜活起来。

对于这部专题片的创作策略，周振天作如是说。

【注：总撰稿：周振天；总编导：周振天、吴明训；编导：田军、张讴、王康宏、刘周全、姜若瑾；撰稿：于丹。中央电视台拍摄。】

# 第十章

# 文学——所体现的深厚写作功力

　　如果回到周振天创作道路的真正起点，他无疑是从文学开始的，长篇小说《斗争在继续》即可视为其发轫之作。这部被周振天自我评价为"比较幼稚"的小说，能够被改编为电影《猎字99号》，并产生了全国性的影响，表明其文学表达与情节结构都具备了相当好的基础。如果周振天一直以小说创作为主要方向，一定可以在小说创作上取得引人注目的突出成就。然而在数十年的创作历程中，因为需要而横跨、涉猎了戏剧、电影、电视剧等诸种艺术样式，而没有一直专注于小说创作。但戏剧、电影、电视剧等类艺术形式的文本创作，文学功底不仅是不可或缺的，而且是极其重要的，他所具有的丰厚文学功底，成为其影、视、剧创作所以大放光彩的有力支撑。尽管他的主要精力并未投放于小说写作，但他仍然创作了一些质量上乘的作品，值得给予关注和品评。如短篇小说《我的太阳》、中篇小说《涅槃变》、长篇小说《玉碎》、报告文学《智慧香港》，以及多部具有文学与影视两栖特征的长篇小说等，显示了周振天在文学创作上的气象、功力和才华。

## 第一节　《我的太阳》：阳光照亮水下世界

　　发表在《中国青年》1982年第10期上的短篇小说《我的太阳》，是一篇结构相当精巧的作品，揭示潜艇新兵杨成龙一次远航的心理流程。小说赋予人物双重的生活阴影，一是过往的经历留下的：

> 他的家和许许多多干部家庭一样，在十年浩劫中经历了一番悲欢离合，在这悲欢离合后面，他看透了人与人之间的那种虚伪、卑鄙和丑恶，先是父亲的老下级，父亲在台上时，他们阿谀奉承，巴结吹捧，父亲一下台，他们纷纷检举揭发，恨不得踏上一只脚；父亲复了职，还是这些人，好像什么事儿也没有发生，又马前马后低三下四地围着打转。紧接着连亲骨肉也欺骗了他，父母重新工作后可以带一名子女回城，他姐姐竟以让他帮着抓药为借口支开了他，自己偷偷办好了手续离去了。没过两个月，他那已经先回城了两个月的女朋友，终于和他断绝了通信联系。

二是身处潜艇的当下生活，他以为"烟鬼"于班长、"小气鬼"齐涛、"屁屁鬼"刘克是他的死对头，时时处处都在算计他，甚至三个聚在一起说话，他都认为一定又在"搞阴谋"，内心充满了猜疑的情绪，使他的"眼前像是蒙着一层灰色的雾"。而刘克代表一舱提出让杨成龙明日看日出，并向他描绘了日出的壮美情景：

> 你睁大眼睛一直往东边瞧，海天线上先是冒出一片浅黄色的光，没多大工夫就变成橘黄色的；从那么一小片，变，变，一直变到整个东边，都是金黄的。嘿，到那时候，你千万别眨巴眼，瞪圆了眼就能见到太阳使劲地往上拱呀拱呀，颤颤巍巍地露出个脑袋来；海水像是舍不得它似的，紧紧贴在它身上，可哪能拽得住呢？太阳一个劲儿地往上升，升，没几分钟工夫，它就露出通红、活像是大姑娘的半边脸。你再把放大旋钮一转，都能看见那上面像绒毛似的火苗呢！再过两分钟，只要两分钟，太阳终于滴下身上的最后一滴水，跳出海面，越升越高；又变呀变，像一块烧化的黄

铜，又像一个软软的鹅蛋黄，最后它高高悬在天上时，就是个光彩夺目、炽热的火球了；衬着深蓝色的海水，一明一暗，嘁，壮观！美，美极了！

这种以潜望视角书写的极富画面感的文字，一定是周振天代职潜艇生活时亲眼所见、内心所察的，此刻通过人物之口形容出来时，既那么生动逼真、独特震撼、令人向往，也契合和突显小说"我的太阳"的这个主题。然而由于次日海面起雾，杨成龙未能一睹壮观的日出，更误以为是刘克等人是在蓄意地欺骗他，内心因为气愤而发誓要做个强者，狠狠地还击他们。

杨成龙因为内心的扭曲和多疑，对战友对生活的判断上产生了偏差，小说对此做了充分的渲染与铺垫。继而揭示其心态的转变，令他没有想到的是，乐天派刘克在找对象问题上一再遭遇挫折，却把痛苦埋在心底，想方设法为别人解除烦恼；于班长结婚四年没有孩子，被怀疑有生理缺陷，殊不知在一起的时间不过几十天。小说从"天气预报记录本"化解他的猜疑，到于班长爱人给每个人做的一条护膝；从杨成龙右手食指被鱼雷压住，于班长拼命用脊背顶起，齐涛将其手指放在嘴里吮血，刘克将其搂在怀里连声安慰，到他在联欢会上自告奋勇演唱《牧歌》和《人民海军向太阳》，以压倒性多数票获得了优秀节目奖，奖品是一支金笔……使他认识到：

正是这些人，在水下的三十天，告诉了他：人生活在这个世界上，不仅需要空气和阳光，也需要信任和爱。想到这是出海的最后一个夜晚，他忽然想为他们再做些什么，他悄悄拿出于班长的烟荷包，细心地为他卷了一支特大号的烟炮，等靠上码头后，好让他抽个痛快；又拿出齐涛的饭盒，用酒精棉球帮他里外擦了几遍。为刘克做什么呢，他拿出那支得奖的金笔，写了张字条，偷偷塞进刘克的枕头芯里。

他的内心从阴沉到晴朗，从怨恨到了解，从猜疑到亲情，完成了艰难而可喜的蜕变。小说多次以"震动"和轻微的、强烈的、轻微的震动，来勾勒杨成龙由主观感受外界的变化曲线，这种转变是层次分明、循序渐进的，又是自然可信、真切感人的。小说表明，"我的太阳"在作品中具有双重意象，即自然界的太阳，这种长期处于水下世界的战斗生活，对以太阳所代表的光明的渴望和向往是很强烈的，希求透过潜望镜或爬到艇外看太阳的升起，接受阳光的沐浴；心中的太阳，战友之间的友爱与温暖更有驱除黑暗与寒冷的力量，使986潜艇成为团结一心的战斗集体。由于他的心情似涣然冰释，所以当潜艇靠近码头时，"他终于看到了，东方，正对着倾斜的舱口，一轮鲜红的太阳正在升起，他终于吸到了，吸到了那带着花香和草露气息的潮湿的风，他跃出舱口，向前跑了几步，依着舷绳，冲那满天的霞光，终于从心底发出一声激动、颤抖着的呼喊：'啊，太阳，我的太阳！'"这一声发自心底的激情呼喊，反映出杨成龙精神状态的巨变。

虽然小说的篇幅并不长，且在叙事过程中作者的用意通过人物稍嫌直接地表达了出来，但是基于作者对生活的有效捕捉与提炼，由来源于生活的诸多细节与体验，构成了作品较为坚实的生活质感，从而成为上世纪80年代之初，所诞生的一部品质上乘、不可多得的短篇小说佳作。

## 第二节 《涅槃变》：
### 特定时代知识分子命运的探究与表现

发表于1987年第二期《广西文学》上的中篇小说《涅槃变》是周振天的第一部，也是唯一的一部中篇小说。在他的全部创作中，无论从题材选择，还是思想寓意方面看，都是一个奇特而又合理的存在。一个命运坎坷的画家任冬，本次到敦煌莫高窟临摹"涅槃变"壁画①，

---

① 佛教把死后超脱升天，谓之"涅槃"，而把佛经上的传说故事画为壁画，则称之为"变"。

邂逅结识一位导游姑娘，以其为主要叙述载体；通过内心独白的方式，展开了作品对于主人公精神与情感历史的书写。

企图通过面对洞窟壁画而游目骋怀、逃避现实的任冬，处于某种巨大的现实与精神困境之中。小说大体为人物设计三条纠葛的线索来交错着向前推进，直至其达于悲剧性的生命终点。一是任冬与姑娘的由浅入深、由陌生到爱恋的过程。在洞窟这个生动却冰冷的世界里，姑娘体貌的美丽与见解的深刻，以及在鸣沙山沙浴时的坦然，对美国游客的反戗，与之交往时出于本真的表现，都无不反衬出任冬内心的胆怯、苍白与丑陋。她如幽暗中的光芒照亮了、温暖了任冬的心灵世界，也使画满壁画的洞窟呈现出令其着迷心动的人间气息。他原欲蓬勃，又爱而不敢，恨而不能，只能百般压抑个人欲望，使之与其只能失之交臂。她最后远嫁日本的华人，使其情之所系的仅存念想发生无可避免的断裂。使他因政治因素而破碎的婚姻之后，情感领域更是一片狼藉、雪上加霜。

二是通过任冬与佛的沟通与交流，从生、死、爱、欲等方面，来揭示和反映其对世界、对人生的态度，以及仍然陷入的认知与觉悟的困境。作品穿越于佛俗两界，古今异代，以任冬心造的幻像与佛对话，既有聆听偈语的醍醐灌顶，又有沉思冥想的困惑。"世本无大我小我之分……故无需抑我，卑我，贱我，务先知我，正我，才可达忘我无我之境。""你笑我千年无胸，我笑你死而无头。""得即非得，非得亦得，见得非得，无见得得。"任冬在动摇与恍惚之中，他试图借佛教故事来坚定自己的信念，并渴望如佛般地超凡脱俗，却发现壁画所启、佛音所示并不能将其从现实世界普度，肉身所在、精神所系难以达到那种无我境界。其所进行的只是一场有因无果的精神游历。

三是现实对任冬的桎梏，是其走向悲剧性结局的根由。代表性的人物是剧团孙团长，小说对这个人物进行了极为精准生动的刻画：

> 整起人来他们是要现代化速度的。孙团长听剧本看演出，总是打盹提不起神，庙里泥胎一般。若是遇上哪一个犯了生

活作风，哪一个来了外调人，他顿时就容光焕发，全身每一块肌肉都活跃起来，要是再有个大小运动，你瞅他吧，就像是天天抽了二两大烟，连头发梢指甲尖都闪出精气神来。

虽然此人并不在现实的视线之内，但其存在却如影随形。因为对任冬乘病休之机到敦煌朝拜佛门、临摹壁画，要其回团检查，还要派人来外调，像绳索一样紧紧地捆住了任冬的心灵，使其时刻提心吊胆地等待。任冬的精神痛苦与性格弱点在此表露无遗，以至于因心生极大的恐惧而至崩溃的边缘，听到有人喊："任老师，你在哪里？！"以为孙团长追来了，"恐惧感、自卑感、罪恶感又铺天盖地而来，心里一阵崩裂的疼痛，人便瘫倒在门槛上，一半身子倒在窟外，一半倒在窟内，再也动弹不得了"。流着口水极猥琐地死去，与他所向往的佛祖涅槃的安详宁静形成鲜明对比。

可以看得出来，20 世纪 80 年代前期整个文学的创作风尚，对周振天的小说写作是有很大影响的。因而《涅槃变》从文化的层面探究了特定时代知识分子的命运，反映了不正常的政治生态挤压下人性的扭曲和变形，体现了作家强烈的悲悯情怀和批判色彩。作家赋予作品的有如下特点：首先，不能说作品带有某种自传色彩，但其将生活中所拥有的经历与所获得的感受融入其中，则可谓是确凿无疑的。因而小说具有极为真切的生命与情感体验，时代中人物的血肉与创痛遍布于灼人的文字之间，并时常将读者的心扉重重地击穿。其次，作家对中国传统文化有精深的研究，将佛教文化与现世人生有机地融会贯通，从中凸显出深湛的哲学与人生思考，在作品中注入的是饱满而深厚的文化内涵，使小说展现出不一样的文学气质。如其对那尊"东方女神"的描绘，就反映出周振天在这方面的非凡功力：

> 她与所有的佛像都不同，庄严肃穆默然威严深思潇洒清高练达机敏都不是。她更接近生活中的人，恬淡的笑容亲切动人，与其说是佛，不如说是一位少妇。微微翘起的嘴角

仿佛藏着一个谜，怀着各种各样心境的游客，都会以各种各样的理解来看她这神秘的笑。塑造技巧是高超的，彩绘更是讲究，石绿、石青、白色为主，配以少量的土红、黑色。眼窝、人中和脖子上都有适度的描线，看得出当年工匠为加强形体美的用心。这种塑与绘的结合产生了奇妙的艺术魅力。衣纹采用的是"阴刻法"，一条条的横断面都是在人体的大的面上挖进去的沟线，疏密、深浅，主线、辅线，变化自然、流畅生动，典型的"曹衣出水"的风格。与犍陀罗雕刻乃至古希腊雕刻是一脉相承的。十分遗憾的是，如此贴身的衣纹偏偏不见丰满的乳房，扁扁的胸脯像是发育不良，缺少钙质。①

再次，小说是一部极为复杂，又极为单纯的作品，试图为人物连接与打通历史与现实、宗教与人生、欲望与禁忌的界限，却又遭遇无法突破和逾越其间的藩篱与阻隔，像被一颗巨大的钉子牢牢地钉在了某种进无可进、退无可退的处境之中。小说从这种人格的定位中，却获得了想象与驾驭上的自由度，使小说的叙事语言因其文采与张力而非常耐读，既绵密精到、浓稠醇厚，又层峦叠嶂、汪洋恣肆，在令读者为任冬的悲怆命运掬一把同情之泪的时候，生发对于历史文化与时代命运的独特感知与幽深思考。

## 第三节 《玉碎》：国恨家仇碧血花

### 1. 书写中华民族面对危难时的心灵史

百花文艺出版社于 2004 年出版了《玉碎》，这是周振天长篇小说

---

① "曹衣出水"又称"曹家样"，是由原籍中亚曹国的北齐曹仲达创造的中国古代人物衣服褶纹画法之一。《图画见闻志》说曹仲达的人物画，衣服褶纹多用细笔紧束，似衣披薄纱，又如刚从水中捞出之感，后人因之命名。

代表作。在小说的"作者题记"中，他谈到自己的写作心路时说：

　　　　我曾以为自己是个地道的天津人，但是看多了天津的近代史，才发现自己远没有了解天津和天津人。当年，这座比北京小许多的一个城市，竟然有着英、法、美、日、意、俄、德、比、奥九国租界。我常想，那时的天津人在身处耻辱的同时，又要在华界与多国租界之间来来往往讨生活，度日月，究竟是怎样的一种心态呢？上世纪初，八国联军管制了天津整整两年之久，还有后来的八年日伪占领时期，加之各派系军阀在天津走马灯似的进进出出，横征暴敛，打打杀杀……那都是些怎样不堪回首的年月呀？！天津的老百姓是怎样应对那严酷、屈辱却又充满异国诱惑的现实，又一边婚丧嫁娶、生儿育女，传承祖宗留下来的一切呢？这里面一定有北京和其他内地城市人们没经历过的情感历程，有着与众不同的生存智慧和中、西杂糅的社交技巧。当然也一定会有他人没有过的难以言表的隐情。这就是创作《玉碎》的最初动因。多年前，我曾撰写了以天津望海楼教案为背景的电影文学剧本《老少爷们上法场》，算是一次热身。为了写《玉碎》，除了仔细研究过天津的有关文史资料，更拜读了津味小说大家冯骥才、林希等人的作品。经过多年的酝酿笔耕，《玉碎》终于跟读者见面了。

　　从字里行间，我们可以看到周振天作为一位有着强烈责任感、家国情的作家，内心深处的那种隐痛和沉重。这一切又都以笔墨酣畅的书写，深切地传达在他的作品之中。

　　这部长篇小说从筹备、思考、动笔到出版，前后用了十几年时间。故事描写的是天津玉器古玩店恒雅斋老板赵如圭一家人，从"九一八"事变前后，为外孙开岁举办喜庆热闹的"洗三"仪式，到"天津事变"爆发，赵如圭被逼迫走上与日本人势不两立的道路，从而碎玉毁身，这一年中风云起伏的悲剧性命运，以及家国爱恨的情感历程。在作品中，周振天说把"九一八"事变和"天津便衣队暴动"作为大的历史背景，作为叙事的历史平台；而特定时代天津的民风民俗，再加上中国人对玉的崇拜和理解，作为叙事的文化平台，两个平台的叠加与交会，人物的"根须"就深深地扎进了历史与文化的肥厚的土壤里，作品也才厚重与深刻。

之所以如此进行这种历史题材的写作，是因为周振天对意大利哲学家克罗齐"一切历史都是当代史"的精辟见解有很深的理解。这里我们再一次回顾克罗齐的论断，克罗齐说："历史是活的历史，编年史是死的历史；历史是当代史，编年史是过去史；历史主要是思想行动，编年史主要是意志行动。一切历史当它不再被思考，而只是用抽象词语记录，就变成了编年史。""当生活的发展逐渐需要时，死历史就会复活，过去史就变成现在的。"周振天想，怎样把编年史的历史题材写成当代史？这是写历史剧、年代剧都要思考的大命题。在精心编织了曲折的故事和大生大死的人物命运的同时，周振天为故事和人物搭建了中国玉文化和天津民俗文化这样两个交叠的平台。这绝不只是为了强化作品的观赏功能。他以为只有植根于相应的文化平台上的故事、人物，才有可能触及民族性格的本质和民族精神的底蕴。正如汪曾祺先生所说："风俗反映了一个民族对生活的挚爱，对'活着'所感到的欢悦。风俗中保留一个民族的常绿的童心，并对这种童心加以神圣化。风俗使一个民族永不衰老。风俗是民族感情的重要的组成部分。"这些都或许使周振天在编剧上，找到了一种真谛或精髓一样的东西。

## 2. 一个夹缝中求生存的人物及其智慧

小说以天津玉器古董店恒雅斋的伙计赵德宝的视角，塑造了老板赵如圭这个精于生意又不失信义、处事圆滑又有爱国情怀的玉器店商人形象。在那个危机四伏的年代，为了能保住家业可谓煞费苦心，他将大女儿叠玉嫁给颇有势力的青帮头目陆雄飞，又将小女儿洗玉许配给与日本驻军过从甚密的市政府翻译李穿石，还结交了东北军的团长金一戈，算得上是八面玲珑，左右逢源，用心良苦。但"九一八"事变的爆发，激化了天津的各种势力的矛盾，他的恒雅斋玉器店也面临着风雨飘摇的命运。二女儿怀玉更是违背赵如圭"刀架在脖子上，只要不割出血来就得忍着"的教诲，同誓与日本侵略者血战到底的爱国军人郭大器一起，投身于爱国抗日的斗争中。赵如圭虽以其天津卫买卖人巧于应酬的智慧与手段，在各种政治势力之间拼命周旋，几次三番地逢凶化吉，破解危机，但"天津事变"的爆发，彻底击碎了他于危局之下试图保全身家的梦想。不仅日本军队的炮火炸死了他的老娘，而且他本来期望倚重的两个女婿陆雄飞和李穿石，却明争暗斗企图趁乱谋取赵家财产。李穿石甚至为报私仇，不惜向日本人出卖陆雄飞，出卖政府机密，沦为可耻的汉奸。小女儿洗玉却陷于情感泥淖难以自拔，竟随李穿石离家而去。本家亲哥赵如璋向来嫉妒弟弟生意，总在关键时刻跳出来添乱。特别是当赵如圭眼睁睁地看着大女婿陆雄飞和外孙横死敌人枪口之下，他才意识到以往存乎一心、屡试不爽的生存处事之道，是那样地虚弱不灵，可笑无力。他原来视若生命的玉器古董，在此乱世已经没有了任何价值，因此，当李穿石奉日本人之命，带着汉奸便衣队前来抢劫玉器古董之际，赵如圭于悲愤与绝望中，将店里的玉器古董一个个摔得粉碎。

《玉碎》值得称道之处是历史真实与艺术虚构的有机交融，在真实还原20世纪30年代中国社会的重大历史事件和时代风云的同时，又想象虚构了赵如圭一家及其勾连起的天津卫各色人等的生活遭遇和性格命运发展，以对日常生活的还原和对世俗人生的描绘，使各类人物的隐秘深邃的内心世界、复杂微妙的情感变化得以生动展现。也从而实现丰富多彩的个性化人物形象的成功塑造。作者在小说中刻画了多达数十个人物，从政界要员到平民百姓，从热血精英到汉奸特务，从前清皇帝溥仪和总管太监到英国商人，从青帮弟兄到纨绔子弟，从古董世家到日本军人，还有大商号掌柜、商会会长、区警察局局长、脚行的头头脑脑儿等等，众多人物的个性通过对其言行举止的描摹和心理刻画得以入木三分地生动展示。如赵如圭虽然是个虚构的人物，但是在这个富有典型意义的人物身上，凝聚着周振天对天津卫老百姓为人处世理念和原则的理解，融入了他对天津卫社会风情的透视。尽管小说浓墨重彩地描绘了主人公赵如圭在国家危亡之际，所表现出的杀身取义、宁为玉碎的悲壮，在那一瞬间，赵如圭可能算是个英雄，为了家业、孩子和未来的生存，他原本并不想反抗，但"覆巢之下，岂有完卵？"，忍耐之路根本走不通，非反抗不可，从而悲壮地走完了自己的人生之旅，成就了民族气节；但也并没有回避赵如圭和其他几个主要人物的人性弱点。即赵如圭自信于自身处世的圆融，陆雄飞江湖气的不辨敌友的盲目，陆雄飞与李穿石对赵家财富的觊觎，赵如璋的因妒生恨的卑劣，等等，这些缺点都是那个特定历史时期的必然，呈现出的是时代生活的错综，是人物性格与内心的复杂。小说尽可能地"用多层次的人物构成，多线索的心路历程，来展现危急存亡之秋的中华民族丰富的性格形态"。对于这些人物人格正面与人性弱点的精确刻画，使这部作品的情节发展，既有大的历史背景的作用，也有人物自身的性格使然。作者的精心结构与巧妙驾驭，使这双重推动力既相互推挽，又合二为一，小说情节也就时常处于连绵迭起、波飞浪卷、扣人心弦的高潮之中，让人欲罢不能了。

《玉碎》中的其他人物也有精彩的展示。这些人物大体都是围绕赵如圭及其三个如花似玉的女儿而展开，大女儿叠玉是一个性格懦弱、一往情深的女人，却嫁给了青帮头子陆雄飞。日本人笼络陆雄飞，意图利用天津青帮势力控制码头，陆雄飞尝到日本人给的甜头好生得意。虽有赵如圭一再提醒其注意日本人不是省油的灯，陆雄飞却不以为然，反以为赵如圭和他过不去，是怕他继承赵家家产。二女儿怀玉对玉器、绘画颇有心得，是赵如圭的至爱和接班人，但她却是个思想进步的爱国青年，与东北军爱国军人郭大器相恋。在叠玉与陆雄飞儿子开岁的"洗三"仪式上，日本关东军特务小野突然不请而至并送重礼，引发同席东北军团长金一戈的强烈不满，赵如圭施展圆滑的手段，既给了小野台阶又不得罪金团长，可不想，怀玉赶回来，大喊抗日口号。在其被日本警察抓捕后，心急如焚的赵如圭，找到自己心仪的京剧名伶薛艳卿出面相助，薛艳卿为了救怀玉不得已去找大汉奸张壁，却被张壁趁机霸占。后薛艳卿又因被日本人警长凌辱而将其刺伤，从而被日本人判处死刑。小野为了拉拢赵如圭释放了怀玉，要怀玉公开道歉被其拒绝，也使赵如圭陷入两难境地。小女儿洗玉少不更事且图慕虚荣，身为市政府职员后投靠日本人的李穿石结识了洗玉，对其频频发动攻势。李穿石貌似知书达理而很得赵如圭喜爱，但陆雄飞怕他威胁到自己在赵家的地位，百般刁难和羞辱李穿石，致使其为了对抗陆雄飞而靠拢日本人，被小野等人趁机拉入汉奸队伍。"天津事变"爆发，日本人利用便衣队闹事想趁机劫持溥仪出关，但由于郭大器事先得到消息，东北军严加防范，日本人没有得逞。恼羞成怒的小野终于一改温文尔雅的假象，开始露出凶残本色，并在李穿石的策应下抓捕赵怀玉，抄了恒雅斋，杀害陆雄飞。这些人物的塑造及其相互关系的设置，时代的氛围与人生的百相就清晰地展示了出来。

小说《玉碎》的叙述者赵德宝，本身就是一个具有一定形象特征的人物。由于家道败落而在恒雅斋做工度日，做一名下人与玉器店有着复杂的关系，既非主人又非完全是个"外人"。对世态炎凉有颇多的体察与了解，很明了自己的身份而时时察颜观色，把一切都看在眼里，因此，其处世方式是八面玲珑，委曲求全。在他的品格和行为中有着两面性，即在赵家面临危机之时，他也能有某种正义与仗义的勇敢举动；但遇事常迅速地加以权衡，狡黠滑头地设法躲开而求明哲保身。他也有自己的念想与追求，即对赵如圭二女儿怀玉心生爱慕之心，从而陷入很深的感情漩涡，虽然偶尔以偷窥甚至是要挟的方式，一亲怀玉的芳泽，但在天壤之别的关系中终究难以实现自己的梦想。在那样一种乱世，他作为一个底层人物，其命运与结局注定是卑微而可怜的。

小说对小野这个人物的刻画也很成功，他忠实于日本的国家利益，坚持职责第一，也有自己的道德尺度和标准，是一个典型的旧日本军人。冷静、多谋、善断，对中国文化很了解，且执行能力强，表现出非常狠辣的精神素质和能力。虽本性贪婪，但懂得小不忍则乱大谋，宁可把玉壶送还，也不乱了大局。通过对历史的深入了解和对小野这个人的塑造，周振天获得了一种很有价值、富于启示的见地，此论可谓鞭辟入里，振聋发聩：

> 从过去的历史事实中间，我们应该学会了很多东西，但绝不应当仅仅是仇恨和反感，因为这是最简单、最廉价的。靠盲目敌视，靠举着小旗上街，靠发泄愤青一类的情绪，大敌当前是不能维护我们的民族利益和国家利益的。我们不能够完全靠道义维护我们的文化，发展我们的国家，战胜实力相对强大的国家或利益集团。反过来，小野和土肥原如果也是日本愤青，见到说中国话的就愤怒，见到中国人就杀死，而不是熟悉中国文化，深谋远虑，充分运用政治、军事、文化和经济的综合力量，他们也不能完成自己国家赋予的任务，终究不能把所谓伪满洲国从中国的版图上分裂出去。

此外，浓郁的"津味"色彩和文化意蕴是小说《玉碎》的重要看点。作品所呈现的旧时天津的时代氛围和风俗民情、角色间各种交往的做派与心理的刻画，古董玉器行业和相关知识的铺陈，都使作品恰似一部旧天津的"百科全书"。还有那些对生子"洗三"、合婚换帖、丧葬仪式、帮会码头规矩的细致描绘和形象展示，成为小说强化"津味"的不可或缺而又趣味横生的"闲笔"。这一切使读者在阅读过程中，会受到巨大的情感冲击和精神陶冶，得到鲜活知识的滋养和诗意文化的享受，也能深切地体会到作家统观全局的能力和深厚浓郁的文化修养，以及作品在爱恨情仇的宏大主题在文化韵味的包裹下，带给人们更为强烈的心灵冲击和审美震撼。

### 3. "温润如玉"与"望天吼"

玉在小说《玉碎》中是核心道具，也是人物精神的外化所寄。为什么要把玉作为文化平台？因为周振天对玉有深度的接触与浸润，文化上的感悟与理解。他说小时候最爱逛书店，其次就是古玩市场。他在香港拍专题片《香港沧桑》时，看到书店里摆放着介绍翡翠与和田玉的书籍，里面配有各种精美的翡翠、和田玉的照片，一下子就被吸引住了。其后，他对玉逐渐有了更为深入的了解，认识到玉远在商周时期就是老祖宗崇拜的瑰宝，各地历史博物馆的展品中玉就是必有之物。孔夫子曾说过"君子无故玉不去身"，而玉分九等，就如同人的品行也分九等。直到今天，玉仍然为中国人最钟爱，戴金佩玉是永不过时的爱好。周振天喜欢玉的"温润而泽"，千年不朽，万年不烂的品格。所谓"君子比德于玉焉"，好玉包含着仁、知、义、礼、乐、忠、信、天、地、德、道十一种德行，既包含有温润的韧性，又有刚脆的性格，即"宁为玉碎，不为瓦全"。周振天把玉文化贯穿于剧中作为其底蕴，他认为玉很能象征中国人的心理状态。赵如圭恪守的人生信条是"温""润"这种玉的品格，但在那个乱世，只有"温""润"才能苟且，你不忍，你的身家、儿女怎么存世？不是随随便便就去玉碎，不是动不动就跟日本人翻脸，跟黑社会翻脸，一般的买卖人是翻不起的。问题是在那种年代想当顺民而不能，想在各种势力的缝隙中以"温""润"圆融技巧求生存不可得，最后只能被迫走上"宁为玉碎"之路。剧作这样揭示主人公的人生道路和精神轨迹，是符合历史逻辑的，也是非常深刻的。这也标志着一个素以"温""润"为安身立命之本的民族，性格的逆向迸发和升华，也是一种必然。

《玉碎》说的是玉，但自始至终又都以人为核心，以普通的小人物的命运为核心，表现个体生命在黑暗动荡的年代里的生存与挣扎。小人物的或哭或笑、或悲或喜，都更能让观众真切地感受到特定年代的肌理和脉搏。抗争的无力和毁灭的无奈，相比战场上的硝烟来似乎别有一番意味。作为时代中的个体的性格、理想、情感，通过剧作展现出来时，向观众表明在特定年代中人们的坚持与沉沦，虽然皆已消失在茫茫的历史之中了，但人性的力量和人格的力量，依然闪耀着某种不灭的光芒。《玉碎》中表现了抗日影视作品深沉却并不大肆表现的元素——爱情，但这种元素在剧作中的有机融入和曲折描绘，让激烈的对抗和交锋增添了许多应有的血肉和生动。小说中两代人的四段爱情，与国仇家恨紧密地交织在一起，勾勒出的是一幅动乱年代中国普通民众的生活实景，也是小说具有强烈吸引力的重要源泉。同时，在那个风云激荡、前景难料的年代，似乎生与死都是寻常之事，这也是小说所包含的重大主题，但选择如何生，又选择怎样死，是《玉碎》所进行的精心描绘和给出的意蕴深含的答案，时时令人震撼与深思。

周振天指出，《玉碎》中的真正核心道具是"望天吼"。赵如圭通过大太监刘宝勋结识了下野的宣统皇帝溥仪，以其渊博的玉器知识和卓越的商业手段获得溥仪的信任，并且得到数件精美宫廷玉器。最让赵如圭心仪的则是这件玉器精品"望天吼"。可当时溥仪急于复辟当皇上，巴结日本人，日本人准备把"望天吼"作为溥仪伪满洲国的玉玺，由日本天皇御赐给他。太监刘宝勋不堪日本人羞辱，将"望天吼"偷出赠给赵如圭，嘱咐他宁可砸碎也不可给日本人。显而易见，这里面包含了太多的意蕴，如赵如圭的巴结心理，溥仪的复辟企图，日本人的罪恶目的，大太监尚存的气节，直至赵如圭最后的结局，都围绕"望天吼"依次展开，它成了剧作分量极重的一个结，是观众凝视的一个焦点。这不能不说这个道具用得非常巧妙，且意味深长。

更深一层的内涵还在于剧作的象征与引申意义。周振天谈道：

> 在古代，"望天吼"是一种镇墓兽，古代封建帝王用来镇墓，避邪的东西。它非虎、非鹿、非马，是多种动物的一种组合。这种造型是在汉唐时期形成的，那时的中国正处于鼎盛时期，中国的精神状态从"望天吼"就能看出来，它仰天长啸，威严无比，凛然不可侵犯。为什么人们总喜欢说汉唐气象？那是因为这两个时代大气呀！这也是今天我们民族最需要的一种东西。拿破仑当年说，中国是一个沉睡的狮子，一旦醒来将震撼世界。中国现在的状态，不就是"望天

吼"吗？从 1949 年以来，特别是改革开放以来，整个民族状态就是一种"望天吼"的状态。"望天吼"作为一个核心道具在哪儿能找到呢？西安碑林博物馆的镇墓兽，李世民爸爸李渊墓前的镇墓兽，汉唐时代的各种这种兽类的雕塑，不知道该不该称为"望天吼"，但它们都被雕成尖牙利爪，身上飘着云纹，一副威风凛凛，神圣不可侵犯，天上地下任我奔驰行走的表情。而且个个都张着一张大嘴，想叫就叫，不叫则已，一叫天下惊。到了明清两朝，故宫的狮子都像是哈巴狗，在那儿趴着，或在那儿哄小狮子，非常温顺非常乖，一点"吼"的战斗气息都没有了。中国这一百多年，中国人所期待的这种"望天吼"的精神状态，就是毛主席在天安门上庄严宣告"中华人民共和国成立了，中国人民从此站立起来了"，那就是震天一吼。这种吼的状态具有强烈的象征性，因此把它作为剧作中的道具，又作为表达作品思想内涵的一种文化符号。

小说用赵如圭摔碎"望天吼"的强烈情节，勾勒出的是当时处于黑暗年代，中华芸芸众生的一个缩影，揭示出的却是作为作家的周振天，源自灵魂深处渴望以"望天吼"为表征的怒吼与抗争的精神。为此，他赋予《玉碎》的内蕴与主旨，在此表现得淋漓尽致。

中国作家协会副主席、著名小说家陈建功在为长篇小说《玉碎》写的序言中，称周振天以抗日战争前夕的时代背景，为我们展示了中华民族面对民族危难时的心灵史，展现了危急存亡之秋中华民族丰富的性格形态。并对作家塑造众多人物的真实、客观的态度表示欣赏。他认为一部小说的深度，取决于作家对其人物认识和表现的深度。这部优秀小说的构成因素，一是时代背景的纪实性与人物、故事虚构性的融合。二是对那个特定时代天津的民风民俗，对古董玉器行业和知识有着丰厚的积累，真有旧天津民俗风情的"百科全书"的感觉，大大增强了作品的知识性和趣味性。文学评论家李掖平则认为，这种将历史的真实与艺术的虚构成功融汇、将历史上存在的大人物和大事件和虚构的人物命运的"小历史"的奇妙混合，在民俗中展现传奇性的创作思路，体现出作者对复活历史还原人性的一种深度追求。历史不再是封闭的古老的客观存在，而变成了联通过去、现在和未来的纽带；人性不再是单纯的一元质素，而变成了多元因子的混合；小说对历史和人性的文学表现也不再是纯艺术的仿摹与追索，而拓深为一种民族种群生命存在的经验与镜鉴。文学评论家何镇邦则在《品味〈玉碎〉》中评价道："作者善于把民俗描写与时代勾勒结合起来，于充满传奇色彩的情节编织中创造出一组栩栩如生的人物形象，表现出深厚的民族文化的沉积，既是'津味小说'创作重要的新收获，也可以说是2004年长篇小说创作重要的新收获。"

《玉碎》由长篇小说改编为同名电视剧后，成为周振天"津味"电视剧三部曲之后的又一部，比较而言，这部剧作产生了更大的社会影响。观众反映，剧作反映的是中国人民反抗日本法西斯侵略、弘扬民族尊严和民族精神的宏大主题，很少有历史题材的剧作能达到这种高度。这不仅是一部关于我国玉石文化的入门级教材，同时也是一部地域风格浓烈的民俗戏，是一部关乎国人品德、文化和反省的大戏。表现了中华民族在面临生死存亡的特殊历史时期，以赵如圭、怀玉、郭大器和抗日战士为代表的一批普通的中国人的命运选择和生存状态，讴歌了蕴藏在我们民族内心深处的、面对外族强权"宁为玉碎，不为瓦全"的悲壮情怀，以及铁骨铮铮的血性男儿的坚强与不屈。

## 第四节 《智慧香港》：现代香港人的生活智慧扫描

周振天的文学写作也涉及了报告文学这种体裁。中国经济出版社1998年5月出版的报告文学《智慧香港》，在香港回归次年问世。从样式上看，这是一部采访记的集合，是周振天率专题片《香港沧桑》剧组赴香港拍摄时采访各界的副产品。因为大量的采访所得的素材难以尽数收入片中，其珍贵程度又是如此不言而喻，弃之可惜，于是就有了这部报告文学作品的出版。

周振天与同行的采访对象，既有当时内地的高级官员如钱其琛、周南、鲁平、黄华、李后、姜恩柱等；也遍布了香港这个美丽的城市，被采访者有香港政界高层人士安子介、梁振英、范徐丽泰、钟士元，工商业巨子李嘉诚、曾宪梓、罗康瑞、黄涤岩，著名学者李祖泽、胡鸿烈、刘兆佳、郑德华，金融家郑海泉，著名艺员沈殿霞，法律人士罗德丞，投资者谭兆璋，新界隐士钟逸杰，著名华裔人士陈香梅；还有英国的前首相撒切尔夫人、希思等。这些受访者身份特殊、视野开阔，关于香港问题的访谈，显然具有非同一般的代表性和权威性。其中包含的大量历史与现代的信息，对当时读者了解、观察和思考香港问题想必是有很大帮助的。

周振天们的足迹踏遍香港这座美丽城市进行拉网式采访的时候，其目光从现实深入到它的奇异历史之中。在周振天看来："香港不仅仅是一颗'东方之珠'，它更像一块璀璨的钻石，是一块玲珑剔透的多面体；我们深入到它的历史、政治、经济、文化，深入到它的高度繁荣与蓬勃朝气，我感受最深刻的还是一份深深的民族认同感和一份同样深深的惊奇，因此在香港，在香港同胞身上，在香港的回归中，我发现了内地正在寻求的东西——现代人的生活智慧。"

因此可以说，周振天在采访中看到的不仅是香港的沧桑，更是智慧，用"智慧"的眼光来观察香港，这无疑是个非常独特的角度。为此，周振天还做了更为悠远的思考，他认为佛教是人类最伟大的智慧之一：

> 中国的道教与佛教同属东方宇宙循环论的文化体系，佛道与儒家相颉颃，形成了中国独特的文化传统。佛道教给人们更多的是如何面对生死，儒家则教给人们舍生取义，所以在中国的文化传统中，更多的是英雄主义和超凡脱俗的智者哲学。我想面对日益变革发展、平稳的社会，如何做一个平凡的人，在大机器时代、后工业时代、信息时代，做一颗真

正意义上的螺丝钉，将兢兢业业的敬业精神和专业智慧奉献
于社会人类，成为新世纪所需要的人才，使社会这个大机器
平稳、正常、迅速地运行，是我们这个时代对传统文化、对
中国人的生活智慧所提出的深刻命题。

由此延伸到对香港问题的观照上，周振天认为："在香港回归的
过程中，感受到中华民族高度的民族自信、自强，和曾经被踩躏而今
涅槃再生的民族尊严的同时，人们还会领悟到为了那涅槃再生，中华
民族所体现出的高度智慧，和平解决香港问题，为和平解决国际争端
提供了新思路和典范，这不正是高超的政治智慧和外交智慧吗？香港
的高度繁荣和经济奇迹充分体现出了同是华夏子孙的香港人所具有的
经济智慧和现代意识，香港独特的文化传统和生活哲学，体现了在东
西方文化碰撞融合中既有继承又有建设的生活智慧。香港人的务实、
勤劳、敬业、进取、合作精神，也正是我们建设新的民族性格所必须
强调的一面。在香港这个多面体中，无论是政治、经济、文化、哲学
还是生活，都无不折射出一种智慧之光，如果要我为这块香港多面体
命名，我只能叫它作'智慧香港'。"

我们从采访记中，可以看到中国三代领导集体在解决香港问题
上，从全面而长远利益来考虑的战略家的高瞻远瞩和卓越智慧；可以
看到香港各界对于香港历史与现实问题的认识，看到解决香港问题的
复杂与艰难，看到中英双方关于香港问题的磋商与较量。在香港政、
商、学、艺界，可以看到安子介对于中国传统文化的深厚的爱和深刻
的解读；看到有丰富实际工作经验的梁振英，从自身的经历和判断而
对香港未来充满信心；看到以一副带有标准微笑的完美无瑕的公事面
孔与人和平共处的范徐丽泰，为香港增添了一份不容忽视的理想主义
色彩；看到提出"一线论"，进一步海阔天空的曾宪梓；看到对香港
像母亲对于子女一样了解，又像一位严厉老师对香港社会问题毫不偏
视和放纵地批判的刘兆佳；看到对"玉米人"和"香蕉人"历史与现
状有着深切了解和愤懑情绪的胡鸿烈；看到沈殿霞"我永远是一个中

国人"的真诚表达；看到"中国人可以说不"的罗德丞；看到对收集和研究香港地图有着深厚兴趣的谭兆璋；看到主张把香港历史讲给现在的年轻人听的陈香梅；也可以看到某些港人如"香港典故"执笔人持媚英立场，却被前英驻华大使柯利华轻蔑地斥之为"这个人写的都是垃圾"，皆可引发读者心灵的撞击和深入的思索。

作品通过一些具体感性而受人关注的人物和事件，来表现作者所关注的中华民族智慧这一命题，从受访者的言谈话语中得到了很好的体现。这样一批可以称为真正精英香港人身上，即他们的思考所反映出的深度，他们的活动所表明的成就，以及对历史的认知，对未来的瞻望，其客观理性的精神与态度，都是关于香港这块中国土地所凝结成的智慧的象征，对中国现代民族性格和生活智慧的形成，具有一定的借鉴作用。作品中所有的文字都是采访者不辞辛苦，从面对面采访中获得的，是第一手的真实可信的宝贵材料，令人读来如见其人，如闻其声。从文献的角度而言，这又是一份不可多得的时代档案，具有非常独特而久远的珍藏价值。

# 第十一章

# 影视文学总监、策划、顾问——借你一双慧眼

鉴于周振天出色的编剧能力，以及在电视剧界的巨大影响力，一些电视剧的创作生产者纷纷邀请其担任文学总监。文学总监这一角色对于一部剧的诞生具有相当重要的作用。按照有关资料对影视剧文学总监的定义，其作用在于：一是结合影视市场及公司战略，挑选、寻找、策划和组织开发影视剧本；二是创意、收集、优化及策划提案、选题、储备、IP资源，并积极推进影视剧本的孵化；三是跟进影视项目拍摄过程中与编剧的沟通协调工作。能够担任这一职务的，显然既取决于其在电视界的声望，又看重其所具有的过人的眼光、优异的创作力和卓越的艺术视野。

这当然也是一种双向的选择。一般属于重大题材，在政治上和艺术上有较高的要求和难度的电视剧，需要周振天这样重量级的艺术家，在文学上来把关定向，这样既可以做到心中有数，不至于涉险碰壁，也可以从文学的角度确保剧作的高质量。

在谈及给一些电视剧担任文学总监时，周振天说：

> 编剧的本事和吃饭的家伙，当然有天资、灵感，还有掌握的生活素材和学识，都很重要。但我认为编剧在现实主义创作原则基础上的虚构能力，具有大胆的想象力、联想力的胆魄也非常重要，电视剧是漫长的三十集到四十集，不懂得如何虚构、如何放飞艺术想象力，你拿什么撑下去啊？而且

虚构还得让人家信服，绝不是简单的叠加，而是一层一层往上翻，没有虚构的能力和丰富的想象力、创造力，一个长篇是撑不下来的，或是硬撑下去也不会饱满充实，不会让观众入胜观赏的。我接触的年轻编剧们大都很用功，但是到了剧本谋篇布局、设置矛盾冲突、人物性格塑造时，常常由于过于拘谨，限制了自己想象力的释放。我通常都会鼓励他们：编剧要展开艺术想象力的翅膀，在尊重生活、尊重史实、吃透人物性格的前提下，敢于大胆虚构。我在担任几部电视剧的文学总监时，大都是为年轻编剧们出谋划策，调动自己的历史积累、生活阅历乃至编剧经验，尽可能帮助他们提升剧本的文学品质、强化人物塑造，让故事情节更加吸睛好看，让主人公的性格更加生动鲜明。当然，给年轻编剧做文学总监，并不是越俎代庖，最好也不要把人家的原稿伤筋动骨，大删大改。我觉得，最好的方式就是尽力发现剧本可以开掘的潜质之处，尽力找到可以推动剧情发展和丰富人物性格的隐性精华，加以丰富与深化，使剧本总体水准能够有一个跃升。

## 第一节 《红军东征》：
## 虚构和设置符合与强化的人物性格行为

如以周振天为文学总监的三十集《红军东征》，2012 年 3 月 1 日，在中央电视台综合频道播出。这是一部再现 1936 年红军东征并取得重大胜利的主旋律电视剧作品。剧作讲述了"九一八"事变发生、东三省沦陷之后，日本帝国主义得寸进尺，先后逼迫蒋介石政府签订了丧权辱国的《秦土协定》《何梅协定》等卖国条约。接着日本华北驻屯军又策动"华北五省自治运动"，中华民族更是面临亡国灭种的危险。历尽劫难走完长征路刚刚到达陕北的红军，继续面临蒋介石的"追剿"，阎锡山的"协剿"，张学良和杨虎城的"围剿"。此时的红军何去何从？1935年12月中旬，中共中央在陕北子长县瓦窑堡召开了八天会议。毛泽东提出了一个石破天惊的思路：东渡黄河，挺进山西。红军渡河后一边打仗，打击顽固分子，团结抗日的力量；一边宣传，筹款，扩红。红军每到一地，山西百姓亲眼见到红军是一支仁义之师，对红军十分欢迎，因而红军东征一路所向披靡。蒋介石却派十几万中央军及阎锡山的十万晋绥军，向人数只有一万多的红军队伍扑来，东征到了危急时刻。面对此种危局，东征的红军兵分三路，迅速东进、南下，发动群众，扩大筹款，创立河东革命根据地，积蓄和发展抗日力量。经过一系列惊心动魄的斗争，红军东征已基本达到预期目的，遂决定西渡黄河回到陕北，历时七十五天的东征宣告结束。如果说"七七事变"拉开了中华民族全面抗战的帷幕，那么红军东征则是帷幕拉开前的一曲威武雄壮的序曲，对我党我军的生存、发展和壮大，对整个中国革命的历史进程，都具有全局性的重大影响。

电视剧《红军东征》就是以这一真实的历史事件，即它是"长征的后续，抗日的前奏"为背景，反映了毛泽东、周恩来、彭德怀等一批中国革命领袖，领导红军和广大民众同反动顽固势力做斗争，进而奋起抗日的惊心动魄的历程。这是一段很重要的历史，却又是过去很少涉及和表现的题材。剧作的特点是融史料性、思想性、艺术性和观赏性于一体，以全新的视野和精彩的展示，让观众在领略那段艰苦卓绝的光辉历程中，感受老一辈无产阶级革命家伟大的革命情怀，体会革命的胜利成果来之不易。全剧在真实再现历史的同时，很好地将革命正史与人物轶事结合在一起，体现了生活的真实与艺术的真实的高度统一，刻画了一系列性格丰满的历史人物和他们的精神世界，在重大革命历史题材电视剧的创作和表现上进行了新的探索。同时，剧中不仅有气势恢弘的战争场面，也在传神的故事中体现了普通革命战士追求美好生活的愿望。从而使这部革命历史题材的作品显示出了特有的品格。

周振天在谈到这部的整体把握时说：

我觉得不是观众不能接受所谓"正"的作品，其中一个重要原因，是一些从业人员优秀文化和历史知识的存量不够，以及审美品位尚待提升的问题。我给电视剧《红军东征》当文学总监，剧中有一个情节，就是毛主席、周恩来突然听说刘志丹牺牲了，但剧本里却没有写毛泽东、周恩来的反应。我问：刘志丹牺牲那样重大事件，毛泽东和周恩来必须有反应啊。他们告诉我：史料上没有记载毛主席和周恩来得知刘志丹牺牲之后是什么样的反应啊！我说：红军的一员大将死了，毛泽东和周恩来一点反应都没有？说不过去呀。咋办？要根据毛泽东和周恩来的性格进行虚构。毛主席对刘志丹牺牲的反应怎么写？因为剧本前面有一段很精彩的桥段，那就是刚刚到陕北时，中央红军缺钱缺粮，一天毛主席和彭德怀饥肠辘辘散步，突然闻到浓郁的炖猪杂碎的味道，二人循着味道找到李德房间，看见李德买了老百姓杀猪的下水正在美美吃着。毛主席逗趣道：李德同志你可不能吃独食啊……根据这个桥段，我帮他们虚构了一下情节：不久，红军东渡到了山西石楼，成功地筹粮筹款，安顿下来后，毛主席拿出一块银元让警卫员找老乡买猪下水，很久没沾油水的他要解解馋。猪下水炖好，毛主席掏出辣椒正准备大快朵颐，突然接到刘志丹牺牲的电报，顿时毛主席完全没有了食欲，沉重地撂下筷子，陷入悲痛……

周振天还给编剧虚构了周恩来的情节：

　　周恩来在黄河西边为东征红军做后援工作，听说刘志丹牺牲后，非常悲伤，没心思办公了，走出去，看见一个瞎子卖唱的，他就跟老大爷说：老人家，您会唱"陕北出了一个刘志丹"吗？瞎子说，我会啊。周恩来说你唱一段，瞎子唱完后伸手就要钱，说俺是卖唱的，你得给我钱。周恩来一摸，身上没带钱。就问警卫员要，警卫员说：没零钱，就一块大洋，还得寄回家里头呢。周恩来说，回去我给你。就把一块大洋给卖唱的瞎子，瞎子一摸，乐了，问：老总你是大官吧，让我唱多少我都唱。当老汉一唱"陕北出了个刘志丹"时，周恩来的眼泪就下来了，瞎子唱完一段问：老总还让俺唱啥？此时，在老汉的歌声中周恩来已经悲伤地走远了。这场戏完全是虚构的，但是我相信周恩来应该有这种情怀，周恩来听到刘志丹牺牲后那种痛彻心扉的东西，必须要外化出来。把人物内心情感准确地外化出来，也是编剧必须具有的本事。

这两段话，反映了周振天按照特定情境下和相互关系中人物可能有的反应，建议虚构和设置符合与强化的人物行为，这是具有丰富编剧经验的表现，应当说是非常合理而又高明的指导性意见，对于提升剧作的质量无疑是有很大帮助的。

## 第二节 《为了新中国前进》：敢于虚构非常态的戏

周振天担任文学总监的二十二集电视剧《为了新中国前进》，根据人民英雄董存瑞的战斗事迹改编，反映的是董存瑞和他的战友们，在解放战争期间面对出生入死的战斗生活，所表现出的英雄气概和牺牲精神。剧作不是仅仅把"牺牲"局限在董存瑞一个人身上，而是以董存瑞烈士的生平事迹为主线，通过塑造一群普通战士浴血奋战的英雄形象，表现了我军官兵英勇善战、不怕牺牲、敢于同敌血战到底的顽强作风和战斗意志。剧作以宏大的战争场面展示，紧张的战斗情节编织，细致的人物情感刻画，重述了这段广为人知的革命历史，再现了为了新中国的成立而付出巨大牺牲的董存瑞班战友们的英雄壮举，特别是董存瑞烈士十九年短暂而壮烈的一生。

对于如何以电视剧的形式，表现好董存瑞这个家喻户晓的英雄人物，周振天言词肯定地说：

> 　　虚构，还要敢于虚构非常态的戏。我给《为了新中国前进》当文学总监，最早的电影《董存瑞》是张良演，现在的电视剧是王宝强演。要给王宝强写一个憨憨的董存瑞，而不能写成张良那个机灵鬼样的董存瑞。只写董存瑞频频英勇打仗是好的，但很容易形成战斗动作的叠加。性格的多样、复杂还是体现不出来。所以还要敢于、善于写英雄人物的非常态。什么叫非常态？就是一般情况下，剧中的厚道憨憨的董存瑞绝不会有的行为与情态。剧本写了，董存瑞部队有一个特点，打仗立了功，团长要请去喝酒。董存瑞打仗立了功，被团长请去喝酒。见了大官他很拘谨。刚开始很紧张，不敢抬头看团长，手夹菜都哆嗦。但是几杯酒下去喝高了，完全不能自己，竟然搂着团长叫哥。陪酒的连长在一边吓坏了。团长说：董存瑞，以后你有啥困难就找我。董存瑞说：我想入党，可是连长瞧不上咱，不让我入党。连长慌得闹个大红脸。最后喝醉了，连长把他背回连队。转天醒来，连长熊他：你知道昨天晚上你在团长面前都胡说八道什么了？还搂着团长叫哥，还告我的状。你找死啊。酒醒之后的董存瑞完全不记得自己昨天晚上说了什么，吓坏了。就在这时，团长就偏偏来了，大声说找董存瑞。连长大为紧张。以为团长来兴师问罪。孰料团长说：董存瑞不是让我介绍入党吗，这是我写的介绍董存瑞入党的推荐信。连长这才松了一口气……这一场戏，就是董存瑞的非常态。大胆虚构，写好非常态的戏，这样的人物塑造就不会一顺撇了。无论写历史剧、年代剧，还是现代剧，都是如此。

　　采用恰当、合理又必要的虚构手法，将电视剧中董存瑞的形象塑造成不同于电影中的董存瑞，使之成为一个性格鲜明、有血有肉、可敬可爱的英雄人物，无疑是相当有启示性、指导性的价值的。

这部剧的精彩还在于对于重点场面的拍摄，如董存瑞炸碉堡那场战斗，剧组为了拍好这场戏准备了很久，而且按一比一的比例重建了很多桥和碉堡，现场布了近百个炸点，给炸桥准备了二十多公斤的炸药，所以比较危险。同时，剧组还专门准备了四台高清摄像机，从不同角度拍摄"爆炸"的戏份，当饰演董存瑞的王宝强举着炸药包站在桥下大喊"为了新中国，冲啊！"的时候，爆炸的场面便随之惊天动地地展开来，那情景和真实的打仗完全一样。这场戏拍了整整一天，其效果也达到了理想的要求。

这部剧作播出后，反映还是很强烈的，观众普遍认为，无数革命先烈为建立新中国奉献出了宝贵的生命。在那样枪林弹雨、战火纷飞的年代，信仰之于他们具有多么巨大的力量。董存瑞因为真正找到了值得一生为之奋斗追求的正确道路，他才义无反顾地为了新中国前进。那么信仰之于今天的人们，还有多大的魅力呢？我们现在不需要像战争年代那样去抛头颅、洒热血了，却有祖国的现代化建设事业需要我们脚踏实地、兢兢业业地去奉献，也要求我们在某种迷失自我的现状前，正确地调准通向信仰的目标路径，并且奔涌起青春的热血，振奋起为伟大祖国繁荣富强而献身的信心和力量。观众的这种认识，正是电视剧《为了新中国前进》的策划与创作的初衷，其目的显然是达到了。

## 第三节 《新敌后武工队》：
## 凭借更多真实生活细节的支撑

2005 年，周振天受八一厂电视部张谦主任和导演陈剑飞邀请，作为文学总监与几位年轻编剧史航、段蝾、柳桦、李梦现一起，商量如何改编冯志的长篇小说《敌后武工队》。在此之前，已有吴京安版、马树超版的根据长篇小说《敌后武工队》改编的影视剧，大家在一起讨论最多的话题，就是如何在忠实原著的基础上，超越前两版的《敌后武工队》，在艺术上能够反映和实现新的追求和进步。周振天与几位年轻编剧搞出的《敌后武工队》，由于是何冰作为主演而被称作为何冰版。

长篇小说《敌后武工队》是写抗日战争期间，我党领导下的冀中敌后武工队可歌可泣的战斗故事与英雄事迹。在1942年的敌后战场，日寇在我冀中平原地区进行了实行"杀光、烧光、抢光"政策的五次大"扫荡"，处处血雨腥风，冀中平原乃至沧州地区的抗日力量遭到严重破坏，敌人比以往更狡猾也比以往更凶残。敌后武工队奉上级指示组建，作为领导者的是刚从太行山下来的游击队骨干魏强，他同"活地图"赵庆田、"独行侠"刘太生、"大少爷"辛凤鸣、"多面手"贾正、"走江湖的"李东山，以及区委委员汪霞等一起，在极端困难与危险的条件下，同敌人展开了机智勇敢的斗争，出色完成了每一项任务，给首要对手——刘魁胜为代表的伪军及日军以沉重打击。

周振天作为文学总监参与这部剧的策划、论证与创作，对确保剧作的思想艺术质量，发挥了非常重要的作用。因其在1991年作为总导演、总撰稿创作过反映晋察冀抗日根据地建立、发展、壮大的大型专题纪录片《壮士行》，其中一集就专门说到冀中的抗日。他曾到冀中地区做过采访，从老游击队员和老乡嘴里了解了许多小说中没有的细节与故事。

令我最为震惊，也最为感动的一个故事就是当年敌强我弱，日伪军的炮楼林立，白天躲在山里或青纱帐里的武工队、区干部只能半夜进村活动。但是老百姓几乎每家都养着看家护院的狗。只要武工队和八路军夜里进村，就惹得村里的狗叫个不停。日伪军听见狗叫声，就知道武工队进村了，就立马重兵"围剿"过来。武工队难以进村，吃穿补给、伤员疗养、情报传送等全成了问题。当冀中地方党委得知这个情况后，号召乡亲们为了武工队、八路军的安全不要再养狗。于是就出现一夜之间冀中百里无狗吠的奇迹。可以想见当时老百姓处理自家狗时的纠结与不舍。冀中乡亲们为赢得抗日战争的胜利做出怎样的牺牲由此可见一斑。当时的伪军汉奸对付武工队和共产党的干部也有一套鬼点子，为找到武工队和区干部藏身的老百姓家，他们进院子先看土墙根上有没有男人尿尿的痕迹。因为庄稼汉在地里干活，也就在庄稼地里方便，夜里方便有夜壶。只有隐藏在老百姓家里的武工队和区干部们不便出门，才在院墙根上撒尿。再有，他们只要发现老百姓家里和院子里有写字的碎片或是甩钢笔的墨迹，就立刻锁定目标……

　　年轻编剧们对周振天介绍的这些真实历史故事很感兴趣。加之他们也都去冀中体验了生活，创作欲望高涨，人人摩拳擦掌，由此也就敲定了超越与突破的路数，那就是尽力增多、加厚那个时代冀中抗日斗争生活细节含量，并由此强化正反角色的性格塑造与生动刻画。即向真切的生活要质量，用鲜活、独特的生活争取更高的收视率。

　　周振天在回顾那个时期抗日题材电视剧的创作时，认为：

　　　　主创人员对抗战题材都有一种敬畏感——对那个悲壮惨烈时代的敬畏感；对抗日战争那段历史、牺牲英烈和经历过冀中抗战枪林弹雨的小说作者冯志同志，大家也都有深深的崇敬感。可以说艺术创新的冲动是有的，超越与突破的期待是有的，期盼高收视率带来良好商业回报的愿望也是有的。但是主创人员都知道哪头轻哪头重。2013年在央视黄金时段播出的长篇电视剧《我的故乡晋察冀》，也是我根据在拍摄《壮士行》时积累的丰厚的生活创作的。该片收视率很不错，荣获中宣部"五个一工程奖"。2021年，《我的故乡晋察冀》又被中宣部定为庆祝建党一百年百部优秀电视剧之一。《我的故乡晋察冀》能够获得这样的荣誉，抗日战争时期的生活积累是起了关键作用的。发自内心地要说一句：感恩生活！

回想这部剧的创作过程时，周振天不无感慨地谈道：

> 那时候真的想不到，后来电视剧播出平台频频出现抗日神剧而被人诟病。我个人认为这个现象与"十八大"之前某些网络、媒体对中国革命历史，包括抗日战争历史的消解与歪曲的语境大背景是有关的。还有资本无序扩张地参与抗日题材影视剧的创作经营，把谋取商业利润放在压倒一切的位置。应该承认，资本进入影视剧创作，激活和催化了整个影视剧的市场。但是，资本进入艺术领域却不受节制，肆意膨化时，"神剧"现象就会产生。再有，抗日题材的编导准入门槛太低，特别是陆续从业的新一茬编导对中国近代史、抗日战争史，乃至中华民族优秀文化传统的认知都缺乏应有的积累，也是有直接关系的。

剧本搞出来后，为了区别于前两者，剧名定为《新敌后武工队》。导演陈剑飞聘请何冰、于和伟、林永健、丁柳元、张政勇等担纲正反主角，应该说导演慧眼识珠，今天回头看这一版的《新敌后武工队》，其可以称得上阵容豪华，大咖云集。在周振天看来，各个版的《敌后武工队》各有所长，如果说何冰版的《新敌后武工队》有什么鲜明特点的话，就是有更多真实生活细节的补充与支撑。虽然过去了不少时日，但至今观看还是蛮吸引人的，这从观众弹幕的简短评语中就可以看出来。对此，他深感欣慰。

## 第四节 《毛泽东》：站在历史高点上刻画人物

大型史诗电视剧《毛泽东》，是为纪念我国伟大的无产阶级革命家、新中国的缔造者毛泽东同志诞辰一百二十周年而拍摄的。为了真实而艺术地全景式展现伟人毛泽东一生，这部共一百集的电视剧，上部六十集内容主要是以 1893 年毛泽东同志诞生到 1949 年新中国成立这段波澜壮阔的历史进程为背景，展现毛泽东求学立志、辗转全国探索救国救民道路的峥嵘岁月，以及毛泽东同志参与中国共产党建党，并率领中国共产党人建立新中国的奋斗历程。下部四十集主要讲述新中国成立后，以毛泽东同志为核心的党的第一代领导集体励精图治建设新中国的艰苦奋斗历程。2013 年在中央电视台一套和湖南卫视黄金时段同步播出。其后还译成英语、俄语、阿拉伯语、法语等在境外电视台播出。

当年出品方制片人罗浩邀请周振天担任电视剧《毛泽东》剧本的文学总监，作为文学总监之一，周振天主要参加了这部长篇电视剧（上部）文学剧本的研究与策划。作为总编剧的黄晖是周振天的老熟人了，创拍电视剧《血色湘西》时，黄晖是编剧，导演王静则邀请周振天做这部剧的文学顾问，周振天对其已多有了解。在他印象中，黄晖是位成熟的编剧，尤其作为土生土长的湖南人，其笔下的湖南人物性格鲜明，活灵活现，湖南的独特生活气息更是浓郁。周振天感到由黄晖领衔电视剧《毛泽东》文学剧本的创作，投资方真是好眼力。

做这部剧的文学总监虽然是义务帮忙，对文学剧本的研讨与论证也只应邀参加过三四次，但该做的功课，周振天做得非常认真。他曾回忆过参与研讨论证和建言献策的细节：

> 怎样塑造世界级的历史伟人艺术形象？我摘抄下黑格尔的论述："因为历史上这一个向前进展的'精神'，是一切个人内在的灵魂，但是它是不自觉的'内在性'，而由那些伟大人物带到自觉。他们周围的大众因此就追随着这些灵魂领导者，因为他们感受着他们自己内在的'精神'不可抗的力量。假如我们进一步来观察这些世界历史个人的命运——这些人的职务是做'世界精神的代理人'……"我觉得这话用来理解毛泽东人物形象很是对位的。还有专家对黄仁宇先生著书立说大历史观的分析我也做了笔记："黄仁宇先生认为

评价历史人物先要把历史人物放在大的历史背景中去分析他存在的合理性，再分析其褒贬。这就站在了很高的点上……重点评价其对历史的作用。"几次剧本研讨会，我对大纲和初稿，特别是对如何塑造好毛泽东的艺术形象提供了自己的想法，编剧团队认真做了记录，后来也做了相应的调整与修改。

拍摄好这部剧的难度是很大的，编剧用了三年的时间来写剧本。黄晖表示："这是一部有'温度'的伟人剧，自己创作的是一个不断成长的毛泽东，写的是一部平民英雄志。这个剧中的毛泽东是有显著变化的，是慢慢成熟成长为伟人的，而我们要解答的就是，他到底是如何成为伟人的。"导演高希希说接拍此剧"诚惶诚恐"，展现伟人毛泽东的影视作品不少，如何重新表现毛泽东的一生，不落俗套，这让他忐忑不安。因此，全剧以捕捉细节为理念和标准，对大量历史文献资料进行梳理，而对于已经几乎成为"毛泽东扮演专业户"的主演唐国强，高希希也要调动他的积极性，尽量让他展现不一样的毛泽东。周振天认为，导演高希希的"诚惶诚恐"和"忐忑不安"，既是面对一部具有恢弘历史背景和描写一位非同凡响伟人的电视剧作品的谦辞，也可以理解为"十八大"之前网上某些"公知"对党史、军史充斥着荒谬消解与另类阐述的驳杂舆论语境背景下的一种谨慎。饰演毛泽东的唐国强说："最让我感到压力的，不是再怎样创作好毛泽东在荧幕上的形象，而是如何展示好毛泽东所经历的沧桑岁月，负责任地对观众展示好这段历史画卷。"曾成功塑造过青年毛泽东形象的青年演员侯京健，说他的压力来自他所塑造青年时期的毛泽东能否为大多数人接受与认可。

尽管有很大的难度，电视剧《毛泽东》团队在开机仪式上仍表示要做史上最优秀、最难以超越、最完整的史诗性人物传记电视剧。要让人物真正成为历史的主角，用最高度艺术化的表现手法，将史实与艺术完美结合。要用最引人入胜的情节，将故事与感动完美结合，真正地达到让这类文艺作品深入人心。要用最精密的播出安排，将收视与口碑完美结合，实现核心价值观的有效传播和民族传统优秀文化的承传，铸成一部史上最有"温度"的伟人传记经典之作。正可谓功夫不负有心人，剧作播出后受到了各方面的一致好评。有专家认为这是一个经得起历史检验、经得起政治检验、思想艺术水平都很高、里程碑式的作品。我们只有知道了中国共产党的真实历史，才能真正热爱伟大光荣的党；只有真正认识到了伟人毛泽东他们一生为之奋斗的理想信仰，我们才能够真正树立起爱国主义精神。它渗透了人们对毛泽东的怀念之情，是中国电视剧艺术史上一部不朽的经典之作。瞻望2023年，又将迎来毛泽东主席一百三十周年诞辰。周振天相信，届时将会有纪念、讴歌毛主席的重头影视作品投入创作、播出。在道路自信、理论自信、制度自信、文化自信越发深入人心的当下，编导们会更加理直气壮地以书写大历史的浓重笔墨讲述、歌颂毛泽东，也会推出更多更优秀的作品。

## 第五节 《深海利剑》：
## 将经历与体验融汇于创作指导之中

2014年，在海军组织的一次不打招呼的战备拉动中，372潜艇紧急出航，潜入大洋，其间遭遇水下淡水区，潜艇突然失重掉深，372艇指挥员临危不乱，在短短一百八十秒的时间内迅速、成功地处置了重大突发险情，避免了艇毁人亡惨剧，并且事后带伤圆满完成战备远航任务，创造了中国乃至世界潜艇史上的奇迹，受到了军委首长的高度褒奖。

根据这一事件，海军政治部等单位决定联合打造、出品军旅剧长篇电视剧《深海利剑》。该剧编剧冯骥、尚伟曾经创作出多部军旅题材电视剧，他们曾深入到海军潜艇部队体验过生活。但作为一部长篇电视剧，编剧面临的问题是372艇遇险、救险、成功脱离危险只是在一百八十秒之内发生的，怎样将这一百八十秒的惊心动魄延长扩展为三十多集的长度，是很具有挑战性的。这是一部鑫宝源影视投资有限公司与海政电视艺术中心合作制作的剧目，作为中心的老主任和剧目的文学总监，帮助搞好剧本则是义不容辞的，而且海军潜艇部队的生活，又是周振天比较熟悉和擅长的。从选题的确定、剧本的论证到作品研讨会的召开，周振天可以说全流程地参与其中，为其保驾护航、问诊把脉，耗费了相当多的心血。

周振天与编剧团队经过反复研究，确立了故事主轴线和几条辅线。故事主轴线就是以我海军为正在研发的新型潜艇培育优秀青年指挥军官为大背景，从主人公阴差阳错地被选入海军潜艇学院优秀潜艇指挥人才班为起始故事，随后就是他和战友们的成长、挫折、跃升；他与战友、家庭，乃至与恋人跌宕起伏的命运际遇，周振天这样描绘他将生活经历与切身体验融汇于创作指导之中：

> 主轴线和辅线贯穿故事编织妥当，总体骨架就算是搭建起来，但如何让几位潜艇官兵主人公和一支潜艇部队的艺术呈现能够血肉充盈，具有生活的独特与鲜活，就要靠潜艇生活细节的刻画与描述了。我当年在东海舰队 276 潜艇代职过副政委，跟随潜艇出海执行任务过程中，积累了很多切身感受，甚至刻骨铭心的记忆。剧中男主人公从一名潜艇学院学员最后成为新型潜艇的艇长，不仅是职位的巨大变化，这就要求剧本对艇长的军事素质的养成与内心世界有细腻的刻画。对他成为艇长之后临危不惧，敏锐冷静判断能力的表现更要非常到位。我曾在潜艇体验生活笔记上写道："紧急情况时，全艇只有一个大脑，那就是艇长。"的确，一艘潜艇在水下执行任务时，外部环境千变万化，当紧急情况或意外发生时，艇长来不及与其他人商量，他必须在第一时间做出反应，发出各种口令。一个口令的对错就可能是生与死的不同。372 艇的掌门人在遇到突然掉深危机时，一百八十秒内发出了几十个口令，每一个口令都是准确得当，才得以在千

钓一发之际逃离死神的掌控。要想塑造好几位主人公的艺术形象，就必须依附在潜艇部队内部独特的人际关系以及独特生活环境的刻画。比如，常规潜艇的住舱是各个兵种中最狭窄最拥挤的，官兵们笑谈中形容三层的狭窄铺位为"沙丁鱼罐头"。但这里却是地地道道的同舟共济，生死与共，所以战友之间的关系也是最亲密、最默契的。就拿供氧为例，潜艇长时间潜航在海下，氧气全部靠密封罐装氧气板产生。当舱内二氧化碳达到临界点时，水兵们就会打开封罐，抽出一片片能够产生氧气的过氧化钠放置在架子上，与二氧化碳反应生成碳酸钠和氧气。与有着绿色植物的陆地上不同，艇内的二氧化碳是不会全部消失的，因为为了保持潜艇的隐蔽性也不能将其排出。于是在艇内浊气（二氧化碳）下沉，清气（氧气）上浮。我第一次出海，老艇员就提醒我，水下航行久了，浊气都在下面，尽量不要蹲下系鞋带。所以一旦有新兵上艇，老兵都会把上铺让给新兵睡……类似这样独特的人际关系细节在潜艇部队里还有许多。与年轻编剧们侃故事、聊情节的同时，我特别希望他们能够理解、接受我在潜艇里时的切身感受和创作理念。与此同时，年轻人的思维对我也有所启发。《深海利剑》剧本创作，不仅仅是编织剧情、塑造人物、开掘选题主旨内蕴的过程，也是我自己咀嚼、回味过往潜艇部队生活的一次极好机会。执导《深海利剑》的是著名导演赵宝刚，他一向善于表现当代青春题材，经他精心的二度创作，《深海利剑》拍摄得很成功，播出后收视率和口碑俱佳。更让人欣慰的是，通过《深海利剑》的剧本创作，也为培养海军年轻编剧提供了好机会，编剧团队里最年轻的黄小韦虽然是第一次参与长篇电视剧的创作，但也很圆满地完成了任务。

由著名导演赵宝刚执导的三十四集电视剧《深海利剑》，于2017

年 7 月 27 日在北京卫视、浙江卫视播出。这部具有现代海军军事气质的长篇电视剧，以崭新的生活视角和精湛的艺术呈现，生动地反映了当代海军潜艇官兵为适应现代条件下的战争所进行的艰苦探索和所走过的强军之路，在题材上有开拓性和创新性的意义。剧作一开始就设置了一个巨大的悬念，并且将这个悬念一直贯彻到作品的终卷之时。即海军潜艇某部 377 艇在执行战备巡航任务时，遭遇 × 国性能先进的攻击性潜艇"黑鲨"的袭扰却苦无还手之力，因战力和装备处于劣势而产生的强烈危机意识和忧患意识，促使决策者们火速制订"T 计划"，以前瞻的眼光与超常的措施选拔和培养优秀潜艇指挥员，为未来驾驶更为先进的某新型潜艇做准备，以谋求在未来战争中占得先机战胜对手。于是有了 377 艇艇长吕奉光、副艇长尚堂、心理教官金子晴等，在海洋大学选贤任能、慧眼识才，不拘一格地招收了卢一涛、韩冰洋、姜耀、鹿宁、席楠、高迪等一批优秀学员，先进入大连潜艇学院进行专业性的深造，毕业后转入潜艇部队服役锻炼，以将其锻造成深海堪当大任的执剑者。作为一部从某种意义上讲是表现励志铸剑的剧作，其循序渐进地设置了一系列既充满浓郁潜艇生活色彩，又具有青年官兵心理特征的戏剧情境和桥段，以真切的、时尚的、细腻的艺术手法，清晰地表现和展示出这群个性鲜明、气质阳刚、才干独具的未来潜艇骨干的堪称严酷的成长历程，诸如经历八天密封舱训练，水下脱险训练，潜艇实操训练，与敌艇缠斗冲出死亡海域，长航九十天的训练，解救被海盗劫持的华阳号，完成驱散敌航母编队前往演习海域等，以至于出色担当起指挥操纵更先进的 801 艇的任务，真正成为纵横大洋、令敌胆寒的无敌利剑。

就在这本书进入二校时，海军题材的长篇电视剧《和平之舟》在中央电视台一套黄金时段开始播出。编剧冯骥、制片人唐静、军事制片人王强，周振天担任艺术顾问，几乎仍是电视剧《深海利剑》的原班人马。这一组海军电视艺术中心战友又一次成功地合作，值得大家期待。

## 第六节 《红海行动》："现象级"主旋律军事电影

### 1. 获得高票房的"黑马"

2018 年是周振天在先名为海军政治部电视艺术中心，后名为海军政治工作部电视艺术中心，从事电视剧创作生产的第三十个年头。

1988 年他被调入这里，成为第一任主任，开始了海军影视编剧、制片人、出品人的颇为漫长的生涯。到了 2018 年大年初一，这个一直主做电视剧的中心在时任主任唐静的主持下，破天荒地搞出了一部轰动海内外的电影《红海行动》，周振天受邀担任了这部电影的策划。2018 年农历大年初一，电影《红海行动》开始上映，前几天在各大影院排片率低，后来则渐渐走高，到最后下线时票房竟高达 36.7 亿元，豆瓣评分为 8.5 分，被舆论称为"黑马"。有人说《红海行动》开创了风气之先，是中国主旋律电影类型化的里程碑。

在《红海行动》的创作推进中，周振天担任的是名符其实的策划，从他的口述中可以窥见其全部过程。他说曾在"也门撤侨"行动中担任总指挥的夏平少将，时任海军政治部副主任，主管宣传文化工作。2015 年的某一天，夏平副主任召集唐静、周振天几位创作骨干谈创作问题，他说海军的"也门撤侨"是新中国海军首次在域外执行的军事行动，这个行动可以改编成影视作品。按照夏平少将的要求，唐静和周振天等人立刻进行商量，根据其就是一次行动的特点，事件的过程和情节很紧张，他们认为如果拍成影视作品的话，难以像电视剧那样拉得很长，而最好的办法是拍成电影，在影片中可以以紧凑激烈的方式表现两个小时的战斗。

在商定后找谁来做合作方是要考量的，唐静找到了博纳影业集团董事长于冬。唐静后来回忆说："我把海军南也门撤侨的故事概要地讲了十分钟，于冬就决定投资了。"

周振天认为于冬是个有情怀的商人，其曾投资过的影片《智取威虎山》《湄公河行动》等电影，就产生了巨大的影响并且也获得了很好的票房。后来《红海行动》的成功，说明唐静的抉择是很明智的。

"也门撤侨"是一个颇受国际关注的事件。自 2014 年以来，也门紧张局势持续升级，美国、英国、法国和德国等十多个国家已经相继关闭使馆，要求本国公民撤离也门。2015 年 3 月 26 日起，由沙特阿拉伯和埃及、约旦、苏丹等其他海湾国家参加的国际联军，在也门发动了打击胡塞武装的军事行动。当这些国家对也门展开空袭后，当地局势更是骤然紧张。根据习主席和中央军委命令，中国海军舰艇编队赴也门执行撤离中国公民任务。2015 年 3 月 26 日深夜，接到上级命令后，海军立即组织在亚丁湾执行护航任务的临沂舰、潍坊舰和微山湖舰，向也门亚丁港海域机动。在机动的同时，编队连夜部署各舰迅速由护航状态转入撤离任务准备状态，完善舰艇靠泊、人员核准登舰、舰艇安全警戒、生活保障、卫生防疫等方案，在最短时间内完成了一切准备，并顺利完成了首批撤离任务。3 月 29 日，122 名中资企业人员和侨民等中国公民，其中包括 7 名妇女和 1 名儿童，以及两名来自埃及和罗马尼亚的中企所属人员搭乘中国海军临沂舰，于当地时间 29 日晚抵达吉布提共和国的吉布提港，并得到中国驻吉布提大使馆的妥善安置。3 月 30 日，第二批 400 多人乘坐中国海军潍坊舰离开也门荷台达港，至此，需要撤出的中方人员已全部撤离也门。4 月 2 日，中国海军临沂舰搭载巴基斯坦等 10 个国家在也门的 225 名侨民，自也门亚丁港平安驶抵吉布提。据初步统计，撤离人员中有巴基斯坦 176 人、埃塞俄比亚 29 人、新加坡 5 人、意大利 3 人、德国 3 人、波兰 4 人、爱尔兰 1 人、英国 2 人、加拿大 1 人、也门 1 人。此前，中国政府在也门撤离中国公民行动中，还协助罗马尼亚、印度、埃及等国的 8 名侨民平安撤离。

这就是"也门撤侨"的主要过程。

### 2. 按严格的军事标准和要求拍摄影片

请来执导《红海行动》的林超贤是香港著名导演，他拍摄了三十多部影片，其中《证人》《线人》《江湖告急》《逆战》《野兽刑警》

《激战》《魔警》《破风》《湄公河行动》等都是非常优秀的电影，在创作的理念方面跟国际化比较接轨。虽然他是一个善拍枪战片、警匪片的导演，但是对拍军事题材影片也是有诉求和愿望的。但是让他来拍《红海行动》，还是令他有些意外，说让他拍一个舰队，一场海军的大规模行动的电影，这是他做梦都没有想到的事情。这次算是圆了他的一个梦。

按照常规的套路，海军的电视中心先是派作为编剧的冯骥去体验生活，林超贤在拿到冯骥的剧本后又去体验生活。周振天说：

> 这个生活真不是白给的。你去和不去，就是不一样。还有你去了，深入下去和不深入下去也是不一样的。不能像葫芦一样浮在水面，你要像秤砣一样沉下去。不能说我到舰队去就住在舰队招待所，那不行，你就要到军舰上去，你要跟大家一起住着。作家要体验生活，你这样生活了之后写出东西来，你才有干货，才感人。

林超贤到了部队后，海军某部特战队的蛟龙分队给他表演，向他展示平时训练作战的状态。林超贤看到后赞叹不已，连称这很了不起。当他看到蛟龙分队使用的各国各种制式的武器时，说哎呀，武器的先进程度，完全超出了我对海军特战队的想象。林超贤还发现了特战队的特点，即这些海军特战队的队员们虽然个个身怀绝技，但都很沉默，很少说话，这出于他们的职业习惯，属于讷于言而敏于行的类型，可以用古话说的"静如处子，动如脱兔"来形容。海军特战队员的这种特点跟林超贤的气质特别像，比如在影片筹备期开会期间，这位导演了那么多影片的林超贤，居然还显得很害羞，人多了说话竟然还会脸红。但是当他一到了拍摄现场，就像疯了似的立刻进入癫狂状态。在现场总是穿着一身迷彩服，好像他也是特战队员一样。

在电影拍摄过程中，他们请特战大队的领导给影片做军事顾问，请刚刚转业的狙击手也去拍摄地摩洛哥参加拍戏。这样做的好处是，对于每一场戏，队员们的互相站位应该是怎样的，战术行动应该怎样规范，怎样才能符合实战要求，均有这些人在现场作指导。从而使林超贤在其整体构思和细节呈现上，弥补了可能存在的军事上的短板，不至于出现战术行动和武器使用上的瑕疵，不使军事迷们在看电影时挑出毛病，影响对影片本身的评价。如影片一开始，有一场在直升机上射击的戏，若是弄个支架来支撑，那肯定是不行的，实际是采用吊带来固定，这就比较专业，也符合直升机的结构特点。再就是枪上瞄准镜用麻布蒙着，这也是军事指导提出来的，因为枪上的瞄准镜容易反光，会暴露目标。军事行动是勇敢者的事业，也是一门学问和技术活。既要算出风速对子弹的影响，还要算出移动目标的速度跟子弹到那儿以后的差距，都必须经过精确的计算，而且在彼时彼刻是在脑子里的计算，这对战斗者的要求是很高的。那些参加影片拍摄的演员到了摩洛哥，每天都接受军事指导的指点和训练，几个月时间下来，慢慢地都觉得自己就是蛟龙突击队的队员了。

剧组在摩洛哥拍摄时，创作团队涵盖了来自中国大陆及港台、韩国、马来西亚、泰国、英国、德国、法国、美国、摩洛哥等多个国家和地区的工作人员，累计达三百多人。仅 2017 年 2 月 26 日的一场戏就动用了一千二百多名演员，以及大量摩洛哥皇家卫队宪兵等装备配合参演。该片运用了"海、陆、空三线调度"和"实景拍摄"的拍摄形式。在非洲的摩洛哥取景，从陡峻的高山到荒芜的沙漠，从繁华的城市街头到落寞的古城老巷，辗转近十个地区。拍摄的时候几乎什么都没的吃，因为只有肉没有菜，拍摄的地方接近撒哈拉沙漠，平均温度差不多在四十五度以上，主要演员张译在那里种了三个月的菜。因为该片的拍摄周期太长，拍摄环境太艰苦，许多受邀的女演员都推掉了此片的片约。海清进组后没多久手就骨裂了，后来脸还被臭虫咬烂了，因此特别想回家。导演林超贤平时对演员们很保护，很多危险动作都不让他们做。但因炸车的戏份不让演员实拍会显得不真实，真到实拍时，海清被爆炸带来的热浪掀翻，手也流了血。为真实展现海军风采，"蛟龙"突击队队员进行了超过八百分钟的军姿和一百二十小时的枪械训练，每天还坚持进行二百分钟的体能训练。拍摄的现场是逼真且危险的。在拍摄一场爆破戏时，使用的炮弹都是真实的。爆破组在前面准备，演员们跟着摄影机跑过去，虽然做足安全措施，但张译还是被爆破的石头溅伤了。

### 3. 一次大胆而卓越的艺术行动

《红海行动》于 2018 年春节档上映了。这堪称是一次大胆而卓越的艺术行动。影片最终制作总成本达五亿元人民币预算，军事装备预算达两亿元人民币。

主创人员根据我国在也门所展开的大规模撤侨行动这一真实事件进行成功改编，凭借超凡的想象力，充分运用现代电影科技手段，进行了令人惊叹的艺术虚构和精心演绎，打造出了一部可圈可点的战争电影艺术奇观。这部华语电影史上从未有过的大制作，既反映了电影艺术家们奋力一搏的创造力，痴心追求完美与超越的精益求精的精神，更体现出了我们的国家和军队正日益走向强盛的趋势，形象地反映出中国政府对中国公民生命与利益的高度关切，且在紧要关头所迅速采取的行动和措施。从这个意义上讲，这部以发生在红海之畔的跨国交锋、铁血鏖战为表现题材的影片，无疑是一部思想精深，艺术精湛，令人扬眉吐气之作。

影片《红海行动》的剧情并不复杂，即在索马里海域外，中国商船遭遇劫持，部分船员被海盗杀害，其他人沦为俘虏。蛟龙突击队沉着应对，潜入商船进行突袭，成功解救全部人质。狙击手罗星在追击海盗时不幸被击中脊柱神经，欠缺的位置由顾顺替代。返航途中，非洲北部伊维亚共和国（虚构）政局动荡，恐怖组织连同叛军攻入首都，当地华侨面临危险。海军战舰接到上级命令改变航向，前往执行撤侨任务。蛟龙突击队八人，整装待发。时间紧迫，在"撤侨遇袭可反击，相反则必须避免交火，以免引起外交冲突"的大原则下，海军战舰及蛟龙突击队在恶劣的环境下，停靠海港，成功转移等候在码头的中国侨民，并在激烈的遭遇战之后，营救了被恐怖分子追击的中国领事馆人员。然而事情尚未完结，就在掩护华侨撤离之际，蛟龙突击队收到中国人质被恐怖分子劫持的消息。众人深感责任重大，义无反顾地再度展开营救行动。

影片首先切入的是执行护航任务的中国海军舰队的战斗画面，他们同肆虐于海上的海盗经过紧张激烈的殊死较量，有力打击和驱离了穷凶极恶的海盗。接下来，影片以主要篇幅和更为宏大的叙事，表现中国海军舰队临危受命，成功转移等候在码头的大量中国侨民，并派遣以杨锐为队长的八名海军陆战队员组成"蛟龙"突击队，前往"伊维亚共和国"，展开一系列更加惊险异常的生死大救援行动。在经过一番撼人心魄的激战之后，营救出了遭到恐怖分子疯狂追击的、满载我公民的中国领事馆巴士。继而将镜头从城市巷战的突围与爆破，转到从"人质营"解救影片另一女主人公——邓梅和二十五名当地人质；又从沙漠戈壁之上乃至沙尘暴中的坦克追逐与拼杀，再到抢夺核原料"黄饼"不使之扩散的战斗，等等，构成了一串环环相扣、一气呵气的故事链条，使观众始终沿着这条叙事线索，深深地陷入影片所营造的剧情之中。

影片除舰上指挥员外，着力塑造了杨锐、徐宏、罗星、顾顺、李懂、陆琛、庄羽、佟莉等海军陆战队官兵形象，他们个个出生入死勇猛过人身手不凡，构成了一组青春勃发、英勇无畏、刀劈斧剁般的热血群像。他们肩负神圣使命深入虎穴，遭遇的是陌生地形以寡敌众，所面对的是扎卡恐怖组织这伙极端凶残、心狠手辣的敌人，因此他们必须舍命相拼进行生死博斗。值得充分肯定的是，影片通过精心编织和刻画，使这些勇士外形上的时尚清新、孔武有力，与内在的丰富细腻、深沉博大，形成和谐一致的有机整体。也即在展示他们作为战斗者赴汤蹈火、敢打必胜，战术精湛、配合默契，以实际行动体现和诠释了"勇者无惧，强者无敌"的精神的同时，也注重通过细节所包含的意蕴，来反映其情感的深度和质量，在刀与剑、血与火的拼杀中，反映出他们的风趣内敛、柔情似水的一面，诸如吃糖不甜、断肢拼合、再现牺牲战士胸牌等种种人性化细节，使之具有了直击心扉的艺术力量。

影片在叙事上是非常讲究逻辑和层次的，作品本身主题意蕴的丰富性及其精彩的表达，将原本看起来本属单纯的撤侨行动，实现了富有意味的升华与递进。影片设置了主副两条叙事线索，主线即是从开始时的着眼于以强有力的军事行动，来营救处于危难中的我国公民，进而逐渐演变为表现中国军人具有强烈国际主义的担当，形象而深刻地反映出人类命运共同体的崭新理念。而作为新闻记者的夏楠现身于战场，是一条清晰而重要的副线，其背后的含义是其丈夫与孩子死于伦敦恐怖袭击案，以及她的助手在反恐战场上被恐怖组织血腥杀戮，其行动与命运同样是令人极为关注的。主副两条线索的相互交织、互为表里和水乳交融，也使影片的思想寓意变得更加丰厚、饱满和立体起来。

影片竭力追求超真实的战争场面的再现和营造，不惜工本地使影片达到震撼人心的视听效果。其中我国现役一系列尖端武器装备在影片中大量出现，如战舰、无人机、翼形单兵伞等利器的轮番亮相，都是影片吸人眼球、引人入胜的重要看点。尤其是随着剧情的渐次展开，实现海上、陆地、天空全视角、大幅度地调度，其浴血式场面的紧密连接，惨烈战斗景象的完美呈现，与蔚蓝辽阔无边的海洋，北非雄奇粗犷的高山和大漠，异域的生活与人文风情相融合，使影片达到了极高的电影艺术品质，观众所享受的是一次惊险、紧张、刺激，不可多得的视听盛宴。

尤为难能可贵的是，影片反映一次体现国家意志的重大行动，其叙事不是剑走偏锋的，而是采用正面强攻式的表现，反映出的是强烈的爱国主义、集体主义和革命英雄主义精神。应当强调的是，影片中中国海军及"蛟龙"突击队的一切行动，都是严格符合国际法和得到当地政府的批准和支持的，激烈的战斗行动本身都是有中国武装力量在海外执行任务为生活依据的。而且影片以众多的镜头反映出的恐怖组织的极端凶残和灭绝人性，也反映出中国军队在那样一个恐怖地带，采取霹雳般战争行动所包含的急迫性、正当性和正义性。从某种意义上讲，在银幕上上演的这次扣人心弦的"红海行动"，让观众从中看到的是当代中国军队的崭新面貌，是中国战争电影所呈现出的全新的视野、路径和表达方式，尤为可喜可贺。

### 4. 艺术的"燃"和现实的"真"

《红海行动》上映以后，有关的赞誉报道和研讨评论可以说是铺天盖地。即使是进入3月份之后有几部外国大片，如刚刚在第九十届奥斯卡金像奖中获得"最佳女主角""最佳男配角"两个奖项的《三块广告牌》等几乎同时进入国内电影市场，都没能撼动《红海行动》的持续获得好的口碑和高票房。对于《红海行动》的巨大成功，人们认为这是一次现象级的电影拍摄，是中国战争电影具有里程碑意义的突破，因此，各种媒体普遍肯定导演林超贤的出色表现，盛赞这是军地合作开启的精品打造模式。

中国文艺评论家协会名誉主席李准认为，该片体现出了中国军人的英雄气概与大国崛起的精神气度，把中国军事题材影片推向新的高度。它没有把单打独斗式的个人英雄主义作为当代中国海军官兵的精神制高点，而是把镜头的焦点对准了集体的力量。其情感逻辑、动作逻辑的精细把控，和现代艺术技术手段的创造性运用，使得整个撤侨和战争的画面，尤其是危急出兵、突围营救人质，最后的追击等场面，拍出了身临其境的真实感和摄人心魂的震撼效果。中国电影文学学会副会长赵葆华则认为，"一个中国人都不许伤害""一个中国侨民都不能少"，大国尊严、大国责任、大国气魄贯穿该片始终。故事展开过程中，并未回避战争的残酷，从而更加彰显了中国政府维护国家和公民海外权益的意志和能力，让观众强烈感受到一个负责任的大国守护世界和平的决心。影片不仅体现出近年来中国军队的发展和强大，更凸显了中国军人热爱和平、不惧牺牲的英雄气概和国际人道主义精神，彰显了国家利益、国家精神、国家形象和中国荣光。《解放军报》载文称，《红海行动》其击中人心的不只是影片的"燃"，更有现实的"真"。片中的一个情节，为了解救他国人质和不使"黄饼"

落入恐怖分子之手，特战队员付出了两死一伤的沉重代价，是人民军队忠诚使命的一个缩影。

作为《红海行动》的策划，周振天透露了这部海军题材大片成功的一个幕后关键因素，他说林超贤导演曾坦言，《红海行动》成片初稿送审前，他心里是很犯嘀咕的。毋庸讳言，当代军事战争影片必须得到军方的认可和批准。虽然这个选题是海军拍板上马的，但将海军在南也门营救华侨的一次真实的军事行动，艺术化地处理为与恐怖分子一波三折的剧烈冲突，同时还有海军官兵的惨烈牺牲，会不会得到海军方面的认可？令林超贤备感意外的是，《红海行动》的出品人、总制片人、海政电视艺术中心主任唐静，本片总顾问、海军政治工作部副主任夏平，海军首长都相继给予《红海行动》以充分肯定和鼓励，并顺利通过审查。林超贤心里的一块石头也终于落地。

但在《红海行动》公映伊始，网络或微信上对影片也有若干议论，如有观点认为海军南也门撤侨行动基本上是和平进行的，并没有与恐怖分子交火，《红海行动》却打得天昏地暗，血肉横飞，是否有违真实？又如全片武戏几乎从头到尾，罕见以文戏揭示内心塑造人物等。

对这种议论，在《文艺报》发表的题为《国际语言表达下的中国式营救》的对唐静和周振天的采访中，唐静从制片方的角度做了回应："觉得文戏太少了，可能是因为还陷在过去的那种军事战争影片的套路里。以往的军旅题材电影不少都是要交代人物的前史，战斗间歇还要描写后方亲人的思念如何如何。现在一旦没有这些套路，反而有些不适应了。这一次我们是下决心跳出这个套路，在激烈的战斗中刻画人物抒发情感。"

周振天认为：

> 《红海行动》能够获得观众广泛的赞誉，就是做到了在残酷的战争缝隙中，尽力透射人性关怀的光芒；在生死莫测的凶险里，画龙点睛式地表现超凡脱俗的战友情义与爱情火

花；更在于通过惨烈燃爆的军事对抗，体现中国军人训练有素的战场智慧和高超军事技能的阳刚之美。

在接受采访时周振天强调，海军南也门撤侨确实没发生过激烈的战斗，但我国军队派出的维和部队、武警在海外执行任务，确实遭遇过恐怖分子攻击，有对抗还击、有牺牲、有重伤。《红海行动》之所以能将战斗情节推向极致，就是建立在这样一个宏观事实基础上的。这就是艺术圈创作者们常常挂在嘴边的艺术真实，怎么到了《红海行动》就要打个问号呢？我们把我军在海外执行任务的时候的牺牲，融入到这个电影里来了。在影片中我们虽然写的是海军，却会让观众关注到全军官兵在海外执行任务中的惨烈牺牲。这个真实就是艺术的真实，作品的内涵意义也就随之提升了。它所表达的意义是，中国人有力量在境外救自己的同胞了，中国人的利益在哪儿，中国军队就应该在哪儿。

生活的真实的确是我们去接了侨民就走了，周振天强调了这一点。在当时，美国的舰船都不敢靠岸，因为它怕港口里有水雷啊。我们则靠岸了，还把处于困境中的日本人、美国人和印度人也一块救走了。我们是冒着被炸的危险啊，中国人就是有这个胆。《红海行动》以动作为主要轴心，但也不忘在动作与动作之间加上人与人之间的关系。海清演的这个角色，是导演后来加的，通过她就把国际反恐联系起来了。这样海军的行动除了营救自己的侨民以外，还卷进了跟世界各国老百姓安危相关的一件事情，这个黄饼行动本身在海军的历史上是没有的。因为这个情节的设置，有评论说你不就救出人质吗，怎么弄出黄饼来了？实际上这是属于艺术真实的范畴，不同于生活中的真实。电影由此上升到了另外一种意义的层面，就是人类命运共同体的观念，就是在那样一种困难的条件下，我们能做多少就做多少，能多救一个就救一个，救一个人的命，你就等于是在救整个人类。

在《红海行动》里，最后出现了两个战士标牌的镜头特写。周振天特别地谈道："一个战士牺牲了，被炸得血肉横飞，但他是谁，他是哪个部队的，他家是哪里的，从这个标牌可以知道得一清二楚。这个情节我是知道的，但是我每次看到那儿就想哭。这些战士是有籍贯的，他们不是抽象的、概念中的中国战士，他们一个来自山东某地，一个是来自河北石家庄。人的生命不只是一个总体上的概念，还具体到来自一个普通的农民家庭。你不用多做什么交代，就这么一个沾满硝烟的标牌，你就知道一切了。实际上这些东西不是凭空虚构的，而都是从生活中来的。一个人在战场上献身了，不能只是简简单单地走了，应该有一个群体性的悼念，大家通过悼念的形式会记住他。这种带有仪式感的形式，寄托着战友们深深的情感，要尽量把它融在剧情里头，成为电影的一种最为感人的力量。"

在大量没有好的票房，也无高的质量的国产影片中，《红海行动》可谓是既叫好又卖座。周振天说："我们影视网剧创作为什么要一味地迁就资本牟利的本性？难道就不能双赢？《红海行动》就是双赢呀！不是不能做到，第一就是编剧能不能沉下心来写，扎扎实实地深入生活，研读资料。第二你这有没有这个文化自信？在充分考虑影视商品属性的同时，也要有叙述策略把这些传承下来的最宝贵的文化精华，有机地融在你的作品里。哪怕是商业属性很强，哪怕是红色经典的影视剧里也是如此。过去我对当下影视创作的前景挺无奈、挺悲观的，但《战狼2》《红海行动》的成功，无论是从创作现象而言，还是从受众现象而言，都给了我很大的期待值。这也表明在'十八大'之后，大的社会语境发生深刻变化的背景下，我们影视创作水平和广大受众的欣赏趣味，终究还是会不断有提升的。在一次研讨会上，我建议有关部门把培养有情怀、品质好的作家、剧作家作为一件大事来关注。因为将来谁在写，怎么写，写什么，决定了中国电视剧走向。你不是要有票房吗？你以为拉来两个好莱坞明星，就能救票房？你以为弄点儿怪兽和玄虚，就能弄票房？肯定不是这样。像《红海行动》，不管怎么说，它拿到了三十六亿。但又没给观众灌输任何消极的东西，它让人感到中国人了不起，中国海军能打仗，这就在票房的基础上达到了更高目的。如果说中国影视三十年来相对于某些网、台，流量明星栏目还算是有点绿洲，还是因为我们有一批这样的编剧和导演。"

在谈到《红海行动》的策划时，周振天深有感慨地回忆起了这样一些事："我曾经采访过香港前特首梁振英。他说他原来在英国殖民地生活，不认为自己是中国人，也不认为自己是英国人，只认为他是香港人，因为他的学校没有教他是什么人。我问：你什么时候真找到了你是中国人的感觉，或者说对中国有归属感？他说，是他在英国上大学的时候，经常有国际的篮球比赛。英国队今天跟这个打，明天跟那个打，只要一打就会奏国歌，一响国歌，全体英国人就都站起来，把手放在胸口上。后来他发现，他没有机会把手放在胸口上，就觉得自己应该有一个归属感。他就是这样走上爱国道路的。在广东，我跟一个投资商吵过。他说你别按照中央电视台那套给我搞，我们都是看香港电影长大的，我们不看那些讲大道理的、硬邦邦的作品。我就问他你的投资在哪儿，他说广东、福建都有。我说：将来如果南海打起仗来，你的财产肯定会受损失，那时候我们海军就要上去，就要保护你的财产，你希望去打仗的年轻人是看什么电视剧长大的？是看岳飞、花木兰、董存瑞，还是看着软绵绵的言情戏长大的？你告诉我，你希望保护你生命财产的解放军战士，是看什么电视剧长大的？他半天说不出话来。在我们的观众中，在'90后''00后'的年轻人中，蕴藏着一种希望自己国家强大，希望自己国家的硬汉形象不输别国的那种期待。我好多年前就在喊：我们的青年人要多一些钙，我们要让青年人觉得我想要过好日子，我要恋爱，我要孝顺父母，要挣钱，同时我对国家要有责任心，要服兵役。国家需要我的时候我要上去，这才是一个完整的国民人格。"周振天的这种思考和言词可谓深刻警醒，振聋发聩。

对个别喷《红海行动》的帖子，周振天则以一个艺术家的立场表达了应有的愤怒。他指出有的人总认为中国的一切都不好，无论是美国的，乃至日本、韩国的都要跪舔。在这个圈子里干了大半辈子，见到对自己民族文化妄自菲薄的人也算是不少了。他们认为好莱坞战争片就好，都是反战的。他们不明白的是，那是美国电影最善于担任自己国家战争机器的化妆师。他们发了战争财，把利比亚、阿富汗、伊拉克、叙利亚变成人间地狱，可以说是罪恶深重，但就是有电影人给政府洗地。萨特为什么说他人就是地狱？因为他看到了造成几千万人死亡的两次世界大战发动者，都是受过高等教育的西方精英。就是这些精英们一直想把战争开关掌控在自己手上，为一国之私随便就对他人狂轰乱炸。但他们却还要占据道德高地和道义仲裁权，对刚刚想直起腰的中国指手画脚。这已不仅仅是电影艺术问题了，他们就是不让中国有话语权，包括对电影的评论话语权与仲裁权。于是国内就有一个个被洗脑的公知来搞配合。一个艺术从业者，如果不知道世界战争史，不研究中国近代史，不懂得从国际地缘政治博弈的角度来分析看待问题，奢谈中国当代军事题材电影一定只会隔靴挠痒，或满怀偏见地乱喷。

《红海行动》2018年2月16日在中国内地上映，2月23日在北美上映，3月1日在中国香港上映，9月22日在日本上映。从《湄公河行动》中国公安跨境追捕到《红海行动》中国海军在海外进行军事行动，林超贤用他自己的动作片叙事手法，让看惯了好莱坞拯救世界的中国观众，找到了更加有归属感的买票理由。因此，许多观众在网络上留言，说明白了"是谁在捍卫着我们的一切"。"作为一部国产战争片，《红海行动》给我带来了出乎意料的震撼，电影透过真实冷血的战争场面，以及对团队战术的深谙，使其并没有拘泥于一部个人英雄主义的主旋律作品，笑到最后方是英雄，春节档自带红红火火的属性，不单单是最热闹的档期，更是最受青睐的'角斗场'。"

启动并且组织拍出《红海行动》的海政电视艺术中心，在军改中成了历史。《红海行动》是海政电视艺术中心的第一部电影，也是最后一部电影。他们与朋友们一致评价，这是一次响亮的收官和绝唱，这个句号画得还算圆满。

# 第十二章

# 镜鉴——作为创作者的艺术观

　　周振天不仅在艺术创作上成绩卓著，对涉及艺术创作的方方面面问题，也常有颇为独到而精深的思考。在参加各种会议、论坛，或接受采访，着笔为文时，他根据自身的观察和结合创作的实践，时常谈出甚多体会深切、切中肯綮、鞭辟入里的真知灼见。虽然其见解散见于各处，或是就某个问题进行探讨与阐发，但梳理出来也成为周振天艺术贡献的一个重要组成部分，值得加以关注。

## 第一节　编剧心语

### 1. 应该保持编剧文学的高位追求

　　作为一位数量颇丰的出色编剧，人们自然十分关注其编剧创作的奥秘，这本应是周振天寸心所得、不轻易示人的秘密，但却是他谈得较多的内容之一。如对于怎么看待编剧这个行当，周振天做了坦陈内心的剖析，他说："二十多年前，我写电视连续剧《李大钊》，在李大钊长子李葆华家里看到李大钊的一副对联至今刻骨铭心：'铁肩担道义，妙手著文章。'我觉得，这作为从事我们这个职业的人的座右铭是很合适的。我们的'道义'是什么？就是在为千百万电视观众娱乐服务的同时，传承中华民族的优秀历史文化传统，乃至人类文明的一切精华。还有真实反映老百姓对社会公正的迫切追求，对于美好人生的情感寄托，等等。作为电视剧编剧，作品在央视一套播出，哪怕就是一个百分点，也意味近一千万人在看自己的作品，其中还会有不少青少年观众，我们创作电视剧，应当坚持应有的、起码的职业操守。不能端出了似乎是一盘视觉盛宴，一'化验'，里面却含有'三聚氰胺'或是什么'苏丹红''瘦肉精'。文学界一直在说作家要有守望精神，电视剧作家们何尝不是如此呢？我理解从根本上说就是对民族历史的传承，对民族文化的持守。"周振天的这段话，反映出他对编剧这个职业、这个角色的理解，即不仅仅是要充当一个编故事的人，而且要有崇高的责任感和使命感，要通过自己的创作给社会输送优质的精神产品。这是他给自己树立的一种标高，自觉要求出手的作品应当考虑具备有益的社会意义和影响。

对于如何做一个好编剧，周振天认为应该保持编剧文学的高位追求，提升开掘生活的洞察力，强化浓郁的人间烟火气息，开辟精妙奇巧的叙事角度，超越平俗叙事的哲思水平。影视剧创作应从优秀文化传统的 DNA 里确立文化属性，从现实生活中提炼生命与人性的体验。欢乐着人民的欢乐，忧患着人民的忧患。周振天强调，在社会发生深刻变革和人们价值取向多元杂驳的时代背景下，对中华民族薪火相传的精神文化的回顾和对历史、当代榜样力量的呼唤成为一种强大动因，使中国影视剧作为艺术"人学"的现代大众艺术形式当仁不让地成为现实主义精神的影像书写。中国影视剧的持续繁荣发展是中国社会文化艺术生产格局中主流价值观念与市场的双重需求。尤其是人物传记型电视剧的主人公大多都是人们推崇敬仰的人物；或是在某一领域建树了丰功伟绩的先行者；在历史关键时刻为中华民族和人民做出奉献牺牲者；抑或是在平凡中恪守信仰和职业操守的楷模。由于这些主人公们折射出社会主义核心价值观所崇尚的品德和价值取向，在一定意义上也记录了我们这个民族精神演变发展的轨迹，所以这一类电视剧就特别具有体现中华民族文化自觉、文化自信、文化自强的品格和精神内核。

## 2. 要有文化观照和历史传承

尽管今天的影视作品从数量上看，要远远超过以往的作品，但周振天仍然对少年时期看的《上甘岭》《林家铺子》《渡江侦察记》《女篮五号》《甲午海战》《祥林嫂》《早春二月》《青春之歌》《红色娘子军》《林则徐》《冰山上的来客》等，青年时代看过的《芙蓉镇》《天云山传奇》《牧马人》，还有再后来的《霸王别姬》《那山那人那狗》《城南旧事》《卧虎藏龙》等影片，怀有深深的眷恋之情。周振天把这种情感称作"影视的乡愁"，十分怀念那个电影准黄金时代。他为什么会对电影充满故乡一样的怀旧之情呢？周振天认为那时的电影没有那种让人价值观念迷乱，或者让人觉得做人怎么这样没有底线，不会给人那样消沉晦涩甚至只有生理刺激的东西。那个时代就是中国电影的黄金时代。这些无愧于时代的作品，如今已沉淀凝结成那个时代的瑰丽琥珀。那个时代的优秀电影大多都融含着社会良知、人性光辉、历史反思和执着追求。

周振天说："现在又提出让中国从电影大国发展成电影强国，我真的很期待，作为编剧能做的就是扎扎实实写好每一部文学剧本。"

选材对于电视剧的创作而言，显然是个极为重要的问题。周振天指出："从全国范围播出的电视剧来看，相当数量的当代题材电视剧还存在视野狭窄，话题琐碎，杯水风波，一地鸡毛等问题。作为编剧应当扪心自问，我们的电视剧剧本创作，在守望社会良知，呵护道德底线等方面，同担当民族精神文化传播的自觉意识与电视剧这个受众最多、影响力最大的艺术门类的身份，是不是很相称。我们固然有过颇具质量的家庭伦理剧，也有受青年观众欢迎的青春励志剧，农村题材的剧作也从来没有断过流儿。但是面对十八大以后的政治生态、社会形态和老百姓对法制、公平、正义的强烈期待，我们的电视剧是不是还应当进一步开拓思路，在剧目选材上跟上时代发展脚步，进一步接地气，并且敢于触碰社会的热点、敏感点，甚至痛点？"

周振天对现实题材创作做出了进一步的思考："相对于历史题

材、战争题材和年代剧，现实题材特别是表现当代生活的电视剧，由于大多是和平年代的大背景，剧本创作在编织故事情节、构置矛盾冲突、设计人物关系上，要强化剧情的激烈冲突、人物命运的大起大落等，对编剧具有更大的挑战性。事实已经证明，那种为吸眼球，博收视率、点击率而不顾当代中国人的生活情感逻辑和中华民族优秀传统人伦关系准则，一味地人为制造剧中人物的对抗关系，将家庭成员、职场关系极端恶化的'狗血'情节，长此以往是行不通的。但是一部长篇电视剧又必须具有相当烈度的矛盾和冲突，否则就很难吸引观众连续十几天地追剧。这就需要编剧真正深入生活，积累尽量厚实的相关素材，提炼出足以贯穿一部长篇电视剧的真实可信的矛盾支撑点和人物关系网络。现实题材电视剧创作，如果只满足于讲够一个角色或几个角色的故事，也还是远远不够的，尤其要避免落入只展现主人公模范事迹和好人做好事的窠臼，或是只满足于编织离奇复杂，矛盾纠葛，变化曲折等。因此，编剧在故事推进、人物关系衍化的过程中，对手里的选题、人物，既要深入，又能跳出，高屋建瓴地开掘隐藏在矛盾事件和人物关系之下的当今社会带有倾向性的思考，艺术化、形象化地揭示我们这个现代社会带有规律性、前瞻性的预见，让自己的作品既够接地气，也能高瞻远瞩。如此一来，讴歌当代各行各业的英雄人物的优秀影视剧就会多起来。编剧要具有一定的文化观照，使得未来观众能够从你的故事和你塑造的人物身上领略到不同地区、不同民族、不同年龄、不同性格的人物文化背景和独特的历史传承。"

### 3. 一部戏一定要有"嚼头"

周振天认为："人们常说从事精神文化产品生产的人要有守望精神，对于'守望'的内容有很多诠释，我觉得从根本上说就是对信仰的持守。一位学者说：从哲学意义上讲，信仰是一种意识，从真理的概念来理解，信仰就是人们对未来世界的认识，道德就是在信仰支配下的正确行动。无论世道人心怎样变化无常；无论道德底线怎样一次又一次地被猛烈冲击；无论戴上时尚桂冠的横流物欲怎样来势汹汹；

无论在利益驱动下那些肆意膨化的低俗、庸俗的展现怎样大行其道，怎样覆盖和蚕食艺术道德标准，我们这些从事具有广大受众的电视剧剧作者们，都应当时刻持守一个念想，那就是我们究竟想给后代子孙描绘怎样的一个现实世界和未来世界？给那些精神、文化、知识都嗷嗷待哺的孩子们，营造出怎样一块道德土壤？我们现在进入数字化时代，用着高清摄像机等一应现代化设备，动辄上千万的投资来从事电视剧创作和制作，完全是今非昔比了。但愿后人们在评价我们的作品时，特别是相比较于过去的连环画时代，他们的评语不至于让我们感到脸红和内疚。"

中国的电视剧与文学有着天然的血缘联系，一部电视剧的文学含量和价值，取决于剧作者的文学积累、审美追求，取决于他所具有的想象力和创造力。周振天明确地指出，没有一批优秀的编剧，没有优秀的文学剧本，就不可能持续出现电视剧精品的好局面。中国电视剧已经进入精品与精品打擂台的阶段。而精品的诞生，首先与剧本的策划和创作有关。这第一关打不好地基，后续的一切努力几乎都无法改变作品的基本水准和艺术品相。那种一窝蜂模仿他人作品，甚至克隆他人作品的电视剧，几乎首先都是想在剧本创作阶段省工、省时、省钱。另外，中国还缺乏有号召力、有权威性的编剧奖项。总之，相对于文学剧本在长篇电视剧的核心作用而言，中国编剧在行业中的弱势地位还没有得到根本的改变。

2017 年 12 月 1 日，周振天在《人民日报》发表《创作出"有嚼头"的电视剧》一文，在文中他指出：一部戏好不好看，关键在于这部戏有没有"嚼头"。这是周振天的独特比喻，也是他的经验之谈。对怎样才能写出"有嚼头"的剧作，周振天认为单从字面上说，"有嚼头"是形容某一种食物味道隽永，令人念念不忘。他之所以把"有嚼头"作为编剧创作的标准之一，首先是因为不能接受一些人把电视剧视为"方便面"和"快餐"，也是有感于前些年味同嚼蜡的影视剧隔三岔五冒出来的现实。只有创作出"有嚼头"的文艺作品，才能入耳、入情、入心，才能潜移默化地传递正面的道德取向和价值判断。

一部电视剧最重要的是故事、人物和语言，把这三方面做好了，作品自然就会"有嚼头"。

至于"有嚼头"的剧作从何而来，周振天认为，好的故事不是凭空得来，要靠有源之水、有根之木。好的作品都是从博大精深的民族文化中汲取养分，将特定的文化内蕴融入故事之中。同时，还要为剧本设计坚实的历史背景。有浑厚文化做叙事底蕴，有实实在在的历史事件做剧情驱动，故事就能扎下根，人物展示命运的平台才坚实。这样就不会"走事不走心，写史不写情"，就不会只有情节没有情怀，也避免了坠入虽然矛盾冲突不断，却终落得一地鸡毛的琐碎境地。

语言问题也是体现电视剧思想艺术质量的重要方面，周振天在这方面下的功夫尤其大。他说一部电视剧的语言容量特别大，其中的人物对话特别多，要写得生动且富于人物个性，而最忌书面式造句、报告式辞藻。他有一个习惯：剧本交给导演前的最后一稿专门打磨语言。几十年的创作生涯，他深感真正用心的创作就是拼积累、耗心血。但凡靠积累琢磨出来的剧本，无论是故事、人物还是语言都会"有嚼头"。虽然同时需要创作技巧的锤炼、艺术灵感的催化，但从根本来说就是一种能量转换，一种对经验的艺术提炼。为了不落得江郎才尽，必须不停积累。"活到老，学到老"这句老生常谈对于剧作者的确是六字箴言。先贤造字的用意也是颇"有嚼头"的。嚼，口字边，释义之一是古代酒器，有饮酒之意；释义之二是指进餐时要像有身份的人一样细嚼慢咽。与吃相关的还有一个"吞"字。吞字上面像一个"天"，提示人们"狼吞虎咽"是要折损寿命的，"细嚼慢咽"才是养生长寿的正理。借用到写作上来，也颇为对位，急就章免不了草率谬误。从故事编织、人物塑造到语言打磨，即便有了丰富积累，也还是要耐下心来"细嚼慢咽"，这才能打造出真正有筋骨、"有嚼头"的好作品来。

## 4. 写什么和怎么写依然是首要的决定因素

对一部剧本如何做出精准的判断，周振天认为这是一个相当具有专业性和技术性的问题，需要有丰富的经验与卓越的眼光。他认为好剧本与差剧本最大的区别就在于编剧对历史、对民族文化、对人性的思考，并将这种思考与剧本故事水乳交融在一起。只有一个故事，也能看，但是没有灵魂，就不可能叫好故事，也不能成为回味无穷的精品。这取决于以下三个方面的内容：一是编剧的担当，二是叙事角度的策略，三是电视剧文化灵魂的注入。审剧本的时候，人家经常会问一句话：你这部戏到底想说什么？灵魂的东西表达不清楚，或者说内蕴焦点不实，这个戏肯定立不住。家庭戏、年代戏、古装戏，一定要找到相应的历史背景和文化背景。如果只是一味地写斗争、写冲突、写矛盾、写你死我活，你这个戏看完了，就像是一坛子滚开水，虽然不停地翻花滚浪，但终究还是没滋没味。原因在于少了文化底蕴，少了比较厚重的历史背景和人文背景。

周振天认为一部电视剧的优劣，编剧是首要的决定因素，写什么？怎么写？写什么样的人物和矛盾？完全在编剧。从一定意义上说，中国电视剧的希望就在中国编剧身上，电视剧水平和质量要想提高，要想改变中国电视剧受众欣赏水平，也在电视剧编剧。你不写剧本，导演拍不了戏，制片人也拍不了戏。如果你写的是好戏，拍出来后即便不理想，顶多是给你减分。但无论如何不能写烂戏和狗血戏。对特别烂的戏，编剧宁可不拿这份钱，也绝不能出卖良知和底线。

从长期的创作经验和体会出发，周振天承认灵感对于创作的重要性。他把灵感的来源总结为三个方面，一是来自生活，二是来自前人作品的启示，三是与生俱来的。他认为"灵感"两个字说起来有些玄虚，但是它确确实实贯穿于每一部作品创作的始终。漫长的故事，从什么地方开始？开篇选择什么样的场面？怎样巧妙地把人物带出来？怎样让主线与副线交织推进？从哪里进入主题最能抓住观众？除了写作经验，灵感也起着举足轻重的作用。叙事策略也是考验编剧灵感和功力的。例如，前些年有一部美国电影《撞车》，表面上看是写交通警察的职业遭遇，但实际上它探讨的是美国社会根深蒂固、无孔不入的种族隔阂和种族歧视问题。以交通警察职业为叙述平台，以撞车事故来揭示这个深刻的问题，投入成本不高，但对观众内心颇有冲击力，它获得奥斯卡最佳电影奖实至名归。令人不能不佩服编导，从人人都熟悉的生活现实中激发出灵感。

关于创作一部作品是如何进行准备的，周振天认为首先得看资料，"你写哪个专业，你原来可能不精通，但除了实地考察，还要看资料做研究。当然，民国时期的生活，不可能去亲身体会了，还有写土匪、妓女、黑社会，也不可能真的去体验，那就看你投入多大精力去搞资料、做研究。写作其实就是能量转换的过程，你投进去的时间和精力跟你作品的好坏是有关系的。干了一辈子编剧，懂得一个最简单的道理：没有厚实的生活积累，没有充实的史料掌握，没有反复的咀嚼思考和丰富的想象力，是不可能写出好作品的"。

同时，周振天指出，新时代的现实主义创作，需要强调一个"新"字。电视剧也需要跟随新时代的发展不断创新。没有创新，电视剧这个拥有广大受众的艺术门类早晚也会被观众冷落。有责任心的编剧应当具备创新的主动性，这也是一种文化自觉。编剧是电视剧产生环节上的第一链条，它决定着后面艺术创作的品相与追求。实际上电视剧年年都在创新，所谓穿越剧、雷剧也算是一种创新，但是在路径的选择上偏离了基本的价值体系，因而观众乐一乐很快就会厌烦。编剧创新要求编剧要有基本的文化底蕴，不能流于片面形式或剑走偏锋式的浅薄变幻和噱头。前一阵抗日神剧、历史悬浮剧、靠小鲜肉拼凑的所谓IP网络流量剧，从浮华喧闹到渐渐销声匿迹就是明证。这要求编剧需有更深厚的文化底蕴，要把中华民族最优秀的东西，通过娱乐方式让它传下去，观众特别是青年观众看了，在娱乐性地观赏电视剧的同时，潜移默化地受到中华民族优秀文化的濡染。

周振天从自身的体会出发，认为在创新的过程中其实是有奥妙的，这只有作者自己去体察。他说没有相同的题材，只有相同的角度。创新有风险，创作需谨慎。有些题材可能很有意思，但也存在时代背景的问题，编剧所写的一切，一定要顺应时代的发展，而不是相反。叙事策略和角度是剧本与众不同的根本，正如老话说的：输赢俱在创意之初，胜败决定于角度巧拙。做人要直，作文要曲。这个

"曲"字最有说道,创新不就是找到与众不同的"曲"吗?一旦题材定位了,就应当尽量选择精妙的叙事角度。角度找对了,叙述策略对头了,后面的一切都相对顺畅了。

周振天还指出:学习与模仿是有区别的。一个在写作中能找到自己创作乐趣的编剧,是不会模仿别人的。照着韩国或日本现成的剧套用过来写剧本,应该不能称为编剧,只能叫作"枪手"。编剧的责任就是严肃地创作、不断地创新。编剧对于名作的学习是必不可少的,"你是站在巨人的肩膀上,还是站在低水平上?如果是站在中国文化的肩膀上,你的学养素质够高,你的视野也会完全不同。每个编剧都想创作出最好的作品,但是这并不是一蹴而就的事情。也许你的所谓创新思路和手法,别人早就用过,你的创新,观众就会不买账,也可能你的所谓创新,到了审查、把关部门那里也通不过,这对一部投资上千万或几千万的作品而言,是有很大风险的。"

### 5. 以优质的作品占领播出资源和平台

作为一个剧作家,周振天十分关注电视剧生产规律、运行特征和存在问题,以及接受和消费群体的现状与变化等方面,适时地将他的思考所形成的观点发表出来。他在十年前曾撰文说:不知人们是否为电视剧受众不够年轻而感到一丝焦虑。自 2006 年以来,国产电视剧稳定在一万四千集上下,电视剧这块蛋糕就体积而言已经足够大了,但这蛋糕能吸引多少年轻观众来分享却是一个具有挑战的课题。今天,能够播放电视剧的平台宽广得前所未见。但是,诚如一条高速公路的效益不能从路面等级来衡量,而要通过运行流量、效益来衡量一样,缺少高品质电视剧节目的传输通路,就像"空置房"一般推高了房产泡沫,却无法满足大众的基本消费。众多的频道、诸种新媒介,虚位以待的还是高品质的电视节目。把电视剧生产数量降下来,把精品电视剧的数量增长上去,进而让更多饱蕴中国优秀文化的电视剧精品走向世界,这是我们大家共同面临的新课题。

周振天认为:"由于观众的胃口和水平参差不齐,大量的'粗粮'

也吃得津津有味。对电视人来说，我们这碗饭起码现在还端得踏实，因为中国人把电视剧当作第四餐，但作为有职业操守的编剧除了赚稿酬、打名气，还应该有自己的担当。"前几年社科院一项调查显示，百分之七十五的中国人获得信息的渠道来自电视，而这其中又有百分之七十五的人是收看电视剧和电视艺术栏目的。这意味着在小说"边缘化"、话剧"沙龙化"的现实背景下，电视剧和电视艺术栏目在很大程度上影响着中国人的文化消费、怡情悦性、道德确立、精神濡染。

周振天认为因为电视观赏是不买票的，观众拿遥控器来选择，这种选择在某种意义上说就是中国人的民主意识在艺术观赏上的一种体现。这种选择很残酷但也很宝贵。正是这个选择，让近年来主流媒体播出的电视剧质量一直处于上升状态。常有人说电视剧就是"快餐""方便面""通俗艺术"。周振天指出，在罗丹心目中，不可摧毁的艺术价值就是"通俗性"。这给电视剧编剧无须再妄自菲薄提供了权威的依据。影视剧都有"赌性"，规避风险最靠谱的保险，就是讲文学规律，尊重艺术规律。用我们海军的行话就是：锚定！电视剧文学创作要锚定在文学本体上。

周振天认为从电影现象可以获得某种参照和借鉴，他说近年来，电影作品形成的社会话题、民意关注度、微信圈的传播，渐渐有超过电视剧风头的趋势。电影有一个硬杠杠——票房，前些年奇葩的票房现象正在可喜地发生扭转。过去卖得很火的耍宝、狗血、娘炮、假贵族装 × 奢靡无度等类的电影，年轻观众已经看腻了，现在《战狼2》《红海行动》《流浪地球》《我爱我的祖国》《哪吒》，特别是《长津湖》能大卖，更带有指标意义的《我不是药神》，也大卖三十多个亿。当然不能唯票房论成败，但《我不是药神》的票房可见民心，可见我们党的执政为民初心。一篇刊于《文艺报》的文章这样指出："直面现实是创作者高贵的姿态。而高尚的作品，自然不甘只是现实副本或社会学文献。它在种种不完满中追问根因，探问去路，正如同在坚硬中洞见柔软。"这样的话很值得电视剧创作者参考。

周振天认为应保持编剧文学的高位追求；提升捕捉生活的敏锐；

找寻精妙奇巧的角度；掌握深入开掘素材的穿透力和洞察力，增加作品浓郁的人间烟火气息，超越一般叙事的哲思水平。他甚至这样看待电视剧创作的未来："我们中国的高铁已经走向世界，但我们电视剧作品还少一些涉及当下人如何走出精神困顿的作品。在中国获得'基建狂魔'美誉的同时，我们的电视剧创作能不能也为筑牢不断被洞穿底线的道德堤坝做一些什么？"

周振天以设问的方式提出，什么是中国电视剧的人间正道？什么样的电视剧创作能够引导成长中的青少年观众真正接受中华民族优秀文化的传承？他认为电视剧作者应当有思考，有担当。不要甘心把自己降低到"方便面"的地位，更不要满足于数量庞大、受众庞大，但思考苍白、人文关怀缺失的状态。面对商业资本大量涌进电视剧市场，在艺术精神之上如果没有一种守望且坚持，就很可能任由资本的意志日益抽离艺术本体真善美的内蕴；面对来自某些神秘渠道的资本在收买、制造伪民意和虚假数字，替烂片抢占播出资源造势，一步步将有精神、艺术追求，有社会担当的原创电视剧挤到边缘，这是很可怕的。虽然我们必须跟资本打交道，可以与资本互惠双赢，但是决不能被资本绑架。

## 第二节　对战争题材影视的观察与思考

作为一位部队的创作者，周振天结合自己的创作实践，联系整体的文艺创作现状，对战争题材影视创作问题时常做出自己的独特观察与思考。他的许多观点或见解不仅是宏观的、有针对性的，而且是尖锐的、深刻的，反映了一个创作者和思想者的警醒、深刻与锋芒。

### 1. 军事题材的影视须突破模式化

周振天始终对自己是一位军队作家的身份特别看重，在所有对他的评价和赞誉中，他最喜欢的称呼是军旅作家。他在海军工作四十多年，对于军队他有一种深厚的感情。是军队的岗位和军人职业给了他崇高的使命感，也让他牢固树立起了始终不渝地坚持深入生活和创作有温度、有情怀作品的坚定信念。

　　周振天对我国军旅电视剧的现状始终保持着清晰的认识。从好的方面来看，他认为我们当代军旅题材的电视剧，自然可以说是成就斐然。不但已经拥有稳定的创作队伍和稳定的收视群体，而且产量和后续作品源源不断，被人们称为电视屏幕上的一道亮丽风景线。军旅电视剧稳占中国电视剧收视率高地已是不争的事实。除了几乎是零距离地反映了当代中国军人的现实生活之外，军旅题材电视剧受观众追捧的更重要的原因应该是它本身的与时俱进，题材独特，生活清新，风格多样，异彩纷呈的特点，尤其是电视剧中军人形象日显魅力，同观众欣赏期待中的形象逐渐融合。当代军事题材的电视剧受到广泛欢迎，表明这类作品已经开始从一种主旋律式的、单纯的军营文化，嬗变为具有时尚与流行特征的大众文化。

　　但周振天又认为，尽管数量和收视率雄霸一方，产量和后续作品源源不断，但是令人感到有更深的隐忧。因为工作的关系，他看了一些现实军事题材的电视剧剧本和电视剧成片，发现"克隆"现象、理念先行的创作套路、急功近利的宣传说教和平庸化的商业操作屡屡出现。许多军内外同行们茶余饭后都会像顺口溜似的提醒我们：红军蓝军PK的模式已经是不可再重复的老路；大兵团演习展示加裙带关系情恋已经不受待见；等等。多年前播出的《突出重围》的影子一直笼罩在后面推出的一些大制作、大投入的当代军事题材作品之上。突出《突出重围》的"重围"，竟成为我们这些专事当代军事题材电视剧创作人的"七年之痒"。直到《士兵突击》的出现，才终于让关心当代军事题材电视剧健康发展的人们有理由为此感到欢欣鼓舞。

　　周振天谈到，其实对于当代军旅题材的电视剧，观众们一直给以很高的期待。随着我国电视文化的兴起和发展，在电视剧越来越受到大众欢迎的当下，充满着时代气息、英雄主义和崇高感的当代军旅现实题材电视剧的出现，恰恰说明这个时代依然需要英雄，需要一种精神，这种精神是振奋个人、民族和凝聚社会的能量源泉，它所提供的道德观念和价值体系带有召唤和回归的意味。军人身上所体现出来的独特的军人品质也是吸引人们的重要因素：军人的威严与威武体现出独具魅力的英武之美；军人强健的体魄、刚劲有力的动作，给人一种真正意义上的力量美；而整齐划一的队伍、雄壮嘹亮的口号，则显示出一种不可战胜的纪律美。这些品质在当代社会审美领域中呈现出与众不同的美感。"军人是为战争而生"。那么，在和平年代尤其在市场经济大潮下，国防和军队建设会面临怎样的问题？现代军人该如何对待情感、家庭、事业？这些问题与上述具有吸引力的元素一起对人们构成了一种期待视域，而这种期待视域也成为当代军旅现实题材电视剧兴起的重要语境。当本书三校时，海军题材电视剧《和平之舟》《跨过鸭绿江》先后在央视一套成功播出，再一次印证了军旅电视剧独特的艺术魅力和强盛的生命力。

### 2. 应坚守文化和审美立场

周振天对军旅题材的意义和作用始终是很重视的，他说："作为军旅作家，我们不能不思考战争与和平这个大命题。我们外交部发言人为什么隔三岔五总要强调钓鱼岛和南海的主权？就在此时此刻，那些有着强势军力的大国的导弹还不停地在弱小国家土地上狂轰滥炸。面对这样的现实，怎么不应当居安思危？经济发展了，可国富不等于国强。软实力不只是看你有多少台歌舞盛会，软实力更重要的是你这个民族的意识形态和文化能对世界产生多大的影响，国民素质和精神风貌能不能让人感到你这个民族有高度的尊严，不可蔑视。"

根据近年来战争历史题材电视剧创作和播出的效果我们可以预见，在今后一个阶段里，战争历史的军事题材电视剧可以大有作为。一向敏锐的周振天却又从中看到了问题的另一面，他认为我们仍应保持一种忧患意识，在似乎是盛赞的话语中我们体悟到一份警觉。因为曾经有专家指出，继《激情燃烧的岁月》和《亮剑》红遍大江南北之后，军旅题材的"怀旧"倾向愈来愈明显。这股创作上的"跟风"是和以消费意识为主导的社会语境密切相关的。在资本与西方价值观对于文化意识领域的无孔不入的"殖民"下,军旅题材电视剧的创作的文化立场有所调整,一方面要体现出主旋律电视剧的意识形态特征,另一方面也要迎合、满足近年来已成风尚的大众的审美愉悦趣味。周振天感到,在这里,"迎合"两个字特别地刺目,令人很是不安。这实际上是给了我们一个告诫:军旅题材电视剧在调整文化思路,迎合、满足大众审美情趣过程中能否一直保持清醒的头脑?能否永远保持定力,持守军旅题材应有的内蕴和本质?而这一点在前些年某些红色经典改编电视剧的过程中已经有过深刻教训了。

面对军事题材电视剧好评如潮的网上文章,周振天提醒我们还应看到这样的告诫:"当下,军事题材抑或传统的革命题材创作越来越向家庭伦理与平民亲情题材靠拢,或者说两者逐步走向融合,军人(伟人)凡人化,斗争(战争)游戏化,生活情感(爱情)化,威武、崇高、肃穆逐渐由平凡、欲望所代替。这种创作趋势可以用四个字简单概括:由'冷'渐'暖'。追溯这种由'冷'渐"暖"趋势……我们知道,已经为播出平台和广告商赚取了不俗的收视率,但对于保持一个题材不忘初心的正统性,对保证人们的集体历史记忆不受污染是福还是祸,还需要时间来证明。"

对军旅题材影视的当代处境,周振天有着切身的感受和激愤的情绪。令人不能容忍的是一批别有用心或是哗众取宠的自媒体大 V 们在网上质疑邱少云、黄继光是不是假造的英雄,也公然在网上胡说八道对董存瑞、狼牙山五壮士的污蔑。匪夷所思的是,有自称艺术家的人竟扬言要让跪在岳飞面前的秦桧夫妻坐起来、站起来。这很令人忧虑,就是这样的社会、网络语境中长大的孩子,底色已渗入心里甚至灵魂中,他们一旦长大参了军,只依赖部队这个熔炉三年的回炉,一旦上了战场,一些人的精神状态和价值取向是不是很保险?能不能冲锋陷阵都需要打个问号。周振天的这种忧虑恰恰体现了一个军旅作家的强烈责任感。

周振天认为,我们军队的电视艺术工作者创作出了大批弘扬我军优秀传统,叙述近代史以来中国发生的史诗般的历史事件,讴歌了在北伐战争、土地革命、抗日战争、解放战争、抗美援朝和新中国成立之后的中国共产党人，中国人民解放军的丰功伟业。然而在现在的大语境下，还能不能指望一些地方上的艺术家长期深入军队生活？还能不能指望已经高度市场化的影视资本不计成本地来创作、书写火箭军深山筑洞引而不发？还能不能依靠社会的力量来表现默默无闻的潜艇在深海寻猎，或拍摄航天员的九天揽月？这在很大程度上要以军旅作家、艺术家为主体来完成。

身在军营，眼观天下，周振天以这样的肺腑之言来表达他的立场。他说："我们必须关注年轻官兵们在走进军营之前，他们价值观受到什么样的熏陶和影响。如果不了解这一点，我们部队的文化教育和精神培训，就很可能串皮不入内，水过地皮湿，甚至在骨子里失去文化自信。当然，社会在发展，时代在前进，网络和自媒体带来观赏方式的深刻变化我们必须正视。面对大语境的变化和文化艺术的市场化，军队的创作应当作深刻的调整和创新，即应当借军改之东风，与时代同步与合拍，把社会主义核心价值观生动形象地体现在文艺创作之中，用栩栩如生的作品告诉人们红色基因到底是什么，中华民族优秀文化传统是什么，从而达到春风化雨、润物无声的目的，引领年轻一代官兵步入更具有家国情怀、铁血精神的高尚境界。

### 3. 进行更深刻的战争和人性问题的思考

虽然军旅题材影视的创作时常呈现出看似比较热闹的局面，不断有好的作品问世，但周振天依然感到了存在的不足与问题。他认为相对于战争本身还是国际范围内的战争文学，我们的战争文学、军事文学，包括军事题材电视剧创意的深度和广度一直是滞后的，缺乏站在更深刻的人性角度对战争的反思，缺乏军人在战争与和平这个永恒话题上的深刻思辨和复杂的内心世界的刻画，缺乏人性与战争碰撞的哲思。远不及苏联的战争文学，直到今天仍然是这样。近些年来，我们的军事题材文学、电视剧作品里，在叙述战争历史方面已经有了一些进展。从战争的历史叙述、展现战争的过程，到战争历史的回顾，关注战争中的人物，从关注历史事件到更加关注战争中人物的内心和情感世界。如《亮剑》《历史的天空》《军人机密》《跨过鸭绿江》这类电视剧，通过大跨度的历史时空展现军队跨时代的变革，特别是把军人在残酷战争环境里的独特历程和感情裂变作为叙事聚焦的内核，是以人为中心，以人性为归宿，是电视剧艺术的核心和灵魂，同样也是战争题材或军事题材作品的核心和灵魂。

　　周振天从创作的现状出发，看到了其中存在的一些可喜的趋势。他认为，当下军旅题材的创作也正在从传统的道德说教、图解式的叙述中努力解脱出来，以当代意识烛照军人的生命、情感和人格，在纷纭变幻的战争历史波澜中，把反映人性、人情放在重要位置，既是对老一代军人蕴育心头的红色情结的舒展，也是对关注历史、战事和人性的反思。军旅题材电视剧怀旧叙事呈现历史深处的机遇和眷恋，并凝结沉甸甸的社会文化与人文思考，一定程度上弥合了主旋律电视剧和大众审美视野的鸿沟，也是军旅题材电视剧在怀旧叙事上的新视野。

　　周振天举了世界上的一些名著的例子，苏联作家拉斯普京写的小说《活着，可要记着》，讲述苏联和德国最后决战的时刻，有一个苏联的逃兵，他琢磨战争快胜利了，怕战死了，于是当了逃兵，住在自家的草棚里面。此间他的老婆一直被当成军属对待，后来他老婆怀孕了，肚子慢慢大了，她无法解释肚子为什么会大，因为他丈夫是个逃兵。于是村里头的人有了各种各样的说法，为他丈夫打抱不平，最后这个秘密怎么也掩盖不住了，他们的行为受到了谴责。作品从这个角度批判的是在关键时刻临阵脱逃的人，把俄罗斯民族性格很重要的一面表现了出来。别人上战场浴血奋战，你却苟且偷生，作为逃兵和家人一起遭受灵魂的折磨。

　　对苏联另一位作家拉夫列尼约夫的代表作《第四十一个》，周振天印象尤深。这是一个中篇小说，后改成了同名电影。其讲述的是苏联内战时期的一个故事，即军队的女红军押解着一船俘虏到另外一个地方去。中途船翻了，其他人都淹死了，只剩下一男一女，即这位女红军和一个白匪军官。白匪军官长得非常酷，眼睛是蓝色的，那个女的说：你的眼睛像海，蓝得可以淹死我。他们在岛上待了小半个月，靠冲上岸来的罐头和食品维持生命，两个人日久生情就在一起了。后来又来了一条船，都以为是自己的船，白匪军官发现是自己人的船狂喜喊叫，当那条船靠近时，他们立刻又回到现实社会，阶级关系又重现了，两个人的恋情关系立刻被敌我关系所压倒，女红军开枪打死了白匪军官，随即她也泪流满面。周振天感慨道："这是 50 年代苏联的电影作品，到现在我们的战争文学，仍然无法超越。对人的冲击力和复杂人性的揭示，都无法达到这个深度。相比较而言，我们的一些战争、军事文学、影视剧还是停留在对战争形态外在的描摹上。"

周振天说部队的编导们几乎都知道这样一个事实："在美国没有专门的军队电影制片厂，但是五角大楼在洛杉矶设有专门机构，军方派出类似于我们政治部这种身份的人跟好莱坞各大制片公司打交道。如果最近海军士气低迷，或者社会各界对海军产生了一些负面看法，这些人马上就告知制片公司，如果他们拍摄海军题材电影，军方将给予无偿支持，航母归你用，飞机归你用，士兵给你当群众演员。美国用这种方式来放大美军的实力。他们就是要用影视手段让全世界的观众看看美国军队如何了不起，制造不可战胜的舆论。这在兵法上就叫'不战而屈人之兵'。好莱坞电影还有一个功能，就是为美国政府发动的不义战争洗地。如《狙击手》《天空之眼》一类的电影。狙击手不忍向拿着武器儿童射击，无人机操纵手为一个小女孩的安危居然违抗上司发射导弹的命令，等等。看看已经给美国炸成人间地狱的叙利亚，想想澳大利亚士兵割喉阿富汗少年的罪行，这些拍摄精良的电影是不是很讽刺？联想到近几年美国航母联合新'七国联军'频频到南海军演和台湾海峡耀武扬威，还有日本扬言要为钓鱼岛不惜一战和用军事力量干涉台海的叫嚣，让我们军队剧作家们更多了一份危机感和责任感。我们就应该拍出更直击人心，牵魂动魄又鼓舞士气，为提高部队战斗力服务的影视剧精品。"

## 第三节　中外电影如是观

### 1.重视电影领域的话语权

周振天除了自身的创作外，还十分注重对各种国内外影视作品的观摩，这既出于一种学习的目的，习人之长，获得启发，增长自己，又结合国内影视创作的现实，进行具有前沿性和深刻性的思考，获得其令人警醒的真知灼见。

周振天关于各种国际评奖话语权的联想，是很值得引起深思的。在国际战略博弈背景下，为什么会一股脑地冒出以民国的优长，甚至赞美北洋军阀时代来贬损新中国成立后的种种"不堪"？苏联按照西方模式彻底改变了国体，放弃原来的意识形态，成了二流国家之后，美国与西欧还是不放过俄罗斯，北约大军压境，至今仍在不停地挤压俄罗斯的战略空间。

周振天指出，叙利亚搞家族统制，远不如萨特王国中世纪式的专制严酷残暴，但美国与西方国家就是要把叙利亚炸烂，把原本很平静、老百姓可以过平安日子的一个小国家炸成人间地狱。这一切都与国际地缘政治有关，因为叙利亚后台是俄罗斯，当今世界只有俄罗斯与中国的大体量能与美国抗衡并可能未来超过美国，只有将中国人心搞散，社会搞乱，才可以消除未来的竞争对手。文化和艺术则蚕食式地否定现当代中国的道义合法性、人民性，让读者和观众形成现在不如民国，东方不如西方的看法。苏联解体前，西方各种文学艺术奖项频频颁给俄罗斯人，等苏联解体之后，再也不搭理俄罗斯人了，又转过来频频颁给中国人了。其中奥妙颇值玩味！无论有多少堂而皇之的道理，中国都决不能成为叙利亚！了解了这一点，再来透视近些年的文化艺术种种现象，大概就会明白许多。

周振天指出，文化艺术固然是有娱乐功能，但不可能没有意识形态的倾向，你掉以轻心、熟视无睹，人家掌控的话语权就越会起劲地碾压你，就会突破意识形态防线，"颜色"洗脑，俘获人心。所以我们编导的视野和心态还是要直面国际地缘博弈的现实。

周振天经朋友推荐阅读了旅法华人女作家边芹所著的《我们怎么会落到这一步》《谁在导演世界》几本著作，对她的一些有关审美权的警句做了笔记："摧毁一个文明是从审美权易手这个转折点开始的，审美权易手常常披挂着弃旧图新的进步表皮，征兆则是左奔右突，频频失度，整个文明的'童稚'化，而且'童稚'化看起来还是很喜庆的，总是在大张旗鼓改弦易辙。"

"审美权被蚕食的过程悄无生息，但执着地，不可逆转地朝着一个方向前进。审美权被蚕食吞食，要比打败了一场战争可怕得多，因为它常常是不可逆转的，是最温和但却是最致命的攻心术。"

"文化—传媒是西方利益集团的真正武器，由金钱秘密控制的文化—传媒和其一帮忠诚'教士'，保证了隐形帝国的意识形态的统一，护驾着体制稳定运行。他们与打手们在前台拳脚打踢不同，他们悄悄地伸进手，用荣誉和随之而来的利益为诱饵。以审美权为突破口，和风细雨地移变。"

周振天认为这些告诫对增强文化自信、道路自信、制度自信是有借鉴作用的。

## 2. 电影在当代题材的社会认知上要有突破

周振天对电影《我不是药神》则较为肯定，他认为这部电影的最大看点，是在当代题材电影社会认知上有了重大的突破。国际资本制药商集团和国内资本利益集团在不合理的规章制度的保护下，无视 N 多人的生命，肆意并骄横地坚持抗癌药的昂贵价格，另一面却又是无数底层民众血癌患者胆战心惊靠违法走私低价格列宁维持"卑贱"的生命。而拯救了无数生命的代购者则最终被判有罪。这就明确告诉了人们，社会贫富阶级的存在与对立，而这种对立已涉及生死。片中患者绝望的自杀一刀捅穿遮掩在繁华下面的痛点。在这个大背影下，影片中所有的侦查、审讯、追捕、判决都显得那样滑稽，荒诞不经，为人所不屑。"药王"的入狱实际是道义与良知在服刑，血癌患者的绝望则是人们对资本控制医药市场的绝望。尽管民意汹汹，尽管无数患者在死亡边缘挣扎，但广大底层民众的生死困境很难得到某些药商与管理者的重视。因为高昂的价格中一定有他们的利益，这样无视老百姓死活的内外勾结，利益共谋在股市、在金融、在电商、在保险业等诸多领域都一直存在着。这就是《我不是药神》最应肯定的地方。这才是真正落实"忧患着人民的忧患"的电影作品。在如何医治烂片电影的众多药方中，《我不是药神》是一服扶正祛邪、排毒养颜的好药。它获得高额票房同时又获得"五个一工程奖"，令人倍受鼓舞。

### 3. 外国电影优劣可鉴

周振天说自己不是电影艺术评论者，只是一个写了几部电影剧本的观众。看了一部电影自然就有一些联想与感慨，记下来作为借鉴。对美国电影尤其是美国战争电影，作为一名军旅作家，周振天是耳熟能详，而且是有深刻理解的。他指出每一部美式大片推出都会为票房造势，请高手写"深刻"文章，此片也被笔手们论证出各种"深刻"，所谓深刻，电影里的确也说到了，但仅仅是说，如对政府，对石油大亨、军工集团发战争财的谴责，对伊拉克战争的正义性的怀疑等，基本都是主人公台词里蜻蜓点水般说了几句。李安以往的电影都是靠画面见真功夫的，而他的《比利·林恩的中场战事》，可以说还没从小说的叙事语境里羽化为电影。同样是写从中东战场回家后士兵战争后遗症的"狙击手"，比不上二十多年前的反映越战老兵回国精神状态异变的《猎鹿人》《现代启示录》《全金属外壳》等，全然没有了美国战争电影反思的锐度。

周振天认为墨西哥导演的动画片《寻梦环游记》果然精彩，编剧功不可没，一波三折的故事倒是其次，煽情的路数也不算最新鲜。关键是他将人与鬼的世界写得那样温馨浪漫，将生与死的感受融在一连串的趣味叙事之中，特别是道出逝者最珍贵的是后人的惦记，以扣人心弦、跌宕起伏的悬念将"被忘记"的无尽悲凉和"终极死亡"的恐惧入木三分地植入观众的心底。其实这本都是人类最原始、最恒久的情愫，只是在浮躁与高度功利化的现代社会都被遗忘得所剩无几。尤其是在许多人数典忘祖、只图物质实惠的当下，无论是血缘意义，还是文化意义，抑或是信仰意义，当代年轻人感恩先辈，传承先辈的内在尊崇的意识越来越淡化。难怪要不停地强调"不忘初心"！从远古论，墨西哥本土居民是亚洲人后裔，至今他们对祖先的崇拜和传承与我们民族几乎一样。他们的电影人将他们民族最恒久的文化和人性普世情感以喜闻乐见、返璞归真的艺术形态精彩展现出来了，让观众形象化地领略到并由衷敬佩他们的民族精神和文化自信。最核心的是编导从故事中萃取到"终极死亡"这个主旨，而这个主旨一直就存在于人类关于生命与死亡的思考之中，存在于亲情爱恨之内。他们用电影艺术化地呈现出来了！反观我们自己的电影，很少能见到这般触摸到人性、灵魂深处的作品。建议所有的父母都带孩子去看看这部动画片，起码会在兴趣盎然的观看中，在崇敬先贤优秀传统，孝敬长辈这点上打下深刻的烙印。

周振天高度评价印度电影演员米叔，就是印度电影《三傻大闹宝莱坞》《摔跤吧，爸爸》等的主演阿米尔汗，很多观众叫不出其名字而称其为米叔，是新印度电影的代表人物。周振天认为他是中国电影人的一面镜子，中国电影人敢跟米叔PK吗？他山之石，可以攻玉，印度正与我们在制造业、军事、IT业方方面面展开竞争，米叔作为文化软实力已经戳中我们电影艺术最薄弱的靶心了！

周振天还以调侃的口吻说道：严重抗议印度电影对我精神文明宗旨的"盗版"。他说："《摔跤吧，爸爸》以父女两代人立志为祖国夺金牌为贯穿主线，不畏艰难，百折不挠，终于在国际赛场上奏响国歌，明明是不折不扣地克隆我国一贯的体育题材电影正能量的构思。扮演父亲的演员，居然不是美国大牌明星，而且还是个老腊肉，完全没有小鲜肉的诱惑力，导演凭什么把他当成绝对头号主角？片中的女主角既没有去韩国整容，又没频频去各类电影节走秀红地毯，更没有色情、同性情恋和裤腰带以下的场面，又凭什么就跑到中国来获取了亿万粉丝的喝彩？印度体育在国际比赛拿到的金牌只是我们的零头，凭什么在我们电影界还没搞出风靡全球的此类题材电影之前，他们就肆意推出票房爆火，钱挣嗨了的《摔跤吧，爸爸》？"

对日本电影《镰仓物语》，周振天评论道："活者与死者平和的相处、人与妖礼貌的往来，灵体与肉体的结合与分离，人世与九泉的来往，男女主人公无数辈轮回的情缘等，把这个当代师生恋的故事演绎得动人心魄、神奇有趣。套用拉美文学现象一词，这部电影就是日本（东方）的魔幻现实主义。毫不夸张地说，男主角一色正和的扮演者堺雅人那张书卷气十足，至纯至善又带几分呆憨的神态，在我们这里是比较少见的。这大概是各自的圈子大语境与风气完全不同吧？"

# 附：周振天获奖情况一览表

《潮起潮落》，在中央电视台一套黄金时段播出，获中宣部"五个一工程奖"、"飞天奖"优秀长篇电视剧二等奖、优秀编剧奖（编剧周振天、崔京生）；第十二届"大众电视金鹰奖"优秀长篇电视剧奖。

《蓝色国门》，在中央电视台一套黄金时段播出，获"飞天奖"三等奖，优秀剪辑奖。

《热血》，在中央电视台一套黄金时段播出，获"飞天奖"电视剧短片一等奖。

《不惑之年》，在中央电视台黄金时段播出，获"飞天奖"中篇电视剧三等奖。

《天边有群男子汉》，获"飞天奖"电视剧短片三等奖。

《驱逐舰舰长》，在中央电视台一套黄金时段播出，获中宣部"五个一精神文明奖"、"飞天奖"中篇电视剧一等奖。

《波涛汹涌》，在中央电视台一套黄金时段播出，获"五个一精神文明奖"、"飞天奖"长篇电视剧二等奖。

《神医喜来乐》，在中央电视台八套黄金时段播出，获"飞天奖"二等奖、第二十一届中国电视剧金鹰奖电视剧优秀作品奖，入选2011年中国电视剧产业二十年盛典百部优秀电视剧作品，周振天、李保田获中国电视剧产业二十年突出贡献人物称号。

《水兵俱乐部》，在中央电视台一套黄金时段播出，获第二十六届"飞天奖"优秀系列电视剧奖。

《玉碎》，获第二十四届大众电视金鹰奖最佳长篇电视剧奖，第二十五届"飞天奖"优秀编剧提名奖，入选 2007 年第三届电视剧风云盛典十佳电视剧榜。

《小站风云》，在中央电视台电视剧频道黄金时段播出，获"五个一精神文明奖"。

《我的故乡晋察冀》，在中央电视台电视剧频道黄金时段播出，获"五个一精神文明奖"、第三十届"飞天奖"提名荣誉奖。

《舰在亚丁湾》，获第三十届"飞天奖"优秀电视剧奖。

《国魂》，在中央电视台一套黄金时段播出，获中国共产党建党七十周年全国优秀电视节目荣誉奖，中央电视台第四届人民子弟兵节目特别奖。

《香港沧桑》，在中央电视台黄金时段播出，获"五个一工程奖"、第十六届长篇电视纪录片奖。

《赤道雨》，被评为第二届中国十大演出盛事奖。


1998 年，获中国文联评选的首批全国"百佳艺术工作者"的称号。

2002 年，获中国电视艺术家协会评选的"中国电视金鹰二十年突出贡献奖"。

2008 年，被中国电视艺术家协会评为"纪念中国改革开放三十周年、中国电视艺术剧艺术诞生五十周年"全国优秀电视剧编剧。

2009 年，被广电总局"飞天奖"评选委员会评选为"飞天奖"突出贡献编剧。

2008 年，被收入中国广播影视出版社出版的《中国电视剧六十年大系》人物传。

# 后　记

　　周振天一直是我尊敬的艺术家，用一本书来论述他的创作，是一件很有价值且令人愉快的事。系统阅读有关他创作的影像与文字材料，再进行比较靠谱的思考和写作，是在新冠肺炎最猖獗的时刻开始的。虽然疫情的蔓延时时让人不由自主地产生某种恐惧感，但足不出户地沉浸在周振天所构建的艺术世界里，倒也因异常的专心而换得了十分的安心。防疫所必须遵守的人与人的隔绝，竟让我获得了某种写作上的时间和空间，速度与激情。

　　在此过程中，我请周振天尽可能地给我提供他手中所掌握的材料，或沟通和探讨与其创作相关的各种话题。由于微信和电子邮箱这种通联方式的便捷，所有的内容都是以秒速完成的，只有少数的光盘与纸质资料是通过快递的方式传送的。这使做文章颇具强烈的现代色彩。同样具有现代色彩的是网络的方便，周振天的绝大部分剧作都能在网上找到且可以直接观看，有的背景文字也可以由此方法检索与参考。这使本书的写作过程有呼风唤雨、信手拈来之感，显得极为灵便和惬意。

　　在我与周振天沟通和交流的过程中，有一件事给我印象非常深刻。当我在行文的过程中写到他于1978年被特招到海军后，受命到276潜艇代职副政委。周振天后来的回忆中曾提及在艇上与艇长有多次交流的经历，于是我问他还记不记得这位艇长叫什么名字，这样问的目的无非是想落在纸上的文字显得更为确实一些。没想到没过多久，周振天就通过微信给我传过来一张照片，在一张有些发皱的、似乎是笔记本的纸张上，用钢笔书写着 276 潜艇的全部人员名单，打头的名字便是艇长孙荫生。这令我十分惊讶，从 1978 年算起，距今已经四十二个春秋了，这个名单还被周振天完好地保存着。对此，我只能说这既反映了他对 276 潜艇官兵所怀有的生死与共的感情，也反映出他作为一个创作者的细心与精心。每个人的生命经历中的一切，并不是所有的都是值得珍惜的，但是确有很多东西是不可忘记、值得永远珍藏的。这些东西或是存贮于我们的内心，或是以物质的形式存在于生活的某一角落，作为对我们每个人历史的记录、勾勒、提醒和证明。我不知道在周振天的宝盒中，还珍藏着多少并非只具个人意义的宝物。

在写作的过程中，我一方面努力审视所能收集到的周振天的作品和关于他创作的评论文章，以尽可能准确地梳理和把握、欣赏与解析他的艺术追求、成就和特色；一方面又尽量把他的创作放在全军乃至全国的整个文艺大趋势之下来观察，争取做出更为恰当精准的分析与评价。尽管在这方面做了一定的努力，但总感到所写出的文字并不能同周振天令人瞩目的精彩创作成就相匹配，因而不免产生了某种力有不逮、惴惴不安之感。然而同时强烈感慨的是，周振天能够进入军队从事他所热爱的文艺创作，这既是军旅艺术事业的幸事，由于有了他和诸多优秀的创作者，军队因此收获了如此多的文艺佳作，为军队和军队的文艺工作赢得了荣誉；也是他个人的幸事，进入军队并以军队的文艺单位为平台，周振天使自己的艺术之梦得以实现，他的艺术才华也得到了充分的发挥和展示，从而成为一个备受关注和赞赏的艺术上的守望者、收获者。假若周振天不到军队这个文艺大舞台，凭其固有天资与才华，凭其一腔肝胆与热血，相信也是会有大展身手的天地的，但属于他的艺术之路就可能是另外一番模样，他所拥有的就可能是完全不同的作品目录。不管如何，其命运与轨迹也一定是异常精彩和非同凡响的。

包括周振天在内的艺术家们的创作经历表明，一个国家或一支军队，在其昂然前行的路上，一定要拥有一大批思想文化上的杰出创造者，有了这样的创造者，前行才会显得更加地雄壮豪迈与有声有色；也一定要给这样的创造者以宽广的舞台、深切的关爱与热情的扶持，使他们的激情与才华得到最大程度的释放，他们也必定会无保留地回报以投注生命与激情的创造。由无数个创造者与他们的作品集合起来的阵容，将会聚变成一种具有震撼性的超能量，这样的国家和军队才是生机勃勃和光芒四射的。这些创造者留在身后的轨迹，既作为一种历史被生动地记录下来，也作为一种不会褪色的经验被保留下来，成为当时凝定、后世可鉴的精神财富，成为一个国家的文化史值得大书特书的灿烂篇章。

在本书写作的过程中，参考或引用了一些专家、学者和记者朋友的文章和见解，他们是胡可、陈荒煤、李准、仲呈祥、陈建功、赵化勇、郭运德、蔺永钧、欧阳逸冰、李京盛、刘玉琴、张显、王维国、何镇邦、钟艺兵、阮若琳、曾庆瑞、刘扬体、杜高、张西南、彭加瑾、范咏戈、李兴叶、成志伟、高鑫、张德祥、马维干、尹鸿、张颐武、李掖平、张煜、王正、思忖、丁临一、陈先义、张东、赵彤、刘平、宋宝珍、李龙吟、张先、赵忱、苏毅、李跃森、高小立、徐健、钟大年、陈志昂、魏山人、高鑫、王天啼、王豫、罗丹青、吴宏、夏康达、吕振侠、杨景生、刘纯华、石鸣、金力维、雨热、十年灯、王永午、朱赤、郑莹莹、颜菁、齐璇、张帆、和璐璐、王姝、丁薇、轩召强、李晓蕾、陈斯，以及不知名的网友等，他们的文章都是因周振天当时的创作创新深有感触，并进行了颇为精到且富于深度和高度，具有很强学术性的解读与分析，给我的写作以受益匪浅的启发，在此一并向他们致以由衷的谢忱。在这里我还要特别鸣谢李准、仲呈祥两位著名文艺理论家在百忙之中为这本书写了序言。他们对这本书的指导与热情鼓励，给我深刻的启发与鼓舞。在此衷心表达感激之情。

从某种意义上讲，我只是进行和完成了对周振天创作的初步梳理和评述工作，还远谈不上是较有深度的理论阐述，这有待于高水平的理论家来做更为高屋建瓴、精深透辟的剖析。此外，在写作中肯定有诸多不周不当之处，敬请读者给予批评指正。本书的出版，得到了作家出版社领导和责任编辑的热情关心和大力支持，在此谨向他们所表现出的专业精神与水平表示敬意，并对他们为此付出的很多心血和智慧深表谢意。

于北京海淀四道口

2021 年 10 月 18 日

图书在版编目（CIP）数据

梦见：周振天创作艺术论 / 汪守德著 . -- 北京：作家
出版社，2022.1

ISBN 978 – 7 – 5212 – 1663 – 9

Ⅰ.①梦⋯ Ⅱ.①汪⋯ Ⅲ.①文艺评论 – 中国 – 当代 –
文集 Ⅳ.①I206.7–53

中国版本图书馆 CIP 数据核字（2021）第 247422 号

**梦见：周振天创作艺术论**

作　　者：汪守德
责任编辑：赵　莹
装帧设计：意匠文化·丁奔亮
出版发行：作家出版社有限公司
社　　址：北京农展馆南里 10 号　　邮　　编：100125
电话传真：86 – 10 – 65067186（发行中心及邮购部）
　　　　　86 – 10 – 65004079（总编室）
E – mail: zuojia@zuojia. net. cn
http: // www. ZUOJIACHUBANSHE. com
印　　刷：唐山玺诚印务有限公司
成品尺寸：152 × 230
字　　数：380 千
印　　张：26.75
版　　次：2022 年 1 月第 1 版
印　　次：2022 年 1 月第 1 次印刷
ISBN　978 – 7 – 5212 – 1663 – 9
定　　价：68.00 元